中国古代名著全本译注丛书

子不语全译

下

[清]袁枚 撰 申孟 甘林 校点

陆海明 等 译

子不语卷十八

陕 西 茶 客

陕西茶客某，贩茶江南，归宿阌乡旅店。其东厢先有居者，山东二布客也，彼此晚膳毕，闭门睡矣。客梦有怪物，披发，赤短须，凹面，撞门入，手持铁索，取东厢二布客锁之，随锁茶客，三人共索如鱼贯然，缚门外柳树上，怪又撞入他店去。二布客铁鍊甚紧，不能动；茶客鍊稍松，苦挣得脱，惊醒，以为梦也。告店主，亦不甚怖。次日五更，店主大喊，东厢二客死矣。半里外饭店中，亦死一骡夫。

【译文】

陕西茶商某人，到江西贩运茶叶，归途中住在阌乡旅店中。店的东厢房已先有人住，是两个山东贩布客商。大家吃完晚饭，关门睡觉。贩茶客商梦见有个怪物，披着头发，红色的短胡子，面部凹进去，把门撞开进来，手中拿着铁索，把东厢房住的两个布商锁了，接着又把自己锁了，三个人被串在一起，像一串鱼一样，缚在门外柳树上。怪物又闯入其他店中。两个贩布的铁索锁得很紧，动弹不了，茶客锁得略松，被他苦苦挣扎，脱身而出，惊醒过来，以为是做了个梦，告诉店主人，也不很害怕。第二天五更，店主人大叫起来，原来东厢房二个客人死了。半里外饭店里，也死了个骡夫。

山 娘 娘

临平孙姓者新妇为魅所凭，自称“山娘娘”，喜敷粉，着艳衣，白日抱其夫作交媾秽语。其夫患之，请吴山施道士作法。方设坛，其妻笑曰：“施道士薄薄有名，敢来治我！我将使之作王道士斩妖矣。”王道士斩妖者，俗演戏笑道士之无法者也。即以手按其妇腹下，秽血喷之，法果不灵。道士曰：“我有辟秽符在枕中。”命其徒取而张之，再坐坛作法。妻有惧色，亦坐几上，挥帚作法，彼此斗良久。其夫见三目神擒一白猴，大五尺许，投阶前，猴俯伏。道士取而掷之，屡掷屡小，缩如初生小猫，乃取入瓦坛中，封以符印。旋有黑气从坛中出，次日投江中，妇病遂愈。

【译文】

临平县孙家的新娘子被妖魅附体，自称是“山娘娘”，喜欢抹粉，穿鲜艳的衣服，白天抱着她丈夫，口里说着交媾秽语。她丈夫难以忍受，请吴山施道士作法。正在布坛，山娘娘笑着说：“施道士只有点小名气，敢来治我！我将让他演一出王道士斩妖。”王道士斩妖，是民间上演嘲道士无能的戏。山娘娘随即用手按小腹，经血喷出，施道士的法术果然不灵。施道士说：“我枕中有避秽符。”命他的徒弟去取来张挂，再坐坛作法。新娘子面有惧色，也坐在几上，挥动笤帚作法，彼此斗了很久。她丈夫见有个三只眼的神将捉住一只白猴，有五尺来高，扔在阶前，猴子俯伏着。道士把猴子往地上摔，摔一次小一些，最后缩小到像刚出生的小猫那么大，于是把它放入瓦坛中，用符封上加了印。不久有股黑气从坛中飘出。第二天把坛丢进江里，新娘子的病就好了。

瓜州公子

杭州大方伯地方，有胡姓嫂姑二人同居一楼。清明日，嫂见瓦上有搭柳为桥者，疑是儿戏，用竿挑去之。晚间有羽衣男子，突至卧床前曰："我瓜州公子也，与汝姑嫂有缘，故折柳做鹊桥，从瓦上度来，以应清明佳节，汝何得拆去！"言毕住房中，凭二女为祟。其家请道士念《玉皇经》解禳之。道士方至，怪以溺器掷之，经卷淋漓，道士逃去。胡翁遣老媪五人守夜调护，则五媪发皆成辫，丝丝相接，非拖曳不能行，如是者月余。其女久有婿家，遂择日嫁之。怪曰："某家无缘，我不能往，在此徒挟一美，亦觉萧索，请从此辞。"因谓胡翁曰："我在此闹汝久，甚愧无以为报，我有妹甚美，愿赠汝为妾，未知汝肯纳否？"胡请见，怪许之，命中堂垂帘观之，果望见绝色女子，胡不觉心动，急请婚期。怪曰："我愿以汝为妹夫，而妹嫌汝老丑，心颇不肯，汝能将颐下须尽去之，则姻事成矣。"胡年五十余，肥而多髯，惑其言，一旦尽剃之。怪在空中大笑去，妹竟不来。

【译文】

杭州大方伯地方，有家姓胡的，姑嫂二人同居一楼。清明那天，嫂嫂见瓦面上有用柳枝搭成的小桥，猜想是小孩子做了玩，就用竹竿把它挑了。晚上，有个穿羽毛衣服的男子，突然来到她床前，说："我是瓜州公子，和你们姑嫂二人有缘分，所以折了柳枝做鹊桥，从瓦上渡过来，以合符清明佳节，你怎么能把它拆了！"

说完，就住在房里，依附在二女身上作祟。胡家请来道士念《玉皇经》祛除妖孽，道士刚到，妖怪就用溺器扔他，把经卷全弄湿了，道士逃走了。胡翁派了五个老婆婆守夜调护，结果五人的头发都结成发辫，根根互相连结，不拖着她们不能行走。这样闹了有一个多月。胡翁的女儿早就订了婚，胡翁于是挑了个吉日，把女儿嫁了过去。妖怪说："那家人家和我没有缘分，我不能去。在这里只有一个美女陪着，也觉得太寂寞，我这就告辞了。"又对胡翁说："我在这里闹你这么久，很惭愧没有什么可以回报。我有个妹妹很美，愿意送给你做小妾，不知你肯要她吗?"胡翁要求见一见，妖怪答应了，命令他在中堂挂上帘子看，果然望见一个非常漂亮的女子。胡翁不禁心动，急忙询问婚期。妖怪说："我愿意让你做我妹夫，只是妹妹嫌你又老又丑，心里不大肯，你能把下巴上的胡子都拔了，那么婚事就成了。"胡翁已五十多岁，身体肥胖多须，被他的话打动了，一下子把胡子都剃了。妖怪在空中大笑离去了，他妹妹最终没有来。

王白斋尚书为潮鸣寺僧

余同年王白斋，少年美秀，初入学时，年才十七。偶游潮鸣寺，见影堂老僧像，不觉毛发淅洒，还家遂病。嗣后过寺不敢入。及探花及第时，梦老僧以线香五十四枝与之，曰："我有三弟子：一梦麟，一钱维城，一汝也。汝将来司刑名时，当超度某案，再来归依原位。"白斋秘而不言。后果为大司寇，寿五十四而终，卒不知所超度者何案也。

【译文】

与我同榜的王白斋，年轻秀美，考取秀才那年才十七岁。一次偶然游览潮鸣寺，在悬挂历代和尚像的影堂里，看见一帧老和尚像，不由得毛发直竖，回到家里就生病了。从此以后，经过寺庙都不敢入内。后来他中探花时，梦见老和尚给他五十四枝线香，说："我有三个弟子：一是梦麟，一是钱维城，一个就是你。你将来掌管刑名时，要超度某案，再来归依原位。"白斋把这事藏在心里，没向人说。后来他果然做到刑部尚书，活了五十四岁，但最终不知所超度的是什么案子。

白天德

湖州东门外有周姓者，其妻踏青入城，染邪归。其家请道士孙敬书诵《天蓬咒》，用拷鬼棒击之。妖附其妻供云："我白天德也，为祟者我弟维德，与我无干。"孙书符唤维德至，问："汝与周家妇何仇？"曰："无仇。我路遇，爱其美，故与结缘。方爱之，岂肯害之？"问："汝向住何处？"曰："附东门玄帝庙侧，偷享香火已数百年。"孙曰："东门庙是玄帝太子之宫，当时创立，原为镇厌合郡火灾，故立庙离宫东首。汝何得妄云玄帝庙耶？"妖云："治火灾当治其母，不当治其子；犹之伐木者当克其本，不克其枝。汝作道士而五行生克之理茫然不知，尚要行法来驱我耶？"拍其肩大笑去。周氏妻亦竟无恙。

【译文】

湖州东门外有个姓周的，妻子踏青进城，中了邪，回到家里。周家请道士孙敬书诵《天蓬咒》驱邪，用拷鬼棒击鬼。妖邪附在他妻子身上招供说："我是白天德，作祟的是我弟弟维德，与我没有关系。"孙敬书写了符拘白维德来，问他："你与周家媳妇有什么仇?”鬼回答说:“没仇。我在路上遇到她,爱她美貌,所以与她结良缘。我正爱着她,怎么肯害她?”问他:“你家住在哪儿?”鬼回答说:“附在东门玄帝庙边上,偷享香火已数百年了。”孙敬书说:“东门庙是玄帝太子的宫,当年建立,是为了镇压全郡的火灾,所以在离宫东面建庙,你怎么胡说是玄帝的庙?”鬼说:“治火灾应当治其母,不当治其子;就像砍伐木头应当砍断它的树干,不当砍它的枝条。你作道士却连五行生克的道理也一点不知道,尚且要行法来驱逐我吗?”拍拍道士的肩膀,大笑而去。后来周妻的病也好了。

髑髅乞恩

杭州陈以夔,善五鬼搬运法,替人圆光,颇有神效。其友孙姓者宿其家,夜半床下走出一白发翁,跪而言曰:“乞致意陈先生,还我髑髅,使我全尸。”孙大骇,急起以灯照床下,则髑髅一具存焉。方知陈驱役鬼物,皆向败棺中取其天灵盖来施符用咒故也。孙初劝之,陈犹隐讳;取床下骨示之,陈乃无言,即送还原处。未几,陈为群鬼所击,遍身青肿死。

【译文】

杭州陈以夔,擅长五鬼搬运法,替人圆光,很有神效。有次他的朋友孙某住在他家里,半夜从床底下走出个白发老翁来,跪着说:“请你转告陈先生,还我髑髅,让我全尸。”孙某非常害怕,急忙起身拿灯照床下,见到一具髑髅。他这才知道陈以夔驱役鬼物,都是从破烂的棺材中取天灵盖来施符用咒。孙某起初劝他送还髑髅,他还支吾不承认。孙某把床下的骨头拿出来作证,陈以夔才无话可说,方把髑髅送回原处。没隔多久,陈以夔遭受群鬼攻击,浑身青肿死去。

锡锞一锭阴间准三分用

杭州龚薇垣生员，原任甘泉令龚明水之从子也。病中梦游阴府，街巷店铺，与阳间无异，惟黄沙迷漫，不见日月。见店铺中有司柜者，故所识也，趋往问路。司柜者笑曰：“此间无路，汝至此尚欲何往?”再问不答。薇垣不得已，徬徨道中。有乘四轿呵殿而来者，近视之，己之岳翁某也。趋而问焉，翁惨然曰：“此非人间，汝何至此?”薇垣方知其身已死，因自述病中原委，并问其父母寿算。岳翁曰：“此事非我所司，汝叔父明水先生，现在王府教书，汝可往问。但王府尊严，侍卫甚众，非重用门包，不能通报。”薇垣问门包何物，曰：“亦不过阳世通用之锡锞耳。凡阳世烧锡锞一锭，阴间准作三分用。或有破损湿烂者，仅准一二分用。”薇垣闻言，急走往王府，忘其身未带锡锞。至一宫门，侍卫者如麻，见薇垣，果伸手索贿，而薇垣无以应也。但口称家叔明水在此教书，烦为通报。侍卫者怒骂曰：“一老腐头巾在府，已甚可厌，怎禁得又添一小腐头巾来!”挥杖击之，一惊而醒，家人已环泣于旁。后数月，薇垣忽无故缢死。

【译文】

杭州秀才龚薇垣，是原任甘泉知县龚明水的侄子。一次生病，做梦游阴府，见那儿街巷店铺都与阳间没什么两样，只是黄沙迷漫，不见日月。见到一家店铺中有个站柜台的是旧相识，他就赶上前去问路，那人说：“这里没有路，你到了这儿还想到哪儿去?”再问，他就不理睬了。龚薇垣没有办法，站在路上进退两难。见到有个人坐着四人抬的轿子，前面有人喝道而来，走近了一看，是自己的岳父。龚薇垣忙上前问候，岳父伤心地说："这里不是人间，你怎么会到这里来的？"薇垣这才知道自己已经死了，因而述说病中情况，并问自己父母的寿命。岳父说："这事不归我管，你的叔父明水先生，现在在王府教书，你可去问他。只是王府尊贵威严，侍卫的人很多，不是重用门包，不会给你通报。"薇垣问门包是什么，岳父说："也不过是阳世通用的锡锞罢了。凡是阳世烧来一锭锡锞，阴间折作三分使用。如果有破损湿烂的，仅折合一二分用。"薇垣听了岳父的话，急忙快步赶往王府，忘记了自己身上并没带锡锞。到了一座宫门，守卫的人密密麻麻，果然伸手问薇垣讨钱，薇垣却拿不出来，口称自己叔叔明水在这里教书，麻烦通报一下。侍卫发怒了，骂道："一个老而迂腐的酸丁在府里，已够讨厌的了，怎么禁得又添上个迂腐的小酸丁来！"挥动木杖打他，他吃了一惊，醒了过来，见家里人正围着自己在哭泣。过了几个月，薇垣忽然无缘无故上吊死了。

鸡卵担粪

杭州清泰门外有观音堂，徐姓者，其妻为五通神所据，每朔望至其家饮啖，有事必预为通知。妻故穷苦，佐其夫粪田，神怜之，代为担粪。以两空壳鸡卵为桶，盛粪石许，细竹管挑之，较多于木桶盛者，而所灌田尤肥。

【译文】

杭州清泰门外有座观音堂，住着个姓徐的，妻子被五通神占了。每逢初一、十五，五通神都到他家吃喝，有什么事定预先通知他。徐家很穷，妻子天天帮助丈夫挑粪。五通神可怜她，代她挑粪，用两只空鸡蛋壳做桶，可装一石左右粪，用细竹管挑，所装比普通木桶装得还多，所浇灌的田特别肥沃。

狐　丹

常州武进县有吕姓者，妇为狐所凭，化作美男子，戴唐巾，为人言休咎，有验有不验。来问卜者，狐或外出，则命书一笺焚之，存其灰于坛中。狐来，口吐物，红色如小镜然，大不过寸许，持向坛中照灰，便能朗诵所焚之语，丝毫无误，照毕，仍吞入腹中。或云此狐丹也。狐有批答，辄令妇口授之，虑其遗忘，则以手掐妇手指之中节，便能记忆，虽长篇韵语，俱能成诵，过此则依然不识字也。有某秀才，为妇中表亲，欲与狐唱酬，嘱转致狐。狐曰："有一对，秀才能属对，即与酬答可也：'红白桃花映纸窗，花无二色。'"妇以告，秀才不能对，惭而退。此狐至今犹存其家。钱竹初明府为予言。

【译文】

常州武进县有个姓吕的，妻子被狐精霸占。狐狸变化成个美男子，戴唐巾，给人预测祸福，有说中的，也有说不中的。有人来占卜，如果狐精出去了，就让来者写张便条焚烧了，把灰放在坛中。狐精回来，口里吐出一样东西，红红的像面镜子，大小不过一寸左右，拿着到坛中照那灰，他就能把焚烧的纸上所写的话读出来，一点没有错误，照完了，仍把那东西吞进肚子里。有人说这是狐丹。狐精凡有批文判语，就叫吕妻口授，怕她忘记，就用手掐她手指的中节，吕妻就能记住，即使是长篇韵文，也能背出来，讲完了就仍然是一字不识。有个秀才，是吕妻的中表兄，想与狐精唱酬，叫吕妻传话给狐精。狐精说："我有一副对子，秀才能对出下联，就可与他唱酬。"对子是："红白桃花映纸窗，花无二色。"吕妻转告秀才，秀才对不出来，惭愧地走了。这狐精到现在还在吕家。这是钱竹初知县告诉我的。

处州溺妇奇狱

处州乡民陈瑞，送妻还其母家，路过半塘桥，妇溲于厕，久而不返。陈往寻不得，望前村櫕屋中红裙外露，急往视之，果其妻裙也。似被人曳入棺中，露半幅于外，心疑僵尸作祟，将斧出之，以救其妻。访问棺主，有张某云："此我家姑母棺也。姑母死时，年三十余，其子又亡，无力营葬，久櫕于此。"陈请开棺。初不许，陈哀求至再，始许之。劈开则一白须男子，手持某妻之裙，而不见某妻之身。于是陈以失生妻控官，张以失死姑控官，官不能断，至今悬为疑狱。

【译文】

处州乡村农民陈瑞，送他的妻子回娘家，路过半塘桥。他妻子上厕所，很久没有回来。陈瑞去找她找不到，见前面村子外放棺木的屋子中露出红色的裙子，急忙来看，果然是妻子的裙子。他妻子仿佛被人拉进棺材，裙子露出半幅在外。他心中怀疑是僵尸作怪，要劈破棺材，救出妻子。打听棺材是谁家的，有个姓张的说："这是我家姑妈的棺材。姑妈死时，只有三十多岁，她儿子又死了，没能力埋葬，所以停放在这里很久了。"陈瑞请求开棺，张某起初不答应，陈瑞再三哀求，张某才同意了。把棺材劈开，里边躺着个白胡子老头，手中拿着陈妻的裙子，却没见陈妻的身子。于是陈瑞以失去生妻报案，张某以失去姑妈尸体报案，官府无法审理，这案子到现在还搁着。

道家有全骨法

杭州龙井初开时，商人叶姓者司其事。有倪某者，为叶择开工日期。后十年，叶身故。倪忽暴病，有群鬼附其身，语音不一，曰："还我骨，还我骨！"声啾啾然，楚、越、吴、鲁音皆杂有也。最后有自称陈朝傅将军者曰："我助萧摩诃南征北讨，葬此千年，汝何得与叶某擅伤我骨！"家人环求曰："此官府所命，主人力不能抗，将军何不相谅耶？"将军曰："此虽公事不可违，然汝与叶某，理宜将掘骨暴棺事告知官府，官府不从，便与汝无罪；今汝等并不告官，而擅将我等数十人骨混行抛掷，以致男装女头，老接少脚，至今丛残缺散，鬼如何安？"家人请用佛法解禳，将军曰："佛无能为，惟道家有全骨法，汝往求之。"于是叶家人访有礼斗人施柳南、万近蓬等，往而拜求。遂设坛于龙井，作法七日，见西湖神灯赫然，散满水上，或叠高为塔，或横排为雁字，或团聚如大车轮，或散作流萤万点。须臾，斗母下降，霞珮璎珞，严妆不可逼视。牵二囚来，即叶某与倪姓也，皆跪阶前。鬼数十，争来笞击，斗母喝曰："此亦汝等劫数，毋庸仇怨。我命九幽使者，尽提残骨，为汝等补还可也。"少顷，髑髅数十具，皆有白气萦绕，旋滚成团，其缺处皆圆满矣。将军长丈余，披金甲，率群鬼拜谢斗母，叶亦解锁，合掌膜拜而去。倪病遂愈。此事近蓬为余言。

【译文】

杭州龙井当初开浚时，商人叶某管这事。有倪某为叶某选定开工日期。过了十年，叶某死了。倪某忽然生病，有许多鬼附在他身上，语音各不相同，说，“还我骨，还我骨。”一片啾啾声，湖南、湖北、浙江、江苏、山东话夹杂在一起。最后有个自称是陈朝傅将军的说：“我帮助萧摩诃南征北讨，埋在这里有上千年，你怎么可以与叶某一起擅自伤害我的骨头！”家人围着哀求说：“这是官府下达的命令，我家主人没法抗命，将军怎么不肯谅解呢?”将军说：“这虽然是公事不能违背，但你与叶某按理应当把掘棺暴骨的事禀告官府，官府不听，就与你们无关；如今你们并不告官，却擅自把我们几十人的骨头混在一起乱抛乱扔，以至于男子装了女子的头，老人接了少年的脚，到现在散缺零乱，鬼怎么能安?”家人请求用佛法禳解，将军说：“佛法没有作用，倒是道家有全骨法，你们去求他们。”于是倪家的人打听到有礼斗君的施柳南、万近蓬等，前往拜求，在龙井设法坛，作法七日。便清清楚楚地看见西湖上散满神灯，有的高叠成塔状，有的横排像雁阵，有的成堆聚在一起像只大车轮，有的散成万点流萤。一会儿，斗母下降，霞珮璎珞，庄严不能近看。牵来两个囚犯，即叶某与倪某，都跪在阶前，几十个鬼都来打他们。斗母喝道：“这也是你们的劫数，用不着仇恨怨怒。我命九幽使者，把残骨都提来，为你们补全就是了。”过了会儿，几十具髑髅都有白气环绕，旋滚成团，残缺的地方都补齐全了。将军长一丈多，披着金甲，率领群鬼拜谢斗母。叶某的锁也解了，合掌向斗母行礼后走了。倪某的病于是痊愈了。这件事是万近蓬对我讲的。

批地藏王颊

两江总督于成龙未遇时，梦至一宫殿，上书“地藏王府”四字。殿上老僧，伽趺闭目。于心念地藏王主人间生死事，家有老仆某，愿而勤，久病不起，因长揖告诉，求为延寿，再三言，僧嘿然不应。于怒，直前手批其颊。老僧开眼，笑屈一指示之。醒而告人，皆云地藏王一指，当是延寿一纪。已而老仆病愈，果又生人间十二年。

【译文】

两江总督于成龙还没发迹时，梦中到过一座宫殿，上面写“地藏王府”四个字。殿上有个老和尚，盘着腿闭着眼。于成龙想，地藏王管人间生死事，家里有个老仆人，诚实勤快，病了很久没有痊愈，因此行礼把情况说了，请求为老仆延长寿命。他说了好几遍，老和尚默默不应。于成龙大怒，一直上前抽了他一个耳光。老和尚睁开眼睛，笑着对他弯曲一根手指。于成龙醒后把这事告诉别人，人们都说地藏王弯曲一根手指，当是延长寿命十二年。不久老仆病好了，果然又活了十二年。

儒佛两不收

杭州杨生兆南业儒，兼通禅学。殁后一年，托梦于其妻曰：“人死必有所归，我故儒士，司魂者送我于文昌所。帝君出题试我，我不能作，帝君不收。司魂者再送我佛菩萨处，佛出经问我，我不能解，佛又不收。徬徨阴间，无歇足之地，不得已，将以某月日投生张某家。自念我一生好佛，汝须往告张家，勿以荤乳我，免再堕落。”张故兆南友也。临期视之，其家果生一男，盘膝而生，哭三年不止。张氏啖以荤，哭遽止，而儿遂犯惊痫之疾。此乾隆四十三年事。

【译文】

杭州杨兆南是个儒学家，又兼通禅学。他死后一年，托梦给妻子说："人死后，必然有所归属。我本来是个儒士，管魂的人送我到文昌帝君那儿。帝君出了个题考我，我做不出来，帝君不肯收我。管魂的又把我送到佛菩萨那儿，佛拿出经来问我，我解不出来，佛又不收我。我在阴间彷徨，没地方歇足，没办法，将在某月某日投生张某家。我想我一生好佛，你须到张家去，告诉他们不要喂我荤东西，免得再次堕落。"那姓张的是杨兆南的朋友，杨妻到那天去他家看，他果然生了个男孩。这孩子生下时盘着腿，生下三年，还是不停地哭。张氏给他吃荤，他立刻停止了哭，就生了惊痫的病。这是乾隆四十三年间的事。

鸟门山事

绍兴东关有张姓者，妻病延医，行过鸟门山，遇白须叟，相随而行。时天已晚，觉此叟足不贴地，映夕阳无影，心疑为鬼。问其踪迹，叟亦不讳，曰："我非人，乃鬼也。然有求于君，非害君者。我有骸骨，葬鸟门山之西，被凿石者终日钻斫，山石就倾，我圹中朽棺，业已半露，不久将坠入河中，幸君哀我，为改葬之。君前去到新桥地方，有五个溺水鬼，坐而待君，我为君先往驱除之。"出怀中朱家糕与张食，曰："明日请到朱家，以朱家包糕纸为证。"张与偕行至新桥，果有黑气五团踞桥坐，叟先往折树枝打之，声啾啾然，尽落于水。张到医家，叟再拜别去。次日，张往朱家买糕，出其纸，果朱店中招贴也。告以原委，店主人悄然曰："君所见叟姓莫，名全章，故余戚也。渠改葬之事，何不托我而托君？想与君有缘，君命中不应死于五水鬼，故神灵命此叟为君驱除耶？"引张往鸟门山，视其墓，棺离水仅尺许，乃别择地改葬焉。

【译文】

绍兴城东关有家姓张的，妻子病了，去请医生。他走过鸟门山，遇见个白胡子老头，与他一起走。这时天已快晚了，张某觉察到老头走路脚不沾地，夕阳照着他也没有影子，心里怀疑他是鬼，就盘问他。鬼也不掩盖，说："我不是人，是鬼。但有求于你，不是来害你的。我有骸骨，葬在鸟门山西面，那里开凿山石的人每天钻凿个不停，山石将要倒塌，我坟中朽烂的棺木也已露出了一半，不久将坠入河中。希望你可怜我，为我改葬。你向前去到新桥地方，有五个溺水鬼坐着等你，我替你先去赶走他们。"他从怀里拿出朱家糕店出的糕给张某吃，说："明天请到朱家，以朱家包糕纸为证。"张某与他一起走到新桥，果然有五团黑气坐在桥上，老头前去折了根树枝打他们，听见他们发出啾啾的叫声，都落进水中。张某到了医生家，老头再次行礼告别而去。第二天，张某到朱家糕店买糕，把包糕纸拿出来，果然是朱家店中招贴。告诉朱家事情经过，店主人悄悄说："你见到的老头姓莫，名全章，是我的亲戚。他改葬的事，为什么不托我而托你？想来他与你有缘分，你命中不该死在五个落水鬼手里，所以神灵命这老头为你驱除。"领着张某前往鸟门山，看老头的墓，棺木离水只有一尺左右。张某为他另外选地改葬。

杨　二

杭州杨二，素以拳棒为事。夏夜坐后园假山上乘凉，见石罅中出一小头，先露其发，再露其面。杨大骇，持棍击之，头不见。次日宿楼中，闻楼下有着屐声，往来历落，疑为贼，然心念偷儿无着屐之事。有顷，屐声缘梯而上，则一白衣人，带甬长帽，手持四方灯笼，嘻嘻然向杨而笑。杨击以铁尺，白衣人坠于楼下，作怒声曰："好打，好打，待我唤伙计来，好好收拾你！"次日杨召其徒告之，诸无赖噪曰："彼有伙计，我等亦有伙计，请护持老兄登楼打鬼。"于是治肴痛饮，各持器械登楼，鬼竟不至。鸡鸣时，诸无赖各倦卧。平明起，寻杨二不见，觅之，已死于楼下竹榻上。

【译文】

杭州杨二，一向以打拳弄棒为事。夏天夜晚坐在后园假山上乘凉，见石缝中伸出个小小的头，先露出头发，再露出脸来。杨二很惊怕，用棍子打过去，头不见了。第二天，杨二在楼上睡觉，听见楼下有人穿着木屐，走来走去，脚步声很清楚。杨二怀疑是贼，但又想贼不可能穿木屐偷东西。过了会儿，木屐声顺楼梯一级级上来，见是个白衣人，戴着顶圆桶状高帽子，手里拿着只四方灯笼，朝着杨二嘻嘻地笑。杨二用铁尺打他，白衣人掉到楼下，怒气冲冲地说："你打，你打！等我叫伙计来，好好收拾你！"第二天，杨二召集了平日交往的朋友们来，把昨晚的事告诉他们。这些人都是些无赖，起哄说："他有伙计，我们也有伙计，我们护持你老兄上楼打鬼去。"于是杨二安排了酒菜，大伙儿痛喝了一顿，然后各自拿起武器登楼，鬼竟然没来。鸡叫时，无赖们都困倦躺下睡了。待天亮起来，见杨二不在，就一起去找他，发现他已经死在楼下竹榻上。

吴秉中

吴秉中，居葵巷，故予旧宅邻也，延汪名天先生训其子侄。月夜至馆中闲谈，见墙上有一老翁，长尺许，白发锐头，坐而效其所为，吴吃烟叟亦吃烟，吴拱手叟亦拱手。以为大奇，呼汪先生观之，先生所见无异；其侄锡九往观，无所见。是年秋，秉中与汪俱死，而锡九至今独存。

【译文】

吴秉中家住葵巷，与我的旧宅相邻。吴秉中请汪名天先生教诲他的子侄辈。有天，月色很好，吴秉中到汪先生学馆中闲谈，见墙上有个老翁，长一尺左右，白头发，头尖尖的，坐着模仿他的举动。吴秉中抽烟，他也抽烟；吴秉中拱手，他也拱手。吴秉中觉得非常奇怪，叫汪先生看，汪先生见到的也是这情形。又叫侄子锡九来看，什么也没见到。这年秋天，吴秉中和汪先生都死了，而锡九一直活到现在。

土窟异兽

闽商陈某，与诸客泛海，遇飓风，飘至一山脚下，见山崖平坦可步，相率樵采。初进路甚仄，行一二里，即觉开旷。时天色将暮，闻海风萧飒，林鸟啾啁，不敢深入，乃归。次日风更甚，舟不行。舟中人悔昨未穷其境，约再往，拉陈与偕。迹前径行八九里，有一溪，水色澄绿，旁有土山，不甚高，穴中似有物喘息。众惧窜走，陈恃胆力，上大树隐身觇之。食顷，其物出穴外，大倍水牛，而形似象，顶生一角，晶莹犀利，盘踞石上长啸，声裂竹木。陈惊惧几坠，但见虎豹猿鹿，各以其属至，俯伏其下，不止千计。其物择肥者践之，用舌舐其腹，吸其血，百兽皆股栗不敢动。食三四兽，复曳尾入穴。客乃下寻旧径归，与众言所见，终未知山与兽何名也。

【译文】

福建商人陈某，与其他客商一起航海，碰上了飓风，飘到一座山脚下。众人见山崖平坦可爬上去，就一起上岸去打柴。刚上岸，路很狭窄，走了一二里路，便觉得很空旷了。这时天色将晚，听见海风呼呼地吹着，树林里鸟儿啁啾鸣叫，大家不敢深入，回到船上。第二天，风更大了，船不能起航。船上的人后悔昨天没游完全岛，相约再去，拉陈某同行。照昨天走的路走了八九里，有条小溪，水色澄绿，旁边有座土山，不很高，洞中仿佛有什么东西在喘息。大伙儿害怕得乱逃，陈某自恃胆大有力，爬上棵大树躲着偷看。隔了一顿饭的时间，那东西从洞里出来，身材比牛大了一倍，外形有点像大象，头顶长着一只角，晶莹犀利。它盘踞在石上，放声长啸，声音震得竹木开裂。陈某惊怕得几乎从树上掉下来。只见虎豹猿鹿都带着同类到来，俯伏在那兽脚下，数量不下上千头。那兽选肥的用脚踩住，用舌头舐它肚子，吸它血。百兽都害怕得发抖，一动也不敢动。那兽吃了三四只野兽后，又拖着尾巴进了洞中。陈某于是从树上下来，循着来的路回船，把所见到的事告诉众人，最终不知这座山与那兽是什么名。

鸡 脚 人

闽商杨某，世以洋贩为业。言其祖于康熙中偕客出洋，遇旋风吹入海汊，其水四面高，惟中港独低，又在海水之下。杨舟盘涡而下，人舡俱无恙。至港底，见山川、草木、田畴、蔬谷，一如人世，惟无庐舍。岸侧有船依泊，内有数十人，亦中州来者。见杨等，欢如骨肉，因言此水惟闰年月有一日独高，与海水平，舟始可归。然只一食顷耳，稍迟则又不得上矣。其人先被飓风吹至时，亦曾有人居此港，后遇闰水得归，彼迟不及，留此六年，皆屡遇闰而失其时，故未得去。杨同舟客有四十人，带有谷菜诸种，咸分土耕种。其地颇沃而收倍，且不须人灌溉，终日与前舟人款接往来，几忘身在世外也。惜无黄历考日时，每食讫，咸登舟，待水满而已。一日，杨与客闲步野外，望隔溪有人，行近溪口，皆长丈余，无衣，身有毛，脚如鸡爪，胫如牛膝。见杨，啾唧作对语状，音不可晓。归与彼舟人言之，亦言来时曾于溪口见之，缘溪满不得渡，倘其来此，吾辈宁有孑遗耶？后六年八月遇风，水满，与前舟人同归。杨家有老仆，曾随行者，今已八十余，尚在，能道其详。按台湾有鸡爪番，常栖宿树上，此岂其苗裔欤？

【译文】

福建商人杨某，世代以贩运洋货为业。他说他祖父在康熙年间与众商人出海，遇上旋风，吹进了海汊。那儿水四面高，中间有道海湾特别低，在海水之下。他们的船随旋涡而下，人与船都没有损坏。到了海湾尽头，见山川、草木、农田、蔬菜、谷类，与人世间一样，只是没有房屋。岸旁有船停泊，其中有几十个人，也是中国去的，见到了杨某祖父等人，高兴得像见了亲人一样。他们说这里的水仅闰年月有一天涨高，与海水平，船才能回去，不过也只有吃顿饭时间，过了这时间，又不能上航了。这些人先前被飓风吹到这里时，也有人住在这里，后遇闰年水位高了得以回乡。他们没赶上，在这里留了六年，都是每次遇闰年都没抓住水位增高的机会，所以没能回去。杨某的祖父同船商人有四十人，带有谷类蔬菜等种子，就分开来耕种。那儿的土地很肥沃，收成是普通收成的一倍，并且用不着人灌溉。他们每天与先到的人来往应酬，几乎忘记了自身是在世外。可惜没有黄历不知道时间，每次吃完饭，都上船，等候水涨满。有一天，杨某的祖父与同伴闲步野外，望见溪水对岸有人，走近溪口。那些人个个长一丈开外，不穿衣服，身上有毛，脚像鸡爪，胫骨如牛膝。见了他们，啾啾唧唧想和他们攀话，但听不懂。杨某的祖父回船与先到的人说出所见，他们也说初来时曾经在溪口见到过。因为溪水很深，毛人渡不过来，如果毛人到这里，我辈难道还能剩下一个吗？过了六年，八月里遇风，海水满了，他们就同先到的船一块儿回乡。杨家有个老仆人，曾跟随同往，如今已八十多岁了，还活着，能详细地讲述那件事。按台湾有鸡爪番，常栖宿在树上，这些人或许是他们的同族后裔吧？

海和尚

潘某老于渔业，颇饶，一日偕同辈撒网海滨。曳之，觉倍重于常，数人并力舁之出。网中并无鱼，惟有六七小人趺坐，见人，辄合掌作顶礼状。遍身毛如猕猴，髡其顶而无发，语言不可晓。开网纵之，皆于海面行数十步而没。土人云：“此号海和尚，得而腊之，可忍饥一年。”

【译文】

有个姓潘的渔夫，捕鱼的技术很高超，家中因而较富足。有一天，潘某与众渔夫在海滨撒网，拉网时，觉得比平时重了一倍，几个人合力才把网拉了出来。网里却没有鱼，只有六七个小人盘腿坐着，见了人，就合掌作行礼状。小人遍身是毛，像猕猴一样，光着头没有头发，说的话听不懂。潘某打开网把它们放了，它们在海面上走了几十步后就潜入水中。当地人说：这小人名叫海和尚，捉到它们风干了，吃一只可以一年不吃饭。

一足蛇

谢大痴言，其友某在黔日，往一村，见民家多悬一物，鳞甲莹然，已腊而干之矣。言此去五里有山，为樵采地，山脚为往来路径。旁有枯树一株极大，树内藏一蛇，人首驴耳，耳能扇动有声，鳞如松皮。只一足，如龙爪，吐舌甚长，跃行迅疾。近人，辄以口喷毒气，令人迷仆，然后以舌入人鼻，吸血饮之。村人募丐者，予以金，除其患，无有应者。逾年，有二丐应命，索重酬，众为醵金如其数。其人取唾涎厚涂其身，裸而诱之。蛇果至，则急趋道旁田内，蛇追及之，陷于泥中，不能动。然后二丐跃起，以长竿扎刀，尽力斫之，断其首，乃死。村民家有被其害者，争分其肉。

【译文】

谢大痴说，他有个朋友在贵州时，有天去一村庄，见村民家大多悬挂一样东西，鳞光闪亮，已经风干了。村民说离村五里路有座山，是村民打柴的地方，山脚是往来的道路。路旁有一株很大的枯树，树里藏着一条蛇，人头驴耳，耳能扇动发出声音，鳞像松树皮一样，只有一只脚，像龙爪一样，舌头吐出来很长，跳跃前进得飞快。蛇靠近人，就从口中喷出毒气，令人昏迷倒地，蛇就用舌头伸入人鼻中吸血吃。村里人招募乞丐，给他们钱，请他们去捕蛇，没有人愿意干。过了一年，有两个乞丐应聘，开价很高，大伙儿凑足了那笔钱给他们。乞丐用唾涎厚厚地涂了一身，光着身子去诱蛇。蛇果然来了，乞丐急忙跑到路旁田中，蛇追了上去，陷在泥里，不能挪动。两个乞丐然后跳起来，用长竿扎刀，用力砍蛇，砍断了它的头，蛇于是死了。村民家中有被蛇毒害的，争着分蛇的肉，那挂着的东西就是分割的蛇段。

方　蚌

有人在闽出海口樵采，至一山，见山涧内悉卧方蚌，大者丈许，小者亦长数尺，礌砢重叠，以千百计。其人惊，方欲去，忽一蚌开口，其壳内有蓝面人，如夜叉状，卧其中。见人，手足皆动，作攫拏势，欲起而不得脱，盖其躯生壳上，即借蚌壳为背，故不能脱壳而出。少顷，众蚌悉张口，皆有夜叉如前状。其人仓皇急窜，闻背后剥剥有声，众蚌皆旋滚随之。及舟，舟中人斫以巨斧，获其一，并壳俱碎，夜叉亦死。带归示人，俱无知者。

【译文】

有人在闽江入海处打柴，到了一座山，见山涧里布满了方的蚌，大的有一丈左右，小的也长数尺，层层叠叠，约有千百只。那人大惊，刚想走，忽然有只蚌开了口，它壳里有个蓝脸人，形状像夜叉，睡在那儿。它见有人，手脚都动，做出要抓人的样子；它想起身却起不来，原来它的身体长在壳上，就是凭借蚌壳做背，所以不能脱离壳出来。一会儿，所有的蚌都张开子口，里面都有夜叉，像前面那只一样。那人惊慌失措，急忙逃走，听见背后发出“剥剥”的响声，原来是那些蚌滚动着跟着他。到了船边，船上的人用大斧子砍过去，砍到了一只，把壳都砍碎了，夜叉也死了，带回来给人看，没有人知道是什么东西。

山和尚

有李姓者，客中州，遇大水，登山避之。水势骤涨，其人更上山顶。时已暮，见矮草屋，乃山民耕地夜巡者所居，内悉藉以草，旁置一竹梆，其人宿焉。中夜闻踏水声，视之，见一黑短胖和尚游水面，将至，其人大呼，此怪稍却。少顷又前，其人窘急，取梆大击，山民都集，怪遂去，终夜不复至。次日水退，询山人，云：“山和尚也，欺人孤弱，便食人脑。”

【译文】

有个姓李的，客游中原，遇上发大水，他爬上山躲避。水势涨得很快，他又朝上爬，登上山顶。这时天已黄昏，他见有间矮草屋，是山民耕地晚上巡逻的人所住的，里边都铺着草，旁边放着一只竹制的梆子，李某就住了进去。半夜里，李某听见有踏水的声音。一看，是个又黑又矮的胖和尚在水里游。和尚将逼近李某，李某大声叫喊，和尚略微退后了些。过了会儿，和尚又向前来。李某穷途无法，只好把梆子拿起来拼命敲，山民们都赶来了，那和尚走了，整夜没再来。第二天水退了，问山上的人，说：“这是山和尚，欺负人孤单弱小，就吃人脑子。”

赠纸灰

杭州捕快某，偕其子缉贼，每过夜子不归，其父心疑，遣徒伺之，见其子在荒草中谈笑。少顷，走至櫕屋内，解下衣，抱一朽棺作交媾状。其徒大呼。其子惊起，不得已，系裤带，随其徒归，然精犹淋漓不止，抚其阴，冷如冰雪，直至小腹。其母问之，曰："儿某夜乞火小屋，见美妇人挑我，与我有终身之订，以故成婚月余，且赠我白银五十两。"母骂曰："鬼安得有银？"少年取怀中包掷几上，铿然有声，视之，纸灰也。访诸邻人，云："櫕屋中乃一新死孀妇。"

【译文】

杭州有一位捕快，带他儿子去侦缉贼盗。他儿子往往整夜不回家。捕快心中很疑心，派了个徒弟跟着。只见他儿子在荒草丛中有说有笑的，过了会儿，走进一间放棺材的屋中，解下裤子，抱着一具棺材作交媾的样子。捕快的徒弟大叫起来，他儿子吃惊地站起来，没办法，系上裤带，跟着捕快的徒弟回家，但精液仍然流个不停，摸他的阴部，冷得像冰雪，一直到小肚子都是冷的。他母亲问他，他说："儿子有天到那小房子借火，见一个美貌的妇人挑逗我，和我订终身之好，我因此与她成亲，已有一个多月了，她还送了我五十两白银。"他母亲骂他："鬼怎么会有银子？"他从怀里取出一个银包掷在几上，发出金属撞击声，但打开一看，都是些纸灰。向附近人打听，才知道那屋中停放着新死寡妇的棺材。

汤翰林

钱塘汤翰林其五未遇时，应试贡院，僦屋而居。苦其狭小，见旁有大宅，封锁甚固，杳无人居。访之邻人，云："此杭州太守柴公屋也。有恶鬼作祟，以故无人承买。"汤素有胆，曰："借居可乎？"邻人笑其狂，亦无阻者。汤遂开锁启门入，见楼上有二桌四椅，楼西有竹箱，虽久无人居，而尘埃不积。汤心喜，即挈行李登楼，手一壶一棍，秉烛读书。至三鼓，阴风起于窗外，灯焰缩小，有披发女子，赤身喷血而进。汤挥以棍，女惘然曰："贵人在此，妾误矣。"仍从窗出。汤喜鬼已去，将解衣安寝。忽楼西厢内籁籁有声，视之，则此女从西厢出，手执裙袄、艳色衣并梳篦等物，若将膏沐者。汤愈无恐，且饮且读书。有顷，女子梳妆毕，着艳衣，冉冉至前，跪诉曰："妾负奇冤，非公不能为我白者。妾姓朱名笔花，杭州柴太守妾也。正妻妒而狡，知太守爱妾，不敢加害。值妾产子时，贿收生婆，于落胎后将生桐油涂我产宫，溃烂而亡。妾儿名某，正妻取以为子，至今虽长成，并不知为妾之子。十年后，君为湖北主考，子当出公门下，公须以妾冤告之。妾尸犹埋此楼之东墙井边，有八角砖为记，可命其来此改葬生母。"并指竹箱曰："此皆妾藏首饰奁具处也。妾亡时，太守哀痛之至。临去，吩咐家人勿持我箱还家，恐触目心伤故也。后有来窃取者，妾以阴风喝退之。今此中尚存三百金，可以奉赠。”汤为惨然，唯唯而已。后一如其言。楼上怪从此绝，而屋亦转售。

【译文】

钱塘汤其五翰林还没发迹时，往贡院参加考试，借了间房子住着。房子太小了，他很不满意，见旁边有所大宅院，紧紧地关着，没一人居住。向邻居打听，说：“这是杭州知府柴公的屋子，屋里有恶鬼作祟，所以没人肯买。”汤其五一向胆大，说：“可以借来住几天吗？”邻居笑他狂，也没人阻拦他。汤其五就开了锁推门进去，见楼上有两张桌子、四把椅子，楼西有只竹箱，虽然很久没人住，但一点灰尘也没有。汤其五心里很高兴，就拿了行李登上楼，手中拿着酒壶、棍子，点起蜡烛读书。到了三更天，窗外起了阵阴风，烛焰缩小了，有个女子披着头发，光着身子，喷着血进来。汤其五用棍子打过去，女子不知所措地说，“贵人在这里，我错了！”仍然从窗口出去了。汤其五见鬼走了，心里高兴，将要脱衣服睡觉，忽然听见楼的西厢房里有什么声音，一看，那女子从西厢房出来，手中拿着裙袄和颜色鲜艳的衣物及梳篦等，像是要梳妆打扮。汤其五更加不怕，一边喝酒，一边读书。过了些时，女子梳妆完了，穿着色彩艳丽的衣服，慢慢走到汤其五跟前，跪下说：“我身负奇冤，除了您没人能为我昭雪。我姓朱，名笔花，是杭州柴知府的妾。柴知府的正妻妒忌而又狡猾，知道知府爱我，不敢加害。正碰上我生孩子，她就贿赂了收生婆，等胎儿产下后用生桐油涂我子宫，使我溃烂死去。我的儿子名叫某某，正妻把他当作自己的儿子，如今虽然长大，却不知道是我的儿子。十年后，您将做湖北乡试的主考官，我儿子当出您门下，您要把我受的冤屈告诉他。我的尸体还埋在这楼的东墙井边，有八角砖作标志，可命我儿子来改葬他生母。”并指着竹箱说：“这是我藏首饰奁具的地方。我死时，知府非常哀痛，临去时吩咐家人不要把我的箱子带回家，恐怕见了它伤心。后来有人来偷，我用阴风把他吓退了。现在箱里还存有三百两银子，可以赠送给你。”汤其五为她的遭遇所伤心，连连答应。后来发生的事完全同鬼说的相符。楼上的怪从此后不再出现，而屋子也卖出去了。

黑 苗 洞

湖南房县，在万山之中，西北八百里，皆丛山怪岭，苗洞以千数，无人敢入。有采樵者误入洞内，迷路不能出。见数黑人，浑身生毛，语兜离似鸟，以草结巢，栖于树巅。见樵人喜，以藤缚其手足，挂于树梢。樵者自分死矣。俄而一老妪从他巢中来，白发高颡，略似人形，言语犹作楚声，谓樵者曰："汝何误入此洞耶？我亦房县城中人。康熙某年，年荒乞食，迷入此洞。诸黑苗初欲食我，后摸我下体，知为女，遂留居巢中为妻。"指二黑毛人曰："此我儿也，尚听我说话。我当救汝。"樵人跪谢。老妪腾身上树，亲解其缚，袖中出栗枣数枚，曰："为汝疗饥。"随向二黑毛人耳语良久，语啾啾莫辨，手树枝一条，缚布巾于上，曰："有尔等同类，欲害我乡邻者，以此示之，俾知我意。"二毛人送樵人，行三日许，才得原路归。路上人皆曰："此黑苗洞也，迷入者都被其啖，从无归者。"

【译文】

湖北房县在万山之中，西北八百里，都是丛山怪岭，住着上千洞苗族人，没有人敢进入这地区。有个打柴的误进苗寨中，迷了路，出不来。见到几个黑人，浑身是毛，说话语音难辨，像鸟叫一样，用草做窝，住在树顶上。毛人见到打柴的很高兴，用藤绑着他的手脚，吊在树梢上。打柴的料想自己难逃一死。一会儿，有个老太婆从其他窝里来，白头发，高额头，与人略有些相似，说话还带有湖北口音，对打柴的说："你怎么走错路走到这寨子里来？我也是房县城里人。康熙某年，碰上饥荒，我出来讨饭，迷路走到这里。黑苗起初要吃我，后摸我下身，知是女子，就把我留在窝里做妻子。"她指着二个黑毛人说："这是我儿子，还能听我话，我会救你。"打柴的连声道谢。老太婆腾身上树，亲自为他解开绳子，从袖子里拿出几枚栗枣，说："给你充饥。"随即向二个黑毛人低声说了很多话，语言呶呶听不懂，拿了一根树枝，把布巾缚在上面，说："有你等同类，欲害我乡邻的，把这个给他看，让他们知道我的意思。"二毛人送打柴的回家，走了近三天，才找到来时的路，回到家里。路上的人都说那是黑苗洞，迷路进去的都被吃掉，从来没有回来的。

空中扯辫

芜湖江口巡司衙门弓兵赵信，年三十余，尚未娶妻。忽一日，往野庙中，留连笑语，不肯归家。人问之，则曰："吾赘于某氏矣。"极夸其妻之美、家之富。次日又往，嬉笑如常。人与同行，毫无所见，知为鬼所弄，乃嘱其父母，苦禁之，闭门而通饮食焉。赵在房呼曰："我来，我来！勿扯我辫。"家人在窗眼中密窥之，见其头上辫发直竖空中，似有人提之者，于是防范愈严。三日后，声响寂然，开户视之，竟以辫发自缢床阑干上。

【译文】

芜湖江口巡检司衙门的弓兵赵信，三十多岁了，还没娶妻。有一天，他到野庙中去，依依不舍，说说笑笑，不肯回家。人们问他，他说："我入赘于某家了。"极力夸奖他妻子的美貌，家中的富有。第二天，赵信又去野庙，还是那样喜乐欢笑。有人与他同行，什么也没见到，知道他被鬼迷惑了，于是叮嘱他父母，把他关起来不让出去，房门紧闭，只是送茶饭时开一下。赵信在房里叫道："我来，我来！不要拉我的辫子！"家人在窗眼里偷看，见赵信头上的辫子直竖在空中，仿佛有人拉着一样，于是更加严格地管住他。三天后，什么声音也没有了，开门一看，赵信已用辫子在床栏杆上吊死了。

蓬头鬼

泾县于道士，能白日视鬼，常往城中赵氏家饮酒，密语主人曰："君家西楼夹墙内，有鬼蓬头走出，东窥西探，形如窃贼，必是冤谴，有所擒捉，但未知应在府上何人。"主人曰："何以验之?"道士曰："我明日早来，看鬼藏何处，即便告君。君可唤家人一一走过，看鬼作何形状，便见分晓。"主人以为然，次日道士来曰："鬼在西厅案桌脚下。"主人召集家丁，往来桌前，鬼皆不理。其女六姑娘过，鬼向之大笑。道士曰："此其是矣。然且勿通知令爱，虑其惊怖也。"主人问可禳解否，曰："此前生孽，无可禳也。"自后闻抛砖掷瓦之声，月余不绝。俄而六姑娘以产亡，家果平静。

【译文】

泾县于道士，能够白天见到鬼。有次他到城里赵某家饮酒，悄悄地对赵某说："你家西楼夹墙里，有个蓬头鬼走出来，东看西看，像个盗贼一样，一定是个蒙冤的鬼，要捉对方。只是不知他要捉的是府上哪个人。"赵某说："怎么样才能知道?"于道士说："我明天一早来，看鬼躲在什么地方，就告诉你。你可把家里人叫来逐个从那里走过，看鬼作什么样子，就可以知道了。”赵某觉得他说得不错。第二天，于道士来了，说：“鬼在西厅案桌脚下。”赵某把家人召集在一起，从案桌前走来走去，鬼都不理。赵某的女儿六姑娘走过，鬼对着她大笑。于道士说：“就是她了。但是暂时不要告诉你女儿，怕她惊恐害怕。”赵某问是否可以禳解，道士说：“这是前生冤孽，没法解除。”从此后，就听见抛砖掷瓦的声音，一个多月没有停。后来六姑娘难产死了，家里果然就安静了。

借丝绵入殓

芜湖赵明府必恭，宰湖南衡阳，伤寒病剧，气已绝矣。家人棺殓绵絮，无一不周，因其心口尚温，故尔未殓。赵梦行黄沙中，茫茫然不见天日。过一小河，天渐开朗，有庙题曰“准提观音庵”。走入，见老僧趺坐，煮素面甚香，觉腹中饥，向僧乞食。僧喝曰：“汝何必在此乞食，可作速还家，家中有面等汝!”赵踉跄走出，遇乡邻吴某，拱手谢曰：“蒙君见惠，使我体暖。”赵不解所云，惊而醒，果闻素面如庵中之香。盖家人守尸，镇日不饭，故煮面充饥，赵即索食。家人曰：“老爷病月余，汤水不沾，何能吃面耶?”赵必欲取食，家人无如何，与一瓯，竟饮啖如常，而病亦愈。心中想吴某谢暖之说，乱梦无征，绝不向家人言及。后二年，赵眷属还芜，将昔年作殓之绵装箱带归。适吴某死，当盛夏，无处买绵，其家殓时来借丝绵，乃即与之。又三年，赵罢官归，偶与家人谈及前事，方知千里之外，两年之前，此绵应归吴用，生魂早来谢矣。

【译文】

芜湖赵必恭任湖南衡阳知县，得了严重的伤寒病，已经断了气。家人把棺材及该用的丝绵等东西，全都准备齐全。因为他心口还是温的，所以没有下殓。赵必恭梦见自己在黄沙中行走，迷迷蒙蒙的见不到天日。过了一条小河，天渐渐开朗，见到一座庙，题名为“准提观音庵”。他走了进去，见有个老和尚盘腿坐着，煮素面的气味很香。赵必恭觉得肚子饿，向和尚讨来吃。和尚喝道：“你何必在这里讨东西吃？可赶快回家，家里有面等你！”赵必恭跌跌冲冲地跑出庙，遇到同乡邻居吴某，拱手道谢说：“承蒙您送我东西，使我身体温暖。”赵必恭不知他说些什么，吃惊而醒，果然闻到像在庵中闻到的素面的香气。原来是家中人守尸，整天没吃饭，所以煮面充饥。赵必恭立即叫人拿面来吃，家人说：“老爷病了一个多月，连汤水都喝不下去，怎么能吃面呢？”赵必恭坚持要，家人没办法，就盛了一碗。他居然像平常一样吃了下去，病也好了。心里想起吴某谢暖的话，以为是乱梦没有凭据，一个字也没告诉家里人。过了两年，赵必恭的家属回芜湖，把过去准备殓尸的丝绵装箱带回。正巧吴某死了，当时是盛夏，没地方买丝绵，他家大殓时来向赵家借，赵家就借给了吴家。又过了三年，赵必恭罢官回家，偶然与家里人谈起梦中事，这才知道千里之外、二年之前，这丝绵就定下该归吴某用，吴某的生魂早就来道谢了。

洞庭君留船

凡洞庭湖载货之船卸货后，每年必有一整齐精洁之船，千夫拉曳不动，舟人皆知之，曰：“此洞庭君所留也。”便听其所之，不复装货。舵工水手，俱往别船生活。至夜则神灯炫赫，出入波浪中，清晨仍归原泊之处。

年年船只轮换当差，从无专累一家者，亦从无撞折损伤者。

【译文】

凡是载货到洞庭湖的船，卸了货以后，每年总有一艘整齐精洁的船，上千个人也拉曳不动。船上的人都知道，说："这是洞庭君所留下的船。"便听任它留在那儿，不再装货。船上的舵工与水手，都转到别的船上去干活。到了晚上，那船便有神灯照耀得很明亮，在波浪中出没，清晨又回到原来停泊的地方。每年船只都轮换当差，从来没有专留下一家的船的事发生，船也从来没有撞坏损伤过。

缆将军失势

鄱阳湖客舟遇风，常有黑缆如龙，扑舟而来，舟必损伤，号"缆将军"，年年致祭。雍正十年大旱，湖水干处，有朽缆横卧沙上，农人斫而烧之，涎尽血出。从此缆将军不复作祟，而舵工亦不复致祭矣。

【译文】

航行在鄱阳湖上的客船遇上风暴，往往有条黑色的缆绳像龙一样朝船扑过来，船定会被损坏，人们称它为"缆将军"，每年都要祭祀它。雍正十年，天大旱，湖水干涸的地方，有条烂缆绳横躺在沙上，农民砍断它焚烧，水烧干后血流了出来。从此以后，缆将军不再作祟，船上的人也不再祭祀它了。

吴二姑娘

全椒金棕亭进士，寓扬州马氏玲珑山馆，孙某，年十七，文学颇佳，相随读书，祖孙隔房而寝。夜闻懵呼声，以为魇也，起视唤之，孙即醒悟，棕亭还卧己房。未几又魇，棕亭再往，其孙业已起坐床上，对棕亭，以两手向上，曰："请屈一指。"则一指弯，曰："请屈五指。"则五指弯。自后或叉手，或拱手，作态万状。棕亭呵之，泣求还家见母，乃呼轿送归。病者自取衣冠靴带著之，请祖父母上坐，拜别曰："儿即登仙去矣。"举家惶惑，莫知所为。日午神气稍定，私拉乃祖耳语曰："无他，一小狐狸闹我耳。"语毕瞀乱如初。自称："吴二姑娘与我前世有缘。"或云："妹子吴三姑娘也来了，姐妹二人要同嫁我。"随作淫秽语，令人难闻。拉棕亭向前，呵气一口，其冷如冰，从鼻管直到丹田，毛发皆噤。镇江蒋春农中翰，赠天师符一张。方欲张挂，而病者遽来抢夺，幸系绫本，爪掐不伤。棕亭张符向之，又被吹冷气一口，符飞窗外，绫竟碎裂。棕亭不得已，求祷城隍庙、关帝庙。数日，忽病者呼："接驾，接驾，伏魔大帝至矣！"棕亭悚然，率家人齐跪。病者呼棕亭名骂曰："金兆燕，汝身为进士，而脱帽露顶，不穿公服迎我，有是理乎？"棕亭叩头谢罪。少顷复呼："接驾，接驾，孔圣人至矣！"棕亭又叩头迎接。文武二圣，相与共语，嚅嚅不可辨，皆在病者口中，作山东、山西两处人口吻。

如是者自午及申，举家长跪哀求，不敢起立，腿脚皆肿。病者厉声曰："妖魔已斩，封尔孙为上真诸侯，吾当去也。"棕亭叩送毕，进病者粥，病者向空招手曰："吃粥，吃粥。"狂言如故。棕亭大悟，文武二圣皆妖冒充。责病者曰："我年逾六十，从未受人欺哄，今乃为汝揶揄耶?"病者缩首内向，掩口而笑，作得意状。颠狂月余，有林道士者来，言拜斗可以禳遣。棕亭于是设坛斋醮，终日诵经。如是七日，病者神气渐清，乃急为完姻，入赘岳家，妖果不至。此乾隆四十七年三月间事，棕亭先生亲为余言。

【译文】

全椒金棕亭进士，住在扬州马家玲珑山馆。他孙子某，年十七，文章写得不错，跟着他一起读书，祖孙俩在相邻的两间屋里睡觉。有一天，金棕亭听见孙子糊里糊涂地叫唤，以为他做噩梦，起床去看，把他叫醒。孙子醒来，金棕亭便回到自己房间去睡。不一会儿，孙子又做噩梦了，金棕亭再次前去，见孙子已经起身坐在床上，对着他把两手举起向上，说："请屈一指。"于是弯了一指。说："请屈五指。"便五指都弯曲。此后或叉手，或拱手，做出各种样子。金棕亭呵斥他，他哭着请求回家见母亲，金棕亭就雇了轿子送他回去。到家后，他自己拿出了衣冠靴带穿好，请祖父及父母上坐拜别，说："儿马上登仙去了。"全家人惊惶疑惑，不知该怎么办好。到了中午，他神气稍微安定，悄悄拉着金棕亭的手，在耳边说："没关系，是只小狐狸在闹我。"说完，又昏瞶错乱，如先前一样。他自称："吴二姑娘与我前世有缘分。"或者说："妹子吴三姑娘也来了，姐妹俩要一起嫁给我。"随即说淫秽话，使人听不下去。他拉金棕亭向前，对他呵了口气，像冰一般冷，从鼻管一直下到丹田，使人毛发都竖了起来。镇江蒋春农中书，送给金棕亭一张天师符。金棕亭刚要张挂，他孙子急忙来抢，幸亏是绫子的，指爪抓上去没抓坏。金棕亭打开符对着他孙子，又被他吹了口冷气，符飞出窗外，绫竟然破碎裂开。金棕亭没办法，到城隍庙、关帝庙去祷告。过了几天，他孙子忽然大叫："接驾，接驾！伏魔大帝来了！"金棕亭很惊恐，带家人一齐跪下。他孙子叫着金棕亭的姓名骂道："金兆燕，你身为进士，却脱帽露顶，不穿公服迎接我，有这道理吗？"金棕亭叩头赔罪。过了会儿，又叫道："接驾！接驾！孔圣人来了！"金棕亭又叩头迎接。只听见关帝与孔子二人说话，模模糊糊听不清楚，都通过病人发声，是山东、山西两处人口音。这样从午时到申时，全家人都跪着哀求，不敢起立，腿脚都跪肿了。他孙子又厉声说："妖魔已斩，封你孙子做上真诸侯，我要走了。"金棕亭叩头送走神仙，给孙子送上粥来，孙子向空中招手说："吃粥，吃粥，"还是像先前一样说胡话。金棕亭明白过来，关帝、孔子都是妖怪冒充，就责怪说："我已经六十几岁了，从来没被人欺哄过，如今反被你捉弄吗？"他孙子缩着头朝里看，掩口而笑，做出副得意的样子。这样癫狂了有一个多月，有个林道士来，说拜斗可以解除驱赶妖怪。金棕亭于是设坛斋戒打醮，整天诵经。这样过了七天，病人神气渐渐清楚，于是急忙为他办完婚事，让他入赘女方，妖怪果然不再来。这是乾隆四十七年三月间的事，是金棕亭先生亲口告诉我的。

石狮求救命

广东潮州府东门外，每行人过，闻唤救命声。察之，四面无人，声从地下出，疑是死人更活，持锄掘之。下土三尺许，有石狮子被蟒围其颈。众大骇，即击杀蟒。而扛石狮于庙中。土人有所祈祷，灵验异常；或不敬信，登时降祸；自此香火大盛。太守方公闻之，以为妖异，将毁其庙。民众哓哓，几激成变。太守不得已，诡言迎石狮入城，将别为立庙，众方应允。舁至演武场，锤碎石狮，投之河中，了无他异。太守方公名应元，湖南巴陵人。余按晋元康中，吴郡怀瑶家地下闻吠声，掘之，得二犬。长老云此名犀犬，得者其家富昌，事载《异苑》。

【译文】

广东潮州府东门外，每当行人经过，总会听到叫救命的声音，四面看，却又没人，声音是从地下传出来的。人们怀疑是死人复活了，就用锄头朝那儿挖，挖了有三尺多深，见到一只石狮子被条大蟒缠住了颈部。众人十分惊骇，就把大蟒杀了，把石狮子扛到庙里。当地人对石狮祈祷请求，非常灵验；如果有人对它不敬重相信，立刻就会降下灾祸，从此后香火非常旺盛。知府方公听说了，以为这是妖异，要把那庙拆毁。民众得知后吵闹起来，差点闹成暴乱。知府没办法，假意说把石狮迎进城里，要为它另外建庙，大众才同意了。狮子被抬到演武场，用锤砸碎后扔进河里，什么事也没有发生。知府方公名应元，湖南巴陵人。我想起晋永康年间，吴郡怀瑶家听到地下有狗叫声，挖出来两只狗，老年人说这狗名犀犬，得到的人家里会富有昌盛，事情记载在《异苑》中。

旱魃

乾隆二十六年，京师大旱，有健步张贵，为某都统递公文。至良乡漏下，出城行至无人处，忽黑风卷起，吹灭其烛，因避雨邮亭。有女子持灯来，年可十七八，貌殊美，招至其家，饮以茶，为缚其马于柱，愿与同宿。健步喜出望外，绸缪达旦。鸡鸣时，女披衣起，留之不可。健步体疲，乃复酣寝，梦中觉露寒其鼻，草刺其口。天色微明，方知身卧荒冢间。大惊，牵马，马缚在树上，所投文书，已误期限五十刻。官司行查至本都统，虑有捺搁情弊。都统命佐领严讯，健步具道所以。都统命访其坟，知为张姓女子，未嫁与人通奸，事发，羞忿自缢，往往魇祟路人。或曰："此旱魃也。猱形披发，一足行者，为兽魃；缢死尸僵，出迷人者，为鬼魃。获而焚之，足以致雨。"乃奏明启棺，果一僵女，尸貌如生，遍体生白毛，焚之，次日大雨。

【译文】

乾隆二十六年，京城大旱，有个专门递送紧急公文的公差张贵，为某都统传递公文。走到良乡，已经天黑起更了。出了城，刚走到没有人的地方，忽然卷起阵黑风，吹灭了他的灯笼。他以为要下雨了，就在路旁驿亭里躲避。有个女子拿着灯笼来，约十七八岁，容貌很美，把张贵请到家中，给他喝茶，帮助他把马系在柱子上，愿与他同睡。张贵喜出望外，二人荒唐了一夜。鸡叫时，女子披着衣服起身。张贵留她不住，觉得很累，便继续睡觉，梦里觉得露水滴在鼻子上很冷，有草刺他的口。天微亮时，才知道自己睡在荒凉的坟地里。张贵大惊，赶紧去牵马，马缚在树上，所投的文书，已超过了限期半天了。有关衙门发文到都统那儿查询，怕是有意耽搁公文，中有舞弊。都统命佐领严格查讯，张贵把经过原原本本交代了。都统命人调查那坟，知为一个姓张的女子，还没出嫁就与人通奸，事情败露后，羞愧气忿，上吊而死，往往出现祸害过路人。有人说："这是旱魃。外形像猱，披着头发。用一只脚走路的，叫兽魃；吊死后成为僵尸，出外迷人的，叫鬼魃。捉到旱魃焚烧了，就会降雨。"都统于是向上禀告，开棺，果然是具女僵尸，容貌像活着一样，浑身长着白毛。把僵尸烧了，第二天下了大雨。

蝎　　怪

佟明府宰芮城，有乡民，夏间袒背坐石上，持面一碗，食未毕，忽大呼仆地而绝。众人视之，背正中有洞，深数寸，黑血泉涌，不知何疾也。具呈报官，疑为卖面人所毒。佟公往验，见所坐石旁有罅，黑血流入罅中，其下若有呼嘬声。乃命掘石下三尺许。石穴中有蝎如鹅大，方仰首饮血，尾弯环作金色。乡民争持犁锄击之，蝎死而尾不损，以验死者之背，伤痕宛然。乃取蝎尾贮库，至今犹存。

【译文】

佟知县官芮城知县时，有个乡下农民，夏天光着膀背坐在石上吃面，还没吃完，忽然大叫，倒地而死。众人看他，背正中有个洞，深数寸，黑血像泉水般涌出来，不知得了什么病。众人写了报告送进衙门，怀疑是卖面人下了毒。佟公去检验，见那人坐的石头旁有洞，黑血流进洞中，下面似乎有呼吸吞咽声。佟公就命人挖掘石头底下，约挖了三尺来深，见石洞中有只蝎子，有鹅那么大，正抬着头吃血，尾巴弯环是金色的。乡民们争着用犁锄打过去，蝎子死了，但尾巴没打坏，再与死者背部伤痕相比照，完全相符。于是把蝎尾贮入仓库，到现在还在。

蛇　　王

楚地有蛇王者，状类帝江，无耳目爪鼻，但有口，其形方如肉柜，浑浑而行，所过处草木尽枯，以口作吸吞状，则巨蟒恶蛇尽为舌底之水，而肉柜愈觉膨然大矣。有常州叶某者，兄弟二人，游巴陵道上，见群蛇如风而趋，若有所避。已而腥风愈甚，二人怖避树上。少顷，见肉柜正方，如蝟而无刺，身不甚大，从东方来。其弟挟矢射之，正中柜面，柜如不知，负矢而行。射者下树，将近此物之身，欲再射之，拔其矢而身已仆矣。良久不起，乃兄下树，视之，尸化为黑水。洞庭有老渔者曰："我能擒蛇王。"众大骇，问之，曰："作百余个面馒头，用长竿铁叉叉之，送当其口。彼略嗡，则去之而易新者，如是数十次。其初馒头黣烂如泥，已而黑，已而黄，已而微赪，伺馒头之色白如故，而后众人围而杀之，加豚犬耳，不能噬人。"众试之，果如其言。

【译文】

湖北、湖南一带有蛇王，形状像帝江，没有耳目爪鼻，只有口，外形方方如肉柜，行动很迟钝，所经过的地方草木都枯萎了。它用口作吞吸状，于是大蟒恶蛇都变成它舌底之水，那肉柜就更加膨大起来。常州有姓叶的兄弟俩，到巴陵一带游览。忽见群蛇似风般经过，像在逃避什么。一会儿，腥风越来越大，二人害怕，躲到树上。过了些时，见一只正方形的肉柜，像是刺猬而没有刺，身材不很大，从东方过来。弟弟拉弓射去，正中柜面，肉柜一点反应也没有，带着箭走过去。弟弟从树上下来，走近肉柜的身子，想再射它，把那箭拔下来而自己却倒在地上，很久没有起来。哥哥下树去看，他的尸体化成了黑水。洞庭湖边有个老渔民说："我能擒获蛇王。"众人很惊骇，问他用什么办法。他说："做一百多个面馒头，用长竿铁叉叉着，送到蛇王口边。它略微吸了，就丢掉换上新的。这样换了几十次，起初馒头霉烂如泥土，接着发黑，又发黄，又略微有些红，等馒头的颜色仍然是白的，然后大伙儿围上去杀它，就像杀猪犬一样，它不能咬人。”大家试了一下，果然像老渔民说的一样。

颜渊为先师判狱

杭州张纮秀才，夏月痢死，家贫无棺，从其叔乞助。叔居海宁，往返五日，而纮苏，言至天帝所听谳，已入死案，既而曰：“诸生也。”遣一官押至学宫，请二先师出，曰：“是人已有成案，然必得二师决之。”一师曰：“罪轻而情重，当死。”一师曰：“虽然，事尚可矜，渠非首谋，姑与减等，五年后改行则已。其父官岭南，有功德于民，姑押令见渠父。”命原押官押至岭南名宦祠；见其父，父大呼曰：“非吾子也。”拒而不见。母夫人从室旁出，泣曰：“父不汝子矣，汝当速归改过。但汝死久，恐尸坏，可归则归，否则仍返帝所，自有处分，万勿借他人尸也。”遣鬼仆同至家，觇家人肯认否。及至家，见尸尚横卧未坏，旁有一灯一饭，押者推纮仆尸上，尸遽动，妻子哭而惊视之。其仆呼曰：“认矣，可以报主母矣。”遂去。纮已活，人争问纮隐事，纮不言。后未五年，纮竟死。其从兄名纲者，毛西河友也。告西河曰：“大清兵下杭州，潞王北去，其宫眷留匿塘西孟氏家。吾弟为王某所诱，谋出首取赏，既而悔之，不列名。后同王某出首者五人皆暴死。吾弟死而复苏，然狡性不改，与朱道士争一鹤，乃私窜道士名于海寇案中，竟致之死，负先师之训，违慈母之教，宜其终不永年也。”问学宫先师姓名，纮曾言何人，曰："其一颜渊，其一子服景伯。"

【译文】

杭州张纮秀才，在夏天患痢疾死去。家里贫穷，买不起棺材，向叔叔求助。叔叔住在海宁，派去的人一来一去化了五天，而张纮却活了。他说自己到天帝处受审，已入死案。后来天帝说："他是个秀才"，就派一官员押他到学宫，请先师出来，说："这个人已经定案，但必须听从二位老师的意见。"一个说："他的罪轻但从情理上说很重，应判死刑。"一个说："虽然是这样，但事情还可怜悯，他并不是为首的，姑且减轻一等，五年后他改过就算了。他父亲在岭南做官，对人民有功德，姑且押他去见他父亲。"命原押送官把他押往岭南名宦祠。他拜见父亲，父亲大叫说："你不是我儿子!"拒绝接见他。他母亲从旁边屋子出来，哭着说："父亲不认你做儿子了，你当赶快回去改正过错。但你死了很久，恐怕尸体已经坏了，能回就回，不能的话仍然回到上帝那儿，自然会安排，千万不要借别人的尸体还魂。"派遣鬼仆同他一起到家里，看家里人是否认他。到了家，见尸体还躺着没坏，旁边点着一盏灯，供着一碗饭。押送的人把他推倒在尸体上，尸体立即动了起来。妻子哭着吃惊地看他，鬼仆叫道："认他了，我可以回去报告主母了。"遂去。这时张纮已活了过来。人们争着问他犯了什么过错，他不肯说。后来不到五年，张纮竟然死了。张纮的从兄张纲，是毛西河的朋友，告诉西河说："大清兵下杭州，潞王北去。他宫内女眷躲藏在塘西孟家。我弟弟被王某所诱，谋出首得赏金，既而后悔了，没有列名。后来与王某一起出首的五个人都突然死去。我弟弟这次死而复苏，但狡诈的性情仍然不改，与朱道士争一鹤，却私下把道士的名字拉扯进海寇案中，使朱道士被杀，辜负了先师的训导，违背了慈母的教育，他活不长是应该的。"毛西河问他学宫里先师的姓名张纮是否说过是谁，张纲说："一个是颜渊，一个是子服景伯。"

豆腐架箸

四川茂州富户张姓者，老年生一儿，甚爱之，每出游必盛为妆饰。年八岁，出观赛会，竟不反，遍寻至某溪中，已被杀矣。裸身卧水，衣饰尽剥去。张鸣于官，凶手不得。刺史叶公，身宿城隍庙求梦，夜梦城隍神开门迎叶，置酒宴之。几上豆腐一碗，架竹箸其上，旁无余物，终席无一言。叶醒后解之，不得其故。后捕快见人持金锁入典铺者，获而讯之，赃证悉合。其人姓符，方知竹架腐上成一“符”字。

【译文】

四川茂州有个富户，姓张，晚年得了个儿子，非常喜爱，每次出游，都把孩子打扮得漂漂亮亮的。孩子八岁时，出去看庙会，竟没有回家，到处寻找，最后在溪水中找到，已经被人杀害，光着身子躺在水里，衣服饰物都被剥走。张富户向官府报案，凶手捕不到。知州叶公，为这事睡到城隍庙去求梦。夜里，梦见城隍神开门迎接他，安排酒席宴请他。案几上有一碗豆腐，把筷子架在上面，别的什么菜也没有。城隍神在席上也没说一句话。叶公醒后解释这梦，却怎么也想不出暗示些什么。后来捕快见有人拿着金锁到当铺去当，把他抓起来审问，赃物与张富户所报的相合。那人姓符，这才知竹子架在豆腐上暗示一个“符”字。

蒋金娥

通州兴仁镇钱氏女，年及笄，适农民顾氏为妇。病卒忽苏，呼曰："此何地，我缘何到此？我乃常熟蒋抚台小姐，小字金娥。"细述蒋府中事，啼哭不止，拒其夫曰："尔何人，敢近我！须遣人送我回常熟。"取镜自照，大恸曰："此人非我，我非此人。"掷镜不复再照。钱遣人密访，蒋府果有小姐，名金娥，病卒年月相符，遂买舟送至常熟。蒋府不信，遣家人到舟中看视，妇乍见，能呼某某名姓，一时观者如堵。蒋府恐事涉怪诞，赠路费，促令回通。妇素不识字，病后忽识字，能吟咏，举止娴雅，非复向时村妇样矣。有何义门先生之侄号权之者，向曾聘蒋府女，未娶女卒，因事来通，妇往见何，称为姑父，与谈旧事，一切皆能记忆，遂呼何为义父。何劝妇仍与原夫为婚，妇不肯，欲为尼不果。此事在乾隆三十二年。

【译文】

通州兴仁镇钱家的女儿，十五岁了，嫁给姓顾的农民为妻子。这一年，钱氏生病死去，忽然又苏醒过来，叫道："这是什么地方，我怎么会到这里的？我是常熟蒋巡抚的小姐，小名金娥。"详细地说蒋府中事，不停地啼哭，不让她丈夫靠近，说："你是什么人，敢靠近我！快派人把我送回常熟。"拿了镜子自照，十分痛苦悲伤地说："这个人不是我，我不是这个人。"把镜子扔了，不再照。钱家派人秘密查访，蒋府果然有个小姐，小名金娥，病死的时间与还魂时间相符，就雇了船把女儿送到常熟。蒋府的人不相信，派家人到船中去看。妇人一见了他，就能叫出他的名姓。一时间观看的人围满了。蒋府恐怕事涉怪诞，赠给钱家路费，叫他们赶快回通州去。钱氏素不识字。病后忽然识字，能作诗，举止安闲文雅，不再是过去村妇的样子。有何义门先生的侄子号权之的，以前曾聘蒋府女为妻，还没过门蒋女就死了。这时有事到钱家，钱氏出来相见，称他为姑父。和她谈起以往的事，她都能记起来，于是拜何权之做义父。何权之劝她与原夫为婚，她不肯。她想出家做尼姑，也没做成。这件事发生在乾隆三十二年。

还 我 血

刑部狱卒杨七者，与山东偷参囚某相善，囚事发，临刑以人参赂杨，又与三十金，嘱其缝头棺殓。杨竟负约，又记人血蘸馒头可医瘵疾，遂如法取血，归奉其戚某。甫抵家，忽以两手自扼其喉，大叫："还我血，还我银！"其父母妻子烧纸钱，延僧护救之，卒喉断而死。

【译文】

刑部监狱的狱卒杨七，与山东的一个偷参犯很要好。案犯事发后，临行刑时用人参贿赂杨七，又给他三十两银子，嘱咐他把自己的头缝在身子上备棺埋葬。结果杨七竟背弃诺言，又想起人血蘸馒头可以医治肺病，就用馒头蘸了偷参犯的血送给亲戚。他刚回到家，忽然用双手扼着自己的喉咙，大叫："还我血！还我银！"他父母妻子烧纸钱，请和尚念经，想救他，但是最终他还是掐断了自己的喉咙后死去。

（卷十八译者　李梦生）

子不语卷十九

周世福

山西石楼县周世福、周世禄兄弟相斗，刀戳兄腹，肠出二寸许。日久，肚上创平复如口，能翕张，肠拖于外，以锡碗覆之，束以带，大小便皆从此处流出。如此三载余方死。死之日，有鬼附家人身，詈其弟云：“汝杀我，乃前生数定也，但早了数年，使我受多少污秽。”

【译文】

山西石楼县周世福、周世禄兄弟俩互相斗殴，弟弟周世禄用刀子往哥哥周世福的肚子上捅了一刀，肠子流出了二寸多长。日子一久，周世福肚子上的伤口好了，但长得像一张嘴，能够张合，那肠子就拖在外面。周世福用一只锡碗罩在肠子上，再用布带把锡碗绑住。大小便都从这肠子排出。这样过了三年多，周世福才死。临死那天，周世福的魂灵附在一个家人身上，骂他的弟弟说：“你杀我，这是前世注定的，但提早了几年，使我受了多少肮脏罪！”

韩宗琦

余甥韩宗琦，幼聪敏，五岁能读《离骚》诸书，十三岁举秀才。十四岁，杨制军观风，拔取超等，送入敷文书院。掌教少宗伯齐召南见而异之，曰："此子风格非常，虑不永年耳。"己卯八月初一日清晨，忽谓其母曰："儿昨得梦甚奇，仰见天上数百人，奔波于云雾之中，有翻书簿者，有授纸笔者，状亦不一。既而闻唱名声，至三十七名即儿名也，惊应一声而醒。所呼名字一一分明，醒时犹能记忆。及晓披衣起，俱忘之矣。"自以为天榜有名，此科当中。及至乡试，三场毕，中秋月明如昼，将欲缴卷，闻有人呼曰："韩宗琦好归去也。"如是者三，其声渐厉，若责其迟滞者。甥应曰："诺。"及缴卷时，四顾无人，踉跄归。次日问诸同考友，皆曰："无之。倘我辈即欲同归，必另有称呼，岂敢竟呼兄名?"揭榜后，名落孙山，甥怅怅不乐，旋感病，遂不起。临终苦吟"举头望明月，低头思故乡"二句，张目谓母曰："儿顿悟前生事矣。儿本玉帝前献花童子，因玉帝寿诞，儿献花时，偷眼观下界花灯，诸仙嫌儿不敬，即罚是日降生人间，今限满促归，母无苦也。"卒年十五。盖俗传正月初九为玉帝生日云。

【译文】

我的外甥韩宗琦，从小聪明机敏，五岁就能读《离骚》等书，十三岁考中了秀才。十四岁那年，杨总督奉旨观察民风，特选他为超等，保送到敷文书院深造。敷文书院的掌教，是曾经做过礼部侍郎的齐召南。他一见韩宗琦，就非常惊异，叹道："这孩子风神气格不同寻常，恐怕要折寿呀!"乾隆二十四年八月初一的早晨，韩宗琦忽然对他母亲说："孩儿昨夜做了一个很奇怪的梦，梦见天上有几百个人，都奔波在烟云雾海之中，有的在翻阅书籍，有的在传送纸笔，神态个个都不一样。过了一会儿，听到发榜唱名的声音，到第三十七名时，就是孩儿的名字。孩儿吃惊地应了一声，就醒了。那唱名的所叫的那些名字，孩儿听得清清楚楚，醒来时还记忆犹新；等到天亮披好衣服起床，就都忘记了。”从那以后，韩宗琦和家人都认为这预示着天榜有名，今年的秋闱是必中无疑了。及至参加乡试，考到第三场，正好是八月中秋，月明如同白昼。韩宗琦将要去缴答卷时，听到有人呼叫：“韩宗琦，你好回去了！”这样连叫了三声，声音一声比一声严厉，好像是责怪他行动太迟缓了。宗琦慌忙回答说：“就走！”及至缴卷时，四面一看，考场里已空无一人，就踉踉跄跄地奔回了住处。第二天，韩宗琦问同考场的学友，有谁在他缴答卷的时候，连续三次叫他的名字。学友们都说：“没有的事儿。倘若我们要和您作伴回来，必定称呼您的大号，怎么敢直呼您的名字呢？”等到乡试发榜，韩宗琦名落孙山。从这以后，韩宗琦郁郁不乐，不久就得了一场病，从此卧床不起。临终之前，他还躺在床上苦吟李太白“举头望明月，低头思故乡”的名句。他对守在旁边的母亲说：“孩儿现在已经觉悟到上辈子的事了。儿前世本是玉帝驾前的献花童子，因为一次玉帝做寿辰，孩儿在献花时偷眼看了下界的花灯，不巧被诸仙察觉，参奏孩儿不敬，当天就被罚降生人间。如今罚期已满，玉帝催我回天界去了，母亲不必牵挂。”韩宗琦死时年仅十五岁。江南民间传说，正月初九是玉帝的生日。

徐俞氏

邓州牧徐廷璐，与妻俞氏伉俪甚笃。俞卒，徐恸甚，凡其粉泽衣香，一一位置若平时，取其半臂覆枕上。至一七，营奠于庭，有小婢惊呼：“夫人活矣！”徐趋视，见夫人着半臂，端坐床上，子女家人奔集，咸见之。徐走前欲抱，其影奄然澌灭，而半臂犹僵立，良久始仆。一夕，徐设席，若与夫人对饮者，执杯泣曰：“素劳卿戒饮，今谁戒我耶?”语未毕，手中杯忽失所在，侍立婢仆遍寻不得。少顷，杯覆席间，酒已无余。有妾语人曰:“此后夫人不能诟我矣。”至夕，见夫人直登卧榻，批其颊，颊上有青指痕，三日始灭。自是举室畏敬，甚于在生时。

【译文】

邓州知州徐廷璐，与妻子俞氏情深意笃。俞氏死后，徐廷璐悲痛至极。凡是妻子房中的陈设、衣物、脂粉香泽，他都按妻子生前的样子摆设；妻子生前习惯于把常穿的一件坎肩儿平铺在枕头上，现在依然原样儿放着。到了头七，徐家设奠祭祀俞氏。忽然有个小丫鬟从俞氏房里急匆匆跑来，惊叫道:“夫人活过来了!”徐廷璐听后，一路小跑来到妻子卧房。只见俞氏穿着那件坎肩儿，正端坐在床上。稍后，徐家的人也赶到了，大家都亲眼目睹了这场景。这时，徐廷璐走上前去，想要搂抱妻子，而他妻子的身影忽地一闪，就不见了。那件坎肩儿，却还僵直地悬立在床上，好半天才慢慢落下。一天，徐廷璐在妻子房里摆设酒席，就像与妻子同桌对饮一样。他举起酒杯，流着眼泪，说道:“你平时一直劝我戒酒，如今有谁来劝我呢?”徐廷璐的话音未落，他手中的酒杯已经不见了。丫鬟们在房里到处寻找，就是不见杯子的踪影。不一会儿，那酒杯却已经倒在了餐桌上，里面一滴酒也没有了。徐廷璐有个小老婆，见俞氏一死，就高兴地对人说:“从此以后，夫人就再也不能骂我了。”不想到了晚间，俞氏竟直奔她的床前，伸手就给了她两个大巴掌，五个青黑的手指印，过了三天才逐渐消褪。从那以后，全家人对俞氏的敬畏，超过了她在世的时候。

琵琶坟

董太史潮，青年科第，以书画文辞冠绝时辈，性磊落而有国风之好。常与诸名士集陶然亭，散步吟诗，独至城堙下，忽闻琵琶声，踪迹之，声出数椽败屋。乃十七八美女子，着淡红衣，据窗理弦索，见董略无羞避，挥弦如故。董徘徊不能去。同人怪董久不至，相率寻之，见董方倚破牖痴立，呼之不应。群啐之，董惊寤，而女子形声俱寂，始道其故，众入室搜索，败瓦颓垣，绝无人迹。有蓬颗一区，俗所称“琵琶坟”也。乃掖董归。未几，以疾归常州，卒于家。

【译文】

翰林董潮，青年时就科场及第，书画诗文冠绝一时，性情磊落洒脱，爱好女乐。他喜好吟诗对句，曾经与一些名士同游陶然亭，一边散步，一边吟诗。一个人不知不觉转到一个土山后面。忽然他听到一阵琵琶声，循着声音寻去，发现是从一间破败的小屋里传出的，小屋里临窗坐着一位十七八岁的美女。她身穿淡红衣裙，临窗从容理弦，见了董潮，一点也不羞涩，也不回避，依然弹奏如故。董潮听得入神，在窗外前后徘徊，竟不想离开了。那些同来的文士，见董潮去后久久不回，心里觉得奇怪，就一起去寻找，却发现他痴呆呆地站在一间小破屋的窗外，叫他也不理。文士们以为他中了什么邪，用力啐了他一口吐沫，董潮这才如梦方醒；而那琵琶声已消失，美女也不见了。董潮向文士们讲述了他刚才的所见所闻，大家就走进小屋搜寻，只见地上都是些残砖破瓦，四壁破败不堪，并没有人居住，只有一丛蓬草，就是人们所俗称的“琵琶坟”。文士们就搀扶着董潮，把他送回家去。不久，董潮得了大病，返回常州，病死在家中。

曹阿狗

归安程三郎妻，少艾而贤，里党称三娘子。方夏日晓妆，忽举动失常，三郎疑为遇祟，以左手批其颊，三娘子呼曰："勿打我，我邻人曹阿狗也。闻家中设食，同人来赴，既至，独无我席。我惭且馁，知三娘子贤，特凭之求食耳，勿怖。"其邻曹姓大族也，于前夕果延僧人诵焰口经。阿狗者，乃曹氏无赖少年，未婚而卒者也。以阿狗无后，实未为之设食，闻此言亦骇，同以酒浆、楮镪至三娘子前致祝。三娘子曰："今夕当专为我设食，送我于河，此后祭祀，必有阿狗名乃可。"曹氏惧，如其言送之，三娘子遂愈。

【译文】

归安县有个程三郎，他的媳妇既年轻貌美，又十分贤惠，乡里人都管她叫三娘子。有一个夏天的早晨，三娘子正在梳妆，却忽然举止失常，有些疯疯癫癫的样子。程三郎以为她中了邪，就伸出左手打了她一个大巴掌，想把她打醒。但这一打，却改变了三娘子原来的腔调，她用一个男人的声音喊道："别打我，我是你邻居曹阿狗呀。我听说我们曹家正在祭奠亡灵，就同先人们一起回来。到了家里，却发现唯独我一个人没有席位。我又惭愧，又饥饿，知道三娘子贤惠，就特意附在她身上，只是想求点儿吃食，大家不要害怕。"原来，程三郎的邻居曹家，是乡里的一个大家族，前天确曾请了僧人做法事，诵焰口经。但这个曹阿狗，却是曹氏门中的无赖子弟，谁也不愿把女儿嫁给他，因此他直到临死还是个光棍。曹家因为他无后，所以在祭祀时不给他设立席位。曹家的人听了此事心里真有点儿害怕，连忙端来酒食，拿来纸钱、银锞之类，在三娘子面前供奉。三娘子说："今天晚上，必须专门为我摆设祭席，送我的魂灵到河边；以后再有家祭，一定要有我阿狗的席位才行。"曹家很害怕，只好按阿狗的要求，设宴祭送。三娘子的病就好了。

钱仲玉

钱生仲玉，少年落魄，游兰溪署中。值上元夕，同人咸出观灯，仲玉中怀郁郁，独不往，步月庭除，叹曰："安得五百金，使我骨肉团聚乎？"语毕，闻阶下应声曰："有，有！"仲玉疑友人揶揄之，遍视不见人，乃还斋坐。闻窗外谡谡声，一美女褰帏入曰："郎勿惊，妾非人，亦非为祸者也。佳节异乡，共此岑寂，适闻郎语，笑郎以七尺男子，何难得五百金哉！"仲玉曰："然则顷云'有有'者，即卿耶？"曰："然。"仲玉曰："在何处？"女笑曰："勿急，勿急！"即拉仲玉手同坐，曰："妾汪六姑也，葬此为污泥所侵，求君改葬高处，必当如君言以报。"问何病亡，女以手遮面曰："羞不可言。"固问之，曰："妾幼解风情，而生长小家，所居楼临街，偶倚窗见一美少年方溺，出其阳，红鲜如玉，妾心慕之，以为天下男子皆然。已而嫁卖菜佣周某，貌既不佳，体尤琐秽，绝不类所见少年，以此怨思成疾，口不能言，遂卒。"仲玉闻之，心大动，弛下衣，拉女手使摸，而人声忽至，女遽拂衣起，曰："缘未到。"仲玉送至墙下，女除一银臂钏与之，曰："幸勿忘！"言毕而没。仲玉恍然如梦，视银钏竟在手中，乃秘之。次夕人静，独步墙阴，遍视不复见。乃语主人，并出臂钏以证。主人异之，起土三尺许，得女尸，衣饰尽朽，肌色如生，与仲玉所见无异，右臂一钏犹存。仲玉解衣覆之，为备棺衾，移葬高阜。其夕，梦女来谢曰："感郎信义，告郎金所，郎卧榻向左三尺，旧有人埋五百金，明当取之。"如其言，果得金如数。

【译文】

有个叫钱仲玉的人，少年落魄，在兰溪县衙中做幕僚。这天是正月十五元宵节，同僚们都上街看灯去了，钱仲玉因为心情不好，独自留在家里。他到庭院里散步望月，不禁起了怀乡思亲之念，叹道："如何能得到五百两银子，使我能回乡与家人团聚呢？"话音刚落，就听得台阶下有人应声说："有！有！"钱仲玉怀疑是友人在戏弄他，但环顾四周，并不见人，就又回到书斋里闲坐。这时，忽然听得窗外传来一阵细碎的脚步声，接着一位美女掀帘进来，对钱仲玉说："郎君不要害怕，妾不是人，但也不害人。同在异乡过佳节寂寞的心情相同，刚才听郎君自悲自叹，觉得很可笑。就凭你这堂堂七尺须眉男子，又何愁这五百两银呢！"钱仲玉问："这样说来，刚才说'有有'的，就是你了？"美女答道："是呀。"钱仲玉又问："银子在哪里呢？"那美女笑道："郎君别急呀！"说着，就拉着钱仲玉的手，两人坐到床上，说道："妾名汪六姑，死后埋葬在这地势低洼的地方，长年被污泥所侵，求郎君把我的遗骸移葬高阜，妾必当按君所需，如数奉赠的。"钱仲玉问她得了什么病死的，美女用双手捂住面孔，说："羞死人了！叫我怎么说呢？"钱仲玉再三盘问，美女才说道："妾小时就懂男女风情。因生在小户人家，所居之楼，门窗临街。一天，妾正临窗而坐，偶然瞥见一个美少年面墙小解，露出他那活儿，红鲜如玉，妾心里实在羡慕。从那时起，妾就以为普天下的男子，这地方都是这般可爱的。后来嫁给了卖菜的周某，这小子不但相貌丑陋，那话儿更是委琐污秽，完全不像那少年那么美妙，所以怨思成疾，又不好向人启齿，最后一病不起，把命送了。”钱仲玉听她这么一说，不禁欲心大动，连忙松开裤带，拉着美女的手来摸自己的话儿。正在这时，忽然传来人声，美女急忙缩回了手，站起来说道：“妾与郎君的缘分还没到。”说罢，转身就走。钱仲玉送她到东墙下，美女就脱下手腕上的银镯子，塞到仲玉手里，说道：“愿郎君永记勿忘！”话音刚落，就不见影子了。钱仲玉恍恍惚惚好像在做梦。他低头一看，那只银镯子还在手中，于是把它收藏起来。第二天夜晚，人声已静，钱仲玉又独自到东墙下散步，希望能再与那美女相遇。但遍视四周，却不见有个人影，只得怏怏而归。才把他遇见美女的事，原原本本对房主说了，并取出银镯子作证。房主听后也觉惊异，当即命人在东墙下掘地三尺，果然露出了一具女尸，衣服和饰物虽然都已腐烂，但面色肌肤却栩栩如生，与仲玉所见的美女一模一样，另一只银镯子还戴在右腕上。钱仲玉连忙脱下自己的外衣，遮盖住那女尸的暴露部分。又备办了棺材衾装，把她改葬在高坡之上。当天夜里，汪六姑就来托梦，向钱仲玉表示感谢，她说：“感谢郎君的诚实高谊，我来告诉郎君藏银的地方，就在你卧榻向左三尺的地下，从前有人在那里埋了五百两银子，明日郎君可掘土取用。”钱仲玉按她说的去做，果然得银五百。

虾蟆蛊

朱生依仁，工书，广西庆远府陈太守希芳延为记室。方盛暑，太守招僚友饮，就席，各去冠。众见朱生顶上蹲一大虾蟆，拂之落地，忽失所在。饮至夜分，虾蟆又登朱顶，而朱不知。同人又为拂落，席间肴核，尽为所毁，复不见。朱生归寝，觉顶间作痒。次日顶上发尽脱，当顶坟起如瘤，作红色。皮忽迸裂，一蟆自内伸头瞪目而望，前二足踞顶，自腰以下在头皮内，针刺不死，引出之，痛不可耐，医不能治。有老门役曰：“此蛊也，以金簪刺之当死。”试之果验，乃出其蟆，而朱生无他恙，惟顶骨下陷若仰盂然。

【译文】

书生朱依仁，能写一笔好字，被广西庆远知府陈希芳聘为秘书。一天盛夏，陈希芳备酒招待僚属。入席时，因为酷暑，大家都脱去了帽子。这时，众人见朱依仁的头顶上蹲着一只大蛤蟆。其中一人上前把那蛤蟆打落在地，一转眼，那蛤蟆就不见了。宴会进行到午夜时分，那个大蛤蟆又在朱依仁的头顶上出现，而朱却一点也没有察觉。有位同僚上前去把它打落，那大蛤蟆却跌落到了餐桌上，把一桌菜肴都弄脏了。一会儿，它又不见了。宴会结束后，朱依仁回到住处，刚要上床睡觉，突然觉得头顶上奇痒。第二天，朱依仁头顶上的头发全都脱落，头顶还隆起了一个小坟头似的大包，鲜红鲜红的。过了一会儿，那大包的皮肤忽然从中间破裂，只见一只蛤蟆从裂缝里探出头来，瞪着眼睛向四周张望，两条前腿，踩在头顶上，而自腰以下却依然深藏在大包里，用针刺不死，要把它从大包里拉出来，朱依仁又痛得受不了，连医生也束手无策。庆远衙门里有位守门的老头儿，在察看了那蛤蟆后说：“这是蛤蟆蛊呀。只有用金制的发簪来刺，才能把它刺死。”众人听了守门老人的话，找来一只金簪，那蛤蟆果然被刺死，从头顶的大包里取了出来。从此以后，朱依仁就没有遇到什么意外，只是头顶骨下陷，像一个口朝天的杯子。

礅　怪

高睿功，世家子也，其居厅前有怪，每夜人行，辄见白衣人长丈余，蹑后，以手掩人目，其冷如冰。遂闭前门，别开门出入。白衣人渐乃昼见，人咸避之。睿功偶被酒坐厅上，见白衣人登阶倚柱立，手拈其须，仰天微睇，似未见睿功在坐者。睿功潜至其后，挥拳奋击，误中柱上，挫指血出，白衣人已立丹墀中。睿功大呼趋击，时方阴雨，为苔滑扑地。白衣人见而大笑，举手来击，腰不能俯，似欲以足蹴，而腿又长不能举，乃大怒，环阶而走。睿功知其无能为，直前抱持其足而力掀之，白衣人倒地而没。睿功呼家人就其初起处掘深三尺，得白瓷旧坐礅一个，礅上鲜血犹存，盖睿功指血所染也。击而碎之，其怪遂绝。

【译文】

有个叫高睿功的人，是世代显贵之家的子弟。他家的厅堂前面，忽然闹起了鬼怪，每天夜里，有人从厅堂走过，就会出现一个高一丈多、穿一身白的人蹑手蹑脚地跟在后面，用两手捂住人的眼睛，手冰冷冰冷的。因此，高家只好把厅堂的前门关闭，开边门出入。后来，这个白衣人大白天也出现在厅堂里，使高家的人都不敢从厅堂走了。有一天，高睿功喝了点酒，坐在厅堂里歇息。只见那白衣人走上台阶，倚着厅柱站立，手拈着胡须，眯着双眼昂头看天，似乎并没有发觉高睿功坐在那里。睿功就暗暗走到白衣人的背后，挥拳奋击过去，却打在了厅柱上，手指挫伤，鲜血直流，而那个白衣人已站在台阶中央。睿功大吼一声追打过去。那时天正下雨，台阶上的苔草很滑，不小心跌倒在地。白衣人见了哈哈大笑，举手要打睿功，腰却弯不下去；想用脚踢，腿太长又抬不起来。怪物大怒，围着台阶直绕圈子。睿功发现那白衣人无能为力，就往前直扑过去，抱住它的双脚，用力一掀，把它摔倒在台阶旁边。哪知怪物着地之后，忽然就不见了。高睿功就命家人在那白衣怪物最初出现的地方掘地三尺，竟挖出一个陈旧的白瓷座礅，上面还留有睿功的鲜血。高睿功当即命人把这个白瓷座礅击碎，从此，那白衣人就不再出现了。

六郎神斗

广西南宁乡里祀六郎神，人或语言触犯，则为祟，尤善媚女子，美者多为所凭。凡受其害者，以纸镪一束、饭一盂，用两三乐人，午夜祀之，送至旷野，即去而之他，其俗无夕不送六郎也。有杨三姑者，年十七，美姿容。日将夕，方与父母共坐，忽嫣然睨笑。久之，趋入房，施朱傅粉，娇羞百态。父母往问，砖石自空掷下，房门遂闭，惟闻两人笑语声。知为六郎，亟呼乐人送之，六郎不肯去。及晨，女出如常，云："六郎美少年，头戴将巾，身披软甲，年可二十七八，与我甚恩爱，不必送他去。"父母无如何。越数夕，忽仓皇奔出，曰："又一六郎来，大胡子，貌甚狞恶，与前六郎争我相殴。前六郎非其敌也，行当去矣。"俄闻室中斗声甚剧，似无物不损者。父母乃召乐人双送之，两人俱去，三姑亦无恙。

【译文】

广西南宁的百姓，都祭祀六郎神。如果有人在语言中有所触犯，六郎神就会来作祟。这个六郎神尤其善于媚惑女子，凡是年轻貌美的，多数都被他附身。受害的人家须准备纸钱一束，米饭一碗，请两三名乐工，在深夜吹吹打打把六郎神送到荒郊旷野，他就到别的人家去作祟了。所以，这地方几乎没有一天不举行送六郎神的仪式。有个杨三姑娘，年方十七，相貌出众。一天傍晚，杨三姑娘和父母在院子里闲坐，突然她乜斜着双眼痴笑。过了一会儿，她又回到卧房，涂脂擦粉地梳妆打扮起来，还做出种种娇媚的样子。她的父母感到很奇怪，就想前去问个究竟。不料刚走到她的卧房门口，突然一阵砖头石块从高空飞来。接着，卧房的门就关上了，房里传出了男女的说笑声。杨三姑娘的父母知道女儿被六郎神迷住了，急忙请了乐工送他，但六郎神就是不肯离开。到了第二天早晨，杨三姑娘步出卧房，言行都和平时一样。她对父母说："六郎是位俊俏的后生，他头戴将巾，身披软甲，年约二十七八岁，与我非常恩爱，不要送他走吧！"父母无可奈何，就只好作罢。这样过了几个夜晚。一次，杨三姑娘忽然从卧房里奔出来，对父母说："不好了！房里又来了一个六郎。这人长了一脸大胡子，相貌狰狞凶恶，为了争我，正与前面的六郎斗殴呢！那前面的六郎不是他的对手，看来不能不走了。"这时候，卧房里的殴斗声越来越响，房内的东西恐怕已经没有一件完好的了。杨三姑娘的父母只得再请了乐工，送这两位六郎神双双离去，从此杨三姑娘就安然无恙。

返魂香

余家婢女招姐之祖母周氏，年七十余，奉佛甚虔。一夕寝矣，见室中有老妪立焉。初见甚短，目之渐长，手纸片堆其几上，衣蓝布裙，色甚鲜。周私忆同一蓝色，何彼独鲜？问："阿婆蓝布从何处染？"不答，周怒骂曰："我问不答，岂是鬼乎？"妪曰："是也。"曰："既是鬼，来捉我乎？"曰："是也。"周愈怒，骂曰："我偏不受捉！"手批其颊，不觉魂出，已到门外，而老妪不见矣。周行黄沙中，足不履地，四面无人，望见屋舍，皆白粉垣，甚宏敞，遂入焉。案有香一枝，五色，如秤杆长，上面一火星红，下面彩绒披覆层叠，如世间婴孩所戴刘海搭状。有老妪拜香下，貌甚慈，问周何来，曰："迷路到此。"曰："思归乎？"曰"欲归不得。"妪曰：

“嗅香即归矣。”周嗅之，觉异香贯脑，一惊而苏，家中僵卧已三日矣。或曰：“此即聚窟山之返魂香也。”

【译文】

我家有个丫鬟招姐，她的祖母周氏，七十多岁了，笃信神佛。一天晚上，周氏刚上床休息，突然看见一个老婆子站在她面前。初见时，这老婆子身材矮小，看着看着，身子却逐渐长高，很快就与一般人差不多了。老婆子穿着一身蓝布衣裙，颜色非常鲜艳。手里还拿着一叠纸片，堆到周氏的茶几上。周氏心里思忖：同样是蓝色，为什么她的颜色特别鲜艳？就问那老婆子：“阿婆，你穿的这蓝布是在哪里染的？”那老婆子装着没听见，理也不理。周氏很恼火，骂道：“我问你不回答，难道你是个鬼吗？”老婆子说：“你说对了。”周氏又问：“你既然是鬼，是不是要来捉我呢？”那老婆子说：“不错。”周氏听后，心里愈加恼火，骂道：“我偏偏不让你捉！”说着就伸手上前，打了老婆子一个嘴巴。老婆子挨了一掌，转身就跑，周氏紧追不舍。这时周氏的灵魂出窍了，刚追到门外，那老婆子就不见了。周氏行进在四野没有人迹的黄沙之中，她脚不着地，好像是凭空飞行。渐渐地，前面出现了一处房屋，外面一律是白色粉墙。周氏推门进入一间屋子，屋里十分宽敞。只见摆着一张香案，案上燃着一炷高香，香分红、黄、蓝、白、黑五种颜色；香炷有秤杆儿那么高，香尖儿燃得火红；香座之下彩绒披覆，层层叠叠，好像婴儿脖子下佩戴的刘海褡儿。有个老婆子在香案前跪拜，相貌很慈祥。老婆子发现了周氏，就问周氏为什么跑到这里来。周氏说：“我迷了路，所以到了这里。”老婆子又问：“想回家吗?”周氏说：“想是想，只怕是回不去了。”老婆子告诉她：“只要闻一闻这香烟，立刻就可回去了。”周氏靠近香案一闻，一股幽香扑鼻，直冲脑际，心中一惊，就醒了。家人告诉她：她已在家中僵卧了三天。有人听说了周氏的这件事，就说：“那就是能起死回生的聚窟山产的返魂香呵。”

观音作别

方姬奉一檀香观音像，长四寸，余性通脱，不加礼，亦不禁也。有张妈者，奉之尤虔，每早必往佛前焚香，稽首毕，方供扫除之役。余一日晨起，呼盥面汤甚急，而张方拜佛不已。余怒，取观音像掷地，足蹋之。姬闻泣曰："昨夜梦观音来别我云：'明日有小劫，我将他适矣。'今果被君作蹋，岂非数也?"乃送入准提庵。余想佛法全空，焉得作如此狡狯，必有鬼物凭焉。嗣后乃不许家人奉佛。

【译文】

我有一个姓方的侍姬，供奉着一尊用檀香木雕成的观音菩萨，有四寸那么高。我这个人一向豁达，对这尊观音菩萨既不礼敬，也不禁止侍姬供奉。我家有个佣人张妈，对这尊观音菩萨可虔诚了。她清晨起来第一件事，就要到观音菩萨面前烧香磕头，然后再打扫屋子。有一天我早上起来，几次呼唤张妈打洗脸漱口水来，只见她正对着观音菩萨又跪又拜。我心中非常恼火，拿起观音菩萨就往地上摔，又恨恨地踩上几脚。侍姬得知后，对我哭着说："昨天夜里，妾梦见观音菩萨前来向我告别，她说：'明天我有一场小小的劫难，我只能离开你家，到别处去了。'现在，果然被您践踏，这岂不是定数吗?"于是，侍姬就把这尊观音菩萨送到准提庵去供奉。我想：佛教教义讲一切皆空，观音菩萨怎么会做托梦显灵这种狡猾的事，必定有鬼怪附在她身上，以此盗享人间香火。从此以后，我就不许家人供奉佛像了。

兔 儿 神

国初御史某，年少科第，巡按福建。有胡天保者，爱其貌美，每升舆坐堂，必伺而睨之。巡按心以为疑，卒不解其故，胥吏亦不敢言。居亡何，巡按巡他邑，胡竟偕往，阴伏厕所窥其臀。巡按愈疑，召问之，初犹不言，加以三木，乃云："实见大人美貌，心不能忘，明知天上桂，岂为凡鸟所集？然神魂飘荡，不觉无礼至此。"巡按大怒，毙其命于枯木之下。逾月，胡托梦于其里人曰："我以非礼之心，干犯贵人，死固当然；毕竟是一片爱心，一时痴想，与寻常害人者不同。冥间官吏俱笑我，揶揄我，无怒我者。今阴官封我为兔儿神，专司人间男悦男之事，可为我立庙招香火。"闽俗原有聘男子为契弟之说，闻里人述梦中语，争醵钱立庙，果灵应如响。凡偷期密约，有所求而不得者，咸往祷焉。程鱼门曰："此巡按未读《晏子春秋》劝勿诛羽人事，故下手太重；若狄伟人先生颇不然。相传先生为编修时，年少貌美。有车夫某，亦少年，投身入府，为先生推车，甚勤谨，与雇直钱不受，先生亦爱之。未几病危，诸医不效，将断气矣，请主人至，曰：'奴既死，不得不言，奴之所以病至死者，为爱爷貌美故也。'先生大笑，拍其肩曰：'痴奴子，果有此心，何不早说耶？'厚葬之。"

【译文】

木朝初年，有位御史少年得志，荣登科第，出任福建巡按。巡按府里有个叫胡天保的杂役，爱慕这位巡按大人的美貌，因此每当巡按乘车出行或升堂理事，他总是躲避在一边偷看。后来巡按发觉了他这种行为，引起了怀疑，但不清楚他的意图；询问下面的吏役，他们也都不敢说实话。不久，巡按到各州县巡视，胡天保也随行。一天，胡天保竟躲藏在厕所里，偷看巡按大人的屁股。巡按发觉后，愈加起了疑心，把他找来责问。开始他还不肯说，直到挨了夹棍，这才招供说："我实在是因为见大人美貌，心里一直忘怀不了。我虽然知道大人是天上的玉桂，我是人间的凡鸟，怎么可能成为我的栖息之所？但一见到大人，我就神魂颠倒，飘忽不定，不知不觉就做出了这种无礼的行为。"巡按听后，心中大怒，立即命人用乱棍把他打死了。过了一个多月，胡天保托梦给一位同乡说："我的非礼行为，冒犯了贵人的尊严，被责打至死，原是理所当然的。但我毕竟是一片爱心，一时的痴想，与平常那种害人的不同。我到了阴间，那儿的官吏都笑话我，奚落我，但他们当中没有一个是真的憎恨我。现在阴间的官府封我做兔儿神，专管人间男人之间相爱的事。你们应该在当地给我立个庙，招香火来祭祀我。"福建地方原来就有聘男人为契弟的陋俗，听了胡天保托梦所说的话，就争相捐钱立庙，庙神果然很灵，有些想幽会密约而不能如愿的男人，都到这庙里来祈祷。程晋芳听了这个故事后评论说："这位巡按大概没有读过《晏子春秋》中劝人勿杀行为不端之人的告诫，所以他下手太重了。像狄伟人先生就不同，他也遇到过类似的事，但处理得很恰当。相传狄先生做翰林院编修时，也是年少貌美。有个年轻车夫投身先生府中，为先生推车，工作非常勤奋小心。狄先生给他工钱，他从来不肯收。先生也很爱护他。不久这车夫病危，请医服药无效。临死时，他把狄先生请到床前，对先生说：'奴才既然要死了，有句话也就不得不说。奴才所以病到这个地步，都是因为爱老爷美貌的缘故呵。'狄先生听了这话，不禁哈哈大笑，拍着车夫的肩膀说：'傻小子！你果真有这份心思，为什么不早说呢？'车夫死后，狄先生为他隆重地办了丧事。"

玉　梅

香亭家婢玉梅，年十余岁，素勤忽懒，终日昏睡，笞之亦不改。每夜喃喃如与人私语。问之不肯说。褫下衣，验其阴，已非处子，且溃烂矣。拷讯，乃云："夜有怪，状如黑羊，能作人语，阳具如毛锥，痛不可当，戒我勿告人，如告人，当拉我去置之死地。"众骇然，伺婢卧，夜窃听焉。初作猫饮水声，继而呻吟，香亭率众持棍入，烛照无人，问怪何在，婢指床下曰："此绿眼者是也。"果见眼光两道，闪耀处，帐色皆绿。棍击之，跳起冲窗去，满房帐钩箱锁之类，锵锵有声。次日失婢所在，遍觅不得。薄暮，灶下人见风飘红布裙一条在柴房西角处，往寻得婢，痴迷不醒。灌以姜汁，苏曰："怪昨夜来云：'事为汝主所知，不得不抱汝去。'遂藏我于柴房中，约今夜仍来。"问："听得猫饮水声，何耶?"曰："怪每淫我，先舐后交，口舐差乐也。"香亭即日呼媒者，将玉梅转售他家，怪竟不往。

【译文】

香亭家中有个小丫鬟，名叫玉梅，年约十多岁。这小丫鬟平时手脚非常勤快，最近却变得懒惰起来，整天躺在床上昏睡。为此曾打过她几回，但她依然不改。她总在夜里躺在床上喃喃地自言自语，好像是在和人说着悄悄话儿。香亭盘问她，她却不肯说，使人感到可疑。于是命人脱下她的下衣，检查她的身体，发现她已经不是处女，而且阴部已溃烂了。香亭大怒，严加拷问，玉梅才招认说："有个怪物，形状长得像头黑羊，能说人话。每到夜里，这怪物就来和我同床。它那阳具，像个带毛的锥子，使我疼痛难当。怪物威胁我，不许我把这事告诉别人，不然，就把我拉去整死。"香亭一家听了她的叙述，都惊诧不已。到了夜里，等玉梅睡下之后，香亭就带人到窗下去偷听。开始听到好像猫饮水的声音，后来又传出了呻吟声。香亭率领众人，持棍冲进房内，举烛四照，床上除了玉梅之外，并无怪物。香亭厉声喝道："怪物在哪里？"玉梅指着床下说："那长着两只绿眼睛的就是。"香亭和众人循着玉梅所指的地方找去，果然见一怪物躲在床下。它眼中射出的两道绿光，把床帐都映绿了。一个家人举棍打去，那怪物从床下窜出，冲开窗户，逃离而去，把床帐的钩环、箱子的挂锁等物，都震得锵锵作响。第二天，玉梅失踪了，到处寻找，也不见她的踪影。直到傍晚时分，厨房里一个烧火的老婆子去抱柴禾，才在堆放柴禾的屋子的西边一个角落里，发现了她的红裙子。众人把她从柴禾堆里拖出来，她已痴迷不醒，连忙给她灌了姜汤，才慢慢苏醒过来。玉梅说："昨夜怪物逃走后，过了一会儿又回来了，它对我说：'咱俩的事已被你家主人发觉了，我现在不得不把你拖走。'他就把我藏在堆放柴禾的屋子里，约好今夜再来。"有个家人问玉梅："昨夜我们在你窗外，听到好像是猫饮水的声音，那是怎么回事？"玉梅说："那怪物每次淫我之前，都要先舐而后交，这口淫的滋味也很不错。"香亭当即命人唤来媒婆，将她转卖给了别的人家。那怪竟然没有跟随她去。

卢彪

余幼时，同馆卢彪一日至馆，神色沮丧，问之，曰："我昨日往西湖扫墓，归迟，城门闭矣。宿某店家，夜月甚明，鸡鸣即起，踏月进城。至清波门外，小憩石上，见远远一女子来，向余佽拜。余疑其非人，口诵《大悲咒》拒之。女如畏闻而不敢近者，我逼而诵之。我愈近女，女愈远我。我惊，乃狂奔数里，将入瓮城，见东方渐白，卖鱼人挑担往来，以为此时尚复何惧，何不重至旧处，一探踪迹。行至前路，不料此女高坐石上，如有所待。望见我，便大笑，奔前相扑，冷风如箭，毛发尽颤。我惶急，再诵《大悲咒》拒之。女大怒，将手向上一伸，两条枯骨，恻恻有声，面上非青非黄，七窍血流，我不觉狂叫仆地，枯骨从而压之，我从此昏昏无知矣。后有行路者过，扶起，以姜汁灌我，才得苏醒还家。”余急与诸窗友置酒，为卢压惊，视其耳鼻两窍及辫发中，尚有青泥填塞，星星如小豆。或云皆卢所自塞也，故两手亦皆泥污。

【译文】

我年轻时，有位同馆学习的同学名叫卢彪。一天，卢彪来到学馆，神情沮丧，大家都关切地问他，他回答说："我昨天到西湖畔上去扫墓，回来得很晚，城门已经关闭了，只得住进城外一个客店里。夜里，月光分外明亮，等到鸡叫头遍，我就起床，借着月光返回城里。走到将近清波门外，我坐在一块石上稍事休息。只见远远有一个女子走来，到了跟前，就向我施礼下拜。我疑心她是个鬼怪，当即口诵《大悲咒》来拒却。那女子听后，好像显得惶恐不安，不敢接近我，而我却一边口诵一边逼近她。我愈是逼近她，她愈是后退远避。这时我心里也发慌起来，于是撒腿就跑，一口气狂奔了几里地，来到了清波门。只见东方渐渐发白，天已经亮了，城内外卖鱼的、挑着担儿做买卖的很多，人来人往，十分热闹。我想现在还有什么可怕的，不如再回到那里，看看这女子究竟是人是鬼。于是，我又沿原路返回刚才休息的地方。不料那女子正坐在我坐过的石头上，好像是有所等待似的。她一见了我，就哈哈大笑，向我猛扑过来，口里吹出一股冷气，如箭射人，使我毛发倒竖，浑身发抖。我又怕又急，连忙再诵《大悲咒》来拒邪。那女子见我这样，不禁大怒。她两手往上一伸，从衣袖中露出两根白森的枯骨，还发出可怕的声响。霎时间，她的脸色也变得不青不黄，而且七窍流血，阴森可怖。吓得我大叫一声，跌倒在地。她那枯骨又随之压到了我身上，我这时也已经昏死过去了。后来有过路的人把我扶起，灌了些姜汤，我才苏醒过来，丧魂失魄地回到家中。”我和各位同窗忙备了酒肴，为卢彪压惊。席间，仔细瞧那卢彪，发现他的耳窝、鼻孔里以及辫子的头发中，还塞有青色的泥团，星星点点，都像豆子一般大小。有人说这都是卢彪自己塞的，所以他两手都是污泥。

孔林古墓

雍正间，陈文勤公世倌修孔林。离圣墓西十余步，地陷一穴，探之中空，广阔丈余。有石榻，榻上朱棺已朽，白骨一具甚伟。旁置铜剑，长丈余，晶莹绿色。竹简数十页，若有蝌蚪文者，取视成灰。鼎俎尊彝之属，亦多破缺漫漶。文勤公以为此墓尚在孔子之先，不宜惊动，谨加砖石封砌之，为设少牢之奠焉。

【译文】

雍正年间，陈文勤公奉旨修葺孔林。离开孔墓西十几步，发现有一处地面下陷，形成一个洞穴。下到洞内察看，又发现里面有一个宽长各有一丈多的墓穴，有一座石质的棺床，棺床上的朱木棺材已经腐烂了。但有一具白骨，从骨架的外形看，墓主生前长得高大魁梧。尸骨的一侧，放着一把青铜古剑，长一丈多，还发着晶莹闪亮的绿色光芒。另有竹简数十片，上面刻着依稀可辨的蝌蚪文字。人们把竹简拿到墓穴之外研究，但一经风吹，就都化为灰烬了。墓穴中还有其他一些随葬品，像鼎、俎、尊、彝之类，但也大多破损不堪了。陈文勤公认为，这座古墓的年代比孔圣人墓早，不宜惊动，于是命人小心谨慎地用砖石把墓穴口砌封好，并设少牢之祀祭奠。

史阁部降乩

扬州谢启昆太守扶乩，灰盘书《正气歌》数句，太守疑为文山先生，整冠肃拜，问神姓名，曰："亡国庸臣史可法。"时太守正修葺史公祠墓，环植梅松，因问："为公修祠墓，公知之乎？"曰："知之，此守土者之责也，然亦非俗吏所能为。"问自己官阶，批曰"不患无位，患所以立"。谢无子，问将来得有子否，批曰："与其有子而名灭，不如无子而名存。太守勉旃！"问："先生近已成神乎？"曰："成神。"问何神，曰："天曹稽察大使。"书毕，索长纸一幅，问何用，曰："吾欲自题对联。"与之纸，题曰："一代兴亡归气数，千秋庙貌傍江山。"笔力苍劲，谢公为双勾之，悬于庙中。

【译文】

扬州太守谢启昆扶乩，乩仙在灰盘上写出几句《正气歌》中的歌词。谢太守一见，以为可能是文天祥，急忙整肃衣冠，躬身下拜，叩问乩仙大名。乩仙答道："我是亡国庸臣史可法。"那时，谢太守正奉旨修葺史可法的祠堂和陵墓，还在陵墓的周围种植了松柏和梅花，因此他问乩仙道："卑职奉旨，正在为您修葺祠堂和陵墓，不知您是否知道？"乩仙说："当然知道了。不过这是地方官的一项职责，但也不是一般的官吏所能做到的。"谢太守又问自己的最高官位，乩仙说："你不要担心没有地位；你应该担心的，是有了地位而无所作为。”谢太守没有子嗣，问乩仙将来能否得子，乩仙说：“与其有子而使自己声名狼藉，还不如无子而流芳后世。太守可以此自勉!”谢太守又问：“您已经成神了吧?”乩仙说：“是的，”谢太守问做了哪方的神，乩仙道：“天曹稽察大使。”乩仙说毕，向太守索取长纸一幅。谢太守问作什么用处，乩仙说：“我要自题一副对联。”谢太守忙命人呈上长纸，乩仙挥毫写道：“一代兴亡归气数，千秋庙貌傍江山。”书法苍劲有力。谢太守命人将对联镌木烫金，悬挂在史可法祠正门的两侧。

悬头竿子

某令宰宝山时，有行商来告抢夺者，被抢处系一坍港，泊舟所也。令往视其地，见水路可通城中，而乘舟者例在此处雇夫起行。心疑之，众莫言其故。一把总来见曰：“此地原可通舟，所以客来必起拨者，港口穷民借挑驮之力，为糊口计故也。”令问抢夺事，曰：“不敢言，须宽把总罪才敢言。”令曰：“律有自首免罪之条，汝告我，即为自首矣，何妨!”曰：“诸抢夺者，皆把持垄断人也。把总儿子亦在其中。前月某商到此，见水路可通，不肯起拨，因而打吵，事实有之。”乾隆三十年新例，拏获强盗者，破格超迁。令定案时，心想迁官，竟以获盗具详；把总知情，照窝家例立决，一时斩者六人。令超迁安庆知府。后六年，署松太道，巡海至宝山抢夺处，见六竿子挂髑髅尚存，问跟役曰：“前累累者何物耶?”役曰：“此六盗也，大人以此升官而忘之耶?”令不觉悚然，怒曰：“死奴，谁教汝引我至此！速归，速归!”异至衙，骂司阍者曰：“此内室也，汝何敢放某把总擅入!”言毕而背疮发，一疮六头如相啮者。家人知为不祥，烧纸钱请高僧忏悔，卒以不起。

【译文】

有位县令，在宝山县任职时，曾有一位过往的客商前来报案，说他被人抢了钱财和货物，事情就发生在江边的一个码头。县令接到案子，就亲自到那里去调查。他发现从这里走水路可直通县城，而乘船的却总要在这里卸货，再雇用脚夫从陆路把货物运往县城。县令心想其中必有蹊跷，就向那里的人询问原因，但被问的人都支支吾吾，不敢说出真相。县令正在犯难，正好有一位当地驻军的把总前来晋见。县令问他，为什么客商到了这里，就不走水路而改走陆路，那把总说：“从这里乘船原是可以直通县城的，现在客商所以到了这里就要卸下货物而从陆路运货，都是因为码头附近的百姓太穷，他们全靠挑担驮脚的收入来维持生计，因此，商船到了这里，就必须卸货。”县令又问起有人抢劫客商财物的事，把总说：“这事小人不敢说，除非老爷宽恕小人之罪，小人才敢开口。”县令说：“本朝的律令，不是有自首就能免罪的条款吗？你向我报告实情，就可算作自首，你还顾虑什么呢?”把总这才战战兢兢地说道：“那些抢劫财物的人，都是把持一方的恶棍，小人的儿子，也是其中的一个。上个月有一位客商经过这里，见水路可通县城，不肯靠岸卸货，因此发生争吵，被这帮恶棍毒打一顿，还被抢走了财物，这事确实是有的。”按照乾隆三十年朝廷颁布的新例，凡朝廷命官拿获强盗者，一律破格升迁。县令在给这宗抢劫案定罪时，一心想着升官，竟说自己已拿获了强盗，具文向上司呈报；又说把总知情不报，按照窝藏盗匪有罪的条例处决。一起被杀头的共有六人，都悬竿示众。而县令因为获盗有功，被破格升为安庆知府，六年后又做了松太道台。一次，这位道台出巡沿海，来到宝山县当年发生抢劫案的码头。只见那里依然竖着六根竿子，上面挂着六具骷髅，就问随从的官吏：“前面那竿子头上一颗颗挂的是什么东西?”随从的官吏连忙答道：“这是大人当年砍下的六个强盗的人头呵，大人因此而升迁，难道您忘啦?”道台一听，不禁毛骨悚然，怒骂道:“该死的奴才！谁教你把我带到这地方来的？快回府！回府!”说着就又气又恼地回到了衙门。道台刚踏进衙门的后宅，就一眼瞥见六年前的那位把总坐在他的内室里。于是大骂守门人:“混账！这里是官衙的内室，你竟敢让这个把总擅自进来，真是该死!”道台的骂声刚落，突然间他就大叫背上疼痛。家人朝他背上一瞧，只见长了一个大脓疮，周围有六个脓头，好像都在围着脓疮啃咬。道台的家人知道这是个不祥之兆，连忙烧上纸钱，磕头祈祷；又请来高僧，诵经忏悔。但最终还是无济于事，那道台从此就一病不起。

陈紫山

余乡会同年陈紫山，名大晼，溧阳人也。入学时年才十九。偶病剧，梦紫衣僧，自称元圭大师，握其手曰:“汝背我到人间，盍归来乎?”陈未答，僧笑曰:“且住，且住！汝尚有琼林一杯酒、瀛台一碗羹，吃了再来未迟。”屈其指曰:“此别又十七年了。”言毕去。陈惊醒，一汗而痊。己未中进士，入翰林，升侍读学士。三十八岁秋，痢不休，因忆前梦十七年之期，自知不起，常对家人笑曰:“大师未来，或又改期，亦未可知。”忽一日早起，焚香沐浴，索朝衣冠着之，曰:“吾师已来，吾去矣。”同年金质夫编修，素好佛者，在旁喝曰:“既牵他来，又拖他去，一去一来，是何缘故?”陈目且瞑，强起张目，答曰:“来原无碍，去亦何妨，人间天上，一个坛场。”言毕，跏趺而逝。

【译文】

与我在乡试和会试时同榜登第的陈紫山，名大峋，江苏溧阳人。陈紫山初入县学的时候，年方十九。有一次，他突然生了病，愈来愈重，梦见一位穿着紫衣的和尚，自称是玄圭大师，握着他的手说："你瞒着我来到了人间，还不如回去吧！"陈紫山还没有答话，那和尚又笑着说："别急，别急，你在人间还要中进士、入翰林院，等享用了再来也不迟。"和尚又掰着手指计算，叹惜道："这一别，又要过十七年才能再相会。"说罢就走了。陈紫山一惊而醒，出了一身热汗，病就好了。乾隆四年，陈紫山考中进士，入翰林院，官至侍读学士。到三十八岁那年秋天，陈紫山患了痢疾，久治不愈，因此想起从前在梦中和尚约他十七年后相会的日期，自知这病是不会好了，就笑着对家人说道："十七年的期限已经到了，可玄圭大师还没有来接我，可能改期了，这样我又能多活几年。"有一天早晨，陈紫山起床后，忽然焚香祈祷，沐浴斋戒，又叫家人取来冠带朝服，穿戴整齐，对家人说："玄圭大师已来接我，我要去了。"同榜进士、翰林院编修金质夫，前来探望陈紫山。金质夫素来笃信神佛，在一旁大声喝道："既然送他到世上来，又要把他拖回去，来来去去，是什么缘故？"这时候，陈紫山已迷迷糊糊，闭着双眼。听了金质夫的一番话，就挣扎着坐起来，睁开眼睛，说道："来时无碍，去也无妨，人间天上，一个坛场。"说毕，盘腿坐定，一会儿就断了气。

忌 火 日

曹来殷太史，在京师昼寝，梦伟丈夫来拜，自称黄昆圃先生，拉至一处，宫阙巍然，中有尊神，面正方，着本朝衣冠，请曹入见，曰："吾三人皆翰林衙门官，只行前后辈礼，不行僚属礼。"坐定，目曹曰："卿十一岁时，曾行一大好事，上帝知之，故特召卿到此受职，卿可即来。”曹茫然不记幼所行何事，再三辞，力陈家寒子幼，故不愿来。尊神甚不悦，旁顾昆圃先生曰：“再向彼劝掖之。”语毕不顾而入。先生拉曹笑曰：“我深知翰林衙门亦甚清苦，卿何恋恋不肯来耶?”曹复哀求，先生曰：“我且为卿说情，似亦可免，但卿此后逢火日不可出门，慎无忘也。”曹问尊神何人，曰：“张京江相公。”问何地，曰：“天曹都察院。”曹惊醒，后每出门，必检视黄历，遇火日，虽庆吊事，皆不行。数年后，不甚记忆。乾隆三十三年腊月二十三日，严冬友舍人邀曹至程鱼门家作诗会，俗以此日祀灶，遂以为题。席间酒数巡，曹伥然如睡去者，目瞑身仆。群客大惊，疑诗中有侮灶神之语，故神为祟，乃群向灶礼拜祈请。至三更时，曹始苏，自言见黑袍人送我回来。次日取黄历视之，二十三日火日也。

【译文】

翰林院编修曹来殷，在京做官。有一天他睡午觉，梦见一个身材高大的男子来拜访。那人自称是黄昆圃，一见面，拉着他就走。到了一个地方，只见宫殿巍峨，正殿里有一位尊神朝南而坐，穿着本朝的冠带朝服，请曹来殷进见，说：“我们三人都是翰林院的官儿，所以只行前后辈礼，不行上下级礼。”坐定后，尊神双目注视着曹来殷，说：“你十一岁时，曾做过一件大好事，上帝也已知道，所以特降旨召你到这里来，授你官职，你要从速前来。”曹来殷听了尊神的话，脑海中茫茫然，记不得小时候做过什么事。他再三推辞，竭力说家中贫寒，子女幼小，所以不愿意前来。尊神很不高兴，对一旁的黄昆圃说：“你再好好劝劝他。”说罢，也不打招呼，转身就走。黄昆圃拉着曹来殷的手，笑着说：“我也深知翰林这差使很清苦，但你为什么恋着家眷，不肯来供职呢?”曹来殷一再请求，黄昆圃就说："我且为你去说说情，也许可以免了。但你以后遭到火日，千万不可出门。你无论如何不要忘了！"曹来殷问这位尊神是谁，黄昆圃说："是张京江相公。"又问这里是什么地方，回答说："是天曹都察院。"曹来殷听后一惊，就醒了。从这以后，曹来殷每次出门，都要翻看历书，如果遇到火日，即使是红白大事，也绝对不出家门。可是过了几年，曹来殷火日不出门的意识就淡薄了。乾隆三十三年腊月二十三日，他应内阁中书严冬友的邀请，到程晋芳家中参加诗文酒会。按当地风俗，这天是民间祭灶的日子，大家就以此为题，吟诗对句。席间，酒过数巡，曹来殷忽然变得昏昏沉沉，好像要睡去的样子。不一会儿，他两眼一闭，身体跌倒在地。众宾客大吃一惊，有人认为可能是诗中有冒犯灶王爷的话，所以灶王爷来作祟了，于是一起向灶王爷磕头谢罪。到了三更时分，曹来殷方才苏醒过来，说是有一位穿黑袍的人把他送回来的。第二天，曹来殷取来历书查看，发现二十三日正好是个火日。

朱法师

同馆翰林朱沄之父朴庵先生，陕西人也。少时课徒为业，偶至一村，村人传呼曰："朱法师来矣。"具酒馔求书姓名，以为镇压。朱笑曰："我乃蒙童之师，非法师也；且素无法术，不能镇怪，汝辈何为？"众人曰："此村有狐仙，为民患者三年。昨日空中语曰：'明日朱法师来，我当避之。'今日先生来，果姓朱，故疑为法师。"朱写姓名与之，其村果安。未几，朱别过一村，其村人之欢迎者如前，且曰："狐仙有语：二十年后与朱法师相见于太学之崇志堂。"朱其时尚未乡举也。后中壬子科举人，选国子监助教。监中祭器久被狐窃去，司祭者皇皇然，索而弗获，方议赔偿，朱记前语，为文祭之。一夕，俎豆之属尽横陈于崇志堂，丝毫无损。屈指算之，距到某村时已二十年。

【译文】

我在翰林院时有个同僚朱沄，他的父亲朴庵先生，陕西人。朱朴庵先生年轻时，以设馆教授幼童为业。有一次，他偶然经过一个村庄，村里人都争相传告："朱法师来了。"各家都备下酒菜，请他赴宴；又都请他题名，说是用来镇压鬼怪。朱朴庵先生笑着告诉这些村民："我不过是个教授幼童的教师先生，不是什么法师；而且也从来没有什么法术，不能镇压鬼怪，你们要我题名，究竟做什么用呢？"众村民说："我们村里有个狐仙，为害百姓已经三年了。昨天，狐仙在高空中说：'明天朱法师来，我要回避他。'今天先生来，果然姓朱，所以认为您是法师。"朱朴庵先生为他们题了名，这村里果然就太平了。不多久，朱朴庵先生来到了另一个村庄。这村里的人也像以前那个村一样欢迎他，而且说："狐仙说过：二十年之后，与朱法师在太学的崇志堂相见。"那时候，朱朴庵先生还是一个秀才，连乡举都没有参加过。后来，朱朴庵先生在壬子科的乡试中中举，被选为国子监助教。到任之后，他发现监中的祭器早被狐仙盗去，主管祭祀的因此惶惶不可终日，到处寻找，终无所得。正要议个价钱赔偿，朱朴庵先生想起"二十年后在太学的崇志堂相见"的话，于是写了一篇祭文，请求狐仙帮助。一天晚上，那些失去了的祭器，全都在崇志堂出现了，件件丝毫无损。朱朴庵先生掰着手指一算，他离开从前的那个村庄，正好已经二十年。

城门面孔

广西府差常宁，五鼓有急务出城。抵门犹未启钥，以手扪之，软腻如人肌肤。差大骇，乘残月一线，定睛视之，则一人面塞满城门，五官毕具，双眼如箕。惊而返走。天明逐队出城，亦无他异。

【译文】

广西府衙门有个差役，名叫常宁。一天五更时分，常宁去执行一项紧急任务，忙着出城。那时，城门还没有开启，他用手摸门，只觉得那门柔软细腻，就像人的肌肤一样。常宁大吃一惊，借着残留的月光，定睛一看，只见一个巨大的人脸满满地塞住了城门，脸上五官俱全，两眼大得像簸箕。常宁吓得转身就跑，一直等到天亮，才随着人群出城。这时候，他发现城门并没有什么异样。

竹叶鬼

丰溪吴奉珴，作宦闽峤，谢病归里。舟过豫章，天暑热，假空馆于百花洲。屋宇宽敞，颇觉适意。屋内外常有声如鬼啸，家人独行，往往见黑影不一。一夕，吴设榻乘凉于阑干侧，闻墙角芭蕉丛中窸窣有声，走出无数人，长者、短者、肥者、瘠者，皆不过尺许；最后一人稍大，荷大笠帽，不见其面。旋绕垣中，若数十个不倒翁。吴急呼人至，倏忽不见，化作满地流萤。吴捉之，一萤才入手，戛然有声，余萤悉灭。取火烛之，一竹叶而已。

【译文】

丰溪人吴奉珴，在福建一个边远的山区做官，因病辞职，回归家乡。他乘船路过豫章，那时正值盛夏，就在百花洲租借了一个公馆住下。这公馆的房子十分宽敞，吴奉珴住在里面，觉得非常惬意。但是，公馆内外常有鬼一样的叫声。家人单独在里面走动，往往会看见一个个黑影。有一天傍晚，吴奉珴把竹榻放在走廊栏杆的一侧，躺着乘凉，听见墙角的芭蕉丛中，传出窸窸窣窣的声音。一会儿，走出许多人来，有高个的，矮个的，也有胖的，瘦的，但都不过一尺左右。走在最后的一人，个头稍高，头上戴着个大斗笠，把脸都遮住了，看不清他的面孔。这些个头矮小的人儿，走出芭蕉丛后，就绕着墙头转来转去，好像数十个不倒翁在那里晃动。吴奉珴急忙呼喊家人奴仆，但当大家闻声赶来时，这些矮个儿的人都忽地不见了，化作了贴地低飞的萤火虫。吴奉珴伸手去捉，刚捉到一个，手中就发出一阵嘎嘎的声响；其他的萤火虫，都逃得无影无踪了。吴奉珴取来蜡烛一照，他手里握着的，不过是一片竹叶而已。

驴大爷

某贵官长子，性凶暴，左右稍不如意，即扑责致死；侍女下体，椓以非刑。未几病死，见梦于平昔亲信之家奴云："阴司以我残暴，罚我为畜，明晨当入驴腹中，汝速往某胡同驴肉铺中，将牝驴买归，以救我命，稍迟则无及矣。"言甚哀。奴惊寤，心犹疑之，乃复睡去。又梦告之曰："以我与尔有恩，俾尔救援，尔宁忘平日眷顾耶?"奴亟赴某胡同，见一牝驴，将次屠宰，买归园中，果生一驹，见人如相识者，人呼大爷则跃而至。有画士邹某，居其园侧，一日闻驴鸣，其家人云："此我家大爷声也。"

【译文】

有位贵官的大儿子，性情凶狠残暴。手下人稍有不称他的心，就被他责打致死；那些丫鬟侍女，更遭到他惨无人道的残害。不久，这个恶棍生病死了。这恶棍死后，托梦给他生前的一个亲信家奴，说；“阴间因为我生前残暴，罚我下辈子托生为畜类。明天早晨，我就要投胎到一头母驴的腹中，你必须从速前往某某胡同的那家驴肉铺，把那头母驴买回来，以救我一命；如果去晚了，可就来不及了。”这恶棍说得非常悲哀。那家奴从梦中惊醒过来，心里将信将疑，于是又睡着了。一会儿，这恶棍又来托梦，说：“我生前对你有恩，现在只有你能救我，你难道忘了我平时给你的好处吗?”那家奴听了恶棍的话，立刻赶到某某胡同。只见一头母驴将要被屠宰，就把它买了下来，牵回家中，饲养在园子里。后来，这头母驴产下一头小驴驹儿，见了这一家的人，好像都认识。只要有人叫它“驴大爷”，它就会连蹦带跳地奔过来。有位姓邹的画家，住在他家后园旁边。一天，忽然听到驴叫的声音，正在疑惑，恶棍的家人就告诉他：“这是我家驴大爷叫的声音啊!”

熊 太 太

康熙间，内城伍公某者，三等侍卫也，从上打围木兰，以逐取猎犬故，坠深涧中，自分死矣。饿三日，有人熊过涧，乃抱以上，自分以为将啖己也，愈惊，熊抱入山洞，采果喂之，或负羊豕与食，伍见而攒眉。熊为采树叶烧熟以食之。久之，渐无怖意。每小便，熊必视其阴而笑，方知熊故雌也，遂与成夫妇，生三子，勇力绝人。伍欲出山，熊不许。其子求还家，熊许之。长子名诺布，官蓝翎侍卫，乃以巨车迎父母还家，家人号曰“熊太太”。人求见者，熊不能言，能叉手答礼。就养其家十余年，先伍公卒。学士春台亲见之，为余言。

【译文】

康熙年间，有个住在京师内城的伍公，官做到三等侍卫。那一年，伍公随从皇帝到木兰围场打猎，因为寻找离群的猎狗，掉到了深涧里，自忖不能生还了。伍公在深涧里饿了三天，有只人熊在那里经过，就把他抱起来。伍公心里非常惊慌，总以为这回非被人熊吃掉不可了。没想到人熊把他抱进了一个山洞，采来果实给他吃，或背回猪羊供他享用。伍公见了那带血的生肉，不由得皱起了眉头。人熊好像懂得伍公的心思，就采了树叶把肉烤熟，送给伍公吃。日子一久，伍公和人熊渐渐混熟了，心里就不再害怕。但伍公发现，他每次小便时，人熊总是瞧着他那个地方，不住地发笑。伍公这才注意到这只人熊是雌的。不久人熊与伍公结为夫妇，生了三个儿子。这三个儿子长大之后，个个都强壮有力，超过常人。后来伍公起了思乡之念，要求出山，人熊却不同意。但伍公的三个儿子请求回家，人熊就同意了。伍公的大儿子名叫诺布，官做到蓝翎侍卫。他特制了一辆大车，把父母从山里接回家中，家里人都称呼这人熊为“熊太太”。如果有人想要见见这位熊太太，熊太太因为不会说话，只能把两只前掌交叉在胸前，向人答礼。这位熊太太在伍家生活了十多年，早于伍公去世。这事是学士孙春台先生亲眼看见，又亲自对我讲的。

冤鬼错认

杭城艮山门外俞家桥杨元龙，在湖墅米行中管理账目。湖墅距俞家桥五里，元龙朝往夕返，日以为常。偶一日，因米行生理热闹，迟至更余方归。至得胜坝桥，遇素识李孝先偕二人急奔。元龙呼之，李答云：“不知二人何事，要紧拉我往苏州去。”杨询二人，皆笑而不答。元龙拱手别李，李嘱云：“汝过潮王庙里许小石桥边，有问汝姓名者，须告以他姓，不可言姓杨；若言姓杨，须并以名告之，切记，切记！”元龙欲问故，孝先匆匆行矣。元龙前行至桥，果有二人坐草中，问其姓名，元龙方答姓杨，二人即直前扭结，云："久候多时，今日不能放你了。"元龙以手拒之，奈彼夥渐众，为其扯入水中，始悟为鬼，并记前语，即大呼曰："我杨元龙，并未与各位有仇。"中有一鬼曰："误矣，放还可也。"方叫唤间，适有卖汤圆者过桥，闻人叫声，持灯来照，见元龙在水中，急救之。元龙起视，即邻人张老，告以故，张老送元龙归家。次早元龙往视孝先，见孝先方殓。询之，其家云："昨晚中风死矣。"盖遇李时，即李死时也，但不知往苏州何事。

【译文】

杭州城艮山门外的俞家桥有个杨元龙，在湖墅米行中做一名账房先生。湖墅米行离俞家桥五里地，杨元龙早出晚归，天天如此。有一天，米行里的生意非常好，杨元龙一直忙到晚上才回家。他走到得胜坝桥，遇上了老朋友李孝先和另外两个人在急急地赶路。杨元龙忙上前打招呼，李孝先说："我也不知道这两个人为了什么事，硬拉着我去苏州不可！"杨元龙又问那两个人，他们只是对他微笑，却不作回答。杨元龙拱手向李孝先作别，李嘱咐他说："你等会儿经过离潮王庙一里多的小石桥边时，如果有人问起你的姓名，你必须瞎说一个姓，不要说姓杨；如果说了姓杨，就得把名字也告诉他。千万要记住啊！"杨元龙正要询问其中的缘故，李孝先已被那两个人匆匆地拉走了。杨元龙来到小石桥旁，果然有两个人坐在桥边的草地上。他们见了杨元龙，就问："你姓什么？"杨元龙刚刚答说"姓杨"，那两个人立刻上前把他扭住，说道："已经等候多时，今天不能放你走了！"杨元龙竭力挣扎，无奈寡不敌众，被他们拉进水中。这时他才醒悟到那两个人原来是鬼，又想起了李孝先的嘱咐，就大声呼喊道："我杨元龙并没有和你们结仇啊！"其中一个鬼说："错了！放了他吧！"杨元龙在水里挣扎呼喊，正好有个卖汤圆的从桥上经过，听到喊声，举灯一照，只见杨元龙掉在水中，急忙把他救上了岸。杨元龙从地上爬起一看，认出是邻居张老头儿，就把被拖下水的经过说了一遍。张老头儿听后，就护送他回到家中。第二天早晨，杨元龙去探望李孝先，只见李家正在为他入殓。杨元龙忙问缘由，李家人说："昨天晚上，老爷突发中风，就此去了！"杨元龙这时才想到，他在小石桥边遇到李孝先时，也正是他的魂灵被鬼差拿去的时候，但不知他到苏州去干什么。

代州猎户

代州猎户李崇南，郊外驰射，见鸽成群，发火枪击之，正中其背，负铅子而飞。李大惊，追逐至一山洞，鸽入不见。李穿洞而进，则石室甚宽，有石人数十，雕镂极工，头皆斫去，各以手自提之。最后一人，枕头而卧，怒目视李，睛闪闪如欲动者。李大怖，方欲退出，而带铅子之鸽率鸽数万争来咬扑。李持空枪，且击且走，不觉坠入池内。水红热如血，其气甚羶，鸽似甚渴者，争饮于池，李方得脱。逃出洞，衣上所染红水，鲜明无比，夜间映射灯月之下，有火光熠灼，终不知此山此鸽究属何怪。

【译文】

代州有个猎人叫李崇南，一次在郊外打猎，遇见一个鸽群。他举枪射击，正好打中一只鸽子的背部，那负伤的鸽子却还挣扎着向前飞去。李崇南见后大为惊异，飞奔追赶。忽然鸽子飞进了一个山洞，不见了。李崇南随即也追进山洞，只见这洞像一个石筑的大厅，里面非常宽敞，排列着几十个石头人，雕琢得十分精致。但这些石人的头，都各自提在自己手里。最后排的一个石人，作卧状，他的头枕在自己的肩膀下，对李崇南怒目而视，两眼闪闪发光，眼珠子好像能转动的样子。李崇南感到很恐怖，正要退出山洞，只见那带伤的鸽子率领着数万只鸽子，飞向洞口，向他扑咬。这时李崇南的枪膛已没有子弹，他手举空枪，边打边退，一不小心，掉进了一个水池子里。那池子里的水，鲜红鲜红，温热如血，腥气难闻。鸽子似乎很渴，一见了池子里的水，都纷纷飞来争饮，李崇南乘机逃脱。回到家里，李崇南发现身上的衣服都染成了红色，鲜艳无比；夜间，在灯光月色的映照下，更是红光闪闪。但李崇南最终还是不清楚这座山和这些鸽子究竟是什么怪物。

金刚作闹

严州司寇某，有戚徐姓者，能持《金刚经》。司寇卒后，徐作功德，为诵经日八百遍。一夕病重，梦鬼役召至阎罗殿，上坐王者谓曰："某司寇办事太刻，奉上帝檄，发交我处。应讯事甚多，忽然金刚神闯门入，大吵大闹，不许我审，硬向我要某司寇去。我系地下冥司，金刚乃天上神将，我不敢与抗，只好交其带去，金刚竟将他释放。我因人犯脱逃，不能奏覆上帝，只得行查到地藏王处，方知是汝在阳间多事，替他念《金刚经》所致。地藏王晓得公事公办，无可挽回，故替我拦住金刚神，不许再来作闹，仍将某公解回听审。所以召汝者，将此情节告知，不许再为诵经。姑念汝也是一片好意，无大罪过，故仍放汝还阳；然妄召尊神，终有小谴，已罚减阳寿一纪矣。"徐大惊而醒。未十年，竟卒。吴西林曰："金刚乃佛家木强之神，党同伐异，闻呼必来，有求必应，全不顾其理之是非曲直也；故佛氏坐之门外，为壮观御武之用。诵此经者，宜慎重焉。”

【译文】

严州某人，在朝中做刑部尚书。他有一位姓徐的亲戚，笃信神佛，熟读《金刚经》。后来，这位刑部尚书死了，徐某为他做功德，每天诵念《金刚经》多达八百遍。可是有天晚上，徐某忽然得了重病。他昏睡中梦见一位鬼差，把自己带到阎王殿上。只见阎王坐在上面，对徐某说："那尚书生前执法太苛刻，现在上帝将他发到我这里审处。他这个案子，应该审清的事很多，谁知在审理过程中，忽然闯进来一位金刚神，向我大吵大闹，不许我审理，硬是要我把尚书交给他。我这里是地下冥司，而金刚是天上神将，我不敢同他对抗，只好由他把人带走。可金刚神竟将尚书释放了！我因为人犯逃脱，无法奏覆上帝，只得查问到地藏王那里，方知金刚神所以到此胡闹，都是因为你在人间多管闲事，替那尚书念什么《金刚经》。地藏王认为事情必须公事公办，不许徇私情，所以替我阻止金刚神，不准他再来我这里胡闹，并且仍将尚书押解本殿候审。我今天所以把你召来，是要把其中的利害关系告诉你，以后不要再为他念经。我念你替人念经是出于一片好心，不算大的罪过，所以仍发放你还阳世。但你无端召来金刚神，总还是有点小错的，因此决定减去你阳寿十二年。"徐某听后，大惊而醒。不到十年，他果然死了。吴西林先生说："金刚神是个四肢发达而头脑简单的神仙，不讲原则，有请必到，有求必应，全然不顾是非曲直。所以佛家都把金刚神摆在佛殿的门外，用来壮门面、抵御武力的。诵念《金刚经》的人，应当小心慎重。"

烧头香

凡世俗神前烧香者，以侵早第一枝为头香，至第二枝便为不敬。有山阴沈姓者，必欲到城隍庙烧头香，屡起早往，则已有人先烧矣，闷闷不乐。其弟某知之，预先通知庙祝，毋纳他人，俟其先到再开门纳客，庙祝如其言。沈清晨往，见烧香者未至，大喜，点香下拜，则扑地不起矣。扶舁归家，大呼曰："我沈某妻也，我虽有妒行，然罪无死法。我夫不良，趁我生产时，属稳婆将二铁针置产门中，以此陨命，一家之人竟无知者。我诉城隍神，神说我夫阳寿未终，不准审理。前月关帝过此，我往喊冤，城隍说我冲突仪仗，又缚我放香案脚下。幸天网恢恢，我夫来烧头香，被我捉住，特来索命。"沈家人毕集拜求，请焚纸钱百万，或请召名僧超度。沈仍作妻语曰："汝等痴矣！我死甚惨，想往叩天阍，将城隍纵恶、沈某行恶之事，一齐申诉，岂区区纸钱超度所能饶免者乎？"言毕，沈自床上投地，七窍流血死。

【译文】

民间风俗，凡是给神佛烧香，以清晨第一枝为头香，最为虔诚；如果烧的是第二枝香，便是对神佛有些不敬了。山阴有个沈某人，为了表示对神佛的虔诚，一心想着要到城隍庙去烧头香。但是，他屡次早起，却总落后，都被别人抢了先。为此，他闷闷不乐。沈某的弟弟知道这件事后，就预先通知管理香火的人，请他不要一清早就开门接纳香客，非要等得沈某到了，再开庙门，这样就可以使沈某烧到头香。管香火的人答应了。一天清晨，沈某来到城隍庙，见其他烧香的人一个未到，心中大喜，连忙点了香，躬身叩拜。谁知他刚磕下头去，就趴在地上起不来了，跟随的仆人忙把他抬回家中。沈某一回到家，就大声喊叫道："我是沈某的妻子。我生前虽在妻妾之间有点争风吃醋的行为，但也不是犯了死罪呀！我丈夫不安好心，趁我生小孩子的时机，买通了接生婆，将两根铁针放入我的产门之中，把我害死，而且瞒得家里上上下下没一人知道真相。我告到了城隍神那里，城隍神说我丈夫阳寿未尽，不予审理。上月关帝路经这里，我上前喊冤，城隍神又说我冲撞了关帝的仪仗，把我捆绑起来，塞到了香案底下。幸而天网恢恢，我丈夫来烧头香，被我捉住。这回是非叫他偿命不可了！”沈家的奴仆一听是女主人显灵，都纷纷前来，叩头拜求，又烧了上百万的纸钱，还许诺要请高僧念经做法事，为她超度亡灵。但沈某之妻却说：“你们也太痴心妄想了。我死得这样凄惨，岂肯就此罢休？我要去叩见天官，把城隍神纵恶、沈某作恶的事，统统揭发出来，请求天官惩处！像这样的事，岂是你们烧几个纸钱、超度一下就能了结的吗？”话音刚落，沈某就一头从床上栽了下来，七窍流血死了。

树　怪

费此度从征西蜀，到三峡涧，有树孑立，存枯枝而无花叶，兵过其下辄死，死者三人。费怒，自往视之，其树枝如鸟爪，见有人过，便来攫拏。费以利剑斫之，株落血流，此后行人无恙。

【译文】

费此度随队出征西蜀，到了三峡地区的一个山涧。先头部队派人来报告说：“前方路边有一棵孤零零的秃树，只有枯枝而无花叶，士兵们从它下面经过，就会倒地不起，已经有三个人死了。”费此度大怒，立刻亲自前往察看。只见那光秃秃的树枝好像鸟的爪子，只要有人从它旁边经过，就会来钩抓。费此度挥动利剑，砍掉了树上的枝条。枝条落地，鲜血直流。从此以后，士兵们从树下经过，就都安全无恙了。

广信狐仙

徐芷亭方伯初守广信府，有西厢房，锁闭多年，云中有狐。徐夫人不信，亲往观之，闻鼾呼声，启户无人，声从一榻中出。夫人以棍敲之，空中有人语云："夫人莫打，我吴刚子也，居此百余年，颇有去意，屡欲移居而门神拦我。夫人可为我祭之，且代为乞情，则我让出朝廷公廨矣。"夫人大骇，具酒肴，向竹床陈设，兼祭门神，告以原委。又闻空中语曰："我受夫人恩，愧无以报，谨来贺喜。府上老爷即日升官。奉嘱者，七月七日切勿抱官官到红梅园嬉戏，其日恐有恶鬼在园作祟。"言毕寂然。到期，方伯表兄某过园，见树上有两红衣儿，以手招人。就视之，并无形影，但闻崩颓之声，则假山石倒矣，几为所压。九月间，徐公升赣南道。此事徐公子秉鉴为我言。

【译文】

布政使徐芷亭当初在广信做知府时，衙门里有几间西厢房，长年房门紧锁，传说中有狐仙。徐夫人不信，亲自前去观察。她刚走到西厢房门前，就听到打鼾的声音。推门进去，却不见有人；那鼾声原来是从一张竹榻中发出的。徐夫人拿起一根棍子，对着那竹榻一阵乱打。忽然，半空中有人说道："夫人息怒，不要打了。我是吴刚子呀。我在这屋里已经住有一百多年了。我也很想住到别处去，但总是遭到门神爷的阻拦。请夫人替我祭一祭门神爷，并代我求情。如果门神爷能开恩放行，我一定让出朝廷命官的起居之所。"徐夫人听后，心中也非常害怕。她立即命人备了酒菜，在竹榻前祭了狐仙，同时也祭了门神；又在门神前替狐仙说情。过了不多一回，徐夫人又听到狐仙在半空中说："我受夫人的恩德，一时不能报答，深感惭愧。谨向夫人报喜：府上老爷，不久就要高升了。另外，我还要奉命转告夫人：七月初七那天，您千万不要带小少爷到红梅园去玩耍，那天恐怕有恶鬼在园中作祟。"狐仙走后，西厢房里就太平无事了。到了七月七日那天，徐芷亭的一位表兄来到徐府，经过红梅园，看见树上有两个穿红衣服的小孩，正向他频频招手。这位表兄再走近一看，两个小孩就不见了。忽听一阵崩裂的声音，一座假山倒塌了下来，这位表兄差点被压在里面。当年九月间，徐芷亭果然升为赣南道台。这个故事，是徐芷亭的侄子徐秉鉴对我说的。

白石精

天长林司坊名师者，家设乩坛，有怪物占为坛主，自名"白石真人"。人问休咎颇验。常教林君修仙，须面上开一眼，便可见上帝宫室、云中神仙。林从此痴迷，时以小刀向鼻间刻划，人夺其刀便怒骂。忽一日，乩盘书云："我土地神也，现在缠汝者，是西山白石之精，神通绝大。我受其驱使，渠不能作字，凡乩上皆强我代书。今日渠往西天参佛，故我特来通知，速拆乩盘，具呈于本县城隍，庶免此难；但切不可告知此怪是土地神来泄漏也。"适蒋太史苕生自金陵来，知其故，立毁其盘，并以三十金买天师符一张，悬林室中，怪果不至。后十年，林君亡矣，符尚挂中堂，有线香倒下，烧其符上硃砂字画尽，而衬纸不坏。其时蒋在京师，未得林讣。适天师来朝，告蒋曰："贵亲家林君死矣。"问何以知之，曰：

“某月日，我所遣符上神将，已来归位故也。”后得知林家烧符之信，方觉骇然。当扶乩时，蒋在座则盘中不动；蒋去后，人问乩，书云：“此老有文光射人，我不喜见之。”据土地云：“白石精在林家作祟者，要摄取林之魂，供其役使故耳。”

【译文】

天长县林师，官京城司坊，他家有个乩坛，被一个妖怪占据着。这个妖怪自称“白石真人”，有人前去卜问凶吉祸福，还真灵验呢。这个妖怪经常劝林师修仙学道，说是只要脸上再开一只眼，便可看见天帝居住的宫殿、云中遨游的神仙了。林师受了妖怪的蛊惑，从此也就着了迷，时常用小刀在自己的两眼之间刻划。谁要是去夺下他的刀子，他就要大发雷霆，骂个不休。有一天，乩盘上写道：“我是这里的土地神。现在缠着你家主人不放的，是西山上的一块白石精。这妖精神通广大，却不会写字。我不得已被它驱使，凡乩盘上的字，都是妖精强迫我写的。今天妖精到西天拜佛去了，所以我特地来通知你们，赶快把乩盘拆了，再具文把妖精作祟的事，呈报本县的城隍，请求惩处，这样就可免受妖精之害。但千万不可让这妖精知道，是我土地神泄漏了秘密。”那时，正好有个翰林院编修蒋士铨从金陵到天长来。他得知了亲戚林师家的事，就立刻拆毁了乩盘，又花了三十两银子，买了一道张天师的灵符，悬挂在林师的居室中。从此以后，这妖精果然就不来了。十年以后，林师去世了，但张天师的那道灵符，仍然悬挂在他的居室之中。有一天，香炉里燃着的线香忽然倒下，把那灵符上的朱砂字画都烧尽了，但灵符的衬纸没有烧坏，依然挂着。那时，蒋士铨正在京师，不知道林师去世的消息。正好张天师进京朝见皇上，见了蒋士铨，就说：“贵亲家林先生谢世了。”蒋士铨问张天师怎么知道的，张天师说：“某月某日，我所派遣的灵符上的神将，都已前来归位，这说明林先生已不在人世，不需要保护了。”后来，蒋士铨得知林家烧毁灵符的消息，证实了张天师的话，叹惜不已。当初，每当扶乩时，只要蒋士铨在旁，那沙盘就没有动静。蒋先生走后，有人问乩仙，乩仙就写道："这位老先生身上有文光照人，我一见就难受。"据那位土地神说："白石精在林家作祟，是要摄取林师的魂灵，供它驱使，为它代言罢了。"

鬼　　圈

蒋少司马时菴公子某，与数友在京师游愍忠寺。时届清明，踏青荒地。见精舍数间，中有琵琶声，趋往，则一女背面坐，手弹弦索；逼视之，女回头变青面狰狞者，直来相扑，阴风袭人，各惊走归。时尚下午，彼此疑为眼花，且恃有四人之众，各持木棍再往。则有四黑人坐而相待，手持铜圈套人，受其套者，无不倾跌，棍无所施。正仓皇间，有放马者数人驱马冲来，怪始不见。四人归，各病十余日。

【译文】

兵部右侍郎蒋时庵有位公子，一天与几位朋友游京城的愍忠寺。那时正值清明节，他们踏青郊外，见有几间房舍十分精致，传出了悠扬的琵琶声。蒋公子和朋友走上前去，只见有一女子面朝里而坐，手弹弦索。再走近仔细观察，那女子忽然转过头来，不料竟是个青面獠牙、面目狰狞的女鬼。女鬼一见他们，就直扑过来，随之带来一股阴风，冷气袭人，吓得蒋公子和朋友慌忙逃回。那时还是大白天，蒋公子和朋友怀疑自己眼睛花了，而且仗着他们有四个人，于是就各人拿了棍子，再去看个究竟。到了那间房舍，只见有四个黑脸大汉坐在那里等着他们。这四个黑脸大汉手里都拿着套人的铜圈，见蒋公子和他的朋友靠近，就抛出铜圈套去，蒋公子一帮人个个跌倒在地，手中的棍棒，一点也派不上用场。蒋公子和他的朋友们正在狼狈危急的时候，忽然有几个牧马人驱赶着马群冲来，四个黑脸妖怪就不见了。蒋公子和朋友们回到家中，因为受了惊吓，都病了十多天。

东医宝鉴有法治狐

萧山李选民，少年倜傥，烧香佛庙，见美女在焉。四顾无人，遂与通语。女自言姓吴，幼无父母，依舅而居；舅母凌虐，故在此礼佛，愿得佳偶。李以言挑之，女唯唯，遂与归家，情好甚笃。久之，李体日羸，觉交接时，吸取其精，与寻常夫妇不同；且十里以内之事，必先知之。心知为狐，驱之无法。一日，拉其友杨孝廉至三十里外，以情告之。杨曰："我记《东医宝鉴》中有治狐术一条，何不试之?"遂偕往琉璃厂，觅得是书，求东洋人译而行之。女果涕泣去。此事余在西江谢蕴山太史家亲见杨孝廉为余言之，惜未问其《东医宝鉴》中是何卷页。

【译文】

萧山人李选民，年纪很轻，生性洒脱。一次，他在庙里烧香拜佛，遇见一个妙龄美女。他见周围无人，就上前搭讪。那女子自称姓吴，从小没了父母，和舅舅住在一起。舅母很凶，经常虐待她。因此她到这庙里拜佛，希望能嫁个好女婿。李选民听后，就用话去撩拨。那女子也不嗔不怪，就随李选民回家，两人非常恩爱，情深意笃。可是日子一长，李选民的身体一天天的衰弱下去。他终于觉察到，每当他和那女子同床时，女子总竭力吸取他的精气，与一般夫妻的性生活不同。而且，这里方圆十里之内发生的事，那女子不出门就能预先知道。因此，李选民知道她是个狐仙，想要驱逐她，却没有办法。有一天，李选民拉着他的朋友杨举人来到三十里外的一个地方，把自己受狐仙困惑的情形告诉他。杨举人说："我记得《东医宝鉴》这本书中，有一条记着治狐仙的方法，我们为什么不去试一试?"于是，两人就一同来到琉璃厂，找到了《东医宝鉴》。但这本书是用洋文写的，他们就请了一位东洋人把有关驱狐的记载翻译出来，然后照着上面的方法行事。那女子果然是个狐仙，只得哭哭啼啼，伤心地走了。我在翰林院编修江西人谢蕴山家里见过这位杨举人，这故事就是他亲自对我说的。可惜我当时没有问这治狐的记载在《东医宝鉴》的哪一卷哪一页。

乩　言

抚州太守陈太晖未第时，在浙乡试，向乩神问题，批云："具体而微。"后中副车，方知所告者非题也。有求对联者，书"努力加餐饭，小心事友生"十字。问次句何出，曰："秀才读时文，不读杜诗，可怜可笑。"陈方与友游鉴湖观莲，乩问："昨日鉴湖之游乐乎?"有咏红莲者，以诗求和，乩上题云："红衣落尽小姑忙，从此朝来叶亦香，莫恼韶光太匆迫，花开三日即为长。"云门山氓有被鬼作闹者，诣乩盘求救，乩书："我不能救，请某村余二太爷来救。"如其言，请余二太爷至。余向其家东北角厉声曰："你们要往四川，也该速去了!"空中应曰："极是。"从此怪竟寂然。余二太爷者，某村之学究也。问其所以驱鬼者是何言语，笑而不答；问乩，乩亦无言。

【译文】

抚州太守陈太晖还是个秀才的时候，在浙江参加乡试。考试之前，他向乩仙卜问试题，乩仙批道："具体而微。"后来陈太晖中了副榜，才知道乩仙告诉他的是榜位，而不是试题。有人向乩仙求索对联，乩仙就写了"努力加餐饭，小心事友生"十个字。那索取对联的人不知下联的出处，又去问乩仙。乩仙说："一个秀才，只读那些时文，而不读杜诗，真是可怜可笑！"一次，陈太晖刚与几位朋友同游鉴湖，赏莲回来，乩仙问他们："昨天你们游鉴湖，玩得高兴吗？"其中一位朋友就把自己游湖时所作一首咏莲诗念给乩仙听，并请乩仙和一首，乩仙和诗道："红衣落尽小姑忙，从此朝来叶亦香。莫恼韶光太匆迫，花开三日即为长。"云门山有位村民家里闹鬼，向乩仙求救，乩仙写道："我救不了你，你去请某村的余二太爷，他能救你。"这位村民就去请来了余二太爷。这余二太爷进了村民的家，对着屋子的东北角落，厉声喝道："你们要到四川去，也该快走了！"只听得半空中应声说："二太爷说得极是，我们这就走。"从那以后，这位村民家里就安静无事了。这位余二太爷，就是某村的一位老学究。有人问他为什么能驱鬼，他笑而不答。问乩仙，乩仙也未作回答。

（卷十九译者　胡士明）

子不语卷二十

移观音像

山西泽州北门外有庙供观音，时时有黄蜂从其座下石缝中出，纷纷数万，白日为晦。土人移观音像，掘蜂穴，以火熏之。见一朱棺，有底无面，中有妇人，突然而起，将红袖一挥，颈拖双带而走。众瞠视，听其所往。其裙上满绣蝴蝶，飘飘然，竟入市中李姓家而灭。李方娶妇，众人告以故。李以为妄，大骂众人荒诞。未三日，其家新妇缢死。

【译文】

山西泽州的北门外，有一座庙，庙里供着一尊观音像。观音像座底的石缝中，常常有黄蜂飞出，纷纷扬扬，多达数万，把阳光都遮住了，使大白天变得昏暗。当地百姓就把这尊观音像移走，掘出蜂穴，用烟火熏蜂。不料，却掘出了一具朱漆棺材，没有盖子，里面躺着一个年轻的女人。这女人突然爬起身来，将红袖一挥，头颈上拖着两根带子，往前就走。众人吓得瞠目结舌，纷纷后退，眼睁睁地看着她走了。还见她穿的裙子，上面绣满蝴蝶，栩栩如生。她穿过大街小巷，进了一个姓李的人家，忽地又不见了。那时，李家刚娶了媳妇，众人就把这不祥之兆告诉李家主人。但李家主人以为这事虚妄不实，大骂众人胡说八道。不到三天，李家新娶的媳妇就上吊死了。

山阴风灾

己丑年，蒋太史心余掌教山阴。有扶乩者徐姓，盘上大书“关神下降”。蒋拜问其母太夫人年寿，神批云：“尔母系再来人，来去自有一定，未便先漏天机。”复书云：“屏去家僮，有要语告君。”如其言，乃云：“君负清才，故尔相告：今年七月二十四日，山阴有大灾，尔宜奉母避去。”蒋云：“弟子现在寄居，绝少亲戚，无处可避；且果系劫数中人，避亦无益。”乩盘批“达哉”二字，灵风肃然，神亦去矣。临七月之期，蒋亦忘神所言。二十四日晨起，天气清和，了无变态。过午二刻，忽大风西来，黑云如墨，人对面不能相见；两龙斗于空中，飞沙走石，石如碗大者，打入窗中以千百计，古树十余丈者折如寸草。所居蕺山书院，石柱尽摇，至申刻始定。墙倾处压死两奴，独一七岁小儿存米桶中，呻吟不死。问之，云：“当墙倒时，见一黑人，长丈余，擒我纳桶内。”其母则已死桶外矣。是年临海居民死者数万人。

【译文】

乾隆三十四年，翰林院编修蒋士铨先生在山阴的蕺山书院执教。有位姓徐的乩坛主持人，在乩盘上大书“关神下降”四字。蒋先生听说关帝神下坛，就去卜问自己老母的阳寿。乩仙批道：“你母亲是第二次降生阳世了，来去自有定数，现在不能泄露天机。”接着又批道：“你叫家僮退去，我有要事相告。”蒋先生摒去了家僮，乩仙就说："你才华出众，所以我告诉你：今年七月二十四日，山阴将要发生一场大灾难，你应护送母亲去避灾。"蒋先生说："弟子现在寄居书院，此地并无亲戚，实在无处可避；而且若是劫数到了，避也避不过去。"乩仙批道："先生极是通达!"批毕，只听灵风肃肃，关帝神已经去了。到了七月二十四日，蒋先生已经忘了乩仙的告诫。那天清晨，天气晴朗，一点也没有什么异常。到了午时二刻，突然从西面刮来阵阵飓风，天上乌云密布，浓黑如墨，人和人对面相遇，都没法看清对方。过了一刻，天色开始转亮。只见天空中有两条巨龙相斗，霎时间飞沙走石，那碗口大小的石块，成百上千地像雨点般的砸向门窗；有棵十多丈的高大古树，也被狂风连根拔起。蒋先生执教的蕺山书院，大厅里几根粗大的石柱，也都摇摇晃晃，差点折倒。这狂风直到午后申时才渐渐停息下来。蒋先生四处查看，只见墙倒屋塌，一片狼藉。家中的两个奴仆，被倒塌的墙壁压死，有个七岁的小孩子，在一只米桶中呻吟未死，问他，他说："当墙壁倒塌时，有个黑脸大高个，一手把我提到了米桶里。"而他的母亲却被压死在这只米桶的旁边。这一年，沿海一带百姓死于这场风灾的，多达几万人。

谢檀霞

连昉者，昭州人，好洁耽吟。友人某，邀与同贾楚中，友人肆会计，昉独守舟次。泊湘源数日，爱江水净碧，凡衣裳襟带，都促奴子再三浣濯，而自吟不辍。夜梦身立水上，有好女子蹴波与语，自称"谢檀霞，元时人，年十八夭死。父母怜我癖爱此间山水，遂葬于此。今冢没，水噬遗骨，久付泥沙。生时好洁耽吟，与君同癖，宜寿而夭，故得全其神气，不复轮回生死，介在仙鬼之间。君明日当死于风涛中，妾怜其癖之同也，敢以预告，君可速附他舟回家。”昉惊醒，即治装觅下水船抵家，归后足不出户。旋闻湘源陷风涛死数千人，惴惴无已。年余，忽梦吏数人突至其家，责以兔脱之罪，谓冥王赫怒，将重按其事。昉皇遽甚，许焚冥钱若干，方允缓期。数夕后，鬼使复至，索钱加倍，昉亦允许。正当焚送之期，方昼寝，忽见檀霞自外入，笑曰：“我来贺君脱难。寻君居址不得，广为问讯，不图野水之劫，人数太多，容易蒙混；又喜各府判官，新旧交代，我已遣人将君姓名注销，自今以后，杳无死期。我是数百年英魂，飘泊无偶，愿共晨夕，授子服气之法，不必交媾，如人世之夫妇也。”且曰：“鬼差索诈，不必理他，有我在此。”后遂白日降形其家，周旋如妻妾，不饮不食。久之，昉亦能辟谷，每言祸福辄应，闾里以此敬而奉之。檀霞嫌人世无味，仍偕昉重游湘中，不知所终。

【译文】

连昉先生，是广西昭州人。他生性爱清洁，喜欢吟诗作画。他应朋友之邀，到湖南、湖北一带去做买卖。一次，朋友上岸去结算账目，他就独守货船，在湘江上停泊了数天，江水碧绿清澈，赏心悦目。他把替换下的衣服交给奴仆，一再叮嘱要洗得十分干净；而自己面对清江，只顾吟诗作画。那天夜里，他梦见自己立在水面上，有位美貌女子脚踩水波，与他攀谈。那女子说。“妾名谢檀霞，元代人，十八岁那年，不幸夭折。父母怜惜我生前酷爱这里的山水，就把我埋葬此地。如今坟冢已经淹没，遗骨被水吞没，早已化作沙泥。我生前天性喜爱清洁，也爱吟诵，与先生趣味相投。我应该长寿而却夭折，所以能保有全神，不必走轮回转生的路，过着介乎仙鬼之间的生活。先生明天将死于惊涛骇浪之中，因感念与先生癖好相同，故前来相告，请先生从速改乘他船回家。”连先生听了女子的话，大吃一惊，醒了过来，连忙收拾行装，搭乘一艘下行船回到家里。回家之后，就足不出户。不久，听说湘江上遇到大风暴，数千人死于非命。他虽然逃脱此难，但听后也还心惊肉跳。这事过了一年多，连先生忽然梦见几名鬼差来到他家，指控他犯了潜逃之罪，还说阎王爷为此大动肝火，下令要严加惩处。他惊恐万分，许诺了焚烧纸钱，鬼差才答应暂缓惩处。但过了几天，鬼差又来了，而且说焚烧的纸钱要加一倍。他只得一口答应。那天，连先生在焚烧纸钱之前，睡了一个午觉，梦见谢檀霞从门外走来，笑着对他说："我是来恭喜先生大难不死的。但难寻先生居处，几经查访，才得先生踪迹。先生可知那次湘江之难，死的人太多了，缺少几个，阴官也查点不清，所以很容易蒙混过关。再说现在各府判官正在换人，新旧交接的时候，也容易混过去。我已派人到阴府去托人情，乘这混乱时期，把先生的大名从生死簿上注销了。从今以后，先生就永无死期了！我虽是数百年的英魂，但漂泊无偶，愿与先生朝夕相处，教授先生服气壮身之法，免去房事，可也像人世间的夫妻一般，不知先生愿意否？"接着又说："鬼差上门敲诈勒索，先生可不必理他，有我在这里呢。"以后，谢檀霞大白天就现形在连先生的家里，与他朝夕相处，形同妻妾，但她整天不饮不食。日子一久，连先生也修炼得可以不进饮食。他每次为人预言凶吉祸福，都很灵验，因此街坊邻居都很敬重他。但是，谢檀霞因嫌人间的生活枯燥乏味，就携了连先生重游湘江流域，后来不知所终。

引鬼报冤

浙江盐运司快役马继先，积千金，为其子焕章营买吏缺。焕章吏才更胜乃翁，陡发家资巨万。继先暮年娶妾马氏，颇相得。继先私蓄千金，指示妾云："汝小心服侍，终我天年，我即将此物相赠，去留听汝。"越五六年，继先病，复语其子云："此女事我甚谨，我死后，所蓄可俱付之。”继先死，焕章顿起不良，即与其姑丈吴某曾为泉州太守者商曰：“不意我翁私蓄尚多，命与此女，殊为可惜。”吴云：“此事易为，乃翁死后，我来助汝逐之。”过数日，焕章诱此妾出屋伴灵，私与其妻硬取箱箧搬入内室，将乃翁卧房封锁。此妾在外，尚不知也。继先回煞后，此妾欲归内室，吴突自外入，厉声曰：“姨娘无往！我看汝年轻，决不能守节，不若即今日收拾回娘家，另择良配。我叫汝小主人赠汝银两可也。”随呼焕章兑银五十两来。焕章趋出，曰：“已备。”妾欲进内，焕章止之曰：“既是姑爷吩咐，想必不错，汝之箱箧行李，我已代汝收拾停妥，毋烦再入。”妾素愿，惧吴之威，含泪登舆去。焕章深谢吴之劳。又数月，节届中元，妾带去之资及衣饰，已为父母弟兄荡尽，欲趁此节哭奠主人，仍归马氏守节。七月十二日，备香帛祭器，至马家哭奠。焕章之妻骂曰：“无耻贱人，去而复返。”不容入内，命其坐外厅之侧轩，暂过一夜，祭毕即去，“如再逗留，我决不容！”妾彻夜哭，五鼓方绝声。次早往视，已悬躯于梁矣。焕章买棺收敛，其母家惧吴声势，亦无异言。焕章因屋有缢死鬼，将屋转售章姓，别构华室自居。章翁自小奉佛诵经，夜见此女，作悬梁哭泣状。翁久知此事，心为不平，且恶焕章之嫁祸，乃祝曰：“马姨娘，我家买屋用价不少，并非强占。姨娘与马焕章、吴某有仇，与我家无干，明晚二更，我亲送汝至焕章家，何如?”鬼嫣然一笑而没。次晚为此女设位持香，送至焕章门，低声曰：“姨娘傍立，待我叩门。”即叩门问司阍：“汝主人归否?”对曰:“尚未。”乃又私祝曰:“姨娘请自入,仇可复矣。”司阍者不解章之喃喃何语,笑其痴。章归家,终夜不寐。天未明,即趋马家听信,见司阍者已立门外,章曰:“汝起何早?”司阍者曰:“昨夜主人归,方至门即疾作,刻下危甚。”章惊而返。下午复探,马已死矣。过数日,吴太守亦亡。焕章无子,其资均为他人所有;吴没后,家亦不振。

【译文】

浙江盐运司衙门里,有个快役名叫马继先。马继先积蓄了一千两银子,为他的儿子马焕章买了一个小官做。这马焕章当官敛钱的本领,比他的老子更高一筹,在短短的时间内,突然成为一个家资巨万的暴发户。马继先早年丧妻,到了晚年,纳妾马氏,两人和睦相处。他手头还有上千两银子的积蓄,一天他对马氏说:“只要你好好服侍我,等我百年之后,这些财产全部给你。那时你留在这里还是再嫁,由你自己做主。”过了五六年,马继先卧病不起。他知道将不久于人世,就把儿子马焕章叫到床前,说道:“这些年来,这女人服侍我十分尽心,我死之后,所有的积蓄全都归她。”但马继先死后,马焕章起了不良之心,就去和做过泉州太守的姑夫吴某商量,说:“真想不到老头子手里还有那么多积蓄。他临终前对我说,要把这些钱财全部给这个女人,那不是太可惜了吗?”吴某道:“这事好办。你父亲死了,我来帮你把这女人赶走。”过了几天,马焕章以请马氏守灵为名,把她骗出父亲的居室。又乘机和妻子进去,把父亲存钱的箱子搬入自己的内室,再将父亲的房门紧锁。马氏在外守灵,对马焕章夫妇做的手脚,一点也不知道。马继先头七一过,马氏要回卧房居住,吴某突然从外面进来,厉声说:“姨娘且慢!我看你年纪轻轻,很难说能够守节。不如今天就回娘家去,另择佳偶。我已命焕章赠送你银子,这样总可以了吧?”随即命马焕章取五十两银子来。马焕章走上前去,说:“早已准备好了。”马氏还想进房,马焕章制止说:“这事既是姑爷做主,想必不会错的;

你的箱子行李，我已替你收拾好了，你就不必回房了。”马氏生性老实，又怕吴某威势，只得提着行李，含泪登车去了。马焕章对吴某也感激不尽。过了几个月，已将近七月的中元节了。这时，马氏带回的银子和衣物，早已被她父母和兄弟用尽了。她想乘中元节哭祭亡夫，回马家守节。七月十二日，马氏备了香烛、祭具，回马家哭灵。但刚进大门，就遭到马焕章的妻子一顿臭骂：“不要脸的贱人，走了又要回来！”不准她入内，只许她在大厅的走廊下暂过一夜，第二天哭祭完毕，立刻离开，并威吓说：“如再赖着不走，我就不客气了！”马氏在走廊下彻夜啼哭，到五鼓时才听不到她的哭声。天亮后前去一看，只见她已上吊自尽了。马焕章买了一口薄棺，草草将马氏埋葬。马氏的娘家，因怕吴某权势，也不敢有什么异言。但马焕章因这屋子有过吊死鬼，日夜疑神疑鬼，就将房子转卖给一位姓章的先生，自己再花钱造了一处更华丽的住宅居住。这位章先生从小就信佛念经，心肠慈善，夜间常见马氏现形，作出悬梁自尽时伤心哭泣的状态。章先生早就听说马焕章欺凌亡父遗妾的恶劣行为，心中愤愤不平，又恨他瞒着真相把闹鬼的住宅转让给自己。因此，当马氏有一次现形时，他就对马氏说：“马姨娘，我买这所住宅，花的钱也不少，并不是强占呀！姨娘与马焕章、吴某有仇，但与我没有什么相干。姨娘如要报仇，到明天晚上二更时分，我亲自送您到马焕章家里，怎么样？”马氏的阴魂嫣然一笑，就飘忽而去了。到了第二天晚上，章先生就为马氏设立灵位，燃香祈祷，然后送马氏的阴魂到马焕章的新居门前，低声对她说：“请姨娘在旁边稍等，待我去敲门。”随即上前敲门，问看门人说：“你家主人在吗？”看门人说：“主人还未回来。”章先生就回身对马氏的阴魂说：“马焕章还没回来。等他回来，姨娘可跟着他进去，这仇就可以报了。”看门人不懂章先生为什么一个人在门外喃喃自语，暗中笑他犯了痴呆的毛病。章先生回家后，这一夜就没有睡着。还没有等到天明，他就来到马家门前探听消息，见看门人已站在门外。章先生问：“你为什么起得这么早？”看门人说：“昨夜主人回来，刚进门就发了病，眼下恐怕要不行了。”章先生一听，惊喜地回到家中。下午再去探听，那马焕章已经死了。过了几天，吴某也得急病死去。马焕章没有生子，他死后，遗产都被家族中的人分净。吴某一死，他的家境也从此一蹶不振。

灵鬼两救兄命

武昌太守汪献琛之弟名延生者，暑月暴亡。后乾隆二十八年秋日，其堂兄希官，亦得危疾，数夜不寐。医者开方，以补剂治之。其母方煎药，病者忽发声曰："大婶娘毋再误也！我昔误于庸医，今希哥又遭此难，我不忍坐视其死。"言毕即将药碗掷地。希母问曰："汝何人，凭我儿？"曰："我即延生也，死未一年，婶娘不能辨我音声耶？"希母曰："汝死后作何事？"曰："阴司神念我性直，且系屈死，命我为常州城隍司案吏。因本官移文浙省城隍，会议总督到任差务要事，命我赍文来此，我故得来一探希哥。不意渠已卧病，几为庸医所杀。此刻我往城隍衙门，将公事了结再来。"语毕即闭目卧，竟夜安眠。次早醒，问之，茫然无知。至晚忽作延生声曰："惫矣，速具水浆来解渴。"希母与之，又云："可呼八兄来，我有话说。"八兄者，即其胞兄也。既至，慰问若生时，且云："八兄汝何贪戏若此！前在祖宗祠堂池内，自荡小舟，几为石柱碰毙。其时，幸我在旁，使柱旁倒；不然难逃此厄。柱下有古冢一丘，因我父浚池不察，使他枯骨日浸水中，故欲来报怨。我再三求之，彼方允诺。八兄须为迁葬。"又呼其妹三人至前，曰："大妹二妹有福不妨，小妹禄甚薄，不若随我去，交与母亲照管，何苦在此常受庶母之气。"大笑拱手作别状曰："再会，再会!”言毕希复仰卧如初。越数日，病愈。不半年，其幼妹果亡。二十九年冬，希哥梦延生至曰：“兄今愈矣。弟办完此差，小有功绩，可望受职，从此别矣，后会难期。”语竟而去，希哥悲呼而醒。

【译文】

武昌知府汪献琛的弟弟汪延生，在炎热的夏季得了急病，突然死去。到了乾隆二十八年秋天，汪延生的堂兄汪希官，也患重病，已有好几夜因病痛不能入睡了。家人请医生来为他看病，开的药方是滋补剂。汪希官的母亲刚把药煎好，端到他床前，他却忽然喊叫说：“大婶娘，不要再误事了！我从前被庸医所误，现在希官哥哥又遭此难，我不忍心看着他死去。”说罢，就将药碗打落在地。汪希官的母亲问道：“你是什么人，为什么要附在我儿子的身上?”鬼魂说道：“我就是延生呀！我死了还不到一年，难道婶娘就听不出我的声音了吗?”汪希官的母亲说：“你到阴曹地府后，做了什么差使?”汪延生的鬼魂说，“阴司念我生性耿直，而且又是屈死，就命我在常州城隍的属下当一名案吏。这次常州城隍会同浙江省城隍审议本省总督上任以来的政绩，命我来传送文件，所以我乘这个机会来探望希官哥哥。想不到他竟病成这样，差点又要被庸医害了。现在我要到城隍衙办事，等公事办完再来。”鬼魂说罢，汪希官就闭目而卧，安静地熟睡了一夜。第二天早晨汪希官醒来，问起他昨天所说的话，他竟一无所知。到了晚上，汪希官忽然又以汪延生的口气说：“真把我累坏了！婶娘，快给我一碗水解渴！”汪希官母亲立刻把水端上，他又说：“快把八哥叫来，我有话要对他说。”他所说的八哥，就是汪延生的胞兄。八哥来后，他问长问短，亲热得就像生前一样，还说：“八哥，你为什么这样贪玩? 前些日子，你在祖宗祠堂前的水池里，驾船东冲西撞，差点被石柱砸死！幸亏我当时在场，把将要倒下的石柱推向另一方向，不然你就难逃这一厄运！你要知道，这根石柱下是一座古墓。当年我们父亲修筑这座水池，因失于检察，没有发现这座古墓，致使墓中枯骨长年浸泡水中，所以墓主的阴魂要来报复。经我再三求情，他才同意今后不再追究这件事了。但是，八哥你一定要把水下的枯骨迁葬到别处去。”又借汪希官之口，把他的胞妹叫到面前，嘱咐说：“大妹和二妹都是有福之人，不会有什么事的。但小妹的福很浅，不如跟了我去，交给母亲照顾，何苦在人间常受后娘的气呢。”然后就放声大笑，拱一拱手说：“再见，再见！”汪希官说罢，又仰卧床上，安静如初。过了几天，他的病也好了。但是不到半年，汪延生的小妹果然死了。乾隆二十九年冬天，汪希官梦见汪延生到他面前，对他说：“希官哥，你现在病好了。小弟的差事也已办完，还算有点小小的功绩，可望升官受职了。从此一别，恐怕后会无期了！”说罢转身就走。汪希官伤心地叫喊，也从梦中惊醒了。

木　画

永城尉陆敬轩，浙之萧山人，修署截木。署旧有柳树一株，锯之，板中现天然画一幅，如淡墨写成。左危峰，右悬崖，崖上松一株，山树一株，枝叶倒垂，松上缠藤累累。中有一叟，扶杖立，高冠长袖，须眉如活。左手纳袖中，著胸前；右脚前行露舄，左舄隐衣下。回顾若听泉状。尉宝之，携归其家。时乾隆辛丑十月十三日事。

【译文】

永城县县尉陆敬轩，是浙江萧山人。他受命负责修葺永城衙署，决定就地取材。衙署里原有一棵柳树，陆敬轩就决定取它来修葺衙署。当木工们把柳树伐倒锯成板材后，发现板面的纹理是一幅绝妙的山水画，就像画工用淡墨描绘的一样。画的左半幅，是一座高耸入云的山峰；右半幅是一壁悬崖，崖上有一棵古松，藤萝缠绕，一棵山树，枝叶低垂。古松下，有一位老翁扶杖而立，高冠长袖，须眉栩栩如生。老翁左手藏在袖中，拊在胸前。右脚向前跨出，复底鞋微露，左脚掩在大裤之下。他好像是在回首倾听泉水叮咚之声。陆敬轩把这幅天然木画当作珍宝，带回家中。这是乾隆四十八年十月十三日的事。

滚 经 台

贵州平越府署内有石台，高七尺，藏佛经十六幅，全书梵字，读之不可解。相传太守讯狱，有事关重大而犯人不伏者，则取经铺地，令犯人在经上滚过。理直者，了然无害；理屈者，登时目瞪身僵。数百年来，官恃以断狱，而狱囚亦无敢轻滚经台者。张文和公第五子景宗，性素愎，抵任后，以为妖，拆台焚经。是年两子死，次年公亡。

【译文】

贵州平越府衙署里有一座石台，高七尺，藏着十六幅佛经，全都用梵文写成，一般人都读不懂。相传，历任太守在审案断狱时，遇到案情重大而犯人不服罪，就取几幅经文铺在石台上，命令犯人在经文上滚过去。据说，凡是理直无罪的人，滚过后仍然安全无恙；而理屈罪重的人，则顿时目瞪口呆，浑身僵硬，最后不得不招供认罪。几百年来，平越府太守用这个办法断狱，罪犯也都不敢小看滚经台了。张文和相国的第五个儿子张景宗，刚愎自用。后来他做了平越府太守，以为这是妖言惑众，命人把石台拆毁，把十六卷佛经全部烧毁。就在这一年，他的两个儿子相继去世；第二年，张文和相国本人也谢世了。

菜花三娘子

阳湖某秀才，美丰姿，春夜独坐书房中。闻扣门声，启视之，有女自称“菜花三娘子”，特来相伴，随后有四姊妹，如媵从然。生惊其美，遂留宿焉。日久身病，遣之不能去。其父具牒诉于本县之张王庙。是夜梦张王拘犯听审，责三娘子蛊惑良人，各杖十五，押逐出衙。五妇行未数步，皂隶持杖追至，向三娘子索钱，曰：“非我用情轻打，则汝等娇嫩之臀伤矣，焉能行路?”各女皆于裙带中出钱谢之。越三日，三娘子复来，曰：“我与汝缘法未尽，不能舍汝。汝再告张王，王亦无奈我何。汝同学有王先生某者，其人迂腐可憎，汝不许往告，亦不许其入门。”生父母恶之，重具牒诉于张王庙，神果不灵。乃速招王生，生处馆远方，越数日方到，到时生已死矣。王先生亦邑中廪生，年未三十。

【译文】

阳湖有个秀才，年轻貌美。一个春天的夜晚，他独自坐在书房里，忽然听到轻轻的敲门声。他开门一看，是一位少妇，自称菜花三娘子，说是特地带了姐妹来和秀才做伴。秀才瞧她身后，果然还跟随着四名女子，就好像是人家的妾媵。秀才很惊叹她们的美貌，就让她们留了下来。日子一久，秀才得了疾病。这时他想把这些美女打发走，但她们却都不肯离开。秀才的父亲就写了一纸呈文，送到本县的张王庙，恳求神明驱除妖邪。当天夜里，秀才的父亲就梦见张王把这些美女拘押到堂前，当堂开庭审理。张王斥责菜花三娘子和她的姐妹们以色相蛊惑良家子弟，并命皂隶将她们各打五十大板，然后逐出衙门。那五个美女刚走出张王庙没几步，皂隶手持板子追了上来，伸手向菜花三娘子要钱，说道："如果不是我们徇私，打板子时手下留情，你们那娇嫩的屁股早就开了花了，还能像现在这样走路吗？"五个美女没法，只得从身上掏出银两，给了那些皂隶。过了三天，菜花三娘子又来到秀才的书房里，对秀才说："我与你缘分未尽，无法舍你而去。你父亲如果再告到张王庙，恐怕那张王对我也无可奈何。听说你的同学当中有位王先生，这人迂腐可恨。你不可把我们来往的事告诉他，也不准他到我们这门上来。"但秀才的父母因为厌恶这个妖女，又写了一纸呈文，告到了张王庙里。不过这一回，神明果然不灵了。秀才的父亲听说妖女害怕那位王先生，就急忙派人去请。但王先生却远在外地设馆授徒，等到几天后赶到，秀才早已一命呜呼了。其实王先生不过是本县的一名廪膳生员，年纪不到三十，不知菜花三娘子为什么这样怕他？

神和病

赵云崧探花年十六时，戚人张某，患神和病，有女鬼相缠，形神鹄立，奄奄欲毙。其母遍祷诸神，卒无效验。唯赵坐其榻，鬼不敢至。赵去，鬼笑曰："汝能使赵探花常坐此乎？"母苦求赵公，赵不得已，往，秉烛相伴。至第三夜，不胜其倦，略闭目，病人精已遗矣。越数日而卒。

【译文】

赵云崧探花十六岁那年，他家的一位亲戚张某得了一种神和病，被一个女鬼纠缠住，弄得形如孤鹄，骨瘦如柴，奄奄一息。张某的母亲到处烧香拜佛，都没有什么效果。但是，只要赵云崧坐在病人的床头，女鬼就不敢到张某身边来。赵云崧一离开，女鬼就笑着走过来，说道："你能使赵探花常坐在这里不走吗？"张某的母亲屡次去求赵云菘，赵云菘不得已，只得来到张家，秉烛日夜伴着病人。到了第三天夜里，赵云菘已极其疲倦，刚刚闭目打了个盹儿，病人精液溢流。没几天就死了。

鼠食牛

句容村民，养一牡牛，忽有七鼠，从牛后窍入，食其心肺，牛竟死。村民逐鼠，得其一，遍体白毛，重十斤，烹食之，肥过鸡豚。

【译文】

句容县有个村民，家中养了一头公牛。有一天，忽然出现了七只老鼠，从公牛的肛门钻进腹腔，咬食牛的心肺五脏，这头公牛就这样被活活咬死了。公牛死后，七只老鼠从牛腹中钻出，四散逃窜。牛主人追着扑打，抓到了一只。这只老鼠浑身长着白毛，体重十斤。把它杀了煮熟，味道竟比鸡肉猪肉还要鲜美。

代神判斩

萧十洲参戎致政归养，舟泊巫峡。是夜梦有若差官状者，持令箭骑马，沿江问孰是萧大老爷舡。跃入舡头，喘犹未定，怀中取出公文一角，面书“金龙四大王封”六字，随押七犯跪旁，请判“斩”字。萧骇曰：“此地方官之事，余武职，且退归林下之员，不敢越俎。”差官答曰：“公文上有公衔名，请照例办。”顷刻间，灯烛辉煌，传呼升堂，开门，阶下仪仗吏卒排立俨然，坐公堂上，非舟中也。差官先唱绞犯六名毕，后唱斩犯一名，乃六七岁童子。萧问曰：“渠尚未成丁，何罪遽斩?”吏摇手曰：“罪名已定，毋烦置议，请速判之。”随送标条判讫，遂押众犯而去。公梦觉，心恶之。次晨大雾弥江，公戒勿解缆。巳刻，向其母太夫人闲话，间述前梦未竟，忽有一只上水货船触石撞沉，呼救甚惨。乃急命舟子捞救，仅救起三客，业僵死矣。如法灌救，良久方活。其舵工七名，皆已淹毙。后复捞获无头童男一尸，认其衣服，即舵工之子也。余按此事与无锡华师道梦中相同。华梦阴官差役，请华到衙门判“斩”字。华以未审罪名，不肯落笔。有被发妇，再四哀求云：“公若不肯下判，则此案又拖累三年矣。”华终不肯，云：“我不知其所以应斩之罪，如何忍心落笔!”遂喝拒而醒。隔三年，师道卒。师道字半江，精篆隶之学，在淮上程蓴江家处馆，与余交好。

【译文】

萧十洲参将辞官回家，乘船路过巫峡，就靠岸停船过夜。这天夜里，他梦见几个差官模样的人骑着马，手拿令箭，沿江询问哪是萧大老爷的船。当他们得知萧十洲就在这只船上，便一跃而上，气喘吁吁地从怀里取出一纸公文，呈送给萧十洲。只见那公文的封面上，写着“金龙四大王封”六个大字。又见七名犯人被押上船来，跪在一旁。一位差官上前，请萧十洲判“斩”。萧十洲吃惊地说：“这是地方官的事。我是武职，而且又退归林下，怎么敢越俎代庖呢?”差官道：“公文上有大人的名衔，就请大人按成例办吧。”顷刻间灯火辉煌，在传呼升堂、仪门开启声中，仪仗吏卒肃然排列两旁；萧十洲发觉自己已坐到了大堂的正座，并不在船上。差官先点了六名应判绞刑的囚犯的名字，最后点到一名应判斩决的犯人，是个六七岁的孩子。萧十洲提着笔，问差官道：“他不过是个未成年的孩子，犯了什么罪被判斩决?”差官显得很不耐烦，摆摆手说：“这些人的罪名早已定了，不劳大人费心多生异议，大人只需速速判个‘斩’字，就完事了。”说着，就把写着犯人名字的标条递了过来。萧十洲没法，只得提笔，分别在标条上判了“绞”字和“斩”字。差官接过标条，立刻押着七名犯人退出堂去。萧十洲一觉醒来，感到自己是做了一个噩梦。第二天早晨，江面上大雾弥漫，萧十洲嘱咐船工不可解缆开船。上午巳刻时分，萧十洲闲着无事，就陪着母亲萧太夫人说话儿，这中间也不免提到昨夜做的那个怪梦。正说之间，忽听得江面上发出一声巨响，一只货船在大雾中触了礁，船体迅速下沉，船上的人大声呼救，那呼声听上去实在凄惨。萧十洲急忙命人驾着小舟前去营救，结果只救出三人，而且都已昏死过去，经过抢救，才慢慢苏醒过来。而货船上的其他七名船工，都全部淹死。后来从水中打捞起一名无头男孩的尸体，从他身穿的衣服辨认，才知道他是货船上一位舵工的儿子。我觉得萧十洲做的这个梦，与无锡人华师道所做的怪梦一样。华师道也曾梦见几个差官请他到一座衙门里，要他给犯人判“斩”字。华师道认为这些人罪名未定，不肯落笔判“斩”。这时有一个披头散发的女人奔上堂来，再三再四哀求华师道说：“大人如不肯判‘斩’，这件案子又要拖延三年了。”华师道最终还是不肯落笔，说：“我不知道他们判斩的理由，怎么可以随便落笔呢?”就命人把这女人逐出了衙门。华师道也从梦中一气而醒。三年后，华师道得病而死。师道字半江，精于隶书篆刻，在淮上程莼江家坐馆授徒，是我的好友。

鬼　门　关

朱梁江名衣，太仓州诸生也。戊子科赴江宁乡试，寓中患热症甚危，亲友买舟送归。行次丹徒闸，卧舱中，忽尔晕绝。见二青衣人导之登岸，其路直而窄，黑暗无光，两足甚轻飘。行约十数里，忽有一物来，紧傍身左。走十数里，又一物来，紧傍身右。再走数十里，到一城，巍巍然，双门谨闭，城额横书“鬼门关”三字。二青衣扣门，不应，再扣之，旁边突出一鬼，貌甚狰狞，与二青衣互相争斗。遥见红灯一对，四轿中坐一官长，传呼而来。近视之，似太仓州城隍神。神问：“你是何姓名？”对系下场太仓州学生员。神曰：“你来尚早，此处不可久停。”命撤所导之灯送归。见城门洞启，轿甫入，而门仍闭矣。持灯者云：“速随我向东走！”觉非前来之路。行二三里，至大江边，白浪滚滚。持灯者将渠推入江心，大呼救命而苏。时舟已抵太仓城外，盖死去已三日矣。因心窝尚温，故从者促舟子日夜趱行，至家病愈。此事萧松浦所言。萧客珠崖时，曾过儋耳，四面叠嶂崒嵂，中通一道，壁上镌“鬼门关”三字，旁刻唐李德裕诗，贬崖州司户经此所题，诗云：“一去一万里，十来九不还，家乡在何处，生渡鬼门关。”字径五尺大，笔力遒劲。过此则毒雾恶草，异鸟怪蛇，冷日愁云，如入鬼域，真非人境矣。

【译文】

朱衣先生，字梁江，太仓州人，是一名秀才。乾隆三十三年，朱衣到江宁参加乡试，在客寓中忽然得了热症，病情很重。他的亲戚朋友就租了一条船，把他送回家去。船到了丹徒闸，朱衣忽又昏迷过去。昏迷中，朱衣见两个穿青衣的人引导他上岸，一直走去。这条路虽然很直，但很狭窄；天空没有光亮，周围一片漆黑。朱衣脚步轻盈，双足好像不着地似的。走了大约二十几里，忽然从路旁闪出一个怪物，紧随在朱衣的左面。再走了十几里，又窜出一个怪物，紧跟在朱衣的右面。朱衣在两个怪物一左一右挟持下，又走了几十里地，来到了一座城下。只见城墙上的门楼巍然耸立，城门紧闭，城门口的横额上书有“鬼门关”三个字。两位青衣人上前叩打城门，没人答应。再去敲叩，突然从门旁冒出一个鬼来，面目狰狞，与两个青衣人打了起来。这时，忽然响起一阵传呼喝道的声音，见一对引路的大红灯笼从远处前来，紧随其后的是一乘四人抬的轿子，轿中坐着一位长官。等到轿子走近了，朱衣才看清，这位长官好像是太仓州的城隍爷。那城隍爷一见朱衣，就问：“你叫什么名字？”朱衣忙回答说：“学生是太仓州的秀才朱衣，刚从考场回来。”城隍爷说：“你来得太早了！这里不可久留，还是先回去吧！”命差役手拿引路红灯送他回去。这时，城门慢慢大开，城隍爷的轿子刚进入城内，城门又关闭了。那位差役对朱衣说：“快跟着我，一直往东走！”朱衣跟着差役往前走去，发现已不是来时走过的路。走了二三里地，来到大江岸边，只见江上白浪滔天。拿灯的差役用力把朱衣推入江中，急得他大喊救命，受惊而醒。这时客船已行驶到太仓州城外了，朱衣已经昏死过去三天了，只因胸口还有一些温热，所以随从催促船家日夜兼程。朱衣回到家中，病就痊愈了。这个故事是萧松浦对我说的。据萧松浦说，他从前到珠崖作客，曾路过儋耳。那里山峰林立，中间只有一条小道深入峡谷。在小道的一处峭石上，刻着“鬼门关”三个大字。在旁边另一块石壁上，则刻着唐代名相李德裕被贬崖州做司户参军经过这里时所题的诗句，那诗句道：“一去一万里，十来九不还。家乡在何处，生渡鬼门关。”每个字的直径有五尺，笔力遒劲。听说，过了这鬼门关，前面毒雾弥漫，恶草遍地，到处都有异鸟怪蛇，天地一片昏暗，就像进了鬼域之中，一点人间的气息都没有了。

冤魂索命

乾隆戊寅，萧松浦与沈毅庵同客番禺幕中，分办刑名。时茭塘有刃伤事主盗案，获犯七名，赃证确凿，萧照律拟斩，解府司勘转。臬使某，疑七犯皆问大辟，得毋过刻，驳审减轻。萧亦不愿办此重案，借此推辞，案归毅庵办矣。毅庵居处，与萧仅隔一板壁，夜间披阅案牍。闻毅庵斋中若嘶嘶有声甚微。起而瞯之，见毅庵俯首案上，笔不停书。其旁立有三四鬼，手捧其头；又见无数矮鬼，环跪于地。萧急呼毅庵视之，忽血腥扑鼻，灯烛俱灭，身亦晕跌。窗外童仆急扶归卧。次日，毅庵及同人叩其故，萧告以所见。毅庵曰："吾知之矣。昨宵所办，茭塘盗案也。原拟情真罪当，七犯皆无可生之法，因奉驳审，不得不从中减轻二名。内谢阿挺、沈阿痴两犯，本在外接赃，并未入内，因获赃格斗，刃伤事主，且有别案，君故皆拟斩。予欲改轻其罪，以迎合臬司。君所见跪地无数矮鬼，殆二犯之祖宗也。其环侍之无头鬼，非二犯已伏法诛之夥盗，即被杀害之怨鬼来索命也。予不敢枉法以活人，使死鬼含冤于地下。请仍照原拟顶详可也。"其案遂定。

【译文】

乾隆二十三年，萧松浦和沈毅庵同在番禺的官府中做幕僚，共掌刑狱的差事。当时，番禺县的茭塘镇发生了一起杀人抢劫案，七名案犯全部落网，证据确凿。萧松浦根据法律，拟将七名案犯判刑斩决，押解府司衙门审核批示。当时的按察使认为，七名案犯不分案情轻重，一律处斩，未免过于苛刻，因此驳回原判，令酌情减刑。萧松浦本来就不愿意审理这类重大案件，就借故推辞，于是这个案子就由沈毅庵承办了。沈毅庵的住处，与萧松浦只有一板之隔。一天夜里，萧松浦正在灯下披阅案卷，听得沈毅庵的书房中发出一阵阵嘶嘶作响的微弱声音。萧松浦起身察看；只见沈毅庵正伏案疾书，他身旁站着三四个无头鬼，手里都捧着自己的头；又见无数的矮鬼，围着书案的前面跪着。萧松浦急忙大声叫道："沈先生！你快抬头看看！"他的话音刚落，忽然一股血腥味扑鼻而来，沈毅庵书房里的灯烛一下子都熄灭了，萧松浦也吓得昏倒在地。住在侧房里的僮仆们闻声急忙赶来，把他扶回房中，躺下休息。第二天，沈毅庵和其他同僚去探望萧松浦，萧松浦就把自己的所见告诉他们。沈毅庵听后，说："我明白了。昨天夜里我批阅的，就是菱塘镇的杀人抢劫案卷。这案子证据确凿，判罪得当，七名案犯都是可以斩决的。只因被上司驳回，我就不得不从七名案犯中找出两名来减刑。这七人中，谢阿挺、沈阿痴本在外面望风接赃，没有进入庭院。但是，当事主追出庭院，与他们格斗时，他们用刀砍伤了事主，按理也是抢劫杀人。况且他们又有前科，所以萧先生初判为斩决。我为迎合按察使的旨意，想减轻谢、沈二犯的罪行，却招来了两种不同的鬼。你所看见的跪在地上的无数矮鬼，是谢、沈二犯的祖宗，他们是来感谢我的。那些捧着自己头颅站在案前的无头鬼，有的是已伏法的谢、沈二犯的同伙，有的是被杀害的事主，他们对为谢、沈二犯减刑表示不服，声言要来追讨命债。我没办法，不敢枉法而活人之命，而使死者含冤于地下，只得按原判拟斩。"菱塘镇的抢劫杀人案，就这样按原判定案了。

扫螺蛳

徐公浩观察山西，有老狐化作道士，时入其署与语。某县令太仓王姓者，中飞语，观察信之，将褫其官。老狐缓颊，谓其人祖宗功德不可量也。后观察廉得其诬，事遂已。令来谒，观察问："君祖宗作何好事？"对以"五世祖耕海滨，海潮至，青螺随潮入岸。潮退，螺不能归原处，被人捉卖。祖夫妻各持帚扫青螺入海，自三更至黎明为度，如是者六十年。狐所谓功德或指此耶？"观察有小婢曰彩云，狐见之曰："不可使为婢，此女有根基，将来是观音大士作媒嫁与洞庭君者。"迟数日，彩云持其父所书扇倚柱看。观察见文理粗通，问知其父为诸生，祖翰林，且感老狐之言，命作第三孙女，远近皆知有三姑娘。阅半载，有巨公以札寄观察，并赠一画轴云："闻公三姑娘未字人，可许与申太守大年之子。奉赠大士像，甚灵，悬斋头祷求，当有验也。"申，湖北人，悟"洞庭君"之说，大士像又与媒札同至，乃为成其婚。狐之前知如此。

【译文】

徐浩出任山西某道台，有个老狐狸精幻化成一个道士，经常出入于徐浩的府署，与徐浩交往，两人谈得很投机。当时，山西某县有个姓王的县令，江苏太仓人。有人诬告王县令，徐浩信以为真，准备启奏朝廷，将王县令罢官。狐道士就出面为王县令说情，说王县令祖上功德无量。后来徐浩经过访察，知道对王县令的控告完全不实，这事就作罢了。王县令得知徐浩为他辨了清白，就特来拜谒这位上司。徐浩见了王县令，问："你祖上做了哪些善事?"王县令答道："卑职的五世祖以务农为业，在海滨躬耕。那里每当海潮涌来，必有无数青螺被冲上岸去。海潮一退，青螺却无法回到海中，只能被人拿到集市上去贩卖。卑职五世祖夫妻两人，便各持扫帚，把这些青螺扫回海中，从深更半夜，一直扫到天亮。就这样一直坚持了六十年，始终没有间断。"狐道士所说的功德，大概就是指扫螺的事吧？徐浩府上有个小丫鬟，名叫彩云。一天，狐道士见到彩云，就对徐浩说："这丫头来头不小，不可作丫鬟使用。她将来会有观音大士出面做媒，嫁给洞庭君的儿子为妻。"过了几天，彩云拿着她父亲书写的一把扇子，倚着庭柱观看。徐浩见彩云粗通文理，一问，知道她的父亲是一位秀才，祖父是位翰林。他想起狐道士的话，就决定将彩云收作他的第三个孙女。从此，远近一带地方的人，都知道徐府上有一位三姑娘。过了半年，有位家资巨万的富翁派人给徐浩送来一封信，并赠观音大士画像一轴。那富翁在信中说："闻大人府上有位三姑娘，尚未许配。今不才有意为媒，将三姑娘许嫁申大年太守的儿子，未知尊意如何？奉赠的观音大士画像一轴，甚为灵验，大人可悬挂于宝斋之内，随时祈祷，将有求必应。”徐浩听后一想，这位申太守是湖北人，而湖北正是洞庭湖的所在地，再联想到狐道士所说的彩云将嫁洞庭君之子的话，现在又有观音大士的画像和媒人的信在这里，就成全了这桩婚事。狐道士竟能如此准确地预知将来。

周太史驱妖

周用修，江西瑞昌县楼下村人，年五十余，早丧妻，有子有媳，生计颇自给。一日，有妪年五十许，入其家，登楼呼其长子妇至，曰：“吾尔姑也，尔毋惧。”妇诧甚，于归时并未见有姑也。用修闻之，欲相见，不许。其子欲见，亦不许。然饮啖寝兴，无异常人，举家亦安之。无何，有谇语飞入其耳，怒亡去。仲修家遂困，所存布菽，贮之柜，扃锁甚固，启视一空。邑人但时见老妪在用修门首，日市布菽。如是三年，家困甚。请于官，召巫治之，皆不验。宗人厚辕以庶吉士在假，至其家，先一夕怪去，至期又去，用修异之，乞厚辕为驱除，厚辕朱书黄纸，檄其土地神及社神，曰：“阴与阳同一理，无阴司则已，若果有，则以一区区楼下村，有二神在此，而听此妖祟人，竟莫之问乎？限三日驱之，不能则五日、七日，若再不能，是无神也，焉用血食为！当令焚尔庙，毁尔像矣！”檄焚后，厚辕即渡江访友，阅月归，仍过楼下村，在肩舆小睡，似见漫山塞谷，皆老少男妇，人上立人者，几千万辈，拥道来观。二老人须长二尺，立舆旁，默无语。厚辕惊觉，催肩舆入城，诸族人贺曰："君焚檄后三日，怪去，竟不复来。"言未已，用修至，搏颡于地，求为草善后文，再焚于二神祠，怪遂绝。

【译文】

周用修，是江西瑞昌县楼下村人，今年五十多岁，早年丧妻，现在有子有媳，日子过得很不错。一天，有位五十多岁的老婆子来到周家，登楼把周用修的长媳叫到面前，对她说："我是你婆婆呀，你不用害怕！"周家的长媳感到很诧异，心里想：我嫁到这周家来，从未见过有什么婆婆。周用修听说后，急忙赶到楼上，要见见这位老婆子，但老婆子不肯与他见面。周用修的长子前来相见，老婆子也不肯见面。但老婆子饮食、起居和常人完全一样，全家也安然无事。但是不久，有些关于老婆子的流言蜚语传到她耳中，老婆子一怒之下，就离开了。但是，从此以后，周家的生活逐渐困顿。而且家中所存的布匹和粮食，本来是收藏在大柜子里的，锁得也很牢固。一天打开一看，里面的布匹、粮食已不翼而飞，柜子空空如也。与此同时，楼下村人却经常看见一个老婆子在周用修家大门附近出售布匹、粮食。这样过了三年，周家已经一贫如洗。周用修急得没法，只得把家中经常失窃的情况报告官府，官府无法可想。又请了巫士驱妖，也没有什么灵验。这时，与周用修同族的庶吉士周厚辕正巧回乡度假，抽空到周家拜访。没想到，那老婆子在周厚辕到来之前的一天，就离开了周家。以后也总是这样，只要周厚辕要来作客，老婆子就提前悄悄地离去。周用修终于明白，这老婆子害怕周厚辕，于是就请他来驱除鬼怪。周厚辕应周用修之请，用朱笔在黄纸上写了一篇檄文，焚烧给楼下村的土地神和社神。檄文说："阴阳异路，实出一理。如果没有阴司倒也罢了，要是有阴司存在，则小小的一个楼下村，有土地神、社神两位神明在，却听任一个老婆子兴妖作祟，不闻不问。现限你们三天之内，把老婆子驱逐。三天不成五天，五天不成七天。到时毫无效验，就说明这里没有土地神和社神，还要什么香火、祭祀！我将命人拆了你们的庙，毁了你们的像！"周厚辕把这篇檄文焚烧给两位神明后，就渡江访友去了。

过了一个月，周厚辕访友回来，又经过楼下村。他坐在小轿里打了个盹儿，朦胧中好像看见漫山遍野都是人群，男女老少都有，人叠人的，约有成千上万，都拥来观看。有两位须长二尺的老人，立在周厚辕的轿前，默默无语。周厚辕猜想这大概就是土地神和社神了。一惊之下，就醒了。周厚辕马上命令随从，抬轿进村。这时，周氏家族人等都来向他祝贺，说："您焚烧了檄文后，三天之内，老婆子就悄悄离去，再也没有来过。"没等众人说完，周用修也匆匆赶来，向周厚辕磕头致谢，并请他再写一篇文章慰问两位神明。从那以后，楼下村就太平无事了。

良　猪

江南宿州睢溪口民被杀，投尸于井，官验无凶手。忽一猪奔至马前，啼甚惨，从役驱之不去。官曰："畜有所诉乎？"猪跪前蹄，若叩首状，官命随之行。猪起前导，至一家，排户入，猪奔卧榻前，以嘴啮地出刀，血迹尚新，执其人讯之，果杀人者。乡人义之，各出费养猪于佛舍，号曰"良猪"。十余年死，寺僧为瓮埋焉。

【译文】

江南宿州的睢溪口，有一个村民被杀。凶手把尸体投入井中，官府前来侦查，也没有捉到那凶手。正当前来侦查的官员准备回府时，突然有一头猪奔到马前，叫声悲惨。差役们驱赶它，就是不肯离去。一位官员忽而有所省悟，说："难道这畜生有什么话要诉说？"只见那猪把前蹄一屈，跪到地上，做出磕头致谢的样子。随后就站起身来，向村里方向跑去。官员们命几名差役紧跟在猪的后面。只见它跑到一户人家的门口，撞门而入，直奔卧榻下面，用嘴啃地叨出一把刀来，刀上血迹还是新鲜的，说明凶手刚用它来杀过人。官员们立刻拘捕了这家的主人，经过审讯，证明他果然是睢溪口杀人案的凶手。乡里人为了感谢这头猪，就出资把它饲养在庙里，称之为“良猪”。十多年后，这头猪老死了，庙里的和尚又为它特制了一口佛龛埋葬了。

雷打扒手

乌程彭某，妻病子幼，卖丝度日。一日负一捆丝赴行求售，因估价不合，置之柜上。时出入卖丝者甚众，行家以其货少，他顾生理。彭转瞬，丝即失去，因牵行主鸣官。行主云：“我数万金开行，肯骗此数千文丝乎？”官以为有理，不究，卖丝者闷闷回家。适其子嬉戏门外，见父卖丝归，以为必带果饵，迎上索取。彭正失丝怀忿，任脚踢之，儿登时死。彭悔，急自投河，亦死，其妻不知也。邻人见其子卧于门，扶之，方知气已绝；连呼病妇，告以儿亡。妇痛子情急，登时坠楼死。官验后，嘱邻人为之埋葬。越三日，雷雨大作，震死三人于卖丝者之门。少顷，一剃头者复苏，据云：“前扒手孙某，在某行扒出一捆丝，对门谢姓见之，欲与分价，方免出首。丝在我店卖出，派分我得钱三百，彼二人各得二千。旋闻卖丝者投河，官验后，无事矣。不料今日同遭雷击，彼等均已击死，我则打伤一腿。”验之果然。

【译文】

乌程县有个彭某，妻子卧病在床，儿子又年幼，靠他一个人贩卖生丝度日。一天，彭某背了一捆生丝，来到丝行出售。丝行的掌柜出价很低，彼此争执不下，那捆生丝就放在柜台上。这时丝行里卖丝的人很多，掌柜嫌彭某的生意太小，就去招呼别的顾客了。谁料只一眨眼工夫，那捆生丝就不见了。彭某认定这捆丝被掌柜藏起来了，就拉他到官府评理。到了官府，那丝行掌柜当着官员们的面，对彭某说："我开这丝行，光本钱就是几万两银子，难道会骗你这只值几千文钱的生丝吗?"官员们认为掌柜说的话有理，因此不予追究。彭某从官府出来，闷闷不乐地回到家中。恰巧他那年幼的儿子正在门外玩耍，见父亲卖丝回来，以为一定捎回一些糖果糕饼，就上前索取吃食。彭某因为丢了生丝，官府又不为他撑腰，心里正憋着一股怒气，见儿子上前纠缠，就一脚踢去，谁知孩子当即被踢死了。彭某后悔不及，投河自尽。而他的妻子，对家中发生的灾祸还一无所知。还是邻居看到彭家的孩子倒在地上，急忙上前扶起，发现已经气绝身亡。于是忙把孩子的死讯告诉病中的彭某之妻。彭妻痛惜幼子身亡，情急之中，也跳楼而死。邻居立刻把这事报告给了官府。官府验证之后，认为彭家三口都属自杀或误伤，就命乡人代为收敛埋葬。过了三天，乌程县下了一场大雷雨，有三个人被闪电击倒在丝行的门口。不久，其中有一个剃头匠，慢慢苏醒了过来，据他说："彭某那捆生丝，是扒手孙某从丝行里偷出来的，却被丝行对门的谢某看见。谢某提出销赃后，两人对半分，他就不去告发。后来，这捆生丝在我店铺里售出，我只分得三百文，而他们却各得二千文。后来听说那丢丝的人跳河自杀了，官府验尸后也没有往后追究，这事就这样瞒过了。想不到还是老天英明，罚我们三人今天同遭雷击，他们两人已经丧命，我虽不死，也被击折了一条腿。"后来，官府重新查验，发现案情果然如此。

北门货

绍兴王某与徐姓者，明季在河南避张、李之乱，所过处，尸横遍野。一夕，遇李兵二人，自度必死，避城内乱尸中。夜半灯烛辉煌，自城头而下，疑贼兵巡城。渐近，乃城隍灯笼，愈惊惧，不敢作声。少顷，闻从者曰："有生人气。"又一吏呼曰："一个北门货，一个不在数。"神渐远去。次早贼兵出城，二人起走，紧记夜所闻，认南路而行。傍晚又抵一城，恰是北门，突遇贼兵，徐被杀，王遁归家，后子孙甚众。

【译文】

绍兴人王某和徐某，于明朝末年往河南躲避李自成、张献忠之乱，所过之处，只见尸横遍野。一天晚上，王、徐遇上了李自成的两名士兵，自忖没有活路，就钻到了城内的乱尸堆中。到了半夜，忽见灯火辉煌，有一支队伍从城楼拾级而下，王、徐二人以为是李自成的巡逻兵过来了。等到那队伍走近，才看清那灯笼上打的是城隍神的名号。他俩心里愈发害怕，连大气都不敢出了。不一会儿，听到一位差役说："这里怎么有生人气？"另一位差役叫道："一个是北门货，一个不在数。"说罢，城隍神的队伍就渐渐走远了。第二天早晨，作乱的队伍出城。王某和徐某才从尸堆里爬出逃命。他们牢记昨夜城隍差役所说"北门货"的话，不敢往北，而认准了道路往南走。到了傍晚，他们走到了一座城的城门口，恰是这城的北门。突然，作乱的士兵从北门出来，徐某被当作官府的密探杀了头。王某趁乱逃脱，回到家乡绍兴，后来子孙满堂。

泥刘海仙行走

如皋北门内湖南常德太守徐文度家，买一泥塑刘海仙，长六寸许，置于堂前神龛内有年矣。一日，文度欲睡，忽闻堂前有剥啄声，命婢携灯照视。其婢惊奔入告曰："龛内泥刘海忽然下地行走。"公初不信，视婢惊怖之状，乃出堂谛视，而泥刘海果跦跦而行，咸以为妖，欲毁弃之。公语众曰："汝等且勿惧，此像既能行走，或有灵应之征，不可毁弃。”仍令供奉龛内，迄今二十余载，绝无他故。其子湘浦，现任两浙副使。

【译文】

湖南常德徐文度知府的老家，在江苏如皋的北门内。他家曾买过一尊泥塑的刘海仙，有六寸多高，供在大厅的佛龛里有多年了。徐太守在老家时，有一天晚上正在睡觉，朦胧中忽听得大厅里有脚步声，就命一个小丫鬟掌着灯前去看一看。一会儿，那小丫鬟慌慌张张地奔回来，说：“神龛里的那尊刘海仙，忽然跑到地上，自己走起路来了！”徐太守开始还不信，但看那小丫鬟慌张的样子，就亲自到厅上去看个究竟。只见那泥刘海仙果然在跌跌撞撞地走路。全家人闻讯赶来，都说这泥塑的刘海仙成了妖精，主张把它毁掉。徐太守对家人说：“你们不必害怕。这像既能着地行走，或者有什么灵应的预兆，不可毁了它。”仍命人把这尊泥塑刘海仙供奉在神龛内，至今已二十多年了，也没有发生过怪异的现象。徐太守的儿子徐湘浦，现任两浙副使。

驴雪奇冤

乾隆四十三年春，保定清苑县民李氏女，嫁与西乡张家庄张氏子为室，相距百余里。李女归宁月余，新郎跨驴来迎，令妻骑驴，而己步行于后。路经某村，离家仅二十里，缘此村居民素与新郎熟识，必多调笑，且驴亦熟识归路，张乃令妻先行。至六七里许，有三叉歧路，过西为张家庄大路，过东则任丘县界。有一少年，控车自西道辘辘而来，系任丘豪富刘某，将张妻驴冲向任丘道上，相逼而行。天渐晚，张妻心慌，问少年曰：“此地离张家庄几何？”少年答曰：“娘子误矣，张家庄须向西而去，此是任丘大路，相距数十里。天晚难行，当为娘子择庄借宿，天明即遣人送往，何如？”张妻无奈，勉强允从。至前庄，系刘之佃户孔某家，备房安歇。其时，适孔佃之女亦新婚归宁，孔谓女曰：“今晚业主借宿，不能违命，汝当暂回夫家；候业主去后，再来迎汝。”女从而归。其房为刘、张共宿之所。刘之车夫，宿于房外；张之骑驴，系于檐下。次日将午，不见启户，孔佃窥于窗隙，见两尸在坑，头俱在地，檐下系驴亦失，孔佃与车夫颤慄莫制。佃乃密语车夫曰：“汝家河南，离此甚远，何不载彼衣物，速行窜归，一经到官，则尔我身命难保矣。”车夫从之。是晚，即野瘗两尸，御车载物而去。刘母见子久出不归，杳无音耗，即在任丘县控追车夫。张郎追妻不见，疑有别故，复又赶至清苑，控告其岳父母。县官疑有冤，饬捕密访。其时有嗜赌无赖之郭三，鬻驴于市，恰与张供毛色相符，向郭盘诘，始知郭三向与孔佃之女有私，孔女归宁，郭从后窗潜入，见有二人共寝，一时气忿，杀此二人，并盗此驴。县令复唤孔佃，根诘尸首所在，亲往起尸，开土三尺，赫然一死人，乃秃头老和尚也。复又深掘，得所杀两尸。张冤既雪，刘死有踪，而和尚之尸又属疑案。正怀疑间，天忽阴雨，乃避雨古庙，寂无人迹，询诸邻保，云：“此庵向有师徒二僧，后以师出云游，徒亦他往矣。”即同邻保往视僧尸，咸云：“此即云游之僧也。”遂缉拿其徒。访至河南归德地界，已蓄发娶妻，开张豆腐店。究其师死之由，缘僧徒所娶之妇，向与其师有奸，后徒渐长，复与此妇私通。其师每有不平，故共谋杀其师，弃庙远窜，遂成夫妇。乃置之法。

【译文】

乾隆四十三年春天，保定府清苑县李家庄的一个姑娘，嫁给村西张家庄的一个小伙为妻。李家庄和张家庄之间，相距百余里。婚后，新娘回娘家住了一个多月，新郎就骑着一匹毛驴来接新娘。新郎叫新娘骑着毛驴，而自己则跟在后面步行。途中经过某村庄，这村庄因离张家庄只有二十里，所以许多村民与新郎很熟悉，见他接了新娘回家，不免打闹取笑。再说那毛驴也认得回家的路，所以新郎叫新娘先走一步。新娘骑着毛驴走了六七里路，到了一个三岔路口。从这里往西，可以直达张家庄；往东，就通往任丘县界。这时，有一个年轻人驾着一辆马车驶来。这年轻人是任丘县一位姓刘的富豪的少爷，他驾着马车把新娘挤到通向任丘县的路上，与他一起向东行走。走着走着，天色渐渐暗了下来，新娘心中发慌，不得不问这位少爷："这儿离张家庄还有多少路?"那位少爷说道："娘子差了，张家庄须往西走，这是通往任丘的大路，离张家庄有几十里路呢！现在已经天黑，要回张家庄是来不及了。不如我为娘子找一个住处，暂宿一晚，天亮后就派人送你回去，怎样?"新娘无奈，只得勉强答应了。新娘跟着这位少爷来到前面一个村庄，走进一户人家的大门。这家的主人孔某，是刘家的佃户。孔某见刘家少爷带了一名女子前来，就为他们安排了卧房安歇。那时，孔某的女儿也刚新婚，正住在娘家。孔某就对女儿说："今晚少东家来借宿，咱不得不依。你暂且先回婆家，等少东家走了，我再来接你。"女儿点头答应，就收拾东西走了。刘少爷就带着那新娘，住进了孔某女儿的卧室。而刘少爷的车夫，就住在房外；新娘的毛驴，拴在屋檐下面。到了第二天，已将近中午时分，还不见刘少爷和那新娘开门出来，孔某就趴在窗口，从窗缝中往屋里偷看。只见两具尸体躺在炕上，头都掉在地下。而且，拴在屋檐下面的那头毛驴，也不知了去向。这下可把孔某和刘少爷的车夫吓得浑身发抖，不知所措。过了一会儿，孔某悄悄地对那车夫说："你老家住在河南，离这里很远，只要你帮我从速把这两具尸体处理掉，少东家随身所带之物全部归你。不然，被人发现，官府查下来，你我的命就难保了！”车夫听后，一口答应。当天夜里，两人就趁着夜色，偷偷地把两具尸体拉到荒郊野外掩埋了。那车夫也得了少东家遗留的衣物，驾车逃往河南老家去了。再说那刘少爷的母亲，见儿子久出不归，而且杳无音讯，就派人到任丘县衙门告状，请求官府捉拿跟随刘少爷的那名车夫。而这边张家的新郎，发现新娘走失，四处寻找，不见一点踪影，心想一定是她父母把她隐藏起来又转嫁他人了，于是跑到清苑县衙门里告状，控告他的岳父母从中捣鬼。官府接到状子，猜想其中必有冤情，就派出密探查访。这时，正巧有一个无赖赌徒郭三，牵着一头毛驴到集市上出售，而那毛驴身上的毛色，又恰与新娘所骑驴儿的毛色完全一样。官府就立刻拘捕了郭三。经过审讯，才知郭三一向与孔某之女有私情。孔某的女儿回娘家，郭三常从后窗偷偷潜入屋里，与她偷情。那天郭三又潜入室内，见有一男一女共卧一炕，以为是孔某之女另有所欢，一气之下，就用刀把他们杀了，又偷走了拴在屋檐下的那头毛驴。县令根据郭三的供词，传唤了孔某，问他尸体掩埋在什么地方，准备亲自前去发掘尸体。到了尸体的掩埋地，县令命人掘地三尺，露出的竟是一具完整的尸体，是一个秃头的老和尚。县令又命人移开老和尚的尸体，再往下深掘，只见两具头颅和身体分离的尸体露了出来，仔细辨认，正是郭三杀死的那一对男女。这样，这起案子终于查明：新娘是被刘少爷奸后又被人误杀，而失踪的刘少爷也有了下落。但老和尚的尸体又成了新的疑案。掘尸的官员正在疑惑之间，天空忽然阴沉，然后下起雨来，官员们忙到附近的一座古庙里避雨。这古庙非常空寂，不见人影。官员们就向古庙附近的居民询问这古庙的情况。居民说：“这庙里原有师徒两个和尚，后来师父出去云游了。不久，那徒弟也不知到哪里去了。”官员们就和居民辨认那老和尚的尸体，居民们都说：“这就是那个出外云游的师父。”于是，官府就下令缉拿那个不知去向的徒弟。官府派出的差役，一直查到河南归德府地界，终于抓住了那个徒弟。这时候，这个徒弟已经还俗，蓄发娶妻，还在当地开了一家豆腐店。官府经过对徒弟的审讯，才弄清那师父死的原因。原来这徒弟现在的妻子，以前常与那师父通奸。后来这徒弟渐渐长大成人，也与这女人私通。师父常常心中不平，徒弟就与女人一起把他杀了，弃庙远逃，结成了夫妇。想不到当时他们掩埋的师父尸体，正好埋在那一男一女的尸体之上，又凑巧被发现，终于受到了法律的制裁。

张大令

嘉兴张大令者，辛巳进士，海宁查太守虞昌之业师，素行正直。忽一日，平明而起，索冠带甚急，道有当事贵人要来相会。遂着蟒衣补褂，迎至大门外，升中堂，作揖逊坐，口喃喃对语。旁人听者，语不可解。初若欣喜，继而悲叹，又继而辞让，取茶两杯，一自饮，一置空中，杯亦不脱落。作态良久，乃送至大门外，再揖始归。家人问何客，曰："嘉兴府城隍也。彼升任去，举我代其职，故先来见访。且告我此地一二年内有两贵人横死，遭劫者不少，我不便泄天机也。"言毕端坐，不饮不食，三日遂亡。俄而巡抚王、陈两公事发。

【译文】

嘉兴张大令先生，乾隆二十六年进士，是海宁查虞昌太守的授业老师，为人一向正直。忽然有一天，张大令早晨起来，心急火燎地催促家人为他准备朝服冠戴，说是有当权的贵人要来拜访。家人为他准备好衣饰后，他就穿戴整齐，然后迎候到大门外，再回到中堂，作揖让坐，口中喃喃地好像在和客人交谈。他说的那些话，家里的人都听不懂。看他那样子，开始好像很高兴，接着又长吁短叹，随后是一番谦让。他还斟上两杯茶，一杯自饮，一杯举向空中，松手后，那茶杯竟能悬在半空中，不掉下来。这样应酬了好长时间，张大令就送行到大门外，然后作揖道别，回身走进家门。张大令的家人问他来了什么贵人，他回答说："刚才来的，是嘉兴府的城隍神。他已经升官了，就荐举我做他的继任者，所以先来我这里拜访。他还告诉我，最近一两年内，嘉兴将有两位贵人不得好死，连同遭劫的人也不少。这是天机，我就不便说出来了。"说罢，他就端坐床上，从此不喝不吃，三天之后，就死了。不出两年，浙江王、陈两位巡抚的事被人揭发，死于非命。

镜　水

湘潭有镜水，照人三生。有骆秀才往照，非人形，乃一猛虎也。有老篙工往照，现作美女，云鬟霞珮。池开莲花，瓣瓣皆作青色。

【译文】

湘潭县有一汪泉水，清澈如镜，能照出人前三世的形象。有位姓骆的秀才，站在泉水前一照，水面上映出来的不是人形，而是一只猛虎。有位老船工站到泉水前一照，水面上映出来的却是一个云鬟霞帔、亭亭玉立的美女。这汪泉水上面，莲花盛开，花瓣都呈青色。

蔡　掌　官

虎丘蔡掌官，以古董为业，年少貌美。饮倪康民家，倪遣小奴持灯送归，于无人之处，见掌官与人作揖，口呢呢细语。奴问与何人说话，曰："好友李三哥唤我，我便同他去，你不必跟我。"语未毕，跳入河中。奴急救起之，拉归家，告知蔡之父母。亲友咸大惊，都来问蔡。

蔡如醉如痴，口无所言，但见刀即摩其喉，见绳则试其颈，若以为天下至乐之境，无如横死者。家人锁闭之，虽小衣衫裤，皆不缝带，但穴一洞通饮食而已。清明日，全家上坟，蔡从窗外逸出，两日不归。家人知其必死，四处寻觅。至白莲桥空野，忽见掌官倚桑树，大呼曰："我在此，不必再寻矣。"家人喜，奔趋视之，则已缢死树上，呼者乃其魂也。缢带系偷染坊店地上所晒布为之。

【译文】

虎丘有位蔡掌官，年轻貌美，以贩卖古董为业。一天，蔡掌官在倪康民家里饮酒。酒后，倪康民派一名年轻的奴仆送他回去。两人走到一个僻静无人的地方，蔡掌官突然做出与人作揖的样子，口中还轻声轻气地说着话。那个奴仆感到很奇怪，就问："您跟谁在说话呢?"蔡掌官道："我的好友李三哥来请我，我现在就要到他那里去。你不必送我了。"话未说完，就跳到了河里。那奴仆连忙把蔡掌官救起，送回家中，并把这事告诉了他的父母。蔡家的亲友听说了这件事都很吃惊，纷纷前来看望。这时，蔡掌官已神志不清，不能说话了。但只要见到刀，他就会操起来抹脖子；见到绳子，就拿了往脖子上套；好像死对于他是一种最大的快乐。他家里的人就把他锁在屋里，内衣内裤上的带子全都去掉，在墙壁上又留了一个小小的洞口，以便按时给他送吃的东西。到了清明节那天，蔡家的人都上坟扫墓去了。蔡掌官乘这机会，越窗逃出，两天两夜没有回家。他家里的人料想他一定是死了，派人四处寻找尸体。一直寻到白莲桥的荒郊野外，忽然看见他背靠着一棵桑树，大声说："我在这里，不要再找了!"他的家人又惊又喜，急忙奔到那里一看，只见他已吊死在树上，刚才的叫声，是他的魂灵发出的。再看那根上吊用的绳子，是偷了染坊店晒的布搓成的。

沈文崧

高邮沈公文崧，宰山左霑化时，有相好同官某，亲老无子，将奉差西藏，公慨然代往，闻者无不惊其高义。跋涉三年余，始回内地，途中冰雪苦寒，往往月余无人烟。有仆二人，名夏祥者，侍公最忠，每至住营帐时辄不见，少顷必手捧粟至，炊熟奉公，不知其粟何自来也。一日晦雾，行至险坂，下临深涧万丈，二仆俱堕涧中。公马足已陷，忽见云雾中有大士像，手持青莲，向公指导。俄顷身已过涧，至平地，痛失二仆，逡巡不前。久之曛黑，闻人语声，急呼之，则夏祥至矣。问何来，称堕涧后，有绿毛人长丈余，自涧中负出，主仆相抱大哭。公归后，将此事语高文良公，高为动色，绘大士图，书年月以纪之。后三十余年，沈之孙名均安者，知江西赣县；高之孙名士镄者，官赣县司马，初不相识，既而询及世系，彼此爽然，始知大士图犹在高处，传为至宝，至此乃以归沈。

【译文】

高邮人沈文崧，任山东霑化知县时，有个相好的同僚，奉命到西藏去办理公务，但他家中有年迈的双亲需要侍奉，无法脱身。沈文崧知道这一情况后，愿意代他到西藏出差。知道这件事的人，无不赞叹沈文崧的高尚友谊。沈文崧奔波三年多，完成了公务，开始返回山东霑化。据他回忆，西藏沿途，高原苦寒，冰天雪地，往往行走一个多月，也不见人烟。沈文崧身边有两个仆人，其中有一个名叫夏祥的，服侍沈文崧最为忠心。每到一个宿营的地方，夏祥就突然不见了，不一会儿，又捧着一堆栗回来，炒熟了给沈文崧吃。也弄不清他这些栗是从哪儿弄来的。有一天，天色阴暗，大雾弥漫。他们走着走着，迷失了方向，来到了一个险峻的山头上面。那山的下面，是个万丈深涧，两个仆人失足掉了下去，沈文崧骑的马，前蹄也已跨出。在这千钧一发之际，忽见云雾中显现出观音大士的形象，手托青莲，向沈文崧指示方向。只见那马一声狂啸，飞身跃过山涧，来到了一片平地，终于化险为夷。沈文崧痛失两名仆人，只身孤影，徘徊不前。过了很久，天渐渐黑了。这时，忽然听到有人说话的声音，沈文崧急忙大声呼喊。只见一个黑影向他走来。等那黑影走近，沈文崧定睛一看，却是他的仆人夏祥。沈文崧忙问夏祥怎么能够生还。夏祥说他掉入山涧时，被一个身高一丈多的绿毛人接住，背着他走出山涧。说着，主仆两人相抱大哭。沈文崧回到山东后，把这一段经历说给朋友高文良公听。高文良公大为感动，就提笔画了一幅《观音大士图》，上面题了年月，作为沈文崧这次西藏之行的纪念。三十多年后，沈文崧的孙子沈均安，任江西赣县知县；高文良公的孙子高士镄，任赣县县尉。两人开始并不了解，后来谈及家世，才知道他们的祖上曾是至交。那幅《观音大士图》，作为传世之宝，还保存在高家，现在高士镄就把它交给沈均安珍藏。

蓝姑娘

王中丞丁忧后，居杭州羊市公馆，灶下婢忽仆地，良久苏醒，瞪目作旗人语曰："我镶红旗某都统家蓝姑娘也，口渴腹饥，可致意大人，作速供养我。"王亲临问曰："尔既系旗人，何故到我汉人家来？"鬼曰："我与群姊妹清明日出门看会，不料布政使国大老爷路过，仪从甚盛，将我姊妹一冲而散，我避不及，只得避到大人家来。”中丞曰：“汝避国大人不避我，独不知国大人尚是我之属员乎？他冲汝，汝何不到他家作祟？”鬼曰：“我畏之。”中丞曰：“然则汝辈作鬼者亦势利，只怕现任官，不怕去任官耶？”曰：“不然，去任者果做好官，我也怕也。”中丞大不喜，不得已，且供饭烧纸钱与之。婢病旋愈。未一年，中丞及于难。

【译文】

王巡抚为父守丧，免官家居，住在杭州羊市公馆。一天，他家一个在厨房里干活的丫鬟忽然倒在地上，昏迷不醒。过了很久，才慢慢苏醒过来，瞪着双眼，用旗人的口气说：“我是镶红旗某都统家的蓝姑娘，现在又渴又饿，请你们告诉王大人，立刻弄点东西我吃。”王巡抚亲自前去看视，问她道：“你既然是旗人，为什么到我汉人家来？”那附在丫鬟身上的鬼说：“我和姊妹们清明节出来看庙会，不巧碰到布政使国大老爷路过。他的仪仗和随从很多，把我们姊妹冲散了。我因来不及回避，就只好跑到大人家里来。”王巡抚说：“你回避国大人，却不回避我，难道你不知道国大人还是我的下属吗？他把你冲散了，你为什么不到他家里去作祟呢？”鬼说：“我怕他。”王巡抚说：“这样看来，你们这些做了鬼的，心眼也很势利，只怕现任的官，不怕卸任的官。”鬼说：“那倒不然。卸任的官如果是个好官，我也怕他。”王巡抚听后，心里非常不高兴，但也没有办法，只得供给她饭食，烧纸钱给她，把她送走。这样，丫鬟就恢复了常态。但不到一年，王巡抚因犯了罪，丢了性命。

鼠胆两头

山东桂未谷广文，精篆隶之学，藏碑板文字甚多，每夜被鼠咬破，心恶之，设法擒鼠，以为鼠胆汁，可以治聋，乃生剥之。果得一胆，如蚕大，两处有头，蠕蠕而动，鼠死半日，胆尚活也。卒不解其故，惧而弃之沟中，亦无他异。或云“首鼠两端”，此之谓也。然擒他鼠验之，并胆俱无。

【译文】

山东桂未谷广文，精熟隶书篆刻。他家里藏了很多碑石拓本。但是，一到夜里，这些拓本就遭到老鼠的啃咬。桂未谷很恼火，想方设法捕捉老鼠。他听说鼠胆能治耳聋，就把捉到的一只老鼠活生生地杀了，取出一颗鼠胆，有蚕那么大，两端长着头，而且能够蠕动。那老鼠已死了大半天，但这颗鼠胆却仍然活着。他弄不清是什么道理，觉得这鼠胆是个怪物，心里有些害怕，就把它扔到了水沟里，但也没有发生什么意外。有句成语叫“首鼠两端”，出处大概与鼠胆有关。但桂未谷又剖了几只老鼠，却没有找到长有两个头的鼠胆。

西海祠神

嘉兴钱汝器，太傅文端公第七子也，选陕西武功令。抵任后不数月，以疾卒。卒之前一日，旦起，告家人具汤沐，朝服北向九拜，复东向九拜。家人问故，曰：“北向，所以谢主恩也；东向者，余出都时，过蒲州，宿西门外禹庙，梦禹王召我为水神，居西海祠，余固辞不获，定于明日当去。”次早，果端坐而逝，时壬寅九月十七日也。先是，有郭生者，盩厔人，明慧善歌，为钱所眷，孙君渊如亦善之，旋以他事逸去。后孙在朝邑令庄虚庵所，接郭生书云：“九月过解州，梦钱七公子来，仪卫甚盛，告余云将赴任西海祠，如申旦之约，无间幽明，当访我于蒲州南郭外，言讫而寤。若梦中言果真，公子当不在人间矣。”时孙正访生消息不得，接此信，即日脂车渡河。至蒲州相访，果有西海祠，建于至元十二年，现在重修落成。方徘徊间，忽郭生自廊庑出，相与叙述前事，共相悲喜，因酾酒洁羞，为文祭云：“昔者巨卿死友，厥有素车之驰；子文酒徒，无损成神之骨。恭闻故实，不谓逢君。”阳湖洪孝廉亮吉，亦吊以诗云：“少年有愿须先偿，既入神籍何能狂。”

【译文】

嘉兴人钱汝器，是太傅钱文端公的第七个公子，选任陕西武功县令，但到任没几个月，就得病死了。钱汝器去世前的一天，清晨起来，就命家人给他准备了沐浴器用，洗了个澡，然后穿戴了朝服，向北九拜，又向东九拜。家人问他做什么，他说：“向北拜，是谢皇上的大恩。向东拜，是我当初出京赴任时，路过蒲州，住宿在西门外的禹王庙，夜里梦见禹王把我召去，任命我为水神，驻地在西海祠。我再三推辞，禹王不允，明天就是我上任的日期，非去不可了。所以我向东而拜，就是拜谢禹王。”第二天早上，钱汝器端坐在床上死去了。那是乾隆四十七年九月十七日发生的事。在这以前，有位姓郭的书生，盩厔人，聪明智慧，能歌善舞，钱汝器对他很眷爱，而当时有位孙渊如也很喜欢他。不久，郭书生因事离开了钱府。后来，孙渊如客居在朝邑县令庄虚庵的府上时，接到郭书生的一封信，信中说：“今年九月我经过解州，梦见钱七公子也来解州，仪仗随从众多，气派非凡。钱公子对我说，他将到西海祠去任水神，要我仍像通宵达旦畅叙的老朋友一样，不要有阴阳隔世之感，到蒲州城南郊去找他。钱公子说罢，我也就醒了。如果梦中听到的话是真实的，那么钱公子可能已经不在人间了。”那时，孙渊如正在打听郭书生的行踪，却一直得不到确实的消息。接到信，他当天就乘车出发，渡过黄河。到了蒲州寻访，那里果然有个西海祠。这祠建于元世祖至元十二年，现在是已经重新修过了。孙渊如正在祠前徘徊，忽见郭书生从廊下走来。两人相见，互道别情，真是悲喜交加。随即取酒列供，同行祭祀之礼。孙渊如还为钱汝器写了一篇祭文，文中说："昔者巨卿死友，厥有素车之驰；子文酒徒，无损成神之骨。恭闻故实，不谓逢君。"当时阳湖举人洪亮吉也有吊诗，诗中有句道："少年有愿须先偿，既入神籍何能狂。"

猢狲酒

曹学士洛禋为予言：康熙甲申春，与友人潘锡畴游黄山，至文殊院，与僧雪庄对食。忽不见席中人，仅各露一顶，僧曰："此云过也。"次日入云峰洞，有一老人，身长九尺，美须髯，衲衣草履，坐石床。曹向之索茶，老人笑曰："此间安得茶？"曹带炒米，献老人，老人曰："六十余年未尝此味矣。"曹叩其姓氏，曰："余姓周，名执，官总兵，明末隐此，百三十年。此猿洞也，为虎所据，诸猿患之，招余杀虎，殪其类，因得居此。"床置二剑，光如沃雪，台上供河、洛二图，六十四卦，地堆虎皮数十张，笑谓曹曰："明日诸猿来寿我，颇可观。"言未已，有数小猿至洞前，见有人，惊跳去。老人曰："自虎害除，猿感我恩，每日轮班来供使令。"因呼曰："我将请客，可拾薪煨芋。"猿跃去。少顷，捧薪至，煮芋与曹共啖。曹私忆此间得酒更佳，老人已知，引至一崖，有石覆小凹，澄碧而香，曰："此猢狲酒也。"酌而共饮，老人醉，取双剑舞，走电飞沙，天风皆起。舞毕还洞，枕虎皮卧，语曹云："汝饥可随手取松子橡栗食之。"食后，体觉轻健。先是，曹常病寒，至是病减八九。最后引至一崖，有长髯白猿，以松枝结屋而坐，手素书一卷，诵之琅琅，不解作何语，其下千猿拜舞。曹大喜，急走归告雪庄，拉之同往，洞中止存石床，不见老人。

【译文】

曹洛禋学士曾对我讲过这么一个故事。康熙四十三年春天，他和友人潘锡畴共游黄山，来到文殊院，与和尚雪庄等人同桌进餐。忽然，同桌的和尚都不见了，只露出一个头顶；又听雪庄和尚说道："此乃'浮云掠顶'，二位施主不必惊奇。"第二天，他们来到云峰洞，发现洞里住着一位老人，身高九尺，蓄着长须，穿一身布衣，着一双草鞋，端坐在石床上。曹学士向老人讨些茶喝，老人笑着说："这里深山野谷，哪里来的茶呢？"曹学士随身带有炒米，就送了一些给老人，那老人说："我已经六十多年没尝过米的味道了。"曹学士问老人的姓名，老人告诉他："我叫周执，曾做过明朝的总兵。明末隐居此地，至今已有一百三十年了。这山洞原是猿猴聚居之地，后来被老虎占据。猿猴无可奈何，就请我来驱杀老虎，我就在这洞里住下了。"曹学士和潘先生环顾洞内四周，见老人的石床上，还摆着两把剑，剑光四射，如同白雪；石台上排列着河图洛书和六十四卦图；地上堆着几十张虎皮。老人笑着对曹学士、潘先生说："明天猿猴要来给我拜寿，那场面可真好看。欢迎二位光临。"话未说完，已有几只小猿猴出现在洞口，看见洞里有陌生人，就连蹦带跳躲藏到一边去了。老人说："自从我为它们除了虎害，它们都对我感恩戴德，每天轮班来供我使唤。"随即呼唤道："我要在这里请客，你们快拾些柴禾，煮了芋头送来！"小猿猴一听吩咐，立刻跳跃而去。不多一会工夫，小猿猴已抱了柴禾前来，煮了芋头，送给曹学士和潘先生吃。这时，曹学士心里想：这里如果有酒可喝，那就更好了。谁知老人已猜到了他的心思，马上领他们来到一个崖石下面，揭开一块石盖，只见一个凹形的小石槽里，装满了清澄碧绿的美酒，一股清香扑鼻而来。老人说："这叫猢狲酒。"于是取酒共饮。酒酣，老人拔出双剑起舞。那两把剑在老人手中，被舞动得好像闪电飞沙，刮起阵阵旋风。老人舞罢，走进洞内，躺卧在一张虎皮上，对曹、潘说："你们如果饿了，可随意采些松子、橡栗吃。"曹、潘两人吃了些松子、橡栗，果然顿觉身体轻健。曹学士多年的风寒病，也早已好了八九成。老人又领曹学士、潘先生来到另一个崖石下。那里有一只长须白猿，坐在一间用松枝编结成的小屋里，手中捧着一卷经书，口里琅琅而诵，但听不懂念的是什么。小屋下面，只见成千只猿猴合着白猿朗诵的节拍，一会儿叩拜，一会儿起舞。曹学士、潘先生见此情景，不觉大喜，急忙跑到文殊院，想拉雪庄和尚一同前来观赏。但等到第二次到云峰洞时，洞中只有石床，那老人已不见踪影了。

张 秀 才

杭州张秀才某，馆京师某都统家，书舍在花园中，离正宅百步。张素小胆，唤馆僮作伴，灯上即眠，已年余矣。八月中秋，月色大明，馆僮在外饮酒，园门未关。张立假山石上玩月，见一妇人，披发赤身，远远而至。谛视之，肤体甚白，而自脸至身，皆有泥污垢瘢。张大惊，以为此必僵尸破土而出者也。双睛炯然，与月光相射，尤觉可畏。急取木杙撑房门，而己登床窃窥之。未几，砉然有声，门撑推断，而此妇昂然进矣。坐张所坐椅上，将案头书帖尽撕毁之，飒飒有声，张已骇绝。更取其界尺大敲桌上，仰天长叹，张神魂飞越，从此不省人事矣。昏迷中，觉有摩其下体者，骂曰："南蛮子，不堪，不堪。"遂摇步而去。次早，张僵卧不起，呼之不应。馆僮及学生急请都统来视，灌以姜汁始苏，具道昨宵情形。都统笑曰："先生毋骇，此非鬼也。吾家有仆妇丧偶，积思成疯，已锁禁二年矣。昨偶然锁断，故逸出作闹，致惊先生。"张不信，都统亲拉至锁妇处窥观，果昨所见也，病乃霍然。张颇以"不堪"二字自惭，馆僮闻而笑曰："幸而相公此物不堪，家中人有中疯妇意者，都被其索闹无休，有咬伤、掐痛其阴几至断者。"

【译文】

杭州有位张秀才，在京城某都统家设馆授徒。他的书房座落在花园中，离正宅大约有一百步。张某一向胆小，每到晚上，就叫馆僮和他作伴睡觉。一到掌灯时分，他就命馆僮关上园门和房门，早早地上床。这样已经有一年多了。第二年的八月中秋节，月色皎洁，馆僮出外饮酒去了，园门没有关上。张某正站在假山石上赏月，忽然看见一个披头散发、赤身裸体的女人从远处跑来。张某仔细一看，只见那女人皮肤洁白，但脸上和身上都沾了不少泥巴。张某见后大吃一惊，以为这是一具从地下爬出来的僵尸。尤其是女人那双眼睛，炯炯有光，真可以与明亮的月光相比，使张某更感恐怖。他赶紧跑回书房，用一根木棍顶住房门，然后爬到床上，偷偷观察外面的动静。不多一会工夫，只听"哐啷"一声，房门被撞开，顶门的木棍也被折断，那个女人昂首阔步地走了进来。她一屁股坐到了张某的椅子上，将桌上的书籍、字帖飒飒地都撕成了碎片。这时的张某，已吓得浑身发抖。那女人又拿起桌上的界尺，用力地敲着桌子，忽而又仰天长叹，发出哈哈大笑的声音。张某被吓得魂飞魄散，昏过去了。在迷迷糊糊中，张某觉得有人伸手在他的两腿中间摸了一阵。又好像听她骂道："这个南蛮子，不顶用！不顶用！"骂罢，摇摇摆摆地走了。第二天，张某直僵僵地躺在床上，像死了一样，叫他也没有回应。馆僮和学生们急忙请了都统前来。都统见他只是昏迷，并未死去，就命人给他灌了碗姜汤。过了一会儿，张某慢慢地苏醒了过来，把昨夜遇鬼的事，对众人说了一遍。

都统听后，哈哈大笑起来，说道："先生不必害怕，那女人不是什么鬼。那是我家的一个仆妇，因死了丈夫，思虑成疾，得了这个疯病。为了怕她闹事，就把她锁在一间空屋里，至今已经两年了。昨天晚上，门锁偶然断裂，让她跑了出来，闹得先生一场虚惊。"张某不大相信，都统就拉着他到空屋里去看，果然是昨夜所见的女人。张某眼见为实，很快就从这场虚惊中恢复了过来。但是，那女人说张某那东西"不顶用"，使他感到很惭愧。那馆僮得知张某的心病，笑着对他说："幸亏先生那东西不顶用，不然就遭殃了！那些被这疯女人看中的男人，都被她纠缠着不放，有的被她咬伤，有的被她掐痛，也有的差点给她揪掉了！"

周将军墓二事

山西宁武有周将军遇吉之墓，百余年来，河水啮其旁，坟渐倾泻。土人张某哀之，具牲牢致祭，默祷曰："将军威灵，当思所以护墓之法。"次夕，天大雷雨，百里内闻有兵马腾踔之声。次日，将军墓旁忽涌出一山，高十丈余，阑截冲处，水至墓前，便绕道曲流矣，人咸异之。

乾隆四十五年，其地山水暴至。有周某者，将军之族孙也，负母而奔，黑夜踉跄，全不认路。其母在伊背上骂曰："汝有妻有子，妻可以生儿，（子）可以传代，汝俱弃之，而独负我龙钟之母，不太愚乎？"其子不顾，牢负其母，狂奔而已。次早天明，始知身与母俱立将军墓上，土高丈许，水不能淹，虽行一夜，并无三里之远也。归家视妻子，皆无恙，云："水来时，似有人扶我上屋者，故得生全。"其旁邻人已无孑遗矣。

【译文】

山西宁武的周遇吉将军坟墓，一百多年来，受河水侵蚀，渐渐地倒塌了。当地有个百姓张某，备了酒肉供品，到周遇吉将军墓前祭奠，默默地祈祷说："将军生前威武不屈，死后也该成神显灵，为什么不设法保护一下自己的墓地呢？"第二天傍晚，下了一场大雷雨，方圆百里之内，可听到兵马奔腾呼啸的声音。过了一夜，人们就发现墓地旁边凸起了一座山头，有十几丈高，把河水阻断，水只能在山头边绕道而流了。人们都感到这事很奇怪。

乾隆四十五年，山西宁武地区山洪暴发。有个周某，是周遇吉将军的后裔。他背负母亲出逃，天黑路滑，一路踉踉跄跄，又认不清方向。他母亲伏在他背上骂道："你有妻儿，妻子可以为你生儿育女，儿子可以替周家传宗接代，你却全然不顾，而只背我这将要入土的老婆子，你这不是太愚蠢了吗？"周某任凭她责骂，还是牢牢地背着母亲，向前狂奔，逃出了洪水的包围。第二天早晨，他才发现自己和母亲都站在了周遇吉将军的坟头之上。这坟头高一丈多，洪水淹不到。周某虽走了一夜，但离家还不到三里之地。洪水退后，周某背着母亲回到家中，发现妻子幼儿全都安全无恙。妻子告诉他："洪水袭来时，好像有人扶着我们母子上了屋顶，所以得以活命。"而周某的街坊邻居，全都被洪水卷走，没有一个人幸免。

（卷二十译者　胡士明）

子不语卷二十一

娄罗二道人

娄真人者，松江之枫乡人，幼孤，从中表某养，大与其婢私，中表怒逐之。娄盗其橐金五百，逃入江西龙虎山。方过桥，有道人白须曳杖立，笑曰："汝来乎？汝想作天师法官乎？须知法官例有使费，非千金不可，五百金何济！"娄大骇，曰："吾实带此数，金少奈何？"道人曰："吾已为汝豫备矣。"命侍者担囊示之，果五百金。娄跪谢称仙，道人曰："吾非仙，乃天师府法官也，姓陈名章，缘尽当去，为待子故未行。有三锦囊，汝佩之，他日有急难大事，可开视之。"言毕，趺坐桥下而化。娄入府，见天师，天师曰："陈法官望汝久矣，汝来，陈法官死，岂非数耶？"故事，天师入京朝贺，法官从行。雍正十年，天师入朝，他法官同往，娄不得与。夜梦陈法官踉跄而来，涕泣请曰："道教将灭，非娄某不能救，须与偕入京师，万不可误。"天师愈奇娄，乃与之俱。时京师久旱，诸道士祈请无效。世宗召天师谕曰："十日不雨，汝道教可废矣。"天师惶恐伏地，窃念陈法官梦中语，遽奏请娄某升坛。娄开锦囊，如法作咒，身未上而黑云起，须臾，雨霑足。世宗悦，命留京师。十一年，诛妖人贾士芳。贾在民间为祟，召娄使治。娄以五雷正法治之，拜北斗四十九日，妖灭。是年地震，娄先期奏明。皆锦囊所载三事也。今娄尚存，锦囊空而术亦尽矣。娄所服丸药，号“一二三”，当归一两，熟地二两，枸杞三两。

又有罗真人者，冬夏一衲，佯狂于市。儿童随之而行，取生米麦求其吹，吹之即熟。晚间店家燃烛无火，亦求罗吹，吹之即炽。京师九门，一日九见其形。忽遁去无迹，疑死矣。京师富家多烧暖炕，炕深丈许，过三年必扫煤灰。有年姓者，扫炕，炕中闻鼾声，大惊，召众观之，罗真人也。崛然起曰：“借汝家炕熟卧三年，竟为尔辈扫出。”众请送入庙，曰：“吾不入庙。”请供奉之，曰：“吾不受供。”“然则何归？”曰：“可送我至前门外蜜蜂窝。”即舁往蜂窝，窝洞甚狭，在土山之凹，蜂数百万，嘈嘈飞鸣。罗解上下衣，赤身入，群蜂围之，穿眼入口，出入于七窍中，罗怡然不动。人馈之食，或食或不食，每食必罄其所馈。或与斗米饭、鸡卵三百，一啖而尽，亦无饱色。语呶呶如鴂枭，不甚可解。某贵人馈生姜四十斤，啖之，片时俱尽。居窝数年，一日脱去，不知所往。

【译文】

娄真人，是松江县枫乡人。他从小失去了父母，在一位表叔家里长大。可是，他成人后，就和表叔家里的一名丫鬟私通。表叔一怒之下，把他赶出了家门。临走时，他偷了表叔的五百两银子，逃往江西龙虎山去了。娄某在路上遇到一座桥。正要过桥时，有一位白胡子道士手持拐杖等在桥头，笑着对娄某说："你可来了！你想在张天师手下当一名法师吗？要知道，当法师按例要送见面礼，没有一千两银子是不行的，你那五百两银子顶什么用?"娄某听后，心里发慌，说道："我确实只带了这个数目，还差一半，这可怎么办呢?"道士说："我已经为你准备好了。"说着，就命侍从打开担囊给他看，里面果然有五百两银子。娄某连忙磕头拜谢，口称仙师。道士说道："我哪里是什么神仙！我是张天师门下的一名法师，姓陈名章。我的尘缘已尽，即将离去，只因有后事要当面交代，所以在这里等你，尚未成行。我这里还有三只锦囊，你要随时带在身边，将来如有急难大事，可一只只打开来看。"道士说罢，就在桥头下盘腿打坐，一会儿就坐化了。娄某到了天师府，拜见了张天师。张天师说："陈法师盼望你来已经很久了。可你一来，他就死了，这岂不是天数吗?"从此，娄某就在张天师门下当了一名法师。按照过去的成例，天师进京朝见皇上，他门下的法师都要随行。雍正十年，张天师入朝，别的法师都跟随天师进京，只有娄某不能同去。夜里，张天师梦见陈法师踉踉跄跄走来，流着眼泪对他说道："我们这个道教就要灭亡了，非娄某不能救啊！所以您这次进京，一定要把他带去，千万不可耽误了时机！"经陈法师这么一说，张天师更加惊叹娄某非同寻常，就决定带他进京。那时，京城地区久旱无雨，许多道士祈祷请雨，都没有什么效验。雍正皇帝召见张天师，口传谕旨说："限你十天之内祈天降雨，否则，你这个道教就可以废黜了！"张天师惶恐万状，伏地领旨。他想起梦中陈法师对他说的话，就当即奏请皇上，让娄法师升坛作法。这时，娄法师打开随身所带的第一只锦囊，按照锦囊中的指示，如法诵咒。还没等他走上法坛，忽然乌云密布，顷刻间下了一场透雨。雍正皇帝龙颜大喜，当即颁下谕旨，赐封"真人"称号，并命他长留京师。雍正十一年，妖人贯士芳在民间作祟，皇上命娄真人除妖。娄真人以五雷正法治妖，拜北斗四十九天，将妖人治服。这一年，京城又发生地震，但娄真人事前向朝廷作了预报，避免了生命财产的重大损失。娄真人所做的这三件好事，都是陈法师给他的三只锦囊中指示的。现在娄真人还健在，但他的锦囊已空，没有法术可施了。据说娄真人所以能够长寿，是因为常服一种叫"一二三"的药丸。这药丸由一两当归、二两熟地、三两枸杞合成，所以叫“一二三”。

还有一位罗真人，常年只穿一件百衲衣，疯疯癫癫地招摇过市，引得一群小孩跟在他后面打闹嬉笑。有人端来一碗生米请罗真人吹气，罗真人一吹，那碗生米就立刻变成熟饭了。晚上，店家要点燃蜡烛，只要罗真人吹一口气，那蜡烛就点燃了。京师有九个城门，一天之内，九个城门内外的人都能够看到罗真人的身影。后来罗真人突然消失，无影无踪，人们以为他死了。京城的富贵人家，冬天都要烧暖炕。这种暖炕的灶炕，深一丈多，里面的灶灰，三年才清扫一次。有位年某的家中，扫炕时发现炕内有打鼾的声音。扫炕的奴仆大吃一惊，急忙把众人叫来，仔细一看，却是罗真人睡在里面。只见他从炕里爬出来，对众人说：“我借你们家的炕熟睡了三年，现在竟被你们扫灰扫出。”年家的人想把他送到庙中，罗真人说：“我不愿进庙！”众人要找个地方供奉他，罗真人说：“我不受供奉！”年家的人就问：“那么，你打算到哪儿去呢？”罗真人说道：“你们把我送到前门外那个蜜蜂窝里去吧！”年家的人根据罗真人的意愿，把他送到前门外的那个蜂窝。蜂窝在土山的山坳里，洞很狭，那里聚集着好几百万只蜜蜂，飞来飞去，发出一阵阵的嗡嗡之声。罗真人脱去衣服，赤身进入蜂窝。群蜂一拥而上，有的钻进他的眼里，有的爬进他的口中，又从他的鼻孔、耳朵里爬出来，但罗真人却若无其事，怡然自得。人们给他送来食物，他有时候吃，有时候不吃。但只要他吃起来，不管多少，必定吃个精光。一次，有人给他送来一斗米饭、三百个鸡蛋，他一口气全部吃光，还好像没有吃饱的样子。有位富人有意捉弄他，竟送来了四十斤生姜，他也片刻间吃得一点不剩。罗真人嘴里常不停地哼哼着，声音像杜鹃哀鸣，又像夜猫子叫，谁也不懂他在说些什么。罗真人在蜂窝里生活了几年，一天，忽然不知了去向。从此，人们再也没有见过他。

蛇含草消木化金

张文敏公有族侄，寓洞庭之西碛山庄，藏两鸡卵于厨舍，每夜为蛇所窃。伺之，见一白蛇，吞卵而去，颈中膨亨，不能遽消，乃行至一树上，以颈摩之，须臾鸡卵化矣。张恶其贪，戏削木柿，装入鸡卵壳中，仍放原处。蛇果来吞，颈胀如故，再至前树摩擦，竟不能消。蛇有窘状，遍历园中诸树，睨而不顾，忽往亭西深草中，择其叶绿色而三叉者，摩擦如前，木卵消矣。张次日认明此草，取以摩停食病，略一拂拭，无不立愈。其邻有患发背者，张思食物尚消，毒亦可消，乃将此草一两，煮汤饮之。须臾间，背疮果愈，而身渐缩小，久之，并骨俱化作水。病家大怒，将张捆缚鸣官。张哀求，以实情自白，病家不肯休。往厨间吃饭，入内，视锅上有异光照耀，就观，则铁锅已化黄金矣。乃舍之，且谢之，究亦不知何草也。

【译文】

张文敏公有个侄子，住在洞庭湖畔的西碛山庄。这位张公子每天在厨房里放两个鸡蛋，以便第二天早晨食用。可是一到夜晚，鸡蛋就被蛇偷吃了。张公子暗中观察。只见一条白蛇把两个鸡蛋吞了下去，脖子下部就鼓起了两个大包。因一下子消化不了，就爬到屋外的一棵树上，用脖子在树干上摩擦，不一会儿，两个鸡蛋已经消化了。张公子对这条蛇恨之入骨，就削了两个椭圆形的木头疙瘩，分别装入鸡蛋壳中，放在原来放鸡蛋的地方。晚上，那条白蛇果然又出现了，把两个木头疙瘩吞了下去，脖子下部又鼓了起来。它仍到树干上去摩擦，但两个木头疙瘩怎么也消化不了。白蛇显得很窘迫，它爬过了花园中的许多树，都见而不顾，却忽然爬到花园亭子以西的深草丛中，选择了一种叶子呈绿色、顶端分成三个叉的草，用身体在草上摩擦，木头疙瘩就消失了。第二天，张公子赶到草丛中，认清了这种三叉草，采了回来。有人如果患不思进食、腹中胀饱不适的病症，张公子就用三叉草在他肚子上摩擦，病就立刻好了。张公子有位邻居，背上长了一个恶疮。张公子想，三叉草能隔着肚皮把食物消化掉，毒疮为什么不能消？于是，他采了一两三叉草送给邻居，叫邻居煎成了汤服用，那邻居服了三叉草汤，不多一会儿，背上的恶疮就好了。但是，那邻居的身体，一天一天的缩小，时间一长，他的骨肉都化作了一摊污水。邻居家大怒，把张公子捆绑了起来，准备送到官府，控告他以巫术害命。张公子苦苦哀求，把三叉草能治积食症的实情说了，但邻居家还是不肯罢休。邻居到厨房吃饭。一进门，只见到那口煎三叉草的锅上有一种奇异的光芒闪耀，走近一瞧，那铁锅已变成黄金了。邻居家转怒为喜，就释放了张公子，不但不怪罪他，反而感谢他了。但是，人们至今还不知道这种三叉叶的绿色植物，究竟叫什么名称。

蔡京后身（删）

天镇县碑

天镇县隶云中，其地有玄帝庙，庙有古碑，其上炮铳铅铁大小丸甚多，皆陷入石内。邑人云：前明时闯兵来，邑人拒战不胜。俄见此碑自庙飞出，盘旋军阵，凡敌所放火炮，咸著于上，我军无失衄，而敌赖以退。今谓之天成碑，现存于庙。

【译文】

天镇县隶属云中郡。那里有一座玄帝庙，庙里有一方古碑，上面嵌进了许多炮弹片和子弹头。天镇县的百姓传说：明朝末年，李闯王的义军进攻天镇县，官军抵挡不住。这时，这方石碑忽然从庙里飞了出来，在阵地前盘旋飞舞，把义军射来的枪炮弹头一一挡住，官军不失阵地，而且无一伤亡。官军就靠了这方石碑把义军击退。当地的百姓都叫它“天成碑”，现在还保存在玄帝庙里。

抬轿郎君

杭州世家子汪生，幼而聪俊，能读《汉书》。年十八九，忽远出不归，家人寻觅不得。月余，其父遇于荐桥大街，则替人抬轿而行。父大惊，牵拉还家，痛加鞭箠，问其故，不答，乃闭锁书舍中。未几逃出，又为人抬轿矣。如是者再三，祖、父无如何，置之不问。戚友中无肯与婚，然《汉书》成诵者，终身不忘。遇街道清净处，朗诵《高祖本纪》，琅琅然一字不差。杭州士大夫，亦乐召役之，胜自己开卷也。自言两肩负重，则筋骨灵通，眠食俱善；否则闷闷不乐，此外亦无他好。

【译文】

杭州有个世代显贵的汪姓人家，家中有位公子，从小就很聪明俊秀，能把《汉书》读得滚瓜烂熟。可是，他长到十八九岁时，有一天忽然出了远门，长时间没有回家，家里的人到处寻找，也不见他的踪影。这样过了一个多月。有一天，他父亲在荐桥大街遇见了他，发现他正在替人抬轿子。他父亲大为惊讶，立刻把他拉回家中，狠狠地打了一顿。问他为什么替人抬轿子，他不肯说，于是就把他关进了书房，锁了起来。可是没过几天，这位汪公子就从书房中逃了出来，又去替人抬轿了。他的父亲曾多次把他抓回，但他每次总是趁机逃出，照样去替人抬轿。汪公子的祖父、父亲，对他毫无办法，只能由他去了。因为汪公子替人抬轿，所以亲戚朋友中没有一家肯把女儿嫁给他，也没有人替他做媒说亲，直到老大，依然是一条光棍。但是，《汉书》中那些被他读透了的篇章，他却终身不忘。他常常在街道的清静地方，当众背诵《高祖本纪》，琅琅上口，一字不差。杭州的士大夫，也都乐意把他请到家中，听他背诵《汉书》，觉得这胜过自己开卷读书。他还对人说，抬轿子两肩负重，筋骨就觉得舒通，吃得下，睡得着；只要一天不抬轿，就会浑身不舒服。这位汪公子就喜欢替人抬轿，此外，再没有别的爱好。

杨笠湖救难

杨笠湖为河南令，上宪委往商水县赈灾，秋暑甚虐，午刻事毕，纳凉城隍庙。坐未定，一人飞奔而来，口称“小民张相求救”，问何事，曰：“不知。”左右疑有疯疾，群起逐之。其人长号不出，曰：“我昨夜得一梦，见此处城隍神，已故县主王太爷同坐。城隍向我云：‘汝有急难，可求救于汝之父母官。’我即向王太爷叩头。王曰：‘我已来此，无能着力，汝须去求邻封官杨太爷救，过明午则无害矣。’故今日黎明即起，闻太爷姓杨，又在此庙，故来求救。”言毕叩头，不肯去。杨无奈何，笑曰：“我已面准，汝有难即来可也。”问其姓名，命家人记之。数日后，散赈过其地，讯其邻人，曰：“张某是日得梦入城后，彼卧室两间，无故坍倒，毁伤什物甚多，唯本人以入城故得免。”

【译文】

杨笠湖在河南做知县时，奉命前往商水县去赈济灾荒。当时正值初秋时分，天气依然酷热难当。杨先生命属下中午公务办完后，都到城隍庙里纳凉。杨先生和他的属下进了城隍庙，还没坐定，就有一个人飞奔前来，说：“小民张相，求老爷救命！”杨先生问他有什么危难之事，他说：“我没有什么危难事呀！”杨先生的随从一听，以为他有什么疯病，就一拥而上，要把他赶出庙去。但他却大声叫嚷，死活不肯出去，口中还说："我昨天夜里做了一个梦，梦见本地城隍爷和本县已故王太爷坐在一起。城隍爷对我说：'你如遇到什么危难，可求救于你的父母官。'我急忙向王太爷磕头。王太爷说：'我已来到阴间，救不了你了，你该去向邻县的杨老爷求救。过了明天中午，你就太平无事了。'我今天一早就起身，听说杨老爷在城隍庙里，所以来求救。"说罢，又磕起头来。杨先生听了他这一篇话，虽感到莫名其妙，但也无可奈何，只得笑着说："我答应救你。你有什么危难，随时可来找我。"又命随从记下他的姓名，把他送出了庙外。几天以后，杨先生到张相居住的地方救灾，向当地百姓讯问张相的情况，百姓们说："张相那天做了个怪梦以后，就进城到城隍庙去了。他走后，他那两间卧室忽然倒塌了，损坏了很多东西。他因为进了城，所以得以幸免。"

冯侍御身轻

冯侍御养梧先生，自言初生时，身小如猫，称之重不满二斤，家人以为必难长成。后过十岁，形渐魁梧，登进士，入词林，转御史；生二子，一为布政使，一为翰林。先生为儿时，能蹈空而行十余步。方知李邺侯幼时能飞，母恐其去，以葱蒜厌之，其事竟有。

【译文】

侍御史冯养梧说，他刚出生的时候，身体小得像只猫，体重不满二斤，家里的人都以为他难于长大成人。谁知过了十年，他竟长成了一个高大魁梧的男子汉，中了进士，入了翰林院，做了御史。冯养梧生有两个儿子，一个官做到布政使，一个官做到翰林。冯先生年幼时，身体极其轻巧，能脚不着地腾空行走十多步。从前听说李邺侯小时候能腾空飞行，他母亲怕他跑掉，就给他吃葱蒜，因为据说葱蒜能镇邪。现在从冯先生身上得到证明，这种事确实是有的。

江都某令

江都令某，以公事将往苏州，临行往甘泉李公处作别，面托云："如本县有尸伤相验事，望代为办理。"李唯唯。已而闻其三鼓后，仍搬行李回署。李不解何事，探之，乃有报相尸者。商家汪姓两奴角口，一奴自缢。汪有富名，某以为奇货，命停尸于大厅，故不往验，待其臭秽，讲贯三千两，始行往验。验时又语侵主人，以为喝令，重诈银四千两，方肯结案。李公见而尤之，以为太过。某曰："我非得已，我欲为小儿捐一知县故耳。现在汪银七千两，已差人送入京师，我并不存家中。"未几，其子果选甘肃某县，升河州知州。乾隆四十七年，为冒赈事发觉，斩立决，孙二人，尽行充发，家产籍没入官。某惊悸，疽发背死。

【译文】

江都某县令，因公事要出差到苏州去。临行前，他到甘泉县令李某府上告别，并托咐李某说："我走后，如果本县有验尸的事，盼您代为办理。"李某一口答应了。但是，李某听说县令没走多远，当天夜里三更之后，又搬着行李回到了衙门。李某不理解县令为什么去了又回来，经过打听，才知道江都县发生了一起人命案子。原来江都县有位姓汪的商人，家中两个奴才发生口角，一个奴才一气之下，就上吊自尽了。汪某是位富商，县令以为生财的机会到了，就命汪某把尸体停放在大厅里，却故意拖延时日，不去验尸，让尸体发臭。汪某了解县令的用意，马上献上三千两银子，县令才带了人去验尸。到了现场，县令又威胁汪某，说死因可疑，要严加追究，结果又敲诈了四千两银子，才同意把案子了结。李某后来见到县令，就指责他贪婪，做得太过分了。县令却辩解说："我这也是不得已呀！我为了要给小儿子捐个县官做，必须向上司奉献七千两银子。现在这七千两银子已派人送往京师，我家里可是一两也没留下呀！"不久，县令的小儿子果然做了甘肃某县的县令，后来又升为河州知州。乾隆四十七年，这位知州因谎报灾情、贪污救济款子被查处，杀了头；知县的两个孙子，也被充军发配到边疆；所有的家产，全部抄没入官。县令受了这场惊吓，一病不起。后来背上又生了个毒疮，溃烂而死。

执 虎 耳

云南大理县南乡民李士桂，家世业农，家畜水牛二只。至夜，二牛不归，士桂往寻，昏黑中，月色初上，见田中有兽卧焉，酣声雷鸣，以为己牛，骂曰："畜生如何此刻不回家？"随即骑上，将攀其角，角不见，但耸毛耳两只，遍身狸色斑然，方知是虎，急不敢下。虎被人骑，惊醒，腾身起，咆哮叫跳。士桂私念：下背必为所啖。于是竭生平之力，紧握其耳，至于穿破耳轮；手愈牢固，抵死不放。虎性猛烈，腾山跃水，为棘刺所伤，次日晨刻，力尽而毙。士桂亦僵仆虎背，气息奄然。家人寻得，抱持归家，竟获重生。两脚上为虎爪所攫，肉尽骨见，医逾年，才得平复。

【译文】

云南大理县南有位乡民叫李士桂，世代以务农为业，家中还养了两头水牛。有一天，天色已经黑了，两头水牛还没有回来，李士桂就出门寻找。夜色中，他借着月光，看见田野中有一只动物躺着睡觉，发出像雷鸣一样的鼾声。李士桂以为这动物就是他家的水牛，就骂道："该死的畜生！怎么到现在还不回家去?"说着，就骑到了那动物的背上，伸手去抓那两只犄角。可是，那动物却没有长角，只有两只耸起的毛耳朵。再仔细一看，发现它满身长着黄狸一般的横纹。李士桂这才发觉自己是骑在一头老虎的背上，心里非常恐惧，却又不敢下来。那老虎正在熟睡，忽然觉得有人骑到背上，就立刻惊醒了过来。它腾身而起，一边大声吼叫，一边乱蹦乱跳。李士桂心想：如果从虎背上下来，那性命就不保了！于是使出浑身力气，死死地抓住老虎的两只耳朵，以至手指把老虎的耳轮都抓穿了，手还是越抓越紧，死也不肯放松。老虎生性猛烈，它腾山跃水，被荆棘刺得遍体鳞伤。到了第二天凌晨，终于筋疲力尽而死了。李士桂也僵卧在虎背上，奄奄一息。他的家人把他找了回来，才保住了性命。他的两腿被老虎脚爪抓得血肉模糊，有些地方还露出了骨头。经过一年多的治疗，才恢复了健康。

十八滩头

湖南巡抚某，平时敬奉关帝，每元旦先赴关庙，行香求签，问本年休咎，无不应验。乾隆三十二年正月一日，诣庙行礼毕，求得签有"十八滩头说与君"之句，因有戒心，是年虽浅水平路，必舍舟坐轿。秋间为侯七一案，天使按临，从某湖过某地，行舟则近而速，起旱则远而迟。使者欲舟行，公不可，乃以关神签诀，诵而告之，使者勉从而心不喜。未几，贵州铅厂事发，有公受赃事，公不承认，而司阍之李奴，必欲扳公，说此银实送主人，非奴所撞骗。时李已受刑，两足委顿，奴主争辨不休。使者厉声谓公曰：“十八滩头之神签验矣。李字，十八也；委顿于地，瘫也；说此银送与主人，是送与君也：关圣帝君早知有此劫数，公何辨之有?”公悚然，遂认受赃而案定。

【译文】

湖南某巡抚，平时敬奉关老爷，每逢正月初一，他必到关老爷庙里进香，拜神求签，预卜一年之内的祸福。他的预卜，总是很灵验。乾隆三十二年正月初一，他到关老爷庙里敬香求签，求得的签上却有“十八滩头说与君”的句子，引起了他的戒心。这一年，他外出即使是涉浅水有近路，也总是不乘船，宁可坐轿走陆路。这一年的秋天，为了审理侯七一案，皇上特派钦差大臣按临湖南，途中要经过某湖。走水路，路近而快速；走陆路，就要起早摸黑，路远而缓慢。钦差大臣要乘船走水路，而他却竭力主张走陆路，并把“十八滩头说与君”的签语背诵给钦差大臣听。钦差大臣虽然勉强依从了他，但心里很不高兴。不久，贵州铅厂贪污案发，有人揭发他在贵州巡抚任上受贿，他却矢口否认。而当时在贵州巡抚衙门看门的奴才李某，也牵进了这个案子。李某一口咬定银子是转交给巡抚老爷的，自己只是按主子的意思行事，并没有招摇撞骗。当时李某已受了重刑，两腿瘫痪。主子和奴才，两人正争辩个不停，钦差大臣对巡抚厉声喝道：“你也不必争辩了！‘十八滩头说与君’这个神签，已经应验了！你这个奴才姓李，‘李’字的上半部，就是‘十八’；这个奴才双腿已经瘫痪，就是‘滩’；‘说与君’，就是奴才所说的银子都给你了。关老爷早就知道你会犯法，你还有什么好说！”巡抚哑口无言，心里发虚，只得承认了受贿，受到了严厉的惩罚。

三 姑 娘

钱侍御琦巡视南城，有梁守备年老，能超距腾空，所擒获大盗以百计。公奇之，问以平素擒贼立功事状，梁跪而言曰：擒盗未足奇也，某至今心悸且叹绝者，擒妓女三姑娘耳，请为公言之。雍正三年某月日，九门提督某，召我入面谕曰："汝知金鱼胡同有妓三姑娘，势力绝大乎？"曰："知。""汝能擒以来乎？"曰："能。""需役若干？"曰："三十。"提督与如数，曰："不擒来，抬棺见我。"三姑娘者，深堂广厦，不易篡取者也。梁命三十人环门外伏，己缘墙而上。时已暮，秋暑小凉，高篷荫屋。梁伏篷上伺之。漏初下，见二女鬟，从屋西持朱灯，引一少年入，跪东窗，低语曰："郎君至矣。"少年中堂坐良久，上茶者三，四女鬟持朱灯拥丽人出，交拜妮语，肤色目光如明珠射人，不可逼视。少顷，两席横陈，六女鬟行酒，奇服炫妆，纷趋左右。三爵后，绕梁之音与笙箫间作，女目少年曰："郎倦乎？"引身起，牵其裾，从东窗入，满堂灯烛尽灭，惟楼西风竿上，纱灯双红。梁窃意此是探虎穴时也，自篷下，足蹋寝户入。女惊起，赤体跃床下，趋前抱梁腰，低声辟咡曰："何衙门使来？"曰："九门提督。"女曰："孽矣，安有提督拘人而能免者乎？虽然，裸妇女见贵人，非礼也，请着衣一，谢明珠双。"梁许之，掷与一裩、一裙、一衫、一领袄，女开箱取明珠四双，掷某手中。女衣毕，乃从容问：

“公带若干人来?”曰:“三十。”曰:“在何处?”曰:“环门伏。”曰:“速呼之进，夜深矣，为妾故，累若饥渴，妾心不安。”顾左右治具，诸婢烹羊炮兔，咄嗟立办。三十人席地大嚼，欢声如雷。梁私念床中客未获，将往揭帐，女摇手曰:“公胡然?彼某大臣公子也，国体有关，且非其罪，妾已教从地道出矣。提督讯时必不怒公，如怒公，妾愿一身当之。”天黎明，女坐红帷车，与梁偕行。离公署未半里，提督飞马硃书谕梁曰:“本衙门所拿三姑娘，访闻不确，作速释放，毋累良民，致干重谴。”梁惕息下车，持珠还女，女笑而不受。前婢十二人骑马来迎，拥护驰去。明日侦之，室已空矣。

【译文】

侍御史钱琦负责京都南城的保卫工作，有个梁守备，虽已年老，但能飞檐走壁，这些年来，被他擒获的强盗数以百计。钱御史对梁守备的武功非常佩服，就请梁守备把擒获盗贼的事说给他听听。梁守备磕头领命，说道:“擒获几个强盗，对卑职来说不足为奇。至今使我后怕且叹服叫绝的，是去擒拿妓女三姑娘了!请大人听我慢慢道来。雍正三年某月的一天，九门提督把我叫去，向我问道:‘你是不是知道金鱼胡同有个势力极大的妓女三姑娘?’卑职答道:‘听说过’，提督又问:‘你能把这个妓女捉拿归案吗?’卑职回答道:‘能。’提督又问:‘你需要多少人呢?’卑职答道:‘有三十个人，就足够了。’提督就派给卑职三十名士卒，然后说道:‘你如果不能把这个女人擒来，就得抬着棺材来见我!’这个叫三姑娘的妓女，住在深宅大院之中，要擒获她，绝非易事。卑职命三十名士卒埋伏在妓院大门和围墙之外，自己就跳上围墙探视院内。那时，天色已黑，初秋的夜晚已有几分凉意。院子里搭着高高的凉棚，棚顶上覆盖着茂密的藤萝，遮蔽得居室更加凉爽。卑职轻身跳上藤萝架，向院内和屋里观察。到头更时，只见两个小丫鬟打着红灯笼，引导着一位少年从屋西走来。到了东窗下，两个小丫鬟将身子伏在窗口，说：‘郎君已经来了。’只听那三姑娘在屋里说：‘请他先到中堂等着吧！’于是，两个丫鬟又引导那少年来到中堂坐下，一边饮茶，一边静静地等待。当丫鬟们给少年斟第三遍茶时，只见有四个丫鬟打着灯笼，簇拥着一位美人儿来到中堂。那位少年一见，立刻上前交拜见礼，两人亲热地说起话来。那三姑娘的肌肤，看上去白嫩如玉，双眼似明珠般晶莹明亮，她看着你，会叫你对她不敢久视。不一会儿，丫鬟们就在中堂摆下两张桌子，端来美酒佳肴。六名丫鬟侍候左右，不断为少年和三姑娘敬酒。酒过三巡，又有几名丫鬟分别手持笙、箫等乐器，在席前演奏，绕梁之声，悠扬悦耳。又过了好一会儿，只听那三姑娘问那少年：‘郎君累了吧?’说着，就拉了少年起身，又牵了他的衣袖，通过东窗旁边的角门，向内室走去。不多时，见那居室内的灯烛全都熄灭了，只有西楼风竿上的一对红灯笼还闪着光亮。卑职心想，深入虎穴的时机到了，立刻飞身从藤萝架上跳下，踢开门进入内室。三姑娘惊慌地从床上爬起，赤身裸体地跳下床来，一路小跑来到卑职面前，用手勾住了卑职的腰，贴着卑职的耳朵轻声问道：‘是哪个衙门派来的使者?’卑职说道：‘九门提督。’三姑娘道：‘罪过呀！提督府来抓人，又有谁能逃脱得了？虽然如此，但要我这样一个赤身裸体的女人去见提督大人，总不合于礼节吧？请让我穿上一件衣服，我就酬谢您明珠两颗。’卑职答应了她，掷给她一条裤子、一条裙子、一件内衣、一件外套。她也立刻打开了箱子，取出明珠四双，扔到卑职手中。三姑娘穿好了衣服，就从容不迫地问道：‘请问将军，你带来多少部下?’卑职说：‘三十名。’三姑娘又问：‘他们在哪里?’卑职说：‘都埋伏在大门和围墙之外。’三姑娘听后，连忙说道：‘啊呀！快请他们进来。深更半夜，为了我一个人，连累得他们挨饥受饿，我心里实在过意不去呀！’三姑娘一声令下，丫鬟们立刻去开了大门，把三十名士卒请了进来。又命丫鬟们迅速排列桌子，摆上碗筷，端来羊肉、兔肉和美酒。士卒们见了酒肉，立刻围上来席地坐下，大吃大喝。一边吃喝，一边说笑，真是欢天喜地。这时，卑职又想到床上还有那个少年没有擒获，就上前揭开帐子。三姑娘马上前来阻拦，摇着手道：‘将军何必这样？他是本朝某大臣的公子，您把他抓了去，张扬开来，国家的体统也不光彩！再说，这也不算是他的罪过。我已教他从地道中出去了。提督大人审讯时，一定不会迁怒将军；如果迁怒将军，我愿一人担当，决不会连累将军！’到了天明，三姑娘坐了红色帐轿，与卑职同到提督衙门。走到离提督衙门还有半里地时，忽有提督府的使者飞马而至，向卑职递上提督大人的朱批公文，公文上说：‘本衙门所擒拿的三姑娘，事前访查不确，实系错捕，宜从速释放，以免扰乱良民，致获失察之罪。’卑职看了提督大人的指示后，急忙下车，把三姑娘释放了。又把四双明珠退还给她。她只微微一笑，并没有收回那些珍珠。这时，只见昨夜所见的那十二名丫鬟，各骑快马前来迎接，她们拥着三姑娘上了轿子，一路飞奔而去。第二天，卑职再派人到金鱼胡同去侦察，发现那所妓院已空空如也。”

搜河都尉

予亲家张开士牧宿州，奉旨开河，掘地得鼋，大如车轮，项系金牌，镌“正德二年皇帝敕封搜河都尉”十二字。鼋两眼深碧色，背壳绿毛寸许。民间聚观，告之官，官念前代老物，命放之。是夜风雨飒至，河不掘而成者三十余丈。

【译文】

我的亲家张开士官宿州知州时，曾奉旨负责开凿一条河流。开工后，民工们从地下掘得一只鳖来。这鳖有一个车轮子那么大，脖子上还系着一块金牌，上面刻着“正德二年皇帝敕封搜河都尉”十二个大字。这只鳖的两眼呈深绿色，背壳上长着一寸多长的绿色茸毛。宿州的老百姓听说后，都纷纷前来观看。民工们把掘地得鳖的事报告了官府，张知州怜惜它是前朝皇帝敕封的老物，就命人放了生。当天夜里，突然风雨大作，正在开掘的河道，一夜之间向前延伸了三十多丈。

科场事五条

乾隆元年正月元日，大学士张文和公，梦其父桐城公讳英者，独坐室中，手持一卷。文和公问：“爷看何书？”曰：“新科状元录。”“状元何名？”公举左手示文和公曰：“汝来此，吾告汝。”文和公至左，曰：“汝已知之矣，何必多言。”公惊醒，卒不解。后丙辰状元乃金德瑛，移“玉”字至“英”字之左，此其验也。公得子迟，祈梦于京师之前门关帝庙，梦帝以竹竿与之，旁无枝叶，心颇不喜。有解者贺曰：“公得二子矣。”问何故，曰：“孤竹君之二子，此传记也；破‘竹’字为两‘个’字，此字法也。”已而果然。

王士俊为少司寇，读殿试卷，梦文昌神抱一短须道士与之。后胪唱时，金状元德瑛如道士貌，出其门。

刘大櫆丙午下场，请乩，乩仙批云：“壬子两榜。”刘不解，以为壬子非会试年，或者有恩科耶？后丙午中副榜，至壬子又中副榜。

缪焕，苏州人，年十六入泮，遇乩仙，问科名，批云：“六十登科。”缪大恚，嫌其迟。后年未三十，竟登科，题乃《六十而耳顺》也。

有三人祈梦于于肃愍庙，两人无梦，一人梦肃愍谓曰：“汝往观庙外照墙，则知之。”其人醒，告二人。二人妬其有梦，伪溲焉者，即于夜间取笔向墙上书“不中”二字，天尚未明，写“不”字不甚连接。次早，三人同往视之，乃“一个中”三字，果得梦者中矣。

【译文】

乾隆元年正月初一，大学士张文和公做了个梦，梦见他先父桐城相公张英独坐书房，手捧一卷书，正在仔细看着。张文和公问道：“父亲看的是什么书呀？”张英说：“是《新科状元录》。”张文和公又问：“本科的新状元是谁？”张英左手指着《状元录》，对张文和说：“你过来，我告诉你。”张文和来到父亲的左侧，张英就说：“你已经知道了，何必再问！”张文和莫名其妙，从梦中惊醒。后来等到秋闱放榜，才知道丙辰科的状元是金德瑛。原来张文和公名廷玉，他的父亲名英，把“玉”字移到“英”字的左侧，就是“瑛”字，新科状元正好是金德瑛，这个梦就应验了。

张文和公婚后迟迟没有生子，曾到京都前门外的关帝庙去求梦。后来他果然做了个梦，梦见关帝给他一根竹竿子，没有枝叶，光秃秃的。张文和公觉得很不吉利，心里老大不高兴。这时，有个解梦的人向他祝贺道：“先生大喜了！您命里会有两位公子！”张文和询问缘故，那解梦的人说：“商代的孤竹君有两个儿子，一个叫伯夷，一个叫叔齐，这是史书上都记载着的名人。再说，把‘竹’字一分为二，不是两‘个’吗？这叫拆字预知法。”后来，张文和公果然得了两位公子。

王士俊官刑部侍郎时，曾任乾隆元年丙辰科殿试的读卷官。有天夜里，王士俊做了个梦，梦见文昌帝君抱着个短胡须的道士交到他手中。后来殿试唱胪时，状元金德瑛也留着短胡须，他的相貌就像梦中所见的那个道士。金德瑛的卷子正是他取中的。

刘大櫆参加雍正四年丙午科乡试。下场后，他就向乩仙卜问科举成败，乩仙批道：“壬子两榜。”刘大櫆不解其意，心想：“这壬子年并不是会试之年，或者朝廷将开恩科取士吧？”到了雍正十年壬子科，刘大櫆参加乡试，结果得了个副榜，连同那次丙午科乡试，连中两个副榜，应验了“壬子两榜”的话。

缪焕先生，苏州人，十六岁就成了秀才。有一次他请乩仙预卜科名，乩仙批道："六十登科。"缪焕大为不满，认为要等到六十岁才中，这太晚了！后来，他未满三十，竟然考中了举人。缪焕这才领悟过来：乩仙所说的"六十登科"，是指试题《六十而耳顺》。

有三位书生进京赶考，一同到肃愍公于谦庙里求梦，卜问科名。结果两人无梦，一个人梦见肃愍公对他说："你到庙门外面的照墙上去看一看，就知道科名如何了。"这个书生梦醒后，就把梦中肃愍公对他说的话告诉了另外两个书生。这两个书生妒忌他得梦，就假装要到庙门外去小解，趁着夜色，取笔在照墙上大书"不中"两字。当时天还未明亮，视线不好，写"不"字时，"一"横与下半部的"小"距离很大。第二天早晨，三个书生同到照墙观看，只见上面写着"一个中"三字，果然是得梦的那个书生考中了。

百四十村

阁学周公煌，四川人。自言其祖樵也，孤身居峨嵋山，年九十九未婚。每日入山打薪，卖与山下吴姓鬻豆腐翁。吴夫妻二人，一女，每日买周薪为炊，交易甚欢。吴年六旬，告周曰："明日是吾生辰，叟早来饮酒。"周诺之，已而不至，吴之妻曰："周叟颇喜饮，今不来卖薪，又不来称祝，毋乃病乎？盍往视之！"吴翌日往访，见周颜色甚和，问昨何不来，叟笑曰："我昨入山，将伐薪作寿礼，不意过一深溪，见黄白物累累，得毋世所称金银者乎？余竭力运之，现堆床下，若下山，则谁为守者？"吴视之，果金银，因代为谋曰："叟不可居此矣！叟孤身住空山，而挟此重物，保无盗贼虑耶？"周曰："微君言，吾亦知之，盍为我入城，寻一屋在人烟稠密处？”吴如其言，且助之迁居。未几，周又至，面赧然有惭色，手百金赠吴，揖曰：“吾有求于公，吾明年百岁矣，从未婚娶，自道将死，遑有他想。不料获此重资，一老身守之，复何所用？意欲求公作媒，代聘一妇。”吴睨其妻，相与笑吃吃不休，嫌其不知老也。周曰：“非但此也，我聘妻，非处子不可；若再醮二婚，非老人郑重结发之意。倘嫌我老者，请万金为聘，以三千金谢媒。”吴虽知其难，而心贪重谢，强应曰：“诺。”老人再拜去。月余，无人肯与老人婚。老人又来催促，吴支吾无计。时吴女才十九岁，忽跪请曰：“女愿婚周叟。”吴夫妇愕然，女曰：“父母之意，不过嫌周老，怜女少耳。女闻人各有命，儿如薄命，虽嫁年相若者，未必不作孀妇；儿如命好，或此叟尚有余年，幸获子嗣，足支门户，亦未可定。且父母无子，只生一女，女恨不能作男儿，孝养报恩，如彼以万金来此，而又以三千金作谢，是生女愈于生男，而女心亦慰。女想此叟如许年纪，获此横财，恐天意未必遽从此终也。”吴夫妇以女言告叟，叟跪地连叩头，呼岳父母者再。嫁，生一子，读书补廪。孙即阁学公也。老人年一百四十岁，吴女先卒，年已五十九矣。老人殡葬制服，哭泣甚哀。又四年，老人方卒。所居村人题曰“百四十村”。

【译文】

内阁学士周煌，四川人。他说他的祖父是个樵夫，住在峨嵋山，到了九十九岁时还没有娶上媳妇，他每天都进山砍柴，然后卖给山脚下一个开豆腐坊的吴老头。吴老头夫妻两人，生有一女。吴老头每天买周老头的柴烧，两人的交易做得很满意。吴老头六十大寿时，对周老头说："明天是我的生日，请老哥来喝点薄酒。"周老头答应明天一定去。到了第二天，吴家左等右等，只是不见周老头到来。吴老头的老伴对吴老头说："周老头是个爱喝酒的人，但今天既不来卖柴，又不来祝寿，是不是病了？你应该去看看。"吴老头过了生日，第二天就上门去拜访。一见面，周老头气色如常，身体健康，没有什么毛病。吴老头就问："老哥昨天为什么不来喝酒？"周老头笑哈哈地说："我昨天进山，盘算打点好柴，来给老弟祝寿。不料路过一条山涧，只见水中堆积着许多黄白的东西。仔细一瞧，竟然是世上人见人爱的黄金白银。我费了九牛二虎之力，才把它们运回家来，现在就堆放在床底下。老弟想想，我若是下山到你府上喝酒，这些东西叫谁来看守？"吴老头往床底下一瞧，果然都是黄金白银，就替周老头出主意说："老哥，你再不能住在这里了！老哥孤身一人住在这荒山野地，能保证强盗不来抢劫吗？"周老头说："老弟说得有理，我也想到这一层了。那就请老弟进城去，在人烟稠密的地方替我找个住处吧！"吴老头一口答应，在城里找了一所住宅，并帮助周老头搬好了家。不久，周老头又来到吴家，手捧一百两银子的礼物，面红耳赤，不好意思地对吴老头说："我又要来求老弟了。明年我就满一百岁了，还从来没有娶过媳妇。我自忖快要入土的人了，不敢再有什么非分之想。不料发了这笔大财，我一个孤老头子守着它，又有什么用？我想请老弟做媒，替我说个媳妇。"吴老头听了他的话，斜着眼睛看着自己的老伴，夫妻两人吃吃地笑个不停，笑这周老头人老了，心倒还不老。周老头又说："不但如此，我娶媳妇，是非要姑娘家不可的；若是娶个二婚的，就不是白头到老、郑重其事的结发夫妻了。如果嫌我老，我愿以万两银子作聘礼，用三千两银子来酬谢媒人。"吴老头虽也知道这个媒人很难做，但为了三千两银子的谢金，就勉强答应了。周老头向他再三拜谢，方才离去。这样过了一个多月，竟没有一家肯答应这桩婚事。周老头三天两头来催问，吴老头只是支吾其词，一点办法也没有。在这当口，吴老头那十九岁的女儿却动了芳心，她跪在父母的面前，请求说："女儿愿意嫁给周老头。"吴老头夫妻俩听了女儿的话，都目瞪口呆。女儿又说："父母的意思，无非是嫌周老头老了，而女儿正当青春年华，怕耽误了女儿的前程。但女儿也听说人各有命，如果女儿命薄，就是嫁了年岁相当的郎君，说不定也会少年孀居；如果女儿命好，或者这老头还能活几年，要是有幸生个儿子，将来能支撑门户也未可知。况且父母没有儿子，只生女儿一个，女儿恨不得做个男子，以报答父母的养育之恩。如果答应了这桩婚事，周老头以万两银子作聘礼，又用三千两银子来酬谢，这不是生女儿强于生儿子吗？再说，女儿内心也得到慰藉了。女儿想这老头这么大年纪，意外地得到这批横财，一定是上天所赐，让他享用几年，不会很快就死的。"吴老头夫妻听了女儿这番道理，也只能照着办了。过了几天，吴老头把女儿的意思转告给周老头。周老头听后，满心欢喜，立刻跪在地上，连连向吴老头夫妻磕头，口中不住地叫着"岳父、岳母"。不久，吴老头的女儿嫁给了周老头，一年后生了个儿子。这孩子长大后刻苦读书，后来补了廪膳生员。而周老头的孙子，就是内阁学士周煌。周老头一百四十岁那年，他的妻子吴氏先他而死，终年五十九岁。吴氏死后，周老头隆重地为她办了丧事，哭得十分伤心。又过了四年，周老头已经一百四十四岁了，方才辞世。他所居住的村庄人们称为"百四十村"。

人畜改常

《搜神记》有鸡不三年，犬不六载之说，言禽兽之不可久畜也。余家人孙会中，畜一黄狗甚驯，常喂饭，狗摇尾乞怜，出入必相迎送，孙甚爱之。一日，手持肉与食，狗嚼其手，掌心皆穿，痛绝于地，乃棒狗杀之。扬州赵九，善养虎，槛虎而行。路人观者先与十钱，便开槛出之，故意将头向虎口摩擦，虎涎满面，了无所伤，以为笑乐，如是者二年有余。一日在平山堂下索钱，又将头擦虎口，虎张口一啮而颈断。众人报官，官召猎户以枪击虎杀之。人皆曰“鸟兽不可与同群”，余曰不然，人亦有之。乾隆丙寅，余宰江宁，有报杀死一家三人者。余往相验，凶手乃尸亲之妻弟刘某，平日郎舅姊弟甚和，并无嫌隙。其姊生子，年甫五岁，每舅氏来，代为哺抱，以为惯常。是年五月十三日，刘又来抱甥，姐便交与刘，乃掷甥水缸中，以石压杀之。姐惊走视，便持割麦刀斫姐，断其头。姐夫来救，又持刀刺其腹，出肠尺余，尚未气绝。余问有何冤仇，伤者极言平日无冤，言终气绝。问刘，刘不言，两目斜视，向天大笑。余以此案难详，立时杖毙之，至今不解何故。又有寡妇某，守节二十余年，内外无间言。忽年过五十，私通一奴，至于产难而亡。其改常之奇，皆虎狗类矣。

【译文】

《搜神记》中有“鸡不三年，犬不六载”的说法，是说禽兽不可久养，养久了，可能变成祸害。我家有个奴仆叫孙会中，养了一条黄狗。这狗非常驯服，平时给它喂食，它总是摇头摆尾的，人出来进去，它也会跑出来迎送，因此，孙会中很喜欢它。有一天，孙会中拿了一块肉喂它，它却把孙会中的手掌咬穿了，疼得他跌倒在地上。孙会中一怒之下，用棒把狗打死了。扬州有个赵九，善于驯养老虎。他把老虎圈在铁笼里，放在车子上，驱车招摇过市。只要有人肯出十个钱，他就打开铁笼子的门，把自己的脑袋伸进虎口，在虎口里转来转去，老虎的口水流了他一脸，而他却一点伤都没有。他就这样为路人逗乐过日子，前后继续了两年多。有一天，赵九来到平山堂前献艺赚钱。他又把脑袋伸进虎口，转来转去。没想到，这次老虎却一口把他的脖子咬断了。观看的人立刻报了官，官府就命猎人用枪把老虎打死了。人们都说：“禽兽是不能长期与人为伍的，它们的性情反复无常！”我说：“这倒不然，人也有禽兽一样的反常现象!”乾隆十一年，我在江宁做知县。一天，有人来报案，说有一家三口被人杀死。我亲自带领下属去验证，发现凶手是这家主人的小舅子刘某。据调查，平时刘某和姐姐、姐夫相处得很好，并没有什么隔阂。姐姐有儿子，已经五岁。刘某每次到姐姐家来，都要抱抱这位小外甥，还喂饭给他吃，这都习以为常了。这一年的五月十三日，刘某又到姐姐家，要抱外甥，姐姐就给他抱了。想不到刘某接过外甥，就往水缸中扔，又用一块石头压住孩子的身体。姐姐看后大惊，慌忙走过去抢救，刘某便拿起一把割麦的镰刀，对着姐姐的头乱砍，把姐姐的头砍了下来。姐夫上来相救，刘某又用刀刺进姐夫的腹部，使肠子流出了一尺多。当时这位姐夫还没有断气，我就问他平时与刘某有什么冤仇，他一再说无冤无仇，说罢就断了气了。后来我审讯刘某，他却两眼旁观，一言不发，突然之间，又仰天大笑起来。我因为问不出口供，立刻命差役用刑，不料他熬刑不过，很快就死了。所以，刘某杀人的动机，至今都没有弄清。江宁还有一位寡妇，少年丧夫，守节已经二十多年了，人们对她从来没有什么风言风语。忽然过了五十岁，却与一名奴才私通怀孕，死于难产。从上面两个例子看来，人如果改变了正常的性情，就与那狗和老虎完全一样了。

梦葫芦

尹秀才廷一未第时，每逢下场，必梦神授一葫芦，放榜不中。自后遇入闱，心恶，而每次必梦葫芦，然屡梦则葫芦愈大。雍正甲辰科，入闱之前夕，尹恐又梦，乃坐而待旦，欲避梦也。其小奴方睡，大呼梦见一个葫芦，与相公长等身。尹懊恨不祥，亦无可奈何。已而榜发，尹竟中三十二名。其三十名姓胡，其三十一名姓卢，皆甚少年。方悟初梦之小葫芦，盖二公尚未长成故也。

【译文】

秀才尹廷一，他在没有登第之前，每逢参加考试下场，当天夜里必定会梦见神仙给他一个葫芦，发榜时又总是名落孙山。自此以后，他每次考试，心里就会想起那只可恶的葫芦，而梦中的葫芦又一次比一次大。雍正二年，尹廷一参加甲辰科会试。入场之前的那个晚上，他怕又要梦见神给他送葫芦，就彻夜枯坐，通宵不睡，想避开这个梦。可是，他那个随身的小奴仆刚睡下不久，就从梦中大叫而醒，说是梦中有一位神给他一个大葫芦，有尹相公一般高大。尹廷一又懊悔，又愤恨，心想这又是个不祥的兆头，但也无可奈何。后来会试放榜，尹廷一竟然中了第三十二名进士。而第三十名进士姓胡，第三十一名进士姓卢，两姓相连，谐音恰好是“葫芦”二字。这两位都是少年登第。尹廷一这才醒悟过来，以前梦中所见的小葫芦，是说明两位同科进士年岁幼小，还没有长大成人。

乩仙示题

康熙戊辰会试，举子求乩仙示题，乩仙书“不知”二字。举子再拜，求曰：“岂有神仙而不知之理!”乩仙乃大书曰：“不知不知又不知。”众人大笑，以仙为无知也。是科题乃“不知命无以为君子也”三节。又甲午乡试前，秀才求乩仙示题，仙书“不可语”三字，众秀才苦求不已，乃书曰：“正在不可语上。”众愈不解，再求仙明示之，仙书“署”字，再叩之则不应矣。已而题是“知之者不如好之者”一章。

【译文】

康熙二十七年戊辰科会试前，有一些举子请乩仙透露一下试题，乩仙在沙盘上写了“不知”二字。举子们以为乩仙不肯事先透露，又再三求拜，说："哪有神仙而不知道试题的道理?"乩仙于是大书道："不知不知又不知。"举子们看后不觉大笑起来，认为这位乩仙太无知了！结果，戊辰科会试的试题，竟是《论语·尧曰篇》上孔子说的"不知命，无以为君子也；不知礼，无以立也；不知言，无以知人也"那三节。康熙五十三年甲午科乡试前，有一些秀才也扶乩请仙，请乩仙透露一下试题，乩仙写了"不可语"三字。秀才们以为乩仙知而不言，又苦苦哀求，乩仙又写道："正在不可语上。"秀才们更看不懂了，恳求乩仙指示得再明确一些，乩仙又写了一个"署"字。秀才们还是觉得不明确，再问，乩仙就不答理他们了。结果，甲午科乡试的试题，正是《论语·雍也篇》的"知之者不如好之者"那一章。

神签预兆

秦状元大士将散馆，求关庙签，得"静来好把此心扪"之句，意郁郁不乐，以为神嗤其有亏心事也。已而试《松柏有心赋》，限"心"字为韵，终篇忘点心字。阅卷者仍以高等上，上阅之，问"心"字韵何以不明押，秦俯首谢罪，而阅卷者亦俱拜谢。上笑曰："状元有无心之赋，主司无有眼之人。"

【译文】

状元秦大士在翰林院供职，即将散馆前，他到关帝庙去求签，卜问前程，得到的签语是"静来好把此心扪"。秦大士闷闷不乐，认为这是神仙在嘲笑他有什么亏心事儿。不久，朝廷对翰林院进行考试，试题是《松柏有心赋》，限押韵"心"字。但他全篇却忘了点出这个"心"字。阅卷官仍以优等文章呈上御览。皇帝读罢，问"心"字韵为什么不明押，秦大士无言以对，只得磕头谢罪；而阅卷官也因审阅未详，纷纷磕头请罪。皇帝笑道："状元有无心之赋，主司无有眼之人!”

奇　骗

骗术之巧者，愈出愈奇。金陵有老翁，持数金至北门桥钱店易钱，故意较论银色，哓哓不休。一少年从外入，礼貌甚恭，呼翁为老伯，曰：“令郎贸易常州，与侄同事，有银信一封，托侄寄老伯，将往尊府，不意侄之路遇也。”将银信交毕，一揖而去。老翁拆信，谓钱店主人曰：“我眼昏不能看家信，求君诵之。”店主人如其言，皆家常琐屑语，末云：“外纹银十两，为爷薪水需。”翁喜动颜色，曰：“还我前银，不必较论银色矣。见所寄纹银，纸上书明十两，即以此兑钱何如?”主人接其银称之，十一两零三钱。疑其子发信时匆匆未检，故信上只言十两。老人又不能自称，可将错就错，获此余利。遽以九千钱与之。时价纹银十两，例兑钱九千。翁负钱去。少顷，一客笑于旁曰：“店主人得无受欺乎？此老翁者，积年骗棍，用假银者也。我见其来换钱，已为主人忧，因此老在店，故未敢明言。”店主惊，剪其银，果铅胎，懊恼无已，再四谢客，且询此翁居址。曰：“翁住某所，离此十里余。君追之，犹能及之。但我翁邻也，使翁知我破其法，将仇我，请告君以彼之门向，而君自往追之。”店主人必欲与俱，曰：“君但偕行至彼地，君告我以彼门向，君即脱去，则老人不知是君所道，何仇之有?”客犹不肯，乃酬以三金，客若为不得已而强行者。同至汉西门外，远望见老人摊钱柜上，与数人饮酒。客指曰："是也，汝速往擒，我行矣。"店主喜，直入酒肆，捽老翁殴之曰："汝积骗也，以十两铅胎银，换我九千钱。"众人皆起问故，老翁夷然曰："我以儿银十两换钱，并非铅胎。店主既云我用假银，我之原银可得见乎？"店主以剪破原银示众，翁笑曰："此非我银，我止十两，故得钱九千。今此假银，似不止十两者，非我原银，乃店主来骗我耳。"酒肆人为持戥称之，果十一两零三钱。众大怒，责店主。店主不能对，群起殴之。店主一念之贪，中老翁计，懊恨而归。

【译文】

骗术的巧妙，现在是愈出愈离奇了！金陵有个老头子，拿了几两银子到北门桥一家钱店里去兑换铜钱。这老头子说自己的银子成色好，要钱店掌柜出个高价，故意引起争论，讨价还价。正在这时，有一个年轻人走进钱店，恭恭敬敬地向老头子施了个礼，说："老伯，令郎在常州做生意，与小侄是同事，他托我捎来纹银一锭、家书一封。我原要送到尊府上去，没想到在这儿遇到老伯。"说罢，将一锭银子和一封家书交给老头子，又向他作了个揖，匆匆离店去了。老头子拆开家信，对钱店掌柜说："我两眼昏花，不能看信，劳驾您帮我念念吧！"掌柜把信念给他听，不过都是些家庭琐事；信的末尾说："随信捎上纹银十两，给爹爹贴补日常柴米之用。"老头子装出喜形于色的样子，对钱店掌柜说："这样吧，您把刚才那几两银子还我，不要再争论什么成色了！现在我儿子给我捎来十两银子，就用这银子兑换铜钱，怎么样？"掌柜接过银子，秤了一秤，是十一两三钱。钱店掌柜猜想，他儿子发信封银时匆匆忙忙，没有细秤银子的准确分量，所以信上只说十两。他又不会亲自来秤，我索性将错就错，吞没了那一两三钱银子。于是，掌柜收了十一两三钱银子，只按十两银子的行价，付给老头子铜钱九千。老头子背上钱袋就走了。等到老头子一离店，一位旁观的顾客对钱店掌柜说："掌柜的，您是不是受骗了？这个老头是骗子中的老手，他是用假银子来骗钱。刚才，我见他来兑换钱时，就已经为您担忧了，因此一直在旁观察。因为老头在场，所以不好对您明说。"掌柜一听，不觉大吃一惊，忙用剪子剪去纹银的一角，发现银锭表面包上了一层薄薄的白银，心子却全是铅。掌柜无比懊恼，再三感谢那位旁观的顾客，并急切地向他询问这老头子的住处。那位顾客说："这老头的住处，离这里不过十多里地。您马上去追，也还来得及。但我和他住得很近，要是他知道我揭了他的老底，他岂不是对我恨之入骨？我现在告诉您一个大致的方向，您自己快去追吧！"掌柜要请那位顾客带路，说："您只要带我找到他住的地方，指明他的家门，您就立刻离开。他不知道是您指点的，怎么会恨您呢？"那位顾客执意不肯带路。掌柜无奈，就赠他三两银子，那顾客好像迫不得已的样子勉强地在前面引路。两人到了汉西门外，就远远地看见那老头把钱袋放在一家酒店的柜上，正与几个人在饮酒。引路人指着老头，对掌柜说："是他，您快去逮住他，我走了！"说罢，就迅速离开了。钱店掌柜心中大喜，直奔酒店，一把揪住那老头，边打边骂道："你这个老骗子！你用十两铅做的假银子，骗走了我九千铜钱！"同桌的酒客都起身阻拦，问老头子是怎么回事。老头却装出坦然的样子，说："我用儿子给我的十两银子，在他店里换铜钱。那十两银子是真货，他既然说我用假银，那么能把我给他的银子拿出来让大家看看吗！"掌柜就把剪破的铅胎假银让众人验看。老头子瞥了那假银子一眼，笑着说道："这不是我原来的银子。我的银子只有十两，所以换得九千铜钱。现在这银子是假的，恐怕也不止十两，一定是调过包了，有意来敲诈我！"那些同桌的酒客立刻用一杆戥子把假银子一秤，果然不是十两，而是十一两三钱。众酒客大怒，纷纷责骂钱店掌柜，说他是个骗子。掌柜有口难辩，众酒客就一拥而上，把他狠狠揍了一顿。这位钱店掌柜因一念之差，贪图小便宜，结果中了那老头子的计，只好懊恼地回去了。

骗术巧报

骗术有巧报者：常州华客，挟三百金将买货淮海间，舟过丹阳，见岸上客负行囊，呼搭船甚急。华怜之，命停船相待，船户摇手，虑匪人为累。华固命之，船户不得已，迎客入宿于后舱舡尾。将抵丹徒，客负行囊出曰："余为访戚来，今已至戚所，可以行矣。"谢华，上岸去。顷之，华开箱取衣，箱中三百金，尽变瓦石，知为客偷换，懊恨无已。俄而天雨且寒，风又逆，舟行不上。华私念金已被窃，无买货资，不如归里摒挡，再赴淮海。乃呼篙工拖舟返，许其直如到淮之数。舟人从之，顺风张帆而归。过奔牛镇，又见有人冒雨负行李淋漓立，招呼搭船。舵工睨之，即窃银客也，急伏舱内，而伪令水手迎之。天晚雨大，其人不料此船仍回，急不及待，持行李先付水手，身跃入舱，见华在焉，大骇狂奔而走。发其行囊，原银三百，宛然尚存，外有珍珠数十粒，价可千金，华从此大富。

【译文】

用骗术骗了人，也有因此遭到巧妙报应的。常州商人华某，带了三百两银子到淮海地区做生意。他乘的船行过丹阳县，见岸上有个人身背行李，焦急地向他乘的船打招呼，要求搭乘一段路程。华某起了怜悯之心，命船家靠岸接客。船家疑心这人是土匪，怕找麻烦，就向华某直摆手，叫他不要多管闲事。华某却固执己见，非要船家靠岸。船家无奈，只好从命，把那人接到船上，安排到后舱休息。船将要到达丹徒县时，那位搭客背着行李走出后舱，对华某说："我是来走亲戚的，现在已到亲戚住的地方了，特向先生告别，多谢先生关照。"搭客拱手向华某道别，上岸去了。不久，华某打开箱子取衣服，发现放在箱子中的三百两银子不翼而飞，却添了一堆瓦片碎石，这才知道是被那位搭客偷换了，心中懊恼不已。很快，又下起雨来，天气突然变得寒冷。船又遇逆风，行进困难。华某思忖：银子已经被盗，做生意没有资本，不如掉头仍回常州，等筹集了资本，再去淮海。主意打定，就叫船家返航，并许诺照付到淮海的租金。船家心中自然也乐意，于是顺风扬帆，直驶常州而去。船到了奔牛镇时，天突然又降大雨。只见又有一个人身背行李，浑身淋得湿透，站在岸边，招呼着要搭船。船家一看，认出那人就是原来搭船的盗贼，就急忙隐蔽在船舱中，叫别的水手停船靠岸，接那人上了船。那时，天色已晚，雨又大，那个盗贼没有发觉这是他作过案的那条船。他上船急切，先把行李递到水手手里。当他准备纵身跳入船舱时，忽然看见华某坐在舱内，吓得他掉头就逃。水手把篙一点，船就离岸去了。华某打开盗贼的行李一看，那三百两银子分文不少；另外还有珍珠数十颗，价值千金。华某从此就成了个富翁。

香亭记梦

香亭于乾隆壬辰冬赴都谒选，绕道东昌，十二月五日，宿冠城县东关客店。夜梦至一园亭，竹石萧踈，迥非人境，几上横书一卷，字作蝇头小楷。阅之，载一事云："新野之渠有巨鱼，化为丽姝，名曰乔如。有李氏子惑焉，至三百六十日，而李氏子以弱死。宋氏子又惑焉，历三十六日，而宋氏子亦死。有杨氏子，知其为怪也，故纳之而特嬖之，绝其水饮，乔如无所施术。三年生三子，悉化为鱼。六年，杨氏子遍体生鳞甲，而乔如益冶艳。一夕暴风雨，乔如抱持杨氏子，两身合为一身，各自一首，鼓鬐同飞，投洞庭湖。日出时杨饮水；日入时乔如饮水。杨氏子犹知与乔如交欢，不知为鱼在水也，而竟得不死寿。此之谓物其物，化其化。”自此以下，字模糊不可辨。钟鸣梦醒，枕上默诵，不遗一字。

【译文】

香亭于乾隆三十七年冬天进京等候选派官职。途中，他绕道东昌府。十二月五日，投宿冠城县东关的一家客店里。当夜，他做了一个怪梦，梦见自己走到一个花园，里面竹石萧疏，境界幽深，好像不是凡人所居。他来到一个居室，见几案上放着一卷书，用蝇头小楷写成。香亭细细地读起来，原来是一则故事：新野地方的水渠中，有一条大鱼。这条大鱼忽然变作了一个美女，自称乔如。本地有位李家的公子，被她迷住了。李公子和她相处了三百六十天，身体一天天衰弱下去，最后死了。不久，有位宋家的公子，又被乔如迷住了。他们在一起相处了三十六天，宋公子也死了。这时，有位杨家的公子，明知这乔如是个妖怪，却有意把她娶到家里，而且对她特别宠爱，只是一滴水不给她喝。这样，乔如就无计可施了。乔如在三年之内，为杨公子生了三个儿子。但这三个儿子都化成了鱼。到了第六年，杨公子竟然也浑身长满了鱼鳞，而乔如却出落得更妖冶艳丽。一天夜里，突然下了一场大暴雨。这时，乔如紧紧地抱住了杨公子，两人的身体合为一身，变成了一条鱼，只是有两个头。忽然，这条双头鱼又展鳍腾飞，投入洞庭湖中。白天，这条双头鱼靠杨公子的头饮水；晚上，则由乔如的头饮水。杨公子还知道与乔如交欢，却不知自己已变成了鱼，在水中生活。但是，他却因此而享不死之寿。这就是《诗经》所谓“物其物，化其化”了。故事写到这里，下面的字迹就看不清楚了。香亭被一阵晨钟惊醒。他躺在床上默诵书卷上描述的内容，竟然一字不漏。

敦　伦

李刚主讲“正心诚意”之学，有日记一部，将所行事，必据实书之。每与其妻交媾，必楷书“某月某日，与老妻敦伦一次。”

【译文】

李刚主先生讲究“正心诚意”之学。他有一部日记，把自己每天所做的事都如实记载下来。他每次与妻子同房，也必定要用工整的楷书记录：“某月某日，与老妻敦伦一次。”

一字千金一咳万金

商丘宰某，申详一案，有“卑职勘得，‘毫无疑义’”四字。臬使某，怒其专擅，驳饬不已，并提经承宅门，将行枷责。杨急改“似无疑义”四字，再行申详。乃批允核转。然往返盘费、司房打点，已至千金。汶上令某，见巡抚某，偶患寒疾，失声一咳。某怒其不敬，必欲提参。央中间人私献万金方免。人相传为一字千金，一咳万金。

【译文】

商丘县县令杨某，向上司呈报一件案子。呈文中，有“卑职勘得，毫无疑义”的话。按察使看了他的呈文，勃然大怒，认为这“毫无疑义”四个字口气专横，当即予以批驳，并说要移交有关部门，对他严加惩处。杨县令看了上司的批文，急得马上把“毫无疑义”改成“似无疑义”，再呈上去，终于得以批转。但是，为了这一字之差，往返的路费、向各部门疏通的费用，就花去了千两银子。汶上县的一位县令，进见某巡抚大人时，因患感冒，憋不住咳嗽了一声。巡抚大人勃然大怒，指责他对上司大不敬，说要参他一本，撤他的职。这位县令惶恐万分，托人向巡抚大人进献万两纹银，这才平安无事。人们把这两件事当作笑话相传，说一件是一字千金，另一件是一咳万金！

菩萨答拜

余祖母柴太夫人，常为余言：其外祖母杨氏，老而无子，依其女洪夫人以终，年九十七而卒。居一楼，奉佛诵经，三十年足不履地。性慈善，闻楼下笞奴婢声，便徬徨不能食，或奴婢有上楼者，必分己所食与食。九十以后拜佛，佛像起立答拜，太夫人大怖。时余祖母年尚幼，必拉之作伴，曰：“汝在此，佛不答我也。”卒前三日，索盆濯足，婢以向所用木盆进，曰：“不可，我此去将踏莲花，须将浴面之铜盆来。”俄而旃檀之气自空缭绕，端坐跏趺而逝。逝后，香三昼夜始散。

【译文】

我的祖母柴太夫人，曾给我讲起她外祖母杨氏老太太的故事。杨老太太因为没有生过儿子，到了老年，就依靠女儿洪夫人过日子，终年九十七岁。杨老太太平时居住楼上，天天拜佛诵经，三十年不曾下楼。她生性慈善，只要听到楼下有鞭打奴婢的声音，她就坐卧不安，连饭都吃不下。有时奴婢上楼，她必定要把自己的食品分给他们吃。她九十岁以后，每当拜佛时，那佛竟然会站起身来，向她答拜，她因此惊慌失措。那时，我祖母柴太夫人还年幼，杨老太太每当拜佛时，就拉她一起拜，说：“你是个小孩子，有你在这里，菩萨就不会答拜我了。”杨老太太临终前三天，要取盆洗脚。丫鬟把她平时常用的木盆取来。这次，杨老太太却说：“这木盆我不能用了。我这一去，将要脚踏莲花，用木盆洗脚多么不干净！快把我平时洗脸用的铜盆拿来！”不久，楼上忽然有一股檀香气在空中缭绕。杨老太太盘膝端坐，无疾而逝了。她死后，过了三天三夜，楼上香气才慢慢散去。

暹罗妻驴（删）

倭人以下窍服药

倭人病不饮药，有老倭人能医者，熬药一桶，令病者覆身卧，以竹筒插入谷道中，将药水乘热灌入，用大气力吹之。少顷，腹中汩汩有声，拔出竹筒，一泻而病愈矣。

【译文】

倭人得了病，不饮用汤药治疗。有位老倭医给人治病，先熬好一桶药，叫病人俯卧在床上，把一根竹筒插入他的肛门之中，然后把药水乘热灌进筒内，再用为朝竹筒吹气。不多一会，病人的肚子里就会汩汩作响。这时，老倭医把竹筒拔出肛门，病人肠胃中的污物立刻倾泻而出，病也就好了。

狮子击蛇

戈侍御涛云其太翁名锦，为某邑令，适西洋贡狮子，经过其邑。狮子于路有病，与解员在馆驿暂驻，狮子蹲伏大树下。少顷，昂首四顾，金光射人，伸爪击树，树根中断，鲜血迸流，内有大蛇，决折而毙。先是，驿中马多患病，往往致死，自此患除，厚待贡使。至京，献于阙廷。象见之不跪，狮子震怒，长吼一声，象皆俯伏。奉旨放归本国。后数日，陕抚奏至云："京中放狮，本日午时，已过潼关。"

【译文】

侍御史戈涛曾讲过这么一件事。他的先父戈锦任某县知县时，一次正逢西洋人向朝廷进贡一头狮子，途经该县。这头狮子因为在途中生了病，运送狮子的官员就只好带着它暂住在该县的驿站里。一天，这头狮子蹲伏在驿站院子的大树下。突然，它昂头向四周围张望，两眼射出金色的刺人光芒。又猛地伸出前爪，用力击打树干，把树根都折断了。顷刻间，一股鲜血从树根部喷涌出来，只见隐藏在树根下的一条大蛇，已被拦腰抓断。在此之前，这个驿站中的马经常生病，很多马都莫名其妙地死了。自从这头狮子杀死了这条大蛇，驿站中的马就安然无恙了。因此，县令戈锦更加厚待进贡的使者。到了京师，使者把狮子献给皇上。当时还有人进献了几头大象。但是，这些大象见了皇上，竟然不肯下跪。狮子见后，怒气冲天。它突然大吼一声，把几头大象吓得纷纷下跪。皇上怜念它是山野之王，随即下达谕旨，命人把狮子放生，任它自行返回本土。过了几天，陕西巡抚差人呈送来一道奏章，奏章中称："京师放归的那头狮子，当天中午已跃过潼关而去。"

贾 士 芳

贾士芳，河南人，少似痴愚。有兄某，读书，命士芳耕作，时时心念，欲往游天上。一日，有道人问曰："尔欲上天耶？"曰："然。"道士曰："尔可闭目从我。"遂凌虚而起，耳畔但闻风涛声。少顷，命开目，见宫室壮丽，谓士芳曰："尔少待，我入即至。"良久，出谓曰："尔腹馁耶？"授酒一杯，贾饮半而止，道人弗强，曰："此非尔久留处。"仍令闭目，行，如前风涛声。少顷开目，仍在原处。步至伊兄馆中，兄惊曰："尔人耶？鬼耶？"曰："我人耳，何以为鬼？"曰："尔数年不归，曩在何处？"曰："我同人至天上，往返不过半日，何云数年？"其兄以为痴，不之顾，与徒讲解《周易》。士芳坐于旁，闻之起，摇手曰："兄误矣，是卦繇词九五阳刚与六二相应，阴阳合德，得位乘时，水火相济，变为正月之卦；过此以往，刚者渐升，柔者渐降，至上九，数不可极，极则有悔，悔则潜藏，以待剥复之机矣。"其兄大惊曰："汝未读书，何得剖析《易》理如此精奥！"信其果遇异人，远近趋慕，叩以祸福，无不响应。田中丞奏闻，蒙召见，卒以不法伏诛。或云：贾所遇道人姓王名紫珍，尤有神通。尝烹茶，招贾观之，指曰："初烹时，茶叶乱浮，清浊不分，此混沌象也。少顷，水在上，叶在下，便是开辟象矣。十二万年，不过如此一霎耳。"嵇文敏公总督河道时，贾常在署中，人多崇奉之。有不相敬者，贾必拉至无人之处，将其生平阴事妻子所不知者，一一语之，其人愧服乃已。又常问人可畏鬼否，曰畏鬼便已，如云不畏，则是夜必有奇形恶状者入房作闹。

【译文】

贾士芳是河南人，小时候有点痴呆相。因此，他的父母就尽力供养他哥哥读书，而叫他耕田种地。但他时时在心里想着，要往天空遨游一番。一天，有位道士问贾士芳："你不是要上天吗？"贾士芳回答说："是呀。"道士说："那么，你就闭上眼睛，跟着我走吧！"贾士芳就闭上了眼睛，顿时觉得身体腾空而起，耳边的风声像浪涛一样呼啸而过。不一会儿，道士对他说："睁开眼睛吧！"贾士芳一睁眼，发现自己双足已经落地，眼前是一座雄伟壮丽的宫殿。道士告诉他："你先在这里等一会儿，我进去一下就来！"说罢，道士就进了那座宫殿。贾士芳等了很久，道士才从宫殿内慢慢出来，问贾士芳说："你肚子大概饿了吧？快把这杯酒喝了！"随即把一满杯酒递到贾士芳手中。贾士芳接过酒杯，只喝了一半，就觉得肚子已经胀饱。道士也不强求他喝完，只对他说："这里不是你的久留之地！"又叫他闭上眼睛，于是身体又腾空而起，耳边响起了跟先前一样的风涛声。不一会儿，他睁开眼睛，已回到了自己的家门口。这时候，贾士芳的哥哥已经成了秀才，在本村设馆授徒。贾士芳走进哥哥的书房，吓得他哥哥惊叫道："你是人？还是鬼？"贾士芳说："我是人，是你弟弟呀！怎么会是鬼呢？"他哥哥问："你这么多年不回家，跑到哪儿去了呢？"贾士芳说："我跟人到天上去了一次，往返不过半天工夫，怎么说是几年呢？"哥哥觉得他又犯了痴呆，就不再理他，只顾给学生讲解《周易》去了。哥哥给学生讲解《周易》，贾士芳也坐在一旁听讲。听了一会儿，他忽然站起身来，摇着手说道："哥哥所讲差了：此卦爻题九五阳刚与爻题六二阴柔相应。这叫作阴阳合德，得位乘时，水火相济，就演变为正月之卦。从此以往，阳刚渐升，阴柔渐降；阳升到上九，就达到了数的极限。数不可极，极则有悔，悔则潜藏，以待剥、复的转机。"他哥哥听了他这一番议论，大惊道："你没有读过书，怎么剖析《易》理竟会如此精辟深奥呢？"从此以后，人们都相信贾士芳真的遇到了神仙，远近地方的人都慕名而来，请他预卜凶吉祸福，竟没有一次是不灵验的。不久，河南巡抚田某把这奇迹上奏皇帝，贾士芳受到皇上的召见。后来，贾士芳在民间兴妖作祟，被皇上下令将他处死。据说，贾士芳遇到的那位道士，名叫王紫珍，极为神通广大。有一天，这位道士沏了一杯茶，叫贾士芳往茶杯里看，并指着这杯茶说："刚沏的茶，茶叶漂浮，清浊不分，象征着天地没有形成之前的混沌状态；稍停片刻，就水在上，茶叶在下，就是开天辟地的景象了。天地的形成经过了十二万年，但在我们道家看来，不过像沏一杯茶的工夫罢了。"嵇文敏公任河道总督时，贾士芳是他府上的常客，许多幕僚都很敬佩他。但也有人不把他放在眼里。遇到这种情形，贾士芳就把对他不敬的人拉到僻静的地方，当面将这个人一生中连他妻子都不知道的隐私一一数说出来，弄得这个人又羞愧又畏惧，贾士芳才肯放过他。贾士芳还经常问别人怕不怕鬼。如果有人说怕鬼，也就罢了；要是被问的人说不怕鬼，那么当天夜里，一定会有奇形恶状者到他房里弄神弄鬼。

石　男

"石妇"二字，见《太玄经》，其来久矣。至于半男半女之身，佛书亦屡言之。近复有所谓石男者。扬州严二官，貌甚美，而无人与狎。其谷道细如绿豆，下矝如线香。昼食粥一盂，酒数杯，蔬菜些须而已；多则腹中暴胀，大便时痛苦异常。

【译文】

"石妇"这两个字，最早见于汉代扬雄所著的《太玄经》，石妇却是自古就有的。至于半男半女的人体，在佛经中也有多处载述。近来，又出现了所谓"石男"的人。扬州有个严二官，是个美男子，但没有一个女人肯嫁给他。据说，他的肛门细小得像一粒绿豆，排出的粪便就像线香一般。他一天只吃一碗粥，喝几杯酒，再加上少量的蔬菜。如果吃多了，他的肚子就会暴胀，大便时就痛苦不堪。

须长一丈

黄龙眉，震泽县人，官热河四旗厅巡检。须长一丈有奇，绕腰两匝，余垂至地。

【译文】

震泽县有位黄龙眉，官热河四旗厅巡检。黄龙眉蓄着一部胡须，有一丈多长。他把胡须往腰间绕两个圈子，余下的部分还垂到地上。

禁魇婆

粤东崖州居民，半属黎人，有生黎、熟黎之分。生黎居五指山中，不服王化；熟黎尊官长，来见则膝行而入。黎女有禁魇婆，能禁咒人致死。其术取所咒之人，或须发，或吐余槟榔，纳竹筒中，夜间赤身仰卧山顶，对星月施符诵咒。至七日，其人必死，遍体无伤，而其软如绵。但能魇黎人，不能害汉人。受其害者，擒之鸣官，必先用长竹筒穿索，扣其颈项下，曳之而行；否则近其身，必为所禁魇矣。据婆云：不禁魇人，则过期己身必死。婆中有年少者，不及笄，便能作法，盖祖传也。其咒语甚秘，虽杖杀之，不肯告人。有禁魇婆，无禁魇公，其术传女不传男。

【译文】

广东崖州的居民，有一半以上是黎族人，而黎族人又有生黎、熟黎之分。生黎人居住在五指山中，各自为政，不服从朝廷治理；熟黎人遵从官长，服从管理，进见长官，总是膝地而行。黎族妇女中有一种被人称作禁魇婆的巫婆，能用念禁咒的方法，置人死地。巫婆陷害人的方法，是将人的胡须、毛发，或是吃槟榔后吐出的槟榔核儿，放入竹筒之中，带到山顶上去。夜里，她在山顶上赤身裸体地躺着，对着月亮星星念诵咒语。一直念到第七天，被咒的人就会死去。死者的身上没有一点伤痕，而且还是软绵绵的。但是，巫婆的咒术能害黎族人，却无法害汉族人。受巫婆害的人要捉她去官府，一定要用一根竹竿系着活绳套，套住巫婆的脖子，拉她到官府去；如果接近她，一定会中她的咒术。据巫婆们供认，她们只有常用禁咒法害人，自己才能生存，不然就自身难保。有的小巫婆才十五六岁，就干起这种勾当，可见她们的巫术是祖传的。巫婆们的咒语是严格保密的。即使官府用刑，甚至把她们活活打死，她们也不肯吐露一字。至于为什么只有“禁魇婆”而没有“禁魇公”，那是因为这种巫术只传女而不传男的缘故。

割竹签

黎民买卖田土，无文契票约，但用竹签一片，售价若干，用刀划数目于签上，对劈为二，买者、卖者，各执其半，以为信。日久转卖，则取原主之半签，合而验之。其税签如税契，请官用印于纸，封其竹签之尾，春秋纳粮，较内地加丰焉。

【译文】

黎族人买卖土地，买卖双方既不订契约，也不写字据。他们只取一块竹片，用刀在竹片上刻上土地成交的价格，然后把竹片一劈为二，买卖双方各留一半，作为一种凭据。以后，土地的买主如果要转卖，新的买主必须拿着老买主的这一半竹片，到原来的卖主那里去验证。验证确凿无误，那么这对竹片在新老两家主人手里继续有效。黎族人缴土地税的方法，是用一片竹签、一张纸，在纸上加盖官印，然后把盖有官印的纸封贴在竹签的下方，作为完税的标志。黎族人春秋两季纳粮的数目，要比内地多。

黎人进舍

黎民婚嫁，不用舆马，吉日，新郎以红布一匹，往岳家裹新妇，负背上而归。其俗，未成亲之先，婿私至翁家，与其妻苟合，谓之“进舍”。若能生子而后负妇者，则群以为荣。邻里交贺，各以白纸封番钱几元，至其门首，抛竹筐中。其主人以大瓮贮酒，陈于门前，瓮内插细竹筩数条。贺客至，各伏筩瓮而饮，饮毕，又无迎送拜跪之礼。余在肇庆府署中，厓州刺史陈桂轩为余言。

【译文】

黎族人娶新娘时，不用车马，也不用轿子。到了吉日良辰那一天，新郎拿了一匹红布来到岳父家，用红布把新娘包裹起来，背上背就走，这就成亲了。按照黎族人的风俗，男女双方未成亲之前，男方要偷偷地来到岳父家，与女方同床，这叫作“进舍”。如果女方因此怀孕而后又把她背回来，这在公众看来是件很光彩的事情。新娘背回来后，亲友邻里都纷纷前来祝贺。黎族人的祝贺的方式，是用一张白纸包几元钱，投进主人家事先设置在家门口的竹筐里。同时，主人家在门口摆一坛子酒，坛口里插上一些打通了结节的细竹管。贺客投钱入筐后，就走到酒坛子前，俯下身来，用竹管吸上几口喜酒。喝罢之后，贺客自动离去。整个过程，既没有迎送，也没有拜跪之类的礼节。我在肇庆府作客时，厓州知州陈桂轩给我讲了黎族人这种婚嫁风俗。

海　异

海中水上咸下淡，鱼生咸水者，入淡水中即死；生淡水中者，入咸水中即死。咸水煮饭，水干而米不熟，必用淡水煮才熟。水清者，下望可见二十余丈，青红黑黄，其色不一。人小便，则水光变作火光，乱星喷起。鱼常高飞如鸟雀，有变虎者、变鹿者。

【译文】

海里的水，上层咸，下层淡。生长在咸水层里的鱼到了淡水层就会死去，而生长在淡水层里的鱼到了咸水层也会死去。用咸水煮饭，就是把水煮干了，饭也煮不熟，一定要用淡水煮，饭才能煮熟。在海水清澈的地方，往下可以看到二十多丈以内的景物，颜色有青、红、黑、黄，多种多样。如果人在海水中小便，水光马上会变作火光，像星火一样向四周喷散。海水中的鱼类也很多。有的鱼常常会在水面上凌空飞起，像鸟儿在空中飞翔一样。有的鱼，一会儿身上能变出老虎一样的斑纹，一会儿又变得像梅花鹿一样，身上都是梅花斑点。

喝呼草快子竹

惠州山中有草，喝之则叶卷，号“喝呼草”。罗浮山有快子竹，竹形小而质劲，截之可以为箸。不许人作声，若作声呼之，便遁入土中，觅不可得。

【译文】

惠州地方的山中生长着一种草，只要对它大声吆喝呼喊，它的叶子就会自动卷起来，当地人就把这种草称作“喝呼草”。罗浮山上有一种筷子竹。这种竹子长得很短、很细，但质地坚劲，可以截断做成筷子。但是采集这种竹子的人，要默默进行。如果有人对它说话呼叫，它就会遁入土中，再也找不到了。

蚺蛇藤

琼、雷两州，蚺蛇大如车轮，所过处，腥毒异常，遇者辄死。性淫而畏藤，土人多以妇人裤并藤条置腰间。闻腥气，知蛇至。先以妇裤掷去，蛇举头入裤，吮嗅不已。然后以藤抛击，蛇便缩伏，凭人捆缚。缚归，钉之树上，用刀剖腹，蛇似不知；将至胆处，乃作爱护之状。胆畏人取，逃上逃下，未易捉取。直至蛇死腹裂，胆落地上，犹跃起丈余，渐渐力尽势低。取挂檐间，其胆衣内汁，犹终日奔腾上下，无一隙停留。俟亮乾后，才可入药。

【译文】

琼州、雷州地方有一种蚺蛇，身子粗得像个车轮。它经过哪里，哪里就会留下一股浓重的腥臭味道，而且毒性很大。谁如果碰上这种毒物，性命就难保了。这种蛇喜爱淫秽，但怕藤条。当地人掌握了它的特性，就在出门的时候，带上一条女人的内裤，用藤条捆在腰间，作为防卫蚺蛇之用。当地人都知道，如果你闻到了一股腥臭味道，那一定是蚺蛇来了。这时，就先把女人的内裤向蚺蛇抛去。蚺蛇会立刻抬起脖子，一头钻进女人的内裤之中，又闻又吸，闹个不停。于是，再用藤条去抽打它，它就会缩成一团，任人去捆绑。把蚺蛇捉回家后，就用钉子把它钉在大树上，用刀开膛剖腹。这时，蚺蛇还沉浸在秽气之中，对剖腹的痛楚，似乎完全没有知觉。直到要取那蛇胆，它才作出防卫的反应，但是为时已晚了。蛇胆好像也有知觉，怕人取它，因此总是逃上逃下，使人一下子无法抓住。等到蛇腹完全被剖开，蚺蛇彻底断了气，蛇胆才会落到地上。但它还能跳起一丈多高，以后力气渐渐用尽，就越跳越低，在地上一动不动了。把蛇胆挂在屋檐下，囊里的胆汁还会上下翻腾，一刻不停。等到蛇胆晾干了，才可以入药。

网　虎

江西鄱阳湖，渔人收网，疑其太重，解而视之，斑然虎也，惜已死矣。

【译文】

江西鄱阳湖上，有一些渔民在捕鱼。收网时，觉得鱼网特别沉重。打开网一看，竟然是一只色彩斑斓的猛虎，可惜这只老虎已经死了。

福建解元

裘文达公典试福建，心奇解元之文，榜发后，亟欲一见。昼坐公廨，闻门外喧嚷声，问之，则解元与公家人为门包角口。公心薄之，而疑其贫，禁止家人索诈，立刻传见。其人面目语言，皆粗鄙无可取。心闷闷，因告方伯某，悔取士之失。方伯云："公不言，某不敢说。放榜前一日，某梦文昌、关帝与孔夫子同坐，朱衣者持福建题名录来，关帝蹙额云：‘此第一人，平生作恶武断，何以作解头？’文昌云：‘渠官阶甚大，因无行，已削尽矣。然渠好勇喜斗，一闻母喝即止，念此尚属孝心，姑予一解，不久当令归土矣。’关帝尚怒，而孔子无言。”此亦奇事。未几某亡。

【译文】

裘文达公任福建乡试主考官时，把一位参加乡试的士子取为第一名举人。但他总觉得这位举人的文章有点奇怪。发榜之后，他一直想见见这位举人。一天，裘文达公正在官署办公，忽然听到门外有吵吵嚷嚷的声音。他问了下属，才知道这位举人前来谒见，因看门的人向他索取门包，他不肯给，彼此争吵起来。裘文达公心里就有些看不起他，但转而一想，这位举人也许真的家里很穷，确实拿不出门包银子，就喝令看门人不许勒索，并立刻传见。见面后，裘文达发现这位举人相貌、言谈都很粗俗，没有什么可取的地方。举人退出之后，裘文达一直闷闷不乐，责怪自己身受皇恩，典试一方，却为朝廷取了一个无用之辈。后来，他把这事告诉了福建布政使某公，后悔自己的失误。布政使说：“您如果不提起他，我也就不敢多说了。放榜的前一天夜里，我做了一个梦，梦见文昌帝君、关圣帝君和孔老夫子坐在一起。有一位身穿红衣的侍者手捧一本《福建乡试题名录》呈上，关圣帝君一看，皱紧眉头说道：‘这题名录上的第一人，平日作恶多端、专横武断，怎么可以取为乡试第一名呢？’文昌帝君接着说：‘这个人原定的官位很高，只因行为不端，官爵已经削得差不多了。但他平时虽好勇喜斗，只要一听到母亲呵斥，他就立刻收敛。上天念他还有孝心，姑且给他一个头名举人；过不了多久，就会叫他命归故土的！’关圣帝君听了文昌帝君的话，心里还是愤愤不平；而孔老夫子则静坐一旁，一言不发。”这也真算是一件奇事！不久，这位福建乡魁，果然得病死了。

顾四嫁妻重合

永城吕明府家佃人顾四，乾隆丙子岁荒，鬻其妻某氏，嫁江南虹县孙某，生一女。次年岁丰，顾又娶后妻，生子成。成幼远出为人佣工，流转至虹县地方，赘孙姓家。两年，妻父殁，成无所依，遂携其妻并妻母回永城。顾四出见儿之岳母，己之故妻也。时顾后妻先一月殁，遂为夫妇如初。

【译文】

永城知县吕某家有个佃户，名叫顾四。乾隆二十一年，永城发生饥荒。顾四走投无路，只好把妻子卖给虹县的孙某，不久生了一个女儿。第二年，永城地方五谷丰登，顾四又娶了后妻，生了一儿子，取名顾成。顾成从小就离家出了远门，替人做帮工。后来辗转来到虹县地方，入赘孙家，与孙家的女儿结了婚。但是，结婚两年后，顾成的岳父孙某得病死了。顾成觉得失去了依靠，就带了妻子和岳母回到永城老家。顾四得知儿子携带妻室回来，立刻出门迎接。一见面，才知道儿子的岳母，原来竟是自己的前妻！这时，顾四的后妻已在一个月前去世，于是就与前妻重新结为夫妻。

千　里　客

万历年间，绍兴商家宰起第，卜云：“千里客来居此宅。”当时讶之。至国初，王侍御兰膏先生任盐政归，买此宅居之。王别号千里，即江宁王检校大德父也。

【译文】

明朝万历年间，浙江绍兴人大学士商某，准备建造私人宅第。开工之前，他拜佛求签，预卜凶吉，得到的签语是“千里客来居此宅”。当时，商某非常惊讶，弄不清这句话究竟预示着什么。到了国朝初年，侍御史王兰膏先生出任江南盐政，任满回归故里，从商某的后代手中买下了这所宅第居住。王兰膏，字千里，正应验了“千里客来居此宅”那句话。这位王兰膏先生，就是现任江宁检校王某的先祖父。

赵子昂降乩

邓宗洛秀才云：伯祖开禹公少时，赘海宁陈大司空家。众人请仙，公亦问终身，乩判云“予赵子昂也”五字，宛然赵书。公在旁微笑云：“两朝人物。”乩随判诗一首云：“莫笑吾身事两朝，姓名久已著丹霄。书生不用多饶舌，胜尔寒毡叹寂寥。”后公年八十，由岁贡任来安训导，十年而终。

【译文】

秀才邓宗洛曾讲过他伯祖父邓开禹老先生的一件事。邓开禹年轻的时候，入赘在海宁陈大司空家里。一天，陈大司空的家人扶乩请仙，邓开禹也向乩仙预卜自己的终身。乩仙批了“予赵子昂也”五个大字，那字迹也酷似赵子昂的手笔。邓开禹站在一旁，微微笑着说：“书法很好，只可惜是个两朝人物。”赵子昂是宋室后裔，后入元为官，一身而事两朝，有失气节，所以邓开禹讽刺他是个两朝人物。乩仙听了邓开禹的话很生气，随即在沙盘上大书诗一首，诗道：“莫笑吾身事两朝，姓名久已著丹霄。书生不用多饶舌，胜尔寒毡叹寂寥。”后来，邓开禹到了八十岁的高龄，才以岁贡生的资格，出任来安县县学训导。九十岁时去世。

神仙不解考据

乾隆丙午，严道甫客中州，有仙降乩巩县刘氏，自称雁门田颖，诗文字画皆可观，并能代请古时名人如韩、柳、欧、苏来降。刘氏云："有坛设其家，已数载矣，中州仕宦者，咸敬信之。"颖本唐开、宝间人，曾撰《张希古墓志》，石在西安碑林，毕中丞近移置吴中灵岩山馆。一日降乩节署，甫至，即以此语谢其护持之功。此事无知者，因共称其神奇。时严道甫在座，因云："记墓志中云：'左卫马邑郡尚德府折冲都尉张君致。'唐府兵皆隶诸卫，左右卫领六十府，志云尚德府为左卫所领，固也；但《唐书·地理志》马邑郡所属无尚德府，未知墓志何据？"仙停乩半晌云："当日下笔时，仅据行状开载，至《唐·地理志》，为欧九所修，当俟晤时问明，再奉复耳。"然自是节署相请，乩不复降；即他所相请，有道甫在，乩亦不复降。

【译文】

乾隆五十一年，严道甫在河南作客。当时有位乩仙，自称是雁门人田颖，在巩县刘某家降坛。田颖降坛时，能作诗写文章，也能写字绘画，而且作品都达到了相当的水准。他还能代请韩愈、柳宗元、欧阳修、苏轼等古代名人到刘某家降坛。因此刘某说："我家里的乩坛，已经设了好多年了。河南的官僚和士绅，对古代名人降坛说法，都心悦诚服。"田颖是唐代开元、天宝年间的人，曾撰写过《张希古墓志》，碑石原藏西安的碑林，巡抚毕沅把它移置在江南的灵岩山馆。有一天，田颖忽然降坛在毕沅的府中，一开始，他就感谢毕沅收藏、保护张希古碑。毕中丞收藏张希古碑的事外人都不知道，而田颖却了解得清清楚楚，大家都称赞这乩仙很神奇。当时严道甫也在座，就说道："记得《张希古墓志》中，有'左卫马邑郡尚德府折冲都尉张君致'的话。唐朝的府兵都隶属于各卫，左右卫共领六十府府兵。墓志中说尚德府归左卫统领，这当然是不错的。但《唐书·地理志》中，马邑郡的辖下并没有尚德府，不知仙人当时撰写墓志时，根据的是什么？"乩仙听了严道甫的质问，沉默了半天，方才说道："当初我落笔时，只是根据墓主的《行状》。《唐书·地理志》是欧阳修撰修的，等我改日见到了他，问明了这个问题，再来奉覆。"然而，自此以后，田颖再也不到毕沅府中降坛了；即使别的地方请他，如果有严道甫在场，他也不肯露面。

产　公

广西太平府僚妇，生子经三日，便澡身于溪河。其夫乃拥衾抱子，坐于寝榻，卧起饮食，皆须其妇扶持之，稍不卫护，生疾一如孕妇，名曰产公，而妻反无所苦。查中丞俭堂云。

【译文】

广西太平府的妇女，生育后的第三天，就到溪水中去洗澡，算是产期结束了。而她的丈夫，却开始拥着被子、怀抱婴儿，躺在床上坐起月子来，卧起饮食，都由妻子来服侍。稍有不慎，他就会像产妇一样，落下许多后遗症。而刚生育不久的妻子，反倒没有这种麻烦了。当地人把这种坐月子的男人，称作"产公"。这种风俗，是巡抚查俭堂告诉我的。

乌鲁木齐城隍

乌鲁木齐于乾隆四十一年筑城，得至德年残碑，中有“金蒲”字，知其地唐时为金蒲城，今《唐书》作“金满城”，误也。并建有城隍庙。兴工三日，都统明公亮，梦有人儒冠而来，云姓纪，名永宁，陕西人，昨奉天山之神奏为此地城隍，故尔来谒。公心异之。时毕公秋帆抚陕，因以札来询。毕公饬州县，查现在纪姓中，未有名永宁者。适严道甫修《华州志》，有纪姓以家谱来，求登载其远祖。检之，则名永宁者，居然在焉。乃明中叶生员，生平亦无他善，惟嘉靖三十一年地震时，曾捐资掩埋瘗伤死者四十余人而已。因以复明公。书至，适于是日庙方落成也。

【译文】

乾隆四十一年，乌鲁木齐修筑城墙，在地下挖出一块唐肃宗至德年间的残碑，上面有“金蒲”二字。这才知道这个地方在唐代叫金蒲城，现在的《唐书》却写作“金满城”，这显然是错误的。乌鲁木齐修筑城墙时，还同时修建一座城隍庙。动工后第三天，都统明亮做了一个梦，梦见有个儒冠打扮的人来见他。这人自称姓纪，名永宁，陕西人，昨天经天山之神推荐、玉皇大帝诏准，将出任乌鲁木齐城隍，所以特来拜见地方长官。明亮梦醒之后，觉得这事很奇怪。当时毕秋帆正在陕西做巡抚，明亮就写信请他代为查询纪永宁其人。毕秋帆为此特地向各州、县发了公文，命令各地详细查明此人的情况。但结果是，各地在籍人口的纪氏百姓中，都没有查到有个叫永宁的。当时，正好严道甫在修撰《华州志》。有个姓纪的人，拿了一份家谱来，请求把他远祖的事迹编入州志。严道甫翻阅这份纪氏家谱，“纪永宁”这个名字，居然在谱。但这人是明代中叶的贡生，一生也没有什么烜赫的功业，只是嘉靖三十一年华州地震时，他曾捐款埋葬了四十多名地震死难者。严道甫就马上写信，把这个发现告诉明亮。明亮收到这封信的那天，正好乌鲁木齐城隍庙落成。

黑　霜

四海本一海也，南方见之为南海，北方见之为北海，证之经传皆然。严道甫向客秦中，晤诚毅伯伍公，云雍正间奉使鄂勒素间，有海在北界，欲往视，国人难之。固请，乃派西洋人二十名，持罗盘火器，以重毡裹车，从者皆乘橐驼，随往北行。六七日，见有冰山如城郭，其高入天，光气不可逼视。下有洞穴，从人以火照罗盘，蜿蟺而入，行三日乃出，出则天色黯淡如玳瑁，间有黑烟吹来，著人如砂砾。洋人云：“此黑霜也。”每行数里，得岩穴则避入，以硝磺发火，盖其地不生草木，无煤炭也，逾时复行。如是又五六日，有二铜人对峙，高数十丈，一乘龟，一握蛇，前有铜柱，虫篆不可辨。洋人云：“此唐尧皇帝所立，相传柱上乃‘寒门’二字。”因请回车云：“前去到海约三百里，不见星日，寒气切肌，中之即死。海水黑色如漆，时复开裂，则有夜叉怪兽起来攫人，至是水亦不流，火亦不爇。”公因以火著貂裘上试之，果不然，因太息而回。入城，检点从者，五十人冻死者二十有一。公面黑如漆，半载始复故，随从人有终身不再白者。

【译文】

所谓四海，实际上就是一个海，只是人们往往把在南方见到的称为南海，在北方见到的称为北海。这在历史典籍中可以得到充分的证明。严道甫原先在陕西、甘肃一带作客时，曾会见过诚毅伯伍公。伍公对严道甫说：雍正年间，他奉旨出使鄂罗索地区，听说有海在其北界，就要求去看看。鄂罗索人感到很为难。伍公坚持要去看，鄂罗索人只好派了二十名洋人，带上罗盘、火器，又备了一辆用几层毛毡围起来的马车，供伍公乘坐。洋人和伍公的随从，都骑上骆驼，跟随伍公向北进发。走了六七天，前面出现一个冰山，就像一座城市一样。那冰山的峰顶，高耸云天，寒光闪烁，使人睁不开眼睛。冰峰下面有一个冰洞，洋人用火把照亮罗盘，引导大家进去。洞道蜿蜒曲折，大家在洞里走了三天，才从另一个洞口走出。出了冰洞，天色像玳瑁色一样昏暗，还不时有一阵阵黑烟吹来，像砂砾一般打到人的脸上。洋人说："这叫做黑霜。"从此以后，他们每走几里，看见山洞就进去避一避黑霜，并用随身携带的硝磺发火照明，因为那地方寸草不生，也没有煤炭，没有什么东西可以用来取火。休息了一段时间，又继续前进。这样，他们又走了五六天，前面出现了一对分立两侧的铜人像。铜像各高数十丈，一个站在龟背上，另一个骑在一条巨蛇上，手握昂起的蛇脖子。在两座铜像之间，有一根铜柱，上面刻着一些蝌蚪形文字，但辨认不出是什么内容。洋人介绍说："这铜像和铜柱是中国唐尧皇帝建立的，相传铜柱上的蝌蚪形篆文，是'寒门'二字。"洋人又趁此劝告伍公回程，说："从这里到大海大约还有三百里。那里暗无天日，寒气彻骨，人中了寒气就必死无疑。那里的海水，颜色像黑漆，冰层又随时会裂开。一到晚上，还有夜叉和怪兽前来抓人。到了那地方，我们带的水也不能流动，火也无法点着。"伍公用火去点身上的貂皮大衣，果然燃不着，只得叹息了一回，同意启程返回。回到鄂罗索公馆后，伍公查点人数，发现五十名随从人员中，一路上已冻死了二十一名。伍公自己也面黑如漆，半年以后才恢复了原来的肤色。而他的随从人员中，有的终身变成了黑脸，再也不能恢复原来的样子了。

中 印 度

后藏西南四千余里，有务鲁木者，即佛经所云中印度也。世尊居之，金银宫阙，与佛书所云无异。宫门外有池，方广百里，白莲如斗，香气著衣，经月不散，云即阿暂池也。天时寒暖，皆如三四月，秔稻再熟。无金银，皆以货物交易。达赉喇嘛五岁一往觐。闻雍正初年，鄂罗索发兵万余，驱猛象数百来斗，欲夺其地。世尊持禁咒，遣毒蟒数千往御。鄂罗索惧，请受约束，蟒蛇瞬息不见。世尊云："此嗔心所致也，不嗔则无有矣。"因谕以此地人少，每十年，当以童男女五百来献，令其自相配偶，至今犹然。诚意伯伍公云。

【译文】

从中国的后藏往西南方向走四千多里，就到了一个叫务鲁木的地方，也就是佛经中所说的中印度。据说，中印度是世尊释迦牟尼居住的地方。那里，有用金银建筑的宫殿，与佛经上所记载的没有什么差异。宫殿外面有个大水池，面积有一百平方里。水池里的白色莲花，大得像斗，散发着阵阵清香，附着在人的衣服上，一个多月后还能闻到香气。这就是佛经上所说的阿暂池。阿暂池周围的广大地区，气候虽有冷暖变化，但都和内地三四月份差不多，稻谷一年两熟。那里没有金银，当地人做买卖都是以货换货。中国的达赖喇嘛，每隔五年就到务鲁木来朝拜一次。据说雍正初年，鄂罗索人曾出兵一万，又驱赶数百头凶猛的野象打头阵，向务鲁木进攻，企图占领这个地方。世尊活佛就念起禁咒，驱使几千条毒蛇巨蟒去抵敌。鄂罗索人心中害怕，提出停止交战，那几千条蟒蛇顷刻之间就不见了。世尊活佛对鄂罗索人说："这些蛇是你们的贪恶心所引来的，不贪恶，就消失了。”并告诉鄂罗索人，中印度地广人稀，要他们每隔十年，就向中印度选送五百童男、五百童女，让他们长大后自由择配，在这里生息繁衍。一直到现在，还是如此。这个故事，是诚毅伯伍公对我讲的。

来文端公前身是伯乐

来文端公自言伯乐转世，眸子炯炯有光，相马独具神解。兼管兵部及上驷院时，每值挑马，百十为群，瞥眼一过，其毛病纤悉无不一一指出，贩马者惊以为神。年七十后，常闭目静摄，每有马过，静听蹄声，不但知其良否，即毛色疾病，皆能知之。上所乘马，皆先命公选视。有内侍卫数人，精选三马，百试无差，将献上。公时已老，眼皮下垂，以两指撑眼视之，曰：“其一可用，其二不可用。”再试之，果蹶矣。一日坐内阁，史文靖公乘马至阁门外下，偶言所乘枣骝马甚佳，公曰：“佳则佳矣，但公所乘，乃黄膘马也，何得相诳？”文靖云：“适所言诚误，但公何以知之？”公笑而不言。又一日，梁文庄公入阁少迟，自言所乘马伤水，艰于行步，公曰：“非伤水，乃误吞水蛭耳。”文庄乃请兽医针治，果下水蛭数升而愈。公常语侍读严道甫云：“二十时，荷校于长安门外三十余日，玩索《易》象乾坤二卦，得相马之道。其神解所到，未能以口授人也。”

【译文】

来文端公自称是伯乐转世。他的两眼炯炯有光，相起马来，也确有独到神奇之处。来文端公任武英殿大学士，兼兵部尚书，管上驷院事。这上驷院掌宫廷用马，每次挑选马匹时，往往骏马聚集，百十成群。来文端公只需用眼一瞥，就能马上说出每一匹马的优劣；即使是一些不为人注意的小毛病，他也能一一指出。那些贩马的人都感到惊奇，认为这来文端公简直像个神仙。到了七十岁后，他常常闭目养神。但只要有马从他身边经过，他一听马的叫声，就能判定这匹马的好坏，甚至连马匹的毛色，有什么疾病，他也都能说得丝毫不差。皇帝乘坐的御马，也都由他选定。一次，有几位内侍卫为皇帝精选了三匹马，又经过上百次的试验，认为已有绝对把握，准备进献。那时，来文端已经老态龙钟，眼皮下垂。他用两个手指撑开眼皮，看了看那三匹马，立刻就说："一匹可用，另外两匹不可用!"经过重新试马，发现那两匹果然暴烈难驯。有一天，来文端公在内阁闲坐。这时，史文靖公骑马从外面回来，到了内阁门外，下马就说："我骑的这匹枣骝马，真是太好了!"来文端公听了后说："好是好，但您骑的是一匹黄膘马，而不是枣骝马，您为什么要骗人呢?"史文靖公一听，马上就说："刚才我确实说错了。但您闭着眼睛，怎么就知道是黄膘马呢?"来文端公只是微微一笑，不作回答。又有一天，梁文庄公到内阁值班，稍为迟了点儿，他说因为所乘的马饮多了水，跑不动，所以迟到了。来文端公就说："依我看来，您骑的马不是伤水，而是饮水时喝进了许多水蛭，所以病了。"梁文庄公马上请兽医诊治用药，果然排泄出几升水蛭，病就好了。来文端公曾对侍读严道甫说过："我二十岁时，曾因事被官府监禁在长安门外三十多天。我闲着无事，就研究《易经》的乾、坤二卦，从中领悟到了相马之道。但这只能心领神会，却无法口授。"

福建试院树神

纪太史晓岚，视学闽省。试院西斋，有柏一株，干霄蔽日。幕中友人，于深夜常见有人来往其下，章服一如本朝制度，惟袍是大红。纪意树神为祟，乃扫室立主以祀，并作对句，悬于楹间，云：“参天黛色常如此，点首朱衣或是公。”自是怪遂绝。

【译文】

有一次，纪晓岚太史作福建学政。那福建试院的西厢房旁边，有一棵柏树，长得高大粗壮，枝繁叶茂。有位同来的幕友，常在深夜看见一个人在柏树下走来走去。这人穿的是本朝的衣服，只是袍子是大红色。纪晓岚以为这是树神在作祟，就命人打扫出一处亭堂，立“树神之位”祭祀，并作对联一副，悬挂在亭堂门的两侧。那对联是“参天黛色常如此，点着朱衣或是公。”从此以后，树神就不再出现了。

于云石

金坛于云石官翰林时，迎其父就养入都。一日，行至中途，天色已晚，四无人烟，寻一旅店，遂往投宿。店主以人满辞，于以前路无店，固求留宿。店主踌躇久之，曰：“店后只有空屋数椽，小儿幼年曾读书其处，不幸夭亡，我不忍往观，故封闭之。客如不嫌，请暂住一夜如何?”于从之，即开门入。见四壁尘蒙，蠨蛸满户，案有残书数卷，偶得时文稿一本。翻阅之，与其子云石所作文无异，入后数篇，与乡会试中式之卷亦相同。意甚讶然。忽寓外有光射入，见对面石壁上恍惚有“于雲石”字迹，即秉烛出观，乃“千霄石”三字也。转身进内，砉然有声，石壁遂倒，字亦随灭。一夜惊疑不寐。

晓行抵都，与子备述其事。云石闻言，不觉失色，须臾仆地。急唤家人救治，不甦而绝。

【译文】

金坛于云石在翰林院任职时，要把父亲接到京城来赡养。于老先生独自前往京城。一天，他走到半路，天色已晚，四周荒无人烟，找了半天，才找到一家客店，就进去投宿。可是，店主人却说客房已经住满，无法安排，请他另觅住处。于老先生因为附近没有其他旅店，再三请求店主留个方便。店主犹豫了很久，才说："小店后面倒是有一间空屋的，那是小儿幼年读书的地方。后来小儿不幸夭亡，我不忍再到那间屋子去，所以长年空锁着。客官如果不嫌，就委屈暂住一夜，不知意下如何?"于老先生无处栖身，只得跟随店主去了。于老先生进了那间屋子，只见四壁都是灰尘，布满了丝丝缕缕的蜘蛛网。又见案几上放着数卷残书，其中还有一本八股时文的文稿。他随手翻阅了一下，发觉文稿的文辞，竟然与自己儿子的一模一样。再往后翻阅，又发现后面的乡试、会试文稿，也与儿子乡试、会试时的文章完全相同。于老先生大为惊讶。这时，忽然有一道光亮从窗外照进屋里，借着光亮，于老先生见对面的石壁上恍惚有"于雲石"三个大字，就举烛前往察看，却是"千霄石"三个字。于老先生刚转身回屋，又突然听到背后轰隆一声巨响，回头一看，那石壁已经倒塌，"千霄石"三字也不见了。这一夜，于老先生惊疑不定，一夜都没有入睡。第二天一早，他就离店赶路。到京城后，见了儿子，就把他在客店里的奇遇详细地对儿子说了一遍，于云石听了，不由得面容失色，一下子昏倒在地。于老先生急忙呼唤家人救治，但于云石已气绝身亡了。

（卷二十一译者　胡士明）

子不语卷二十二

万佛崖（与卷十六重，删）

大力河（与卷十六重，删）

王昊庐宗伯是莲花长老

王昊庐宗伯未第时，自黄冈赴京应试，路过庐山，宿于莲花宫内。因次日仍欲启行，未晚便睡。梦身坐大殿之上，面供斋果，下有袈裟百辈环拜诵佛。因随手取面前枣子，偶啖数枚，遂醒，醒时口中有余味。正惊讶间，忽见住房外灯烛辉煌，几筵肆设，众僧方膜拜，宛然梦中光景。启户问之，是日乃此庵已故净月上人忌辰，众方祭祀。宗伯大异，起视所供盘中之枣，其顶微缺，如少二三枚者，恍悟自己前身乃此庵长老也，故终身奉佛甚虔。先是，宗伯父用予公崇祯翰林，殉节庐山，故自号“昊庐”，取“昊天罔极”之义，讳泽宏。

【译文】

礼部尚书王昊庐未中进士之前，从黄冈赴京参加会试，路过庐山，住宿在莲花宫里。因为第二天还要赶路，所以天没有黑就上床休息了。王昊庐睡梦中发现自己坐在大殿之上，大殿的供桌上，摆满了斋食供果；供桌前有上百个身穿袈裟的和尚，盘着腿打坐，围成一个半圆形，正在诵经念佛。王昊庐随手在供桌上取了几个枣子尝尝，觉得香甜可口。忽然醒来，还觉得余香满口。他正为做这样一个梦感到惊讶，忽然看见住房外面灯烛辉煌，供桌上摆着供品，和尚们正在顶礼膜拜，就好像他刚才梦中见到的一样。王昊庐出门询问和尚，才知道这一天是莲花寺已故长老净月上人的忌辰，和尚们正在为他诵经超度。王昊庐大为惊异，急忙走到供桌前一看，发现盘中枣子的上部，果然少了三四个。他这才恍然大悟，知道自己的前身是莲花寺的长老。所以，他以后就终身信佛，极为虔诚。从前，王昊庐的父亲王用予，是明代崇祯年间的一位翰林，明朝覆亡时，在庐山殉节。为了追念亡父，所以他自号“昊庐”，取《诗经》“欲报之德，昊天罔极”之意，而名则叫泽宏。

鬼买儿

洞庭贡生葛文林，在庠有文名。其嫡母周氏亡后，父荆州续娶李氏，即文林生母也。于归三日后，理周氏衣箱，有绣九枝莲红袄一件，爱而著之。食次即昏迷，自批其颊曰：“余前妻周氏也。箱内衣裳是我嫁时带来，我平日爱惜，不忍上身。今汝初来，公然偷著，我心不甘，来索汝命。”家人环跪，替李求情，且云：“娘子业已身故，要此华衣何用?”曰：“速烧与我，我等要着。我自知气量小，从前妆奁，一丝不能与李氏，皆速烧与我，我才肯去。”家人不得已，如其言，尽焚之。鬼拍手笑曰：“吾可以去矣!”李即霍然病愈。家人甚喜。次日，李方晨妆，忽打一呵欠，鬼又附其身曰：“请相公来!”其夫奔至，乃执其手曰：“新妇年轻，不能理家事，我每早来代为料理。”嗣后，午前必附魂于李身，查问薪米，呵责奴婢，井井有条。如是者半年，家人习而安之，不复为怪。忽一日，谓其夫曰：“我要去矣。我柩停在此，汝辈在旁行走，震动灵床，我在棺中，骨节俱痛，可速出殡，以安我魂。”其夫曰：“尚无葬地奈何？”曰：“西邻卖炮竹人张姓者，有地在某山，我昨往看，有松有竹，颇合我意。渠口索六十金，其心想三十六金，可买也。”葛往观，果有地有主，丝毫不爽，遂立契交易。鬼请出殡日期，葛曰：“地虽已有，然启期告亲友，尚无孝子出名，殊属缺典。”鬼曰：“此说甚是。汝新妇现有身矣，但雌雄未卜，与我纸钱三千，我替君买一儿来。”言毕去。至期，李氏果生文林。三日后，鬼又附妇身如平时，其姑陈氏责之曰：“李氏新产，身子孱弱，汝又来纠缠，何太不留情耶？”曰：“非也。此儿系我买来，嗣我血食，我不能忘情。新妇年轻贪睡，倘被渠压死奈何？我有一言嘱婆婆：俟其母乳毕后，婆婆即带儿同睡，我才放心。”其姑首肯之。李妇打一呵欠，鬼又去矣。择日出丧，葛怜儿甫满月，不胜粗麻，易细麻与着。鬼来骂曰：“此系齐缞，孙丧祖之服。我嫡母也，非斩衰不可。”不得已易而送之。临葬，鬼附妇身大哭曰：“我体魄已安，从此永不至矣。”嗣后果断。先是，周未嫁时，与邻女结拜三姊妹，誓同生死。其二妹先亡，周病时曰：“两妹来，现在床后唤我。”葛怒拔剑斫之，周顿足曰：“汝不软求而斫伤其臂，愈难挽回矣。”言毕而亡，年甫二十三。

【译文】

洞庭山有位很有文名的贡生，名叫葛文林。葛文林的大母周氏早亡，父亲葛荆州续娶李氏。李氏就是葛文林的生母。李氏进门第三天，在整理周氏留下的衣箱时，翻出一件绣有九枝莲的红袄，爱不释手，就把它穿在身上。可是，她穿着这件红袄只吃了一顿饭，就神志不清了。她自己打自己的嘴巴，口中说道："我是葛家的大奶奶周氏。箱子里的那件红袄，是我的嫁衣。我平时很喜欢这件红袄，一直舍不得穿，而你进门不过三天，竟公然偷出来穿到身。我决不甘心，所以来要你的命！"葛家的人一听是已故的大奶奶显灵，纷纷下跪为李氏求情，并说："大奶奶，您已魂归乐土，要这么华丽的衣服做什么用呢？"周氏说："快把这件红袄烧给我，我等着要穿！我知道自己气量小。我生前的嫁妆和一切生活用品，一点也不能留给李氏，全部烧给了我，我才肯离开这里。"葛家的人没有别的办法，只得按照周氏的要求，把她生前的所有物品都烧给了她。周氏的鬼魂这才拍手笑道："我现在可以走了！"随后，李氏的神志很快就清醒了。葛家的人都非常高兴。第二天，李氏早晨起身，正在梳妆，忽然打了一个哈欠，周氏的鬼魂又附在她身上，对奴仆们说："快去把相公请来！"葛荆州听到奴仆们的禀报，立刻赶去。李氏就拉着他的手，用周氏的口气说："新夫人还很年轻，无法料理家事，还是我每天一早来代为操劳吧！"从此以后，周氏的鬼魂就每天上午来到葛家，附在李氏身上，查问柴米，呵斥奴仆，把家政管理得井井有条。这样过了半年多，葛家的人也习以为常，不再觉得家里在闹鬼了。忽然有一天，周氏借李氏的口对葛荆州说："我要走了。我的灵柩停在家里，你们每天在我身边走来走去，震得灵床不停地颤动。我躺在棺材里，骨头关节都震痛了。快快出殡，让我的灵魂早一点得到安息！"葛荆州说："还没有找到一块合适的墓地，怎么办呢？"周氏说："村西那个卖炮竹的老张头，他在山脚下有一块空地，昨天我去看了，那里有松有竹，很合我的意。老张头口头上说要六十两银子，实际上，你给他三十六两，他也肯卖了。"葛荆州听周氏的鬼魂一说，就去看了那块空地，老张头也打算出让，于是以三十六两银子成交，双方订了契约。周氏的鬼魂又要葛荆州定下出殡的日期，葛荆州说："地虽已买下了，但我还得告诉亲戚朋友，请他们来参加葬礼。再说，我还没有生得儿子，丧葬的典礼上没有披麻戴孝的儿子，实在是个缺憾呀！”周氏的鬼魂说：“相公说得很有道理。现在你的新夫人虽有身孕，但还不知是男是女。你给我烧三千纸钱，我就给你买一个儿子来。”周氏说罢，就悄悄离去。葛荆州按照周氏的话办了，到了产期，李氏果然生了一个男孩，这就是现在的贡生葛文林。李氏生育后刚满三天，周氏的鬼魂又附在她身上。婆婆陈氏斥责周氏说：“新媳妇刚刚生了孩子，身体虚弱，你又来纠缠，为什么这样不近人情呢?”周氏说：“婆婆，您错怪我了！这孩子是我花钱买来的，将来我还要靠他祭祀孝敬我呢。我对这孩子实在不能忘怀。再说，新媳妇年轻贪睡，倘若孩子被她压死，到那时怎么呢？我有一句话要奉劝婆婆：等孩子断奶后，您就带着他睡，这样我就放心了！”陈氏听了周氏的话，觉得有理，就点头答应了。李氏打了一个哈欠，周氏的鬼魂就离开了。不久葛荆州选定了出丧日期，为周氏出殡。但他怜惜儿子刚满月，穿粗麻衣受不了。就给他穿细麻衣。周氏的鬼魂大为恼怒，又来附在李氏身上，责骂葛荆州道：“这细麻衣叫‘齐缞’，是孙辈为祖父穿的丧服。我是孩子的嫡母，该穿粗麻做的‘斩缞’才对呀！”葛荆州没办法，只好又给孩子改穿粗麻衣为周氏送葬。临葬时，周氏的鬼魂附在李氏身上，大哭道：“我的魂灵已经得到安息了，从此以后，我再也不来麻烦你们了。”落葬以后，周氏果然就不再到葛家显灵了。从前，周氏还没有出嫁时，与邻居的两个姑娘结拜为三姊妹，发誓同生死，共患难。后来那两位姑娘死了。周氏病重时，对葛荆州说：“我的两个结拜姊妹来了，她们现在躲在我的床后，正唤我去呢！”葛荆州大怒，立刻拔剑向床后砍去。周氏顿足说。“你不好好地跟她们说情，反而去砍伤她们的手臂，我的性命就更加难保了！”说罢，就断了气，年仅二十三岁。

鬼抢馒头

文林言：洞庭山多饿鬼，其家蒸馒头一笼，甫熟，揭盖见馒首唧唧自动，逐渐皱缩，如碗大者顷刻变小如胡桃，食之味如面筋，精华尽去。初不解其故，有老人云："此饿鬼所抢也。起笼时以硃笔点之，便不能抢。"如其言，点者自点，缩者仍缩。盖一人之点，不能胜群鬼之抢也。

【译文】

葛文林说：洞庭山一带有很多饿死鬼，到处偷吃百姓家的食物。有一天，他家蒸了一笼馒头，刚熟，揭开盖子，只见馒头一面"唧唧"地发声，一面逐渐缩小，原来碗口一般大的馒头，很快缩得像个小核桃了。吃起来，味道像一团面筋，因为馒头里的精华都失去了。大家起初都不知道这是怎么一回事。后来有一位老人说："这叫饿死鬼抢馒头。只要在开笼时，用红笔在每个馒头上点一个红点，馒头就抢不去了。"葛家就按照老人说的办法去做。可是，蒸笼一打开，点的只管点，抢的只管抢，馒头还是一点点在缩小。后来才琢磨明白：一个人点红点毕竟太慢，怎能比得过许多饿死鬼同时来抢呢？

荷　花　儿

余姚章大立，康熙三年举人，家居授徒。忽有二冤鬼，一女一男，白日现形，初扼其喉，继推之地，以两手高撑，梏而不开，若空中有绳系之者。先作女声，曰："我荷花儿也。"继作男声，曰："我王奎也。"皆北京口气。家人问何冤，曰："章大立前身姓翁，亦名大立，前朝隆庆时为刑部侍郎。其时我主人周世臣官锦衣指挥，家贫无妻，只荷花儿与王奎一婢一奴相伴。有盗入室杀世臣去，我二人报官，官遣张把总入室捕盗，疑我二人，因奸弑主。刑部严刑拷讯，我二人不胜楚毒，遂自诬伏。刑部郎中潘志伊疑之，狱久不决。及大立为侍郎，忽发大怒，别委郎中王三锡、徐一忠再讯。二人迎合，竟照前议定罪。志伊苦争不能得，遂剐我二人于市。越二年，别获真盗，都人方知我二人之冤。传入宫中，天子怒，仅夺大立官职而调一忠、三锡于外。请问凌迟重情，可是夺职所能蔽辜否？我故来此索命。”家人问：“何以不报王、徐之冤？”曰：“彼二人恶迹更多，一已变猪，一囚酆都狱中，我不必再报。惟大立前身颇有清官之号，又居显职，故尔迟迟。今渠已投第三次人身矣，禄位有限，方能报复。且明季朝纲不整，气数将绝，阴司鬼神亦多昏聩，我等屡诉不准，不许出京，岂若当今大清之世，冥司阴官亦洗心革面耶？”家人跪求说：“召名僧为汝超度何如？”曰：“我果有罪，方要名僧超度，我二人丝毫无罪，何用名僧超度？况超度者不过要我早投人身耳。我想就投人身，遇著大立，也要报仇，渠必死我二人之手，然而旁观者不解来历，即我与大立既已隔世，虽报其人，两边都不晓来历，无以垂戒作官之人。故我二人每闻冥司唤令轮回，坚辞不肯。今冤报后，可以轮回矣。”言毕，取几上小刀自割其肉，片片坠下。作女声问曰：“可像剐耶？”作男声问曰：“可知痛耶？”血流满席而死。

【译文】

余姚人章大立，是康熙三年举人，在家里设馆授徒。忽然有一男一女两个冤鬼，大白天显现原形，找上门来。先是扼住他的喉咙，接着把他推倒在地，强迫他高举两手，就像被铐住后用绳子吊在空中一般。两个冤鬼都借章大立之口说话。女的说：“我叫荷花儿。”接着男的又说：“我叫王奎。”说话时，都操北京口音。章家的人问道：“我家主人与你们有什么冤仇?”冤鬼说：“这个章大立，前世姓翁，名字也叫大立。明朝隆庆年间，他官刑部侍郎。那时，我家主人周世臣官锦衣指挥，由于家境贫寒，娶不起妻子，身边只有荷花儿和王奎一婢一奴相伴。有一天，一伙强盗闯进门来，杀死周世臣后逃走。我们去报了官府，官府就派张把总前来捉拿强盗。他怀疑我们两人通奸，因奸情败露而杀死了主人，当即把我们抓去，交刑部严加审讯。我们经不住严酷刑罚，只得无辜认罪。当时的刑部郎中是潘志伊，他对这个案子有疑问，因此只把我们关在牢里，而迟迟不作判决。以后，翁大立做了刑部侍郎，他对潘志伊久审不决大为恼怒，就另派刑部郎中王三锡、徐一忠审讯。王、徐两人为了迎合上司，竟然按照原定的通奸杀主定罪。潘志伊虽据理力争，但也无法改变两人的态度，终于把我们判了剐刑，送上了刑场。过了两年，凶手终于抓到，京城百姓方知我们两人的冤枉。消息传到朝廷，天子大怒，立刻下了一道圣旨，命将翁大立等人交部议处。可是，部议仅削去翁大立的官职，王三锡和徐一忠也只是外调，到地方上继续做官。请问：我们无辜地被判了剐刑，光是一个夺职、调职所能平息的吗？所以，我们才找上门来，向翁大立的转世后身章大立讨还性命!”章家的人问道：“那为什么不去向王三锡、徐一忠讨还血债呢?”两个冤鬼说：“这两个家伙劣迹更多，现在一个死后已转生为猪，另一个已被关押在酆都县的狱中，所以我们不必再去报仇了。只有这个翁大立，前身虽干过不少坏事，却有‘清官’的名声，又身居高官，所以迟迟没有得到报应。现在，他已经是第三次投胎做人了。现在的章大立，只是一个举人，禄位不高，我们才能报复他。再说当时明朝末年纲纪不整，气数将尽，连阴司的鬼神也都很昏聩。我们屡次提出申诉，都不获允准，还不许我们出京。哪里比得上如今大清皇朝，政治清明，连阴司的官吏都洗心革面呢!”章家的人知道这两个冤鬼非报仇不可，就纷纷下跪求情，说道：“那么，我们主人请高僧做法事，超度二位如何?”冤鬼说："如果我们确实有罪，这才需要高僧超度。现在我们没有任何罪行，为什么需要高僧来超度呢？况且，所谓超度，不过是让我们脱离阴界，托生为人罢了。我们早就想过，就是托生为人，只要遇到翁大立的后身，我们也要报仇，叫他死在我们手中。然而，因为这是隔世之事，旁观者不了解事情的来龙去脉；就是后身章大立，也不知是怎么回事。所以，我们要把这隔世之仇说清楚，不这样，就不能警戒后世做官的人。老实说，阴司曾多次允许我们托生为人，都被我们拒绝了。现在，我们报了仇，就可以托生做人了！"被冤鬼附着身的章大立说完这些话，从桌上拿起小刀割自己身上的肉，一片一片坠落到地上。一面割，一面用女人的声音问："这像不像剐刑？"一会儿又用男人的声音问："可知道痛吗？"就这样，割得血流满床，气绝身亡。

欧阳澈

宋浙西有陈东、欧阳澈庙，当时士民怜其忠，故私立而祠之也。后王伦从金国来，见而恶之，命有司拆毁。明季有富而好义者李士贵，又立庙于艮山门外，乡民祈求颇灵。一日，李梦神人布袍革履，叩门求见，曰："我欧阳澈也。当日位卑而言高，获罪系我自取。幸上帝怜我忠诚，命我司杭城水旱之事。杭城地方甚大，我一人难以办理。我有友二人，一樊安邦，一傅国璋，皆布衣有气节，可塑二人像于我侧，助我安辑地方。"李允许。既而笑问曰："陈东先生安在？何不相助为理？"曰："李伯纪相公现司南岳，聘陈先生作记室去矣。"士贵于次日即增两像于旁。

【译文】

宋代浙西地区有座陈东、欧阳澈庙。陈东、欧阳澈都是宋代忠良之士。当时的民众怜念他们一片忠心，就私下里为他们立庙祭祀。后来，王伦出使金国回来，发现了这座庙，一肚子恼恨，就命地方官把它拆毁了。到了明朝末年，有个叫李士贵的人，家境富裕又有义气，就捐资在艮山门外修了座欧阳澈庙。从此以后，当地百姓都到这庙里来烧香磕头，卜问祸福，往往都很灵验。一天夜里，李士贵梦见一位身穿布袍、脚踏皮靴的神叩门求见，对李士贵说："我就是宋代儒生欧阳澈。当年，我和陈东虽然地位卑微，却敢于议论国家大事，因此触怒朝廷双双被杀，这都是我们自愿的。幸亏上帝怜悯我一片忠心，命我主管杭州的水旱之事。杭州这地方很大，光靠我一个人难以料理得好。我有两位朋友，一位叫樊安邦；一位叫傅国璋。他们虽是贫寒之士，却都有气节。因此，我想请您为他们各塑一尊像，安置在我的身旁，以便助我一臂之力，使杭州百姓安居乐业。"李士贵答应了下来，随即又带笑问道："那位陈东先生，如今在什么地方？您为什么不请他来协助您呢？"欧阳澈说："李伯纪相公去世后，做了南岳城隍，陈东先生被他聘去做秘书了。"第二天，李士贵就命人为樊安邦、傅国璋塑像，塑成后就安放在欧阳澈塑像的身旁。

浮　尼

戊戌年黄河水决，河官督治者每筑堤成，见水而有绿毛鹅一群，翱翔水面，其夜堤必崩，用鸟枪击之，随散随聚，逾月始平，虽老河员不知鹅为何物。后阅《桂海稗编》载前明黄萧养之乱，黄江有绿鹅为祟，识者曰："此名浮尼，水怪也。以黑犬祭之，以五色粽投之，则自然去矣。"如其言，果验。

【译文】

乾隆四十三年，黄河决口，河官监督治理。但是，每次把堤坝修好，就发现有一群绿毛鹅在水面游弋，到了夜间，新修的堤坝必定重又决口。用鸟枪射击绿毛鹅，它们就立刻飞散开去，过了一会儿，又重新聚集起来。这事闹了一个多月，才渐渐太平。这些绿毛鹅究竟是什么样的怪物，就连老河工都说不清楚。后来，我翻阅《桂海稗编》，这本书中记载着明朝黄萧养作乱的事，其中也说到黄河和长江有绿毛鹅作祟。据有见识的人说："这种绿毛鹅名叫浮尼，是一种水怪。只要用黑狗和五色粽子投到水里祭祀它们，它们就会自动离去。"河官用这个办法试了一下，果然很灵验。

雷火救忠臣

全椒金光辰以御史直谏触崇祯皇帝之怒，召对平台，将重惩之。忽迅雷震御座，乃免之。嘉靖怒刘魁、杨爵、周怡直谏，杖置狱中，有神降乩言三人冤，乃赦之。后因熊浃言乩仙不足信，重捕入狱。亡何，高元殿火起，帝祷于灵台，火光中有呼三人姓名称忠臣者，乃急传诏释之，且复其官。

【译文】

全椒人金光辰，官至佥都御史。因为他直言进谏，触怒了崇祯皇帝，被召到平台斥责，并将受到严厉的惩罚。这时，天空忽然响起一声霹雳，把皇帝的宝座都震动了。崇祯皇帝觉得上天生气了，于是就赦免了金光辰。明朝的刘魁、杨爵、周怡，也因为在嘉靖皇帝面前直言诤谏，被当廷责打了一顿，并投入了监狱。后来，有神仙降下乩坛，说他们三人受了冤枉，嘉靖皇帝就释放了他们。可是，熊浃启奏皇上，说乩仙的话不足信，于是他们又被逮捕入狱。不久，皇宫中的高玄殿发生大火，嘉靖皇帝心中害怕，亲自到灵台祈祷。这时，火光中有人呼叫刘魁、杨爵、周怡这三位忠臣的名字，嘉靖皇帝才急忙降旨，释放他们，并恢复了他们的官职。

滑伯

河南滑邑署中有滑伯墓，甚大。邑令到任，必先祭奠，朔望行香。滑伯之神时时出现，圭璋衮冕而出者，官必升迁；深衣便服而出者，官多不祥。余门生吕炳星宰滑州，忽一日见滑伯衣甲胄立于墓上，是年升香河同知。墓前古木甚多，木叶落时，风吹四散，从未有落墓上者，亦奇。

【译文】

河南滑县衙门附近有座滑伯墓，规模很大。每有新任县令到任，必先到滑伯墓祭奠；每月初一、十五，还要进香叩拜。滑伯之神经常显形。如果他身着圭璋衮冕，那对县官来说，是件吉祥事，必定会升官；如果他身穿深衣便服，那就不吉利，难免要倒霉。我的门生吕炳星曾任滑县县令。一天，他忽然看见滑伯身穿铠甲立在墓上，这一年他就升官，做了香河同知。滑伯墓前古木很多，树叶凋落时，会随风四散，从来没有一片叶子落到墓上。这事也真稀奇。

盘古脚迹

西洋锡兰山，高出云汉。其颠有巨人脚迹，入石深二尺，长八尺，云是盘古皇帝开天落地之脚迹。其国人多裸形，有穿衣者，皮肉必烂。

【译文】

西洋有座锡兰山，山势高峻，直冲云霄。传说山顶上有巨人的脚印，深入岩石二尺，长八尺，是盘古皇帝开天辟地时留下的足迹。所在地的国民都裸体，谁穿了衣服，皮肉就会溃烂。

珠重七两

《明史》：永乐十五年，苏禄国贡大珠，重七两有零。

【译文】

据《明史》记载：明朝永乐十五年，苏禄国向朝廷进贡了一颗大珍珠，竟然有七两多重！

采胆入酒

占城国取生人胆入酒，与家人饮，且以浴身，曰“通身是胆”。每伺人于道，出其不意杀之，取胆以去。若其人惊觉，则胆先裂，不足用矣。置众胆于器，必以中华人胆居上。王在位三十年则避位入深山，以兄弟子侄代，而己持斋受戒，告于天曰：“我为君无道，愿虎狼食我，或病死。”居一年无恙，则复位如初。

【译文】

传说占城国有这样的野蛮陋俗：取活人胆浸酒，与家里的人一起饮，还用它来洗澡，说这样会“浑身是胆”。他们隐藏在路边，遇见陌生人就出其不意地杀了他，把胆取走。如果那人先已察觉受了惊吓，他的胆已破裂，也就没有用了。他们把许多胆放入一个器皿，但一定要把中国人的胆放在最上面。占城国的国王在位满了三十年，朝政就让兄弟子侄代理，自己避入深山，吃斋受戒，并向上天忏悔说："我身为国王，暴虐无道，愿虎狼把我吃掉，或者病死！"如果在深山居住满一年而安然无恙，他就可以回来，继续当他的国王。

胆长三寸

福王之败，有起义兵者吴汉超，宣城生员也。兵溃逃出城，念其母在，乃入见大帅曰："首事者我也。"杀之，剖其腹，胆长三寸。

【译文】

明代福王朱由崧失败那年，有个参加起义军的人叫吴汉超，是宣城的一名秀才。他随起义军逃到城外，心里惦记着家中的老母，就到官军那里去自首。晋见大帅时，他说："带头造反的是我！"官军将他杀了，又想这人大概胆子很小，于是就剖开他的腹部，取胆一看，竟有三寸多长！

湖神守尸

明季大学士贺逢圣，在武昌为张献忠所逼，投墩子湖死。自夏至秋，有神托梦于湖之居民某云："我奉上帝命守贺相尸殊苦，汝可捞而视之，有黑子在其左手者是也。"某觉而异之，俟于湖，赫然尸出，乃殓而葬之。尸在水中百有七十日，面如生。

【译文】

明朝末年，大学士贺逢圣镇守武昌，被张献忠率领的义军所俘，投墩子湖自尽。从这年的夏天到秋天，有位河神一直托梦给住在墩子湖畔的某居民，说："我奉上帝之命守护贺相国的遗体，实在很辛苦，你快把他打捞起来，收殓归葬吧！贺相国的左手上有一颗黑痣，是很容易辨认的。"这位居民从梦中醒来，觉得很诧异，就到湖边去守候。不多工夫，湖面上真的浮起一具尸体。这位居民忙找人把尸体打捞上来，于是把他埋葬了。贺相国的尸体泡在湖水中达七十天，但面容栩栩如生，与生前没有什么两样。

僵尸抱韦驮

宿州李九者，贩布为生。路过霍山，天晚店客满矣，不得已，宿佛庙中。漏下二鼓，睡已熟，梦韦驮神抚其背曰："急起，急起，大难至矣！躲我身后，可以救你。"李惊醒，踉跄而起，见床后厝棺砉然有声，走出一尸，遍身白毛，如反穿银鼠套者，面上皆满，两眼深黑，中有绿睛，光闪闪然，直来扑李。李奔上佛柜，躲韦驮神背后。僵尸伸两臂抱韦驮神，而口咬之，嗒嗒有声。李大呼，群僧皆起，持棍点火把来，僵尸逃入棺中，棺合如故。次日，见韦驮神被僵尸损坏，所持杵折为三段，方知僵尸力猛如此。群僧报官，焚其棺。李感韦驮之恩，为塑像妆金焉。

【译文】

宿州有个叫李九的人，以贩布为生。有一次，他做买卖路过霍山，天色已晚，客店都住满了，只好借宿在一座庙里。深夜二鼓，李九已经睡得很熟，忽然梦见韦驮神拍着他的背叫道："快起来，快起来，你大难临头了！赶快躲到我身后去，我好搭救你！"李九从梦中惊醒，赶紧起身，踉踉跄跄地走了几步，只听得床后有具棺材咔嚓作响，接着又见一个僵尸从棺材中冒出。这僵尸全身长满白毛，就像反穿着一件银鼠皮袄一样。他的脸上也都是白色的绒毛，两眼呈深黑色，瞳孔呈绿色，闪闪地发着光亮，直向李九扑来。李九跳上佛台，躲到了韦驮神的身后。僵尸伸出两臂，抱住了韦驮，又啃又咬，发出嘎嘎的声响。李九吓得大声呼喊，惊动了庙里的和尚。和尚们手持棍棒火把赶来，僵尸一见，就逃进棺材，棺盖合拢如初。第二天，和尚们发现韦驮神像被僵尸咬坏，就连神像手中拿的一柄金刚杵，也被折成三段，才知僵尸力大无比。和尚们因庙里出现了僵尸，就向官府报案，官府当即命人把棺材烧毁了。李九十分感激韦驮神的救命之恩，就捐资为韦驮神重塑金身。

穷鬼祟人富鬼不祟人

西湖德生庵后门外，厝棺千余，堆积如山。余往作寓，问庵僧此地尝有鬼祟否，僧曰："此间皆富鬼，终年平静。"余曰："城中那得有如此许多富人？焉能有如此许多富鬼？且久攒不葬，不富可知。"僧曰："所谓富者，非指其生前而言也。凡死后有酒食祭祀纸钱烧化者，便谓之富鬼。此千余棺虽久攒不葬，僧于每年四节，必募缘作道场，设盂兰会，烧纸钱千万。鬼皆醉饱，邪心不生。公不见世上人抢劫诈骗之事，皆起于饥寒？凡病人口中所说，目中所见，可有衣冠华美，相貌丰腴之鬼乎？凡作祟求祭者，大率皆蓬头历齿，蓝缕穷酸之鬼耳。"余甚是其言，果住月余，虽家僮婢子，当阴霾之夜，无闻鬼啸者。

【译文】

西湖畔有座德生庵。德生庵后门的外面，停放着一千多具棺材，堆积得像山一样。我往德生庵投宿，问庵中僧人："你们这地方，闹不闹鬼？"僧人说："这里都是富鬼。富鬼不出来作祟，所以长年太平无事。"我说："杭州城里哪有这么多富人？又哪有这么多富鬼？再说，这些棺材久存而不葬，可见他们家中一定不富。"僧人解释道："所谓富鬼，并不是说他生前如何的阔气。凡是死后能享酒食祭祀、烧化纸钱的，就是所谓的富鬼。这里存放的一千多口棺材，虽然久积未葬，但每逢四时八节，就一定为他们募捐做道场，举办盂兰盆会，给他们烧成千上万的纸钱。鬼都吃饱喝足，就不生邪心了。您没见世上抢劫诈骗的事都是因为饥寒吗？大凡病人口里说的，眼中见到的鬼，哪有一个是衣冠华美、相貌堂堂的？凡是出来作祟、要求祭祀的鬼，大多是蓬头垢面、龇唇历齿、衣衫褴褛，一副穷酸相。"我觉得这番话很有道理。我在这里住了一个多月，即使是家僮、婢女，天色阴沉的深夜，也没有谁听见过一声鬼叫。

雷神火剑

乾隆戊申八月，河库道司马公遣两仆还家，一名祝升，年三十，一名寿子，年十六。二人雇船行至宝应刘家堡地方，天渐阴晦。寿子忽喜曰："前面搭台唱戏，有金盔金甲神在场上，甚热闹。"旁人皆不见，笑曰："前面河水滔滔，绝无戏台，汝孩子气，一心想看戏耶？"祝升同一篙工争曰："果然有戏，诸君何独不见？"言未毕，有恶风吹折桅杆，满舡昏黑，震雷一声，击杀寿子、祝升于舡头，并杀篙工于舡尾。雷雨小定，舱中人大惊，泊舡报县，请官相尸。俄而祝升苏，曰："我与寿子正在舡看戏，忽见前面万道金光，不见河路，地上俱铺雪白银砖，台上宫殿巍峨，中坐冕旒神，方面白须，旁立金盔甲者数十。一金甲神向冕旒者鞠躬白事，语不可辨，但见冕旒神点首。金甲者遂趋出上舡，擒我与寿子、篙工三人去，跪殿上，抽腰下挂剑，红光照耀，将寿子颈上横穿过去，又将篙工胸上横穿过去。我看光景不好，侧身要逃，被别个金甲神扯住，用金瓜锤当头一打，我遂昏绝，以后便不知人事了。"县官万公来验，即取此段口供，申详立案。验寿子、篙工两尸，果有细眼穿喉、胸二处，买棺殓埋。因祝尚活，在舡中不便医治，乃撑舡至大王庙停泊，扛祝身入庙。祝望见大王，惊曰："刚才上坐者，即此神也。"又旁睨曰："诸位神道都在殿上，何不救救我耶?"言毕食粥一碗，仍气绝矣。是年冬，余同刘霞裳游沭阳，过刘家堡，泊舡大王庙，往看诸神，皆寻常金装木偶，无他灵异。刘向神问："寿子年幼，有何恶，而犯天诛?"神不答。余笑曰："痴秀才，此所谓'民可使由之，不可使知之'耳。幽明一理，何必对神饶舌耶?"

【译文】

乾隆五十三年八月，河库道司马公派遣两个仆人回家。这两个仆人，一个叫祝升，三十岁；另一个叫寿子，十六岁。两个仆人雇了一条船，来到宝应县的刘家堡地方。当时天色渐渐阴沉起来，而寿子却忽然欢喜雀跃地喊道："前面在搭台演戏，有个头戴金盔、身穿金甲的神在表演，真热闹呀!"可是，旁人都没有看见。有人就笑话寿子说："前面河水滔滔，哪有什么戏台演戏？你这小子还是孩子脾气，大概是想看戏想昏了头吧?”这时，祝升和一位篙工争辩说：“没错！真是在演戏，你们怎么会看不见呢?”话音刚落，突然有一阵怪风吹来，把船上的桅杆折为两段。这时，船舱舱内一片昏黑，又突然一声响雷，把船头的寿子、祝升和船尾的篙工一起击杀倒地。雷雨渐渐停歇，船舱中的人发现寿子、祝升和一名篙工死了，大惊失色，立刻泊船靠岸，向宝应县衙门报案，请求官府来验尸。这时，祝升却忽然苏醒了过来，说道：“我与寿子正在船头看戏，忽然前面金光万道，河道都看不清了，眼前出现了一块用银砖铺设的大地，地面有一个高合，高台上是一座巍峨的宫殿。大殿正中，坐着一位头戴皇冠的神，方脸白须；两侧站立着头戴金盔、身穿铠甲的神数十名。一位身穿金甲的神出列，向坐在大殿中央的神鞠躬启奏。他说了什么话，却听不清楚，只是看见大殿中央的那位神点了点头。金甲神就奔上船来，把我和寿子、篙工三人抓到殿上，强迫我们下跪。他当众抽出腰间的宝剑，只见红光闪耀，就朝寿子的脖子上横刺过去。又一剑刺穿了篙工的胸膛。我一看形势不妙，爬起来就想逃跑，却被另一位金甲神按住，用金瓜锤朝我当头一击，我就昏死了过去，以后，什么事也不知道了。”宝应县县官万公来验尸时，就把祝升的话作为口供，记录在案。随后又查验了寿子和篙工的尸体，发现他们的喉咙和胸腔，果然有穿透的小孔。县官命众人买了两具棺材，把寿子和篙工埋葬了。因为祝升还活着，在船上不便医治，大伙就把船撑到大王庙停泊，把祝升抬到大王庙里安顿。但祝升一见殿内的大王神，就大惊失色道：“不好了！这位大王神，就是我刚才看到的坐在大殿中央的神呀!”又斜着眼看着殿内两侧站立的神像，喊道：“哎呀！诸位金甲神也都在殿上，看来我是活不成了！你们为什么不来救救我呀!”大伙安慰他，又给他吃了一碗粥，但他忽然又断了气。这一年的冬天，我和刘霞裳到沭阳去游览，路过刘家堡，就上岸参观大王庙。据我看来，大殿里的那些神像，不过是平平常常的贴金木偶，并没有什么灵异之处。但刘霞裳却一本正经地问神像：“寿子小小年纪，会有多大罪恶，竟然遭到天诛?”那些神像一个个呆如木鸡，并不回答。我笑着说：“呆秀才！这就是孔夫子所说的‘民可使由之，不可使知之’的道理。幽明虽是异路，但道理只有一个，你又何必对着神像多费口舌呢!”

水精孝廉

广东纪孝廉，童时误入蛇腹，黑无所见，但闻腥气，扪其壁，滑汰不可近。幸身边有小刀，因挖其壁，渐见微明，就明钻出，困卧于地。邻人见之，携归其家。是日村郊三十里外有大蛇死焉。孝廉为毒气所伤，通身皮脱如水精，肠胃皆见，从幼至壮不改。乡举后同年皆见之，呼为“水精孝廉”。

【译文】

广东有个姓纪的举人，儿童时代曾误入一条大蛇的腹内，里面漆黑一团，什么也看不见，只闻到一阵阵腥气味道。他伸手摸一摸四壁，处处滑溜溜的，什么也抓不住。幸亏他身上带了一把小刀，就在蛇壁上挖了一个小孔，才见到了一丝光亮。他借着光亮，把洞口撑大，终于钻了出来，筋疲力尽地倒在地上。后来邻居发现了他，才把他抱回家去。当天，在村外三十里的地方，人们发现了一条死去的大蛇。纪某被蛇毒伤害，浑身的皮肤脱落得一点不剩，皮下的肉都变得十分透明，连肠胃都看得见。这种现象，从幼年到壮年始终没有改变。他乡试中举后，同年见了他，都叫他“水精孝廉”。

水鬼移家

王某居杭城之东园，地多鱼池，东西相接，中隔一埂。季夏日，正午立埂上乘凉，见东池忽有一道浮沤，阔尺许，似潮涌而来，涛涛有声。近及埂岸，有尺半长一段黑气，从东池飞入西池而寂，鼻中作羊膻气。问之邻人，云："是乃水鬼移家也。"

【译文】

王某住在杭州城的东园，那里有许多鱼池。其中有两个鱼池，一东一西，中间只隔了一道田埂。一年夏天的中午，王某正立在两池之间的田埂上乘凉，忽然发现东面鱼池的水面上浮起一串串的水泡，有尺把范围宽。那水泡像潮水一般向西涌来，发出一阵阵咕嘟咕嘟的声音。水泡涌到田埂岸边，就化为一股一尺半长的黑气，飞入西面的鱼池。随后，两池的水面又恢复了平静。但是，那股黑气飞入西面鱼池时，王某闻到了一股羊膻气。王某不知这是怎么回事，就请教了一位年长的邻居。那邻居告诉他："这是水鬼搬家。"

负妻之报

杭城仙林桥徐松年，开铜店，年三十二骤得瘵疾。越数月，疾渐剧。其妻泣谓曰："我有两儿俱幼，君或不讳，我不能抚。我愿祷于神，以寿借君，君当抚儿，待其长娶媳可以成家，君不必再娶矣。"夫许之。妇投词于城隍，再祷于家神，妇疾渐作，夫疾日瘳，浃岁而卒。松年竟违其言，续娶曹氏。合卺之夕，床褥间夹一冷人，不许新郎交接，新妇惊起。盖前妻附魂于从婢以闹之也，口中痛责其夫。共寝五六月，斋祷不灵，松年仍以瘵殁。

【译文】

杭州仙林桥有个叫徐松年的人，在那里开了一家铜器店。那年，徐松年刚三十二岁，突然得了个不治之症。过了几个月，病情越来越重，眼看要不行了。他的妻子哭着对他说："我们的两个孩子都还幼小，你如果有个三长两短，我一个妇道人家，实在没有能力抚养他们成人。我愿意向神祈祷，把我的阳寿借给你，您也好抚养两个孩子。等他们长大后，成家立业，娶妻生子，徐家也有了后嗣。但你得答应我一个条件，我死后，你不可再娶。"徐松年连连点头答应。徐妻就到城隍庙里祈祷，又到家神面前祷告。不久，她果然患病，一天比一天沉重；而徐松年的病却日轻一日，神奇般地好起来。当年，徐妻就病故了。徐妻死后，徐松年却违背了自己的诺言，续娶新妻曹氏。新婚之夜，婚床上竟出现了一个冰凉的女人，夹在他们两人中间，不许徐松年去亲近曹氏。曹氏大惊，坐起一看，竟是自己陪嫁的一名婢女。这名婢女被徐妻的阴魂附在身上，大骂徐松年背信食言。这样，连续闹了五六个月。徐家又惊又怕，徐松年也斋戒祭祀，做道场超度亡灵，但都没有效果。最后，徐松年旧病复发，还是死了。

四小龟扛一大龟而行

杭城横塘镇有孤静庵，一老僧焚修其后殿，见有四小龟共扛一大龟径尺许，循墙依槛，团团而走，回环不止。老僧唪经毕，清磬一声，龟方敛迹。数年后，老僧圆寂，龟亦不复再见。雍正年事。

【译文】

杭州横塘镇上有座孤静庵，庵中有位老和尚，每天在后殿焚香打坐，诵经修炼。这位老和尚天天都会看见四只小乌龟，共同驮着一只一尺圆径的大乌龟，沿着殿墙、栏杆慢慢地爬来爬去。老和尚念罢经文，就要敲一下磬。只要磬声一响，这些乌龟就不见了。过了几年，这位老和尚圆寂归天了，这五只乌龟就再也没有出现过。

这是雍正年间发生的事。

鬼送汤圆

杭州王生绳玉，课蒙于横塘钟氏。钟第三子字有条，年已二十，自瞒其年，称十六，问："弟子此时尚可读书否？"王答以"果能志坚，书何不可读耶？"有条大喜，讽诵不辍。其父俗贾也，不以为然，迫之赴吴门贸易。有条郁郁而往，日赴市廛，夜仍阖户隐身帷帐中私自钻研，满房贴"岁不我与"四字。越四月，疾亟而归，时近重九，抵家遂卒，柩停于家。次年七夕前一日，王睡梦中闻内屋启门声，步至书舍，排闼入，见有条左手秉烛，右手执碗，碗内腾腾热气，至王床前，启帐笑曰："先生肚饥耶？特送点心来。"王坐起接其碗，见内浮汤圆四个，兼有铜铫，遂忘其为鬼，竟挑食之。及三而饱，尚留其一，随手交还有条。有条复为下帐，闭门而去。王忽大悟，惊曰："有条殁已周岁，今夕胡为而来？"方举念间，体中寒热顿作，自夜及明，循环三次，惫甚不能起，乃呼舆归家。家中拦门鬼以百十计，男女大小、他乡本郡之鬼，无所不有，大约鸠形鹄面，披衣曳履之穷鬼为最多，恰无怪状奇形之可怖者。王有妹嫁翟家，来视兄疾，鬼在病人口中云："汝是郑家桥翟家娘子，亦来此耶？"王弟访之，果翟邻家修发之妻新缢死者也。王父为延医投药，掖起病人，命服。众鬼挤肩揎背，持其手使不得服。如是者再四，王心厌焉，竟违父命，终不饮药。次晨，另延一医诊视，问曾投药否，父语以故，医索方视之，惊曰："幸而未饮，否则今日不能出声矣！"另立一方，鬼不复来夺。从此众鬼阗门塞屋，日掩天光，夜蔽灯火，或坐或立，或言或笑，聚集十余日，家中持经放焰口，毫无效验。一女鬼呼曰："汝家该延老僧宏道来，我辈便去。"如其言往请宏道，甫到门，众鬼轰然散矣，病亦渐安。

袁子曰："同是念经放焰口，而有验有不验，此之谓有治人无治法也。不知鬼食之不宜人食，而以奉其先生，此之谓愚忠愚孝也。"

【译文】

杭州有个王玉绳，受横塘镇钟家聘请，在那里设馆教授子弟。钟家有个三少爷，字有条，已经二十岁了。但他瞒着实际年龄，自称十六岁。有一天，他问王玉绳："老师，我现在已经十六岁了，读书还不太晚吧?"王玉绳对他说："一个人只要志向坚定，什么时候都可以读书，有什么晚不晚呢?"钟有条听后非常高兴，从此勤奋苦读，一天也不曾停止。但是，有条的父亲是个庸俗的商人，对儿子的上进心，很不以为然，竟强迫他到吴门去做买卖。有条不敢违抗父命，只得闷闷不乐地到吴门去。白天，他到集市上去做买卖；晚上回到住处，就关起门来，一个人躲在床帐中刻苦攻读。在他的房间里，到处都贴满了"岁不我与"的警语。这样过了四个月，他积劳成疾，不得不带病回家。那时已近九九重阳节，他到家不久，就死了，灵柩暂时停放在家中。钟有条死后第二年七月初七的头一天晚上，王玉绳已经上床睡觉了。睡梦中，他听到有人开了里屋的门，一直走到书房。醒来一看，只见钟有条左手举着蜡烛，右手端着碗，碗里热气腾腾的，来到王玉绳床前，拨开床帐，笑着说："先生肚子饿了吧？我特地给您送点心来!"王玉绳坐起身子，接过钟有条手中的碗，只见碗里漂浮着四个汤圆，还放着一把铜勺子。这时，王玉绳似乎忘了钟有条已经死去，竟舀着汤圆吃起来。吃完第三个，他觉得肚中已经饱了，就剩下一个，把碗交给钟有条。钟有条等王玉绳躺下，就为他放下床帐，关上房门，悄悄地走了。王玉绳躺在床上一直没有睡着。他忽然醒悟过来，吃惊地自言自语道："哎呀！有条死去已经一年了，今天晚上，他怎么能给我送汤圆来呢？"他正在想着，忽然觉得肚子不舒服起来，从夜里到天亮，上了三次茅厕。第二天，身体疲乏得支撑不住，只好请主人备车，送他回到家里。刚回到家门口，就有上百个鬼堵住了他家的门，其中有男有女，有老有少；有外乡的鬼，也有本地的鬼。他们大多是一些面黄肌瘦，斜披着衣裳、趿拉着鞋子的穷鬼。幸亏，其中没有奇形怪状、面目可憎的恶鬼。王玉绳有个妹妹嫁在翟村。她听说哥哥病了，就来探望。一进门，就有个鬼附在王玉绳的身上，借王玉绳的口说："你不是郑家桥翟家的媳妇吗？怎么，你也来这里探望哥哥？"后来，王玉绳的弟弟一打听，才知道邻居翟修发的妻子新近上吊寻死，也就是借他哥哥之口说话的那个女鬼。王玉绳的父亲非常着急，到处求医用药。可是，当家人把病人扶起，端上药碗让他喝时，众鬼就一拥而上，有的扳肩膀，有的按后背，也有的卡住他的双手，不让他吃药。就这样，王玉绳被众鬼折腾了好几次，心里觉得厌烦，就违抗父命，从此不再吃药。第二天早晨，王玉绳的父亲又请了一位医生来为儿子治病。医生问道："以前服过什么药没有？"王玉绳的父亲把以前吃药如何不顺利的情况如实说了。这位医生把药方拿来一看，惊讶地说道："幸亏这药没服下去，不然，今天病人就不会说话了！"于是另开了一个方子；服药的时候，鬼也不来阻挡了。从此，众鬼塞满了王家的门户。因为鬼太多，白天，阳光都被他们挡住了；晚上，明亮的灯火也被他们遮住。他们或坐或站，或说或笑，在王家聚集了十多天。王玉绳的父亲没法，就请来高僧，诵经放焰口，大做法事，为众鬼超度，但是毫无效验。一天，只听得一个女鬼说："你们应该请宏道法师来坐场，我们就可以离去。"王玉绳的父亲就照那女鬼说的，请来了宏道法师。宏道法师刚进王家大门，众鬼一见，就轰的一声全部走散。从此，王玉绳的病就一天天好起来。

袁子才说："同样是念经放焰口，有的灵验，有的就不灵验。这是因为有治鬼之人，而无治鬼之法！钟有条做了鬼，不知道鬼吃的食物是不能给人吃的，而他却拿来奉献给先生，这就是一种愚忠愚孝！”

忠恕二字一笔写

黄烽照，歙县人。原任福山同知，罢官后主讲韶州书院。尝书“忠恕”二大字，勒石讲堂，款落“新安后学某敬书”。忽一日，梦黑衣者二人，执灯至曰：“奉命召汝。”黄即随往。至一处，历阶而升，闻呼曰：“止！”黄即立定，黑衣人分左右立，中隔一层白云，闻有人曰：“汝为大清官员，何以生今反古，书‘忠恕’二字，款落‘新安’？宜速改正！”黄惊醒，急将前所刻“新安”二字改写“歙县”。越数日，又梦前黑衣人引至原处，仍闻云中人语曰：“汝改书勒石固善，但亦知‘忠恕’二字之义是一气读否？汝可于古帖中求之。”黄醒，检阅《十七帖》，见“忠恕”二字行书乃是“中心如一”四字，恍然大悟，复将壁间石刻毁去，仿帖中行书另写勒石。今现存韶州书院。

【译文】

歙县人黄烽照，曾任福山同知，后来因事罢官，就到广东韶州书院担任主讲。黄烽照曾亲笔写了“忠恕”两个大字，请工匠刻了石碑，镶嵌在书院的墙壁上。石碑的落款处题：“新安后学黄烽照敬书。”有一天夜里，黄烽照忽然梦见两个身穿黑衣的差役打着灯笼找上门来，对他说：“我们奉上司的命令，传你上堂回话！”黄烽照只得跟着差役走了。来到一个地方，黄烽照沿着台阶往上走去。走到最后一个台阶，就听有人大声喝道：“站住！”黄烽照立刻停住脚步，两个黑衣差役就站到了他身旁。这时候，只听得一层白云之外有人斥责道：“黄烽照！你身为大清朝的官员，为什么生今而返古？你写的‘忠恕’二字碑，为什么落款‘新安’？新安是古地名，现在早已废弃而称歙县了，你为什么这样崇古？你要赶快改正过来！”黄烽照一惊，就从梦中醒了过来，急忙请来工匠，把石碑上的“新安”二字改作“歙县”。过了几天，黄烽照又做了一个梦，梦见以前的两个黑衣差役把他带到原来的地方。神又隔着一层白云对他说：“你把‘新安’改为‘歙县’，这固然很好。但你是否知道，‘忠恕’二字的意义是相连的，书写时应该一笔挥就？你去查一查古碑帖，看看人家是怎么写的！”黄烽照梦醒后，马上找来各种古碑帖，终于在《十七帖》中找到了王羲之草书的‘忠恕’二字，看起来很像“中心如一”四个字。他这才恍然大悟，就将原来的那块石碑毁了，仿照《十七帖》的行书另写一幅，请工匠重刻一碑。这块石碑，至今仍保存在韶州书院里。

土　雨

乾隆十四年，李元叔秀才自京就馆沈阳。越明年夏四月回京师，渡辽水。是日，住北台子站。路过远，昏黑不得抵宿。时乘四套车投一深林中，闻树叶上蔌蔌作雨声，沾洒衣上，视之皆土也。未几，四马攒蹄，退后不敢前。骡脚夫呼曰：“有鬼蹲踞当道，车拉不动。”乃取开路铁锄抓土撒之，口中作咒语，车始得行。不数步，见一火茶杯大，傍车而行，其光上下远近不定，照里许而灭。土人云：“凡鬼物出皆先有土雨。”

【译文】

乾隆十四年，秀才李元叔从京师到沈阳去教书。第二年的四月间，又从沈阳返回京师。他乘船渡过辽水，打算当天在北台子站住宿。可是，因为路途太远，还没有赶到目的地，天就黑了。那时，他乘的一辆四套马车，在暮色中走进了一片森林之中。忽然，他听到树上的叶子簌簌作响，就像雨打树叶发出的声音一样，溅落到衣服上。仔细一看，却全是黄土粒子。又往前走了一段路，那四匹马突然攒蹄，往后退缩着不敢前进。车夫对李元叔说："前面一群鬼，有的蹲着，有的坐着，挡住了去路，车过不去了。"说罢，车夫就跳下车去，用一把铁锄铲土，向马车的前方扬去，嘴里还念了一阵咒语，马车才继续前进。走了不多几步，出现了一个火团，像茶杯口那么大，紧随在马车旁边，慢慢地向前移动。它忽上忽下，忽远忽近，飘忽不定，跟了足有一里多路，才逐渐消失。李元叔到了北台子站，问当地百姓天上为什么会落下土粒子。有人告诉他说："这叫土雨。凡是鬼物出现，必定先下土雨。"

降　庙

粤西有"降庙"之说，每村中有总管庙，所塑之庙美丑少壮不同。有学降庙法者，法将成则至庙卜卦降神。初至，插一剑于庙门之中，神降则拔剑而回，神不降则用脚踢倒之，能随足而起则生，如不起则为神诛矣。其法将一碗盛水，写一"井"字，圈绕之；地上亦写一"井"字，圈绕之；八仙桌中间亦写一"井"字，圈绕之。召童子四人，手上各写一"走"字圈绕之，将桌面反对碗口之上，四童以指抬桌，其人口念咒云："天也转，地也转，左叫左转，右叫右转，太上老君，急急如令，转！若还不转，铜叉叉转，铁叉叉转。若再不转，土地城隍代转。"唱毕，桌子便转。然后请药方，无不验者。

【译文】

广西有“降庙”治病的传说。那里每个村庄都有个总管庙，但各庙所供的总管神像，美、丑、少、壮形象各异。凡是学习降庙法的人，学到一定程度，就要到总管庙里去卜卦请神了。第一次入庙，必须拿一把宝剑插在庙门正中。如果神肯降临，就能拔剑而回。如果神不降临，那么就要用脚把剑踢倒。要是宝剑倒地后又能随脚跃起，这个请神的人还能活着；要是宝剑倒地后不起，请神的人就会被神诛杀。总管神请到了家，就取一个碗盛满水，写个“井”字，在井字外面画个圆圈；地上写一个“井”字，画个圆圈；八仙桌的正中也写个“井”字，画个圆圈。再叫来四个孩子，在他们每个人的手心里写个“走”字，走字外面也都画个圆圈。然后，把水碗放在地上，再把八仙桌翻过身来，扣在碗口上，让四个孩子用手指抬着桌子。这时，请神的人就口念咒语：“天也转，地也转；左叫往左转，右叫往右转；太上老君，急急如令，转！若是不转，铜叉叉你转，铁叉叉你转！如再不转，土地城隍来推你转！”念完咒语，四个孩子就抬着桌子，在原地转动起来。这时，再求药方治病，就包医百病了。

陇西城隍神是美少年

康熙间，陇西城隍塑黑面而髯者，貌颇威严。忽于乾隆间改塑像为美少年。或问庵僧，僧曰：“闻之长老云：雍正七年有谢某者，年甫二十，从其师在庙读书。夜间先生出外，谢步月吟诗，见一人来祷，乃隐于神后伺之。闻其祝云：‘今夜若偷物有获，必具三牲来献。’方知是贼也。心疑神乃聪明正直之人，岂可以牲牢动乎？次日，贼竟来还愿。生大不平，作文责之。神夜托梦于其师，将降生祸。师醒后，问生，生抵赖。师怒搜其箧，竟有责神之稿，怒而焚之。是夜，神踉跄而至，曰：‘我来告你弟子不敬神明，将降以祸，原不过吓吓他。你竟将他文稿烧化，被行路神上奏东岳，登时将我革职拿问，一面将此城隍之位奏明上帝，即将汝弟子补缺矣。’欷歔而退。未三日，少年卒。庙中人闻呼驺声，云是新城隍到任。嗣后塑像者易黑胡之貌为美少年。”

【译文】

康熙年间，陇西县的城隍神是个黑脸，留着大胡子，相貌很威严。可是，到了乾隆年间，忽然改塑成一个俊美的青年人形象。有人就问庙里的和尚：“为什么城隍神的形象变化这样大?”和尚告诉他：“我们听长老说，雍正七年，有位姓谢的书生，年刚二十，跟着老师住在庙里读书。一天夜里，老师有事外出，谢某就到院子里散步，赏月吟诗。这时，他看到有个人来到庙里，向城隍神祈祷，就悄悄地躲到一尊神像的背后，想听听这个人说些什么。只听那人祷告说：‘城隍大老爷！我今夜如果大有收获，明天一定备了猪、牛、羊来供奉您！求您保佑!’谢某一听，才知道这个人原来是个小偷！他私下想：城隍神是位聪明正直的神，难道会为了有人供奉，就动了心？第二天，这个小偷果然带着供品来还愿。谢某愤愤不平，当即写了一篇文章，严厉地斥责城隍神贪赃枉法。当天夜里，城隍神就托梦给谢某的老师，警告谢某不得无礼，否则将大祸临头。老师梦醒后，就问谢某是否写过斥责城隍神的文章。谢某心中害怕，自然一口否认。老师大怒，就去翻他的箱子，发现真有一篇责骂城隍爷的稿子。老师心里很气，就把稿子烧了。第二天夜里，老师又梦见城隍神踉踉跄跄地跑来，对他说：‘我来告发你的学生对神不敬，并说要降祸于他，原不过是想吓唬他一下，并不是真的要这样做。想不到你竟将他的那篇文稿烧了。现在，这篇文稿落到了过路神手中，又一状告到了东岳城隍那里。东岳城隍大怒，立刻下令把我革职拿问；同时奏明了上帝，由你的学生来补缺，继任这里的城隍之位。’城隍神说罢，伤心地走了。不到三天，谢某就突然死了。谢某断气的时候，庙里的人都听到了车夫喝马的声音，人们也都在互相转告：‘新任城隍神到了！’不久，那尊黑脸大胡子的城隍神像被毁掉了，重新塑造了一尊年轻英俊的城隍神像。”

城隍赤身求衣

张观察挺修湖州城隍庙，以檀香雕三丈法身，绣衮为袍衣之，供奉三日矣。忽夜梦一巨人，头带平天冠，而身无衣服，赤两股，直立帐前。公惊醒心动，急欲赴庙查看，而庙中道士已来报神衣被窃矣。乃为另制，且命拿贼云。

【译文】

道台张挺主持修缮湖州城隍庙。他命人用檀香木雕成城隍神的三丈法身，又绣了衮袍穿在法身身上。新的城隍神像供奉到第三天，张挺就梦见一个巨人站到他面前。这个巨人头戴平天冠，身上却一丝不挂。张挺从梦中惊醒，想到了新立的城隍神像，就急忙想到庙里去看个究竟。正在这时，庙里的道士已跑来报告，说是城隍神像的衮袍被人盗窃了。于是，又命人另制了一套衮袍；同时又指示下属捉拿盗贼。

水怪吹气

杭州程志章由潮州过黄岗，渡海汉。半渡，天大风，有黑气冲起，中有一人，浑身漆黑，惟两眼眶及嘴唇其白如粉，坐舡头上，以气吹舟中人。舟中共十三人，顷刻貌尽变黑，与之相似，其不变者三人而已。少顷，黑气散，怪亦不见。开舡，风浪大作，舟覆水中，死者十人，皆变色者也，其不变色之三人独免。

【译文】

杭州有个程志章，一次从湖州过黄冈，乘船渡海汉。船行了一半路程，忽然刮起了大风，有一股黑气从水中冲出水面。黑气中有一个人，浑身漆黑，只有两只眼眶和嘴唇洁白如粉。他登上了程志章乘的船，坐到了船头上，向船中的人吹气。当时，船中共有十三个人。被这黑人一吹，其中十个人的脸变成了黑色，与这黑人差不多。没有被吹黑的，只有三个人。过了一会儿，黑气散去，那个坐在船头上的黑色怪物也不见了。船继续在水面上行进。突然，又狂风大作，把船掀翻了。十三人中，有十人淹死，都是被水怪吹黑了脸的人。唯有那三个没有被吹黑的人，幸免一死。

坛　　响

杭州北门外三清院林道士，能擒妖。在兴化收妖坛中，放三清神座下。逾年，钱生袖海与友孔传经饯行上南京乡试，醉后向坛云："我友中则坛响。"果响一声。客散，生夜看书，见白衣人坐槛上，与之拱手。生用界尺打之，抚掌大笑而退。是年，孔君果中。

【译文】

杭州北门外的三清院有个林道士，他能够擒妖。林道士曾在兴化县捉到一个妖怪。他把这个妖怪封在一个坛子里，带回三清院，放在三清神像的座底下。一年后，书生钱袖海设酒宴为将要到南京参加乡试的友人孔传经饯行。钱袖海喝得有点醉了，就跑到三清院去，对坛子中的妖怪说："我的朋友这次去参加乡试，如果能中，你就响一声。"话音刚落，坛子里果然发出一声闷响。友人走后，钱袖海夜坐书房看书。忽然，发现一个身穿白衣服的人坐在书房的门槛上，向他拱手。钱袖海怀疑是个怪物，顺手操起一把戒尺，赶上去就打。这时，那白衣怪物拍手大笑，又一下子无影无踪了。这一年，孔传经果然乡试中举。

贞女诉冤

陆补梅作浔州太守，有和奸自尽一案，县详到府，文卷在案上，将批"如详核转"矣。其晚，幕友房中起大风，宛然一女子，立而不言，五更始去。幕友告太守，适太守奉调上省，谓其子曰："汝胆大，今晚可至幕友房伺之。"晚间，公子遵父命宿幕友书房，果如前风起，幕友又见此女，即告公子，而公子无见也。因大声问曰："汝何为者？"女曰："吾即几上案中人也。因拒奸致死。父母受贿，证成和奸，污我名节。曩诉之县，县亦受贿，不为申理，所以来此诉冤。"公子唯唯，即以其言写家信驰告太守。太守从省归，适经是县，因札致幕友，将原案发回本县。未几，县令来迎，太守不宿公馆，先往城隍庙行香，谓令曰："吾访闻前奸案事有冤，信乎？"县据其父母口供抗词请质。太守无奈何，即宿城隍庙中，传犯人及邻证人等于大殿后陪宿，阴伏人于殿后察之。至三更余，邻证等各自言语，有骂其父母之无良，怜其女之贞烈者。听者取笔书之。至天明，先盘诘邻证，取夜间所书示之，俱服。遂以强奸致死定案，旌其女入节孝祠。

【译文】

陆补梅做浔州太守时，发生了一桩因强奸死人的案件，案卷从所属的县呈送到府，等候批转。这份案卷，就放在陆补梅的案头，如果证据确凿，陆补梅只要批个“如详核转”就可以了。这天晚上，陆补梅的幕友房中忽然刮起了一阵阴风，只见一个女子站在他面前，只是一言不发。一直到五更时分，这女子才离去。第二天，这位幕友把昨夜见到的事报告了陆补梅。当时，陆补梅正要奉调到省城去述职；临行之前，他对儿说子：“你胆子大，今晚你就住到我那位幕友的房间里去，观察一下情况。”到了晚上，陆公子遵从父命，住进了那位幕友的房间里。半夜，果然又刮起了一阵阴风，幕友又见到了那个女子。他马上告诉陆公子，但陆公子却什么也没有看见。陆公子就大声问道：“你是什么人，到这里来干什么?”女子说：“我就是府台大人书案上那份案卷中的受害者。我因抗拒强奸而被杀死。后来凶手用金钱贿赂了我的父母，迫使我父母作伪证，说我是通奸，因奸情败露而自尽，玷污了我的名声。我以前曾向县里申诉，但县官也受了凶手的贿赂，根本不予审理，所以，我只好来到这里，请求申冤。”陆公子听后，连声答应，当即写了一封家书，把那女子的申诉记在信中，并派人飞快报告父亲陆补梅。陆补梅看了信，就通知幕友把这桩案件的案卷退回原判县衙，责令重新审理。不久，陆补梅从省城回府，正好路经此县。县令前来迎接。陆补梅也不住进县令为他准备好的公馆里，而是先到县城隍庙里去进香。在城隍庙里，陆补梅对在一旁作陪的县令说：“经我察访，贵县所审通奸致死一案有冤情，你相信吗?”县令就以她父母的证词作辩护，一口咬定此案并无冤枉。陆补梅一时也无可奈何，当夜就住宿在城隍庙里，并传犯人和邻证在大殿后面陪宿，暗中却派人在大殿旁察看。到了三更时分，邻证互相说着话，有的骂女子的父母丧尽天良，有的赞叹那女子刚烈贞洁。他们说的话，都被在一旁听的人记录了下来。第二天，陆补梅提审那些邻居，要他们如实作证；并命人向他们宣读昨天夜里他们的谈话记录。到了这个时候，那些邻证也只好实情实说了。于是，这个案件才以强奸致死定案，那女子被列入县节孝祠供奉。

杨成龙成神

处州太守杨成龙，性正直，作官五十年，颇有政声。壬寅春，余游天台，招余饮酒，历叙办山东数大案，有古循吏风。余许作传以表章之。不料别后告老就养于伊子深州署中，无疾而卒。先是，太守宰历城时，买沙板一副置张秋僧舍。身亡后，其子浚文必欲遣人取归然后入殓，以慰乃父之心。忽其幼孙某头晕扑地，旋起坐，厉声曰："浚文汝太糊涂，当此六月天，我尸在床，待从张秋取棺来，则吾尸坏矣。深州木材尽可用，何必远取？现在处州人来迎我作彼处城隍，我俟汝丧事小定，即往到任。我无他语，大凡人在世上，肯做好官，必有好报，汝紧记之。明年三月十四日，二孙所生之子，将来可以绍我之志，取名'绍志'可也。若葬我，当在唐务山中做癸丁山向。"幼孙言毕，沉沉睡去，俄而嬉戏如初。浚文悚然，一遵父命。次年果生绍志，月日无爽。

【译文】

处州太守杨成龙，性格正直，做官五十年，很有政绩。乾隆四十七年春天，我到天台旅游，杨成龙邀请我去饮酒。席间，他详细地向我叙述了他在山东做官时办的几件大案，从中可以看出他有古代循吏的作风。我当时表示要为他写传记，以表彰他为官清正。不料，我们分别后，他就告老辞官，住在他的一个深州做官的儿子家中颐养天年，后来无疾而终。从前，杨成龙在山东历城做知县的时候，曾为自己买过一副沙木板的寿材，存放在张秋镇的一所寺庙里。杨成龙去世后，他的儿子杨浚文坚持要派人到张秋镇去运回沙木棺材，然后入殓，以安慰父亲的在天之灵。这时，杨成龙的一个小孙子忽然头昏倒地，接着又坐了起来，用他祖父生前的口气，教训杨浚文说："浚文！你太糊涂了！现在是六月盛暑，我的尸体停在床上，等你从张秋镇取了棺材来，我的尸体早就腐烂了！深州这地方的木材完全可以取用，何必舍近求远，非要到历城去取？现在处州那边派了人来，要我去做那里的城隍。我想等你把丧事大体办完，就去任职。我没有什么话要叮嘱，只是告诉你：大凡一个人活在世上，只要肯做好官，将来一定有好报，你要牢牢记住！到明年的三月十四日，我的二孙子也要生儿子了。这孩子将来可以继承我的遗志，等他生下来后，就取名'绍志'吧！我还要告诉你：你埋葬我时，墓地应在唐务山中，墓口做癸丁山向！"小孙子说完这番话，就昏昏沉沉地睡着了，过了一会儿醒来，依然嬉戏玩耍，和平时一样。杨浚文受了亡父一顿训斥，心里也有点害怕，于是一切遵从父命行事，把丧事办完了。第二年，杨浚文的二儿子果然得了一个儿子，就取名"绍志"。孩子出生的那天，正好是三月十四日，与杨成龙预言的日期，一点儿不差。

周仓赤脚

相传东台白驹场关庙周仓赤脚，因当日关公在襄阳放水淹庞德时，周仓亲下江挖坑故也。戊申冬，余过东台，与刘霞裳入庙观之，果然赤脚。又见神座后有一木匣，长三尺许，相传不许人开，有某太守，祭而开之，风雷立至。

【译文】

相传东台县白驹场的关帝庙里，有一尊赤脚的周仓塑像。据说当年关羽在襄阳决汉水淹庞德时，周仓将军曾亲自赤脚下汉江，挖掘泥土。所以，就把他的像塑成了赤脚。乾隆五十三年冬天，我路过东台县，与刘霞裳参观关帝庙，发现周仓果然光着两只脚。我还看见那神座后面有个木匣，长三尺多，相传这个木匣子是不允许打开的。有位太守在祭神之后，竟然命人把它打开，一霎间，就刮起了一阵狂风，接着响起了阵阵雷声。

张飞治河

大学士嵇文敏公总督南河，将筑堤东岸。梦有兜牟而短须者，直入一揖，随即上坐，曰："某堤须筑，某所裁保无虞。若在此，不能成功。"嵇颔之。已而思其人状貌，乃一武夫，言复椎鲁，何以公然与宰相抗礼，意颇不怿，叱叱而醒。次日上工次，过张桓侯庙，小住啜茶，上塑神像，宛然梦中人，乃命停工。

【译文】

大学士嵇文敏公做南河总督时，准备在黄河的东岸建造一道堤坝。一天夜里，他梦见一位头戴金盔、身披铠甲、留着短胡子的将军，向他作了一揖，就径直往上首座位坐下，说道："这一带的河岸，某某堤坝需加固，某某地段才能没事。如果想在东岸筑堤，我敢说一定失败！"嵇文敏公听后，向他点了点头。过了一会，嵇文敏又想，那人的相貌，不过是个武夫，言谈又很粗鲁，为什么他竟公然和我这个当朝宰相分庭抗礼？想到这里，他心里老大不自在，在愤愤的心绪中，从梦中醒来。第二天，嵇文敏公到河道上去督察，路过一座张桓侯庙，就进去喝茶，稍作休息。这时，他发现正殿里的张桓侯神像和他昨夜梦中见到的完全一样，这才醒悟过来，马上传令停止筑堤。

神佑不必贵人

章观察家奴陈霞彩，居上元义直巷中。与其外妇同宿，夜闻风雨声似震雷击物，初不介意，天明揭帐则卧榻后山墙夜崩，榻之前后左右皆砖堆数尺，唯留一榻不打坏。青衣青楼，亦得神佑如此。

【译文】

道台章某的家里，有一名奴仆，名叫陈霞彩，住在上元县义直巷。有一天，陈霞彩和一个姘妇同居。半夜里，就听到外面风雨大作，还伴着阵阵雷声，附近也好像有什么建筑物倒塌了。起初他并不把这事放在心上，第二天早晨，他们起床后一看，发现他们所居房子的后山墙倒塌了。他们睡床的前后左右，都堆起了几尺高的砖头，只有他们的睡床，却安然无恙。想不到一个家奴，一个青楼女子，也会得到神明这样的保佑。

成神不必贤人

李海仲秀才，秋试京师。在苏州雇鸭嘴舡，行至淮上，见舱前来王某求附舟，旧时邻也，因与同行。泊晚，王笑问："君胆大否?"秀才愕然，漫应曰："大。"王曰："惧君生畏，故以胆问。君既胆大，我不得不以实告。我非人，乃鬼也。我别君六年矣。前年岁荒，为饥寒所迫，掘坟盗财，被捕拏获罪，已斩决。今作鬼依旧饥寒，故往京中索逋，仗君乞带。"李问："往索何人之债?”曰:“汪某。渠作刑部司官,许拟斩文书到部时,为驳减等,故馈以五百金。不料渠全无照应,终不能保全性命。故往祟之。”汪某者,李戚也。李大骇,晓之曰:“汝罪宜诛,部议不枉。汪舍亲不应骗汝财物,我带汝往,说明原委,令渠还汝,以解此仇可也。但汝已死,要银何用?”王曰:“我虽无用,尚有妻子在家,居与君邻。我索得后,可代我付之。”李唯唯。又数日,将到京师,王请先行,曰:“我且到令亲处作祟,令渠求救无方,君再往说之,方肯听君。否则渠系贪财之人,君虽有言,渠不听也。”言毕不见。李入都觅寓,迟三日往汪家,汪果得风狂之病,举家求神问卜,毫无效验。李方至门,病人口语曰:“汝家救星到矣。”家人争迎问李,李告以原委。汪妻初意要烧纸钱数万为偿,病人大笑曰:“以假钱还真钱,天下无此便宜之事!速兑五百金交李老爷,我便饶你。”其家如其言,汪病果愈。又数日,来李处,催与同归。李不肯,曰:“我未下场。”鬼曰:“君不中,不必下场也。”李不听,毕三场后,鬼又催归。李曰:“我要等榜”。鬼曰:“君不中,不必等榜也。”榜发无名,鬼来笑曰:“君此时可以归乎?”李惭沮,即日起身。鬼与同舡,一切饮食,嗅而不吞。热物被嗅,登时冷矣。行至宿迁,鬼曰:“某村唱戏,盍往观乎?”李同至戏台下,看数出,鬼忽不见,但闻飞沙走石之声。李回舡待之,天将黑,鬼盛服而来,曰:“我不归矣。我在此做关帝矣。”李大骇,曰:“汝何敢做关帝?”曰:“世上观音、关帝皆鬼冒充。前日村中之戏,还关神愿也。

所还愿之关神，比我更无赖，我故大怒，与决战而逐之。君独不闻沙石之声乎?”言毕拜谢而去。李替带五百金付其妻子。

【译文】

秀才李海仲，到京师去参加顺天乡试。他在苏州雇了一条鸭嘴船，驶到淮河，见有一位从前的老邻居王某，在岸上大声叫唤，要求搭船。于是，李海仲就和王某一路同行。到了傍晚，船靠岸过夜。王某笑着向李海仲问道:“您胆子大不大?”李海仲听了这话，不禁感到愕然，就漫不经心地答道:“胆子大呀!”王某就说:“我是担心您害怕，才问您的胆量。既然您胆子大，我就不得不对您说实话了。我已经不是人，而是一个鬼了。我和您分别，已经六年了。前年闹饥荒，我为生活所迫，干起了刨坟掘墓的营生，被官府抓获，判了个死罪，丢了脑袋。现在，我做了鬼，但依然是饥寒交迫。所以，我要到京师去讨还一笔旧债，要仰仗您一路上多多关照了。”李海仲问:“到京师去向谁讨债呢?”王某说:“向一个姓汪的人讨债。这位汪某，在刑部的一个司里当郎中。我那拟斩决的案卷呈报到刑部后，汪某曾派人向我通报消息，说他有办法可以使我减刑，保证不会有生命危险。因此，我托人向他赠送了五百两银子。想不到他对我却毫无照应，最终我还是丢了性命!所以，我要到京师去找他算账!”王某提到的这位汪某，原来是李海仲的亲戚。李海仲听了，大吃一惊，就婉转地对王某说:“你掘坟盗墓，犯的是死罪，所以部议斩决，也不算冤枉。实对你说了:那汪某是我的一个亲戚。但他不该骗你的财物。这样吧，我们到了京师，我就带你去见他，把事情说开了，叫他还了你的银子，这冤仇也就解了。再说，你已是泉下之人，要这么多银子又有什么用呢?”王某说:“这银子我虽然派不上用场，但我家里还有妻子儿女，他们和您是邻居，所以，我讨得了这笔银子，还要托您代我带回家去呢。”李海仲也就答应了。过了几天，他们乘船快到了京师。王某说要先走一步:“我且到令亲家里去作祟，叫他求救无方。您再去劝说，他才肯听您。否则，汪某是个贪财之人，他没有危难，您即使劝他，他也未必会听您的。”王某说罢，一转眼就不见了。李海仲到达京师后，先安排了住所，直到第三天，才来到汪某府上。一进门，得知汪某果然得了个疯狂症，全家求神问卜，但是毫无效验。李海仲进门时，王某就借汪某的口说：“你们汪家的救星来了！”汪家的人听了这话，不懂是什么意思，都争相向李海仲询问。李海仲也不隐瞒，把事情的来龙去脉一一对汪家的人说了。汪某的妻子开始觉得只要烧上几万纸钱，作为赔偿，就算可以了。王某立刻借汪某的口，大笑道：“拿假钱来还真钱，天底下没有这样便宜的事！你们快拿五百两银子交给李老爷，我便饶了你家主人！”汪家的人只得照办，汪某的病果然好了。又过了几天，王某来到李海仲的住处，催着李海仲与他一同回到南方去。李海仲不肯，说道：“我还没下场参加考试，怎么能回去呢？”王某的鬼魂说：“您不会考中的，何必一定要下场呢？”李海仲还是不听，说：“至少要等我考完了三场再说。”三场考试过后，王某的鬼魂又来催着回去。李海仲说：“我还要等着发榜呢！”王某的鬼魂说：“您不会中的，还等什么发榜！”李海仲坚持要等。但等到发榜，果然是名落孙山。这时，王某的鬼魂跑来，笑着问道：“怎么样？现在您总可以回去了吧？”李海仲又惭愧，又沮丧，当天就动身回南方去。王某的鬼魂和李海仲同乘一船，一路上同吃同住。桌上的一切食物，鬼魂只是闻一闻，一口也不吃。但是，热的食物，经鬼魂闻过，就立刻变得冰冷了。船到了宿迁，鬼魂说：“岸上有个村子里正在唱戏，我们何不去看一看？”李海仲就同鬼魂上岸，来到戏台下，但看了几出戏，鬼魂忽然不见了。这时候，突然刮起了阵阵大风，戏场上飞沙走石，观众纷纷散去，李海仲也只得独自回船，等候鬼魂自己回来。天将要黑了，鬼魂才回到船上。这时，他已穿了一套华丽的衣服，对李海仲说：“我不回去了！我要在这地方的关帝庙里做关老爷了！”李海仲听后，不觉大惊，问道：“你怎么敢随便做起关老爷来？”王某的鬼魂说：“世上的观音、关老爷，其实都是由鬼冒充的。刚才，那个村子里唱戏，就是向关老爷还愿。老实说，那个做关老爷的鬼，比我还要无赖！所以我心中大怒，与他进行了一场决战，把他赶走了！刚才您没觉着狂风大作，飞沙走石吗？”鬼魂说罢，向李海仲一拜，就匆匆离去了。不久，李海仲回到家乡，把王某鬼魂托带的五百两银子，如数交给了王某的妻子。

中一目人

康熙甲戌科，丹徒裴公之仙偕数友人入都会试。都中有善召乩者，延之问中否。仙至，判一“贵”字，众不解。再叩之，则曰“皆判明矣”。榜发后，惟裴公中会元，余皆落第。裴公眇一目，始悟向所判“贵”字乃“中一目人”也。

【译文】

康熙三十三年，丹徒裴之仙同几位朋友到京师参加会试。当时，京都有个人善于扶乩请仙，他们就把这人请到客舍中，请他招仙降坛，预卜科场功名。不一会儿，乩仙降坛，判了一个“貴”（贵）字。众人不懂是什么意思，又磕头叩问，乩仙下判语说：“已经都判明白了。”会试放榜后，只有裴之仙中了会元，其他人都落第。这时，众人才明白了过来：原来裴之仙是独只眼，把“貴”字拆开，正好是“中一目人”。

女鬼告状

镇江包某，年少美丰姿，娶室王氏。包世业贾，常与同事者往来闾巷。乾隆庚子秋日，偕数友为狎邪之游，日暮乃返。王氏方同一老妪入厨下治晚餐，闻叩门声，命老妪往启，见一少妇，盛妆而入，直赴内室，问之不答。妪疑为姻戚，往告王氏。王急趋至室，则包在焉，因大笑老妪目昏，误认主人为妇人也。包忽作女态，敛袵而前，与王氏寒暄，且言：“包郎在某娼家饮酒时，我在门后专守，俟其出，方得同回。”王见其声音举动不类包郎，恐其疯狂，急召僮仆及邻里姻戚共来看视。包皆一一与见，礼仪周到，称谓无误，宛然一大家女也。或男子稍与相狎，鬼即怒曰：“我贞女也，谁近我，我即取其命！”众问：“你与包有何仇？”鬼曰：“妾与包实因恩爱成仇，曾控告于城隍神，前后共十九状，俱未见准，今又告于东岳帝君，始蒙批准，不日与包同往矣。”询其姓名，鬼曰：“我好人家儿女，姓名不可闻也。”“告包者何词？”鬼即连诵十九词，其词甚疾，不能悉晓，大概控包负心，令彼无归之意。或又问：“汝既托包身而言，包今何在？”鬼微笑曰：“渠被我缚在城隍庙侧小屋中矣。”王氏泣拜求放其夫，鬼不答。至夜分，众姻戚私语曰：“彼鬼曾言告城隍状不准，今缚包于城隍庙侧。何不往告于神，求其伸理？”于是共觅香烛楮镪，若将往者。鬼忽言曰：“今诸人既同来相求，且放彼归，自有东岳审断。”言毕倒地，少顷包苏，极称困顿。众环问所见，包曰：“初出某娼门，即见此妇相随。初尚或左或右，至教场，妇遽前扯拽往城隍庙左侧小屋内，黑暗中以绳缚我手足，置之于地，旁似有相守之人。适闻妇来曰：‘今且放汝归。’推我出户，一跌而醒，身已在家。此事明日东岳当传审矣。”再询其细，包惟酣睡而已。次日午后起曰：“差人至矣，速具酒食。”自出厅，向空座拱揖，语多不解。酒既设，复归卧床上，更许，死矣，惟心头微热。王氏与诸人泣守之，见包面色时青时红时黄，变幻不测。三更后，胸前及喉颊间见红斑爪痕数处。次夜二鼓，辫发忽散乱。至晓始苏，索茶饭尽十数器，吞咽迅速，观者骇然。少定，呼取酒食款差役，王氏如前设之。又命取纸钱六千，须去其破缺者，以四千焚于厅前，二千焚于门侧巷内。复自起，至大门作拜送状，反室熟睡。两日乃能起，悉言所见：自女鬼解缚放回后，次日下午有二差役来传，其一不识，其一陈姓，亦贾人子，儿时与包为同窗友，陈家贫，娶妇时包曾助以钱数千文，今已殁三载，谓包曰："此事已发，速报司审办，尔我同窗好友，在生又承高谊，自当用情照应，不必上刑具。"同行至中途，见又二役锁前女鬼，鬼大恚，以首触包，手抓伤包面颊，此包身所以有红斑爪痕之现也。女鬼詈二差卖法，差不得已，为包亦上锁同行。路愈远愈黑，阴风惨烈，辫发俱散。至一处，仿佛见衙署，差令坐地守候，旋见二红灯由内出，二差去包锁带入，跪于灯止处。见有公案文卷，一官上坐，红袍乌纱，以手捋须，问曰："汝包某耶?"包应曰："诺。"官即提女鬼至，讯答语颇多，女与包并跪阶下，相去尺许，绝不闻其一字。见官震怒，令批女鬼颊十五，即上枷锁，二役牵之，痛哭而去。包初跪案前，觉沮洳泥泞，阴风吹发，面上丝丝如刀刺，寒慄难当。迨批女颊时，陈役从旁悄言曰："老兄官司已赢矣。吾为兄辫起发来。"包再举首，灯与官俱不复见。二役乃送之回，言明差钱四千文，其二千则陈役所私得也。人问包曾识此女否，包力言不识。揣其情，女鬼因慕包之色而亡，又欲招包以偕阴耦，逞私妄控，故为阴司所责谴。

【译文】

镇江人包某，年轻貌美，娶妻王氏。包家世代经商，常与一些商人来往于大街小巷。乾隆四十五年秋天，包某约了几位朋友，到青楼妓院去玩，直到傍晚才回家。这时，包某的妻子王氏正同家中的一位使唤老婆子在厨房准备晚饭，听到敲门声音，就叫老婆子去开门。开门一看，见是一位盛妆的年轻女子。这女子进门后，直奔王氏的内室，老婆子问她是谁，她也不答不理。老婆子怀疑她是包家的亲戚，于是去报告了王氏。王氏急忙跑到内室，发现原来就是包某，她禁不住哈哈大笑，说这老婆子老眼昏花，竟把男主人认作了女人。可是，包某忽然做出一副女人的样子。他恭恭敬敬地走近王氏，与王氏寒暄问好，并且说："包郎在一家妓院里饮酒时，我一直守在妓院门口；等他走出妓院，我才随他回来。"王氏见他的声音举动都不像包某，完全是一个女人的模样，唯恐他得了什么疯病，于是急忙把家中的僮仆以及街坊邻居、亲戚朋友找来。包某都一一与他们见面，礼仪周到，连每一个人的称谓，都一点不错，俨然是一个知书达礼的大家闺秀。亲戚朋友中也有个别的轻薄男人，见他一副女人腔，不免嬉皮笑脸地上前挑逗，他就立刻变了脸色，怒气冲冲地说："我可是个规矩的女人！谁要是在我面前轻薄，我就要了他的命！"众人就问："你与包某有什么冤仇呢？"女鬼这才叹息着说："我和包某是爱极成仇，为此，我曾前后十九次到城隍神那里告他，但都没有结果。现在我又告到了东岳帝君那里，才蒙批准。过不了几天，他就要和我一起，到东岳帝君殿前受审了。"有位亲戚问："请问小姐贵姓芳名？"女鬼说："我是体面人家的女儿，姓名不能告诉你们。"又有一人问："那么，你告包某，有什么理由吗？"女鬼就一连背出十九张状纸的诉讼请求，因为背得太快，不能都听得清楚。大意是控告包某忘恩负义，使她婚事不谐。又有人问："你既然附在包某身上说话，那么，你把他的灵魂弄到哪里去了？"女鬼微微一笑，说："他的灵魂，已经被我关在城隍庙旁的小屋中了。"王氏一面哭着，一面向女鬼磕头求拜，请求放还她的丈夫。但女鬼却不予理睬。入夜时分，包家的亲友就私下商议说："女鬼曾说过，她曾多次到城隍那里告状，都没有被批准。现在她把包某的灵魂关在城隍庙旁的小屋里，我们何不也到城隍神那里告她，求城隍神伸张正义？"于是，众人分头去准备了香烛、纸钱等祭祀物品。女鬼一看这形势，好像真是要去告她的样子，就立刻改变了口气，说道："现在各位既然都来为他求情，我且放他回来。至于我告他忘恩负义，这自有东岳帝君审断。"女鬼说完这番话，就离包某的身体去了。这时，包某一下子瘫倒在地上，过了一会儿才苏醒过来，显出极其困乏的样子。亲友们围着他，问他见到了什么。包某说："我刚一出妓院门口，就被这女人跟上。开始时，她只跟随我走，有时在我的左面，有时在我的右面。到了教场，这女人就上前一把把我抓住，拉到城隍庙左边一间小屋里关了起来。在黑暗之中，有人用绳子捆住了我的手脚，又把我推倒在地，旁边还好像有人在看守着我。刚才听到这女人进来说：'今天暂且放你回去！'就把我推出了小屋。我跌了一跤，就醒来了，发现自己已经到了家里。这场官司，明天东岳帝君就要开庭审理。"家人还想问个仔细，包某已经困极睡着了。包某一直睡到第二天下午才起身，对家里人说："传唤我的差人来了，快摆了酒肴招待！"随后，他亲自迎出大厅，面向空着的椅子拱手施礼，嘴里还不停地说着什么，而别人却一点也听不懂。酒席摆好后，他又回到内室，躺在床上。入夜，到了头更时分，包某突然昏死过去，但心口还有点温热。王氏一面哭泣，一面与亲友守护在他的身旁。只见他面色一会儿发青，一会儿发红，一会儿又发黄，变化不定。过了三更以后，包某的胸口、脖子和咽喉上，先后出现了几道被抓伤的痕迹。到了第二天二更时分，他的辫发也散了开来。天将破晓时，他却开始苏醒过来，喊着肚饿，要茶要饭。家人端上后，他一连吃喝了十多碗，而且吃得很快，把家人和亲友吓得目瞪口呆。包某吃饱喝足后，定了定神，又呼唤家人摆酒招待差役。王氏照他的吩咐，命人摆了酒席。包某又叫人取六千纸钱，其中不能有一纸残缺的，然后在大厅之前焚烧四千，在大门外胡同的一侧焚烧两千。又亲自走到大门外，打拱行礼，做出送客的样子。接着，回到内室，躺在床上睡了。包某一直睡了两天两夜，方才睡醒。起来后，他详细地讲述了自己昏迷中的所见所闻。包某说："我被女鬼从城隍庙旁的小屋里释放回来后，第二天就有两位差役来传唤我。这两位差役，一个我不认识。一个姓陈，是商人的儿子，也是我少年时代的同窗好友。这姓陈的家境贫寒，他娶媳妇时，我曾帮过他几千文钱。现在他已去世了三年，在东岳帝君的下面当一名差役。姓陈的对我说：'这事已经分派到速报司审理。你我都是同窗好友，我生前又承您的高谊，现在我自当用情照应。你跟着我们走一趟，也不必上枷具了。'我跟着两位差役走到半路，又看见两位差役押着那个女鬼，女鬼上枷带锁，见我不上枷具，又气又恨，就一头朝我撞来，又用手抓伤了我的面颊，这就是我身上所以有红色爪痕的原因。女鬼又大骂押送我的两位差役徇私枉法，不给我上枷具。两位差役没法，只好给我上了枷锁，四人同行。路愈走愈远，天也愈来愈黑。阴风阵阵，凄凉而强劲，吹乱了我的辫发。不久，我们到了一个地方，隐隐中好像有一所衙门。差役命我坐在地上等候。一会儿，有两个打着红灯笼的人从里面走出来。差役去掉了我身上的枷锁，带我随红灯笼进入大堂，命我在红灯的旁边跪下。只见公案上放着一些案卷，一位官员临案而坐。这位官员头戴乌纱帽，身穿大红袍，用手捋着胡子，问道：'你就是包某吗？'我回答说：'是。'官员又命人把女鬼带上堂来，问答了许多话。那女鬼与我虽然并排跪在台阶之下，相距不过一尺多，但她答的话，我一句也听不见。这时，只见堂上那位官员大怒，命鬼卒打了女鬼十五个嘴巴，随即上了枷锁，由二位差役带着，痛哭流涕地退下堂去。我刚跪到大堂上时，好像身在泥潭里，脚下泥泞不堪；又有阵阵阴风吹来，脸上丝丝如刀刺，使我直打哆嗦，寒冷难当。等到官员命人打女鬼的嘴巴时，姓陈的差役在一旁悄悄对我说：'老兄，你的官司已经打赢了！你的头发凌乱不堪，我帮你把头发梳辫起来吧。'我低头让姓陈的差役辫发。当我再抬起头来时，发现红灯笼和官员等等，都不见了。姓陈的和另一差役把我送回家中。两位差役向我说明，差钱共六千文，其中两千是给姓陈差役个人的。"有的亲友问包某："这个女鬼，你究竟认识不认识？"包某竭力辩解，说："我根本不认识她，真不知她为什么要找到我头上来！"据亲友们揣测，这个女鬼生前羡慕包某年轻英俊，因不能如愿，含恨而死。死后仍不甘心，要召唤包某到阴间为偶。所以，她挟着私心诬告包某，却被神明识破，因此受到了处罚。

丁大哥

康熙间，扬州乡人俞二，耕种为生，入城取麦价，铺户留饮，回时已迟，途径昏黑。行至红桥，有小人数十，扯拽之。俞素知此地多鬼，然胆气甚壮，又值酒酣，奋拳殴击，散而复聚者数次。闻鬼语曰："此人凶勇，非我辈所能制，必请丁大哥来，方能制他。"遂哄然去。俞心揣丁大哥不知是何恶鬼，但已至此，惟有前进。方过桥，见一鬼长丈许，黑影中仿佛见其面色青紫，狞狰可畏。俞念动手迟则失势难脱，不若乘其未至迎击之。解腰间布裹钱二千文，迎面打去，其鬼随手倒地，触街石上，铿然有声。俞以足踏之，渐缩渐小，其质甚重。牢握归家，灯下照视，乃古棺上一大铁钉也。其长二尺，粗如巨指，入火熔之，血涔涔出。俞召诸友，笑曰："丁大哥之力量不如俞二哥也。"

【译文】

康熙年间，扬州乡下有个人叫俞二，以务农为业。有一天，俞二进城去取他售麦所得的款项，粮店掌柜留他喝酒。回来时，已经天黑了。俞二走到红桥时，出现了十几个小人儿，上前对他拉拉扯扯。俞二一向知道这个地方鬼多，但他胆子极大，又喝了些酒，因此拔拳打去，把那些小鬼们打得四散逃窜。可是，这些小鬼刚刚被打散，一会儿又聚集拢来，向他进攻。这样反反复复了好几次。俞二还听到小鬼们说："这人非常凶猛，不是我们能对付得了的，必须请丁大哥来，才能把他制服。”说罢，哄然而去。俞二心下想：这丁大哥不知是何等样的恶鬼？但既然已经到了这个地方，就只有往前走了。刚走下桥头，只见一个身高一丈多的鬼站在他的面前，挡住了他的去路。在黑暗中，他仿佛还看见这鬼脸色青紫，面目狰狞，非常可怕。俞二这时心想：必须先下手为强，动手迟了就难以摆脱了；不如乘这鬼这时还没有走上前来，就来个迎头痛击。想罢，就从腰间解下装有两千文钱的布袋子，朝鬼打去。只见那又高又大的鬼，顿时咕咚一声倒地，身体砸在了桥头的石阶上，发出响声。俞二赶紧上前，一脚踩住了鬼的身体，这鬼立刻逐渐缩小。俞二又一把把鬼抓起来，觉得手中还很有些分量。俞二紧紧地抓住鬼，回到了家里。他把鬼放在灯下一看，却原来是古棺上的一根大铁钉！这铁钉长二尺，有拇指那么粗。俞二把钉子投入火中熔化，竟然还渗出了涔涔的血丝。俞二把几位朋友找来，笑着对他们说："看来，这丁大哥的力气，还不如我俞二哥呢！"

汪二姑娘

绍兴吴某，行三，在赵州刺史署中主刑名，后又延一管书禀者，亦吴姓行三，苏州人。署有老吴师爷、小吴师爷之称。其馆舍对房而居，甚相亲洽。刺史有妾七八人，侍婢甚夥，亦皆妖艳，常出入于馆舍左右，二吴每评论某某当吾意，某某当君意，以为戏谑。一日公事毕，时已三鼓，各回房就寝。小吴方坐床上吸烟，燃烛于帐外，命仆反掩门而去。少顷，举署皆寂，忽有人推门，小吴问为谁，不答，见一女子年可二十，容色甚美，急趋而进，至床前，瞪目视小吴。惊问："尔何人？何为至此？"女曰："我汪二姑娘也。来寻绍兴吴三，误矣，误矣！"吴意其为东家侍婢，与老吴有约，因笑指曰：

"绍兴吴三在对房，我苏州吴三也。"女瞀然竟去。明日，向老吴戏言曰："昨夜大快活!"老吴不解，屡言之，老吴究问所以，小吴笑曰："吾所目击，尚抵赖乎?"老吴益疑，再三问，小吴告以衣服形状并"汪二姑娘来寻绍兴吴三"之语。老吴爽然失色，曰："彼何至此耶?"少定，告小吴曰："此吾至亲也。亡去已十数年，不识何故寻我。"小吴惊异，见其颜色沮丧，不复再问。至晚，老吴默默无语，而畏惧之容愈甚，拉小吴至房同居。小吴力辞。老吴不得已，命二仆夹床而卧。小吴彻夜潜听，毫无声息。至晓，其二仆起，视老吴则已死矣。

【译文】

绍兴人吴某，排行第三，在赵州知州衙门里当刑名师爷。后来，赵州衙门又请了一个姓吴的书吏。这书吏排行也是第三，苏州人。为了便于区分，衙门里的人就把绍兴人吴某叫作吴师爷，而叫苏州人吴某为小吴师爷。两位师爷的馆舍正好门对门，彼此相处得非常融洽。赵州知州有七八个小老婆，侍女丫鬟更是不计其数，一个个都妖艳迷人。她们常常在馆舍中进进出出，两位吴师爷每每遇见，就会评头品足一番，说某某小娘子正合我意，某某姑娘配你最为恰当，彼此寻寻开心。一天晚上，两位吴师爷办完公事后，已经三更天了，于是各自回房休息。小吴师爷正坐在床上吸烟，床帐外面点着蜡烛，并命仆人从外面掩了门。这时候，整个衙门的人都睡了，一片寂静。忽然，听到有人推门进来，小吴师爷问："是谁?"来人不答。小吴师爷定睛一看，只见一个二十上下的美貌女子，急匆匆地小步走到他床前，直瞪瞪地看了他半天。小吴师爷吃惊地问道："你是什么人？为什么跑到我房间里来?"那女子说："我是汪二姑娘呀！我是来找绍兴吴三爷的。找错了，找错了!"小吴师爷一听这话，就料定是府上哪位风流侍婢与老吴师爷有了勾搭。于是，他笑着指了指对面的门，说："绍兴吴三爷住在对门，我是苏州吴三爷。"那女子扫兴地瞥了他一眼，转身就走。第二天，小吴师爷遇见老吴师爷，就嬉皮笑脸地问："昨天晚上，你大大地快活了一阵吧?"老吴师爷被他问得莫名其妙。小吴师爷又说了几遍，老吴师爷还是摸不着头脑，就问："究竟是怎么回事?"小吴师爷笑眯眯地说："这是我亲眼目睹的，你还要装蒜抵赖?"老吴师爷更加疑惑，经过再三追问，小吴师爷才把昨夜的事告诉他，并描绘了那女子的衣着打扮。老吴师爷一听这话，脸上顿时变了颜色，说道："她怎么会找到这里来呢?"沉默了半晌，又对小吴师爷说："她原是我的一位至亲，死去已经十多年了，不知道她怎么会来寻我?"小吴师爷听后，也觉得诧异。看见老吴师爷神情沮丧，也就不好再问。这一天，从早到晚，老吴师爷始终沉默寡言，心事重重，脸上还露出恐惧的神态。到了晚上，他一定要小吴师爷睡到他房间里去，与他做伴。小吴师爷觉得不对劲，就千方百计找借口推辞了。老吴师爷没法，就命两名仆人睡到他房里去，他自己则睡在两名仆人的中间。这一夜，小吴师爷通宵在老吴师爷的房门外偷听，却是毫无动静。天亮后，两名仆人起床，见老吴师爷躺着一动不动，才发现他已经死了。

谢铜头

镇江西门旧在唐颓山，国初迁于北城外阳彭山，有佛寺，殿宇廊庑修洁，即丽春台古迹也。地近孔道，缙绅当道迎送饮饯皆在此处。自城门迁后，路既隔远，此寺遂废，惟存大铜佛三尊，相传五代时所铸，约数万斤，露处山内。有谢某者，素贩铜为业，潜勾通书役销熔而朋分之，议定工费皆谢出，谢取其半，诸人分其半。销毁之日，四体皆化，惟佛头不坏。众皆疑惧，谢曰："此易事耳。"登炉溺之，佛头竟毁。谢年四十余，尚无子，是时方欢笑间，佣工者至前贺，家中已生子矣。谢大喜，以为此佛劫数，当为我毁，遂名其子为"谢铜头"。家由此少裕，日以私铸制钱为事。数年后，其党以私铸见获，词连谢某，谢自以热灰揉瞎双目，到案时言目瞽已久，仇扳显然，竟得漏网。及铜头长成，仍事私铸，复为人所控。乾隆某年，父子对缚，斩于阳彭山下。

【译文】

镇江的西门，原来建在唐颓山侧。国朝初年，迁建在北城外的阳彭山。旧西门的附近，有一座佛寺，殿宇廊庑华丽整洁。据说这就是丽春台旧址。旧西门地处交通要道，因此，官僚缙绅们每有迎客饯别，都在这座寺庙里进行。自从城门北迁后，过路的人离旧西门远了，这座寺庙就逐渐冷落颓败。只有那三尊铜铸的大佛像，依然耸立着。这三尊铜像各重数万斤，据说是五代时所铸。它们暴露在山间。当时有个谢某，素以贩铜为业。他勾结了当地的官吏，把这三尊铜像投入炉中熔化，想借此生财。他们商定，熔销铜像的工费由谢某承担，所得钱款则一半归谢某，另一半由其他人平分。销熔的那天，把铜像投入炉中，四肢、身体都很快熔化，只有那三颗佛头，却依然好端端的。这时，众人都产生了疑虑和恐惧。谢某却说："不就是佛头不化吗，这个好办！"他跳上炉台，当众往熔炉里撒了一泡尿，那佛头竟奇迹般地熔化了。谢某已四十出头，至今膝下无子。正当他在兴高采烈之际，家里的奴仆兴冲冲地跑来向他贺喜，说是女主人已产下贵子了！谢某听后，喜出望外。他认为这三尊铜像是劫数难逃，理应毁在自己手中，他也该发这笔横财！于是，他就给儿子取名为"谢铜头"。从此谢家突然富了起来。谢某也由贩铜改为私铸铜钱，想从小康变为暴发户。几年以后，与谢某私铸铜钱的同党犯案被捕，供出了谢某。谢某灵机一动，用热的炉灰揉瞎了自己的双眼。等到差役把他带上公堂时，他就说："我早已瞎了双眼，怎么能私铸铜钱呢？他们显然是在诬陷我。"这一招果然奏效，竟让他漏网了。后来，谢某的儿子长大成人，继承父业，也干起了私铸铜钱的勾当。不久，又被人揭发。乾隆某年，父子双双被捕，押到阳彭山下斩首正法。

乌头太子

吴某世以丹徒江上洲田为业。乾隆十八年冬初，至洲收租，以所收稻晒于场上。有乌鸦群集食稻，吴取土块逐之，随手中一乌，哑然坠地，复奋起飞去。吴归庄房，晚餐后，忽闻风雨声，启户仰视，天色深黑，大雨如注。急入室，衣色全白，皆鸦粪矣。吴因忆人言禽粪着身者不吉，“我今被污，殆将死乎?”自此遂病雀爪风，手足抽掣，不便起卧，又不能持物，饮食需人扶喂，不堪其苦。然心甚明晰，因自念：“鸦食我稻，我逐之，有何过，乃敢祟我？必控之于神!”屡动此念，实未能写状也。一日昼寝，梦以黄纸自写一状，将投于城隍庙。忽空中有黑云二片飞下，至地，化青衣人向吴曰：“君前所击者非鸦也，乃乌头太子也。君因得罪于彼，故患此恙。若再往告彼，罪益重矣。不如具酒食请罪于太子，可保全也。”吴不听，且怒曰：“彼食我稻，又妄祟我，我必告之。”须臾空中又下黑云二片，化作少年，玄色冠巾，一人持黑伞随其后，向吴拱手曰：“君欲控乌头太子耶？控词何似?”吴持与观之。少年曰：“君前击中太子，故有此疾。今知其误也。某为君缓颊于太子，可保君如旧，何须控告耶?”因取控词怀之飞去，吴遽前往

夺，忽然惊醒。自此所患渐愈，两月后平复如常。

【译文】

有位吴某，住在丹徒镇。他家世世代代在长江中的一个小岛上经营农业。乾隆十八年初冬，吴某到这个小岛上收租，把收来的稻子放在场院里晾晒。这时候，有一群乌鸦飞来啄食他的稻子。吴某拾起土块向乌鸦打去，恰好打中了一只惊飞的乌鸦。那受伤的乌鸦惊叫一声，坠落到地上，随后又挣扎着飞去。吴某回到庄房，刚吃过晚饭，忽然听到刮风下雨的声音。他开门仰望，只见天空一片漆黑，霎时间大雨如注。他急忙回到房中，发现身上穿的衣服已经一片白色。原来刚才淋到他身上的不是雨，而是乌鸦的粪便。他想起曾有人说过，鸟粪落到身上是不吉利的，于是叹道："我今天落了一身鸟粪，大概是活不长了！"吴某自从身着鸟粪后，便得了鸡爪疯，手脚抽搐，起卧不便，又不能拿东西，饮食需要家人服侍，使他痛苦不堪。但他心里却很明白，曾自言自语地说："乌鸦啄食我的稻子，我把它们赶走，有什么错，它们竟敢在我身上兴妖作祟！我一定要写一个状子，到城隍爷那里控告它们！"他几次动过这个念头，只因手脚不听使唤，所以状子一直没有写好。一天，吴某正睡午觉，竟梦见自己用黄纸写了一份状子，准备呈送到城隍爷那里。这时，天空中忽然有两片黑云飘来，落到地下，化作了两个青衣人，对吴某说道："以前被您打伤的那只不是一只乌鸦，而是我们的乌头太子！您因为得罪了他，所以才得了这个病。您如果再去告他，那就更加得罪乌头太子了。依我们看，不如备办些酒食，向乌头太子赔个罪，不是什么事也没有了吗？"但是，吴某根本听不进去，他愤愤地说道："它们吃我的稻子，又兴妖作祟来折磨我，我非要去告它们不可！"他刚把话说完，天空中又飘来了两片黑云，着地之后，一片化作了一个美少年，一片化作了一名仆人。那少年头戴褐色巾，身穿褐色袍；仆人跟随在后，为少年撑着一把黑伞。少年上前向吴某拱手施礼道："听说您要控告乌头太子，不知您控告的理由是什么？"吴某就把状子递给那少年看。少年看过状子，对吴某说道："总是您以前打了那乌头太子，这才有一身的疾病。

只要你承认错误，我可以为您在乌头太子面前说情，保证您健康如常，何必非要去控告呢？”说着，就把状子揣进怀里，向天空飞去。吴某急忙上前抢夺，已经来不及了。他吃了一惊，就从梦中醒来。从这一天起，吴某所患的疾病，就一天轻似一天；两个月之后，完全恢复了健康。

吴生两入阴间

吴某，丹徒旧家子也。其祖、父俱在黉序，祖为人端直，乡间推重，殁十数年，某始娶妇，琴瑟甚笃。乾隆丙子，其妇暴卒。吴追思不已，有朱长班者，合城皆知其走阴差，因吴治丧，彼朝夕来供役。吴因私问阴司事，朱言阴司与人世无异，无罪者安闲自适，有罪者始入各狱。吴遂恳其携往阴司，一与妻见。朱云：“阴阳道隔，生人尤不宜滥入。老相公待我甚好，我岂肯作此狡狯？”吴嬲之不已。朱云：“此事我不为，相公果坚意欲往，可往城里太平桥侧寻丹阳常妈，许以重资，或可同往。”吴欣然。次日，寻得常妈，初亦不允，许钱数千，始允之，且曰：“相公某日可择一静屋独宿，我即来相约。但衣履一切不可使人稍为移动，稍移动即不能还阳矣。”谆嘱再四而归。吴自妻殁后即独宿于一厢屋内，至某日，吴私嘱其婶母曰：“侄今病甚，须早卧，望婶母为我锁房，切不可令人擅入动我衣履，此侄生死关头也。”婶母甚骇，问其故，不告，乃阴为检点之。吴既入房，燃一灯于床前，心有此事，展转不寝，私念曰：“彼原未嘱我熟睡，但彼从何来招我耶？抑妄言耶？”二鼓后，见有黑烟一线，自窗隙间入，袅袅然如蛇之吐舌也。吴心甚惧。少顷，其烟变成一黑团，大如斗，直扑吴面，遂昏晕。有人在耳边悄言曰："吴相公同去。"声即常妪也。以手扶起，同由门隙而出，所过窗户皆无碍。见其婶母房门有火光数丛，盖与诸弟同宿于内。甫出大门，则另一天地，黄沙漫漫，不辨南北。途中所见街市衙署，与人世仿佛。行至一处，见一大池，水红色，妇女在内哀号。常指曰："此即佛家所谓血污池也。娘子想在其内。"吴左右顾，见其妻在东角。吴痛哭相呼，妻亦近至岸边，垂泪与语，并以手来拉吴入池。吴欲奔赴，常妪大惊，力挽吴，告之曰："池水涓滴着人即不能返，入此池者，皆由生平毒虐婢妾之故。凡殴婢妾见血不止者，即入此池，以婢妾身上流血之多寡为入池之浅深。"吴曰："我娘子并未殴婢妾，何由至此？"妪曰："此前生事也。"吴又问："娘子并未生产，何入此池？"妪言："我前已言明此池非为生产故也。生产是人间常事，有何罪过？"言毕，牵吴从原路归。吴昏睡过午始起，面色黄白，若久病者，数日方复。月余，吴思妻转甚，走至常妪家，告以欲再往看之意。常甚难之，许以数倍之资，始为首肯。如前嘱婶母锁门，常妪复来相约，出门行里许，常妪忽撇吴奔去。吴不解其故，错愕间见前有一老翁，肩舆而至，觌面，乃其祖也。吴惶遽欲避，祖喝曰："汝何为至此？"吴无奈何，告以故。其祖大怒曰："各人生死有命，汝乃不达若此！"手批其颊，骂曰："汝若再来，我必告知阴官，立斩常妪！"遣舆夫送至河畔，舆夫从后推吴入河，大叫而醒。左颊青肿，痛不可忍。托病卧房中十数日始愈。时吴有姻戚某翁病笃，吴谓其婶母曰："某翁某日方死。"婶惊问之。吴告以两次所见，并言于一衙署前见所挂牌上姓名月日，故知之也。自后吴神气委靡，两目蓝色，下午后即常见鬼，至今犹存。吴婶母，法嘉荪中表，法故悉其颠末，而为予言。

【译文】

丹徒县的吴某，是一位世家子弟。他的祖父、父亲，都曾是府学、县学的生员。尤其是他的祖父，为人端方正直，乡里远近的人对他都很推重。吴某在祖父去世十年后，才娶妻成家。婚后，夫妻十分和睦。乾隆二十一年，吴某的妻子突然暴病死亡。使他思恋不已。当时，丹徒城有个朱长班，全城的人都知道他有时到阴间当差。吴某办理妻子的丧事时，朱长班早夜都来帮忙。吴某就向朱长班打听阴司的事。朱长班告诉他说："阴间和阳间没有什么不同。那些无罪的鬼，都过着安闲自适的生活，只有那些在阳间犯了罪的鬼，才被打入各级地狱。"吴某就恳求朱长班带他到阴间去走一趟，会一会他的妻子。朱长班对他说："阴阳隔世，活着的人怎么好随便到阴间去呢？令尊大人待我这样好，我怎么可以做这种缺德的事？"但吴某仍死死纠缠不放。朱长班就说："这事我是绝对不能做的。你如果执意要去，可以到城里太平桥寻丹阳人常妈，多给她些礼金，她或许会答应你。"吴某听后，心里很高兴。第二天，吴某进城找到了常妈。开始常妈不肯，吴某答应事后将赠送几千文谢礼，常妈才改变了态度，并且说："你在某天选择一间清静的屋子，一个人独宿。到时，我会来约你一同到阴间去。但是，你脱下来的衣服，千万不能有丝毫的移动，要是移动了一点，你就无法还阳了。"这件事，常妈特别强调，一再叮嘱。吴某牢记在心，就告别常妈回去了。吴某自丧妻之后，就一直独宿在一间厢房里。到了某天，吴某私下叮嘱他的婶娘说："侄儿今天身子觉得不舒服，需要早点睡觉。请婶娘在外面替我锁好房门，千万不可让人到我房里去，更不能移动我脱下的衣服。这是关系到侄儿生死的大事，婶娘万万不可大意!”婶娘听了他的话，心里非常害怕。问他出了什么事，他避而不答。婶娘没奈何，只好照他说的话，在外面替他锁了房门，又悄悄地在外厢照应。吴某进了卧房后，就点了一盏灯，放在床前；又脱去了外衣，放在床头，然后睡下。但他因为心中有事，辗转反侧，一时竟没法睡着。他心里想着：“常妈并没有叮嘱我一定要睡着。但她又如何带我到阴间去呢？会不会是她胡说八道：在哄骗我?”到了二更时分，忽然，有一丝黑烟从窗口的缝隙缓缓进入。那黑烟袅袅，就像一条蛇在吐着舌头。吴某见此情景，心里不免害怕。过了一会儿，那丝黑烟就变作一个黑团，其大如斗，直向吴某脸上扑来。吴某顿时觉得一阵眩晕，只听耳边有人说：“吴相公，跟我走吧!”听声音，说话的正是常妈。随后，常妈把吴某从床上扶起，一起从门缝里出去，竟然一点没有障碍。吴某还看见婶娘的房间里点起了几盏灯，有几位堂弟也睡在里面。大概是婶娘害怕，就把他们叫来做伴。吴某一跨出大门，就觉得换了一个天地。眼前黄沙漫漫，连东南西北都无法辨别。走了一程，才渐渐有了人烟。那里的街道、店铺、官府衙门，竟与人间一样。走到一个地方，见有一个大水池，池里的水呈红色，许多妇女在里面痛哭、喊叫。常妈指着那个水池对吴某说：“这就是佛家所说的血污池。你家娘子大概也在里面，你找找看。”吴某东张西望，找了一会儿，发现妻子正泡在水池的东南角。吴某见此情景，不禁失声痛哭，一边又呼唤着他妻子的名字。吴某的妻子听到叫唤，就走到吴某站立的池边，流着眼泪，一面与他说话，一面伸手拉他入池。吴某将要下到池中，常妈大惊，上前一把将他拖住，对他说：“你是不是不要命了？这血污池中的水，只要你身上沾到一滴，你就别想回人世了！你可知道，凡是打入这血污池的，都是因为生前毒打婢妾使之流血的缘故。入池的深浅，也由婢妾流血多少而定。”吴某说：“我妻子生前并未打过婢妾，为什么也把她打入血污池呢?”常妈说：“这是她上辈子犯下的罪孽，你怎么会知道?”吴某又问：“我妻子生前并未生育，为什么也要打入血污池?”常妈耐着性子告诉他：“我前面已经讲清楚了，打入血污池并不是因为生育，生育是人世间的常事，有什么罪过?”说罢，拉着吴某就走，从原路回到家中。吴某一直昏睡到第二天午后方醒。起床后，他脸色焦黄，毫无血色，好像是个生了很长时间病的人。过了几天以后，他才慢慢地恢复了原状。过了一个多月，吴某又思妻心切起来。他来到常妈家，要求再带他到阴间去一次。常妈面露难色。吴某许诺比上次多几倍的礼金，常妈才点头答应了。到了约定的日子，吴某仍请婶娘从外面反锁了房门。常妈也按时到了，带他出了大门。走出大约一里地的光景，常妈忽然撇下吴某，一转眼就不见了。吴某不知是什么原因，正在惊疑发呆时，见前面有一顶轿子慢慢而来，轿中端坐着一位白发老翁。等到轿子走近，吴某才认出轿中的白发老翁原来是他去世多年的祖父。他一阵慌张，正要躲避时，祖父把他喝住道："你为什么跑到这里来？"吴某不敢隐瞒，就把思妻心切、两入阴间的事如实说了。祖父听后，大怒道："人的生死各有天命，你怎么这样不通达！"伸手就打了他两个嘴巴，又骂道："你若是再来，我就立刻告诉阴司的官吏，把常妈这老婆子杀了！"说罢，命两名轿夫把吴某送到一条河边。轿夫乘他不注意，一把把他推到了河里。吴某一吓，大叫而醒，发现自己仍旧躺在床上，只是左脸火辣辣地疼痛。伸手一摸，左脸已经青肿。他推说身子有病，在床上躺了十多天，才慢慢恢复了健康。当时，吴家一位亲戚家的老太爷病得很重，吴某就对婶娘说："咱亲戚家那位老太爷不久就要归天了！"婶娘吃惊地问道："你怎么知道？"吴某说："侄儿两入阴间，看见阴司衙门前挂着一块牌子，上面写着他的名字和死亡日期，所以我才知道。"自此以后，吴某精神萎靡，两颗眼珠子呈蓝色。一到下午日头偏西，他就常看见各种各样的鬼，但他至今还活着。吴某的婶娘，是法嘉荪的表姐。这个故事，是法嘉荪从他表姐那里听到的，他又讲给我听。

狐道学

法君祖母孙氏外家有孙某者，巨富也。国初海寇之乱，移家金坛。一日，有胡姓携其子孙奴仆数十人，行李甚富，过其门，云是山西人，遇兵不能行，愿假尊屋暂住。孙接其言貌，知非常人，分一宅居之。暇日过与闲话，见其室中有琴剑书籍，所读者皆《黄庭》、《道德》等经，所谈者皆《心性》、《语录》中语。遇其子孙奴仆甚严，言笑不苟。孙家人皆以狐道学称之。孙氏小婢有姿，一日遇翁之幼孙于巷，遽抱之，婢不从，白于胡翁。翁慰之曰："汝勿怒，吾将杖之。"明日日将午，胡翁之门不启，累叩不应，遣人逾墙开门，阅之，宅内一无所有，惟书室中有白金三十两，置几上，书"租资"二字。再寻之，阶下有一掐死小狐。法子曰："此狐乃真理学也。世有口谈理学而身作巧宦者，其愧狐远矣！"

【译文】

法嘉荪祖母孙氏的娘家，有位侄儿孙某，是当地一个大富翁。清初，沿海一带海盗猖獗，孙某就把家搬到了金坛。一天，有个姓胡的老人，带了子孙奴仆数十人，还有一些贵重的行李，路过孙某的家门。老人说他们是山西人，因遇兵乱，不能再往前走，要求借孙某的空房暂住。孙某看老人的言谈外貌，知道他们不是一般的过往之客，就让出一处空房，请他们住了进去。孙某闲暇无事，就常常过去与老人闲谈。孙某见老人的书房里，有琴、剑、书籍；所读的书，都是《黄庭经》、《道德经》等典籍；嘴里所谈的，义都是《心性》、《朱子语录》中的话。老人对子孙和奴仆管教也很严，平时不苟言笑，神情严肃。可是，孙家的人却都认为他们是一群狐仙，暗地里又称老人为狐道学。孙某家有个小婢女，长得很有姿色。一天，这小婢女与老人的一个小孙子在小巷中相遇，小孙子突然一把把她抱住。婢女不从，挣扎逃脱，把这事报告了老人。老人安慰她说："你别恼了，我一定好好教训他。"第二天，将近中午时分，老人还是紧闭着房门。孙某打发人去敲门，也不见动静。无奈，只得命人翻墙进去，把门打开。一看，宅内空无一人，书房的几案上，却放着白银三十两，旁边有一纸片，上写“租资”二字。又在台阶的下面，发现一只被掐死的小狐狸的尸体。法嘉荪发感慨说：“这老人才是真正的道学家呢，正人必先正己，他把行为不轨的小孙子掐死了。如今世上有不少做官的，大谈程朱理学，道貌岸然，背地里却不择手段到处钻营。这些人比起老狐来，就差得太远了！”

（卷二十二译者　胡士明）

子不语卷二十三

太白山神

秦中太白山神最灵。山顶有三池，曰大太白、中太白、三太白。木叶草泥偶落池中，则群鸟衔去，土人号曰“净池鸟”。有木匠某坠池中，见黄衣人引至一殿，殿中有王者，科头朱履，须发苍然，顾匠者笑曰：“知尔艺巧，相烦作一亭，故召汝来。”匠遂居水府，三年功成，王赏三千金，许其归。匠者嫌金重难带，辞之而出，见府中多小犬，毛作金丝色，向王乞取。王不许，匠者偷抱一犬于怀辞出。路上开怀视之，一小金龙腾空飞去，爪伤匠者之手，终身废弃。归家后，忽一日雷雨，下冰雹，皆化为金，称之得三千两。

【译文】

秦中的太白山神，是最为灵验的。太白山顶上，有三池，即大太白、中太白、三太白。如果有树叶、杂草、污泥落到池中，群鸟就会飞来，把这些杂物衔去。因此，当地人称这些鸟为“净池鸟”。一次，有个木匠不小心掉进了太白池里，却发现这池底下有另外一个世界。只见一位身穿黄衣的人，把他领到一座大殿中。大殿里坐着一位王爷，他没戴帽子，身穿宽袖大袍，脚蹬一双朱红缎面靴，须发苍白，看了木匠一眼，笑着说：“听说师傅手艺高超，所以特地把您请来，烦您替我建造一座凉亭。”于是，木匠就在水宫里住了下来。三年以后，凉亭建成了，王爷就赏他三千两银子，并且允许他回去。可是，木匠嫌银子分量太重，携带不便，因此辞谢不受。临走时，他看见王府中养了许多金丝毛的小狗，逗人喜爱，便开口向王爷讨一只，准备带回家去。王爷不肯，木匠就乘他不注意时，顺手偷了一只，藏到怀里，匆匆告辞走了。走到半路，木匠解开衣襟，想看一看这只可爱的小狗。谁知，他刚解开衣襟，便觉眼前金光一闪，小狗立时化作了一条小金龙，腾空飞去，还抓伤了他的手，使他得了个终身残疾。木匠回家后，有一天，忽然下起了一场大雷雨，雨中夹着冰雹。雷雨停止后，木匠发现落在院子里的冰雹都变成了银子，一称，恰好三千两。

太平闲吏

王员外中斋予告后，卜居江宁，题一斋额曰“太平闲吏”。后十年，员外卒，屋之东偏售于太平守王克端，屋之西偏售于太平守李敏第。

【译文】

王中斋员外退休后，在江宁找了一所房屋住下，自题斋名为“太平闲吏”。十年后，王中斋去世，他的后代就把住宅的东院卖给了太平府知府王克瑞，以后，又把住宅的西院卖给了太平府后任知府李敏第，正应了王中斋“太平闲吏”的斋名。

楚雄奇树

楚雄府碍嘉州者，卜夷地方，有冬青树，根蟠大十里，远望如开数十座木行。其中桌、椅、床、榻、厨、柜俱全，可住十余户，惜树叶稀，不能遮风雨耳。其根拔地而出，枝枝有脚。

【译文】

云南楚雄府的碍嘉州，是少数民族聚居的地方。那里，有一棵高大的冬青树，盘根错节，绵延十多里。从远处望去，这树根下就像开了几十家木器行，里面桌、椅、床、榻、厨、柜一应俱全，能住下十多户人家。可惜，这棵冬青树的树叶太稀，不能遮风挡雨。它的根部的支根拔地而出，枝枝像有脚一样。

泗州怪碑

泗州虹县有井，是禹王锁巫支祈处，铁索犹存。旁有石碑，头不可动，一挪移其头，则碑孔内便流黄水如金色。

【译文】

泗州虹县有一口井，相传是禹王锁水神巫支祈的地方。那里的铁锁链，至今还保存着。井旁有一座石碑。驮碑的赑屃，头不可移动。如果把赑屃的头移动了，石碑改变了方向，就会从赑屃的嘴里流出一种黄色的水来。

雁荡动静石

南雁荡有两石相压，大可屋二间，下为静石，上为动石。欲推动之，须一人卧静石上，撑以双脚，石轰然作声，移开尺许。如立而手推之，虽千万人不能动石一步。其理卒不可解。

【译文】

南雁荡山上有两块互相叠压的大石，体积有两间房子一般大。下面一块叫静石，上面一块叫动石。要想使动石移动，必须有一个人仰卧在静石上，两脚撑住动石，用力一蹬，就会发出轰的一声，动石就会移动一尺多。但如果人站着推那动石，那么就是集合千万个人，也别想移动它一步。这个谜，至今还没有人能解开。

瓦屑庙石人无头

太湖旁有瓦屑庙，庙不甚大，中坐石人二十余，头皆斫落在地，亦有以手握之者。相传张士诚被围，夜有石将军率部伍拒战甚勇，城破后，庙中石人头俱坠地矣。一云明末石人夜为民祟，故村民以铁锄击去其头。

【译文】

太湖旁边有座规模不很大的瓦屑庙，里面有二十多尊石像。这些石像的头都被砍落在地，也有的手里提着自己的头。相传，元末张士诚被朱元璋围困在平江时，夜里有位自称石将军的人率领队伍出城应战。他的将士虽然英勇无比，但平江城还是陷落了。这时，人们发现瓦屑庙里石像的头都被砍在了地上。也有人说：明朝末年，瓦屑庙里的石像一到夜里，就出来兴妖作祟，危害百姓，所以当地村民就用铁镐锄头把它们的头一个个敲掉。

十三猫同日殉节

江宁王御史父某，有老妾年七十余，畜十三猫，爱如儿子，各有乳名，呼之即至。乾隆己酉，老奶奶亡，十三猫绕棺哀鸣，喂以鱼飧，流泪不食，饿三日，竟同死。

【译文】

江宁王御史的父亲有名老妾，七十多岁了，养了十三只猫。她非常爱这些猫，就像爱自己的儿女一样。这些猫都有乳名，只要一叫到它，它就会乖乖地跑过来。乾隆五十四年，这名老妾死了。这十三只猫，就围着她的棺材团团打转，同声哀鸣。别人喂它们鱼，它们只是流泪，一点也不吃。这样饿了三天，十三只猫竟在同一天死了。

鬼吹头弯

林千总者，江西武举。解饷入都，路过山东，宿古庙中。僧言："此楼有怪，宜小心。"林恃勇，夜张灯烛坐以待之。半夜后，橐橐有声，一红衣女踏梯上，先向佛前膜拜行礼毕，望林而笑。林不为意。女被发瞋目，向前扑林。林取几掷之，女侧身避几，而以手来牵林。握其手，冷硬如铁。女被握不能动，乃以口吹林，臭气难耐，林不得已回头避之。格斗良久，至鸡鸣时，女身倒地，乃僵尸也。明日报官焚之，此怪遂绝。然林自此头颈弯如茄瓢，不复能正矣。

【译文】

江西有个林千总，是一位武举人。有一次，林千总奉命押送粮饷进京，路过山东，住宿在一座古庙中。庙里的和尚对他说："这楼上有妖怪，请千万小心！"林千总仗着自己有武功，到了夜里，就掌灯独坐，等待妖怪出现。半夜，林千总忽然听到楼梯橐橐作响，见有一个身穿红衣服的女子慢慢上楼，走到佛像前叩拜行礼。随后，又转身望着林千总，微微一笑。林千总不受她诱惑。那女子立刻变作一个披头散发、双目怒瞪的恶鬼，向他扑来。林千总随手操起身旁的茶几，向女鬼砸去。女鬼一闪身，避过了茶几，上前就要拉扯他。林千总乘势一拉，就攥住了女鬼的手。这手又冷又硬，就像铁棒一样。女鬼的手被攥住，动弹不得，就用口向他脸上吹气。这气奇臭难闻，林千总只好把头偏向一旁，尽力回避。格斗了大半夜，到天亮时，女鬼才筋疲力尽，倒地不起。林千总一看，却是一具僵尸。第二天，和尚把这事报了官，官府查验之后，命人将僵尸焚毁。从此，这里就没有了妖怪。但是，林千总的脖子从此就像弯曲的茄子歪向一边，再也不能恢复过来。

虾蟆教书蚁排阵

余幼住葵巷，见乞儿索钱者，身佩一布袋、两竹筒，袋贮虾蟆九个，筒贮红白两种蚁约千许。到店市柜上，演其法毕，索钱三文即去。一名“虾蟆教书”。其法设一小木椅，大者自袋跃出坐其上，八小者亦跃出环伺之，寂然无声。乞人喝曰：“教书！”大者应声曰：“阁阁。”群皆应曰：“阁阁。”自此连曰“阁阁”，几聒人耳。乞人曰：“止。”当即绝声。一名“蚂蚁摆阵”。其法张红白二旗，各长尺许，乞人倾其筒，红白蚁乱走柜上，乞人扇以红旗曰：“归队。”红蚁排作一行。乞人扇以白旗曰：“归队。”白蚁排之作一行。乞人又以两旗互扇，喝曰：“穿阵走！”红白蚁遂穿杂而行，左旋右转，行不乱步。行数匝，以筒接之，仍蠕蠕然各入筒矣。虾蟆、蝼蚁，至微至蠢之虫，不知作何教法。

【译文】

我小时候住在葵巷，见一位乞丐，身佩一个布袋、两个竹筒。布袋里装着九只蛤蟆，一个竹筒里是红蚂蚁，另一个竹筒里是白蚂蚁，各有一千多只。他来到一家店铺，让蛤蟆和蚂蚁玩一套把戏，然后向店主讨三文钱，立刻又到另一家店铺去。那乞丐玩的把戏有两种。一种叫“蛤蟆教书”。方法是在柜台上设一把小椅子，让最大的一只蛤蟆跳到那把小椅子上，面朝外坐下来，其他八只蛤蟆则面向大蛤蟆，环绕而坐。这时，九只蛤蟆都寂然无声。突然，乞丐喝道：“教书！”坐在椅子上的大蛤蟆立刻“阁阁”地叫几声；环绕而坐的八只蛤蟆马上也“阁阁”地附和几声。这样，蛤蟆们此起彼伏，不断“阁阁”地叫着。喧闹了一阵之后，乞丐道：“停止！”蛤蟆们立刻不出声了。然后，乞丐张开布袋，让蛤蟆跳入，戏就演完了。另一种叫“蚂蚁排阵”。方法是把两个竹筒中的蚂蚁一起倒在柜台上。开始，红、白两种蚂蚁乱爬一气。这时，乞丐手里拿有红、白两面尺把长的旗子。他首先挥动红旗，喝道：“归队！”红蚂蚁们立刻整整齐齐地排成一字长阵；乞丐又挥动白旗，喝道：“归队！”白蚂蚁也迅速排成一行，一点不乱。乞丐再交叉挥动红、白两面旗子，喝道：“穿阵走！”红、白蚂蚁们又立刻横向、竖向交错而行，左旋右转，阵脚整齐，队形不乱。穿行数次，乞丐就把两个竹筒放倒，红、白蚂蚁则分别爬入两个筒里，戏也演完了。这些蛤蟆、蚂蚁，都是极微小极愚蠢的动物和昆虫，不知乞丐用什么方法，把它们驯得如此听话。

木犬能吠

叶公文麟言：在京师，到某比部家，甫叩门，有狮毛恶犬咆哮而出，状若噬人者。叶大怖，主人随出，喝之，犬卧不动。主人视客，笑吃吃不止。问何故，曰：“此木犬也。外覆以狮毛，中设关键，遂能吠走。”叶不信，主人更出一鸡，黄羽绛冠，申颈报晓。披毛视之，亦木所为。

【译文】

叶文麟曾说过这么一件事：他住在京师的时候，曾到刑部司官家作客。刚叩响这家的门，就有一只狮毛恶狗咆哮着冲出大门，向他扑来，像是要咬人的样子，使他吓了一跳。主人闻声赶来，把狗喝住。那狗就躺在地上，一动不动了。主人看着惊魂未定的叶文麟，吃吃地笑个不停。叶文麟问："你笑什么？"主人笑着告诉他："这不过是一只木狗，外面披上狮子毛，在它肚子里，装了一套机关。只要开动机关，它就能叫、能跑！"叶文麟不信。主人又取出一只公鸡，全身是黄色羽毛，红色高冠。主人开动机关，它就伸长脖子，高声报晓。叶文麟拨开它的羽毛一看，果然也是木头做的。

铜人演西厢

乾隆二十九年，西洋贡铜伶十八人，能演《西厢》一部。人长尺许，身躯、耳目、手足悉铜铸成，其心腹肾肠皆用关键凑接，如自鸣钟法。每出插匙开锁，有一定准程，误开则坐卧行止乱矣。张生、莺莺、红娘、惠明、法聪诸人，能自行开箱着衣服，身段交接，揖让进退，俨然如生，惟不能歌耳。一出演毕，自脱衣，卧倒箱中。临值场时，自行起立，仍上戏毯。西洋人巧一至于此。

【译文】

乾隆二十九年，西洋人向朝廷进贡铜制机器人十个。这十个机器人，能演出一部《西厢记》。这些机器人各有一尺多高，身躯、耳朵、眼睛、手脚都是用铜铸成的，心、胃、肾、肠等都有机关联接，制作方法与自鸣钟差不多。这些机器人出场演出时，都有一把钥匙开启。开启时，有一定的程序。如果程序颠倒了，那么它们的坐卧行止就会发出混乱。如果按程序开启，张生、莺莺、红娘、惠明、法聪等人，就能自行打开箱子，穿戴行头，变换身段，揖让进退，就像真人一样，只是没有唱段。一出戏演罢，这些机器人又会自行卸去行头，躺卧到箱子中。以后再登场时，用钥匙一开，它们又会自行起立，重新登场演出。西洋人设计的巧妙，竟达到了这样的程度！

双 花 庙

雍正间，桂林蔡秀才，年少美风姿，春日戏场观戏，觉旁有摩其臀者，大怒，将骂而殴之。回面则其人亦少年，貌更美于己，意乃释然，转以手摸其阴。其人喜出意外，重整衣冠，向前揖道姓名，亦桂林富家子，读书而未入泮者也。两人遂携手行，赴杏花村馆燕饮盟誓。此后，出必同车，坐必同席，彼此熏香剃面，小袖窄襟，不知乌之雌雄也。城中恶棍王秃儿伺于无人之处，将强奸焉。二人不可，遂杀之，横尸城角之阴。两家父母报官相验，捕役见秃儿衣上有血，擒而讯之，吐情伏法。两少年者，平时恂恂，文理通顺，邑人怜之，为立庙，每祀必供杏花一枝，号“双花庙”。偶有祈祷，无不立应，因之香火颇盛。数年后，邑令刘大胡子过其地，问双花庙原委，得其详，怒曰：“此淫祠也。两恶少年，何祀之为？”命里保毁之。是夜，刘梦见两人，一捽其胡，一唾其面，骂曰：“汝何由知我为恶少年乎？汝父母官，非吾奴婢，能知我二人枕被间事乎？当日三国时周瑜、孙策，俱以美少年交好同寝宿，彼盖世英雄，汝亦以为恶少年乎？汝作令以来，某事受枉法赃若干，某年枉杀周贡生某；独非恶人，而谓我恶乎？吾本欲立索汝命，因王法将加，死期已近，姑且饶汝！”袖中出一棍，长三尺许，系刘辫发上，曰：“汝他日自知。”刘惊醒，与家人言，将复建庙祀之，而赧于发言。未几以赃事被参，竟伏绞罪，方知一棍之征也。

【译文】

雍正年间，桂林有个蔡秀才，年轻貌美，风姿翩翩。有一年春天，蔡秀才到戏场去看戏。正看得入神，觉得有人在背后摸他的臀部。蔡秀才心中大怒，准备破口大骂，拔拳要打。可是，他回头一看，发现摸他臀部的人也是一位年轻人，容貌比他更俊。蔡秀才顿时转怒为喜，反而伸手去摸那年轻人的阴部。那年轻人喜出望外，赶紧重整衣冠，上前与蔡秀才作揖施礼，自道姓名。原来，这个年轻人也是桂林的一位富家子弟，虽然已经读书，却尚未入学。两人气味相投，于是手拉手来到杏花村酒馆，摆酒对酌，山盟海誓。从此以后，他们是出必同车，坐必同席。彼此熏香剃面，穿起小袖窄襟的衣服，就像个女人的样子。旁人粗看，一时竟也分辨不清他们究竟是男是女。桂林城里有个恶棍，名叫王秃儿。一次，他在一个无人的去处，拦住了蔡秀才和那个年轻人，想强奸他们。两人坚决不从，王秃儿就把他们杀了，把尸体抛到了城角下的一个无人之处。两人的父母都报了官，官府下令搜捕凶犯。捕役发现王秃儿衣服上有血迹，就将他逮捕。经过审讯，王秃儿招认了杀人的罪行，被官府判处死刑。蔡秀才和那位少年，是文质彬彬的书生，文理通顺，因此得到乡里人的同情，为他们立了庙。每次祭祀，人们总是向他们各献一枝杏花，因此，这座庙有了“双花庙”的名称。乡里人偶尔有所祈求，也总是非常灵验。所以，双花庙香火很盛。数年以后，一位外号叫刘大胡子的知县经过双花庙，就问起这些庙的来历。得知详情后，刘大胡子大怒，说道："还不过是个淫祠！两个流氓恶少，为什么要祭祀他们？"当即命令地保里正，马上把它拆毁。当天晚上，刘大胡子梦见两个人找上门来，一个揪住他的胡子，一个吐了他一脸吐沫，齐声骂道："你有什么根据，骂我们是流氓恶少？你是父母官，而不是我们的奴婢，怎么知道我们在枕被之中干了什么？当年，三国时期的周瑜、孙策，都是容貌俊美的少年。他们交为好友，同屋而睡，形影不离，照样是气盖一世的英雄，难道你也认为他们是流氓恶少？你做桂林知县以来，处理某案，贪赃枉法，索贿受贿若干，某年枉杀周贡生，难道你就不是恶人，而要说我们是恶人！我们本想立刻结束了你的狗命，因你王法难逃，死期已近，所以暂且饶了你！"说罢，从袖子里抽出一根三尺多长的木棍，系在刘大胡子的发辫上，说："等着吧，到时候你就知道了！"刘大胡子从梦中惊醒，把梦境中的事告诉了家里人。家人惊惧，主张重建双花庙，祭祀蔡秀才和那位少年。但刘大胡子碍于面子，对修庙的建议不置一词。不久，他贪赃枉法的事暴露，被御史参劾，皇上下达圣旨，判处他绞刑。临刑之际，他才醒悟：那根棍子，就是一条绞绳的象征。

假　女

贵阳县美男子洪某，假为针线娘，教女子刺绣，行其技于楚、黔两省。长沙李秀才，聘请刺绣，欲私之，乃以实告。李笑曰："汝果男耶？则更佳矣。吾尝恨北魏时魏主入宫朝太后，见二美尼，召而昵之，皆男子也，遂置之法。蠢哉魏主！何不封以龙阳而畜为侍从，如此不独己得幸臣，且不伤母后之心。"洪欣然就之。李甚宠爱。数年后，又至江夏，有杜某欲私之，洪欲以媚李者媚杜，而其人非解事者，遂控到官，解回贵阳。臬使亲验之，其声娇细，颈无结喉，发垂委地，肌肤玉映，腰围仅一尺三寸，而私处棱肥肉厚，如大鲜菌。自言幼无父母，邻有孀母抚养之，长与有私，遂不剃发，且与缠足，诡言女也。邻母死，乃为绣师教人。十七岁出门，今二十七岁，十年中所遇女子无算。问其姓氏，曰："抵我罪足矣，何必伤人闺阃。"讯以三木，始供吐某某。抚军欲拟长流，臬使争以为妖人，非斩不可，乃置极刑。死前一日，谓狱吏曰："我享人间未有之乐，死亦何憾！然某臬使亦将不免。我罪止和奸，畜发诱人，亦不过刁奸耳，于律无死法。且诸女子与通奸皆暗昧不明之事，尽可覆盖，何必逼我供招，宣诸章奏，各拟重杖，使数十郡县富贵人家女子，玉雪肌肤，困于朱木乎？"次日，赴市受戮，指其跪处曰："后三年，讯我者在此矣！"已而臬使果以事诛，众咸异焉。余谓此事与《明史》所载嘉靖年间妖人桑翀相同，桑不报仇，而洪乃报仇，何耶？

【译文】

贵阳县有位洪某，是个美男子。他乔装打扮成做针线活的女人，以教女子学刺绣为名，行骗于湖南、贵州两省，进行奸宿。湖南长沙有个李秀才，也是个好色之徒。他聘请洪某到家里教刺绣，准备与他私通。洪某明白李秀才的用意，就对他实话实说："我和你一样，也是个须眉男子！"李秀才听后，笑着说："你真是男子吗？如果真是男子，那就更好了！我常恨北魏的君主进后宫朝见皇太后，发现太后宫里有两个美貌的尼姑，就把她们召来宠幸，却发觉两人都是男子，于是下令把这两个假尼姑杀了。这北魏的君主真是个蠢材！他为什么不把这两个假尼姑封为龙阳，作为自己的侍从？这样，不但自己独得幸臣，而且照顾了太后的面子，不伤她的心。”洪某听后非常赞赏，就欣然与他亲热。李秀才对洪某也非常宠爱。几年以后，洪某又到了江夏。江夏有个杜某，也是个好色之徒。他把洪某骗到家中，想与这个假女人私通。而洪某却用对付李秀才的办法，直截了当地告诉杜某自己是个男子。可是，杜某并不爱男风，竟去报告了官府。官府立刻将洪某逮捕，解送回贵阳原籍，交当地官府处置。贵州按察使亲自检验洪某，发现他说话声音娇嫩细气，咽喉部没有喉结，头发长得快要垂地，肌肤细腻光滑，腰围才一尺三寸。但他的阴部器官却棱肥肉厚，像个大鲜蘑菇。据洪供认：他自幼就没了父母，靠邻居的一位寡妇收留抚养，长大后就与寡妇私通，并且蓄了长发，缠了足，对外则称是寡妇的女儿。后来寡妇死了，他就冒充做针线活的女人，教人学刺绣。他十七岁就出门流浪，现在已经二十七岁了。在这十年时间里，被他诱骗奸污过的女子已多得数不清了。按察使又追问被他侮辱的女子的姓名，洪某说：“把我抵罪就足够了，何必损害那些闺阁的名声。”按察使大怒，命人施加重刑。洪某经受不住，才招出了被他奸宿过的女子的姓名。贵州巡抚主张把洪某流放，按察使认为他妖艳惑众，伤风败俗，非斩不可，于是判了个极刑。临刑的前一天，洪某对监狱的官吏说：“我享尽了人间少有的乐趣，死了也没有什么遗憾！然而，按察使也不免要人头落地！我的罪不过是和奸，畜发引诱女子，也不过是行径奸刁，按照国朝的法律，也不至于判死罪。况且，那些女子与我和奸，都是些暗昧难明的事，尽可以遮盖一下，以保全这些女子的名声。但这位按察使却非要逼我招供，把这些女子的名字写在奏章之中，使天下人都知道。还要对这些富贵人家女子一一杖责，使她们雪白似玉的肌肤，受到酷刑。他这种罪恶，比起我来，更是不可饶恕！”第二天，洪某被绑赴刑场受刑。他指着自己所跪的地方，喊道：“三年之后，那个判我死刑的人，也要在这里人头落地！”说罢，竟从容受刑。三年后，这位贵州按察使果然因事被革职，并在同一个刑场上被杀了头。这时，人们想起了三年前洪某的预见，都感到非常惊异。我认为这事与《明史》所载嘉靖年间妖人桑翀的行径相同，但桑翀不报仇，而洪某却要报仇。不知为什么一个认罪服罪，而另一个却完全相反呢？

预知科名

族弟袁楠作秀才时，癸酉乡试，因有家难，场前奔走倦矣。入闱，进“洪”字三号，天已晚，即铺板熟睡。二鼓后，闻有人问：“何号是袁相公?”不觉惊起。其人乃同考秀才，素不相识者，问：“君姓袁，可名楠乎?”曰：“然。”其人拱手作贺曰：“君已中矣!”问：“何以知之?”曰：“我临安人，姓谢，与君同号。顷睡梦间闻外喊取题目纸声甚急，及取之，只一纸，首题是‘邦有道，危言危行’二句。其时同号中有六七十人，嘈嘈争问题目何止一纸，外答曰：‘此号只中“洪”字第三号袁某，应得一纸耳。’君既坐此号，名姓皆符，故来相报。”袁谢而颔之。黎明题纸出，果如其言，乃大喜，自命必中，纵笔疾书，文如宿构。榜发，竟登第。

【译文】

我的本族兄弟袁楠作秀才时，参加乾隆十八年癸酉科乡试。试前，他家里发生了危难之事，不得不四处奔波。等到他解决了家事进场参加考试时，已经筋疲力尽了。袁楠被安排在考场的“洪”字第三号。他进入号房时，天色已晚。因为劳累，他打开了铺盖，躺下睡着了。睡到二更时分，他听到有人问：“哪一号是袁相公?”袁楠惊醒后一问，才知道提问的这个人也是安排在“洪”字号的一名秀才，但袁楠并不认识他。这名秀才又问：“您就是袁楠相公吗?”袁楠说：“是的。”这名秀才马上作揖祝贺道：“恭喜相公高中了!”袁楠感到奇怪，问道：“您怎么知道呢?”秀才告诉他说：“我是临安人，姓谢，与您在同一个号房。刚才，我在睡梦中听到外面有人急喊：‘快取试题来！’我出门取来一瞧，试题只有一张，题目是‘邦有道，危言危行’二句。当时，同号的考生有六七十人，大家嘈嘈杂杂地问为什么试题只有一张，只听外面有人说道：‘这洪字号里，只有第三号的袁秀才可以领一张试题。’既然你是第三号，姓名又完全相符，所以特来向您报喜。”袁楠听后，高兴地点点头，并向这位谢秀才表示感谢。第二天早晨，试题发下来了，袁楠一看，题目果然是“邦有道，危言危行”。袁楠非常高兴，自以为必中，于是奋笔疾书，写出来的文章好像早已构思过的一样。放榜后，他果然考中了举人。

胡鹏南

胡公鹏南，巡视中城。一日，闻姊病，往视之。姊已昏迷，闻胡至，谡然而起曰：“弟来视我甚善，然弟宜速归。”胡不肯。姊起，用手推之，家人子弟不解其故。胡既去，姊语家人曰：“我方死去，押差将送我至城隍府，路遇旌旗，皂役曰：‘旧城隍升去，新城隍到任。汝且将女犯押回。’问新城隍何人，曰：‘吏科给事中胡鹏南也。’我惊醒，不意鹏南即坐我床上，故我劝令还家。汝等可速往视之。”如其言，胡已沐浴朝服，无疾而逝矣。胡乃春闱座师。

【译文】

胡鹏南奉命巡视中城。一天，他听说姐姐病了，就去探望。这时，他的姐姐已处于昏迷状态。但一听说弟弟来看她，就霍地从床上坐了起来，对弟弟说：“你来看我，很好。但你应该赶快回去！”胡鹏南不肯离去，姐姐就用手把他推开。胡鹏南无奈，只得怏怏地走了。他姐姐的家人和子弟，也不理解病人的用意。胡鹏南走后，他的姐姐才对家里的人说："我刚才已经死过去了。押差把我送到城隍府，半路上，忽见旌旗招展，车马成龙，有一名皂役赶上前来，对押差说：'原任城隍爷高升了，新任城隍爷即将到任。你且把这名女犯押送回去。'押差问：'不知新任城隍爷是谁？'皂役说：'吏科给事中胡鹏南。'我听后一惊，就醒了，想不到鹏南正坐在我床边。所以我才劝他回去。你们快到他家里去看看。"家人听了，马上派人去探望，只见胡鹏南沐浴已毕，穿了朝服，平静地躺在床上，无疾而死了。这位胡鹏南，就是族弟春圃的座师。

龙护高家堰

乾隆二十七年，学使李公因培科考淮安。清晨，风雨怒号，生徒惊顾，不能唱名。正踌躕间，地大震，辕外旗竿被龙攫入云中，不知所往。河水暴涨，与高家堰相齐。河督高公及各厅官面如土色，皆云西风一大，则淮扬休矣。方恐怖间，忽转东风，天低若盖，将压人头。见黑龙在云中拖尾取水，数卷后，顷刻之间，洪泽湖水低三丈，人心大安。龙之鳞甲，金光四射，惟头角则不可见。此石埭县教官沈公雨潭所目击。

【译文】

乾隆二十七年，学使李因培到淮安来对秀才进行科试。那天清晨，狂风怒号，大雨倾盆。考生们都吃惊地相顾而视，搅得科场上连唱名都没法进行。众人正在踌躕疑惑时，忽然一场大地震发生了。顷刻之间，地动山摇，天翻地覆，连考场辕门外的一根大旗杆也被飓风卷入乌云之中，不知去向。洪泽湖水急速暴涨，很快就与高家堰的堤面一样高。当时的江南河道总督高公和各厅长官，个个吓得面如土色，惊恐地说："如果西北风再增大，那么淮安、扬州就完了！”众人正在惊慌失措时，忽然转了东风，天空乌云低垂，就像一个盖子，快要压到人们的头上。只见一条乌龙在云中拖着长长的尾巴，汲取洪泽湖中的水。它的尾巴在水面上翻卷了数次，顷刻之间，洪泽湖的水位就下降了三丈，人心终于大安。据说，那条乌龙在摆尾汲水时，鳞甲金光四射，但头和角始终藏在乌云之中，无法看见。当时情景，是石埭县教官沈雨溥亲眼目睹的。

雷公被污

沈公又云：是年淮安有雷轰轰然将击孤贫院中一老妇，妇方解裤溲，心急甚，即以马桶泼之，随见金甲者绕屋而下。少顷，有雷神蹲老妇之旁，大嘴黑身，长二尺许，腰下有黑皮如裙，遮掩下体，瞪目无言，两翅闪闪摇动不止。居民报知山阳县官，官遣道士来画符建醮，以清水沃其头，至十余石。次日复雨，才能飞去。

【译文】

沈雨溥又说，乾隆二十七年的一天，雷电交加，霹雳在淮安孤贫院的上空打转，正要向院内的一位老婆子打来。当时，这位老婆子正在小解。忽然，一个响雷直向她的头顶打来。老婆子心中一急，立刻提起马桶，向响雷袭来的方向泼去。随后，只见一个金甲雷神绕着房顶转了几圈，又落到地上。不一会儿，金甲雷神又蹲在了老婆子的身边。这金甲雷神生着一张大嘴，全身墨黑，身高二尺多，肋下有两个翅膀，腰下还系了一张黑皮，看上去像条裙子，遮住了下体，他瞪着两眼，一言不发，两个翅膀还在不停地扇动。当地居民把这事报告了山阴官府。官府派了道士到现场，设坛作法，画符念咒。又用了十多石清水冲洗雷公的头部和身体。第二天又下了一场大雨，雷公这才乘机飞回天界。

李文贞公梦兆

李相公光地未贵时，祈梦于九龙滩。庙神赠诗一联云："富贵无心想，功名两不成。"李意颇恶之。后中戊戌科进士，为宰相，方知戊戌两字皆似"成"字而非"成"字，"想"字去"心"恰成相字。

【译文】

李光地相公尚未发迹富贵时，曾到九龙滩的神庙里祈梦。庙神赠他一副对联："富贵无心想，功名两不成。"李光地觉得这副对联太不吉利，心里老大不自在。后来，李光地中了戊戌科进士，位至宰相。这才知道"戊戌"两字像"成"字又不是"成"字；"想"字去掉下面的"心"，就是"相"字。

鬼求路引

德龄安孝廉知太仓州事，内幕某，浙人也，偶染时症，一夕大呼曰："归欤，归欤，胡不归！"察其音，陕人也。问："何以不归？"曰："无路引。"问："何以死于此？"曰："我宁夏人，姓莫名容非，前太仓刺史赵西远亲也。万里赍粮而来，为投赵故。赵刺史反拒不纳，且一文不赠，故穷馁怨死于此。"问："何以不缠赵，幕友与汝宁有冤乎？"曰："赵已他迁，鬼无路引，不能出境。缠他人无益，故来缠幕友，庶几惊动主人，哀怜幕友，必与我路引。"德公闻而许之，召吏房作文书，咨明一路河神关吏，放莫容非魂归故乡。幕友病不医而愈。

【译文】

有位德龄安举人，在太仓州做知州时，他的一位浙江籍幕友偶然得了风寒，一天晚上，忽然大声叫道："归去来兮！归去来兮！胡不归？"听他的口音，却是个陕西人。有人问那鬼："你思乡这样心切，为什么不回去呢？"他说："我没有人引路。"又有人问："那你怎么会死在这个地方呢？"他说："我是宁夏人，名叫莫容非。前任太仓州知州赵酉，是我的一位远亲。我不远万里前来，原是想投靠他。谁知赵酉不但不见我，就连一分钱也不肯接济我。我又穷又饿，最后死在街头。"有人问："那你为什不去找赵酉算账，却来纠缠这位幕友，难道他和你有什么冤仇吗？"莫容非的鬼魂说："赵酉已经升迁，到别处当官去了。我是想回去的，但鬼没有官府签发的路引，不能出境。我去纠缠别人，不会有什么好处，所以来纠缠这位幕友，以便惊动知州安大人。他哀怜这位幕友，就一定会帮我的忙。"德龄安听说了这件事，立刻召来府吏，命他写好文书，要求沿路的河神关吏，放莫容非的鬼魂返回故乡。这位幕友的病就不治而愈了。

石揆谛晖

石揆、谛晖二僧，皆南能教也。石揆参禅，谛晖持戒，两人各不相下。谛晖住杭州灵隐寺，香火极盛，石揆谋夺之。会天竺祈雨，石揆持咒召黑龙行雨，人共见之，以为神。谛晖闻知，即避去，隐云栖最僻处。石揆为灵隐长老垂三十年，身本万历孝廉，口若悬河，灵隐兰若之会，震动一时。有沈氏儿，丧父母，为人佣工，随施主入寺，石揆见之大惊，愿乞此儿为弟子。施主许之。儿方七岁，即为延师教读。儿欲肉食，即与之肉；儿欲衣绣，即衣之绣。不削发也。儿亦聪颖，通举子业。年将冠矣，督学某考杭州，令儿应考，取名近思，遂取中府学第三名。月余，石揆传集合寺诸僧曰："近思，余小沙弥也，何得瞒我入学为生员耶?"命跪佛前，剃其发，披以袈裟，改名"逃佛"。同学诸生闻之大怒，连名数百人，上控巡抚、学院，道奸僧敢剃生员发，援儒入墨，不法已甚。有项霜泉者，仁和学霸也，率家僮数十，篡取近思，为假辫以饰之，即以己妹配之。置酒作乐，聚三学弟子员赋催妆诗作贺。诸大府虽与石揆交，而众怒难犯，不得已准诸生所控，许近思蓄发为儒。诸生犹不服，各汹汹然，欲焚灵隐寺，殴石揆。大府不得已，取石揆两侍者，各笞十五，群忿始息。后一月，石揆命侍者撞钟鼓，召集合寺僧，各持香一炷，礼佛毕，泣曰："此予负谛晖之报也。灵隐本谛晖所住地，而予以一念争胜之心夺之，此念延绵不已，念己身灭度后，非有大福分人不能掌持此地。沈氏儿风骨严整，在人间为一品官，在佛家为罗汉身，故余见而倾心，欲以此坐与之。又一念争胜，欲使佛法胜于孔子，故先使入学，以继我孝廉出身之衣钵，此皆贪嗔未灭之客气也。今侍儿受杖，为辱已甚，尚何面目坐方丈乎？夫儒家之改过，即佛家之忏悔也。自今已往，吾将赴释梵天王处，忏悔百年，才能得道。诸弟子速持我禅杖一枝，白玉钵盂一个，紫衣袈裟一袭，往迎谛晖，为我补过。"群僧合掌跪泣曰："谛晖逃出已三十年，音耗寂然，从何地迎接?"

曰："现在云栖第几山第几寺，户外有松一株、井一口，汝第记此，去访可也。"言毕，趺坐而逝，鼻垂玉柱二尺许。群僧如其言，果得谛晖。沈后中进士，官左都御史，立朝有声，谥"清恪"。虽贵，每言石揆养育之恩，未尝不泣下也。

谛晖有老友恽某，常州武进人，逃难外出，披甲，有儿年七岁，卖杭州驻防都统家。谛晖欲救出之。会杭州二月十九日观音生日，满汉士女，咸往天竺进香。过灵隐，必拜方丈大和尚。谛晖道行高，贵官男女，膜手来拜者以万数，从无答礼。都统夫人某从苍头婢仆数十人来拜谛晖，谛晖探知瘦而纤者恽氏儿也，矍然起，跪儿前，膜拜不止，曰："罪过，罪过！"夫人大惊，问故。曰："此地藏王菩萨也。托生人间，访人善恶，夫人奴畜之，无礼已甚，闻又鞭扑之，从此罪孽深重，祸不旋踵矣！"夫人皇急求救。曰："无可救。"夫人愈恐，告都统。都统亲来，长跪不起，必求开一线佛门之路。谛晖曰："非特公有罪，僧亦有罪。地藏王来寺而僧不知迎，罪亦大矣。请以香花清水供养地藏王入寺，缓缓为公夫妇忏悔，并为自己忏悔。"都统大喜，布施百万，以儿与谛晖。谛晖教之读书学画，取名寿平，后即纵之还家，曰："吾不学石揆痴也。"后寿平画名日噪，诗文清妙。人或问恽、沈二人优劣，谛晖曰："沈近思学儒不能脱周、程、张、朱窠臼，恽寿平学画能出文、沈、唐、仇范围。以吾观之，恽为优也。"言未已，以戒尺自击其颈曰："又与石揆争胜矣。不可，不可！"谛晖寿一百零四岁。

【译文】

石揆、谛晖两位高僧，都是佛教禅宗慧能派的传人。石揆主参禅，谛晖主持戒，两人地位相当，不分高下。谛晖当杭州灵隐寺方丈，香火极盛。石揆不服气，就想谋夺他的方丈位置。正巧遇到杭州的天竺寺举行祈雨仪式，石揆抓住时机，在仪式上大显神通。他持咒召来黑龙，杭州地区立刻普降大雨，在场的人都看到了这情景，因此都把他奉为神仙。谛晖听说后，觉得自己法术不如石揆，就悄悄离开了灵隐寺，隐居在云栖山最偏僻的地方。从此以后，灵隐寺的方丈位置就由石揆接替，一做就是三十年。石揆原是明代万历年间的一名举人，说话口若悬河。他做了灵隐寺的方丈以后，当众讲经说法，滔滔不绝，因而名噪四方。当时，有个姓沈的孤儿，父母双亡，靠给人家做帮工维持生活。有一天，他随主人到灵隐寺进香拜佛。石揆一见这个孩子，大吃一惊，就请求施主把他舍到寺中。施主也满口答应，石揆就把他收为弟子。那时，这个孩子还只有七岁。石揆专门为他请了老师教他读书；他要吃肉，就允许他吃；要穿华丽的衣服，就命人给他做了绣花衣；也不给他剃头受戒，允许他蓄长发。这个孤儿天资聪颖，几年之后，就精通八股文。他近二十岁那年，浙江提督学政巡视杭州，石揆命他参加府学考试，并给他取名为近思。沈近思果然出类拔萃，在府学考试中了第三名，成为生员。过了一个多月，石揆忽然召集灵隐寺全体僧众，对他们说："近思是本寺的一个小沙弥，竟然瞒着我去求取功名，成为一名生员，真是目无佛法！"当即命沈近思跪在佛前，为他剃发受戒，披上袈裟，改赐法名为"逃佛"。石揆的这种做法，激起了府学生员的极大愤怒，他们联络了数百人，联名向巡抚、提督学政控告，指责石揆强制生员剃发受戒、弃儒从佛，无法无天。有个叫项霜泉的生员，是杭州学界的一霸。他率领家中僮仆数十人，从灵隐寺中把沈近思抢了出来，安置在自己的家里，为他系上一条假辫子。同时又把自己的妹妹许配给他，并当天成亲，大张筵席，广请学界生员文士前来赋催妆诗祝贺。巡抚、提督学政平时虽与石揆交往，但众怒难犯，只得准了生员们的控告，允许沈近思蓄发为儒。谁知生员们依然不服，个个心中愤愤不平，扬言要焚烧灵隐寺，殴打石揆。官府不得已，就把石揆身边的两名侍从僧人作为替罪羊，各打十五大板，生员们的愤怒情绪才渐渐平息了下来。又过了一个多月，石揆命侍从僧人撞响大钟，召集了全体僧人，命他们各持香一炷，和自己一起向佛祖叩拜。然后，他流着眼泪对众僧说："这是我负心于谛晖的报应啊！灵隐寺本来是谛晖的所在地，而我因争胜的一念之差，夺了他的方丈位置。又一直在想，自己圆寂之后，除非有大福大贵的人，不能主持这座寺院。当初我一见沈近思，看他风骨不凡，将来必定官至一品；若是入了佛界，也是个罗汉之身。所以我对他一见倾心，想将来把方丈的位置让给他。我还有一个争胜的念头，就是想用佛法压倒孔孟之道。所以我就为沈近思延师受教，将来继承我这个举人出身的和尚的衣钵。这都是我贪欲的俗心未灭，言行虚矫，心不真诚。现在我的侍从僧人代我到官府受杖，是对我的极大羞辱，我还有什么脸面坐方丈这个位置？儒家提倡改过，佛家主张忏悔。从今天起，我就要离开灵隐寺，到释梵天王那里去忏悔罪过，忏悔一百年后，才能重新得道。你们从速带上我的禅杖、捧着白玉钵盂、拿了紫衣袈裟，把谛晖长老迎回，替我弥补罪过吧！"众人合掌跪地，哭着说："谛晖长老离灵隐寺而去，已经三十年了，音讯杳无，我们上哪儿去寻他？"石揆说："谛晖长老现住云栖山某峰某寺，寺前有古松一株、水井一口。你们只要记住这些，就一定可以找到他。"石揆说罢，就盘膝而坐，溘然而逝，从鼻孔中垂下两道鼻涕，洁白如玉柱，各有二尺多长。灵隐寺众僧遵照石揆的遗嘱，终于找到了谛晖，把他请了回来。后来，沈近思也中了进士，官至左都御史。他为官有政声，死后谥"清恪"。他虽然位至高官，但只要提到石揆的养育之恩，总要伤心流泪。

谛晖有位姓恽的老朋友，常州武进人。恽某逃荒外出，入八旗当兵。他有一个儿子，年方七岁，因家穷卖在杭州驻军都统家中为奴。谛晖一直想把老友恽某的这个儿子从都统家救出来。那年二月十九日，正逢杭州庆祝观音菩萨生日，满汉两族的士女们都到天竺进香。香客们到天竺去，都要路过灵隐寺，也一定要进寺拜见谛晖长老。谛晖长老道行高，向他顶礼膜拜的贵族男女多以万数，他是从来不答礼的。当都统夫人带着几十名奴仆丫鬟来拜见谛晖长老时，谛晖事前已探知奴仆中有位身体矮小瘦弱的，就是恽氏孤儿，于是突然站起身来，上前跪在这个孤儿面前，膜拜不止，说："罪过！罪过！"都统夫人大惊失色，连忙上前问原因，谛晖说："这个孩子是地藏王菩萨！他托生到人间，就是要察访人间善恶。夫人竟把他当作奴仆来使唤，已经是莫大的罪过！又听说夫人经常鞭打他，这罪孽就更加深重了！您大祸临头的日子已不远了！"都统夫人听后，吓得魂不附体，连连求救。谛晖说："这事老僧也无计可施！"夫人一听，愈加惊恐万分，急忙报告都统。都统亲自前来，跪在谛晖面前，一直不肯起来，求他无论如何开一线佛门之路。谛晖对都统说："这事不但您大人有罪，就是老僧也有罪过。地藏王菩萨下临鄙寺，而老僧却不曾出迎，这罪过已很大了！现在让老僧把菩萨请入寺中，用香花清水供奉起来，然后待老僧在菩萨面前，慢慢为大人和夫人忏悔，同时也为老僧自己忏悔。"都统听了谛晖的话，心中大喜，立刻许愿向灵隐寺布施百万银子，并恭恭敬敬地把恽氏孤儿送进寺中。恽氏孤儿入寺后，谛晖长老亲自教他读书作画，并给他取名寿平。后来，恽寿平长大成人，谛晖就让他回到自己家中，说："我不想学石揆长老的那种痴心。"几年以后，恽寿平画名日噪，诗文也极清妙，成为当时画坛、文坛的大家。有人向谛晖长老问起恽寿平和沈近思二人的高下，谛晖说："沈近思学儒而不能摆脱周敦颐、程氏兄弟、张载、朱熹的窠臼，恽寿平学画却能跳出文徵明、沈周、唐寅、仇英的范围。依老僧看来，当以恽寿平为高。"谛晖长老话未说完，就觉得自己失言，立刻用戒尺敲着自己的脖子说："我又与石揆争胜了！罪过！罪过！"这位谛晖长老，享年一百零四岁。

天上四花园

嘉兴祝孝廉维诰为中书舍人，好扶乩，言休咎往往有应者。将死前一月，乩仙自称："我天上看园叟也，特来奉迎。"祝问："天上安得有园？"叟云："天上花园甚多，不能言其数，但我所管领者，四园三主人耳。"问：

“主人为谁?”曰:“冒辟疆、张广泗,其一则足下也。”祝问:“冒与张绝不相伦,何以共在一处?”曰:“君等三人皆隶仙籍,冒降生为公子,享福太多,现今未许复位,园尚荒芜;张福力最大,以作经略时杀降太多,上帝怒之,将置冥狱,幸而生前已罹国法,故犹许住园;君在世无过无功,今阳数将终,可来复位。”言毕,乩盘不动。是年,祝病亡。

【译文】

嘉兴举人祝维诰,官内阁中书。他喜欢扶乩请仙,并说自己请来的乩仙都很灵验。祝维诰去世前一个月,乩仙忽然对他说:“我是天界负责看管花园的老人,今天特来迎您到天界去。”祝维诰问:“天界怎么会有花园呢?”老人告诉他:“天界的花园可多了,数都数不清。但我只为三个主人看管四座花园。”祝维诰又问:“这四座花园的主人是谁?”老人说:“一位是冒辟疆,一位是张广泗,另一位就是足下了。”祝维诰问:“冒辟疆是名风流才子,而张广泗是位封疆大臣,两人截然不同,怎么能混在一起,平起平坐呢?”老人说:“你们三位,原本都入了仙籍。冒先生生在富贵之家,享受的福分已经太多了,所以现在还没有准许他归位,那座花园就荒芜至今。张先生福分最大,但他在做经略时,杀人太多,因此上帝发怒,将他投入天牢。幸亏他生前已受国法惩处,所以允许他复位,回到自己的园中。您在世时既没有过,也没有功,现在阳寿已尽,可以来复位了!”说罢,乩盘上就没有动静了。这一年,祝维诰果然死了。

碌碡作怪

常州武生某,素有力,往金陵乡试,路过龙潭,见一妇坐门首，因口渴，向其索茶。妇以生不分男女，大骂，闭门进去。生思不与茶则已，何至詈骂，气甚不平。见其田中卧碌碡一条，即用力擎起，架于树上而去。明日妇开门见之，询邻人，皆曰："此物非数人不能动，莫非树神所为乎？"因朝夕敬礼，有求必应。或侮慢之，即有不利。如是者月余，生试毕归家，仍过其地，见所置碌碡尚在树间，其下香火罗列，禳祷者纷纷，心知为己所误，笑而不言。是晚，宿店中，思此事终是惑众，必转去说明方好。忽朦胧睡去，见有人告曰："我某处鬼也。游魂到此，假托树神以图血食。君新科贵人，故不敢隐瞒。若肯见容不说破，感恩非浅。"言毕不见。生遂不转去，径回常州。是科榜发，果中举人。

【译文】

常州有位武生，素来有力气。一年，他到金陵去参加乡试，路过龙潭镇，看见一个女人坐在门口。武生因为口渴，就向她讨点茶喝。谁知这个女人不但不给他茶喝，反而破口大骂，说他不知男女有别、授受不亲，一边骂，一边转身进去，哐当一声关上了大门。武生心里想：不给茶喝也就罢了，何必出口伤人！心里憋了一肚子气。忽然，他转身看见她家前面的田里放着一个碌碡，因为心里有气，就用力把它举起，放在她家门前的一棵树上，然后扬长而去。第二天清晨，这女人开门看见碌碡被放在了树上，就去询问邻居。邻居都说："这东西重得出奇，没有几个粗壮汉子，休想搬得动它。莫非是树神作怪，把它搬上去的吧？"众人就天天早晚对着那棵树烧香磕头，居然也有求必应。如果有人对树神有所轻慢，马上就会有倒霉的事发生。如此过了一个多月，那武生参加乡试后回家，又经过龙潭镇。只见那个碌碡仍在树上，树下香火罗列，磕头礼拜的人熙熙攘攘。他知道这些人已上了自己的当，但只是暗暗好笑，却不去挑明真相。晚上，他住在客店里，心想这事毕竟是蛊惑群众，还是去说明真相才好。想着想着，就朦朦胧胧地睡着了。睡梦中，忽见有个人走到他面前，对他说："我是某某地方的一个饿鬼。我到这里来，不过是想假冒树神，图一点供品。您是新科贵人，所以对您不敢隐瞒。您如能体谅我的境况，不说破真相，感恩不浅！"话音刚落，那鬼就不见了。武生第二天醒来，想到昨夜的梦境，也就不去说明真相，而直接回常州去了。等到乡试放榜，他果然高中举人。

风流具

长安蒋生，户部员外某第三子也。风流自喜，偶步海岱门，见车上妇美，初窥之，妇不介意，乃随其车而尾之。妇有愠色，蒋尾不已，妇转嗔为笑，以手招蒋，蒋喜出意外，愈往追车，妇亦回头顾盼，若有情者。蒋神魂迷荡，不知两足之蹣跚也。行七八里，至一大宅，车中妇入，蒋痴立门外不敢近，又不忍去。徘徊间，有小婢出，手招蒋，且指示宅旁小门。蒋依婢往，乃溷圊所也。婢低语："少待。"蒋忍臭秽，屏息良久。日渐落，小婢出，引入，历厨灶数重，到厅院，甚唐皇，上垂朱帘，两僮倚帘立。蒋窃喜，以为入洞天仙子府矣。重整冠，拂拭眉目，径上厅。厅南大炕上坐一丈夫，麻黑大胡，箕踞，两腿毛如刺蝟，倚隐囊，怒喝曰："尔何人，来此何为？"蒋惊骇，身战，不觉屈膝。未及对，闻环珮声，车中妇出于室，胡者抱坐膝上，指谓生曰："此吾爱姬，名珠团，果然美也。汝爱之，原有眼力。第物各有主，汝竟想吃天龙肉耶？何痴妄乃尔！”言毕，故意将妇人交唇摩乳以夸示之。生窘急，叩头求去。胡者曰：“有兴而来，不可败兴而去。”问何姓，父何官，生以实告。胡者笑曰：“而愈妄矣！而翁吾同部友也。为人子侄而欲污其伯父之妾，可乎？”顾左右取大杖，“吾将为吾友训子！”一僮持枣木棍，长丈余，一僮直前，按其项仆地，裤剥下，双臂呈矣。生哀号甚惨，妇人走下榻，跽而请曰：“奴乞爷开恩。奴见渠臀比奴臀更柔白，以杖击之，渠不能当。以龙阳待之，渠尚能受。”胡者叱曰：“渠，我同寅儿也，不可无礼。”妇又请曰：“凡人上庙买物，必挟买物之具，渠挟何具以来？请验之。”胡者喝验，两僮手摩其阴，报曰：“细如小蚕，皮未脱稜。”胡者搔其面曰：“羞，羞，挟此恶具而欲唐突人妇，尤可恶！”掷小刀与两僮曰：“渠爱风流，为修整其风流之具。”僮持小刀握生阴，将削其皮。生愈惶急，涕雨下。妇两颊亦发赤，又下榻请曰：“爷太恶谑，使奴大惭。奴想吃饽饽，有五斗麦未磨，毛驴又病，不如着渠代驴磨面赎罪。”胡者问愿否，生连声应诺。妇人拥胡者高卧，两僮负麦及磨石至，命生于窗外磨麦，两僮以鞭驱之。东方大白，炕上呼云：“昨蒋郎苦矣，赐饽饽一个，开狗洞放归。”生出，大病一月。

【译文】

长安人蒋某，是户部员外郎的三公子。蒋某生性风流，并常常以此自诩。一天，蒋某出海岱门，到郊外去闲逛，见一辆轿车上坐着的少妇很美，就偷偷地看起来。开始，那位美妇并不介意，后来发现蒋某一直跟在车后，脸上便露出恼怒的神色。但这蒋某却漠然不顾，依然紧跟不舍。过了一会儿，美妇忽然换了副神色，转怒为喜，向他招手。蒋某喜出望外，追得愈加卖力。美妇还不时地回头张望，好像对他很有情意的样子。蒋某神魂颠倒，竟忘记了脚下的路坑坑洼洼，更加不要命地追赶。那辆车行驶了七八里地，到了一座大宅，美妇下车进入宅内。蒋某痴痴地站立门外，既不敢贸然进去，又舍不得随便离开。正在徘徊犹豫之间，有个小丫鬟走出大门，向蒋某招手，又指指侧面的小门。蒋某跟上前去，随小丫鬟从小门进去，那里原来是一个厕所。小丫鬟低声对蒋某说："你在这儿等一会儿，我去去就来。"蒋某强忍着厕所中散发出的恶臭，不敢大口呼吸，等了好长时间。一直等到太阳渐渐落下，那小丫鬟才慢慢走来，引领蒋某进去。经过几间厨房，来到一个正厅大院。这里的建筑富丽堂皇，大厅门上挂着彩色珠帘，两名小僮垂手站立两旁。蒋某心中暗喜，以为自己已进入洞天仙府了。他整了整衣冠，擦拭了一下头脸，由小丫鬟带领，进入正厅。蒋某一看，厅南大炕上靠着个彪形大汉，一脸黑麻子，留着大胡子，两腿叉着而坐，腿上尽是刺猬一样的毛。这大汉一见蒋某，就怒喝道："你是什么人？到这儿来干什么？"蒋某吓得浑身打战，不知不觉的两腿一软，就跪在了地上。还没等他回答，就听见一阵珠玉佩环响动的声音，接着走出车上的那位美妇。大汉一把把她抱过来，坐在自己的腿上，对蒋某说："这是我的爱妾，名叫珠团。她是世上少有的美人。你看上她，说明你很有眼力！但物各有主，你竟想吃天鹅肉吗？你为什么痴愚妄想到了这般地步？"说罢，大汉当着蒋某的面，故意亲那美妇的嘴，摸她的乳房，以夸耀自己拥有这样一个美人。蒋某又窘又急，连连向大汉磕头，请求放他回去。大汉说："你既然乘兴而来，就不可败兴而去。"接着，又问蒋某姓什么，父母做什么官，蒋某都一一据实作了回答。那大汉听了，笑着说道："这就更加妄愚了！你的父亲，和我同在户部做官，你作为一个子侄之辈，却想玷污伯父的姬妾，你觉得这种行为可以容忍吗？"说着，呼唤左右家奴："快去把我那根大棍子取来，我要替我的朋友训子！"只听一声答应，就有一个家奴提了一根一丈多的枣木棍子来。又有一个家奴，走上前来，把蒋某按倒在地，剥下裤子，露出屁股，就要责打。蒋某苦苦哀求，声情凄惨。正在这个时候，那个美妇突然下炕，跪在地上，向大汉请求说："求老爷开恩！妾见他那屁股，比奴家还要白嫩，用棍子打，他是承受不了的。依妾的愚见，不如收他为龙阳男宠，他还能够接受。"大汉说："他是我同僚的儿子，不能做这样无礼的事。"那美妇又说："凡是上庙会买东西的，必然带着买东西的家什。他带了什么家什而来，您何不检验一下。"大汉立刻喝令家奴查验。两个家奴就伸手去摸蒋某的阴部，向大汉报告说："他的家什细小如蚕，包皮还是老样子。"大汉一听，就上前搔着蒋某的脸说："不害臊，不害臊！你挟着这么个可恶的东西，居然来唐突人家的姬妾！这就更加可恶！"说着，扔了一把小刀给两名家奴，命令说："他既然爱风流，你们就替他修整修整这风流具吧！"两个奴才应命，手持小刀，握着蒋某的风流具，就要割他的包皮。蒋某吓得魂都掉了，哭得泪如雨下。这时，那个美妇也羞得满脸通红，又走下炕来，请求说："老爷这玩笑也开得太过分了，使我也羞得看不下去。奴家这几天想吃白面饽饽，家里还有五斗麦子没磨，毛驴又病了。不如罚他代驴磨面，以此赎罪。"大汉就问蒋某是否愿意，蒋某连声说愿意。那美妇上炕，与大汉搂抱着睡了。两个家奴抬来了麦子和磨石，放在大厅的窗外。随后，两人轮流用鞭子赶着蒋某推磨磨面。一直磨到天亮，大汉才在炕上吩咐说："昨夜蒋少爷辛苦了，赏他一个饽饽，打开狗洞，放他回去吧！"蒋某回到家里，生了一个月的大病。

骗人参

京师张广号人参铺，甚大。一日，有骑马少年负银一囊到店，先取百两与作样，而徐取参数包阅之，曰："我主人性琐碎，买参不如其意，必加呵责。我又不善择参，可否存此样银于店，命老成伙计多带上等参同往主人处，凭其自择，何如？"店家以为然，即收银遣店中叟负参数斤偕往。临行嘱曰："谨持参，勿落他人手也。"进东华门，至一大府第，少年同登楼，楼上主人美须眉，披貂裘，戴蓝宝石顶，病奄然，倚枕踞床，目负参者曰："所携参果辽东顶上者耶?"店叟唯唯。旁两僮捧参上，逐包开检，所批驳皆洞中行情。阅未毕，忽门外车马声甚喧，一客入，主人惶遽，命侍者下楼，辞以病不能会客。低语负参者曰："此向我借债客也，断不可使上楼。彼上楼见我力能买参，则难以无钱相覆矣。"客在楼下呼曰："汝主病诈也，必是抱优童、娶小奶奶，故不许我登楼。我偏欲上楼一看!"两侍者固拒之，争吵不已。主人愈惶急，又低语负参者曰："速藏参，速藏参！毋为恶客所见。床下竹箱可以安放。"以铜锁钥匙付之曰："汝坐箱上护守参，我自下楼见彼，或能止其上楼，亦未可定。"踉跄下楼，与客始而寒暄，继而戏骂。客必欲上楼，主人又固拒之。客大怒曰："汝不过防我借银耳！虑我见汝楼上有银故也。如此薄待我，我即去，永不再来!"主人阳为谢罪，送客出，僮仆亦随之出，许久寂然。负参者端坐箱上以待，良久不至，始有疑意，开锁取参，参不见，藏参之箱，一活底箱也。箱底板即楼板，方戏骂时，从楼下脱板取参，守参者不知也。

【译文】

京师张广号人参铺，规模很大。一天，有位少年身背一袋银子骑马来到店里。他先拿出一百两银子作为定金，又取了几包人参，慢慢挑选，并对店主说："我家主人生性爱挑剔，买的人参稍不如意，就会遭到他的斥责。我又不善于挑选。可否留下这一百两银子作为定金，您派一名老成可靠的伙计，多带上一些上等人参，随我到主人那里，任他挑选，您看如何?”店主觉得这样也好，就收了定金，派了店里的一名年老的伙计，背了几斤人参，随那少年仆从去了。临走时，店主小声对伙计说：“小心拿着人参，别让人家骗了!”那伙计跟着少年仆从来到了东华门，进入一个很大的府第，又由少年仆从领着，到了楼上。只见这家主人须髯飘然，身披貂皮氅，头戴蓝宝石帽子，病奄奄的，正半依半靠地坐在床上。他一见参铺的伙计，就问：“你所带的人参，果然是辽东最好的吗?”伙计答道：“是的。”两边的小僮接过人参，递给主人。主人一包包打开，一边看，一边品评，所说的话都很在行。那主人还没看完，忽然听到门外有车马声喧闹，接着有一位客人进门，就要上楼。主人立刻露出一副惊慌的神色，急忙命仆人跑下楼去，说他有病，不能会客。一面又轻声对参铺伙计说：“这人是来向我借银子的，断断不可让他上楼。如果他上楼，见我有能力买参，我就不能答复他没钱了。”这时，只听那客人在楼下高声叫道：“只怕你家主人是装病吧？一定是搂着小老婆在睡觉，所以不准我上楼。我偏要上去看看!”说着就要上楼。两名仆人急忙劝阻，于是发生争吵。主人心里更加着急，又对伙计低声：“快把人参藏起来，快把人参藏起来！不要被这可恶的客人看见了！床下有个竹箱，可以放人参!”说着，递给伙计一把铜锁钥匙，又叮嘱道：“你就坐在这竹箱子上，守护这些人参。我现在就下楼去见那个客人，说不定能阻止他上楼。”主人踉踉跄跄地下了楼，与客人一会儿寒暄，一会儿又嬉笑怒骂。客人还是坚持要上楼，主人又竭力阻止。客人终于大怒，说：“你不过是防我向你借银子罢了！怕我上楼见了你有银子，所以才几次三番阻止我！你这样对待我，我现在马上就走，以后永远也不会来求你!”主人表面上赔笑脸说好话，把客人送走，那些奴仆也跟着出去，院子里一片寂静。参铺伙计端坐在竹箱上面等待，楼下却静悄悄的，等了好久，还是不见主人上楼。这时，他才产生了怀疑，立刻开箱取参，不禁大吃一惊；那些人参不见了！仔细一看，发现这是个没底的箱子；箱子的底部，就是地板，而地板也是活动的。刚才，伙计只注意听楼下的吵闹声，却不防备主人设下圈套，那人参早就被人从楼下偷偷取走了。而他还守着那个箱子，一点也不知道。

偷　　画

有白日入人家偷画者，方卷出门，主人自外归，贼窘，持画而跪曰："此小人家祖宗像也。穷极无奈，愿以易米数斗。"主人大笑，嗤其愚妄，挥叱之去，竟不取视。登堂，则所悬赵子昂画失矣。

【译文】

有个小偷，大白天进入一户人家偷画。他刚卷了一幅画走出大门，就遇到这家的主人从外面回来。小偷急中生智，拿着画跪在主人面前，说："这是一幅小人家传的祖宗画像。小人因穷极无奈，愿将这画献上老爷，换几斗米下锅。"主人听后大笑，也不看那画，就斥责他不孝，又不读书不谋生计，把小偷赶走了。主人进门步入正堂，这才发现堂上悬挂的一幅赵子昂的画已经失窃了。

偷　　靴

或着新靴行市上，一人向之长揖，握手寒暄。着靴者茫然曰："素不相识。"其人怒，笑曰："汝着新靴，便忘故人！"掀其帽掷瓦上去。着靴者疑此人醉，故酗酒。方徬徨间，又一人来笑曰："前客何恶戏耶？尊头暴烈日中，何不上瓦取帽？"着靴者曰："无梯奈何？"其人曰："我惯作好事，以肩当梯，与汝踏上瓦何如？"着靴者感谢。乃蹲地上，耸其肩。着靴者将上，则又怒曰："汝太性急矣！汝帽宜惜，我衫亦宜惜。汝靴虽新，靴底泥土不少，忍污我肩上衫乎？”着靴者愧谢，脱靴交彼，以袜踏肩而上。其人持靴径奔，取帽者高居瓦上，势不能下。市人以为两人交好，故相戏也，无过问者。失靴人哀告街邻寻觅得梯才下，持靴者不知何处去矣。

【译文】

有个人穿了一双新皮靴，走在大街上。忽然，一人上前向他作揖施礼，并握着他的手问寒问暖。穿新皮靴的人感到茫然，说道：“我从来不认识你呀！”那人立刻露出怒容，冷笑道：“你刚穿了新皮靴，就忘了老朋友！”说着，抓起他头上的帽子，扔到了人家的屋顶上。穿新皮靴的人以为这人喝醉了，所以酗酒生事，也就没有理他。不一会儿，又有一人走上前来，笑着对他说：“那人为什么这样恶作剧？把你的帽子扔了，让你的头暴晒在烈日中！你何不上屋把帽子取下来呢？”穿新皮靴的人说：“没有梯子，怎么办呢？”那人就说：“我一向做好事，你就踏了我的肩膀，上屋顶去取帽子，怎么样？”穿新靴子的人连连表示感谢。那人就蹲在地上，耸起了双肩。穿新皮靴的人准备上去时，那人发脾气说：“你也太性急了！你的帽子固然应该爱惜，但我的衣衫也要爱惜。你的皮靴虽然是新的，但靴底沾了许多泥土，你就忍心把我的衣衫弄脏吗？”穿新皮靴的人很惭愧，连忙表示抱歉，并脱下皮靴交给那人，只穿了袜子，踏着那人的肩膀上了屋顶。这时，那人拿了新皮靴就逃。穿新皮靴的人身在屋顶，无法下来，急得直叫。街上的人以为他们是朋友，两人正在开玩笑，也就不去过问。后经穿新皮靴的人苦苦哀求，才有人找来梯子，让他下来。那个骗靴子的人，早已逃得没有踪影了。

偷　墙

京中富人欲买砖造墙，某甲来曰：“某王府门外墙，现欲拆旧砖换新砖，公何不买其旧者?”富人疑之曰：“王爷未必卖砖。”某甲曰：“微公言，某亦疑之。然某在王爷门下久，不妄言。公既不信，请遣人同至王府，候王出，某跪请，看王爷点头，再拆未迟。”富人以为然，遣家奴持弓尺偕往。故事：买旧砖者，以弓尺量若干长，可折二分算也。适王下朝，某甲拦王马头，跪作满洲语，喃喃然。王果点头，以手指门前墙曰：“凭渠量。”甲即持弓尺，率同往奴量墙，纵横算得十七丈七尺，该价百金，归告富人。富人喜，即予半价，择吉日遣家奴率人往拆墙。王府司阍者大怒，擒问之，奴曰：“王爷所命也。”司阍者启王，王大笑曰：“某日跪马头白事者，自称某贝子家奴，主人要筑府外照墙。爱我墙式样，故来求丈量，以便如式砌筑。我以为此细事，有何不可，故手指墙命丈。事原有之，非云卖也。”富人谢罪求释，所费不赀，而某甲已逃。

【译文】

京城中有个富人，想买砖砌墙。某甲走来对他说：“某王府的外墙，现在正要拆旧换新，您何不把王府拆下的旧砖买下来?”富人虽然动心，却还有点疑惑，就说：“恐怕王爷未必肯卖。”某甲说：“这话您是说着了！王爷卖砖，我也不大相信。但我在王爷门下当差已经很久，这回可是真的！您如果不信，您就派人随我到王府门口，等到王爷出门，我当面跪拜请示。王爷如果点头，我们再测量估算，也不算太迟。”富人觉得这话有理，就派了两名奴仆，手持弓尺，随某甲到王府门口等候。京城买卖旧砖有个成例：双方用尺测量砖墙的长度、高度、厚度，计算出旧砖的数量，然后按新砖价的对折付款。正遇上王爷退朝回府。某甲上前拦马磕头，用满语与王爷说话。王爷果然点了点头，并用手指着王府的外墙说："你们随便测量好了。"某甲就手持弓尺，带着两名奴仆，去测量砖墙，得十七丈七尺，合银一百两，并报告了富人。富人非常高兴，当即按半价付银五十两。富人就选了个吉利日子，派奴仆率领大批民工，到王府门前拆墙。王府侍卫长大怒，下令把他们抓了起来。问他们为什么来拆墙，富人的奴仆说："这是王爷点过头的。"侍卫长立刻禀报王爷，王爷大笑道："那天那个拦马问事的奴才，自称是某贝子的家奴，说是贝子府要修筑院墙，因喜欢咱这墙的式样，想派人来丈量，以便照样修筑。我想这是琐碎小事，并无不可，所以用手指了指墙，叫他带人来测量好了。虽有这么回事，但我没有说要卖呀?"富人请求王爷恕罪，又花了许多打点费用，某甲却早已卷银而逃，不知去向了。

鬼妒二则

常德张太守之女，许周氏子，年十七，以瘵疾亡。周别聘王氏女，年亦十七。甫缔姻，尚无婚期，王女忽中恶，以手批颊曰："我张四小姐也。汝何人，敢夺我郎君?"周氏子闻之，告太守。太守夫人治家素严，闻之大怒，悬亡女画像骂曰："汝与周郎连姻，尚未成亲，汝死，周郎再娶，亦礼之常，何以往害王家女?无耻若是!"骂毕，折桃枝击之。未数下，门外周郎奔来求饶，问何故，曰："王女口称张四小姐，呼痛去矣，并求替他母亲说情，故婿特来。"王氏女竟愈。

杭州马坡巷谢叟，卖鱼为业。生二女，俱有姿。有武生李某见而悦焉。李貌亦美，先有表妹王氏慕之，托人说婚，李却王氏，就婚于谢。王氏以瘵亡。谢嫁未逾月，忽披发佯狂，口称："我王氏也。汝一个卖鱼婆，何得夺我秀才？"取几上剪刀，自刺其心，曰："取汝蜜罗柑。"谢叟夫妻往秀才家烧纸钱作斋醮跪求，卒不能救。问："蜜罗柑何物？"曰："你女儿之心肝也。"未几，女竟死。秀才又来求聘其妹，谢叟有戒心，不许，妹悦其貌，曰："我不畏鬼，如其来，我将挥刀杀之，为姊报仇。"谢不得已，仍嫁与之。婚后，鬼竟寂然。为秀才生一子而寡居。

【译文】

常德张太守的女儿，许配周家的一位公子。张小姐年方十七，还没过门，就得肺痨病死了。周家就另聘了王家一位小姐，也是十七岁。两家刚订立婚约，还没有选定迎娶日期，王家小姐就突然中了邪。她自己打着自己的嘴巴，说道："我是张家四小姐！你是什么人，敢来夺我的郎君？"周家公子听说王家小姐中了邪，立刻去报告张太守，说是他的女儿作祟害人。太守夫人平时治家很严，听说后，心中大怒，立刻命人挂起亡女的画像，骂道："你与周家公子只是订婚，并未成亲。你死了，周家公子再娶，也是人之常情，你为什么要去害王家的女儿？想不到你竟会这样不知道羞耻！"骂毕，就用一根桃树枝抽打女儿的画像。太守夫人还没打几下，只见周家公子急匆匆奔来求饶。太守夫人问他缘故，周家公子就说："刚才，王家小姐口称她是张家四小姐，被母亲抽打，痛不可忍，请求母亲饶恕，她一定离去，所以小婿特来说情。"不久，王家小姐的病就好了。

杭州马坡巷有位姓谢的老头，以卖鱼为业。谢老头的两个女儿，都很有姿色。杭州有位武秀才李某，见了谢老头的两个女儿，心里就爱上了。李某相貌也很俊美，他的一位姓王的表妹曾很爱他，托人前来说亲，李某却一口拒绝，而与谢老头的大女儿结了婚。王小姐思恋成病，不久就死了。谢家大女儿出嫁不到一个月，一天，她忽然披头散发，中邪发起疯来。她说："我是王家的小姐！你一个卖鱼的婆娘，有什么资格夺我的秀才？"说着，抓起茶几上的剪刀，就要刺自己的胸口，口中还叫道："先取你的蜜罗柑来尝尝！"谢老头夫妻急忙赶到女婿家探望，又是祭祀，又是烧纸钱，又是磕头，乞求王家小姐的亡灵饶恕自己的女儿。可是，王家小姐的鬼魂不答应。问蜜罗柑是什么东西，王家小姐的鬼魂说："就是你女儿的心和肝！"不久，谢家大女儿就死了。谢老头的大女儿死后，李某又来聘娶她的妹妹。谢老头这时有了戒心，坚决不同意。可是，他的二女儿喜欢李某容貌俊美，就说："我不怕鬼，如果鬼来，我就挥刀把它杀了，为姐姐报仇。"谢老头无奈，只得把二女儿嫁给了李某。奇怪的是，二女儿成亲后，王家小姐的鬼魂竟然不敢前来纠缠了。一年后，谢家二女儿还为李某生了个儿子。后来，李某得病死去，她带着儿子，终身守寡。

人 面 豆

山东于七之乱，人死者多。平定后，田中黄豆生形如人面，老少男妇，好丑不一，而耳目口鼻俱全，自颈以下皆有血影，土人呼为"人面豆"。

【译文】

山东人于七叛乱时，死的人很多。战乱平息后，人们发现田里长出的黄豆，一颗颗都像人脸的形状，五官俱全，或男或女，或老或少，面貌也美丑不一，脖子下还有斑斑血迹。当地老百姓就叫这种豆为"人面豆"。

粉 楦

杭州范某娶再婚妇，年五十余，齿半落矣。奁具内橐橐有声，启视则匣装两胡桃，不知其所用，以为偶遗落耳。次早，老妇临镜敷粉，两颊内陷，以齿落故，粉不能匀。呼婢曰："取我粉楦来。"婢以胡桃进，妇取含两颊中，扑粉遂匀。杭人从此戏呼胡桃为"粉楦"。

【译文】

杭州人范某，娶寡妇做老婆。这女人已五十多岁，一半牙齿也掉了。当时搬运嫁妆，人们听到梳妆台里有咕噜咕噜的响声。打开梳妆匣一看，原来是两个胡桃，也不知派什么用途，只以为是吃剩了偶然忘在里面的。第二天早晨，老妇对镜搽粉。她因为牙齿脱落，两腮内陷，脂粉擦不均匀，就呼唤丫鬟说："把我的粉楦拿来！"小丫鬟取了那两个胡桃递上，老妇就把它们放到嘴里，两边腮帮子就鼓起来了，脂粉也就擦得很均匀。从此以后，杭州人就戏称胡桃为"粉楦"。

口　　琴

崖州人能含细竹，装弦其上，以手拉之，上下如弹胡琴状，其声幽咽，号曰"口琴"。

【译文】

崖州人能口含一根装有丝弦的细细竹枝，用手指上下扣抹弹拨丝弦，就像西北少数民族弹奏琵琶、五弦似的，发出的声音幽咽哀怨。当地人称这种乐器为"口琴"。

芜湖朱生

芜湖监生朱某，家富而啬，待奴仆尤苛。捐州牧入都，路出茌平，以一二文之微，痛笞其奴。奴怀恨，夜伺其睡，持所用锡溺壶击其顶门，脑裂而死。店主告官，置奴于法。后十年，芜湖赵孝廉会试，误投此店，灯下见赤身披血而立者曰：“我朱某也，欲有所求。”赵曰：“汝奴凌迟，汝冤已雪，汝复何求？”曰：“穷极求救。”曰：“汝身虽亡，汝家大富，汝虽为鬼，不合苦穷。”曰：“我死后方知生前所有银钱，一丝不能带到阴间。奈阴间需用更甚于阳间。我客死于此，两手空空，为群鬼所不齿。公念故人之谊，烧些纸钱与我，以便与群鬼争雄。”问：“何不归？”曰：“凡人某处生某处死，天曹都有定簿，非有大福力超度者，不能来往自如。横死者，阴司设阑干神严束之，故不能还故乡。”问：“纸钱，纸也，阴司何所用之？”曰：“公此问误矣！阳间真钱亦铜也，饥不可食，寒不可衣，亦无所用，不过习俗所尚，人鬼自趋之耳。”言毕不见。赵哀之，为焚纸镪五千而行。

【译文】

芜湖监生朱某，家境富裕，但为人吝啬，对待奴仆尤其苛刻。朱某花钱捐了一个州官，在进京受官的路上，路经茌平，住在一家客店里。朱某为了一二文钱的小事，狠狠地把跟随的奴仆打了一顿。那个奴仆怀恨在心，夜里等他睡熟了以后，操起锡尿壶朝他的脑门砸去。朱某脑瓜破裂，当场就死了。店主急忙报告了官府。官府将那个奴仆逮捕，论罪正法。十年以后，芜湖举人赵某进京参加会试，路过茌平，正好也住在这家客店里。晚上，赵某在灯下读书，只见一个赤身裸体、头上流血的男子站在面前，对他说："我是您的同乡朱某，想求您帮点忙。"赵某说："杀你的那个奴仆，已处了凌迟的极刑，你的冤仇已经报了，还有什么要求呢？"朱某的鬼魂说："我是穷极无奈，才来求您相救。"赵某听了，说："你虽然死了，但家里很富，你死后应该是个富鬼，怎么会穷苦呢？"鬼魂叹道："我死后才知生前所有财富，一分一厘也带不到阴间。无奈阴间所需的费用，比阳间还要大。我客死在这里，两手空空，被群鬼看不起。您看在同乡的分上，烧些纸钱给我，我也好在群鬼面前争个面子！"赵某又问："那你为什么不回老家去呢？"鬼魂说："一个人在哪里出生、哪里身死，上界都有明确的规定。除非是大福大贵的人，一般的死后都不能随便来去。我是横死异乡的鬼，阴司设了阑干神严加管束，所以无法回到家乡。"赵某问："纸钱，不过是一张纸，你拿到阴间去，又有什么用处？"朱某的鬼魂说："您这话就不对了！阳间的真钱，也不过是一堆黄铜，饿了不能吃，冷了不能当衣服穿，说起来，一点用处都没有。不过习俗如此，大家都崇尚它，因此人、鬼见后都趋之若鹜罢了。"说完，鬼魂就不见了。赵某动了恻隐之心，很快去买了五千纸钱、纸元宝烧给了朱某的鬼魂，然后进京应考去了。

白日鬼

有偷儿戚姓，技最工，攫取渐多，恐迹之者众，因僦义冢旁败屋居焉。有数鬼见梦曰："若宜祀我，会且致富。"戚于梦中诺之，觉以为妄。亡何，鬼复见梦曰："三日内祀我，出三日则若于夜间所偷，予能白日取之。"戚倔强，觉而不祭。三日后，果大病，命其妻检视诸物，征鬼言验否。时日亭午，诸物忽自移动，若隐隐有运之者，欲起夺之，手足如缚，物尽而缚解，戚病亦痊。乃大悟，笑曰："我烧闷香迷人，今乃为鬼所迷，世俗所称'白日鬼'，其斯之谓欤?"自此改行为善。

【译文】

有个姓戚的小偷，偷技出众，所偷的财物也就越来越多。他怕露出马脚，就在荒坟旁边，租了一间破屋，住了下来。一天，有几个鬼闯进戚某的梦境，对他说道："你应该摆一些酒肉供品祭祀我们，我们会保你发财！"戚某在梦中答应了他们。但醒来之后，觉得这梦很荒诞，就把祭祀的事丢到脑后去了。没有几天，那些鬼又到他梦中，说："限你三天之内祭祀我们！过了三天，那么你在夜里偷来的东西，我们就在白天把它们取走。"戚某脾气倔强，醒来以后，依然不祭。谁知三天之后，戚某果然得了一场大病，卧床不起。他叫妻子一一检查偷来的东西有没有短少，以检验鬼说的话是否灵验。当时，正是中午之分，只见那些东西忽然自己移动起来，好像暗中有人在搬运一样。戚某急了，挣扎着要起身阻拦，但他和妻子的手脚，就像被绑住了一样，一点也动弹不得。眼睁睁看着全部东西被运走后，他们的手脚才被松开。奇怪的是，戚某的病这时也痊愈了。戚某这才醒悟，他笑着说："我烧闷香迷人，偷人东西；如今被鬼所迷，运走了偷来的东西。世俗所说的'白日鬼'，大概就是指他们吧?"从此，戚某改邪归正。

饶州府幕友

慈溪袁如浩，游幕西江，与宁都州程牧交好。乾隆三十一年，程公委署饶州府篆，邀如浩偕往。时郡署新遭回禄，前太守某被焚身死。程公到任，修葺尚未告成。

夜间，如浩持灯往厕中，遇一人，年三十许，衣月白衫，举头望月，若有所思，惟下体所着鞋袜模糊莫辨。见如浩至，拱手问讯。审其音，杭人也。自言周姓，字澹庵。如浩因署内并无是人，诘所自来，乃欷歔告曰：“我非人，乃鬼也。我系前任司钱谷幕友。上年饶郡被灾，太守某侵蚀赈粮，郡民聂某率领三十余人赴部告准，蒙发本省大宪审问，吊核赈册。不料太守已早捏造印簿，升斗出入，皆有可凭，大宪为其所欺，遂将数人问成诬告，即行正法。此辈怨魂上诉都城隍，牒阎罗审讯。我系幕友，故被株连，又值公事甚忙，正在查办饶郡灾民册子，候至月余，始得审明，太守某冒赈是实，又冤杀数人，即遣鬼隶擒缚，放入火中，以故在署烧死。我非同谋，罪虽获免，而皮囊已腐，不能还魂，只得羁留在此。因停厝处被瓦木匠溲溺，终日秽杂，坐卧不安，先生肯为我移至郊外，含恩不浅。”言讫不见。如浩次日寻至署后，果见黑漆棺一具，停在墙边，诸工作人在傍喧嚷，遂告知主人，舁至城外，择地掩埋，作文祭之。

【译文】

慈溪人袁如浩，在江西做幕僚，和宁都知州程公是好朋友。乾隆三十一年，程公被任命为代理饶州府知府，邀请袁如浩入幕，他就欣然同往。当时，饶州府衙门刚遭到一场火灾，前任知府被活活烧死。程公到任后，就着手重新修建府衙门，但还没有竣工。一天夜里，袁如浩掌着灯上厕所，在后院遇到一个人，大约三十岁上下，身穿月白衫，举头望月，若有所思。只是他脚上穿的鞋袜，却一片模糊，看不清楚。这人一见袁如浩前来，就拱手问讯。听他的口音，好像是杭州人。他自称姓周，字澹庵。袁如浩一想，这饶州府衙门里并没有这样一个人，就问他："先生从哪里来?"这个自称姓周的人叹息了一回，说道："我不是人，而是个鬼。生前，我是前任知府属下主管钱粮的幕友。去年，饶州府发生水灾，朝廷拨下国库钱粮赈济灾民，却被知府老爷侵吞。乡民聂某等三十多人不服，进京告到户部，户部将案件批转江西巡抚审理，巡抚大人就派人核查赈灾账册。不料这位知府早已造了假账，查账时赈灾物资发放清楚，每笔都有据可凭。巡抚大人被知府蒙骗，反将聂某等人问成诬告，随即就地正法。聂某等人死后，怨魂不服，上诉到了都城隍。都城隍把此案转交阎王爷审理。我生前在府里是主管钱粮的，自然免不了受到株连。阎王爷把我拘到阴间，命我查清饶州府受灾人口，列出名册。我在阴间忙了一个多月，终于查明真相。知府老爷侵吞赈灾钱粮之事属实，又冤杀良民多人。阎王爷当即派遣鬼卒，把这位知府老爷拘禁衙门，随即放火一把，将他葬身火海。我不是同谋，可予免罪，只因被拘阴间日久，尸体腐烂，无法还魂，只能羁留在此。我的棺材暂存于府中后院，瓦木工匠们随便在我棺材上撒尿，在一旁大便。我整天处在污秽之中，真是坐卧不安。先生如肯将我的棺材移葬郊外，我这泉下之人，将感恩不浅!"鬼魂说罢，忽地就不见了。第二天，袁如浩到府中后院观察，果然看见一具黑漆棺材，停在墙脚旁边，周围便溺遍地，民工们正吵吵嚷嚷地在那里干活。袁如浩将这事报告了程公，程公就命人将棺材移到郊外，择地掩埋。袁如浩还为这位姓周的写了一篇祭文。

雷诛不孝

湖南凤凰厅张二，赋性凶恶，父死依母而居。母年七十余，视若老婢，少不如意，辄加呵叱。邻里忿极，欲鸣之官。母溺爱隐忍，反为调护。乾隆庚寅六月七日，值其生辰，留群不逞饮酒食面。家故贫未娶，厨中仅母一人司炊。某酒酣索面，母云："柴湿火不旺，姑少待。”某怒，赴内呵责。母急捧一碗，战兢而至，因惶遽忘下葱姜。某益怒，接碗劈面打母，母倒地，仰天大哭。忽天光昼晦，云气如墨，雷声隐隐而起。某自知干天之怒，即扶母起，跪地谢罪。母亦代为跪求。某伏母后，抱持母足不放，雷电绕屋不去。母起立焚香，忽火光如流星，飞入中堂，将某摄去，击死于街。邻里聚观，同声称快。朱孝廉名锦者，适主敬修书院讲席，闻而趋视。见其面目焦黑，左太阳一孔如针大，作硫黄气，其身踢缩如僵蚕，提起则长，放手即缩，盖骨节已震碎矣。釜底有字，似篆非篆，不能识。

【译文】

湖南凤凰厅有个张二，禀性凶恶。张二父亲已死，他就和寡母一起生活。他的母亲已七十多岁，但张二却把她看成一个老佣人，稍不如意，就大加斥责。邻里对张二的所作所为，早已愤恨之极，准备联名告到官府。这位老母却溺爱儿子，隐忍求全，反而为儿子辩护。从此，邻里也就不管他家的闲事了。乾隆三十五年六月七日，正值张二生日。他约了一群狐朋狗友，到家中喝酒吃面。张家因为贫穷，娶不起媳妇，厨房里只有老母一人张罗。当酒喝得差不多时，张二就大声叫喊：“快端面来！”老母回答说：“柴禾太湿，火不旺，稍等一下吧！”张二一听，勃然大怒，立刻追到厨房，对他母亲大声训斥。老母一急，连忙给他盛了一碗面，战战兢兢地端到他桌上。因为慌忙，调料里忘了放葱姜丝。张二更加恼怒，端起那碗面来，劈面向老母摔去，把老母打倒在地。老母伤心地仰天大哭。这时，天空忽然转阴，乌云如墨，雷声也隐隐响起。张某自知他的不孝行径激起了天怒，连忙把老母扶起，跪地求饶。他的老母也跪地哀求。张二就躲到老母身后，抱着老母的脚不放。雷电绕着张家的屋顶，回旋不去。老母起身焚香祈祷，一霎间，雷火急如流星，飞速穿入中堂，把张二摄去。接着一声巨响，把张二击死在大街上。邻里闻讯赶来，看到张二的下场，无不同声称快。当时，举人朱锦正在当地的敬修书院讲学，听到张二被雷打死的消息，也立刻赶去观看。只见张二面目焦黑，左太阳穴被击穿了一个针大的洞，还散发着硫磺气味。他的尸体像一条死去的僵蚕一样蜷缩着，拉一拉尸体就伸展开些，一松手又缩成一团，这是因为他的骨关节都被雷电击碎了。人们又在张二的背上发现了一行字，字体似篆非篆，谁都不认识。

桂花相公

江西丰城县署后有桂花相公祠。相公之里居姓氏弗可考，相传为明时人，作幕丰城令，有盗案株连数人，相公廉其冤，欲释之，令不从，遂大怒，触桂树而死。后人肖其像为之立祠，称为“桂花相公”。相公甚灵异，宰斯土者必先行香。凡有命案，发觉前一日，相公必脱帽几上，自露其顶。始而异之，积久如是，亦弗之怪。

【译文】

江西丰城县的县衙门后面，有一座桂花相公祠。但桂花相公的姓名、籍贯，都已经无法查考了。相传桂花相公是明朝人，曾在这丰城县衙门里做幕僚。一年，丰城县发生了一起盗窃案，受株连的有好几人。其实这些人都是无辜的，桂花相公可怜他们，主张把他们释放。但县令不同意，坚持要与主犯一起治罪。桂花相公大为愤怒，就一头撞在一棵桂树上，脑裂而死。后人为了纪念他，就为他立了祠。并按照他生前的面貌，为他塑了像，放在祠中供奉，人称“桂花相公”。桂花相公的神像很有灵验。凡是丰城县的新官到任，必先到祠中进香。凡有人命案子，案发的前一天，桂花相公必会脱下自己的帽子，放在香案上，自露头顶，向人们发出警告。开始，人们还感到奇怪；日子一久，也就习以为常了。

落　漈

海水至澎湖渐低，近琉球则谓之“落漈”。落者，水落下而不回也。有闽人过台湾，被风吹落漈中，以为万无生理。忽闻大震一声，人人跌倒，船遂不动。徐视之，方知抵一荒岛，岸上砂石，尽是赤金。有怪鸟，见人不飞，人饥则捕食之。夜闻鬼声啾啾不一。居半年，渐通鬼语。鬼言：“我辈皆中国人，当年落漈流尸到此，不知去中国几万里矣。久栖于此，颇知海性。大抵阅三十年，落漈一平，生人未死者可以望归。今正当漈水将平时，君等修补船只，可望生还。”如其言，群鬼哭而送之，竟取岸上金沙为赠，嘱曰：“幸致声乡里，好作佛事，替我等超度。”众感鬼之情，还家后各出资建大醮，以祝谢焉。

【译文】

海水到了澎湖列岛附近，就逐渐向下倾斜；到了琉球群岛附近，海面陡然深陷，人们称这种现象为“落漈”。所谓“落”，就是海水到了那里，就不再往前流了。有些福建人要到台湾去，途中遇到大风，船被卷入了落漈，都以为绝对没有生还的希望了。忽然，船身一个大震荡，船上的人全都跌倒，船也静止不动了。大家定神一看，才知是到了一个荒岛。上岸之后，发现岛上的砂石全是金子。还有一些怪鸟，见人也不飞，人饿了则可以捉来煮肉吃。一到夜里，就会听到各种鬼的啾啾叫声。他们在荒岛上住了半年，逐渐熟悉了鬼说的话。一次，鬼对他们说：“我们都是中国人。当年不幸被卷入落漈，尸体漂流到这个荒岛上，不知离中国几万甲。我们长年住在这里，非常熟悉这里的海潮规律。大约每过三十年，落漈的水位就与大海平一次。没有死的人，可以乘这次机会逃出去。现在，落漈的水位即将与大海一样平，你们该赶快修补船只，还有生还的希望。”到了落漈的水位与大海一样平时，大家就按照鬼的提示，乘船回程。这时，群鬼流着眼泪，目送他们。并取了很多金砂相赠，叮嘱说：“请代我们向家乡的亲人问好！请他们多作佛事，为我们祈祷超度！”这些福建人回来后，为群鬼的深情所感动，各人出资建立了一座大祠堂，经常为落漈荒岛上的群鬼祈祷。

铁公鸡

济南富翁某，性悭吝，绰号“铁公鸡”，言一毛不拔也。忽呼媒纳妾，价欲至廉，貌欲至美。媒笑而允之。未几，携一女来，不索价，但取衣食充足而已。翁大喜过望，女又甚美，颇嬖之。一日，女置酒劝翁曰：“君年已老，需此多钱无用，何不散之贫人，使感德耶?”翁大怒，拒之。嗣后，且防之，虑其花费。如是者半年，启其所藏，已空矣。翁知女所窃，拔刀问之。女笑曰：“君以我为人乎？我狐也。君家从前有后楼七间，是我一家所居。君之祖父每月以鸡酒相饷，已数十年。自君掌家，以多费故罢之，转租取息，俾我一家无住宿处。怀恨在心，故来相报耳！”言讫不见。

【译文】

济南有个富翁，生性吝啬，绰号叫“铁公鸡”，也就是说他一毛不拔。一天，这个富翁忽然把媒婆请来，说他要娶个小老婆，但花钱要最少，容貌要最好。媒婆笑着答应了他。不久，带了一位年轻女子上门，说明不要聘金彩礼，只求不愁衣食。富翁喜出望外，又见那女子容貌非常美，也就很宠爱她。一天，女子陪富翁饮酒，对他说："您已经老了，要这么多钱也没用，为什么不拿出来救济那些穷人，也好让他们对您感恩戴德?"富翁一听，大发脾气，拒绝了女子的建议。从此以后，富翁就对女子起了戒心，生怕她随便花费他的金钱。这样过了半年，他去打开钱柜，发现已空空如也。富翁知道是女子所偷，立刻拔刀追问。女子笑着说："您以为我是人吗？我是狐女呀！原先你家的那七间后楼，都是我们一家居住的。您的祖父和父亲，每月都以鸡血祭祀，一直继续了几十年。自从您当家后，以费用太多为借口，断了对我们的祭祀，并把那七间后楼出租，收取租金，使我们没有安身之处。我怀恨在心，所以来报仇!"说罢，那狐女就不见了。

夜星子

京师小儿夜啼，谓之"夜星子"，有巫能以桑弧桃矢捉之。某侍郎家，其曾祖留一妾，年九十余，举家呼为"老姨"。日坐炕上，不言不笑，健饭无病，爱畜一猫，相守不离。侍郎有幼子，尚襁褓，夜啼不止，乃命捉夜星子巫来治之。巫手小弓箭，箭竿缚素丝数丈，以第四指环之。坐至半夜，月色上窗，隐隐见窗纸有影，倏进倏却，仿佛一妇人，长七八尺，手执长矛，骑马而行。巫推手低语曰："夜星子来矣!"弯弓射之，唧唧有声，弃矛反奔。巫破窗引线，率众逐之。比至后房，其丝竟入门隙。众呼老姨不应，乃烧烛入觅，一婢呼曰："老姨中箭矣!"环视之，果见小箭钉老姨肩上，呻吟流血，所畜猫犹在胯下，所持矛乃小竹签也。举家扑杀其猫，而绝老姨之饮食，未几死，儿不复啼。

【译文】

京师中的人，把小儿夜啼症称为“夜星子”。有一种巫神，能用桑木制成的弓、桃木制成的箭来射杀作祟的妖怪，医治小儿的夜啼症。某侍郎家里，有一位他曾祖父留下来的老妾，如今已九十多岁了，全家上下都称她“老姨”。她整天枯坐炕头，不说不笑，胃口很好，也没有疾病。她养了一只猫，非常宠爱，与她形影不离。侍郎有个小儿子，还在襁褓之中。这孩子整夜啼哭不止，侍郎就命人请巫神来捉妖医治。晚上，巫神手持一把小桑弓，一支桃木箭，箭杆上系着一条几丈长的白线，线的另一头，用无名指勾住。坐等到半夜，明月照窗，只见窗纸上隐隐约约有个人影，忽进忽退。那人影像个女人，身高七八尺，手执一把长矛，似乎还骑着一匹马。巫神推了推身旁的一名奴仆，低声说：“夜星子来了！”随即拉满桑弓，一箭射去。只听窗外传来一阵“唧唧”的声音，又见那女人丢弃了手中的长矛，狼狈逃奔。巫神放松了手里的线，率领众人追赶，一直追到后院，只见那线已从门缝中钻进了老姨的房间里。众人在门外叫唤老姨，但没有回应。丫鬟们点了蜡烛，开门进去。一个丫鬟惊叫道：“老姨中箭了！”众人围上来一看，果然见老姨的肩上钉着一支小小的桃木箭，还流着鲜血，老姨正倒在床上呻吟。老姨养的那只猫，则蹲在她的两腿中间。老姨用的长矛，不过是一根小竹签。当下全家一起动手，打死了那只猫，又断了老姨的饮食。没几天，她就死了。从此，侍郎的那个小儿子，夜里就不再啼哭不止了。

疡　医

大兴霍筤、霍筠、霍筦，皆疡医子。筠独秀逸出群，不屑屑本业，而喜读书。父以其梗家教，怒而责之。赖有邻翁姚学究者，时来劝勉，因得肆力于举子业。不数年，父死，筤、篼各行其术，颇能自赡。独筠谋生计拙，日就穷困。时值试期，筠步行之通州，一老仆相随。因起身晚，行二十余里，日已西下，苦无宿店。忽见林际灯光，自远而近，一妪奔走气喘。老仆遮问曰："此处有人家借宿否？"妪应曰："正有急事，去请外科，不得代借宿家。"筠急呼曰："我晓外科，何不见请？"妪问："先生如此少年，可曾娶妻否？"曰："未也。"妪大喜，就请同行。筠心疑其所问非所答。俄至一庄，门庭壮丽。妪请少待，容先入白老夫人。少顷，妪率婢妇数十趋出，曰："老夫人奉请。"筠与老仆随妪行，过十余间屋，始到上房，夫人已相待于中堂。年约三十余，珠环玉珮，光艳夺目，与筠行宾主礼，问姓字年齿及未婚原委。筠以实对，夫人之颜色甚怡，屏去侍婢，谓筠曰："身姓符，本籍河南，寄居于此。孀居无子，只生一女，名宜春，年已十七，待字于家。忽患疮疾，在私处，不便令人医治。尝与小女商量，必访得医生貌美年少者，乃请疗病，病愈即以小女相配。如先生者正是合式，但未知手段何如。"筠初念不过欲求一宿，及闻此语，喜不自胜。夫人命唤蕊儿传语，亲携筠手而行。历曲室数重，始至闺闼，启帘入，见丽人拥锦衾而卧。夫人谓女曰："郎君乃良医也，儿意可否？"女睨筠，低语曰："娘以为可便可耳。"夫人曰："先生请看病，娘且暂去。"女羞涩不胜，蕊儿屡促之，乃斜卧向内，举袖障面。筠坐床侧，款款启衾，则双臂玉映，谷道茧细而霞深，惟私处蔽以红罗，疮大如钱。筠视毕，覆衾下床。夫人迎于窗外，延至书斋，陈设精雅。�诸婢出，碎扇上所系紫金锭，调以砚水，携入见夫人曰：“此药忌阴人手，须亲敷乃可。”夫人曰：“但得病愈，任郎所为。”筠复启衾，摩挲其臂，温存敷药。女但微笑，不作一语。越数日，疮愈。夫人举酒嘱筠曰：“郎君之于小女，天使来也。”乃部署新室，涓吉合卺。新婚弥月，筠欲归家。夫人曰：“此间荒野，不足栖迟。京师阜城门外有故宅一所，郎往居之。”筠遂同行，辎重甚富。既至宅，皆画栋雕墙也。居数年，生子女二人。一夕宜春忽泣向筠曰：“夙缘已尽，明日将别矣。四十年后，当复相见。”天明携手出门，彼此大恸。前已驻一犊车，望之甚小，夫人与宜春、蕊儿率女婢十数人乘之，车亦不觉隘，瞬息不见，宜春哭声尤恍然在耳也。筠后举孝廉，出为某县尹，究不知四十年后再见之说，果何如耳。

【译文】

大兴县的霍筤、霍筠、霍筦，他们的父亲是擅长治疗疮毒的中医。三兄弟中，霍筠出类拔萃。他不屑于做医生这个行当，而喜欢读书。他的父亲因为他不遵家教，所以常对他发脾气，严加训斥。多亏邻居中有位姓姚的老先生，时常来安慰、鼓励他，使他努力地完成了学业。不几年，父亲死了，霍筤、霍筦各自行医，生活过得不错。只有霍筠谋生乏术，日子过得一天穷似一天。那时，正值乡试之年，霍筠徒步来到通州，身边只有一名老仆人相随。因为动身时已经很晚，走了二十多里路，太阳已经落山，却找不到一家旅店投宿。正在彷徨之间，忽然看见树林中有灯光，主仆二人就朝那个方向奔去。将近灯光时，对面走来一位气喘吁吁的老婆子。霍筠的老仆人急忙迎上前去，问道：“这里有借宿的旅店吗？”老婆子答道：“我正有急事，要去请外科医生，没有时间跟你谈借宿的事！”

霍筠急忙喊住她，说道："我懂得外科的医道，为什么不请我去呢?"老婆子就问："先生这样年轻，可曾娶过妻子?"霍筠答道："还没有婚娶。"老婆子听后，非常高兴，就请霍筠跟她一起去见主人。霍筠对老婆子的答非所问，心里也疑疑惑惑，只是跟着她走。不一会儿，到了一处庄园。那庄园堂皇富丽。老婆子叫他们主仆二人在外稍等片刻，让她先进去禀报夫人。不多工夫，老婆子就带了数十名丫鬟、仆妇迎出门来，说道："夫人有请!"霍筠和老仆人就随了老婆子等人进入庄院，穿过十多间房子，才到上房。这时，夫人已经等候在中堂了。这位夫人大约三十多岁，珠环玉佩，光彩夺目，与霍筠行了宾主之礼，又问了姓名、年龄、婚姻情况，霍筠都一一据实相告。夫人一听，神情显得十分高兴。她退去左右的丫鬟仆妇，对霍筠说："先夫姓符，祖籍河南，率家寄居于此。我一人寡居，没有儿子，只生一女，名宜春，年方十七，还不曾许配人家。最近，小女忽然得了疮疾，部位在隐蔽之处，不便请人医治。我曾和小女商量，一定要挑选一位年轻英俊的医生来看病，病愈后，便以身相许。像您先生这样的人，正好是合适的人选，但不知您的医术如何?"霍筠开始不过是想借宿一晚。听了这话，自是喜不自胜。夫人命丫鬟蕊儿通报小姐，自己拉着霍筠的手，穿过几重曲室，来到了小姐的闺房。挑起珠帘进去，只见一位美人拥着锦被躺在床上。夫人说道："先生请看病。"又对女儿说："娘去去就来。"那宜春小姐羞羞答答，经丫鬟蕊儿多次催促，才脸朝里面，侧身躺着，又举起袖子，遮住自己的脸。霍筠坐在床边，慢慢揭开锦被。只见双臀洁白似玉，肛门口细小而幽深。那隐蔽的部位，用一方红罗遮盖。揭去红罗，只见疮大如钱。霍筠诊罢，轻轻拉好锦被，走出卧房。夫人已在窗外迎候，把霍筠请到陈设精致高雅的书斋。霍筠请夫人屏退丫鬟，然后解下自己折扇上的紫金锭，砸碎后研成细末，用砚中的水调成糊状，带着去见夫人，对夫人说："这药切忌女人之手，所以必须由我亲手敷上，才有效果。"夫人说："只要病好，任凭先生行事。"霍筠又揭开小姐的锦被，摩挲着小姐的臀部，小心温存地为她敷药。宜春只是微笑，一句话也不说。过了几天，宜春的恶疮完全好了。夫人设宴酬谢，举杯说："先生和小女，真是天生的一对!"于是布置新房择了吉日良辰，为二人合鸯成婚。新婚满月，霍筠就想回家乡大兴。夫人说："这里是荒野地方，不能久居。我家在京师阜城门外有一所故宅，不妨大家一起去居住。"于是，霍筠就同夫人、宜春一同启程，带了大量的行李辎重。到了那里，果然是一所雕梁画栋的住宅。霍筠和宜春在这里居住了数年，生了一子一女。一天晚上，宜春忽然哭着对霍筠说："我们的缘分已尽，明天就要离别了。四十年后，会再次相见。"第二天早晨，夫妻俩携手出门，彼此都大声痛哭。门外，先已停好一辆牛车，看上去很小，但夫人、宜春、蕊儿和丫鬟十多人同乘一车，也不显得拥挤。牛车启动，很快就不见了，但宜春的哭声好像还在耳边。霍筠后来中了举人，出任某县县令。但不知四十年后再相见之说，能否如愿。

产麒麟

芜湖张姓者，卖腐为业。其妻孕十四月，生一麒麟，圆手方足，背青腹黄，通身翠毛如绣，左右臂有鳞甲，金光闪闪，坠地能走，喂饭能食。好事者以为祥瑞，方欲报官，而是晚死矣，距生时只七日。

【译文】

芜湖有个姓张的，以卖豆腐为业。他的妻子怀孕了十四个月，生下一个麒麟。圆圆的手，方方的脚，背部发青，腹部发黄，全身长满绣锦般的翠绿色茸毛，左右两臂生有一层闪闪发光的鳞甲。他刚呱呱落地，就能走路；喂他饭食，他能大口大口地吞咽。周围好事的人以为这是一种祥瑞，准备去向官府报告。不料，这孩子晚上就死了。距离出生，只有七天。

生 夜 叉

绍兴郑时若秀才妻卫氏，生一夜叉，通体蓝色，口豁向上，环眼缩鼻，尖嘴红发，鸡距骆蹄，落胎即咬，咬伤收生婆手指。秀才大惧，持刀杀之，夜叉作格斗状，良久乃毙，血色皆青。其母亦惊死。

【译文】

绍兴秀才郑时若，娶妻卫氏，生了一个夜叉。夜叉全身蓝色，唇豁上翻，圆眼塌鼻，尖嘴红发，手像鸡爪子，脚呈骆驼蹄子形状。一出生，就咬人，把接生婆的手指都咬伤了。郑时若当时大惊失色，持刀要将其砍杀。夜叉做出格斗的架势，过了很久，才渐渐死去。流出的血，都呈青色。卫氏也因惊吓而死去。

石 膏 因 果

嘉定张某，有名医之号。偶下药用石膏，误杀一人。过后自知，深以为悔，然亦不便语人，虽家中妻子无人知者。一年后，张亦患病，延徐某来诊，定一方而去。临煮药时，张自提笔加石膏一两，子弟谏不听。清晨服后，取方视之，惊曰："此石膏一两，谁人加耶？"其子曰："爷亲笔所加，爷忘之乎？"张叹曰："吾知之矣。汝速备后事可也。"作偈语曰："石膏石膏，两命一刀，庸医杀人，因果难逃。"过午而卒。

【译文】

嘉定张某，号称名医。偶尔一次，他下药时，误用了石膏，致使病人丧命。事后，张某自知失误，非常后悔，但也不便对人说，就连家中的妻子儿女也不知道。一年后，张某也得了疾病，就请医生徐某前来诊治。徐某开了一个方子，就走了。将要撮药时，张某自己提起笔在药方上加写石膏一两，子弟们劝他也不听。第二天清晨，张某服药之后，又取过这张方子来看，大惊道："这一两石膏，是谁加的?"他儿子说："爷亲笔加的，您忘啦?"张某叹道："我明白了。你快去替我准备后事吧!"又自作偈语道："石膏石膏，两命一刀；庸医杀人，因果难逃。"过了中午，张某就死了。

刘伯温后辈

绍兴上虞县署后园有古墓，相传新令到任拜城隍神后，必往祭之，由来旧矣。乾隆间，有冉姓者宰其地，礼房吏以旧例请。冉问："从前县令到任时可有不祭者乎?"曰："惟张某性倔强，竟不行此礼，今现任湖北布政司。"冉曰："我有志效张公。"竟不祭。一日，至厅审事，见有古衣冠客乘舆至，径上堂，冉竟不知为鬼，叱传事吏何以不报。语未毕，其人下舆，拉冉入书室，语哓哓不可辨，但闻冉若与人争辨者。亡何气绝，作鬼语曰："我姓苏名松，元末进士，为上虞县令，死乱葬此，刘伯温犹是我后辈也。汝大胆不祭!"或引张方伯故事折之，鬼云："张某禄位盛时我不能报，今其运尽，我将挖其眼矣。"冉家人环跪求恩，愿多备牲牢祭奠。良久苏醒。冉惧，遂朝服祭之，寻果无恙。未几，张方伯竟以事挂误，遂至丧明。此事钱少詹辛楣先生为余言。

【译文】

绍兴上虞县县衙门的后院有座古墓，相传新任县令到来，必先到城隍庙拜祭城隍爷，然后再到这座古墓前拜祭。这种惯例，已相沿很久了。乾隆年间，冉某出任上虞县令，礼房的官员根据惯例，也请他前去祭祀古墓。冉某问道："从前的县令到任时，有不去祭祀的吗?"礼房的官员答道："只有张老爷性格倔强，没有去祭祀古墓。现在这位张老爷已经升官，做了湖北布政使了!"冉某听了后说："那我就要学一学这位张老爷了!"于是不去祭祀。一天，冉某正在公堂上审理案子。忽然，有个穿戴着古衣古冠的人乘车到来，大摇大摆地走上公堂。冉某不知道他是个鬼，大声斥责门房官吏为何有客不报。还不等他说完，那人就上前把冉某拉到书房，哓哓地对他说着什么，但听不清楚，只听冉某与那人争论不休。不多一会儿，那人不见了。冉某却已昏迷，有鬼附在他身上说："我姓苏名松，元朝末年进士，曾任上虞县县令。后死于战乱，葬在这里。那赫赫有名的刘伯温，算起来还是我的后辈呢！你竟如此大胆，上任后不来祭我!"有人引前县令张某上任时不拜古墓的例子驳斥鬼魂，鬼魂说："张某那时禄位很盛，我对他没奈何。现在他的运气将尽，到时我要挖掉他的眼珠!"冉某的家人吓得围跪在鬼魂面前，恳求开恩，并许诺愿意多备大鱼大肉祭祀他。过了好久，冉某这才苏醒。醒来后，冉某也心里害怕，就穿戴了官服，到古墓前拜祭。从此，果然就安然无恙了。不多久，那位不拜古墓的前任县令张某，因事被罢官。后来，双目也渐渐失明。这个故事，是少詹事钱辛楣先生讲给我听的。

小 那 爷

参领明公与小那爷交好。明奉差他出，三年还都，行至南小街市，见那立市中，仲夏衣棉衣，戴暖帽。明心异之，下马执手，各道寒暄毕。那曰："自与公别后，每为人欺，蒙公所赠骡为某骑去不还，新居树木被畜牧伤扰，家人不理。幸公归，替我图之。”语毕，明公上马，那亦登车去。明公归，语其事，家人云：“那死一年矣。”明公大骇，至那家问之，殓时衣服与途中所见同。问所赠骡，其子云：“在某家。据云先人所赠，故不敢索。”公呼某吓之，道破其诈，乃追骡还其子。视其墓，果被牧畜践损，为修葺封树而还。其夕，梦那来谢云：“愧无以报，明午屠市中有一病骡，公买之必获大利。”明公如其言，果得骡，医痊后，日行五百里。

【译文】

参领明公，与小那爷是好朋友。明公奉命率部出京，三年后回到京师，走到南小街集市上，看见小那爷正在集市闲逛。那时，正值仲夏时节，小那爷却身穿棉衣，头戴暖帽。明公一见，感到很诧异，就翻身下马，上前去握手寒暄，互道别离之情。小那爷愁眉苦脸地说：“自与您分别后，我经常被人欺侮。您赠送给我的那头骡子，被人骑去，至今不肯归还。我新居周围的树木花草，也被放牧的牛羊啃吃践踏。这些事，家里的人竟不问不闻。幸亏您现在回来了，请替我想想办法。”两人交谈过后，明公上马，小那爷登车，彼此分别了。明公回到家里，讲起小那爷的事，家里人听后，马上说：“小那爷已死去一年了。”明公一听，大吃一惊，忙赶到小那爷家中慰问。明公与小那爷的家人交谈时，得知小那爷入殓时穿的衣服，与他在集市上所见的完全相同。问起他赠给小那爷的那头骡子，小那爷的儿子说：“在某人家中。那人说这是先父许诺转赠给他的，所以我不敢前去索讨。”明公回府之后，命差役把那人找来，追问那头骡子，并当面戳穿他的欺诈诡计，终于把骡子追回，还给了小那爷的儿子。接着又去视察小那爷的坟墓，果见周围的树木花草被牛羊啃吃践踏得一片狼藉。明公当下命人修葺坟墓，添加栅栏，以保护坟墓和周围树木，然后才回府。当天晚上，明公梦见小那爷前来道谢，说：“蒙您多方关照，我深感惭愧，也没有什么报答。明天中午，集市上有人将出售一头病骡，您如果把它买下来，必定有大利可获!”第二天，明公按照梦境中小那爷说的话，赶到集市，果然买到了一头病骡。买回后，经过精心饲养医治，病骡很快恢复了健康，一天能走五百里。

水鬼坛

武林门外西湖坝人家，有老仆，日暮取水，远见水面一酒坛随流而泛。因思探取，亦可贮物。俄而坛已至前，用手取之，不意腕入坛口，口渐缩小，拖拽入水。急呼人救，获免。

【译文】

武林门外西湖坝一户人家，有一名老仆，傍晚到湖边打水，远远地看见湖面上漂浮着一个酒坛子。他想把它打捞上来，也好用来贮存东西。不一会儿，那酒坛子已漂到岸边。老仆伸手去抓，不料，手腕刚伸进坛子口中，坛口便渐渐收缩，手被卡在里面，并连人一起被拖入了湖里。他急忙呼救，才被人救了上来。

鬼市

汪太守仆人李五由潞河赴京，畏暑，至晚步行，计天晓可进城。夜半，见途中街市甚盛，肆中食物正熟，面饭蒸食，其气上腾。腹且馁，入肆中啖之，酬值而出。及晓，遥望见京城，猛忆潞河至京四十里，其间不过花园打尖草舍一二家，何以昨夕有街市如此盛耶？顿觉胸次不快，俯而呕之，蠕蠕然在地跳跃。谛视之，乃虾蟆也。蚯蚓蟠结甚多。心甚恶之，然亦无他患，又数岁乃卒。

【译文】

汪太守府上有位仆人，名叫李五。他由潞河出发，赶到京城去。那时，正值盛夏季节，白天走路很热，他就改在晚上赶路，估计到天亮就可进城。那天夜里，他在途中见街市非常热闹，店铺中正出售各种熟食品，面食、米饭热气腾腾。李五肚子很饿，就走进一家店铺，饱餐一顿，付了钱，又继续赶路。到了天明，他远远地已能望到京城了。这时，他忽然想起，从潞河到京城只四十里，沿途不过一座花园、几家小店，昨天夜里怎么会出现如此热闹的街市？他这样想时，胃里也突然感到不舒服，俯身呕吐，吐出的东西都能蠕动跳跃。定神一看，却是蛤蟆，还有一团纠结在一起的蚯蚓。他见到这些东西，不禁阵阵恶心，但也没有发生其他意外。又过了几年，李五才去世。

金 娥 墩

金娥墩在无锡县城东南六十里，故南唐李煜妃墓也。娥能工词翰，进忠言，煜甚爱之。越数年，煜发兵晋陵，挈娥同行，遇吴越王兵，不得进，娥适死，因葬于此。乾隆初年，居民耕地得砖，上篆四字云“唐王宝印”，至今墓间尚多。更可异者，每当风雨之夕，常有女鬼见形，且泣且歌曰：“日侵削兮三尺土，山川已改兮众余侮。”

【译文】

金娥墩在无锡县城东南六十里，相传是南唐后主李煜之妃金娥的坟墓。金娥工辞章，通翰墨，还经常向李煜进忠言，因此深得李煜宠爱。几年后，南唐发兵攻打晋陵，李煜亲征，金娥同行，途中遇到吴越王的兵马，无法前进。这时，金娥得病，死在帐中，就地埋葬在这里。乾隆初年，当地农民耕地时，从地下犁出一些古砖，上面有“唐王宝印”四个篆字。直到现在，这种古砖在金娥墩还常常发现。更令人惊异的，每当风雨之夜，常有女鬼在金娥墩上现形，边泣边歌，那歌词唱道：“日侵削兮三尺土，山川已改兮众余侮。”

翻洗酒坛

广信府徐姓，少年无赖，斗酒殴死邻人，畏罪逃去，官司无处查拿，家人以为死矣。五年后，其叔某偶见江上浮尸，即其侄也，取而葬之。又五年，徐忽归家，家人皆以为鬼。徐曰：“我以杀人故逃，不料入庐山中遇仙人，授我炼形分身之法，业已得道。恐家中念我，特浮一尸，以相安慰。今我尚有未了心事，故还家一走。”徐故未娶，其嫂半信半疑，且留住焉。一日溲于酒坛，嫂大怒骂之，徐曰：“洗之何妨？”嫂曰：“秽在坛里，如何可洗？”徐伸手入坛拉其里出之，如布袋然，仰天大笑，蹑云而去。至今翻底坛尚存徐家。所殴死邻家早起，在案上得千金。或云徐来作报，所云“了心事”者，即此之谓。

【译文】

广信府徐某，是个无赖少年，因为酗酒斗殴杀死了邻人，畏罪潜逃，官府也无处缉拿。他家里的人以为他已经死了。五年之后，徐某的叔父偶然发现江面上有一具浮尸，打捞上来一看，正是他的侄儿徐某，于是就将他收尸埋葬。又过了五年，徐某突然回家，家中的人一见，都以为是鬼。徐某说："我因为杀人逃跑，不料在庐山遇到了一位仙人，教授我炼形分身之法，现在已经得道。恐怕家中挂念，所以，我在五年前使了个分身之法，在江面上漂出一具浮尸，以断绝你们对我的思念。如今我还有一件未了的心事，所以特地回家走一趟。"徐某原是个无赖，没有娶妻成家，所以只能住在兄嫂家里。他的嫂子对他说的话虽然半信半疑，碍于叔嫂的情面，只得暂且留他住下。一天，徐某公然在家中一个盛酒的坛子里撒了一泡尿。他的嫂子发现后，将他大骂了一顿。徐某却说："把尿倒出来，再刷洗一下，不就得了？"嫂子说："你那狗尿已经污秽了坛子，怎么个洗法？"徐某走过来，把手伸进坛子里，像翻布袋似的，把酒坛子翻了个里朝外，然后仰天哈哈大笑，驭云驾雾而去。直到现在，那个里翻外的酒坛子，还保留在徐家。不久，被徐某打死的受害人的家人，早上起来，在桌子上发现了一千两银子。有人说，这是徐某来谢罪报答，所谓"有一件未了的心事"，就是指这件事。

雷诛吉翂

湖州女子徐氏，生吃胎素，三岁后即好念佛，长至十四岁，忽被雷诛。乡人哗然，谓雷无灵。及殡时，见有篆文在背，识者以为"唐吉翂"三字。

【译文】

湖州有位姓徐的女子，一降生就吃素，三岁后就好念佛。但她长到十四岁时，忽然被一声响雷打死。乡亲们哗然，都说雷公不长眼，错杀了无辜的好人！等到殡葬的时候，人们发现她的背部有三个篆字，经识字的人辨认后，说这三个字是"唐吉翂"。

狐仙亲嘴

隐仙庵有狐祟人，庵中老仆王某，恶而骂之。夜卧于床，灯下见一女子冉冉来，抱之亲嘴。王不甚拒，乃变为短黑胡子，胡尖如针，王不胜痛，大喊。狐笑而去。次日，仆满嘴生细眼，若蝟刺者然。

【译文】

隐仙庵有个狐仙，常出来作祟人。庵中的老仆王某，对这狐仙深恶痛绝，经常骂不绝口。一天夜里，王某躺在床上，在灯光下，突然见一个女子朝他走来，抱住了他亲嘴，王某也半推半就。于是，那女子的嘴唇上，就变出一层粗黑的短胡子，像针尖扎到王某的嘴上。王某忍不住痛，就大声喊叫起来。狐仙就把他放开，一笑而去。第二天，王某发现自己满嘴都是针眼，就像被刺猬扎过一样。

喇　　嘛

西藏谟勒孤喇嘛王死，其徒卜其降生于维西某所。乾隆八年，众喇嘛乃持其旧器访之。至某所，有么些头人子名达机已七岁矣，忽指鸡雏问母曰："雏终将依母乎？"其母曰："雏终将离母也。"达机曰："儿其雏乎？"有顷，谓其父母曰："西藏有人至此迎小活佛，曷款留之。"父母以为妄，不听。达机力言之，其父出视，果有喇嘛数十辈，不待延请，竟造其室。达机见之，蹦跃于地，为咒语良久。众喇嘛举所用钵、数珠、手书《心经》一册，各以相似者付之，令达机审辨。得其旧器服珠，持钵展经大笑。众喇嘛免冠罗拜，达机释钵执经起，遍摩众喇嘛顶。于是一喇嘛取僧衣帽进，达机自服之，群喇嘛以所携锦茵数十层置中庭，拥达机坐。其父不知所为，众奉以白金五百，锦缯罽各数十端，为其父寿曰："此吾寺主活佛也，将迎归西藏。"其父以止此独子，不许，达机曰："毋忧，明年某月日，父母将生一子承宗祧。我乃佛转世，不能留也。"其父母不得已，许之，亦合掌拜焉。众喇嘛拥达机于达摩洞佛寺，远近么些，千百成群，顶香皈拜，布施无算。留三日，去之西藏。明年，其父母果如期生一子。

【译文】

西藏谟勒孤喇嘛圆寂后，他的门徒就卜算出他的后身降生在维西的某个地方。乾隆八年，众喇嘛带着谟勒孤生前使用过的法器，到维西去迎接这位活佛的后身。到了维西某地，发现一位么些头人有个儿子，名叫达机，今年已经七岁了。那一天，达机忽然指着一只小鸡，问他母亲道："这只小鸡将一辈子依偎在母亲身边吗?"母亲说："小鸡总要离开母亲的。"达机又问："那么，我像这只小鸡吗?"他的母亲一时无言以对。呆了一会儿，达机对他的父母说："等一会西藏有人到这里来迎接小活佛，你们要好好款待他们。"他的父母以为他在胡说八道，就不再理他。可是，达机还是坚持自己的要求。他的父亲无奈，就出门去看，果然有几十名喇嘛已到门口。他们不待邀请，就自己进入屋内。达机一见，立刻盘腿打坐，双手合掌，喃喃地念起咒语来。众喇嘛就把带来的法钵、数珠和一册手写的《心经》，递给达机辨认。达机只选择了谟勒孤活佛生前使用过的法钵和他亲手抄写的《心经》手稿，并手捧法钵，展开

《心经》，放声大笑。这时，众喇嘛已确认这位达机就是谟勒孤活佛转世，连忙脱帽露头，向他膜拜。达机则放下手中的法钵，只拿了《心经》，为众喇嘛一个个摩顶。随后，有一位喇嘛取出僧衣僧帽，呈给达机，达机就自己穿戴了起来，众喇嘛又把带来的数十个锦垫铺在中庭，拥戴达机坐在当中。达机的父亲在一旁看得发呆，不知道他们在干些什么。这时，众喇嘛向达机的父亲奉上白银五百两，锦缎织品等各数十匹，并指着达机向他祝福说："这就是鄗寺的寺主谟勒孤达机二世活佛。贫僧们将迎他回西藏去。"达机的父亲因为只有这个独子，不肯答应。达机却说："爹妈不必伤心，明年的某月某日，你们又将会生个儿子，为我家延续后嗣。我是个转世活佛，是没法留住的。"他的父母无奈，只得答应了；又向他合掌膜拜。众喇嘛簇拥着达机住进了达摩洞佛寺。维西远近的么些头人，成群结队的来进香朝拜，布施的银两也不计其数。达机活佛在达摩洞寺住了三天，众喇嘛就把他请到了西藏。第二年，达机的母亲果然又生了一个儿子。

梦中事只灵一半

泾县胡讳承璘，方为诸生时，夜梦至一公府，若王侯之居，值其叔父在焉。其叔父惊曰："此地府也，汝何以至？"承璘询其叔父有何职任，叔父曰："为吏尔。"承璘请查其禄命，叔父阅其籍曰："一穷诸生耳。"承璘再三哀恳，求为之地，其叔父不得已，乃以他人禄命与之相易，曰："此大弊也。若破，罪在不赦，可若何？"因以其所易籍示之："庚子科举人，雍正元年恩科进士，任长垣县知县，某年月日终。"且谓之曰："尔乡试须记用卦名。"因以手推之，一跌而寤。承璘庚子科首题"岁寒"一节，因用《屯》《蒙》《剥》《复》等十卦成文，果得高魁。癸卯恩科成进士。又数年，授长垣县知县。一一不爽。无何，届死期矣，因豫办交盘，且置酒与亲友作别。沐浴易衣，静坐而待。至黄昏后，忽呕血数升，以为必死矣，徐徐平复，竟不死。复活十余年，至乾隆六年寿终于云南粮道任。梦寐之事，忽灵忽不灵如此。

【译文】

泾县的胡承璘，当他还是个秀才的时候，夜里梦见自己来到一座府第，看上去好像是个王侯的住所。而这座府第，恰恰是他的叔父住着。他的叔父见他到来，吃惊地问："这是阴曹地府呀，你怎么到这里来的？"胡承璘问："叔父在这里做什么官？"叔父说："不过是个小官罢了。"胡承璘请求说："我想请叔父查查我这辈子的官禄和命运。"叔父翻出记着他姓名的簿籍一看，说道："你这一辈子，只能是个穷秀才了！"胡承璘再三哀求叔父给他一个出人头地的机会，叔父无奈，就把另一个人的禄命与胡承璘对调了一下，并对他说："这是最大的舞弊呀！若是被阎王爷识破，可是个杀头的罪名！"说着，又把调换的簿籍给胡承璘看，那上面记着："康熙五十九年庚子科举人，雍正元年癸卯恩科进士。任长垣县知县。某年某月某日寿终。"还对胡承璘说："你参加乡试之前，要熟读《易经》，特别要多记些卦名。"说罢，就用力把他一推，使他一跌而醒。康熙五十九年，胡承璘参加乡试，第一道试题是"岁寒然后知松柏之后凋也"一节，就用《屯》《蒙》《剥》《复》等十卦的系辞组成一篇答卷，果然高中举人。雍正元年癸卯会试，又中了进士。过了几年，授长垣县知县。他的官禄与梦中所预料的一点也不差。过了几年，胡承璘的死期到了。他事先向府里的属吏交代了公务；又备了酒席，与亲友作别。然后，他沐浴更衣，静静地坐着，等待死神的到来，过了黄昏，他突然吐出几升血，自以为必死无疑了，谁知却慢慢地平复了下来，竟然没有死去。又过了几年，到了乾隆六年，胡承璘才寿终于云南督粮道任上。梦中的事，忽而灵验，忽而又不灵验，变幻莫测竟至于这样！

（卷二十三译者　胡士明）

子不语卷二十四

长乐奇冤

福建长乐县民妇李氏，年二十五，生一子，越六月而夫亡，矢志抚孤，家只一婢一苍头，此外虽亲族罕相见者，里党咸钦之。子年十五，就学外傅。一日，氏早纺绩，忽见白衣男子立床前，骇而叱之，男子趋床后没。氏惧，呼婢入房相伴。及午，子自外归，同母午餐，举头又见白衣男子在床前，骇而呼，男子复趋床下没。母语子曰："闻白衣者，财神也。此屋自祖居至今百余年，得毋先人所遗金乎？"与婢共起床下地板，有青石大如方桌，上置红缎银包一个，内白银五锭。母喜，欲启其石，而力有未逮。乃计曰："凡掘藏宜先祀财神，儿曷入市买牲礼，祭而后起之。"儿即持银袱趋市买猪首，既成交，乃忆未经携钱，因出银袱与屠者曰："请以五锭为质。"更以布袋囊猪首归。道经县署前，有捕役尾之，问："小哥袋内盛何物？"曰："猪头。"役盘诘再三，儿怒掷袋于地曰："非猪头，岂人头耶？"倾囊出，果一人头，鲜血满地。儿大恐，啼泣。役捉到官，儿以买自某屠告。拘屠者至，所言合，并以银袱呈上。经胥吏辗转捧上，皆红缎袱，及至案前开视，则缎袱乃一血染白布，中包

人手指五枚。令大骇，重讯儿，儿以实对。令亲至其家，启石坑，内一无头男子，衣履尽白，右五指缺焉。以头与指合之相符，遍究从来，莫能得其影响。因系屠与儿于狱，案悬莫结。此乾隆二十八年事。

【译文】

福建长乐县有个姓李的妇女，她二十五岁时生了一个儿子，生子后六个月丈夫不幸去世，她便立志抚育孤儿。李氏家中只有一个丫鬟和一个老年的仆人，除此之外，虽是亲族，也很少与他们相见。乡里及周围一带地方，凡知她为人的，对她都很钦敬。儿子十五岁时，让他到外面去从师求学。一天，李氏早晨起来纺线绩麻，忽然看见一个白衣男子立在床前。李氏惊骇之中对他喝斥了一声，那男子走到床的背后就不见了。李氏恐惧，便唤丫鬟到自己房中相伴。到了中午，儿子从外面回来，同母亲一起用午餐。他抬头也见有个白衣男子在床前，惊骇而呼叫起来，那男子走到床后又不见了。李氏对儿子说道："听说穿白衣的，是财神菩萨。这座房子自从祖宗居住到现在，已有一百多年，不要祖先在这里遗留着一宗金银钱财呢？"遂与丫鬟一起撬开床下的地板，发现地板下面有块青石大如方桌一般，上面放着一个红缎的银包，里面包着白银五锭。李氏见了很高兴，想揭开这块石头，但力气不够，未能如愿。便计议道："凡是挖掘地下的窖藏，应先祭祀财神。孩儿快到市镇上去购买斋神的牲礼，祭了神然后再去开启。"儿子立刻拿了这银包往市集上去买猪头。等到猪头买好，才想起未曾带钱，便拿出银包给屠夫说道："凑巧没有带钱，就请以这银包中的五锭银子作为抵偿。"于是把猪头装进一只布袋归来。当他路过县署前时，有个捕快跟随在后，这捕快问道："小哥，你这袋内盛放的是什么东西？"答道："里面是猪头。"捕快盘问再三，李氏的儿子愤怒之下把布袋掷在地上道："不是猪头，难道是人头么？"把布袋一倒，果然是个人头，顿时鲜血满地。李氏的儿子大为惊恐，吓得啼哭不止。捕快将他解到县署。李氏的儿子从实申诉，说自己是从某屠户店中买来的。于是又把那屠户拘捕到堂，所招供的与李氏儿子所说完全相符，并将那原来的银包呈上。经堂前的胥吏辗转捧上去时，都是红缎包着的，待递到了案前打开看时，红缎却已成了血染的白布，当中包着人的手指五枚。县官大惊，重新再审问李氏的儿子，李儿便将经过情形据实作了招供。县官根据他的供词，亲自到他家中，撬开地窖中的大青石，则见下面是一具无头男尸，衣裳、鞋子，全都是白的，右手五个指头已缺。人头及五个指头，与这尸体所缺者相符。经百般查究它的来龙去脉，得不到任何线索。因此就把屠户和李氏的儿子关在狱中，案子至今悬而未结。这是乾隆二十八年的事。

烧　　包

粤人于七月半多以纸钱封而焚之，名曰“烧包”，各以祀其先祖。张戚者，素无赖而有胆，其仆三儿卧病月余，至七月十六日忽自床蹶起，趋而出。戚追之。出城，至大河侧，三儿痴立，点首呓语，若与人争状。戚掌其颊，三儿云：“为差人拘来，替人挑送包钱。”戚问：“差何在？”以手指曰：“前立浅渚间者是也。”戚果见一人，高帽青衣，若今之军牢皂隶状，手执鞭指挥。戚大呼擒之，一击而没，问包在何处，三儿云：“在家堂板阁上。我因过重不肯担，乃拘我来。”戚归启家堂，果有纸灰十包。

【译文】

广东民间习俗，在七月半将纸钱封好后焚化，以此祭祀其祖先，名叫“烧包”。有个叫张戚的，原是个无赖之徒，胆子不小。他家里有个仆人名叫三儿，因病已卧床一个多月，到七月十六这天忽然急速从床上爬起，往外就走。张戚觉得奇怪，就追了出去。三儿到了城外，走到一条大河边上，呆呆地站着，一边点头，一边说着胡话。看他的样子，像在与别人争吵。张戚上去打了他一记耳光。三儿说道："我是被差人拘捕到此的，是替人挑送钱包。"张戚问道："你说的差人在哪里？"三儿用手指着道："前面立在浅渚之间的便是。"张戚果然看见一人，戴着高帽，穿着青衣，像看守监狱的士兵，又似公堂上皂隶，手中拿着鞭子在指挥。张戚大声喊叫，前去擒拿，并朝他猛击一掌，顷刻便就不见。张又问三儿："你说的钱包，现放在哪里？"答道："在家堂的板阁上，我因分量过重，不肯挑，所以那差人将我拘捕来此。"张戚回家把家堂上的小门打开，果然看到有纸灰十包。

金银洞

高峰崖在广西思恩府城南百里，两峰壁立，崖上大书十三字云："金七里，银七里，金银只在七七里。"字画遒劲，不知何年镌凿。崖下有土地祠。望气者咸称其地有金银气，百十年间，土人多方搜求，一无所得。星士某至土地祠内，徘徊数日，攫神像去。土人追及，询知像乃范金所为，然亦不知"七七里"为何义。崖中旁峰数十丈，上有银洞，洞中白银累累，大者重数十斤。土人架木而登，拾之，即百计不能出。或向外掷之，着地即失。或牵犬入，将银缚犬身向外牵之，犬即狂吠，比出而身亦无银也。

【译文】

高峰崖在广西思恩府城南一百里，两峰壁立，崖上有十三个大字，为："金七里，银七里，金银只在七七里。"笔画遒劲，已不知是什么年代所镌凿。高峰崖的下面有土地祠。风水先生都说这个地方有金银气，一百几十年间，当地人曾多方搜求，但都一无所得。有个算命先生到土地祠内，徘徊了好几天，结果捧了那神像逃走。当地人发现后便去追讨，问了他才知这像是用黄金浇铸而成的，但他也不知道这“七七里”是什么意思。高峰崖之旁还有一个山峰高数十丈，上有一个银洞，洞中白银累累，大的重达数十斤。当地人搭起木架攀登而上，可是，拾起白银后，用尽千方百计也不能将银带出洞。有人将银块向外掷去，可是一着地就不见了。有人牵着狗进去，将银子缚在狗的身上向外搬运，那狗立即狂叫不停；待狗出来以后，身上所缚的银子也没有了。

猫　怪

靖江张氏，住城之南偏。屋角有沟，久弗疏瀹，淫雨不止，水溢于堂。张以竹竿通之，入丈许，竿不可出，数人曳之不动，疑为泥所滞。天晴，复举之，竿脱然出，黑气如蛇，随竿而上，顷刻天地晦冥。有绿眼人乘黑戏其婢，每交合，其阴如刺，痛不可忍。张广求符术，道士某登坛治之，黑气自坛而上，如有物舐之者，所舐处舌如刀割，皮肉尽烂，道士狂奔去。道士素受法于天师，不得已买舟渡江，张使人随之，将求救于天师。至江心，见天上黑云四起，道士喜拜贺曰：“此妖已为雷诛矣！”张归家视之，屋角震死一猫，大如驴。

【译文】

靖江县的张氏，住在县城的偏南方向。屋角旁边有条水沟，长久没有疏导，又遇上久雨不止，水就溢到了厅堂。张氏用竹竿去通水沟，伸进沟内一丈多些，竹竿就拔不出来，叫来几人一起拔，仍旧拔不出来，想来是被淤泥胶滞住了。待到天晴以后，再去拔时，竹竿脱然而出，倒也并不费力。哪知骤然发现一道黑气宛如游蛇，顺竿而上。顷刻之间，满屋黑气弥漫，天地昏暗。这时便有一个眼睛碧绿的人乘黑来调戏张的婢女。据这婢女称，那绿眼人与她交合时，只觉阴部如同针刺，痛不可忍。张氏为了驱除这怪，便广求能施符术的人来到家中设法。有个道士在他家中筑坛治妖。当道士登坛以后，黑气自坛往上，他便觉得有什么东西在舐自己，所舐之处，那舌头如刀一般，皮肉尽烂。道士作法未成，竟狂奔逃去。这道士素来向天师学习法术，不得已雇船渡江去找天师。张派人随那道士，准备请天师亲自出来相救。船到江心，见天上黑云四起，道士高兴地拜贺道："这妖已被雷打死了。"道士回来告诉了张氏。张回家一看，屋角有一猫被雷震死，那猫巨大如驴。

梦马言

乾隆十八年，山东高蔚辰宰河南延津县。昼寝书室，梦一马冲其庭，立而人言，高射之，正中其心，马吼而奔，高惊醒。适外报某村妇卢罗氏夜被杀，以杙椓其阴，并杀二孩。高往验尸，伤如所报，而凶犯无以根究。因忆所梦，乃顺庄点名，冀有马姓者。点毕无有。问："外庄有姓马者乎？"曰："无。"高将庄册翻阅，沉思良久，见有姓许名忠者。忽心计曰："马属午，马立而言，则言午也。正中其心，当是许忠矣！"呼许曰："杀此妇者汝也。"许惊愕，叩首曰："实是也。以奸不从，故杀之。两指被妇咬伤，故怒而椓其阴，并杀其子。但未识公何以知之。"高笑不答。视其手，血犹涔涔也，置于法。合郡以为神。

【译文】

乾隆十八年，山东高蔚辰出任河南延津县知县。一天，他在书房中午睡，梦见一匹马冲到院庭之中，站立起来讲人话。高蔚辰拔箭射去，正中其心。这马便吼叫奔跑，高被惊醒。正在这时，外面禀报说：某村妇卢罗氏，于夜间被杀，是用小木桩捅她阴部捅死的，还有两个小孩也被杀。高即前往验尸，所伤情形与禀报的相同，但凶犯是谁，却无从根究。高蔚辰这时想起了梦境，心想莫非与这梦有关，便顺着村庄点名，希望有姓马的。点名完毕，没有一个是姓马的。问道："外庄有姓马的吗?"有人答道："没有。"高便翻阅这村庄的名册，沉思好久，看到有姓许名忠的，忽然心里计议道："马在十二生肖中属午，马立着言，即言午许也。正中其心，恰是忠字。"于是命人把许叫来，喝道："杀这妇人的，就是你!"许惊得发了呆，叩头道："实在是小人杀的。因强奸未成，所以把她杀了。小人的两个指头被这妇人咬伤以后，故怒而用小木桩捅了她的阴部，并杀了她儿子。但不知大人是怎样知道这事的?"高只是笑笑，没有回答。再看许忠的手，上面还是血迹涔涔的。于是对凶手依法严惩。全郡的人因此都把高蔚辰看作是神。

蒋静存

麟昌蒋君字静存，余同馆翰林也。诗好李昌谷，有"惊沙不定乱萤飞，羊灯无焰三更碧"之句。生时其祖梦异僧担《十三经》掷其门，俄而长孙生，故小字僧寿，及长名寿昌，以避国讳故，特改名。又自梦僧画麒麟一幅与之，遂名麟昌。十七岁举孝廉，十九岁入词林，二十五岁卒。性傲兀不羁，过目成诵，常曰："文章之事，吾畏袁子才而爱裘叔度，他名宿如沈归愚，易与耳。"卒后三日，其遗孤三岁，披帐号叫曰："阿爷僧衣僧冠坐帐中。”家人争来，遂不见。呜呼！静存始终以僧为鸿爪之露，其为戒律轮回似矣；然吾与之谈，辄痛诋佛法而深恶和尚，何耶？

【译文】

蒋麟昌，字静存，是我的同馆翰林。爱做诗，学唐代的李长吉，有“惊沙不定乱萤飞，羊灯无焰三更碧”之句。在他出生的时候，他的祖父做梦，遇到一个很怪异的僧人挑来一部《十三经》掷在门口。不久添了一个长孙，所以取了个小名叫僧寿。等到长大以后，便取名寿昌，因为要避国讳，所以特意改了名。又因寿昌梦见有一僧人画了一幅麒麟给自己，就又改名叫麟昌。他十七岁中举人，十九岁入了翰林院，二十五岁去世。他性格傲兀不羁，读书过目不忘。常说：“写文章这事，我最敬畏的是袁子才，最爱慕的是裘叔度；其他学问渊博的名家如沈归愚倒是容易对付的。”蒋麟昌死后第三天，他那年仅三岁的儿子，拉着床帐号叫道：“爹爹穿着僧衣僧帽坐在帐内。”家人争着来看，却什么也不见。呜呼，静存从他降生到去世，都是以僧人的形迹显露于世的，现在好像是按照佛家的常规进入到由生到死，由死到生的轮回中去了。然而，我以前与他谈论，他总是痛诋佛法，对和尚也常常表示出深恶痛绝的情绪，不知是什么原因？

天 妃 神

乾隆丁巳，翰林周煌奉命册立琉球国王。行至海中，飓风起，飘至黑套中。水色正黑，日月晦冥。相传入黑洋从无生还者。舟子主人正共悲泣，忽见水面红灯万点，舟人狂喜，俯伏于舱呼曰：“生矣，娘娘至矣！”果有高髻而金镮者，甚美丽，指挥空中。随即风住，似有人曳舟而行，声隆隆然，俄顷遂出黑洋。周归后奏请建天妃神庙。天子嘉其效顺之灵，遂允所请。事见乾隆二十二年邸报。

【译文】

乾隆二年，翰林周锽奉命前往琉球去册立琉球国的国王。他所乘坐的船行到海上，突然遭到飓风袭击，飘到了黑套中。这地方的海水颜色正黑，日月昏暗无光。相传凡进入这种黑色的洋面，从来没有脱险生还的。船员和周锽等正在悲泣之中，忽见海面上红灯万点，远远而来。船工无不狂喜，都俯伏在船舱，呼唤道："有救了，娘娘来了！"果然出现了一位束着高高的发髻，戴着金环的天神。她容颜非常美丽，在空中指挥。风便立即停息，并且似乎有人曳着船在行驶，声音隆隆地响着。不多时间，船便驶出了那黑色的洋面。周锽完成册封使命以后，回来奏请建造天妃神庙。乾隆皇帝嘉勉他对神灵的恭敬之心，就应允了这一请求。此事见于乾隆二十二年的邸报。

宿迁官署鬼

淮徐道姚公廷栋驻扎宿迁，封翁寿期，演剧于堂。堂旁墙极高，见墙外有人头数千，眼骙骙然，俱来观剧。初疑是皂隶辈，叱之不去，近之无有。明旦视之，墙外皆湖，无立人处。其幕友潘禹九遣奴往厨取酒，久而不至，迹之，已仆于地，口眼皆青泥，盘中酒菜之类，变作蚯蚓树叶。潘素不信鬼神，乃挺身至奴所行处，验其有无。署中二客诈为鬼状，私往吓之。潘笼一小灯，行未半道，两客见黑气一条，绕灯而入，灯色绿如萤火，潘勿觉，二客悚然，噤不发声。潘将如厕，有大黑手遮其面，踉跄急归。二客迎之，共相骇异。手持灯渐重，火亦澌灭。家奴各持火来照，灯笼内有死野鸭一只，鸭大笼小，竟不知从何处窜入也。

【译文】

淮徐道道台姚廷栋公署设在宿迁，他为老父庆寿，请来一班梨园弟子在厅堂里演剧。厅旁的墙极高，见墙外有人头数千，都睁大着眼睛，在看演出。起初以为是皂隶等下属官吏，就对他们呵叱，而他们仍不离开；走近去看时，却又毫无影踪。次日天明以后，到墙边去一看，墙外都是湖泊，并无可以让人站立的地方。姚廷栋的一位幕友潘禹九，差遣仆人到厨房中去取酒，去了好久，不见回来。再去看时，见他倒在地上，嘴巴、眼睛里都是青泥，盘中的酒菜之类，已变成蚯蚓和树叶。潘禹九素来不相信鬼神，便壮着胆子到仆人所经过的地方去验看究竟有什么异常情形。署中有二位客人故意假扮成鬼的样子，打算前去吓潘。潘当时拿着一盏小灯，还未走到半途；这时客人已看到黑气一条，绕着潘禹九的小灯而入，灯的颜色便绿如萤火。潘当时还不知不觉；而那假扮成鬼的二位客人，却已吓得发抖，开不了口。这时潘禹九将去上厕所，有只大黑手遮住他的面孔。潘顿时受惊，踉踉跄跄急忙折回。回来时与这二位装扮成鬼的客人相遇，双方都很惊异。潘觉得手中拿的灯越来越重，火也渐渐灭了。家中仆人拿了灯火来照，发现潘的灯笼内有死野鸭一只。鸭大灯笼小，弄不清这鸭是从什么地方窜进去的。

广东官署鬼

康熙壬戌，武探花沈崇美为广东守备。署后花园有井，担水者率以为常。偶一夜有女子呼水，担夫如其言与之，乃捽其头入桶中。担夫疑署中婢与戏，詈群婢，群婢曰无之。担夫引婢至取水处，有海棠一枝，白鸡成群，入树下不见。群婢笑曰："非鬼也，藏神也。掘之必得金银。"遂令担夫具畚插，开土未五六尺，得一棺，惧而止。忽一婢发狂大呼曰："请主人，请主人！"沈公偕其妻往视，婢呼曰："我嘉靖十七年巡按某公之第四妾也，遭主妇毒虐，缢死埋此。公家群婢犯我，我应索其命。第土浅地湿，棺中多水，主人肯改葬我，则掘者不为无功，将免其罚。大堂西偏，我生前埋金镯一只，宝珠数颗，可掘取为改葬费，亦不累主人金也。"言毕，婢子如常无病矣。主人为启其棺，水涔涔欲流，发堂之西偏，封镯宛然，为改葬高处。镯重三两六钱，形如蒜苗。

【译文】

康熙二十一年壬戌，武探花沈崇美任广东守备。府署后面的花园中有井一口，挑水的人每天往返挑水，习以为常。一天傍晚，忽见有个女子站在树边，向他讨水，挑水人把水挑到她面前，准备舀水给她时，不料那女子竟将挑水人的头往水桶中揿去。挑水人以为是府署中的婢女与自己开玩笑，事后就骂那些婢女。婢女们说没有那事，挑水人便领她们到那女子讨水的地方去。看见一枝海棠，和成群白鸡。但当他们走近树边时，却什么都没有了。婢女们笑道："这不是鬼，是遇到了一个守藏神，掘下去必能得到金银财宝。"于是都催他快去拿锄头畚箕来往下开挖。挑水人信以为真，就往地下挖掘。挖了不过五六尺，看到有一具棺材，就吓得不敢再挖了。忽然有个婢女发了狂疾，大喊大叫道："快去请主人，快去请主人！"沈崇美听到花园中有人高声呼唤，便带了妻子同去观看。那发狂的婢女道："我是明朝嘉靖十七年巡按某公的第四妾，因遭主妇的狠毒虐待，上吊死后埋葬在此。相公家中的婢女冲犯了我，我要来讨命。只是这里土浅地湿，棺材里进了许多水，如果主人肯将我换个地方改葬，那掘土的人不能说他没有功劳，我将免除对他的惩罚。大堂的西面，我生前埋着金镯一只，宝珠几颗，可以掘出来作为改葬的费用，谅来不会使主人因此破费金钱的。”说罢，这发狂的婢女就恢复了正常，全无病态了。沈崇美就派人为这女鬼搬迁棺材，果然湿淋淋淌着水。再掘开大堂西边的土地，埋在下面的金镯子完好无损。于是便把那棺材改葬在地势高燥的地方。这金镯重三两六钱，形状像蒜苗一般。

为儿索债

葛礼部讳祖亮者，为予言：其邻程某，拥重赀，无子。晚年生儿，性聪慧，眉目莹秀，程爱如掌中珍。十二岁，即多病，所费医药不赀。稍长，不事生业，好斗鸡走狗，产为之空。程忿甚，一旦悬祖宗神像，将笞之。子忽作山东人语曰：“俺吴某也。前生为尔负债万金，今来索取将尽，汝以我为子耶？大误，大误！我昨揭帐，尚欠八十余金，今亦不能相让。”奋衣前取其母髻上珠踏碎之，然后死。程卒大穷而嗣绝。

【译文】

礼部主事葛祖良对我说：邻居程某，家中很有钱财，但没有儿子。没想到晚年竟然生了一子，性情聪明敏慧，生得眉目莹秀，程某对他爱如掌上明珠。孩子到十二岁时，身体多病，用去医药费不计其数。渐渐长大以后，不从事生产与经营，却欢喜斗鸡赛狗，家产被他挥霍一空。程某对儿子如此没有出息，感到非常怒恨。一天，他挂了祖宗的神像，准备将儿子好好鞭打一顿。这儿子忽然作山东人的口音说道：“俺便是吴某，前世你欠了我一万两银子，现在已向你索取得差不多了。你以为我是你儿子吗？这可是大错特错。我昨天打开账目看了，还欠我八十多两银子，如今也不能相让。”说罢，卷起衣袖上前摘取他母亲发髻上的珍珠，随即把它踏得粉碎，然后死去。程某最终穷困潦倒，还是绝了后代。

鬼魂觅棺告主人

姜静敷寓京师愍忠寺，寺旁为书室，室中有空棺，俗所称寿器是也，寺邻某为其父老故置焉。姜月夜读书，窗户砉然大开，棺盖低昂不已。姜大骇，持烛视之，如有人指痕出没于棺上者，响良久乃已。次早，邻人叩门云：“某翁死，来取棺。”方悟初死之魂，夜间先来就棺也。苏州唐道原年七十卒，其子为买棺于海红坊寿器店。主人云：“昨夜有白须人坐某一棺上，烛之不见。”问其状，貌酷似道原。店主人素不相识也。乃即买其所坐者归。金陵戴敬咸进士与梅式庵饮于吴朱明孝廉家，忽狂癫，握梅手呼曰：“要朱红，要加漆！”梅愕然不解。已而气绝，方知所托者藏身物也。程原衡家管事李姓者，夜醉堕楼死，举家未知。原衡睡醒，觉左耳阴冷异常，疑而回顾，灯光青荧，有黑人吹气入耳，似有所诉。惊起呼家丁四照，见楼下尸，方知李魂来告主人，求棺殓也。

【译文】

姜静敷寓居在京师的愍忠寺，寺旁有间书房，书房中停着一具空棺材，就是民间所说的寿材，这棺材是近庙邻人因为他父亲年老，预先做了寄放在这里的。一天夜间，姜静敷在月下读书，突然书房的窗门轰然大开，棺材盖在微微的上下掀动。姜大惊，拿了蜡烛走近去看时，发现有指痕，好像有人从棺材里进出似的。过了好久，才听不到响声。第二天早晨，邻居有人来敲门说："某老翁死了，来取棺材。"这时姜静敷才明白，初死者的魂灵，于夜间曾到棺材中来安眠。苏州唐道原七十岁去世，他儿子到海红坊寿器店买棺材。店主说："昨天夜里有个白须老人坐在一具棺材上，我拿蜡烛去照时，老人就不见了。"问这老人的相貌形态，店主所说的非常像死去的唐道原，实际店主与唐本来是素不相识。他儿子就把这口棺材买了回去。金陵戴敬咸进士与梅式庵在吴朱明举人家中饮酒。戴忽然得病，顷刻精神错乱，握住梅的手道："要朱红，要加漆！"梅式庵惊愕之中不知这是什么意思。不一会儿戴气绝身亡。后来才知道，戴所托是指他的藏身之器——棺材。程原衡家里有个姓李的管事，夜间喝醉了酒，堕楼跌死后全家都未发觉。原衡半夜间从睡梦中醒来，觉得左边的耳朵阴冷异常，疑心有什么东西。环视周围，只见灯光青荧，有黑洞洞的一个人在朝自己的耳边吹气，似乎要来讲述什么，程惊恐而起，唤家人点灯四面照看有何异常情形。从楼下发现了尸体，才知是李的魂灵来告诉主人，以求买棺成殓。

匾怪

杭州孙秀才夏夜读书斋中，觉顶额间蠕蠕有物，拂之，见白须万茎出屋梁匾上，有人面大如七石缸，眉目宛然，视下而笑。秀才素有胆，以手捋其须，随捋随缩，但存大面端居匾上。秀才加杌于几视之，了无一物，复就读书，须又拖下如初。如是数夕，大面忽下几案间，布长须遮秀才眼，书不可读，击以砚，响若木鱼，去。又数夕，秀才方寝，大面来枕旁以须搔其体，秀才不能睡，持枕掷之。大面绕地滚，须飒飒有声，复上匾而没。

合家大怒，急为去匾投之火，怪遂绝，秀才亦登第。

【译文】

杭州孙秀才，夏夜在书斋中读书，觉得额头间有什么东西在蠕蠕地动着，用手一拂，只见千万茎白须从屋梁的匾上往下垂着，匾上是张大脸，有七石缸一般大，眉毛眼睛与常人一样，正笑着往下观看。孙秀才素来胆子很大，用手去捋他的白须，随捋随缩，到后来只剩一个极大的面孔在那匾上。他垫了凳子上去看时，却什么也不见。他便继续读书，可是白须又像原先一样挂了下来。这样，经过几个晚上，那张大脸竟下来停在桌上，又用它的长须遮住秀才的眼睛，使书也不能读了。孙秀才用砚台朝这大面孔掷去，发出来的声音像敲木鱼，那大脸也随即就离去了。又过了几个夜晚，孙秀才刚睡下，那张大脸竟到枕头旁用须搔他的身体。秀才无法睡觉，就拿起枕头朝它掷去，只见那大脸绕着地面滚动，白须“飒飒”地发出声响，又上升到匾额便不见。全家的人为此大怒，急忙把匾投入火中烧了，那怪物从此绝迹，孙秀才后来也在应试中及第。

徐支手

咸阳徐某，家巨富。初生一子颇聪慧，六岁病痞死。旋生三子，貌皆相似，病亦如之。徐年已迈矣，至第三子死时，抚尸恸甚，用刀剖儿腹，出其痞，复断其左臂，骂曰：“毋再来诱我。”其痞形如三角菱，有口能呼吸，悬之树间，风日吹干，每触油腥，口犹能动。未期年，徐又得子，貌如前，痞虽不作而左手竟废，至今尚存，人呼为徐支手。

【译文】

咸阳人徐某，家资巨富。他的第一个儿子，相当聪明敏慧，但到六岁时，因腹中生痞块而死去。后来相继生了三个儿子，面貌都很相似，所得的病也完全相同。徐某这时年纪已老，到第三子死时，抚尸恸哭得十分伤心，然后用刀剖开儿子的腹腔，取出痞块，又割断他的左臂，骂道："以后不要再来诱我。"这痞块的形状像三角菱，有口能呼吸，悬挂在树上，让它风吹日晒而干；要是触及油腥，那口还能张动。不满一年，徐某又得子，面貌与已死去的几个儿子相同，虽腹中不再有痞块外，左手竟然是残废。这人至今还活着，人们唤他为徐支手。

鱼　怪

会稽曹崟山，入市得大鱼，归剖食之。余半，置纱厨内。至晚，厨中忽有光，举室皆亮，迫视则所余之鱼，鳞甲通明，火光射目。曹大骇，盛以盘，送于河，其光散入水中，随波摇荡，婉转间成鱼而去。曹归家，屋中火发，东灭西起，衣物床帐，烧毁都尽，而不及栋宇，凡三昼夜始息。食鱼之人，竟亦无恙。

【译文】

会稽人曹崟山，在市场上买到一条大鱼，带回家来剖杀烧煮而食。因鱼很大，留出一半放在纱橱里。到了晚间，橱中忽然发出光来，照得满室都亮。走近纱橱一看，只见所剩下的半条鱼，鳞甲通明，火光耀眼。曹崟山大惊，把鱼盛在盘中，放到河里。那光散入水中，随波摇荡。婉转之间变成一条活鱼游去。曹崟山回到家中，发现屋内突然起火。灭了东边，西边又起，衣物床帐，全都烧光，只是房屋没有烧着。这样折腾了三昼夜，火才熄灭。吃过鱼的人，却都安然无恙。

盗鬼供状

先君子在湖广臬司迟公维台署中，同事大兴人朱扬湖司钱谷。忽一日，狂呼，趋视之，面如死灰，伏地昏迷，饮以姜汁，良久曰："吾坐此校文案，日方正午，见地下砖响，有物蠕蠕然顶砖起，疑为鼠，以脚践之，砖亦平复。稍坐定，砖响如初。掀视之，有黑毛一团，类人头发，自土中起，阴风袭人，渐起渐大。先露两眼，瞪睛怒视，再露口颐腰腹，其黑如漆，颈下血淋漓。跃然而上，举手抱我足曰：'汝在此乎？汝在此乎？吾前世山东盗也，法当死，汝作郯城知县，受我赃七千两，许为开脱。定案时，仍拟大辟，死不瞑目。今汝虽再世而吾仇必报！'言毕即牵我入地。我大呼，彼见众客至，舍我走。"众视砖迹犹宛然开。嗣后，其鬼无日不至，有人共坐则不至，尤畏臬司迟公，闻迟公将至，便抱头远窜。公大书几上曰："问恶鬼，汝作盗应死，敢与法吏仇乎？汝欲报仇，应仇于前生，敢仇于今世乎？速具供状来！"鬼夜墨书其侧，字迹歪斜，曰："某不敢仇法吏，敢仇赃吏。某以盗故杀人多，受冥司炮烙数十年，面目已成焦炭，每受刑必呼曰：'某当死，有许我不死者在也。郯城县某老爷受赃七千两，独不应加罪乎？'呼六十余年，初不准理，今以苦海渐满，许我弛桎梏报冤。所具供状是实。"迟公无如何，不能朝夕伴朱，命多人守护之。居月余，迟公生日演戏，诸客饮酒，强朱出观。朱曰："吾待死之人，有何心情看戏？诸公爱我，可多命家人伴我。”如其言。席散往视，朱已缢于床。迟公及诸友俱责家人何以不管，佥云：“灯下吹来黑气一团，奴辈便各睡去。”或云诸奴贪看戏，亦未必伴朱也。

【译文】

先父在世时，曾在湖广按察使迟维台的府署中任职，有位同事大兴人朱扬湖执掌钱谷。忽然有一天，朱狂呼起来。急忙奔去看时，只见他面色如死灰，伏在地上昏迷不醒。众人将他扶起，灌了些姜汁，过了好久，他才清醒过来，说道：“我坐在这里校看文案，当时正是中午时刻，发现地下的砖头在响动，有一物蠕蠕地顶开砖头从地下出来，疑心是鼠，用脚去踏，那砖头就平复了。稍坐定下来，砖又像刚才那样响动。掀开砖头看时，有黑毛一团，像是人的头发，从泥土中渐渐上升，顷刻阴风袭人，渐升渐大。接着露出两眼，瞪大眼睛怒视。再露出嘴、下巴、腰部、腹部，全都墨黑如漆，颈下鲜血淋漓。最后跃然而上，举手抱住我的脚道：‘你在此处呵，你在此处呵！我前世是山东的一名强盗，按法律是应处以死刑的。当时你作郯城知县，受我赃银七千两，答应为我开脱。定案时，仍判我为死刑，我死不瞑目。现你虽已再世为人，但我这冤仇一定要报！’说罢，就牵我往地下去。我便大声呼叫，他见众多客人赶到，才放开我走了。”众人看那地上的砖头，还留着他上来下去的痕迹。从那天以后，这鬼没有一天不来。如逢有人与朱在一起，这鬼便不来。尤其惧怕按察使迟公。得知迟公到来，便抱头远窜。迟维台在桌上用大字写道：“问恶鬼，你做强盗，理当判处死刑。如今胆敢与执法的官为仇敌么？你想报仇，应报于前世，为何要到今世来报？现命你速速备了状子报来！”那鬼见了，就在迟公的训词边上用墨写了供状，字迹歪斜，所写内容道：“我并不敢与执法官吏为仇，但敢与赃官为仇。我前世为强盗，曾杀过好多人，所以死后在阴曹地府受冥司炮烙刑罚数十年，面目已成焦炭。每次受刑时必呼喊道：‘我固然应判死罪，但有人答应可以让我不死的：

郯城县某老爷收了我赃银七千两，为什么不给这赃官定罪?’我这样呼喊了六十多年。先前一直不准我报仇，今因我在阴曹地府的苦刑将满，答应把我放了，让我出来报冤。以上供状全是实情。”迟维台看了供状，也无可奈何，但又不能每天亲自陪着朱扬湖，只好另派几人守护在旁。这样经过了一个多月，迟公生日演戏，府署中的宾客饮酒相贺，大家都强拉朱出来观看。朱答道：“我是个正在等死的人，有什么心情看戏？诸公若是爱我，可以多请几个家人来陪我就好了。”众人依他所说，唤几个家人陪着，未让他出来饮酒看戏。席散以后，再去看他时，朱已上吊在床。迟维台和署中原来的朋友都责备那些家人：“为何不能将他看管好?”看守的人都说：“灯下吹来一团黑气，奴辈便就睡着了。”也有人说，是那几个奴仆都因贪看演戏，也就未能一直陪伴着他。

时　文　鬼

淮安程风衣，好道术。四方术士咸集其门。有萧道士琬，号韶阳，年九十余，能游神地府。雍正三年，风衣宴客于晚甘园。萧在席间醉睡去，少顷醒，啃曰：“吕晚村死久矣，乃有祸，大奇!”人惊问，曰：“吾适游地府间，见夜叉牵一老书生过，铁锁锒铛，标曰：‘时文鬼吕留良，圣学不明，谤佛太过。’异哉!”时坐间诸客皆诵时文、习《四书讲义》素服吕者，闻之不信，且有不平之色。未几曾静事发，吕果剖棺戮尸。今萧犹存。严冬友秀才与同寓转运卢雅雨署中，亲见其醉后伸一手指，令有力者以利刃割之，了无所伤。

【译文】

淮安人程风衣，爱好道术，四方术士都云集在他门下。有位萧道士名琬，号韶阳，已九十多岁，他能使魂灵神游地府。雍正三年，程风衣在他家中的晚甘园宴请宾客。萧在席间酣醉睡去，过了一会醒来，叹息道："吕晚村（留良）死了好多年后，居然大祸临头，真是太奇怪了！"人们惊问是怎么一回事？萧答道："我刚才在地府游览，看见一个夜叉牵着一位老书生走过，铁锁锒铛，上面插的标牌是：'时文鬼吕留良，圣学不明，谤佛太过。'你们看，奇怪不奇怪？"当时在座客人都诵读时文，学习《四书讲义》，素来钦佩吕留良的。因此他们听了不但不相信，而且还为吕抱不平。果然，此后不久，曾静因文字狱之事涉及已死去的吕留良，终于使吕遭剖棺戮尸的结局。如今萧琬还活着。严冬友秀才曾与他一起寓居在转运使卢雅雨官署中，亲眼看见萧醉后伸出一个手指，叫有力气的人用快刀割它，竟然丝毫不能损伤。

鬼弄人二则

杭州沈济之，训蒙为业。一夕梦金冠而髯者谓曰："汝后园有埋金一瓮，可往掘之。"沈曰："未知何处。"曰："有草绳作结，上穿康熙通宝钱一文，此其验也。"明早往园视之，果有草绳，且缚钱焉。沈大喜，持锄掘丈余，卒无有，竟一怒而得狂易之疾。

乾隆甲子，冯香山秀才梦神告曰："今岁江南乡试题'乐则韶舞'。"冯次日即作此题文，熟诵之。入闱果是此题，以为必售。榜发无名，就馆广东。夜间独步，闻二鬼咿唔声。聆之，其闱中所作文也。一鬼诵之，一鬼拊掌曰："佳哉，解元之文！"沈惊疑以为是科解元必割截卷面，偷其文字。辞馆入都，以状具控礼部。礼部为奏闻，行查江南解元薛观光文虽不佳，并非冯稿也。获诬告之罪，谪配黑龙江。

【译文】

杭州的沈济之，以教儿童读书为业。一天夜间，梦见一位头戴金冠、留有长髯的人来说道："你家后园中有个地方埋着一瓮黄金，可去把它挖掘出来。"沈问道："不知这瓮在哪一处地方？"那人道："有草绳打的结，上面穿着一枚康熙通宝的铜钱，便是藏金地方的标记。"第二天早晨，他便到园中去寻找，果然发现了草绳，并且上面确实穿着一枚铜钱。沈济之大喜，拿了锄头挖掘一丈多深，结果丝毫无获，一怒之下竟得了精神病。

乾隆九年，冯香山秀才梦见有位神人来说道；"今年江南乡试的题目是《乐则韶舞》。"冯第二天就按此题目作文，然后把它熟读背诵。进场考试，果然就是这题目，以为必能录取。发榜下来，竟无自己名字。冯秀才后来往广东教书。一天夜间，独自一人在闲步，听到两个鬼在咿咿唔唔说话。他仔细一听，竟是在议论自己应试的那篇文章。一鬼在诵读，一鬼拍手说道："好呵，真是解元公的文章！"沈惊疑以为这一科的解元，一定是割截了卷子，偷了自己的文章，便辞去了教书之职，赶赴京师，写了状词向礼部告发。礼部为弄清案情，以便奏闻，到江南来查看解元薛观光的试卷，发现薛的文章虽并不很出色，但也并非为冯香山的手稿。结果弄巧成拙，冯得了个诬告的罪名，谪配到黑龙江。

汉江冤狱

曹震亭知汉江县，晚衙夜坐，见无头人，手提一头，啾啾有声，语不甚了。曹大骇，遂病。病三日，死矣。家人欲殓，胸前尚温。过夜而苏，曰：被隶人引至阴府，见峨冠南面者，衣本朝服色。辕外人传呼汉江县知县曹学诗进，曹行阳间属吏礼，向上三揖，神赐坐，问："有人诉公，公知否？”曰：“不知。”神取几上牒词示曹，曹阅之，本县案卷也。起立曰：“此案本属有冤，为前令所定，已经达部。我申详三次，请再加审讯，为院司所驳，驳牌现存。”神曰：“然则公固无罪也。”传呼冤鬼某进，阴风飒然，不见面目手足，但见血块一团，叫跳呼号，滚风而至。神告以曹为申救之故，且曰：“汝冤终当超雪，须另觅仇人。”鬼伏地不肯去，神拱手向曹作送状，手挥隶人云：“速送，速送！”曹猛然梦醒，不觉汗之沾衣也。自此辞官归家，长斋奉佛终其身。

【译文】

曹学诗，字震亭，出任汉江知县。他晚间坐在衙署之中，看见一个无头的人，手里提着一个人头，走近前来，“啾啾”说话，讲的什么，听不大清楚。曹大惊，吓得当场病倒，三天以后，便就死了。家人准备发丧盛殓，却发现他胸前还有些温暖。过了一夜，曹竟苏醒转来，说他被一个皂隶带到阴曹地府，看见一个头戴高冠，朝南坐着的神人，穿的是本朝服色，辕门外有人传呼道：“汉江县知县曹学诗进！”曹按阳间上下官属的礼节向上三揖，这神请曹坐下，问道：“有人控诉相公，相公知道否？”曹答：“不知。”神人取桌上的讼词给曹看，曹看了，见是本县的案卷，起身答道：“这原是一宗冤案，是我的前任县官所定，已经送到了刑部。我重新复核了三次，提出意见请求再加审讯，结果被上司所驳回，驳回的牌票现在仍保存着。”神人听了说道：“照这样说来，相公固然是无罪的了。”于是神人便传呼冤鬼进来，顷刻阴风飒然，看不清那鬼的面目手脚，只见血块一团，边跳边在呼唤号叫，随风滚了进来。神人告诉他曹学诗曾有申救他的种种经过，并且说道：“你的冤案，终究会得到超度昭雪，须另觅仇人。”那鬼伏在地上不肯离去。神人向曹拱手作送他的样子，并挥手对皂隶道：“快送他走，快送他走。”曹学诗这时猛然从梦中醒来，不觉汗已使衣服尽湿。自此以后，便辞官回家，吃长素信佛，直到寿终。

控鹤监秘记二则（删）

牛乞命

天台县令钟公醴泉为余言：其尊人守贵州大定府，设局办铅。日正午，忽有牛突入铅厂，数十人鞭之不肯去。醴泉往观，牛伏地作叩头状。因问牵牛者曰："此耕牛乎，宰牛乎？"曰："宰牛。"问价若干，曰："七千。"钟曰："以牛与我，以价与汝，何如？"牵牛者谢，领钱去，牛蹶然起矣。

【译文】

天台县县令钟醴泉对我说：他的父亲在任贵州大定府知府时，开办了一个采铅局。一天正午，忽有一头牛冲进了铅厂，数十人鞭打也赶不走它。醴泉去观着，那牛伏在地上作叩头状。因此问牵牛的人道；"这是一头耕牛，还是一头专供肉食的宰牛？"答道："是头宰牛。"问他价钱多少，答道："七千。"钟说："把这头牛给我，我照价付钱给你，怎么样？"牵牛的人谢后，领着钱去。这牛便突然爬了起来。

猪乞命

奉天锦州府之南有天桥厂，海泊交易处，屠人缚一猪，将杀以入市。其猪乘间啮断绳索，奔至海客前，屈双足伏地。屠人执绳追至，海客询其市价，如数付与，以此猪舍于海会寺之龙神庙。人呼“猪道人”则应；曰“何得无礼”，则屈前双足，向人作叩首状。牙长数寸，脚爪环裹如螺，其大倍于常猪。

【译文】

奉天省锦州府的南面有个地方叫天桥厂，是海船停泊和交易的地方。有个屠夫缚着一头猪，准备杀了拿到市场上去出售。这猪乘机咬断绳索，奔到一位航海人的面前，曲着前腿，伏在地上。屠夫拿着绳索追到航海人跟前。航海人问明猪价，如数把钱付了，将这猪施舍给海会寺的龙神庙。人们对这头猪称呼一声“猪道人”，猪便会答应；喝一声“何得无礼”，它就会曲着前腿，向人作叩头的状态。它的牙齿长数寸，脚爪环裹着，样子像田螺。它的大小，是平常猪的一倍。

张 世 荦

张世荦字遇春，杭州府诸生。每入试场，仿佛有人持其卷者，迨晓则墨污被黜，积愤殊甚。乾隆甲子科入闱，加意防范。试卷誊真，至晚另贮他所，坐号中留心伺察。睹一女子，舒手探卷。急执之，厉声问曰：“予与汝何仇，七试而污我卷?”曰：“今岁君应中解元，我亦难违帝命。但君当为我剖雪前言，择地瘞我，以释冤谴。我即君对门钱店女也。当日邻人戏谓君与我有私，君实无之，乃不为辨明，且风情自命。假无为有，以资嘲谑。既嫁而夫信浮言，不与我同处。我无以自明，气忿投缳。君污我名，我污君卷，迟君七科，宜也。”言毕不见。张毛骨俱悚，甫出场即访其家，告以故，而捐资助葬之，且为延僧超荐。是科揭晓，果中第一名。

【译文】

张世荦，字遇春，是杭州府的诸生。每次入场应试，仿佛有人来拿他的试卷。等到天亮，总是卷子因被墨污损而一再落选。他因此心中积满愤恨。乾隆九年甲子科应试举人时，张世荦特别注意防范。试卷誊清后，到晚上把它藏了起来，坐在号房中留心侦察。忽见一个女子，伸手进来探寻他的试卷。张急忙将这手抓住，厉声问道："我与你有什么冤仇，七次考试，都要来污损我的卷子？"那女子答道："今年你应中解元，我也难以违背天命。但你应当为我洗刷先前的一个误会，选择一个地方将我埋葬，解除对我的冤枉谴责。我原是你家对门钱店中的女儿，邻居有人说笑话，说你我之间有私情，其实并无此事。但当时你也未出来辨明，反而自命多情，把无认作为有，以此形成了对我的嘲谑。待我出嫁以后，丈夫听信了浮言，不与我共同相处。我实在无法去自明清白，气愤之下，便上吊自尽。是你污损了我的名声，我便来污损你的试卷，使你迟缓七科，我想这也是应该的。"说完，就不见了。张听得毛骨悚然。后来出了试场，张便去访问她家，把事情原委告诉了这女子的家人，还捐出一笔银子，作为改葬的费用，又请了僧人替她超荐。这一科乡试揭晓，张世荦果然中了第一名解元。

洗 心 池

洗心池在茅山乾元观西，石壁上有"洗心池"三字，笔法遒劲，隐而不见。欲见则以池水沃之，虽大旱不涸。相传钱妙真独居燕洞宫修炼，或谤之，乃于此刳腹洗心以相示，故名。

【译文】

洗心池在茅山乾元观西边，石壁上有“洗心池”三字，笔法遒劲，但它却隐在石上，平时不能看见。要想见时，可将水浇灌上去，就会显现，即使大旱也不会干涸。相传钱妙真独居燕洞修炼，当时似乎有人诽谤他，于是在此剖腹洗心来表示自己的心迹。所以，有洗心池的名称。

活死人墓

道人江文谷于洗心池旁培小阜，叠石塞牖，趺坐于中，嘱其徒云：“每日向牖呼我，应则已，不应则入收遗蜕。”呼之三年皆应，忽一日应曰：“可厌，吾去矣!”嗣后不应，启石视之，尸果僵。故称活死人墓。

【译文】

道人江文谷在洗心池旁培土垒了一个小丘，再在里面叠石架窗，砌成一间小屋，自己盘膝坐在其中，并嘱咐他的徒弟道：“你每天对着窗洞向我呼唤，我答应了，你就离开；如不答应，你就来收拾我这蜕化了的遗骸。”一连三年，徒弟每日呼唤，他都答应。忽然有一天，徒弟照常去呼唤，里面答应道：“真讨厌，我去了!”嗣后再呼，没有答应。开启石门看时，尸体果然僵着。所以称这为“活死人墓”。

屋倾有数

总宪金公德瑛视学江西，考吉安府童生。五鼓点名毕，灯下见红衣妇人从考棚趋出，冉冉腾空而去。问之仆隶，皆有所见。公心恶之，即以《中庸》“必有妖孽”

四字命题。日正午，诸生方握笔，忽考棚倾倒，压死三十六人。金公据实奏闻，上怜之，俱钦赐生员。

余亲家史少司马抑堂任福建臬使时，与粮道王介祉等四人同坐花厅议事。闻梁上屋角沙沙有声，客欲起避，史公不可。已而声渐大，有鼠呼曰“出，出”者再。史亦心动，急与四客齐出，则花厅倒矣，几案皆碎。是日，省中府县俱来请安。史公笑谓曰：“设使四大员一时并命，则司、道之印，诸公委署，不皆有分乎？”

【译文】

左都御史金德瑛任江西学政，在考吉安府童生时，早晨五鼓点名刚结束，灯下看见有个红衣妇人从考棚中出来，冉冉腾空而去。心里感到奇怪，便问下面的仆人和差役，都说也曾见到。金公觉得很不高兴，就以《中庸》“必有妖孽”四字命题。到了正午时刻，诸生刚拿起笔来准备作文，忽然考棚倾倒，压死了三十六人。金公便把这事的经过向朝廷作了奏闻，乾隆皇帝怜悯这三十六人，全都钦赐他们为生员。

我的亲家兵部侍郎史抑堂在任福建按察使时，与粮道王介祉等四人同坐在花厅上议事。听到梁上屋角间有“沙沙”的响声，客人站起来想躲避，史公以为不必。一会儿声音渐渐增大，又有鼠在连续叫着“出出”的声音，这时史公心也动了，急忙与四位客人一齐从花厅出来。他们刚离开，花厅便塌倒下来，茶几桌椅都打得粉碎。这天，省中的府县官吏都来请安。史公笑着说道：“假使四大员一时之间同时被打死，则按察司、粮道等的官印，将委署给诸公，岂不是大家都有升官的分了吗？”

沔布十三匹

杭州胡某，程九峰中丞之表侄也。中丞巡抚湖北，胡往求馆，荐与荆州刺史某署中司书记事。半年后，胡妻在家病疟，忽为鬼所附，声如男子，听之，乃其夫也。口称："到湖北后，蒙中丞公荐往荆州，宾主相得。不料未二月，患病身死，有衣箱、行李、新买沔阳布十三匹，现在署中，须着人往取。我客死饥寒，可供木主祭我，并广招名僧超度我。"家人闻之环泣，当即成服立主，以死无日月，未便报讣。亡何，妻病痊，家故贫，欲差人往楚迎丧，以无盘费，屡屡迁延。亡何，胡竟归里，举家骇然，以为鬼也。坐定谈说，方悟前所凭者，乃邪鬼借名索食，求超度故耳。顷之，衣箱到门，开之果有布十三匹，的系胡过沔阳时所买。

【译文】

杭州的胡某，是程九峰巡抚的表侄。程九峰任湖北巡抚时，胡便往湖北想在程的官署中谋职。程将他荐举给荆州知州某的官署中任书记。半年以后，胡某的妻子在家得了疟疾，后来忽然被鬼附在身上，声音如男子，仔细一听，乃是她丈夫。他说："我到湖北后，蒙叔父的推荐，在荆州知州的府署之中任职，宾主之间，相处得还可以。不料未满二月，患病身死，有衣箱、行李，以及新买的沔阳布十三疋，现都放在署中，须派人前去取回。我客死他乡，备受饥寒之苦，可供一木主祭我，并广招名僧超度我的亡灵。"家里人听了，都围着她在哭泣。随即按丧礼习惯，穿了孝服，为他立了木主牌位。因究竟是哪一天死的还不清楚，故对亲友未发出讣告。不久，胡某妻子的病痊愈了，但因家贫，想差人前往荆州迎丧却无盘费，因此这事便屡屡延搁下来，始终没有去成。不久，胡某竟回到家来，全家都很惊怕，以为他是个鬼。坐下来听他说话谈论，方才明白以前所听信的，是邪鬼借他的名来欺骗讨食，求得超度的缘故。过一会儿，衣箱运到家中，打开一看，果然有布十三疋，确是胡某在经过沔阳时买的。

牛卑山守岁

广西柳州有牛卑山，形如女阴，粤人呼阴为“卑”，因号牛卑山。每除夕，必男妇十人守之待旦，或懈于防范，被人戏以竹木梢抵之，则是年邑中妇无不淫奔。有邑令某恶之，命里保将土块填塞。是年其邑妇女小便梗塞，不能前后溲，致有伤命者。广东沙面上妓船如云，河泊大使专司船政，有总督某严禁之，随即海水溢漫，城不没者三板。地方绅贾，俱以为言，乃收回禁约以试之，果令收而水退。至今妓船愈多。

【译文】

广西柳州有座牛卑山，它的形状像女子的阴部，两广的人把“阴”字读成“卑”字，因此便叫牛卑山。每逢除夕之夜，一定要派男女十人守着这山，直到次日天明。倘若守山的人稍有松懈，防守不严，有恶作剧的把这山当作女子的阴部而用竹木梢去捅了，那么，在新的一年中，本州的妇女就都会淫奔。当地的一位县官，厌恶这种下流风气，责令里保派人用土块把它填塞，于是就发生了妇女小便梗塞，或者大小便都不通的怪现象，甚至还有因此丧命的。广东沙面地方的妓船很多，船舶修造泊航诸事，由河泊大使专管。有个总督对妓船严加禁止后，便发生了海水溢漫的事，高高的城墙距被淹没只相差六尺高低。地方上的士绅商贾，都以妓船不能禁止为由向官府提出建议，当时某总督将信将疑，于是暂以收回禁约一试，果然获得了令收水退的效验。至今这地方的妓船比原先更多。

鬼拜风

钱塘孙学田开盐店温州城中，与友钱晓苍往来甚狎。钱有楼三间，封锁颇密，相传有鬼，人不敢居。孙素有胆，与同人赌胜，铺床楼上，烧巨烛二枝，竟往居焉。夜二鼓，闻推门声，有艳装女子冉冉来，见烛光，意若畏之，敛衽再拜。每一俯首则阴风从其袖生，一烛灭矣。孙掷以剑，鬼走下楼去。孙知将复来，所恃惟烛，乃以所灭烛重加点明，以身拥烛而坐。鬼果再至，又作拜状。见孙上坐，欲却欲前。孙以剑掷，鬼变恶状，上前格斗，彼此相持不已。忽闻楼外鸡鸣，遂化黑气一团滚楼而下。温州人为之语曰："人拜曲躬，鬼拜生风，但逢孙老，比鬼还凶。"

【译文】

钱塘人孙学田，在温州城里开了爿盐店，他与朋友钱晓苍往来相当亲昵。钱有楼房三间，长期关锁得很严密，相传楼上有鬼，人们都不敢居住。孙学田素来胆子很大，就与同人以敢于上楼去睡觉赌胜，在楼上搭了床铺，点了二支很粗的蜡烛，独自睡在楼上。到了夜间二更时候，听得有推门的声音，只见一个艳装女子冉冉进来。她看到烛光，好像有些畏惧，就整理了一下衣襟，显得很恭敬的样子，向孙学田拜了两拜。每次低头拜时，阴风从她袖子中出来，将其中一支蜡烛吹灭了。孙把剑掷了过去，那鬼便走下楼去。孙知道她会再来，所依靠的现在只有一支蜡烛了，便把吹灭了的那支蜡烛重新点亮，将自己的身体靠近烛光坐着。这鬼果然再来，又作向他拜揖的形状。她见孙俨然坐着，又想后退，又想向前。孙仍旧用剑掷去，这鬼顷刻变成恐怖可恶的样子，走上前来与孙格斗。

双方正在相持不下，未见分晓时，忽闻楼外鸡啼，那鬼便化作一团黑气，滚着往楼下去了。温州人为了这事，流传着以下四句顺口溜："人拜曲躬，鬼拜生风。但逢孙老，比鬼还凶。"

僵尸夜肥昼瘦

俞苍石先生云：凡僵尸，夜出攫人者貌多丰腴，与生人无异，昼开其棺，则枯瘦如人腊矣，焚之有啾啾作声者。

【译文】

俞苍石先生说：凡是僵尸夜间出来攫人的，大多面貌丰腴，与活人没有什么两样；白天开棺验看，则枯瘦如同腊过的一般，将它焚烧，会发出"啾啾"的叫声。

黑　云　劫

王师征缅甸，有昆明县皂隶叶果，死三日复苏，言：被鬼卒勾赴冥司，有大殿朱门，如王者居。门外坐官吏甚多，皆手一簿，判记甚忙。判毕则黑气一团覆于簿上，有椎腰蹙额自称劳苦者。叶阳寿未尽，以不在应死之数，故仍放还。路间私问鬼卒："彼官吏所执何簿？"曰："人簿三，兽部五。"问："何为有簿？"曰："从古人间征战之事皆天上劫数先定，无可挽回。一切应死者皆先写入'黑云劫'簿中，虽一骡一马，皆无错误。终竟兽多人少，故其簿有人三兽五之说。"问："应此劫者，省城中可有某官乎?”曰:“第一名即你家总督也。”其时督滇南者刘公藻,丙辰鸿词翰林,后自刎。

【译文】

清军出征缅甸时,昆明县有个皂隶叶果,死去三天后又苏醒过来。他说,我被鬼卒勾引到了冥府,那地方有座大殿,门是朱红色的,样子像是帝王的住处。门外坐着好多官吏,手里都拿着一本簿册,忙着在写判记。判记写毕时,会有一团黑气覆盖在簿册上。这些官吏,有的在椎腰,有的蹙着额头,自称劳苦不堪。叶果阳寿未尽,不在应死者的数额之中,所以仍被放还。在回来的路上,叶果私下问鬼卒道:“那边的官吏手里,捧的是什么簿册?”答道:“人簿有三册,兽簿有五册。”叶问:“怎么会有簿册的?”答道:“自古以来,凡是人世间的征战一类事情,都是天上劫数预先定好了的,人们无法回避。凡是一切应死的人,都早已记录在‘黑云劫’簿册之中。此外虽然是一头驴,一匹马,也都有记载,毫无差错。毕竟兽多人少,所以那簿册,人三兽五。”叶问:“归属在这一劫中的,可有某官吗?”答道:“簿册中的第一名,就是你们总督。”当时的云贵总督是刘藻。他是乾隆元年丙辰的博学鸿词翰林,后来自刎身亡。

金 秀 才

苏州金秀才晋生,才貌清雅,苏春厓进士爱之,招为婿,婚有日矣。金夜梦红衣小鬟引至一处,房舍精雅,最后有圆洞门,指曰:“此月宫也。小姐奉候久矣。”俄而一丽人盛妆出,曰:“秀才与我有夙缘,忍舍我别婚他氏乎?”金曰:“不敢。”遂携手就寝,备极绸缪。嗣后每夜必梦,欢好倍常,而容颜日悴。举家大惧,即为完姻。苏女亦有容色，秀才爱之如梦中人。嗣后，夜间酉戌前与苏氏交，酉戌后与梦中人交，久之竟不知何者为真，何者为梦也。其父百般禳解，终于无效。体本清羸，斫削逾年，成瘵疾而卒。与梦中女唱和甚多，不能全录，但记其赠金郎一绝云："佳偶岂易寻，夺郎如夺彩。幸亏下手强，争先得为快。"

【译文】

苏州秀才金晋生，才貌清雅，苏春厓进士对他十分爱重，招他为婿，并已定了成亲的日子。有一天夜里，金秀才梦见一个穿红衣的小丫鬟，将他领到一处地方，里面的房子精巧雅致，最后有个圆洞门。她指着门内道："这是月宫，小姐在里面等你已久了。"一会儿，有个盛妆的美貌女子出来，说道："秀才，你我本有夙缘，怎么忍心丢下了我而与别的女子成婚?"金笑着答道："小生不敢。"于是二人携手就寝，你欢我爱，情意十分浓密。从此以后，每夜必梦，男女欢好之状，倍于通常夫妻之情；而金秀才的面容，便一天天地憔悴起来。全家的人见金秀才这般光景，都很惧怕，便让他与苏小姐完姻。苏小姐也是个美貌女子，金秀才对她爱如梦中人一般。成婚之后，金秀才每夜酉时戌时之前与苏小姐尽伉俪之欢。酉时戌时之后与梦中人行鱼水之乐，时间一久，竟不知道哪个是真，哪个是梦。金秀才的父亲得知这事后，便百般为他祈免灾殃，但结果都无效验。秀才身体本来清瘦，如此纵欲了一年以上，得了个痨病，不幸身亡。金秀才与梦中女的唱和诗很多，未能全部抄录下来，只记得有《赠金郎》一首绝句道："佳偶岂易寻，夺郎如夺彩。幸亏下手强，争先得为快。"

董观察

董观察名榕，官赣南道时，所属上犹县某村，素被山瀑冲没田庐。公为相度，开河引水入江，居民安堵。又改佛寺为濂溪书院，规模一新。亡何，丁太夫人忧，哀毁过度，欲以身殉。扶榇返里，至滕王阁下，维舟受唁。大吏亲来抚慰，观者无不谓董公真孝子，真好官。次早，方欲解缆，忽家仆等惊觅观察不得，急报守土官，沿江打捞，俱无踪迹。经一昼夜，尸竟逆流至丰城县沙岸上。验视之，犹白衣麻带，面目如生。乃具殓送至舟中。月余，公旧仆某偶至上犹，土人告以感公开河之恩，立庙祀公。仆欣然走至庙中，拜觇神像，则俨然公之面目。询立像时日，即公堕水夕也。

【译文】

道台董榕，在赣南道任职时，所属上犹县某村，历来因山洪暴发，经常发生冲没田地房屋的事情。董榕经过考察规划，开河引水入江，使百姓得以安居。又改佛寺为濂溪书院，气象为之一新。不久，他因母亲去世，悲伤过度，想以自身去为母亲殉葬。他亲自将母亲的灵柩运回家乡，途经滕王阁时，停船岸边，接受亲友的吊唁。当地的一些大官，都亲自前来抚慰，观看的人见此情景，无不都说董榕真是个孝子，真是个好官。第二天一早，正要解缆开船，忽然董家的仆人因找不到主人而惊惧得无所适从，急报当地官员请求协助寻觅。沿江打捞，不见踪影。经过一昼夜，尸体竟逆流到了丰城县的沙岸上。验看下来，仍旧是白衣麻带，面目与活着时一样，因此就地大殓后把棺材送到了船上，与他母亲的灵柩一起运回家乡安葬。一个月以后，董榕的一名旧仆，偶然又到上犹。当地人告诉他，为感谢大人开河之恩，专门造了一座庙来祭祀。那仆人欣然来到庙里，拜见神像，面目竟与真人一模一样。问立像的日期，正巧就是董榕落水的那天。

狐仙开账

和州张某，作客扬州，寓兴教寺。寺中僧舍素有狐仙，无人敢居。张性落拓，竟往居焉。未三日，果有一翁，自称吴刚子，求见。揖而与言，风采颇异，能知过去未来之事。因问："可是仙乎？"曰："不敢。"张故贫士，意欲交结之以图富贵，遂设酒食与之饮宴。吴亦答谢。未半月，张力竭矣，而吴之酒馔甚丰。张遂起贪念，终日嬲其设席，吴做主人，亦无吝色。如是者月余，吴忽不至。时遇霉雨，张开箱晒衣，则全箱空矣。中书一账，并质钱帖数纸，某日鸡鱼若干，某日蔬果若干，皆典张之衣服而用之。笔笔开除，不空设一席，不妄消一文。

【译文】

和州人张某，作客到了扬州，寓居在兴教寺。寺中僧舍，一向有狐仙作祟，所以无人敢住。张某性格落拓不羁，就住在僧房之内。张某住下来还不满三天，果然有一个老翁，自称是吴刚子，前来求见。张某按礼向他揖拜后便交谈起来。这老翁的风采与众不同，能知过去未来的事，张便问道："老先生，你莫非是仙人？"答道："不敢当。"张某原来是个贫穷的人，想同他结交后好图些富贵，就备了酒食与他一起宴饮。吴刚子事后也设酒食回请答谢。这样两人请来请去，未半个月时间，张某的钱已用得差不多了，而吴刚子每次请客的菜肴却很丰盛。张某便起贪念，终日凑趣让其设宴请客，吴刚子也乐于做东，毫无吝色。这样过了一个多月，吴忽然不再来了。当时正好逢到梅雨，张某打开箱子晒衣，发现箱子全都空了。箱内写着一份账单，还有当票数张。单上写着某日鸡鱼多少钱，某日蔬菜果品多少钱，都是用张的衣服去当了开支的。笔笔写得很清楚，没有漏写一笔，也不多用掉一分钱。

皮蜡烛

上虞人钱姓者，为人佣工。夜归，见女路哭，问其故，曰："夫亡无归，家居夏盖山，一时迷路，求为指示。"钱与谐戏，相随至一室中，成夫妇之好。如是者数月，主人见其貌日憔悴，再三问钱，钱言其故。主人曰："此鬼也，再与交时，须取渠一物以为验。"钱如其言，佯与欢笑而暗剪女发一束。女大惊走去。钱细视所居之地，全无房屋，其与此女淫处，精流蟹洞中，皆血也。发如烛而软，黑若牛皮，刀斫火焚不坏。自此不敢出门，匿主人家，未几，鬼入主人家，附其婢身作闹曰："还我钱郎！不还我者，即将钱郎交与汝家，我暂去，明年来捉。"且云："俟今秋汝寿尽时当来降祸。"至期竟不验。钱姓今犹存。此事台州张秀墀为余言。

【译文】

上虞地方有个姓钱的，替人当佣工。夜间回来，看见一个女子在路边啼哭，问她为了何事，答道："丈夫死了，没有归宿。家住在夏盖山，一时迷路，祈请指点。"钱便对她调戏，跟她走了一阵，来到一所房子内，竟就此成了夫妇之好。这样两人每夜在一起，过了几个月。后来主人见这佣工面貌一天比一天憔悴，就再三问他，钱才把事实经过说了一遍，主人道："这是鬼，你再与她交合时，须取她的一件东西回来作为验证。"钱依照主人的嘱咐，在假意与她戏谑时暗中剪了一束头发。这女子大惊走了。钱细看所住的地方，并无房屋。与这女子交合淫乐的地方，精液流在蟹洞中，全都是血。剪回来的头发如蜡烛一样很软，颜色黑如牛皮，刀砍火烧都不坏。从此以后，钱不敢出门，躲藏在主人家中。不久，这鬼找到了他主人家里，附在一个婢女身上作闹道："还我钱郎！如不还我，就将钱郎交给你家，我暂时回去，明年来捉！"而且还威胁主人说："等今秋你寿终时，我会降祸你家！"到了所说的期限，竟未应验。姓钱的佣工至今还活着。这事是台州张秀墀对我说的。

乍浦海怪

乾隆壬辰八月廿三日，黎明大风雨，平湖、乍浦之海滨有物突起，自东南往西北，所过拔木以万计。民居屋上瓦多破碎，中间有类足迹大如圆桌子者，竟不知是何物。有某家厅房移过尺许，仍不倒坏。

【译文】

乾隆三十七年八月二十三日，黎明时大风大雨，平湖、乍浦的海滨有一物突然出现，从东南往西北。所过之处，拔去的树木以万计，百姓房屋上的瓦大多被击碎，还发现中间有形状类似足迹，大如圆台面一般的东西，谁也不知这究竟是什么。某家的厅堂移动了一尺光景，但并不倒坍。

天开眼

平湖张敩坡，一日偶在庭中，天无片云，忽闻砉然有声，天开一缝，中阔两头小，其状若舟，睛光闪铄，圆若车轴，照耀满庭，良久方闭。识者以为此即"天开眼”云。

【译文】

平湖人张敩坡，一天，偶然在自家的庭中休息，当时天气晴朗，万里无云。忽然听到“剨”的声音，天空中开了一缝，中间阔，两头小，它的形状像船，只见晴光闪烁，圆如车轴，照耀得满庭通明，好久才闭合。有见识的人认为这就是“天开眼”。

泥像自行

平湖张氏，世居兼葭围。其始迁祖名迪，字静庵，明洪武间人。殁时，其家泥塑静庵夫妇二像，高七八寸，供家庙中。所居屋归属长房，历四百余年，长房子孙贫，屋倾圮，仅存数间，而其像犹在。张氏故有宗祠，距静庵故居三里许。一日黎明，有乡人操舟者见两老人来雇渡船，遂载以行。问何往，云将之张家祠堂。既登岸，疾行如飞，舟人望之，见形躯渐小。无何，抵祠前，守祠僧闻扣门声，起视之，寂无所见，惟见两泥像在门枢下，一时惊以为异。其裔孙张丹九方重修祠宇，因加彩绘，别设一厨，供之祠中。

【译文】

平湖人张氏，世世代代住在兼葭围，他家最早迁到平湖来的祖先叫张迪，字静庵，明洪武年间在世。张迪去世时，他家用泥塑造了静庵夫妇两人的像，高七八寸，供在家庙之中。所住的房子归属于长房的子孙。经历四百多年，长房的子孙渐渐贫穷不堪，房屋也都败破倾圮，仅存数间，而两人的塑像还在。张氏原来有宗祠，距离静庵故居三里光景。一天黎明，有个当地的船工，遇上两个老人来雇渡船，就载着他们行驶。问到什么地方，说是将往张家祠堂。抵达目的地后，两人登岸，走路迅疾如飞，船工望去，只见他们的身躯渐走渐小。不久，这两人到了宗祠之前。守祠的僧人听到敲门声，出来一看，却静悄悄什么也不看见，只有两尊泥像在门枢下边。一时之间，都对这事感到惊异。张静庵的裔孙张丹九当时正在重修祠堂，于是便在泥塑的外表加了彩绘，另外制作一橱，供在祠中。

焚尸二则

平湖南门外某乡掘出三穴，二穴已空，中一穴棺木依然，砖书“赵处士之墓”。尸年四十许，貌如生。穿云履，蟹青细袍，细如一钱厚，不坏。掘者马某覆出其尸而焚之，火不能旺，乃投诸水。是夜，鬼大哭，一村皆惊。好事者为扛起残尸，血缕缕如注，乃仍纳棺中，加土葬之，是夕遂安。马姓至今无恙，为典史皂役。

平湖小西溪之西蒋姓，田家也。冬至前一日，日方西，烧父尸，方开棺，尸走出追之，蒋击以锄，尸倒地，乃焚之。晚归，闻其父骂曰：“汝烧我甚苦，何不孝至此！”其人头肿如匏，及午而死。张熙河所目击也。

【译文】

平湖南门外某乡挖掘出三个墓穴，其中两个墓穴已空，一穴棺木仍然完好，砖上写着“赵处士之墓”。开棺看那尸体，年纪四十岁光景，面貌如活着的一般。穿云鞋，蟹青色的绵绸袍子，绵绸如一钱厚薄，不坏。挖掘的人马某将尸体倒出棺外焚烧，结果火烧不旺，就把它投入水中。这夜，鬼大哭，一村的人都受到惊吓。好事的人把尸体从河中捞起，血还缕缕地在流注。后来仍把尸体放在棺中，加土埋葬。这天夜间，村民才得安睡。姓马的挖墓人至今安然无恙，他是典史下面的一名皂役。

平湖小西溪之西有个姓蒋的，是一家农户。冬至前一天，太阳刚开始西斜，他去烧他父亲的尸体。刚把棺材盖掀开，尸体就走出来追他儿子。蒋拿锄头回击，尸体倒在地上，于是把尸体烧了。晚上回到家中，听到他父亲在骂道："你烧得我很痛苦，为何不孝到这般地步！"这人顷刻头肿得像个大葫芦。到第二天午时，他便死去了。张熙河曾亲眼目睹这事。

美人鱼人面猪

崇明打起美人鱼，貌一女子也，身与海船同大。舵工问云："失路耶?"点其头，乃放之，洋洋而去。云栖放生处有人面猪，平湖张九丹先生见之。猪羞与人见，以头低下，拉之才见。

【译文】

崇明地方捕捉到一条美人鱼，面貌像个女子，身体与海船一样大。船工问鱼道："是否迷失了路?"那鱼点了点头，船工就把它放了，那鱼洋洋而去。云栖的放生处有一头人面猪，平湖张九丹先生曾经看到过。猪害羞不愿见人，把头低着；拉了它，才得相见。

花　　魄

婺源士人谢某，读书张公山。早起，闻树林鸟声啁啾，有似鹦哥，因近视之，乃一美女，长五寸许，赤身无毛，通体洁白如玉，眉目间有愁苦之状，遂携以归，女无惧色。乃畜笼中，以饭喂之，向人絮语，了不可辨。畜数日，为太阳所照，竟成枯腊而死。洪孝廉宇鳞闻之，曰："此名花魄。凡树经三次人缢死者，其冤苦之气结成此物，沃以水犹可活也。"试之果然。里人聚观者如云而至，谢恐招摇，乃仍送之树上，须臾间，一大怪鸟衔之飞去。

【译文】

婺源地方的士人谢某，在张公山读书。一天早晨起来，听得树林中鸟声啁啾，似乎是鹦鹉在啼鸣。走近去看，竟是一个美女，长五寸光景，赤着身体，不生羽毛，浑身上下洁白如玉，眉目之间有愁苦的状态。谢某就捉了带回家中。这女也一点没有恐惧的神色。于是把它养在笼中，用饭喂食。这女看见人们，会连续不断地说话，但一点也无法使人听懂。养了数日，受到阳光的照射，竟变成枯腊一般，死了。洪宇鳞举人听说这事，便说："这女的名称叫花魄。凡是哪一棵树上有过三次上吊死人的，那冤苦之气就会结成此物，浇上水后，可以使它重新活转来。"谢某照着试了，果然又活了转来。乡里聚观的人如云而至，谢担心张扬开去会生事端，就仍旧把它放回树林中去，一会儿，一只大的怪鸟就衔着它飞去了。

（卷二十四译者　曹中孚）

续子不语卷一

狼军师

有钱某者，赴市归，晚行山麓间，突出狼数十，环而欲噬。迫甚，见道旁有积薪高丈许，急攀跻，执榧爬上避之。狼莫能登。内有数狼驰去，少焉簇拥一兽来，俨舆卒之舁官人者，坐之当中，众狼侧耳于其口傍，若密语俯听状。少顷，各跃起，将薪自下抽取枝条，几散溃矣。钱大骇呼救，良久，适有樵夥闻声共喊而至，狼惊散去，而舁来之兽独存。钱乃与各樵者谛视之，类狼非狼，圆睛短颈，长喙怒牙，后足长而软，不能起立，声若猿啼。钱曰："噫！吾与汝素无仇，乃为狼军师谋主，欲伤我耶？"兽叩头哀嘶，若悔恨状，乃共挟至前村酒肆中，烹而食之。

【译文】

有个姓钱的人，进城回来，傍晚时，正沿着山脚匆匆赶路。突然，窜出数十头狼，把他围了起来，想吃了他。正在窘迫关头，钱某见路边有个约一丈多高的柴堆，急忙往上攀登躲避，顺手还拿着一根树枝作为自卫。狼群无法爬上来。其中有几头狼忽然往远处奔去，过了一会，它们簇拥着一头野兽过来：看那样子，好比轿夫抬来了一位官人。这兽在狼群的中央坐定之后，众狼都竖起耳朵，凑向它的嘴边，好像在倾听其密语吩咐。不多时，众狼便行动起来，它们又衔又扒，从柴堆下抽取树枝，使柴堆几乎要坍倒了。钱某大惊，拼命呼救。过了好长一会，正好被一些砍柴人听见，他们一起边呼喊，边奔跑着前来相救。狼群受惊散去。被众狼簇拥而来的那头野兽，这时还待在柴堆之旁。钱某与前来相救的砍柴者，细看那兽，似狼非狼，圆眼睛，短头颈，长长的嘴巴，露着一口怒牙。后脚长而软，不能站立。叫起来声如猿啼。钱某对着那兽道："唉！我与你素来无冤无仇，你竟然做了狼军师，为它们出谋划策，竟来伤害我！"那兽听了，叩头哀叫，装出一副悔恨的样子。钱某便与几位砍柴人一起逮住它，拖到前村酒店中宰杀，烹饪成一顿美餐把它吃了。

几上弓鞋

余同年储梅夫宗丞得子晚，钟爱备至。性颇端重，每见余执子姓礼甚恭，恂恂如也。家贫，就馆京师某都统家，宾主相得。一日早起，见几上置女子绣鞋一只，大怒，骂家人曰："我在此做先生，而汝辈几上置此物，使主人见之，谓我为何如人？速即掷去！"家人视几上并无此鞋，而储犹痛詈不已。都统闻声而入，储即逃至床下，以手掩面曰："羞死，羞死！我见不得大人了！"都统方为辨白，而储已将床下一棒自骂自击，脑浆迸裂。都统以为疯狂，急呼医来，则已气绝。

【译文】

我有个同榜进士宗人府丞储梅夫，晚年才添了个儿子，十分疼爱。储公子长大以后，为人性情端庄稳重。每次见面，他总以子侄辈的身份向我施礼，显出很恭顺的样子。储公子家贫，受聘在京师某都统家当了个西席先生，宾主之间，相处得还融洽。一天早起，储公子见桌上放了一只女子的绣鞋，便大怒起来，骂家人道："我在这府上做先生，而你们竟在桌上放着女人的鞋子，要是被主人见了，将会把我当作何等样人，还不快快把它掷掉！"家人们看那桌上，并没有女人的鞋子；而储公子还在骂个不停。都统闻声来看究竟，储公子见了，愈加惊慌，即逃到床底下躲了起来，用手掩着自己的脸说道："真是羞死，真是羞死！我见不得大人了。"都统刚要为他辩白，但储公子已拿起床下的一根木棒，自骂自敲，顷刻脑浆迸裂。都统知他是得了疯狂症，急忙派人去请医生；这时他已气绝身亡了。

白龙潭

弥勒县旧城集，汉夷杂处，环山而居。山麓有白龙潭，宽可数亩，有良田千顷，筑土坝以畜水，俯临大河，水溢则启闸以泄之。雨时，二龙相斗，状如小蛇，或见巨木一段，蒙青苔而竖游，每每冲决坝岸。一日，众农栽秧，值细雨中，飞鱼大小成对，如摆队伍，有绛衣女子持扇挥之，偕至潭中，随即不见。相传龙女归宁云。夷人侬二家，天将暮，忽来衣孝服者，云来投宿，问其所需，则索卧房一间，一大缸满贮清水而已。侬疑客浴，遂如所请，并欲为备酒食。客曰："不必。惟有一事相烦，更当重谢。"侬问何事，客曰："此地龙潭后有大树，君往伐之，俟其将断，先用巨绳缚住，俟潭中有两羊相斗，即断绳倒树。"侬许之。黎明伐树，果见潭中水沸如潮，有黑白二羊出斗。侬思当是此时，乃断绳而倒树，黑羊跃出，水亦平复。急归，欲告客以请功，客竟遁矣。问妻，妻曰：“客在房未常出户”。乃共搜之，疑其在缸，启覆观之，则黄金满焉。始知客即白龙化身争潭求助者。于是潭遂以“白龙”名，而侬家至今称首富。

【译文】

弥勒县的旧城一带，汉族与各民族生活在一起，环山而居。山脚边有个白龙潭，方圆约有数亩，临潭有良田千顷。当地人在潭边筑了土坝，以便蓄水。土坝俯临大河，水溢时就开闸放水。下雨时，潭中有二龙相斗，它们的形状如小蛇一般；有时还会看到大木一段，上面结满青苔在潭中竖游，每每冲决坝岸。一天，农民们正在插秧，又正好下着细雨。但见许多飞鱼，大小成对，好似排着队伍。有个红衣女子，拿着扇子朝飞鱼挥动，鱼都一一到了潭中，随即不见。相传这种情景，便是龙女回家探亲。有户少数民族，唤作侬二的。一天傍晚时，忽然来了一位身穿孝服的人，说是前来借宿。问他需要备些什么东西？回答要卧房一间，一只大缸满贮清水即可。侬二以为这位来客是要洗澡，就遵照他的要求作了安排；并且打算准备酒食来招待他。客人道：“不必了。只有一事相烦，如蒙应允，自当重谢。”侬二问道：“不知何事？”客人说：“此地龙潭后边有棵大树，请你去把它砍了。等树将要砍断时，先用粗大的绳子缚住；待看到潭中有两羊相斗，你即砍断绳子，让树往下倒去?”侬二答应了下来。第二天早晨，侬二前去砍树。果然见潭水上下翻腾如潮，有黑白二羊正在相斗。侬二心想，客人托我做的，当在此时此刻。于是就砍断绳子，让大树倒下。黑羊跳跃而出，水就恢复了平静。侬二急忙回家，想把这事告诉客人，向他请功。但那客人早已离开侬家。侬二问妻子，妻说：“客人在房内，他未曾出来。”于是一起到房内去搜寻，不见他的人影。疑心那人在缸内，打开缸盖看时，却是黄金满缸。侬二这时才知客人原是白龙化身，是为争夺这潭而来求助的。于是此潭便以“白龙”为名，而侬家至今还在当地称为第一豪富。

露水姻缘之神

贾正经，黔中人，娶妻陶氏，颇佳。清明上坟，同行至半途，忽有旋风当道，疑是鬼神求食者，乃列祭品沥酒祝曰："仓卒无以为献，一尊浊酒，毋嫌不洁。"祭毕，然后登墓拜扫而归。次春贾别妻远出，一日将暮，旅舍尚远，深怯荒野无可栖止。忽有青衣伺于道旁，问曰："来者贾相公耶？奉主命相候久矣。"问为谁，曰："到彼自知。"遥指有灯光处，是其村落。私心窃喜，遂随之去。约行里许，主人已在门迓客，道服儒巾，风雅士也。楼阁云横，皆饰金碧。贾叙寒暄，问曰："暮夜迷途，忽蒙宠召，从未识荆，不解何以预知，远劳尊纪？"答曰："旧岁路中把晤，叨领盛情。曾几何时而遽忘耶？"贾益不解。主人曰："去年清明日，贤夫妇上墓祭扫，旋风当道者即我也。"贾曰："然则君为神欤？"曰："非也，地仙也。"问所职司，曰："言之惭愧，掌人间露水姻缘事。"贾戏云："仆颇多情，敢烦一查今生可有遇合否。"仙取簿翻阅，笑曰："奇哉！君今生无分，目下尊夫人大有良缘。"贾不觉汗下，自思妻方少艾，若或有此，将为终身之耻，乃求为消除。仙曰："是注定之大数，岂予所得更改？"贾复哀求，仙仰天而思，良久曰："善哉，善哉！幸而尊夫人所遇，庸奴也，贪财之心胜于好色。汝速还家，可免闺房之丑，不过损财耳。"贾屈指计程，业出门四日矣，恐归无及。又思为蝇头微利而使妻失节，断乎不可，乃辞仙而归。昼夜赶行，离家仅四十里，忽大雨如注，遂不得前。明午入门，则见卧房墙已淋坍，邻有单身少年，相逼而居，回忆仙言，不觉叹恨。妻问何叹，曰："墙坍壁倒，两室相通，彼此少年独宿，其事尚可言？而来问我乎！"妻曰："君为此耶？事诚有之，幸失十金而免。"贾询其故。曰："墙倒后，少年果来相调，予逃往邻家，不料枕间藏金遂被窃去。今渠怕汝归，业已远扬。"问金何来，则某家清偿物也。贾鸣官擒少年，笞之，而金卒难追。此事程惺峰为予言。

【译文】

贾正经，是黔中人，娶妻陶氏，生得相当美丽。清明节上坟，贾正经与陶氏一起前往。走到半路上，忽然一股旋风迎面而来，挡住了前进之路。贾正经疑心有鬼神在此求食，就供了祭品，洒酒在地，轻轻祝告道："鄙人仓促来此，没有什么东西可以奉献，就这一杯水酒，请不要嫌它不洁。"祭毕，然后再往墓前拜扫而归。第二年春天，贾正经告别了爱妻陶氏远出。一天，将近傍晚，距前方旅店还很遥远。正在担心荒野地方没有投宿的处所，忽有一个仆役打扮的人站立在路旁，走上来问道："前面过来的莫非是贾相公么？奴才奉主人之命，在此恭候多时了。"贾正经问道："你家主人是谁？"答道："相公到了前面，自然便知。"说罢，遥指有灯光的地方，说是他们的村落。贾正经心中暗暗自喜，遂跟着这人前去。大约走了一里多路，主人已在门前迎接贵客了。这人道服儒巾，是个风雅之士。此刻但见一座座楼阁横列在前，全都装饰得金碧辉煌。贾正经与主人先是寒暄了几句，接着问道："小生暮夜经此，不意突然迷途。忽蒙先生派人宠召，不胜感激之至。鄙人自忖，以前似未曾见过先生，不知先生怎么会预知这事，且又远劳先生如此关照。"那人答道："去年我们曾在路上相逢，叨领先生盛情款待。曾几何时，你怎么这样快就忘记了呢？"贾正经听后愈觉糊涂了。主人又说："去年清明节那天，你们贤夫妇去上坟祭扫，一阵旋风挡住你们去路的，就是我呀。"贾正经道："如此说来，先生是神了？"回答道："我并非是神，我乃地仙也。"贾正经问他的职务是什么，回答道："说来惭愧，我是掌管人间露水姻缘的。"贾正经开着玩笑道："鄙人相当多情，敢烦请你查一查，我今生在世有没有这方面遇合的好事？"地仙取出簿册翻阅后笑道："奇怪了，先生今世无分，眼前尊夫人倒是大有良缘可遇。"贾正经听了，不觉虚汗直下。自思妻子陶氏，正是年轻美貌，倘若或许真有其事，将是我终身的耻辱。于是便请求使这事能够消除而不致发生。地仙道："这是命中注定的大事，难道我能把它更改？"贾正经再三哀求，地仙仰天沉思好久之后说道："善哉，善哉！幸亏尊夫人所遇那人，是个平庸的奴仆，贪财的心思胜过了好色。你赶快回家，还可避免闺房之丑；不过却要损失些钱财的。"贾正经屈指计算路程，一想已经出门有四天了，恐怕回去已来不及；又想，如果为了一点蝇头微利而使爱妻失节，这自然是断断不应该。于是辞别这位地仙回家。贾正经白天黑夜，抓紧赶路。等到离家只剩四十里时，忽然遇到大雨倾盆而下，遂无法前行。直至第二天午间才回到家门口。见卧房的墙头已被大雨冲坍，想到隔壁有个单身少年贴邻住着，回忆起地仙的话，不觉叹恨不已。妻子问他为何叹息，贾正经道："墙坍壁倒，两家房子相通，彼此都是年轻独宿，其中的事情还用说吗？你倒来问我了！"陶氏答道："原来夫君是为了此事。事情确实发生过，幸亏损失十两银子才得避免。"贾正经询问经过情形，陶氏答道："墙壁坍倒后，那少年果然来调戏我。我逃到邻居家里，不料枕头间所藏的银子被他偷走了。如今他怕你回来，早已远走高飞。"贾正经问这银子的来历，原是某家还来的欠款。贾正经把这事告到官府，官府将少年捕获后鞭打了一顿。但窃去的银了，已难以追回。这事是程惺峰对我说的。

缢鬼申冤

新安赵天如授徒黄氏，酷暑畏热，夜不成寐，向居停请易卧室。居停为指数处，皆不当意。惟一楼院，内多花树，清风徐来，赵喜之，黄似不可。赵疑切近内室，黄曰：“非也，上有鬼魅，故未敢令先生居。”赵云：“无妨。”遂移榻焉。秉烛以待，夜半忽闻梁间有声，观之则弓鞋双垂而下，年二十许之美人也。凭栏望月，取妆奁作梳沐状，复行至厢楼，揭起覆瓦数沟，取出白镪六封，摊几上，展玩叹息，仍复包裹，藏瓦沟中，覆盖如故。转身至赵榻前，将掀帷幕。赵下榻叱逐，直至楼下，入后园竹林中而没。窥之，内有新厝棺，心知即此祟。明日，晤居停，问曰：“后园之鬼得无自缢者乎？为君家谁？”黄不觉泣下，曰：“死者为吾爱妾张氏，性最敏慧，掌出纳银钱。一日，收某处租三百两，甫交未几，及吾急需，则乌有矣。予一时盛怒，以污蔑之言骂之，讵知渠忿，竟寻短见。”赵曰：“是君暴急之过，然其事可得终明乎？”曰：“未也。”问有子否，则现拜门墙者是也。赵曰：“请为白其冤。”拉黄登楼，揭瓦沟取金出，果然原物也。其夜见鬼复下，如前作梳沐状，取笔题诗于墙，向榻前再拜而去。诗曰：“小婢偷金去，私藏瓦上沟。今朝冤始雪，我恨亦全休。”自后此楼安静矣。

【译文】

新安人赵天如在黄某府中教书。正逢酷暑天气，赵很怕热，夜间不能安眠，向房东请求换一间房居住。房东向他介绍了好几处地方，都不满意。其中有一处楼院，院内花卉树木很多，清风徐来。赵天如看了，倒也觉得满意，但主人黄君却认为不合适。赵疑心这楼院靠近内眷的住处，或有不便，黄君道：“并非此意；老实说了吧，乃因楼上有鬼魅，所以不敢请先生去住。”赵说道：“不妨事。”遂搬到那楼院中去住了。到了夜间，赵天如点燃蜡烛以防鬼魅。半夜里忽然听到屋梁间有声音，便朝发出声音地方看去，只见先垂下穿着绣鞋的双脚，随后就是女子身影，是个二十来岁的美人。她靠着栏杆望月，拿出妆奁等物，作梳头洗沐之状。又走到厢楼一边，揭起覆着的瓦片，数着瓦沟，取出白银六封，摊在桌上，一边展玩，一边叹息。后又把它包好，藏在瓦沟之中，仍把瓦片盖好，恢复原貌。转身到赵天如的床前，正要来掀赵的床帐。赵从床上下来，一边责骂，一边驱赶，直至楼下，但见那女子奔往后园的竹林中便不见了。赵天如往四周窥视，见有新近停放着的棺材一口，心想一定是它在作祟。第二天，赵天如见到房东，问道：“后园的鬼，是否上吊自缢的吗？是你家的什么人？”黄君不觉珠泪双流道：“死者是我的爱妾张氏，性情最为敏慧，在舍下掌管银钱进出。一天，收进某处租银三百两，刚交给她不久，等我有急用时，银子却不见了。我因一时大发其怒，用污蔑性的话骂了她。谁知她愤恨之下，竟寻短见去世了。”赵天如道：“这是你性情暴急的过失。但这件事后来可曾水落石出？”黄君道：“没有。”赵天如又问：“你们有孩儿么？”黄答道：“有的，在先生处就教的便是。”赵天如道：“请你去洗刷她的冤屈。”说着拉了黄君登楼，揭开瓦沟取出银子，果然是原物。这天夜里，赵天如见那女鬼又上楼来，如前夜一般，仍作梳头洗沐之状。后来取笔题诗于墙，并朝赵的卧床前拜了几拜而去。那诗道：“小婢偷金去，私藏瓦上沟。今朝冤始雪，我恨亦全休。”从此以后，这座楼院便安静无事了。

执锡二童

顺治进士蒋封翁名伊，求嗣于灵岩，梦禅僧指执锡二童为之子。因举长子，名之曰陈锡。后为云贵总督。晚年尝曰：“吾命中尚应得一子。”久之，梦其中堂曝锦被一床，一龙幡裹其间。适佃户曹姓者送租并携其女至，甫十余岁，裹旧锦衣嬉笑。公见大惊，遂留纳之，生文肃公。

【译文】

顺治年间的进士蒋伊，因祈求子嗣上灵岩山求神。梦里有禅僧指着手中拿锡杖的两个童子给他做儿子。因而得了一位长子，取名叫陈锡，后来官至云贵总督。蒋晚年曾说：“我命里还应该有个儿子。”此后许多时候，又做了一梦，梦见中堂上晒着锦被一床，锦被中有一条龙幡裹在内。第二天正巧佃户姓曹的送租米并带了他女儿来府，那姑娘只有十多岁，穿着旧锦衣嬉笑。蒋公想起梦境，不禁大惊，遂把她留在府中，做了自己的偏房。后来果然生了一子，他就是文肃公。

赵氏三世为神

常州赵恭毅公，为康熙名臣，人所共知。薨后，有苏州过姓者，尝识公于生前。后泛舟洞庭，薄暮见大舸顺风而来，旗灯皆书“湖广城隍司”，心窃异之。及迫视，则公危坐舟中，方据案视事。又陆先生子静，善敕勒之术，尝伏坛至二天门外，见公亦在二天门奏事。其子侍读公，以大臣子弟效力肃州军前，恭毅公薨，恩许奔丧。侍读哀毁遘疾，病中每自诧曰：“呕吐满地，使人难堪。吾何为居此职耶?”众问何职，曰：“痰火司也。”家人不知痰火司为何神，越日，祷于东岳行宫，则两庑果有痰火司神，病革人见痰火司灯笼入门遂瞑。其子副使公殁后逾年，洪氏姑病昏不省人事，恍惚至一衙署，见公自内出，讶曰：“妹何为来此?”延入谈家事甚悉。

姑问："兄现作何官？"曰："巡海道也。事繁，刻欲他出，不能留汝。"且曰："汝嫂亦不久人间，家中多事，可属两侄，慎之！"遣二役持香送归。及苏，室中尚有余香。未几，族人以立嗣兴讼，弥年不宁。又未几，其嫂黄恭人下世。

【译文】

常州人赵恭毅公，是康熙朝的名臣，这是大家都知道的。他去世后，有位苏州人姓过的，生前与赵恭毅公相识。后来这位姓过的朋友泛舟于洞庭湖，在傍晚时候看见一条大船顺风而来，旗灯上都写着"湖广城隍司"字样，心中暗自觉得奇异。等到那大船临近时细看，则见赵恭毅公端端正正坐在船上，正在依着桌子处理公务。另有一件事。陆子静先生，善于施行道家的通神除妖之术。他曾伏坛施法到达二天门外，见赵恭毅公也在二天门奏事。赵恭毅公的儿子侍读公，以大臣子弟的身份任职于肃州军。当恭毅公去世时，朝廷恩准他回家奔丧。侍读公悲痛过度，得了疾病。病中常惊异地自言自语道："呕吐满地，使人难堪。我为什么要任这种职司呢？"众人问他是什么职司，答道："痰火司呀。"家人不明白痰火司究竟属于哪一种神；过了一天，便到东岳行宫去祈祷，则见两旁的偏殿中果然有痰火司神。病危将死的人，只要见到痰火司灯笼入门，也就瞑目长逝。赵恭毅公的另一位儿子副使公去世后的下一年，小姑洪氏因病昏迷不省人事。她恍惚到了一处衙署，见公自里面出来，惊讶地说道："妹妹怎么来到这里？"遂延请她进去谈论家事，说得很详尽。洪氏问道："哥哥现在做什么官？"答道："现任巡海道。事情繁忙，此刻要往别处去，不能留你了。"并且说道："你嫂子亦将不久于人世。家中事情很多，可托付给你两个侄儿，望小心谨慎。"说罢，差二名仆役拿着香送她回去。等她醒来，房间里尚有余香可以闻得。不久以后，族人以立嗣之事，引发出诉讼，有一年多不安宁。又不久，她的嫂子黄恭人便去世了。

张少仪观察为桂林城隍神

长洲顾某，以父久病，祷于神，愿以身代。一日，梦城隍神遣隶摄至署前，不得即入，见有肩舆远来，顾侧立以待，乃其师也，自舆中出，执手慰劳，且曰："余已为某方土地，生何事至此?"顾具以告。曰："此大孝，吾当为汝白之。"良久出，曰："今日神有事，当改期。"遂苏。越日，隶摄如前，至则神召入问其父病状，对曰："骨瘦如柴。"神大怒，趣隶杖之，顾不解，呼冤。未几，内送一纸条出，神见之，色始霁，曰："汝父设药肆，某年大疫，不索药值，功德甚大。且怜汝孝，可以延寿一纪。"顾谢而出，问旁人神何以怒，曰："兽中惟豺最瘦，世人多讹作柴。神始闻之，以为比父于兽，故怒，赖幕客辨明乃免。"署前所见诸人，皆其乡先辈以刑辟死者，一人被缧绁，一人将递解远行。顾不识，问之，曰："此原任知府某，为其部民所诉。张公为桂林府城隍神，移牒取之耳。"问张公何人，曰："余亦忘其名，尝任云南粮储道，今河南巡抚毕公舅氏也。"张名凤孙，字少仪，长洲人，与余同举鸿词科，少时有"张三子"之目。三子者，孝子、君子、才子也。生平多厚德，宜其为神。然冥中不知其名，但以戚党官位相炫耀，毋怪人之好谈显者矣。

【译文】

长洲人顾某，因父亲久病未愈，向神祈祷，愿以自身代替。一天，梦见城隍神差遣皂隶把他带到官署前，但却不能入内。忽见有乘轿子远远过来，顾某侧立在路旁等待，原来是他老师。老师从轿中出来，拉着顾的手慰劳道："我已做了某地方的土地神，你为了什么事情来此?"顾就把父亲久病未愈，愿以自身相代的事说了。老师道："这是大孝，我当为你向城隍神禀报说明。"过了好久，老师方才出来，说道："今日城隍有事，改期替你说情。"这时，顾某便醒了。过了一天，皂隶如上次一样，将他带去。到了官署，即被城隍神召入，问他父亲的病状。顾某道："家父骨瘦如柴。"城隍神大怒，催唤皂隶用棍棒鞭打。顾某不明原因，大呼冤枉。没有多久，里面有人送出一张纸条，城隍神看了，收住怒容，好言说道："你父开设药铺，某年发生大疫时，不取药钱，普济百姓，功德很大。现今看你很有孝心，可以让你父亲延寿十二年。"顾某叩谢而出，向旁人打听城隍神怎么会发怒的，有人答道："兽类只有豺最瘦，世上的人大多把'豺'讹作为'柴'，城隍神起先听了，以为你把父亲比作如豺，所以发怒。幸亏城隍神手下的幕客向他悄悄辨明了，你才得以免刑。"顾某在官署前所见到的几个人，都是乡里中的先辈，是因罪被斩而死的：一人被绳索绑着，一人将被押解远行。顾某对这些人并不认识，便问旁人，答道："这是原任知府某人，被他所管辖的百姓所告发。张公为桂林府城隍神，送来公文要他去归案。"顾某问张公是谁，答道："我也忘记他的名字，乃是曾任云南粮储道、今为河南巡抚毕公的舅父。"张名凤孙，字少仪，长洲入，曾与我一起参加博学鸿词科考试，少年时有"张三子"的称谓。所谓"三子"，即孝子、君子、才子。他生平待人，有许多厚德，是应该为神的。然而阴曹地府中不知他的姓名，只是以其亲戚的官位相炫耀；难怪人们往往欢喜谈论别人的富贵显达了。

尸　合

山左王伦之乱，临清焚杀最惨，男女尸填河，高于岸者数尺。贼既平，启闸纵尸顺流而下，无赖者窃剥其衣，故尸多裸露。忽一女尸年可十七八，裸仰水面，流至闸侧，左足挂闸而止。俄一男尸年略相似，裸流而下，甫至闸间，忽跃水而起，与女尸合抱，颈股交压。众以篙拨之，竭力不能开，须臾流去，亦不辨其谁氏子也。

【译文】

山东王伦之乱，临清县烧杀最惨。男女尸体堆在河里，高出河岸有好几尺。乱事既已平息，开启闸门让尸顺流而下。无赖之徒偷剥死者身上的衣服，所以尸首大多赤身露体。忽有一具女尸，年可十七八，光着身躯仰在水面，流到水闸旁时，因左脚牵住闸门就此停住。不久，有一男尸，年纪与女尸相似，也光着身躯流来。刚到水闸间，忽然从水面跳起，与女尸合抱，头颈与双腿都紧紧交压在一起。众人拿篙子把他们拨开，虽用尽气力，仍不能分开。一会儿便流去了，也辨不清是谁家的子女。

葛先生

河南汲县李秀才，就馆村落。夕行迷路，远望丛木间灯火，趋之，见一茅舍，隐隐有读书声。叩其门，主人出迎，年四十许，见李延入，自称葛姓，素好读书，厌尘市嚣杂，故隐此僻处。且言其妻在家乏食，为妻母逼嫁，明日将投河，惟君能救，望乞垂援。言之泣下。李唯唯，因就止宿，茵褥精洁。既明，身卧冢上，并无屋舍。李骇极，趋归，道遇一妇衣绿衣，行且泣，临水将自投。李挽止之，询其所以，则葛姓妻也。孀居乏食，父母将夺其志，故觅死耳。李以去舍不远，邀归，与妪共述其异，养为己女。李年已五十余，忽举一子，视其眉目，酷肖所遇葛姓者，戏以葛先生呼之，儿辄笑投其怀。

【译文】

河南汲县李秀才，在乡村中教书。晚间走路迷途，远望发现树林间有灯，就往有灯火处走去。看见有一茅屋，隐隐约约传出读书声音，便上去敲门。主人年约四十多岁，开门相迎。见了李秀才，即邀他进去。这人自称姓葛，素来好读书，因厌恶尘世嚣杂，所以隐居在这僻静之处。又说他的妻子住在家里，因贫困乏食，岳母逼其改嫁；她不愿意，明日将投河自尽。并哀求道："只有先生能救，希望伸出援助之手。"说完以后，双泪直下。李秀才口称"是"。于是就住了下来，被褥等物，都很精致洁净。天明起身，秀才发现自己睡在一座坟上，周围并无房屋。他惊骇已极，往回家路上快跑。途中遇见一位穿着绿衣的女子，正边走边伤心哭泣。看她走到河边，将要往下跳时，李秀才赶紧上去将她拉住。问了投河的原因，果然就是姓葛的妻子。她因丈夫去世，生活无着，父母逼其改嫁，故此想一死了之。李秀才因为离家不远，便邀她同归。李秀才回到家中，与妻子讲述了这件奇事，葛妻便成了他家的养女。李这时已五十多岁，忽然得了一子，看那孩子的眉目长相，与所遇的那个姓葛的人非常相像。李开玩笑地以"葛先生"叫他，这孩子也就笑着投入他的怀抱之中。

天　　后

林远峰曰："天后圣母，余二十八世姑祖母也。未字而化，灵显最著，海洋舟中，必虔奉之，遇风涛不测，呼之立应。有甲马三，一画冕旒秉圭，一画常服，一画披发跣足仗剑而立。每遇危急，焚冕旒者辄应，焚常服者则无不应，若焚至披发仗剑之幅而犹不应，则舟不可救矣。或风浪晦冥，莫知所向，虔祷呼之，辄有红灯隐现水上，随灯而行，无不获济。或见后立云际挥剑分风，风分南北。船中神座前，必设一棍，每见群龙浮海上，则风涛将作，焚字纸羊毛等物不能下，便令舟中称'棍师'者焚香请棍，向水面舞一周，龙辄戢尾而下，无敢违者。若炉中香灰无故自起若线，向空而散，则船必不保。余族人之父某，言其幼时逢漳郡官兵征台湾，祭纛教场中，某随父往观，见后端坐纛上，貌丰而身甚短，急呼父视之，已不见。"

【译文】

林远峰说："天后圣母，是我二十八世的姑祖母，她没有结过婚，后来死了。死后被尊为神，最为灵验。海洋中的船员，都很虔诚地信奉她，遇有风涛不测时，呼求她就立刻应验。有甲马（即神符）三种：一种画着天后圣母头戴冕旒，手执玉圭；一种是画平常的服装；一种画她披发赤脚，执剑立着。每逢遇到危急情形，先焚化头戴冕旒的甲马，即会化险为夷，若再焚化穿常服的甲马，往往无不应验；倘若焚化到披发执剑的甲马时仍无效验，那船就不能挽救了。或者遇到风浪，天色昏暗，不能辨别方向时，只要虔诚地祈祷呼唤，往往会有红灯隐现在水面上，这时随灯而行，无不使你顺利前往，到达目的地。有时或会看见天后圣母立在云端里，挥舞宝剑，将风分开，那风便分南北。船中供有神像，神座之前必设有一棍。每次看见群龙浮游在海上，则将会风涛大作。如焚化字纸及羊毛等物后群龙仍不钻入水去，便唤船上称'棍师'的人焚香后拿起棍子，向水面舞弄一周，那龙就收起尾巴朝下逃躲，没有敢来违抗的。倘若炉中香灰无缘无故自然聚结成线状，然后对着空中飞散，则船必定不保。我族人中的父辈某某，说他幼时逢漳州郡官兵攻打台湾，便随其父到教场中去看祭旗誓师，见天后圣母坐在大纛之上，相貌丰满而身材较短；急呼他父亲看时，已不见影踪。”

阴 氏 妹

吴郡申衙前阴某，有妹才十二岁。时方中秋，家人方共饮，闻比邻妇逆其姑，诟谇声甚厉。妹忽变色起，持刀直入其家，毁其几案，捉妇将刃之。家人奔救，女力甚猛，五六人持之方得脱。挟归，问其故，犹拗怒咆哮，厉声曰：“我必杀此妇报其母！”家人强之卧，则鼾睡矣。醒而诘之，惭汗啜泣，不自知其故。

【译文】

吴郡申衙前的阴某，有个妹妹才十二岁。这时正值中秋佳节，家人刚聚在一起饮酒赏月，就听到近邻有个妇女在虐待她的小姑，辱骂训斥之声非常严厉。阴氏之妹忽然怒目而起，拿了刀直奔邻家，捣毁了他家的桌椅等物，捉住那妇人，正要用刀杀她。阴家的人，急忙奔来相救。阴氏之妹力气很大，五六个人将她按住，那妇人才得脱身。阴家的人将她挟着回到自己家中，问其原因，她还是拗怒咆哮，并且厉声说道：“我必将杀了这妇人，然后再去报告她母亲！”家中的人强制使她睡下，顷刻间熟睡而有鼾声了。等她醒来，再追问究竟，她便显得羞愧流汗，饮泣不已，自己也不明白是什么缘故。

虎 投 河

绍兴西乡溪水甚深，一儿戏溪上，见虎来，儿窜入水，泅而出没，且觇之。虎坐岸上，眈视良久，意甚躁急，涎流于吻。忽跃起扑儿，遂堕水中。愤迅腾掷，溪水为沸，数跃数堕，竟不能起，儿获免而虎溺死。

【译文】

绍兴的西乡溪水很深，有个孩子在溪水中玩。因忽然看见一头老虎过来，就往水下窜去，游来游去，出没在溪上，并向那虎窥看。这虎坐在岸上，眈视了好久，意态显得很躁急，涎沫流在嘴边。突然之间，那虎跳跃扑向那孩子，遂跌落在溪内。愤急之中，迅捷腾挪跃掷，溪水上下沸腾。它屡跳屡堕，最后便沉入溪中爬不起来。孩子终于获免，而这头老虎就此溺死了。

武 夷 君

大兴朱竹君学士督学安徽，梦上帝召复武夷君位，先生以文集未成，泣辞，帝许之。醒而述其事于贵池令林梦鲤，闻者共异之。后视学闽中，谒武夷君庙，庙内施设位置与梦中一一吻合，心益异焉。任满复命，无疾而终。余按宋人说，杨文公初生时遍身紫毛，长一尺，自呼“武夷君”，与竹君先生相似。

【译文】

大兴人朱竹君学士任安徽学政，梦见上帝召他复职任武夷君的神位。朱先生以自己的文集还未编成为理由，流着眼泪推辞，上帝便答应了。醒来后把此事告诉贵池县令林梦鲤等，听的人都很惊奇。后来他视学来到闽中，往武夷君庙拜谒，庙内的设施位置，与梦中所见，每样都相吻合，心里愈加诧异。任满后向朝廷述职复命，后来无疾而终。我回想起宋人之说，谓杨文公初生时，遍身紫毛，长一尺，自称“武夷君”，与竹君先生相似。

九　华　山

九华山最著神异。相传明季海公刚峰雨中皮靴登山，同伴告以皮靴乃牛皮所作，是荤非素，不可著也，乃易草履，随众参神，指庙中鼓问神曰："此亦皮也，宁非荤耶?"言毕，忽霹雳从庙起，将鼓击碎。至今庙鼓无敢用皮，以布代焉。有江南太平人顾翁，生一子一女，皆成立，而妻死，块然老鳏。为子娶农家女姜氏，年十七，性仁孝，翁爱之。亡何，翁疾作，而子未归。姜闻呻吟声，禀请延医，翁曰："我足疾也，但须温暖便差。"姜曰："果若是，又何难?"乃为翁抱足眠。盖惟知尽孝，不解瓜李嫌者。次春子归，道经妹家，妹以嫂孝告之。子不能无疑，而难于发口，乃暮则抱襆被于别室，不与姜眠。姜心疑，骇问其夫，夫曰："汝闻世上有翁媳同眠者乎?"姜始大悟，曰："吾哀翁老病，实与同眠。此心惟天佛知之耳。"其子笑而不答。一日，闻邻妪鸣锣诵佛声，出问何作，曰："将朝九华。"姜即附伴同行，焚香跪拜毕，见对山香炉峰悬崖绝壁，问彼何名，老衲曰："此处名龙口香，心迹不能自明，可质证于鬼神者往焉。"姜闻大喜，执香前往。老衲阻之曰："予作沙弥，至今老矣，未见有敢登者，况娘子纤纤莲步，岂可冒险哉?"姜不听，直抵其处，看者心悸，果及半山而堕，众惜其已成齑粉矣。邻妪归，急告其翁，翁怪其谬，曰："吾媳昨已返舍。"引邻妪入，果见姜瞑目盘膝，坐蒲团上。妪等惊曰："此即活佛，何须更朝九华？"于是齐声念佛而朝拜之，姜始张目而起，共验蒲团上有"九华山置"四字在焉。共问翁："汝媳何时还家？"翁曰："昨闻院内有声，心疑为贼，偕子往视，则飞下吾媳也。目瞑若死，气息奄奄，故抬诸室，问之则曰：'媳欲表心迹，故含忿而往，并未虑及生死。不料山高千寻，足软便堕，亦不知何由而归家。'"妪乃为翁父子述其事。于是夫妻相抱大哭，远迩惊异。嗣后朝九华者，先来礼姜云。

【译文】

九华山神奇的事最多。相传明朝末年，海瑞在下雨天穿了皮靴登山，同伴告诉他皮靴是牛皮所做，是荤，不是素，不可穿着。海公就换上草鞋上山。当他随众参拜神灵时，指着庙中的鼓问神说："这也是皮做的，难道不是荤的吗？"言毕，忽然霹雳从庙中响起，将鼓击碎。至今庙中的鼓，不敢用皮，是以布代替的。江南太平府人顾翁，生一子一女，都已成家自立。顾翁老伴已死，成了孤独鳏老。他为儿子娶的是农家女子姜氏，十七岁，性情仁爱孝顺，顾翁对她很满意。不久，顾翁得病，他儿子远出未归。姜氏听到呻吟之声，进去向顾翁提出拟请医生来医治。顾翁道："我不过是脚有病，只要使它温暖些便会好的。"姜氏道："如果真是这样，这又有什么难处？"于是便抱着公爹的脚睡觉。这么做，是光考虑自己尽孝道，不懂得瓜田李下之嫌。第二年顾翁之子回来，路经他妹妹之家，妹子便把嫂嫂这一孝道的事告诉了哥哥。顾翁之子听了不能毫无怀疑；回到家后，难以向妻子启口盘问，到了夜间便抱了被头睡在别的房中，不与姜氏同房。姜氏心中疑问，惊骇之余，便去询问丈夫。丈夫说道："你可曾听见过有翁媳同眠的事吗？"姜氏这才恍然大悟，说道："我所可怜的公爹老而有病，确实和他同眠过。但我与他老人家清清白白；我的本心，只有上天的神灵知道。"顾翁儿子笑而没有回答。一天，姜氏听到邻家有妇人敲锣念佛声，便出去问她做什么，答道："将往九华山朝拜。"姜氏就跟随她们结伴同行。她焚香跪拜完毕以后，看到对山的香炉峰是座悬崖绝壁，问那地方叫什么名称，老和尚道："这地方叫龙口香，心迹不能自明时，准备向鬼神对质求取证明的，就往那绝壁上爬。"姜氏闻言大喜，拿了香前往。老和尚劝阻道："我出家做和尚，至今人已老了，没有见过有敢登这地方的。况且娘子的一双脚乃纤纤莲步，岂可去冒险呀！"姜氏不听，直抵悬崖绝壁。观看的人，个个心有余悸。攀登到半山时，果然往下堕去。众人惋惜她已成为齑粉了。与姜氏同往进香的邻家妇人，急忙回去告诉顾翁。顾翁责怪她们是胡扯，并说："我媳妇已在昨天回到家中。"遂带了邻家妇人同往室内，果然见姜氏瞑目盘膝，坐在蒲团之上。邻家之妇都惊异道："这就是活佛，我们以后无须再要往九华山朝拜了。"于是众人齐声念佛并向她朝拜。姜氏这时才张开眼睛站了起来。大家看那蒲团，见有"九华山置"四字在上。都去询问顾翁："你媳妇是何时回家的？"顾说道："昨天听见院内有响声，心疑有贼进来，便与吾儿出来观看，则媳妇从天上飞落下来。当时她闭着眼睛，气息奄奄，看上去好像快要死了。问她，则说：'媳妇要表明心迹，所以含愤而往。攀登绝壁，并未顾虑到生死。不料山高千寻，脚跟一软，便跌落下来，也不知道怎么会回到家里的。'"众妇人向顾翁父子详细讲述了往九华山进香的经过，于是这对夫妻便相抱大哭。远近之人，无不感到惊异。从此以后，凡往九华山进香的人，总要先来朝拜姜氏。

张稿公

张稿公者，滇南总督衙门掌稿吏也。诚朴无私，历任制府多信服之。一夕，早起开门，见缢尸高悬，细认为某甲，缘讼事求稿公左袒而未许者。因复闭门静坐，以听外信。及朝暾上，再启门，则缢尸已不见矣。私心窃喜。旁午，忽闻县令出城相验，访死者为谁，则门上缢尸某甲也。始而骇，继而疑，终莫解其故。数月后，遇市上卖菜佣赵某，问曰："某月之晨，君见缢者惊乎？"稿公闻之，招赵入室，款以酒食，问何以知，赵曰："是予负去，安得不知？"稿公曰："我尔不相识，何故负尸？且负尸甚早，城门栅栏未启，奈何？"赵曰："予亦不解其故。是日五更贩菜，途遇友人，召予来此，曰：'汝负此尸到某处，必有厚利，胜于贩菜。'予虑城栅未开，友曰：'无伤，但从我行。'从之及栅，栅开；至城，城开。"稿公问友人姓名为谁，曰："认其人，未问其姓，亦市上交好者也。借去烟插，至今尚未见还。"稿公出百金谢之，嘱勿扬言而别。一日，赵闲步入城隍庙，见十殿中有泥鬼，挂烟插，颇似己物，细认不谬，因摘去。且戏曰："何久假不归耶？"次早在市卖菜，见前遇之友，责曰："似尔为人，极难相与。一烟插之微，何即在大众前笑我？"赵方欲道契阔，问姓字，适呼买菜者又至，一掉头间，其友渺然不见。

【译文】

张稿公这人，是滇南总督衙门掌管翰牍文稿的。为人诚实朴素，并无私心。历任总督都很信服他。一天，清晨起来开门，见有个上吊而死的人，高悬在门口。细认是某甲，曾因诉讼的事来求袒护而未答应。稿公因怕有牵连，重新把门关上，静坐在内，以听外间的信息。等到红日高照，再来开门，则上吊者的尸体已不知去向，心里私自暗喜。接近正午时刻，忽闻县令要出城验尸。打听死者为谁，后来才知就是门前的上吊死者某甲。对于这事，张稿公开始是惊怕，接着是疑心，最后还是不明白其中的缘故。几个月后，张稿公遇到在市场上卖菜的小贩赵某。赵问道："某月某日清晨，你看到那吊死者的尸体，心里害怕么?”稿公听了，便约赵某到自己家里，用酒菜款待他，问他是怎样知道这事的。赵某道：“是我把尸体背走的，怎么不知?”稿公道：“我与你不相识，为什么要把尸首背走？而且背尸时是在清晨，城门与栅栏都未开，怎能出去?”赵某道：“这事我也不明白原因。这天五更我出来贩菜，路上遇见一个朋友，他叫我来此。他当时说：‘你把此尸背到某处，必有厚利，胜于贩菜。’我想起城栅未开，还在迟疑。这朋友道：‘不要紧。只要跟我走便是。’我跟着他走到栅栏处，栅栏开了；走到城门口，城门开了。”稿公问这位朋友的姓甚名谁，赵某道：“我只认识这人，未问其姓名，是在市场里相处很好的一位。他向我借去烟插，至今尚未归还呢。”稿公拿出一百两银子酬谢了赵某，叮嘱他不要对人讲起，然后告别。一天，赵某闲步走进城隍庙，见十殿中有个泥鬼，身上挂着烟插，很像是自己的旧物。仔细辨认，果然不错，因此把它摘走了。并且开玩笑道：“为何久借不还呀!”第二天早晨，赵某在市场里卖菜，见前次所遇的那位朋友，那人责备道：“像你这样为人，极难相处。小小一把烟插，为何要在众人面前笑我?”赵某正要向他讲些别来想念的话，问他姓名，恰巧买菜的主顾来了。一掉头之间，这位朋友便渺然不见了。

受私桥

临安府张大兴李二为莫逆交。李家虽屡空，然赋性不苟，故张重之。一日，向张道贫苦，张适有积金数百，因尽出以付李，相约除存本外，瓜分其利。不料数年间，李资本尽丧而归，闭门高卧，绝不见张。张静待之，许久不至，值嫁女期迫，因登李门问之。李置若罔闻。张怒，互相争詈，观者如堵。问张则言李无良，问李则言张冒骗；两无中据，难定曲直。李哓哓不屈，张愈忿，曰：“汝明日若敢赴城隍庙盟誓摸钱，吾即休矣。”李谩应之。盖乡人信鬼神，相传城隍神最灵，神前熬油锅，置钱其中，理直者手摸不烂，否则必烂，故胁之。明日，张果来迫李，李亦不惧，同往至庙，撞钟鼓，陈颠末，然后置铁铛熬沸油，掷一钱于油中，令入手摸。李竟取出而手无恙，于是众咸非张，张亦不能再辨。后李别作生业，数年间满载而归，于是计算张氏本利若干，尽为归楚，亲登其门，张曰："交已绝矣，义不受金。"李曰："实借君物，何敢负德，待来世作牛马偿耶?"推让再三，张终不受。于是乡里为之区画：庙前有板桥已朽，请将此金易之以石。并问李曰："前既昧良，何敢盟誓?"李笑曰："彼时非敢昧良，实恐一经承认，即须原物，粉骨难偿。故先至庙祷神默佑，待发财时再报答张友。不意神灵如是。"众闻之咸笑曰："城隍神乃受君私耶?"后桥成无名，因颜其桥曰"受私桥"。

【译文】

临安府张大兴与李二为莫逆之交。李家虽屡屡亏空，但李二赋性豁达，故张大兴很器重他。一天，李二向张大兴说起自己家中贫苦，张正巧有数百两银子积蓄，因此全都拿来交给李二去经商，相约除了本金归张外，所得利润，两人瓜分。不料数年之间，李将资本全都亏空而归，便闭门高卧，绝不与张见面。张静心等待，隔了好久，仍不来见。正值张因女儿出嫁，吉期临近，便往李家登门催讨。李置若罔闻，不承认有借钱经商之事。张大怒，遂互相争骂起来。一时间，观看的人很多。有人问张，张说李没有良心；问李，李说张来冒骗。双方均无中人凭据，难定是非曲直。尤其是李二，他哓哓相辩，不肯承认；张大兴愈加愤怒，便说道："你明天若是敢往城隍庙，对着神灵发誓摸钱，我才肯罢休。"李轻谩地答应了。那是因为当地人们信鬼神，相传城隍神最灵验。神前有一口熬油的锅，把钱放入锅内，理直的人，手摸不烂，否则手就会烂。所以张便用这一方法去胁迫李二。第二天，张大兴果然来找李二，李也并不惧怕，两人便一起来到庙里。他们撞钟击鼓，陈述前后经过。然后架起铁锅把油熬沸，将一铜钱掷进油锅之中，由李二去摸。李二伸手把钱从油锅中摸出，而他的手却完好无恙。于是众人都说张的不是。既然众口所归，张也无法再辩。后来李二从事别的生意，几年之间，满载而归。于是便计算所欠张大兴的本利数额，亲自登门，尽数补还给他。张说道："你我早已绝交，再也不愿收受你的银子。"李二道："小弟实际是向你借了银子的，怎敢负心忘德，留待来世做牛马为你补偿呢！"推让再三，张大兴始终不肯收受。于是地方上的人为他们谋划：当时城隍庙前有一板桥之木已经朽烂，便请他们拿这笔钱改造成为一座石桥。并且问李道："既然前次是你昧着良心，怎么敢在神前发誓？"李笑道："当时并非敢于昧着良心，实在担心一经承认，即须归还原欠，我是粉身碎骨也难还清。所以先到庙中去向神灵祈祷，请他暗中保佑。待日后发了财，再去报答张君。不意神灵果然依了我的祈求。"众人听了，都笑着说道："城隍神原来接受了你的私诺呵！"后来那石桥造好了，因无桥名，便在桥顶上刻了"受私桥"三字。

曹公梦

海阳曹孝廉铨得广西某县，亲友来贺，公欲引疾不赴，曰："幼年曾作异梦，几时入泮，几时婚娶，几时生子，中举选粤西某县，为穿白甲二将军所害。细纪所历，一一皆验，不爽毫发。今所选缺，又恰符合，地多苗蛮，野性莫测，先几之兆，可不趋吉而避凶哉！"于是有言梦不足征者，有以期年半载相机进退劝者，公不得已就道。及抵某县，民淳吏朴，公甚安之。数年后，忽有呈开银厂者，公为转详，奉上檄委公采办。公亲诣厂所，视其开挖。及矿，则见白气二道，宛如长虹，直冲公前。公惊而仆，返馆舍，至夜半竟卒。家人方悟“白甲”之征。

【译文】

海阳有个姓曹的举人，铨选得了广西某县县令的官职，亲友们前来祝贺。但曹公却想托病不去赴任，他说：“我在幼年时曾做过一个奇异的梦：几时进县学为秀才，几时结婚娶妻，几时生子，中举后将选为广西某县的县令，最终将被穿白甲的二将所杀害。细想自己的经历，一一都得到了应验，没有相差一毫一发。今日所选的职位，又恰好与梦境符合。广西地处边疆，那里的人生性野蛮莫测。按先前的几种梦兆，所以在想，可否有趋吉避凶的良策。”于是有的说梦是不足以证验的；有的以一年半载后相机进退行事来劝说他。曹公不得已，只好前往赴任。后来到了该县，却是民风纯真，官吏朴实，曹公心里才安。几年以后，忽然有下属官吏呈请开发银矿。曹公在这公文上批了意见后转请上司定夺；而上司下了文书，委请曹公为采办。曹公亲自到了厂区，督看开挖。等他下了矿区，则见白气二道，宛如长虹，扑面而来。曹公惊吓跌倒在地。返回馆舍，到了半夜，竟不治身亡了。家里的人方才醒悟应了“白甲”这一征兆。

治妖易治人难

汉阳令刘某性方鲠，治祝由科邪教过严，有奸民上控抚军，抚军戒饬之。公抗言抵触，抚军怒曰：“若果才能，有沔阳州某案，若能审办乎？”刘唯唯。先是，沔阳有金桂姐，受黄氏聘，及婚期，彩舆迎至家，则两新妇齐出，簪珥服饰，声音体态，无不相肖，因之未敢成礼，仍以两女归金。金父母无从分别，于是两姓均以人妖莫辨诉官。由州至抚，案悬半载，俱未能决，故抚军以之难刘。刘禀请提案至抚军公署候审，并请临审时借用抚军宝印，抚军许之。临期，公唤两女，隔别细鞫，并其父母庚甲、产业陈设，一一盘诘。及核供词，如出一口。公乃唤二女至案前，曰："观汝二人，原是一胞双生，若并断与黄家，恐尔父母不肯。吾今特设一鹊桥在此，能行者断合，否者断离。"乃铺白布如桥，从仪门直接公座，命二女行布上。一辞不能，盈盈泪下；一则欣欣然喜形于面。公叱泪下者逐出署外，唤喜者登布上。此女如履平地，步至公前，公暗擎院印从头击下，两旁覆以网，乃现为狐，投之江中。于是案结。抚军大悦，奏升汉阳府知府。从此遐迩歌龙图再出矣。汉阳有茶客，携重资归，中途为盗所追，奔至汉川，求救于逆旅主人。主人沉吟至再，曰："诚若是，则此处非君所宜栖，可速投某武孝廉家，庶保无虞。"引至孝廉家，孝廉兄弟为具酒食，扫卧榻，嘱曰："倘夜间有动作，但安眠，毋轻出。"视客寝矣，兄弟秉烛待盗。盗果踪至，彼此格斗，被孝廉杀其四，余三盗逾垣逃。天明呼客起，赴县呈报。讵知客出未几，府差早至，将孝廉兄弟锁去。盖黠盗伪作茶客，先以谋财害命连夜赴府击鼓求救，故刘公发差就近将孝廉兄弟拘到问供。孝廉兄弟陈述颠末，请释一人保家。公不许，并下于狱。盗返入孝廉家，将其家口尽杀而逸。及公觉，急释之，已无及矣。呜呼，公能断狐，竟不免为盗所卖，岂非治妖易治人难耶？

【译文】

汉阳县令刘某性格方正耿直，因整治祝由科邪教过于严厉，便有奸民上书向巡抚控告，巡抚对其作了警戒申饬。刘某不服，以理辩白，情绪抵触。巡抚怒道："你如确有才能，今有沔阳州某一案子，能去审办么？"刘听了，恭敬地把这案子接受了下来。起先，沔阳有个叫金桂姐的女子，受黄氏之聘，将要完姻。到了成婚这天，花轿把她迎到了黄家。打开轿门，出来的却是两个新娘，她们簪珥插戴，服饰装束，甚至声音体态，无不完全相同。因此弄不清那个是真，那个是假，未敢贸然拜堂成亲，仍请轿夫把她们双双抬回金家。因两人生得一模一样，金家父母无法分别那个是自己的亲生女儿，于是金、黄两家都以人妖莫辨为由，告到官府，请官府明断。这案由州官到巡抚，案子已搁了半年，都不能审理清楚。所以巡抚便就以此来难一难刘某。刘某接了这案，禀请将这个女子传唤到巡抚的公署中听候审处，并请在他审案时要借用一下巡抚的宝印，巡抚自然全都答应。到了审案这天，刘某将两个女子唤来，把她们分隔在两处，分别进行审问。刘某问了她们父母的年庚，问了家产，问了家中的陈设，一桩一桩，仔细盘诘。盘问后再核对两人的供词，如出同一人之口。然后刘某唤两个女子同到公堂之上，对她们说道："看你们两人，原是同胞双生，若一起判你们嫁到黄家，恐怕你们的父母不肯。我现在特设一座鹊桥在此，能在桥上过去的，判她嫁到黄家；不能走过去的，不去黄家。"乃铺白布如桥，从外面的仪门一直铺到刘的座前，叫两个女子在布上凌空行走。一个表示不会走，盈盈泪下，很是懊丧；一个愿走，欣欣然高兴得喜形于色。刘某呵叱流泪而不会走的，将她驱逐出公署大门。唤高兴而能走的登上布桥。这个女子站在布上如履平地，一步一步走到刘某的座前。这时刘某手擎巡抚的大印，从她头上击去，两旁又张了网，当场现出狐狸原形，遂投在江中。于是这一疑案终于了结。巡抚大喜，并奏请朝廷，升刘某为汉阳府知府。从此，远近百姓，全都赞扬他是包龙图再世。汉阳有个贩茶的客商，携带了一大笔钱财归来。中途遇上了强盗，强盗暗中在追踪这一客商。客商逃奔到了汉川，向一家旅店的主人求救。旅店主人沉吟再三后说道："如果确实如你所讲，有强盗要追来，则小店并非是个可靠的栖居之地。

你可速去投奔某武孝廉家，这才可以保你太平无事。”于是领那茶商到了武孝廉家中。孝廉兄弟得知详情后，为这客商准备了酒食，打扫了床铺，并且叮嘱道：“倘若夜间听到什么动作，你只顾安眠，且勿轻易出来。”孝廉兄弟看他安寝了，便点亮了蜡烛，等待强盗来此袭击。后来强盗果然寻踪而来，彼此格斗起来，被孝廉杀了四人，其余三人爬墙逃走。天亮后，孝廉呼客商起来，让他到县衙门去报案。岂知客商出门不久，县府的差人便已来到孝廉家中。差人将孝廉兄弟锁着解到县衙。原来狡黠的强盗伪装是茶客，早已谎称孝廉谋财害命，并连夜到县府去击鼓告状，求县府差人往救。所以刘某派差役先将孝廉兄弟拘捕到县审问。孝廉兄弟陈述事情经过后，请求先释放一人回去保家；刘某不允许，并将他们关进牢狱。结果，强盗返回孝廉家中，将孝廉一家老少统统杀尽后逃走。等到刘某发觉受骗，急忙释放孝廉兄弟，但已来不及了。唉！刘某能断清狐女疑案，竟不能避免被强盗所欺骗，岂不是治妖容易而治人难呀！

伏波滩义犬

伏波滩，入广之要区，因其地有汉伏波将军庙而名也。某年，有客收债而返，泊其处。船户数人夜操刀直入，曰：“汝命当毕于斯，我辈盗也，可出受死，勿令血汙船舱，又需涤洗。”客哀求曰：“财物悉送公等，肯俾我全尸而毙，不惟中心无憾，且当以四百金为酬。”盗笑曰：“子所有尽归吾囊橐，又何从另有四百金？”客曰：“君但知舟中物，岂识其余？”乃出券示之，曰：“此项现存某行，执券往索可得。惟我清醒受死，殊难为情，请赐尽醉裹败席而终，可乎？”盗怜其诚，果与大醉，席卷而绳缚之，抛掷于河。甫溺，有犬跃而从焉，俱顺流傍岸。犬起，抓击庙门，僧问为谁，不应，及启关，见犬走入，浑身淋漓，衔僧衣不放，若有所引。随至河边，见裹尸，俱欲散去。犬复作遮拦状，僧喻其意，抬尸至庙，抚之，酒气熏腾，犹有鼻息。解其缚，验席上有齿痕，始知是犬啮断，乃与茶汤而卧。明晨，客醒曰："盗走水路，我辈从陆告官，当先盗至。"盖度其必执券而往某行也。僧诺，与俱。盗果未至，因告行主人以故，戒勿泄。俄而盗果持券至，主人伪为趋奉，遣客鸣官，遂皆擒获。客偕犬同归，终老于家，不复再出，著《义犬记》。

【译文】

伏波滩，是进入广西的重要地区，因该地有汉朝伏波将军庙而得名。某一年，有个客商收债回来，那船停泊在滩边。到了夜间，有几个船家，手拿快刀，直闯舱内道："我们都是强盗，你的性命当在此处结束。还不快来受死，免得血污船舱，还要把它冲刷清洗。"客商哀求道："财物全部奉送给诸公，是否可以让我全尸而毙？这不但使我心中觉得毫无遗憾，而且我还将以四百两银子作为酬谢。"强盗们答道："你的所有财产，已全部落入我们口袋之中，那里又会有四百两银子？"客商道："诸君只知船上的财物，岂知我还有别的东西。"于是拿出一份钱券给强盗们看，并说："这一笔钱，现存在某钱庄，凭这钱券，便可兑得银子。只是让我神志清醒时受死，将会使人很难受；请你们赐我尽醉以后，给我裹上一条破席而终，是否可以？"强盗们看他说得坦诚，果然让他大醉，再用席子卷好，外面缚了绳索，抛掷在河里。那客商刚没下水去，有一头狗便跳到河中，跟随着这席卷，一起顺流漂浮到岸边。这狗上岸后，用爪去击附近的庙门。庙中和尚在内问道："是谁敲门？"不见答应；等到开了庙门，见有一头狗进来，浑身淋漓尽湿，衔着和尚的衣服不放，好像是要拉到什么地方去似的。于是几个和尚便跟它到了河边。和尚们见是一具席子裹着的尸体，都不愿近前而想回去。这狗又做出阻挡的样子，众僧人方才明了其意，就把尸体抬到庙中。和尚们用手抚摸尸体，但觉酒气熏腾，且有鼻息之声。解开绳索看时，发现席上还有齿痕，这才知道那绳索是这狗把它咬断的。于是灌了些茶汤，让他安卧休息。第二天早晨，这位客商醒来，他向和尚们诉述了被害经过，又道："强盗走的是水路，我从陆路出发去告官，当比他们在先。"这时他又想到强盗必将拿了钱券到某钱庄去兑付，故决定立即前往。僧人答应与他同去。客商到达这家钱庄时，强盗果然未至。他便向主人讲明情由，请求暂时严守秘密。不久强盗果然拿了钱券来兑。主人假装曲意奉承，暗中让客商速去报官，终于将这伙强盗擒获。这位客商便与那义犬一起回家，安享天年，不再外出经商，并将此事写成了《义犬记》。

浮　海

王谦光者，温州府诸生也。家贫不能自活，客于通洋经纪之家，习见从洋者利不赀，谦光亦累赀数十金同往。初至日本，获利数十倍。继又往，人众货多，飓风骤作，飘忽不知所之。见有山处，趋往泊之，触礁石沉舟，溺死过半，缘岸而登者三十余人。山无生产，人迹绝至，虽不葬鱼腹中，难免为山中饿鬼。众皆长恸，昼行夜伏，拾草木之实，聊以充饥。及风雨晦冥，山妖木魅，千奇万怪，来侮狎人，死者又十之七八。一日，走入空谷中，有石窟如室，可蔽风雨，傍有草甚香，掘其根食之，饥渴顿已，神气精爽。识者曰："此人参也。"如是者三月余，诸人皆食此草，相视各见颜色光彩如孩童时。常登山望海，忽有小艇数十，见人在山，泊舟来问，知是中国人，遂载以往，皆朝鲜徼外之巡拦也。闻之国王，蒙召见，问及履历，谦光云系生员。王笑曰：“‘道不行，乘桴浮于海’耶?”因以“浮海”为题，命谦光赋之。谦光援笔而就，曰：“久困经生业，乘槎学使星。不因风浪险，那得到王庭?”王善之，馆待如礼，尝得召见，屡启王欲归之意。又三年，始具舟资送谦光并及诸人回家，王赐甚厚。谦光在彼国，见诸臣僚赋诗高会，无不招致，临行贶饯颇多，及至家，计五年余矣。先是，谦光在朝鲜时，一夕梦至其家，见僧数甚众，设资冥道场，其妻哭甚哀，有子衰绖以临，谦光亦哭而寤。因思数年不归，家人疑死设荐固矣。但我无子，巍然衰绖者为何？诚梦境之不可解也。但为酸鼻而已。又年余抵家，几筵俨然，衰绖傍设，夫妇相持悲喜。询其妻，作佛事招魂，正梦回之夕。又问衰绖为何人之服，云：“房侄入继之服也。”因言梦回时亦曾见之，更为惨然。

【译文】

王谦光，是温州府秀才。家中贫穷，不能自谋生计，寄食在一户从事与外国人买卖的经纪人家中，常常看见出洋经商的人赚钱多得无法计算，谦光后来也积聚了数十两银子跟随他们前往。开始是到日本，获利数十倍。接着又去，船上人多货多，突然海面上刮起飓风。这船随风飘忽，不知到了一个什么地方。因为看见有山，就开往那里停泊。不料未到这山，便触礁沉没。溺死在海中的超过一半，漂抵岸边登上那山的约三十多人。这里是座荒岛，不见有种植，而且孤立在海间，人迹绝无。上了山的人，虽未葬身鱼腹，最终难免会做山中的饿鬼。众人见此情景，都哭个不停。于是便在这岛上到处行走；到了夜间就找地方休息。肚子饿时，拾些野果，聊以充饥。逢到风雨晦暝之日，又有山妖木魅出现，它们千奇万怪，来与众人侮押纠缠。这样，后来又死去了十之七八。一天，走到一个大的山谷之中，有座石窟如居室一般，可以遮蔽风雨。旁边所长的草很香，掘草根来尝，饥渴顿时便消，觉得神气精爽。有认识的人说："这是人参呀！"就这样，在山谷间有三个多月，大家都吃这种人参草。相互发现各自的皮肤颜色，光彩细腻，与孩童时一样。众人常登山望海，忽然有小艇数十经过；他们见山上有人，便停泊下来，探问究竟。知道是中国人，就让众人搭载而去。原来这些小艇是朝鲜人派在海上巡察海疆的。他们回到国内，向国王作了禀报。蒙国王召见，问到各人的履历，谦光说是秀才。国王笑着说："《论语·公冶长》有句话，叫做'道不行，乘桴浮于海'。"因此就以"浮海"为题，命谦光作诗一首。谦光提起笔来，顷刻诗已做成，那诗道："久困经生业，乘槎学使星。不因风浪险，那得到王庭？"朝鲜国王很友善地待他，请他住在客馆，一切按有关的礼节行事。后来曾得到多次召见，他总是屡次向国王启奏，表达了想要回家的意愿。又过了三年，方始准备了船只和路费，送谦光及当时一起被救的人回家，朝鲜国王对他们的赏赐很丰厚。谦光在朝鲜，每逢他们国家的臣僚官吏赋诗高会来邀时，无不应邀赴约。因此，这次回国，临行前有的赠送财物，有的设酒饯别，应酬的事颇多。及至回到家里，计算下来，前后共有五年多时间。起先，谦光在朝鲜时，一天夜间做梦回到家里，看见家中有许多僧人在为自己做道场，妻子哭得很悲哀；儿子披麻戴孝站在那里，谦光由此而哭着从梦中醒来。当时心想，自己数年不归，家人疑我已死，故摆设道场以为冥荐。但我无子，那披麻戴孝，巍然站在当中的是谁呢？确实梦境中的疑问不可解开，唯有因此而倍感辛酸罢了。谦光回家，离那天做梦已有一年多了，桌上的筵席宛然与梦中所见相同，孝服等物仍放在一旁。夫妻相对，悲喜交集。当他问了妻子，方知设道场招魂这天，正是自己梦中回家之夕。又问那麻布孝服是谁穿的？妻子答道："那是过继来的远房侄子。"谦光便说："当时梦中回来，也曾见过此情此景。"说到这里，更觉惨然。

刑 天 国

谦光又云：曾飘至一岛，男女千人，皆肥短无头，以两乳作眼，闪闪欲动，以脐作口，取食物至前，吸而啖之，声啾啾不可辨。见谦光有头，群相惊诧。男女逼而观之，脐中各伸一舌，长三寸许，争舐谦光。谦光奔至山顶，与其众抛石子击之，其人始散。识者曰：“此《山海经》所载刑天氏也。为禹所诛，其尸不坏，能持干戚而舞。”余案颜师古等《慈寺碑》作“刑夭氏”，则今所称“刑天”者，恐是传写之讹。又徐应秋《谈荟》载无头人织草履，盖战亡之卒，归而如生，妻子以饮食纳其喉管中，如欲食则书一“饥”字，不食则书一“饱”字，如此二十年才死。又将军贾雍被斩，持头而归，立营帐外，问：“有头佳乎？无头佳乎？”帐中人应曰：“有头佳。”雍曰：“不然，无头亦佳。”此亦刑天之类欤？

【译文】

谦光又说，他曾飘至一个岛上。岛上有男女上千人，都是肥短身材。上面无头，以两乳作眼，闪闪欲动。以肚脐作口，将食物拿到前面，吸食下肚，声音“啾啾”地可以听见。他们发现谦光有头，众人都很惊奇诧异，男的女的都走近来观看。在他们的肚脐眼里，各伸出一个舌头，长三寸多些，争着来舐谦光。谦光逃奔到了山顶，与同去的入掷石子向他们攻击，这些人才散开躲避。知道的人说：“这是《山海经》上所载的刑天氏，为禹所杀；他的尸体未失去知觉，能拿着盾牌、斧头挥舞。”我的看法是：颜师古等的

《慈寺碑》作“刑夭氏”，则现在所称“刑天”者，恐是传写之误。又，徐应秋的《谈荟》记载说：“无头人织草鞋。”这原是在作战中被砍去头部的人，回到家里如活着的一样。妻子把饮食灌到他喉管中，如要吃东西，则写一“饥”字；不想吃，则写一“饱”字，如此活了二十年才死。又，将军贾雍被斩，手里拿了自己的头而归。他立在营帐外，问道：“有头好呢，还是无头好?”营帐里的人回答道：“有头的好。”贾雍道：“不对，无头的也好。”这也是刑天一类的故事呵。

万　年　松

广东香山县凤凰山有万年松数株，西洋人架梯取之，其松忽上忽下，随梯转移。洋人怒，用鸟枪击之，连发数十枪，卒不能得。松至今青葱如故。

【译文】

广东香山县凤凰山崖壁上，有几株万年松。西洋人架着梯子，想去砍伐，那万年松忽上忽下，随梯子转移。洋人大怒，用鸟枪去打，连发数十枪，结果仍不能取得。万年松至今仍像当年一样郁郁葱葱。

虹　桥　板

福建武夷山大藏峰山洞中凹处有大木千百条，横斜架立，千万年不朽不落，色如陈楠。朱文公云：“是尧时居民所栖避洪水处，后水退而木存。然木状非受过斧斤者，山洞罗列群木，如民间开木行者。然山下滩水湍急，舟不能泊。”余至武夷亲见之。后到杭州又见孙景高家藏虹桥板一片，木微香，肌纹细润，梁山舟侍讲镌诗其上。

【译文】

福建武夷山大藏峰山洞中凹陷处，有大木千百条，这些木条，或横或斜，架立在洞中，千万年不朽不蚀，颜色与陈年楠木相同。朱文公说：“这是唐尧时代居民为躲避洪水的住处。后来洪水退去，那大木就留在里面；但这些木头没有受过斧头砍伐的痕迹。山洞中罗列的大批木头，如同民间开木行的一样。然而山下滩头的流水十分湍急，连船也无法在此停泊。”我到武夷山时曾亲眼见过。后来到杭州，又见孙景高家中藏有虹桥板一片，那木质有微香，肌纹细润，梁山舟侍讲曾把诗镌刻在这虹桥板上。

天上过船

乾隆五十五年五月十四日，风雷大作，仪征县江边一客船被风吹至空中，落在洪泽湖沙滩上。舟中米客六人，及器物盘碗，俱丝毫无损。但据扬州人云，是日亲见有一船从云中过去，初意犹以为大鸟也。

【译文】

乾隆五十五年五月十四日，风雷大作，仪征县江边一条客船被风卷到空中，落在洪泽湖的沙滩上。船中的米商六人，以及器物碗盘等等，都丝毫无损。而据扬州人说，这天亲眼看见有一条船从云端里过去，起初还以为是大鸟从天上飞过。

（续卷一译者　曹中孚）

续子不语卷二

鬼　状

河南祥符县，最繁剧，凡各州县申解院司案件有覆审者，多委办焉。自理词讼，虽常接受，而示审无期，反致沉搁。令尹鲍公勤于堂事，一夕收呈状若干，未及细阅，即交幕友批发。次日，幕友问公曰：“某处命案可往验否？”公曰：“未见呈禀，安得有此？”索状观之，则是谋杀亲夫状也。内载奸夫姓名，自称双瞽某被杀某处，屈指计之，隔十六年矣。公愕然曰：“案悬十六年，事颇怪。”因将各呈俱为批发，独压其呈不发。逢收呈日，又亲点名过堂，并无瞽者。及晚查阅，则前瞽者呈又在内矣。公问书役：“汝辈可识刘顺否？”或答曰：“有其人，现充臬司厨役。”公赴司请拘凶犯，臬司交公带讯，供认不讳。先是，刘顺本属无赖，在城外河口以驮人渡河为生。值瞽者夫妻同行，见其妻有姿，遂萌恶念，于负渡时即戏挑之曰：“娘子嫁一瞽者，殊非终身了局。倘不予嫌，愿同白首。”其妻心动，共绐瞽者憩树间，解裹足布勒死，挖坑埋之。遂成夫妇。伪作逃荒者至外县雇佃于巨绅家，遂学烹饪，颇有所积。乃挈妻入汴城，充臬司厨役。公廉得真情，即往掘验，尸未朽，伤痕宛然。于是刘夫妇皆伏诛。

【译文】

河南祥符县是个大县，凡各州县向上司报来的案件，需要复审的，大多委托这里办理。审判官受理词讼，虽常亲自接受，但挨到审理，往往遥遥无期，反而造成案件长期耽搁。县官鲍公勤于堂审推问。一天，收到呈来的状子好多份，没来得及仔细过目，即交给手下的佐理人员批办处理。第二天，这位佐理人员问鲍公："某处那桩人命案子可以前去验看否?"鲍答道："未见有人呈禀，怎会有这命案?"叫他拿状子来看，则是一桩谋杀亲夫的案子：上面写了奸夫姓名；自称是双目失明的某某，被杀在某处。屈指计算一下，事已相隔十六年。鲍公惊讶地道："案子搁了十六年，事情颇为奇怪。"因此将佐理人员送来的各件都批了意见下发，唯独把这件搁在一边，不往下发。逢到收取状子的日子，他又亲自点名过堂，并未发现有双目失明的前来告状。到晚间查看案卷，则前日双目失明者的状子又在其内了。鲍公问处理文书的人员道："你们可认识刘顺这人么?"有人答道："有这人，现在充当按察司衙门的厨役。"鲍公往按察司衙门请求将凶犯拘捕归案，按察使同意把这厨役交给鲍公带回审问。审问结果，供认不讳，确有此事。起先，这刘顺本来是个无赖之徒，在城外河口以驮人渡河为生。正巧逢到双目失明者夫妇两人同行，刘见其妻有些姿色，遂萌生了恶念。他在驮那妇人过河时就笑嘻嘻地挑逗道："娘子你年轻美貌，嫁了一个双目失明的人，总不该今生今世就这样算了。倘使你不嫌弃我，我愿和你白头偕老。"那妇人动了心，与刘顺一起将其丈夫骗到树林间去休息，解下裹脚布把他勒死，挖坑埋了，两人便成了夫妻。刘顺后来伪装逃荒者到了外县，在豪绅家当仆役。他又学烹饪，颇有一些积蓄。于是带了妻子来到汴梁，在按察使衙门做厨役。鲍公查问得了真情，即往所供地点掘验，尸体还未腐烂，伤痕宛然犹在。于是刘顺夫妇都被处决了。

驱狐四字

周公世僎宰虞城时，有耿家庄刘化民家患狐，百法驱禳无效，因诉于公，牒移城隍。公从其请。狐在空中喝曰："汝求城隍，城隍奈我何？"祟之益甚。公谓神且莫制，殊难为力。其友沈松涛曰："予在息县，有巨绅某之子，甫毕姻，迫于父严恐恋新婚，促令从师远读，且督责曰：'无故不得擅归！'其子绸缪燕尔，未免妄想。一日，独坐书斋，见隔墙有美人，露半身，秋波流注，挑之，微笑而下。方欲移几梯接，又见墙上立金甲神，手执红旗二杆，一书'右户'，一书'右夜'，向女招飐，女杳然遂灭。今试写四字在纸上试之，何如？"因裁黄纸二方，研朱砂书之，令刘持归，贴户牖间。是夜狐来，果却步而言曰："户夜神在此，今且让汝。三年后当再来。"从此寂然。周旋即升去，不知其后若何。其时内幕蒋生知此情节，闻绍兴桂林庵有三尼亦被妖缠，蒋乃教以用朱砂如法书"右户"、"右夜"四字，贴其楼窗，无风自启，楼上狐扒窜一夜，声如铁甲，至曙始息，狐尽逃去。余按四字平平，不解出于何典，乃能降狐如是，故志之。

【译文】

周世僎在虞城任县官时，耿家庄刘化民的家里发生了狐妖作祟的事，他们采用种种方法驱禳都无效果，因此便向周公诉述，求周公移文给城隍老爷，让城隍神去处置，周公答应了这一请求。狐妖在空中叫喊道："你求城隍，城隍能奈何我么?"作祟更加厉害。周公得知这一情形后，说："神的力量尚且不能把它制服，现要除此狐患，实在是无能为力了。"周公的朋友沈松涛说："我在息县时，有豪绅某人的儿子，刚结婚不久。其父管教很严，唯恐儿子恋于新婚，不肯用功读书，便叫他从师远读，并且督责道：'无故不得擅自回家!'儿子离家之后，想起与妻子情意缠绵、新婚燕尔的情景，不免心神不定，想入非非。一天，独自坐在书房，看见隔墙有个美人，露着半身，秋波流注。他便前去挑逗，那美人微笑走了。正要去搬梯子，想跨墙寻她。又见墙上立着一位身披金甲的神人，手里拿着红旗二面：一面写'右户'，一面写'右夜'，向那美人招飐。这美人见了，便杳然不知去向。如今也写这四字在纸上试它一试，你看如何?"周公按沈松涛所说，便裁黄纸二方，研磨朱砂，用笔写了，叫刘化民拿回家去贴在门窗之间。这天夜里，狐妖又来，见了这四字后，果然往后边退边说道："户神在此，今且暂时让你，三年后我当再来。"从此以后，刘家便就安宁无事了。周公不久因升官离开了虞城，不知他后来如何。这时虞城有个幕僚蒋生知此驱狐的情节，闻得绍兴桂林庵有三位尼姑也被狐妖所缠，蒋便教她们用朱砂照此办法书写"右户"，"右夜"四字，贴在庵内的楼窗上面。这天夜间，楼窗无风自开。楼上的狐妖扒窜了一夜，声音如同铁甲在冲撞。直到天亮，声音方才平静，狐妖尽都逃去。我想这四字平平，不知出自那一典故，却能这样神奇地降服狐妖，所以将它记录下来。

女鬼守财待婿

安阳县杨某，开客店。有女适汤阴县邓某，负贩家贫，杨妻杜氏常以钱物周给之。杨蓄白金数十两，扃椟中，妇思窃少许与婿作资斧而未得间。一日，邻人招杨饮，妇瞯夫出，因启椟，历试数钥，锁始开。取金才出，闻杨遽归，妇仓卒纳金怀中，闭椟阖锁而起，然金在手，无处藏匿，往埋后苑土中。杨夜启椟不见金，知为妇窃，疑其赠与所私，诟詈百端。妇忿极，俟夫睡熟，缢死。死后鬼常作祟，杨不能安其居，乃卖屋远徙。先是，妇未死时，邓已携妻往湖北依其叔。叔业酱坊，六旬余无子，见侄大喜，认为己子，自是邓夫妇身登乐土矣。数年后，杨女思其父母，倩夫往探，邓襆被往，则故宅依然而主人非矣。日已昏暮，邓行倦，欲宿其家，主人辞曰："客房已满，无下榻处，惟后堂两楹，相传有鬼，能祟行旅，至今扃闭，无人歇宿。"邓云："此屋旧属予岳家，乃予熟游地，何曾有鬼？纵有鬼，暂歇一宿，谅亦无碍。"主人从之，移灯启户，设床扫尘，邓展衾解屦，和衣偃息。夜将半，闻堂西角嘤嘤哭声，急起视之，一女鬼披发垢面，倾身来扑。邓跣足急走，幸堂中设一方几，籍以障身，鬼东人西，鬼南人北，骇极欲号，而口不能出声。见庭中月白如昼，奔立月光中，鬼追至，不敢犯，惟两目眈眈注视而已。月移一寸，人退立一寸，鬼近一寸；月移一尺，人退立一尺，鬼逼近一尺。月上庭墙，邓负墙立，须臾，月移至膝，鬼蹲身来曳其足。邓叹曰："不意邓某乃死于此！"鬼闻语遽释手曰："汝为谁？"曰："我汤阴邓某。"鬼曰："是吾婿也，胡不早言？几误杀汝。"因告以身死原由及埋金处，曰："趁天未晓，无人知，速取金去。我所以作祟者，守此财以待汝耳。今日心事已了，予亦不复作祟矣。"仍趋堂西角而灭。邓往掘地，果得金。携归，因益营运，家小丰焉。

【译文】

安阳县的杨某，开着一爿客店。有个女儿嫁给汤阴县的邓某。邓某肩挑贩卖，家境贫穷，杨妻杜氏常以钱物周济他们。杨某积蓄了数十两银子，锁藏在一个木柜中，杜氏想偷一小部分给女婿作资本而没有机会。一天，邻居有人邀请杨某去饮酒。杜氏看见丈夫外出，便去开启木柜。她手拿一串钥匙，连试数次，方才打开。刚把银子取出，忽闻丈夫突然回来。杜氏仓促之间，把银子藏在怀中，关上木柜，锁好后站了起来。然而银子在身，无处可藏，不得已便埋在后苑的土中。杨某于夜间开了木柜，发现银子有缺，知道是妻子窃取，便疑心她送给什么相好的男人，故百般辱骂。杜氏怨恨之极，待丈夫熟睡后便自缢而死。死后，鬼常作祟，杨某不能安居。他便把房屋卖掉后迁往远处。起先，当杜氏未死时，女婿邓某带了妻子杨氏往湖北去投靠他的叔父。叔父经营酱坊，年已六十无子。见侄儿来到，极为高兴，认他为儿子，从此邓某夫妇便摆脱贫困而过着幸福安乐的日子。几年以后，杨氏因思念父母，请丈夫回安阳探亲。邓某就带了行李前往。当他到了岳父原来开的客店时，只见房屋依旧而主人却已更换了人。这时天色已晚，邓某行路走得很疲倦，想借宿他家。主人辞谢道："客房已经满了，没有你下榻之处；唯有两间后堂屋，相传有鬼，会对旅客作祟，至今一直关闭着，无人敢去歇宿。"邓某说道："那两间房子，从前是我岳父之家，是我常来之地，那有什么鬼祟？即使有鬼，暂时住一夜，谅必也是无碍的。"主人答应后，便拿了灯来，开门进去，重新搭起床来，作了一番扫除。邓某铺好被褥，脱了鞋子，和衣仰卧在床上休息。将近半夜，听到客堂的西角方向，"嘤嘤"地有哭声。邓某急忙起床前去察看，见一女鬼披着头发，满面污垢，朝自己倾身扑来。他吓得光着脚，急忙退走。幸亏客堂中间放着一张方桌，可借以避身。那鬼朝东走来，他便往西避让；那鬼朝南走来，他便朝北躲去。惊骇之下想呼叫，但嘴中喊不出声。见庭中月光明亮，照得如白昼一样，就奔往月光中站着。鬼也追了上来，但不敢触及他的身体，只是两眼眈眈地注视而已。月亮移前一寸，人往后退立一寸，鬼就走近一寸，月亮移前一尺，人便后退一尺，鬼又逼近一尺。月亮移至庭中的墙上，邓某背墙而立；不多久，月亮移至膝前，鬼便蹲下身去拉他的脚。邓叹息道："想不到我邓某死在这里!"鬼听了这话，急速地放手说道："你是谁?"答道："我是汤阴邓某。"鬼说道："原来是我的女婿，为何不早说？几乎将你误杀了。"便讲了自己自缢身死的原因及埋藏银子的地方，并说："趁此刻天还未亮，无人知晓，快去把银子挖了拿去。我所以要出来作祟，是守住这些银子，等待你来呢。今日心事已了，我也不再作祟了。"说罢，那女鬼便朝客堂的西角走去，顷刻便无影无踪了。邓某便往女鬼所指的地方挖掘，果然掘到了银子。拿回家去扩大生产经营，家境也便渐渐丰裕了。

僵尸食人血

吴江刘秀才某，授徒于元和县蒋家。清明时，假归扫墓。事毕，将复进馆，谓妻曰："予来日往某处访友，然后下船到阊门，汝须早起作炊。"妇如言，鸡鸣起身料理。刘乡居，其屋背山面河，妇淅米于河，撷蔬于圃，事事齐备，天已明而夫不起。入室催促，频呼不应，揭帐视之，见其夫横卧床上，颈上无头，又无血迹。大骇，呼邻里来看。群疑妇有奸杀夫，鸣之官。官至检验，命暂收殓，拘妇考讯，卒无实情，置妇狱中，累月不决。后邻人上山采樵，见废冢中有棺暴露，棺木完固，而棺盖微启，疑为人窃发。呼众启视，见尸面色如生，白毛遍体，两手抱一人头，审视，识为刘秀才。乃诉官验尸。官命取首，首为尸手紧捧，数人之力挽不能开。官命斧斫僵尸之臂，鲜血淋漓，而刘某之头反无血矣，盖尽为僵尸所吸也。官命焚其尸，出妇狱中，案乃结。

【译文】

吴江县的刘秀才，在元和县蒋家设学馆教孩童读书。清明节时，告假回去扫墓。扫墓既毕，将回蒋家学馆中去，他对妻子说道："我明天要往某处去访问一位朋友，然后乘船到阊门，你得早些起来做饭。"妻子按他的吩咐，一听见早晨鸡鸣就起身料理。刘家在乡村，房屋背山面河。妻子到河里淘了米，在园中采摘了蔬菜，事情都做停当了。这时天已大亮，但丈夫却还未起床。她走到房中去催促，连呼几声不应。揭起帐子来看，见其丈夫横卧在床上，颈上无头，又无血迹。大惊，急忙呼唤邻居们来看。众乡邻怀疑刘秀才的妻子有奸情，才把丈夫杀了，因此告到了官府。县官亲往刘家验尸，命暂将尸体收殓。将刘妻拘捕到县，详加审讯，结果毫无实情，不得已只好将刘妻关押在狱。一个多月过去，仍未作出判决。后来有位邻居上山砍柴，发现一座废墓中有棺材暴露在外。那棺木虽然完好，但棺盖略有开启，怀疑被人盗发。呼来众人掀开棺盖观看，见尸首面色如生，遍体长着白毛，两手抱着一个人头。仔细辨认，认出这人头是刘秀才，于是诉请官府前往验看。官府派员来到棺前，命将刘秀才的首级取下，那首级被死尸用手紧紧捧着，好几个人不能把它分开。官员便叫人用斧头砍断了僵尸手臂，竟然鲜血淋漓；可是刘秀才的头反而没一点血，这是因为刘某的血已被这僵尸所吸尽。官员叫人将尸体焚化；又将刘秀才之妻释放出狱。此案才得以了结。

鼠　鬼

汉阳崔某，家素封，选云南知县，携家到任，留一老仆守门，自厅以后俱封锁而去。数年后，罢官旋里，居才数日，家人群告佛楼上每夜有怪。崔素胆壮，移床宿楼下思觇其异。漏初下，灭烛就枕，即闻楼上拍案声，捶椅声。绕楼行走声，又如官府出门皂役拖板子声。少顷，渐次下楼，降梯一级，又如椎击梯板声。崔骇极，拍床大叫，又如人复曳椎上楼声。家人毕集，以火上楼烛之，虚无一物。益信以为非妖即鬼，延巫觋祈祷不灵，一邑哄传崔家有鬼。崔蓄梨园一部，内有胆大者数人，思一睹鬼状，乃入夜涂面易服，一人扮伏魔帝君，一人扮周将军侍立，然烛以待。忽一鼠自神龛顶上窜下，尾大如棒椎，二人急下追捕，鼠因尾大，身体迟滞，顷刻就缚。细视其尾，乃灰尘凝结，重可数斤，不知其故。崔恍然悟曰："昔年此鼠窃食灯油，予自后潜捉其尾，鼠力窜脱去，尾则尽褪，膏血沾裹灰尘，日积月累，致作此状，曳地作声。"笑数月来祈禳纷纭，空见鬼也。

【译文】

汉阳人崔某，家中很富有，被任命为云南某县知县，于是携家眷赴任，留下一个老年仆人守门，自大厅以后各间房屋，都一一贴封上锁，然后才离去。数年之后，崔罢官回到家里。才住了几天，家人都来禀报说佛楼上每夜有怪异出现。崔某素来胆子很大，把床搬到楼下，想看看上面所发生的怪异。这天晚上，天刚黑，他便吹灭了蜡烛睡觉。不久便听到楼上发出拍桌子声、敲打椅子声、绕楼行走声，又有如官府出门时皂隶差役们的拖板子声。隔了一会，似有渐渐下楼的响声，每走下一级楼梯，发出来的声音，像椎子打击梯板。崔某十分惊恐，拍床大叫。接着又听到有人把椎子拖拉上楼的声音。这时家人已闻声聚集到楼下，众人点灯上楼照看，上面虚无一物。于是愈加相信这里面不是有妖就是有鬼。虽延请男女巫人前来祈祷驱邪，但都未见灵验。于是满城哄传着崔家有鬼的可怖说法。崔某家中养着一部梨园班子，内有几个人胆子很大，想亲眼去看一看鬼究竟是怎样一副模样。他们在入夜之后，画了花脸，换了夜服，一人扮作伏魔帝君，一人扮作周将军陪立在旁边，点着蜡烛在佛楼上等待鬼的出现。忽然有一只老鼠从神龛顶上窜下，尾巴大如棒槌一般。二人急忙前去追捕。这鼠因尾巴太大，行动时身体迟滞，顷刻就被捉住。细看鼠尾，上面灰尘凝结，重量约有数斤，但不知是何缘故。崔某想了一想，恍然大悟道："当年这鼠偷吃灯油，我正好在它后面，乘机捉住了尾巴。这鼠用力挣脱逃窜了，但尾巴上的毛皮全都被撕了下来，膏血沾裹了灰尘，日积月累，就形成了这般状态。它拖地而行，便发出椎击般的响声。"好笑几个月来，以为楼上闹鬼，祈祷纷纭，真是空见鬼呵。

鳖精

吴县孙香泉女，适同县某生。女偶食鳖，得怪疾，喜则明妆炫服，笑舞百出；怒则抛盆掷碗，诟詈不情。或二三日不食，或一食可兼数人之膳。日渐尫羸。女为祖母所钟爱，因迎归养病。禳祷医药无验。数日后病辄一止，止时即如平时。家人问病状，女云："初见一皂巾绿袍人向予脸嘘气，即身不自主，其一切语言举动，皆绿袍人所为。"问："食兼数人何也？"曰："非我食也。一绀衣人暨两皂衣人向绿衣人索食，借予饮啖以飨之。绿衣人临去必伸长其颈，舌三舐，足三踊，不知何故。"时香泉客河南毕中丞幕中，家遣急足，以女病告之。孙即束装归，携女避玄妙观蓑衣真人殿中，祟如故。孙思载女远出，或可避之，赁船欲往扬州。无锡顾晴沙观察与孙友善，闻其事，迎至家中，怪亦随往。观察肃容庄论，冀以正理压服之。女掩耳曰："腐气！迂儒之谈，勿污吾耳！"因口吐白金一小锭，细珠数粒，示观察云：

“此绿袍人聘我礼也。约月望来娶。”孙恐女为怪祟死，急偕女解维遄发，将抵镇江，女忽云：“彼若往扬州，我辈畏江神奇老爷，不能渡江，奈何?”徐云：“我有计矣！不必待望日，即于此时娶之可也。”女旋即偃卧呼号，腹痛欲绝。孙恐女即死，许其返棹旋里，女腹痛顿止。至望日，家人惶惧，恐女有不测，而女故无恙。孙因札致毕中丞，为代请龙虎山张真人除怪。真人得书，遣邹法官至，设坛作法，三昼夜而女病痊。孙问是何怪，法官云：“绿袍者鳖，绀衣者虾，皂衣者龟。窟在石湖湖心亭下。因汝婿家杀其子孙太多，故率其类来报仇。适遣六丁尽已拘去，汝女无患矣。”余按江神名奇相，见《博物志》。

【译文】

吴县孙香泉有个女儿，嫁给同县某人。她因偶然食鳖，得了一种怪病：当她高兴时便穿起鲜艳的衣裳，边笑边舞，做出各种各样的姿态；当她愤怒的时候，便抛盆掷碗，不管是谁，任意辱骂不休。有时两三天不食，有时一顿饭便可吃掉几个人饭菜，但身体却一天一天地在消瘦。祖母对她一直很宠爱，便将她迎归娘家养病，求神问卜，访医服药，都毫无结果。过了几天，病忽又好了。病好时一切正常，如平日一般。家人问其病状，她说：“起初看见一个身穿绿袍、戴着黑色头巾的人向我脸上吹气，从此便身不由己，我的一切语言举动，都是绿袍人所作为。”家人又问：“你有时能吃好几人的饭菜，是怎么一回事?”答道：“这实际并非是我所吃。一个穿深青衣服和两个穿黑色衣服的人向穿绿衣的人讨食吃，绿衣人是借我之口吃了再给它们。那绿衣人临去时，必伸长了头颈，舌头三舐，脚三跳，不知何故。”这时孙香泉在河南毕巡抚处做幕僚，家中差人请他急速回去，并告诉他女儿的病情。孙即整理行装，回到了吴县，并把女儿带往玄妙观蓑衣真人的殿中躲避起来；但仍发病如旧，毫无效果。孙想携着女儿远出，或可避灾，遂租船准备往扬州。无锡顾晴沙道台与孙是要好朋友，闻得这事，便将他们迎接到了自己家中，但那妖怪也跟到了无锡。顾晴沙对着孙香泉之女，一副严肃庄重的面孔向她坐而论道，想以正理去压服邪气。孙氏女子掩住耳朵道："腐气！迂儒的话，不要污了我的耳朵！"因而从嘴里吐出银子一小锭，细珠数粒，拿给顾晴沙道："这是穿绿袍那人给我的聘礼，约定在本月十五来娶。"孙香泉担心女儿被妖怪作祟致死，急忙陪了女儿乘船疾速离开无锡。将到镇江时，女儿忽然说道："他们若是前往扬州，我们因怕江神奇老爷，不能渡江，怎么办呢？"后又慢慢说道："我有计策了，不必等到本月十五，就在此时与她成亲便是。"孙香泉之女一会儿便偃卧呼叫，腹痛得好像快要死去一般。孙香泉恐怕女儿即刻就死，答应不去扬州，立即将船掉头回吴县老家。于是女儿的腹痛顿时就上。到了十五这天，家人都很惶恐，担心女儿或会发生不测；但女儿却如平日一样，安然无恙。孙香泉因此写信给毕巡抚，托他代为致书龙虎山张真人请其前来除妖。张真人得书，派遣邹法官到孙家。邹法官设坛作法，经过三个昼夜，孙家女儿的病便痊愈了。孙问是什么怪物作祟，邹法官道："穿绿袍的是鳖精，穿深青袍的是虾精，穿黑袍的是龟精。它们的巢穴在石湖湖心亭下。因你女婿家杀它们的子孙太多，所以率领它的同类来报仇。贫道刚才派出火神六丁，已将它们全都拘捕起来。你家女儿，从此可以安全无患了。"据我所知，前面提到的江神奇老爷，名字叫奇相，载于《博物志》。

雷　异

金坛瓜渚有某者，其子幼时与某姓为婚。未几某卒，妻矢志抚孤，屡遭饥馑。子既长，不能行娶礼，遂嘱媒氏辞婚，令别择婿。某夫妇询之女，女志坚不夺，媒复命，母子计无所出。居久之，母呼其子曰："吾十数年来饥寒交迫，不萌他念者，望汝成立室家，为而父延一线也。今茕茕相守，虽百年何济？余昨已议改醮某姓，得金若干为汝取妇，若干偿宿逋。今金具在床头，汝可视之。”子噤不能出一语。母泣曰：“速诣媒氏言之，余坐待汝夫妇成礼，然后去。”子泣不应，母促之再三，乃往。时邻左博场有群匪窃听，乘某子夜出，穴壁偷金去。母晨起失金，遂自缢。越宿，子偕媒来，启户不见其母，怪之，使媒坐客舍，而已入内，见母已死，痛极，亦缢。媒怪其久不出，呼之无应者，窥其寝，母子俱悬梁死。骇极而号，邻众毕集，咸不解其故。媒因奔告女之父母，女闻之亦缢。时方隆冬，天忽阴晦，雷电交作，震死博徒七人。某子某女俱索断而苏，惟某母救亦不醒。一时闻其事者，相与叹曰：“贞烈、节、孝三事，萃于一门，而一时俱死非其命，若无人为之申理，雷为之申者，斯亦奇矣。至于苏男女二人，使之完娶，而节母则听其悠悠不返，所以曲全之者又如此，谁谓雷无知耶？”

【译文】

金坛县瓜渚有个人，他儿子幼时与某姓约为婚姻。不久那人去世，妻子立志要把这孤儿抚养成人。后来因屡逢荒年，儿子虽已长大，却无钱筹办亲事，就嘱媒人去向女家辞婚，请女方另就高门。女家的夫妇便去征求女儿的意见，女儿意志很坚，不愿另嫁他人。媒人回来把这事向男家作了说明，但母子两人终因家境贫困，想不出别的办法，只得把婚事搁置起来。过了好久，母亲把儿子唤到自己面前说：“我十多年来饥寒交迫，从来没有产生过别的念头，唯一的希望是让你结婚娶妇，成立家庭，以便日后生儿育女，为你父亲延续后代。如今我们母子两人，茕茕相守，即使一百年也无济于事。我昨天已与人商定，准备改嫁给某姓的人，可得银子若干两。这笔钱的一部分为你娶妻，另一部分去归还先前的欠债。如今银子在床头，你可自己去看。”儿子听了这话，顿时呆了一阵，一句话也讲不出来。母亲流着眼泪道：“你快去与媒人商量娶亲的事，我将暂时留在家里，等你婚礼告成以后，然后离家。”儿子当时只顾哭泣，没有答应母亲。母亲再三催促，他才去找媒人，商量自己的婚事。这时邻居的赌场内有好几个赌徒在偷听，他们乘这家的儿子外出未归，凿壁洞将这些银子偷了去。母亲早晨起来，发现银子被偷，遂上吊自缢而死。第二天，儿子与媒人同来家中。开门找不到母亲，觉得奇怪。再寻到内室，见老母已死，悲痛至极，也上吊自杀了。媒人在外等着，怪他进去后长久不出，便就叫喊。叫喊不应，就往寝室寻觅，见母子都悬梁死了，惊骇已极，便大声呼叫。众邻居闻声赶来，见此景象，都不明白其中的缘故。这时媒人便奔告女方的父母，那女儿听了，也上吊死了。这时正值隆冬季节，老天忽然阴晦起来，顷刻雷电交作，有七个赌徒被雷击死。这一对刚上吊的男女，都因雷震绳断，双双苏醒了过来。只有那母亲，没有救活。一时之间，听说了这事的人，相互叹息道：“贞烈、节义、孝顺，这三件事，荟萃于一门；却在同一时间死了，这决非命运所安排。他们之死，无人能为之申冤，但雷震为他们申了冤，这也是奇事。至于让这对男女苏醒，使他们完姻成婚；而让守节的母亲，听凭她悠悠而去，永不返回：这是在曲折地成全他们，谁说天上的雷是没有知觉的呀！”

纪曹孝廉梦

孝廉曹君履青，弱冠时，冬月染疾，困卧五六日。一日，梦在治西横街，有在后呼其姓名者，回睨不相识，叩之，则曰：“奉府君召。”问何事干涉，曰：“往自知耳。”适族伯用章至，向公人缓颊云：“我同侄往何如？”公人颔之。曹于路问公人云：“近闻城隍非杨公，谁为摄篆?”曰：“东汉袁公也。”遂别去。用章挈履青同行，步履迅疾，街衢月色甚皎，但觉阴气中人，两旁屋宇门户俱掩，门楣上各树楮锭一二串，数里中所见无异。俄达一旷野，遥望高垣如城，正南有双扉，用章叩之，内有人应声，启扉入，命向东廊行。少前，用章不知所在，觉力倦，欲稍憩。徙倚一门首，见室前有十数人，或绳系足，或索拴颈，坐立不等，室后半皆羊豕，不得已坐槛外。忽诸囚咸伸一手出户，如索物状。诸羊豕俱来嗅衣啮足，曹甚窘怖。旁有人呼云：“勿无礼，所需当即见付。”未几，公人传讯，出票相示，方恍然知为前身，且曰：“君父子为人作券中，其人负心，今屈求一证耳，毋惧也。”至署门，有吏捧册来，词色间似索规例。前一人又曰：“有，有，迟日取诸我家。”遂止。忽有人短衣跣足，左右望，如探访公事者。官隶挥叱之，遽闪避，但见壁上如黑烟一片，缕缕散去。俄闻内升座讯供，用刑拷掠声甚厉。少顷，有人出外，云：“勿须到案，某吐情实矣。”见内牵出一囚，发蓬松覆额，一手着膺，一手抚背，胸口索贯其中，并缚前后手，疲惫斜行，意即捕囚也。署前各散，寂无人踪，探首窥内，厅堂三楹，两廊肩舆牌棍仪仗悉如人世衙署。进数武，母舅周子坚已先在，曰：“甥来作证耶?”因相劳苦。盖翁即宿世债主云。时翁之仲兄方死，语次及之，翁泫然曰：“亦在此，我不忍见也。”正叙语间，前吏来曰：“请回已久，何尚滞此?”随之出署，前见一大池，垣周四围，池中一迳，石片相接，履之兀兀有声。蓦然堕水，水如涡旋，旋转甚疾，心甚惶迫，忽见岸上莲灯万柄，闪烁照耀，往来不定，其行甚速，灯亦渐远。陡然搁浅，一无所见，视之乃治后玉带河滨也。月光西坠，谯楼五鼓矣。相扶上岸，送周翁出北门，己仍向西返舍，豁然而醒。身卧床上，望月影，听更声，一一如梦。自是病痊。

【译文】

举人曹履青，刚满二十岁时，冬天得了疾病，身体疲惫，睡在床上五六天了。一天，梦见自己在县署西边的横街时，有人在后面喊他姓名。回头斜眼看去，并不认识，便问究竟，那人道："奉府君之命，唤你前往。"又问："什么事情，与官府有牵涉?"那人答道："你去了便知。"正巧这时族伯用章先生经过这里，便向公差婉言道："由我带了侄儿前往，你看怎样?"公差点头应允。族伯在路上问公差道："近闻城隆不是杨公，是谁在代其官职，掌管印信?"公差道："是东汉袁公。"说罢，这公差告别而去。族伯用章带了履青同行，步履走得非常迅疾，街道上月色明亮皎洁，只觉得有一股阴气迎面袭来。两旁的屋宇门户都关闭着，门楣上都挂着纸锭一二串。长长好几里路，所见情景没有差异。不久到了一个旷野地方，遥望远处，看见有一区高墙如城，正南面是两扇大门。用章上前敲门，内有人答应了一声。开门后，两人便走了进去，向朝东面的廊庑前行。稍走了几步，用章便不知去向。履青这时觉得身体疲倦，想稍作休息，便在一处门口徘徊流连。见室前有十多人，有的被绳捆住脚，有的被铁索拴着头颈，有的坐，有的立。室后有一半地方养着羊和猪。履青不得已，只好坐在门槛之外。忽然这些囚犯都伸出一手，像是来讨物品的；那些羊和猪，都对着他嗅衣啮足，履青感到非常窘迫恐怖。旁边有人喊道："不要无礼，所需的当即交付。"不多时间，公差传讯，出示传票给履青看。他这时才恍然知道自己前世的事。公差又说道："你父子替别人做中人，立契约，其中有人负心，现在委屈你来做个旁证。不必惧怕。"走到衙署门前，有个官吏捧了一叠册子走来，看他表情，好像要讨取贿赂似的。前面一人便说："有，有，迟几天到我家来取。"这事便就过去了。忽然有人穿着短衣，光着脚，左顾右望，如来探访公事似的。有个仆役见了，向他挥手驱赶喝斥，他便急速闪避。但见壁上出现黑烟一片，顷刻间一丝丝地散失了。接着又听到里面的官员升座，审讯，及犯人招供；听到用刑拷打和受刑惊呼等惨状。过了一会，有人出来道："不须到堂作证，某某已将实情吐露。"看见里面牵押出一名囚犯，头发蓬松，覆盖着前额。一手按住胸口，一手抚着背心，胸前有绳索贯穿，连那前后两手都缚着。拖着疲惫的身躯，左歪右斜地出来，谅必就是捕来的囚犯。原先聚在衙署前的这时都已散去，寂无人影。履青探头朝内窥看，见厅堂三间，两边廊庑之中，停着轿子，排列着牌棍仪仗等物，一切陈设完全与人世间的衙署一模一样。往里面几步，舅父周子坚早已在内了，问说："甥儿是来作证的么?"说罢，他们两人便互道劳苦奔波的客套话。原来这周子坚是前世的债主。这时周的二哥刚死，两人在谈话中都提到了他。周流着眼泪对履青道："他也在这里，我不忍去相见。"正在叙话之间，先前那个公差来说道："早已请你回去，为何还滞留在此?"便与舅父随他出了衙署。见前面一个大池，四周有矮墙围着。池的中央是条通道，上面石片相接，踏上去兀兀有声。履青忽然跌落水中，水如旋涡。旋转极快，正在感到惶恐窘迫，忽见岸上莲花灯万盏，闪烁照耀，往来不定。因它流转迅速，灯便渐渐远去。这时履青突然搁浅，眼前变得一无所见。仔细看时，自己却在县署后面的玉带河之滨，正是月光西坠，谯楼刚打五鼓。履青与周子坚相扶上岸。他把这位舅父送出了北门，自己便孤零零地独自向西回到家里。于是豁然而醒。此刻他正睡在床上，望月影，听更声，一一如在梦中。从此以后，病便痊愈了。

缢鬼畏魄字

濑江有二士相友善，甲年长而性凝重，乙妻呼甲以伯，相见如家人。俄乙妻死，续娶少艾，甲以嫌不往，踪迹久疏。一日暮雨，避宿茶亭，距乙家二里许，忽见乙前妻至。甲心动色变，乙妻曰："伯无惧，妾方有求于伯。吾夫后娶者，勤于家事，善抚妾子女，今日微反目，有缢鬼知之，将令投缳。此人若死，吾家荡然矣。祈一往救吾夫。"甲曰："吾非师巫，往何能驱鬼？汝在冥中反不能禁耶？"乙妻曰："是恶戾之气，妾焉敢敌？须伯一往。"甲不得已，随之行，至门，门已闭矣。乙妻已从旁隙入启户，不知何时已燃灯矣。移一椅至中庭，告甲曰："伯坐此，有丽人来假道者，即缢鬼也。坚坐勿动，彼自不敢前。妾当在座后视之。"少顷，果见一女，手执红帕，含笑婉言曰："妾有事欲前，盍少退。"甲不应，女乃却退。乙妻曰："彼去当复来，来则意态甚恶，伯勿怖也。"须臾，女至曰："君胡弗避？"甲仍不睬。女忽披发噀血，突至甲前，甲厉声叱之，鬼亦灭。乙妻曰："惜哉！伯勿呼，但以左手两指写一'魄'字，指之入地，彼一入不能出矣。今虽暂灭，彼必暗往吾家，伯可急叩吾夫寝门。"甲如言。乙从梦中辨其声，曰："兄何暮夜至此？"曰："君勿问我，且问尊嫂安在？"乙绕床扪之不见，急启门呼甲入，烛之，乃悬于床后。共解其缢，灌以汤，徐徐而苏。乙问妻何苦寻死，妻曰："吾初不知，恍惚有妇人邀我至园中，寻玩片时，见若有圆窗者，令我引领望之，我头入窗，遂不能出。"甲因具述所遇，而乙前妻杳无迹矣。江西堪舆陆在田与甲善，言其事。

【译文】

瀬江地方有两个读书人，很友好。甲年纪大些，性情凝重。乙的妻子称呼甲为伯伯，相见好比自家人一般。不久乙的妻子死了，续娶了一个年轻姑娘。甲为了避嫌，就不再到乙家去，于是便踪迹疏远。一天，甲外出，因傍晚时突然下起雨来，便在茶亭中歇宿避雨。茶亭距乙的家约二里多路，忽见乙的前妻走来。甲见了心里惧怕，脸色也变了样子。乙妻道："伯伯不要害怕，妾正有事要来求伯伯。我丈夫后来所娶的女子，勤于料理家务，善于抚育妾所生的子女。今日为了小事，造成家庭不和，被一吊死鬼知道了，将要诱她投缳自尽。如果她一死，我家的一切也就完了。所以请您前去相救。"甲说道："我又不是巫师，能往什么地方去驱鬼？你在冥冥之中，怎么反而不能去阻止？"乙妻说道："那吊死鬼有种恶戾之气，妾怎敢与它相敌，求伯伯去一次。"甲不得已，跟着乙妻前往。到门口，那门早已紧闭。乙妻从旁边的墙隙间进去把门开了，不知怎么一来，那灯也点亮了。乙妻移一椅子到庭的中央，对甲说道："伯伯坐在这椅子上，有个美丽的女子要打从这座位的地方经过，她便是那吊死鬼。您坚坐不动，她自然不敢向前。妾当在座位后面看着。"过了不久，果然见一女子，手里拿着红色手帕，含笑婉言说道："妾有事要进去，能否稍稍往后退下一步。"甲不答应。这女子便就走了。乙妻出来说道："她去以后，还会再来。来时意态更恶，伯伯不必恐怖。"一会儿，这女子又来，并责问道："你为何不避让？"甲仍不睬。她便披头散发，嘴里喷血，突然来到甲前。甲厉声叱责，鬼便就此不见。乙妻说道："可惜呵！伯伯不要呼喊，只要以左手的两指写一'魄'字，朝地下指去，她一入地，便不能出来了，但此刻她虽暂时被消灭，却必然暗中前往我家。伯伯可急敲我夫寝室的门。"甲如乙妻所教，去敲乙的寝室之门。乙从梦中辨出是甲的声音，问道："兄怎么暮夜到此？"甲说道："你不要问我，我且问你：尊嫂平安否？"乙用手绕床摸时，不见妻子，急忙开门呼唤甲进来。点了蜡烛一照，见妻子已自缢在床后。两人一起解下吊索，灌了些茶汤，才缓缓苏醒过来。乙问他妻子何苦要寻死，妻子答道："我起初不知，恍惚有个妇人邀我到园中，我们一起看看玩玩，见有像圆窗一般的东西，她叫我伸着头颈向前望去。

我头一入窗，就不能出了。”甲便详细讲述了自己所遇情形，而乙的前妻，却早已杳无影踪了。江西有位风水先生陆在田与甲很相好，这事是他讲的。

蔡哑子

常州有生而不能言者，蔡姓，逸其名，世居郡北青山庄。家贫行乞，人皆呼为蔡哑子，哑子无他技，诸乞儿莫善也，独有许道士待之厚。久之，许道士死于朱家村，尸有重伤。许氏鸣朱某于官，锻炼成狱，拟大辟。或曰：“朱某实毙之，罪诚当。”或曰：“恐有冤，然莫知的耗。”一日，蔡哑子至朱家村，村人曰：“哑子来，与尔食。”蔡哑子忽张目大言曰：“我为朱氏雪冤而来，勿暇食也。”村中老幼惊骇。时朱氏以许道士一案，家产荡然，计无所出，谓哑子曰：“事关人命，汝无戏言！”哑子曰：“到官我自能白之。”于是朱氏族众及邻保数百人共拉哑子入城。太守李公适坐堂皇，诘讯哑子，哑子曰：“杀人者许雨公也，与朱某何与？”历言情事凿凿。因即签拘许雨公。雨公方与朋辈避暑瓜棚赌钱，拘至，一讯而伏，立出朱某于狱。初雨公与朱某争客行不遂，故设计拉许道士于僻所殴毙之，舆尸朱某门。事甚秘，然独不避蔡哑子者，以其生而不能言也。朱某感其再生之德，往乞队中作谢。诸乞儿曰：“噫！哑子死矣。”盖即朱某出狱之日云。

【译文】

常州有个生下来就不能说话的人，姓蔡，他的名字已无从查考。他家世代住在郡城之北的青山庄上，后因家贫，便去行乞，人们都叫他为“蔡哑子”。蔡哑子没有别的技能，乞儿们全都不与他友好，独有许道士待他不错。过了好久，许道士死在朱家村朱某家的门口，尸体上有重伤的痕迹。道士的亲属许氏将朱某告到官府，官府罗织罪名，把朱某捕捉下狱，准备判他死罪。有的说：“许道士确实是朱某所杀害，判死罪是合理的。”有的说：“朱某恐怕有冤，但不知其中的确实消息。”一天，蔡哑子到朱家村，村人说：“哑子，你快来，给你东西吃。”蔡哑子忽然睁着眼睛大声道：“我为朱某雪冤而来，没有空暇来吃东西。”村中的老老小小都很惊骇。这时朱某家中因许道士一案，家产几乎全部用光，仍想不出什么办法，便对哑子道：“事关人命，你不要说笑话戏耍！”哑子道：“到了官府，我自会讲明白的。”于是朱氏族里的人及邻居、保正等数百人，一起拉了哑子入城。恰好太守李公在坐堂审案，便审问哑子。哑子道：“杀人凶手，是许雨公呀，与朱某没有关联。”遂讲述事情经过，讲得有根有据，凿凿可信。太守听了，便出签立即逮捕许雨公。这时雨公刚与朋友在瓜棚里避暑赌钱，衙役将他捕往公堂，一审便就认罪，立即将朱某释放出狱。起初，许雨公与朱某争客行未能得手，便设计拉许道士往偏僻地方将他打死，再把尸体背到朱某的门口，嫁祸于人。这事许雨公干得很秘密，然而他之所以不回避蔡哑子，是因为他从小就不能讲话的缘故。朱某为了感谢蔡哑子的再生之德，到乞丐群里去找他作谢。乞丐们悲叹痛惜地说：“唉，哑子死了！”他死的日子，正好是朱某获释出狱的日子。

珠泾纪事

嘉兴珠泾，地濒湖，有童年十三岁，跨牛背，缰绳拴于腰，饮牛于湖。牛入水渐深，没及童足，久许，牛忽惊走，童颠堕水。岸上人恍见有物排浪吞童。牛奔上岸，绳尾拽起一鲇鱼，形如小舟，群哗然，始知牛初为鱼所啮，负痛而奔，奔太速，童遂堕，而童与牛绳相系，鱼虽饵童而绳不得脱，因为牛曳出，如渔人之钓者。众操刀斫鱼，冀童尚可救。及童出，气已绝而衣服发肤毫无所损。脔鱼肉秤之，得三百八十余斤。封君朱绪三自吴门归，述其事云。乾隆五十四年七月十一日。

【译文】

嘉兴有处地方叫珠泾，濒临大湖。有个孩子十三岁，骑在牛背上，缰绳拴在腰间，驱牛到湖边去饮水。牛往湖中走去，渐走渐深，水没到了孩子的脚边。过了好久，牛忽然惊走，孩子被颠落在水里。岸上的人恍惚见有一物排浪前来吞食落水的孩子。牛往岸上奔来，那缰绳的一端拽起一条鲇鱼，那鱼的形状如同一条小船，众人都惊异地喊叫起来。原来那牛起初是被鱼咬了一口，它负痛奔逃。因奔的速度过快，孩子便跌落入水。孩子与牛是有缰绳相系的，鱼既咬住了孩子，但缰绳仍与牛连着。这样，牛上了岸，便把那鱼也拖上了岸，好比是渔人垂钓一般。众人为了救那孩子，便拿刀砍鱼。孩子从鱼腹中剖出时，已停止呼吸，但衣服和整个躯体并未损伤。这鱼极大，仅就割下来的鱼肉秤了一下，得三百八十多斤。受过封号的贵人朱绪三从吴县归来，讲述了这事，这时是乾隆五十四年七月十一日。

叶氏姊

叶星槎别驾之姊，适张氏，婚未四十日而寡。无子，归守节于母家。别驾为请旌于朝。乾隆己酉，姊年七十二矣。偶秋日游园中，忽冷风如箭，直射其心，卧床医药罔效，而食量顿增。素持长斋，病后大索荤腥，且能兼数人之食。终日向空絮语，两手作支吾拒抵之状。颐颊间时有伤痕，彻夜呼号，侍婢皆不得眠，唯别驾在坐则安睡片时。如是数月，医者莫能名其病。别驾乘其神气稍清时询以“终日喃喃与谁共语？所患何处痛痒而呼号不止？”姊初不答，强问之，乃长叹曰：“前世孽也。彼日我游园时，忽阴风吹来，毛发俱悚，急归房中，见一短小妇人，面丑而麻，着白布单衣，浑身补缀，携两小男，亦丑恶，蓝缕相随。妇呼我曰夫，儿呼我曰爷。我前生乃男子也，江西人，姓顾，饶于财。妇为我妻，两男皆我子，我嫌妇丑，鸩杀之，并鸩二子。而连娶二美妇，以天年终。妇沉冤百年，索我不得，上年遇张得新，得新前世与渠有瓜葛亲，乃告知我在此处，并引之至园。又以室有乩坛不得入内，匿园中者半年，今始相遇，要我偿命。我亦恍然觉前生杀妻杀子，实皆有之，犹忆身死后阎罗王以我生前有罪须审，但怨主未至，且罚作女身而使早寡，皆了了于心目间，悔之无及。彼母子三人者，日披我颊，扼我喉，使我不得一息平安。食非我食，而我不自知饱；呼非我呼，而我不能禁声。其苦甚矣！惟弟在侧，则三鬼潜匿，若他人，皆不畏也。所以隐忍不言者，以事太怪，而又可丑。今不得不以实告，弟须为我传说于世，使知因果显应，虽隔世不相宽假，虽念佛斋僧，丝毫无益也。”言毕，泣数行下。所谓张得新者，乃叶之老仆，死已多年者也。别驾闻之，骇然向空喝曰：“冤冤相报，理所固然。然汝辈果含冤，何不索报于前世未死之时，而容其以天年终？又何不索于既死之后，而容其再转人身，迟至七十余年之久？太觉糊涂非情理。且冤仇宜解不宜结，我为尔延高僧，超度三人早投人生，如何？”姊摇头曰：“渠说不愿，只需两件衣服上身便好。”叶即制大小纸衣三袭，方持入户，姊忻然起坐床前，两手尽力扯擗云：“我妻穿一件白布衫，破烂不堪，纯以断线缝补，解之不开，我为尽力撕之，才得脱体。今甫换新衣，便觉容貌渐渐可观，虽丑亦象人矣。”其实纸衣犹在桌上，未焚，乃谓三鬼已着于身也。别驾又喝曰：“衣既易，可速去！”姊呢喃片刻，云：“渠尚要黄金数锭，白银一千两。”别驾有难色。姊曰：“勿难，只佛草数茎，锡镙一千耳。”佛草者，麦草也。于是眷属辈群取麦草，朗宣佛号而断之。麦草中间有零星颗粒坠地，姊曰：“是绝好珍珠，何可抛弃？”皆令拾起。顷刻得草数百茎。姊呼曰：“止！渠等嫌重，不能胜矣。宜更与一包袱。”乃剪纸为袱，并锡镙一千焚于床前。姊即瞑目鼾睡。别驾出见客，逾数时，姊醒。询以怨鬼去否，曰：“去矣，要我亲送出大门。”问：“鬼得衣物喜否？”曰：“不喜亦不谢，但云著此衣可出去见官府矣。我送渠转入门时，弟方送郑六爷出。我避于门侧，弟不看见我耶？”郑六爷者，别驾所见之客，内室所不知者也。群相骇异。自是姊安眠，不复索饮食。未三日，忽呼曰：“二奶奶来矣！”又呼曰：“三奶奶来矣！”呓语相寒温，或笑或泣，刺刺不休。询之，则云：“此二妇乃我前生继娶之两室也。阴司以大奶奶事要质审，故将二妇囚闭已久，不得托生。今大奶奶得我衣财，向各衙门告准，放出两妇质讯，故先来相看。”且云：“明日当赴城隍处听审，我其休矣！”呜咽不自胜。至夜三鼓，呼号甚惨，迟明称右股痛甚，视之一片红肿，若受杖者。次日，复呼左股痛，继呼足踝痛，皆红肿溃烂，流血淋漓，委顿特甚。潜语别驾云：“我事本无可辨，到案即一一承认。乃既两次受杖，复一次受夹，而案终不结，奈何？”自是遂不能言。又十余日，方死。此乾隆庚戌年二月中事，别驾亲言之。

【译文】

通判叶星槎的姐姐，嫁给张氏为妻，结婚还未满四十天便做了寡妇。她没有子女，守节住在母亲家里。叶星槎因她的守节，曾请朝廷对其加以表彰。乾隆五十四年己酉，叶星槎之姐已七十二岁了。她于秋日偶然到园中去游玩，忽然一阵冷风，如箭一般直射到她的心头，从此病卧在床，虽求医服药，都未见效，然而食量顷刻大增。她向来是吃长素的，病后却大量讨取荤腥，且一人能吃几人的食量。整天朝着天空连续不断地说话，双手作出抵拒的状态。两腮与面颊之间常有伤痕。彻夜号呼喊叫，服侍她的婢女都不得安宁。只有叶星槎在她身旁时，她才能安睡片刻。这样过了几个月，医生也不能说出她得的是什么病。叶星槎趁她神志稍清的时候问道：“你整天喃喃地在与谁一起说话，感到身上什么地方有痛痒，要这样呼叫不停？”她姐姐起初不回答，经一再盘问，便长叹道：“这是前世作的孽呀。那天我去游园时，忽然一阵阴风吹来，毛发都感到悚然。急忙回到房中，看见一个身材短小的妇人，面貌既丑又麻，穿的是白布单衣，浑身都是补丁。身边带着两个小男孩，长得也很丑，并且衣衫褴褛。那妇女称呼我为丈夫，两个孩子叫我为爷。我前世是个男子，江西人，姓顾，家中富有钱财。那妇人是我妻子，两个男孩是我儿子。我嫌妻子长得丑陋，用毒药把她杀了，然后又把两个孩子也毒杀了。于是连续娶了二个美貌的妇人，平安度过了一生。这妇人沉冤百年，长期没有追索到我。上年她遇到张得新，得新前世与她有亲戚关系，便告知我在这里，并引她来到园中。后来又因我家设有驱妖除怪的乩台，她不能进来，躲匿在园中已有半年。如今相遇，要我偿命。至于我自己，也恍然觉得前世杀妻杀子的事都确实存在。曾想起过在我死后，阎罗王以我生前有罪须要审问，但怨主未至，并且罚我投胎为女人而使我早寡。这些事情，皆明明白白地存在于我的心目之间，现在后悔也来不及了。她们母子三人，每天打我的耳光，扼我的喉咙，使我不能有一忽儿的平安。所吃的东西，并非是我在受用，我不知道自己饱与不饱；呼喊也并非我自己要呼喊，我也不能使自己不声不响。我这些苦楚是很厉害的。只有你在我旁边，那三个冤鬼才会躲藏起来；若是别人在旁，三个冤鬼是不惧怕的。我所以把这些前世的事隐忍不讲，是因事情太怪异，且又丑恶，现在不得不以实告。望你为我把它传扬于世，使人们知道：凡因果报应，虽隔世隔代，不能宽恕假借；虽念佛斋僧，丝毫也无益处。”说完，眼泪滚滚如流。所说张得新这人，乃是叶星槎的老仆人，死已半年多了。星槎听了，恐惧地向着空间喝道：“冤冤相报，从道理上讲，固然有它的合理性。但你们果然是含冤，为何不讨取报应在前世未死的时候，而容忍她安然度过了一生；又为何不讨取报应于既死之后，而容忍她再转投人身，且延迟了七十多年之久？这岂非太觉糊涂而不合情理吗！冤仇宜解不宜结，我为你们延请高僧，超度你等三人早投人生，如何？”姐姐摇头说道：“她说不愿意，只需几件衣服上身，便就可以了。”叶星槎就去制作大小纸衣三套，刚拿着走进房去，他姐姐欣喜地起坐在床前。但见她伸出双手，做出尽力撕扯的样子，然后说道：“我妻穿的是一件白布衫，破烂不堪，完全是用断线缝补而成的，解脱不开，我便用尽力气撕了，才得从身上脱去。今天刚换上新衣，便觉得容貌渐渐可观，虽丑也像个人了。”其实那纸衣仍在桌上，并未焚化。而据叶的姐姐所说，这三鬼已将衣服穿在身上了。叶星槎又喝道：“衣服既已换上，可速速去吧！”他姐姐小声地自言自语地说了一会，然后道：“她还要黄金数锭，白银一千两。”叶星槎有些为难的表情，她姐姐道：“这不难。只要佛草数根，锡锭一千两便是。”佛草，就是麦草。于是家中眷属们都去取麦草。在割取麦草时，还要高声念佛。麦草中间有零星的颗粒掉落在地，他姐姐说道："是绝好的珍珠，怎么可以抛弃?"都唤众人把它拾起。顷刻之间，已得麦草数百根，他姐姐说道："快停止割取，她们嫌重，拿不动了。应再给一个包袱。"叶星槎便用纸剪成一个包袱，并连那锡锭一千颗，焚化在床前。这时他姐姐即闭了眼睛，打呼酣睡。这时有客来访，叶星槎便出去会客。过了几个时辰，他的姐姐醒了。叶问道："那些怨鬼去了么?"姐答道："去了，还要我亲自送出大门。"叶星槎问："鬼得了衣服及物品，是否高兴?"姐答道："不喜也不谢，但说穿上了这衣服便可去见官府了。我送她们转入大门时，你刚送郑六爷出来。我避在门旁，你难道不看见我么。"郑六爷，是叶星槎所会见的客人，她睡在内室，是不可能得知的。家中的人听她这样说，都惊骇异常。自此以后，叶星槎的姐姐便安眠不起，不再索取饮食。不到三天，她忽然呼唤说："二奶奶来了!"又呼唤道："三奶奶来了!"说着梦话，与别人叙寒温，或笑或哭，说个不停。问她遇到什么? 则说："这两个妇人乃是我前生继娶的两房妻室。阴曹地府以大奶奶的事要对质审问，故将她们两人囚禁了很久，不准托生到人间。现大奶奶得了我给她的衣服钱财，向各衙门告状获准，放出这两妇来质讯，所以先到这里来相看。"且说："明天当赴城隍处去听审，我将完了!"说罢，"呜呜"地悲泣，不能自我克制。到了半夜三更，她呼喊号叫得相当凄惨。待天亮时说右腿痛得很厉害。待去看时，但见一片红肿，好像是受杖刑一般。第二天又叫喊说左腿痛，接着喊脚踝痛，都是红肿溃烂，流血淋漓，她的身体便是疲乏得快要支持不住了。悄悄地对其弟叶星槎说："我所犯的事，本来没有什么可以辩白的，到案后即一一承认。于是既两次受了刑杖的鞭打，又有一次受了夹棍，但案子终于没有了结，这将怎样对付?"讲了这些以后，就不能说话了。又过了十多天，方才死去。这是乾隆五十五年庚戌二月中的事，通判叶星槎亲自说的。

牟尼泥

进士汤聘为诸生时，家贫甚，奉母以居。忽病且死，鬼卒数人拘之到东岳。聘哀吁曰："老母在堂，无人侍养，聘死则母不得独生。且读书未获显亲扬名，乌可即死。望帝怜而假之年。"东岳帝曰："汝命止秀才，寿亦终此。冥法森严，不能徇汝意加增功名寿算也。"聘扳案哀号，声彻堂阶。帝曰："既是儒家弟子，送孔圣人裁夺。"命鬼卒押至宣圣处。宣圣曰："生死隶东岳，功名隶文昌，我不与焉。"回时，路遇普门大士，哀诉求生。大士曰："孝思也，盍允之以劝世？"鬼卒曰："彼死数日，尸腐矣。奈何？"大士命善才往西天取牟尼泥补完其尸。善才往，越三日，裹取牟尼泥来。泥色若栴檀，其香不散。因与善才同至家，而尸果腐烂，蝇蚋嘬于外，虫蛆攻其中。见一灯荧然，老母垂涕。是时死既七日，尚无以为殓也。善才以泥围尸三匝，须臾臭秽渐息，蝇蚋四散，虫蛆亦去，腐烂者完好如常，遂有生气。善才令聘魂归其中，从口入，曰："我返报大士去矣。"尸即蠕动。聘张目见母在傍涕泣，亦呜咽不禁。母惊而狂叫，邻人咸集，聘已起坐，曰："母勿怖，男再生矣！"因备言遇大士得再生之故，曰："男本无功名，命限已尽，力求报父母恩，大士命持贪、淫、荤、酒诸戒，与我功名寿算。男惟不能断酒，余俱如所戒。大士许男成进士，但命无禄位，戒勿仕而已。"复顾母曰："勿怖恐，男实再生也。"后聘举戊戌进士，就真定县令，卒于官。

【译文】

进士汤聘还在做生员时，家中很贫穷，侍奉着母亲一起生活。

忽然生起病来，而且病重得快要死了。有小鬼数人将他拘捕到了东岳庙。汤聘哀呼道：“家里老母在堂，无人侍养。如果我死了，那么老母便不能孤独地继续活下去。而且读书至今，还未获得显亲扬名，怎么可以即刻死去。希望得到东岳大帝怜惜而借我一些寿数。”东岳帝说道：“你命中只能到秀才，阳寿也到此为止。冥法森严，不能曲从你的意愿而随便加增功名和寿数。”汤聘听了，扳着案桌哀声号哭，声音响彻殿堂阶外。东岳大帝道：“你既是儒家弟子，将你送往孔圣人处去，让他去裁夺。”遂命小鬼将他押解到孔圣人处。孔圣人说道：“生死之事，属于东岳大帝管；功名之事，属于文昌帝君管。我是不能插手去管的。”回来的时候，路上遇到观音大士，汤聘又把先前哀求的话说了一遍，观音大士说道：“好一片孝心呵，何不应允了，以便去劝导世上的入?”小鬼说道：“他死已数日，尸体腐烂了，怎么办?”观音大士命善财童子往西天去取牟尼泥来，以便补好他的尸体。善才便去了。过了三天，善才包着一包牟尼泥回来。泥的颜色与栴檀木一样，它的香气不会散发。汤聘的魂灵便与善才一同回到了家里，尸体果然已经腐烂，苍蝇蚊子在身上叮咬，蛆虫在体内游动。见床头点着一灯，其光荧然不灭，老母坐在旁边，涕泪满面。虽已死了七天，还没有钱为儿子成殓。善才用牟尼泥在尸体周围裹了三圈。一会儿，臭秽的气味消除了。苍蝇蚊子也都四散飞去，腐烂部位变得完好如常，于是尸体渐渐有了生气。善才叫汤聘的魂灵归还体内，那魂灵便从口中进去了。善才这时说道：“我回去向观音大士复命去了。”这时，尸体便蠕动起来，汤聘睁眼看见母亲在旁哭泣，也止不住哭了起来。母亲见状，惊惧狂叫，邻居都聚集前来。汤聘这时已从床上坐起，说道：“母亲，你不要害怕，孩儿已重新活过来了。”于是就详细讲了遇到观音大士得以再生的缘故，并说：“孩儿本来是没有功名的，寿命也已到了。因力求要报父母之恩，观音大士命我守住贪、淫、荤、酒这几种戒律，给了我功名寿数。孩儿只是不能断酒，其余将遵守所规定的戒律。观音大士答应让孩儿成为进士，但命中没有官职，告诫我不要出仕做官。”说罢，再一次对母亲说道：“你不要害怕，孩儿实在是重新活转来了。”后来汤聘于戊戌年中了进士，出任真定县令，死在任上。

獭　　怪

郭生者，吴郡名家子，弱冠未娶。一夕读书，有好女子到其家，与之狎，自是过午辄至。不意为生妹窥见，告其父。父疑生有私昵，因为之婚。及新妇入房，启帐，见好女子在焉，大惊走避。举家哗然，逐之，其女了无惧色，反毅然责生曰："我与若十年夙姻，奈何恋新婚而逐我耶？"家人求祷于法师施亮生，起醮坛作法，敕王、朱二天君持剑击，生即奔突大呼，良久乃定，瞪目曰："妖见神将下击，伏我脚下，被神将斫百余创，破颅而遁，殆即死矣。"怪果绝，郭生亦无恙。居无何，郭生家七口同日仆地死，后求法师来作法，仆地中一人忽立而骂曰："吾翁已千岁，郭家杀之，吾必灭郭氏。"中又一人攘臂起曰："子识我为上方君乎？彼女子是千年水獭，颇饶功行，与郭氏子有缘，为汝所杀。今其子孙诉于我，我来与之伸冤，汝之法无奈我何！"法师正惶惑间，忽死者皆苏。人问其故，曰："昨见五鬼甚悍，拉我们至一窟中，见群怪异一死獭，身被百创，头颅粉碎。众妖缟素发丧，吊者皆鳞介之属。闻相聚商量，议倚贵神为援，赂献珠宝无算。贵神者，即上方君。上方君贪其贿，面许之。群孽得贵神援，欲悉族类与法师相抗。忽闻空中万马奔腾声，有金甲神腾空而下，曳铁链数十百条，围缚群孽而去。故我们依旧得活。"从此郭氏平安。

【译文】

郭生这人，是吴郡一户著名人家的儿子，二十岁时，还未娶亲。一天夜间在书房读书，有个美貌女子到他家来，与他亲昵相处。从此以后，那女子一过中午就来。不料，这事被郭生的妹妹窥察发觉，便告诉了她的父亲。父亲怀疑郭生与这女子有私情，便为他另外定了一门亲事。等到新娘过门，进入洞房，揭开帐子，看见那个美貌女子坐在床上，新娘大惊，往外奔逃。全家的人都议论着这事，要把美女驱逐出去。然而这女子全无恐惧的神色，反倒毅然责备郭生道："我与你有十年的夙昔姻缘，如何恋新婚而把我驱赶呀？"于是家人去求法师施亮生。施筑起醮台作法，敕令王、朱两位天君拿着宝剑砍击。郭生奔驰冲突，大声呼叫，好久才定下神来。他瞪着眼睛道："妖怪见神将用剑击去，便伏在我的脚下。现已被神将砍伤了一百多处，砍得头破血流而逃，想来就要死了。"那妖怪果然死了，郭生则安然无恙。过了不久，郭生家中七个人同一天倒地而死，就又去请法师来作法。倒地的人中忽有一人立起来骂道："我家的老翁已千岁，郭家把他杀了，我一定要灭掉郭氏全家。"内中又有一人起来，捋着衣袖，伸臂对法师说道："你可认得我是上方君么？那女子是千年水獭，很有一些工夫道行，与郭家的儿子有缘，被你所杀。现在它的子孙上诉于我，我来替它申冤，你的法术岂可奈何得我！"法师正在惶恐疑惑之间，忽然死去的人都活了过来。人们问发生了什么事情，有人回答道："昨天遇见有五个鬼很凶悍，拉我们到一窟宅中去，看到一群怪物抬着一头死獭，身中百创，头颅粉碎。众妖全都穿着白色的丧服，正在发丧。去吊丧的都是鳞介类动物。听它们相聚在商量，议论到要倚仗贵神来为它报仇，并准备向他贿赂无数珠宝。所说的贵神，就是上方君。上方君贪图它们的珠宝，当面答应了下来。众妖孽因得贵神的帮助，想率领它族中的全体精怪，来与法师相抗。忽闻天空中出现了万马奔腾之声，有金甲神腾空而下，曳铁链数十百条，将群妖全都围缚而去。所以我们依旧都活了过来。"从此以后，郭氏一家，便平安无事了。

天 蓬 尺

朱生某临试日，至校士馆门，腹痛甚。广文引验，主司放归。及抵家，腹中隐隐作人语曰："我为姚洙，金陵人。明初为偏将，隶魏国公子麾下。魏公子即朱生三世前身也。主帅与我千人剿山贼，深入被围，艳我妻潘氏，求援不发。我与千人死伤殆尽，生还者不数人。因强纳我妻，不从，自经而死。欲报已久，故来索命。"家人诘之曰："彼时何不即报，乃迟数百年始报耶?"曰："彼为元戎，忠且勇，宿根甚厚，故不得报。乃再世则为高僧，至三世则为显官，有实政，又不得报。即今生彼亦有科名，尚不得报。今彼一言而杀三命，禄位已削，方得报之也。"问杀三命者何事，曰："渠某月日错告某为盗，并其妻、弟俱死，非杀三命耶?"先是，朱生被窃，心疑是邻人张某所偷，告官究治，以形迹可疑，真赃不获，张与妻及其弟拖累而死。事实有之。时同邑有周生者，学法治鬼怪，颇验。闻之往候，朱生有惧色，腹中不作声。周生出，复大言曰："我岂畏若耶?我畏其天蓬尺耳。"询之周生，果持之袖中也。又有行脚僧西莲者，候朱，见朱痛楚状，乃口诵其咒，腹中曰："师德行人，乃诵咒禁我耶?"西莲曰："我与汝解冤，何为禁汝?"腹中曰："若欲解冤，须诵《法华经》。师所持咒，是《秽迹金刚咒》，命恶神强禁我，我岂服哉!"西莲曰："我即起道场诵《法华经》，能解仇释宿冤乎?"腹中唯唯。又要冥镪若干，定立券约，书中保，曰："依我，我即舍之去。但我贵者，当从口中出，诸跟随者从后窍出。"朱生遂呕痰斗许，下溲数日，而声遂息。越数日，腹中复言曰："我之仇已解，奈死贼围者又甚众，渠等不肯释，奈何？"于是闻千百人喧阗腹中，朱生患苦不堪而逝。

【译文】

读书人朱生，临到应试这天，到校士馆门口时，突然腹痛得很厉害。教官陪他进去验看后，主考官让他回去。朱生刚回到家中，隐隐然听到腹中有人在说话："我是姚洙，金陵人。明朝初年为偏将，隶属于魏国公子麾下。魏公子就是朱生三世的前生。主帅魏公子拨了一千人给我，命我去剿灭山中盗贼。我当时因深入山区，不幸被围。主帅垂涎我妻子潘氏美貌，当我求援时他就故意不肯发兵，我和我率领的一千人马几乎都阵亡了，没有几个人能活着回去的。魏公子强逼我妻嫁给他，我妻不从，上吊而死。我早就要报此仇，所以今日前来讨命。"家人在旁责难说："你当时为什么不立即报仇，而要相隔数百年才想到报复呢？"回答道："当时他是主帅，既忠且勇，根基很厚，故不能报。等他再世时，则已当了高僧。到第三世时，他成了高贵的官员，有确实的政绩，又不能报。即以今世来说，他也有功名，还不能报。不久前他一句话杀了三条人命，禄位已被削去，方才可以报了。"问杀掉三条人命是指什么事情，回答道："朱生某月某日诬告某人是强盗，结果使此人及其妻、弟都被处死，这难道不是欠了三条人命么？"关于这事，起初因朱生家中遭人偷窃，他就怀疑是邻居张某所偷。告到官府去查究。结果以形迹可疑，真赃没有而将张某逮捕，以致牵累他的妻及弟都为此一起被处死。事情果然确实存在。这时同县有个周生，学了法术能驱妖捉怪，相当灵验。周生得知后，便去看朱生。到了那边，朱生显得有些惧怕，腹中倒也没有人讲话。周生离开时，朱的腹中便又大声说话道："我哪里是怕他呢，我是怕的天蓬尺呀！"询问了周生，果然他带着天蓬尺，藏在袖里。又有一个行脚僧叫西莲的，来看朱生。看到朱痛苦不堪的样子，便嘴里念他的咒语，朱生的腹中说道："法师是有德行的人，就这样念咒来干涉我么？"西莲道："我替你解冤，怎么说是干涉你？"朱的腹中又说道："若是真要解冤，须诵念《法华经》。法师你所念的，是《秽迹金刚咒》，你是在让恶神强迫干涉我，我岂服它？"西莲道："我立即设道场，诵念《法华经》。你能解除仇恨，化解旧冤吗？"朱生的腹中似乎发出了恭敬答应的声音，又提出要冥银若干锭，订立券约，有中人作保，并说道："依了我，我便离开这里，从此远走高飞。但我是贵人，当从口中出来；我的几名跟随者，则可从后窍出来。"做道场念《法华经》后，朱生也就吐痰达一斗，腹泻了好几天，肚子里的声音才停息下来。过了几天，朱生腹中又讲话道："我的宿冤前仇已消除，可是当初跟随着我而死于山贼包围圈的人实在太多，他们不肯就此了结，怎么办呢？"于是听到有千百人在腹中哄闹，朱生在痛苦不堪中死去。

撮土避贼

江州医生万君谟，业甚精，远近就医者络绎，君谟皆尽心疗之，绝不计其有无酬谢也。甚有贫者款之于家，病愈而遣之。一日，有道人款门求医，万诊之曰："师病痞膈，服药数十剂可以平复。"道人曰："来自庐山，奈往返何？"因留治之，月余果瘳。崇祯末年间事也。其时流寇猖獗，所在患其突至，君谟忧之。道人曰："公有力可徙避之乎？"君谟曰："糊口之外，毫无长物资生，且无别业栖托，奈何？"临行，道人令君谟取土斗许，咒之，命藏于功德堂中，晨夕焚香，猝有贼至，取升许土撒前后门，闭户不出，只吃炒米，不举火食，度贼退后乃出。贼入城数次，及官兵至，俱用此法，绝无所损。邻人有回视者，云："但见云雾而已。"及土用完，世已太平。

【译文】

江州有个医生万君谟，医术精通，远近求他医病的络绎不绝，君谟都尽心替人治疗，绝不计较病人有无酬谢；甚至有时遇到穷人来看病，他还款留在自己家里，痊愈之后才让病人回去。一天，有位道人来敲门求医，万君谟诊断以后说道："师父的病是痞膈，服药数十剂，使可病愈复元。"道人说："我是从庐山到此，路远如何往返？"因此君谟就留他住下进行治疗，一个月后，病果然好了。这是崇祯末年间的事。当时作乱的人到处横行，各地都在忧虑他们的突然到来，君谟也在为此担心。道人说："恩公，有能力迁移他乡去躲避么？"君谟答道："我除了凭此医术糊口之外，毫无剩余之物可以赖以生存，且别处又没有什么房子可以栖身，怎么办呢？"道人临行，叫君谟取来一斗左右的泥土，在土上念咒作了法术，然后说道："你把这土藏在功德堂中，早晚焚香。如突然逢到贼兵来此，取出一升光景，撒在前后门，闭门不出，只吃炒米一类的干粮，不要生火煮饭。估计外面的贼兵退走了时，才可出门。"当时作乱的贼兵曾几次进城，官兵也多次来此，万君谟都用道士所教的方法去应付，家中果然一点也未受损。逃难邻居有回首眺望万家屋舍的，都说："只见云雾而已。"等到这些泥土用完，社会已恢复太平。

沙弥思老虎

五台山某禅师收一沙弥，年甫三岁。五台山最高，师徒在山顶修行，从不一下山。后十余年，禅师同弟子下山。沙弥见牛马鸡犬，皆不识也，师因指而告之曰：

“此牛也，可以耕田。此马也，可以骑。此鸡犬也，可以报晓，可以守门。”沙弥唯唯。少顷，一少年女子走过，沙弥惊问：“此又是何物?”师虑其动心，正色告之曰：“此名老虎，人近之者必遭咬死，尸骨无存。”沙弥唯唯。晚间上山，师问：“汝今日在山下所见之物，可有心上思想他的否?”曰：“一切物我都不想，只想那吃人的老虎，心上总觉舍他不得。”

【译文】

五台山某禅师曾经收过一个徒弟，小和尚当时年仅三岁。五台山极高，师徒在山顶修行，从来不下山一步。过了十多年，禅师同这徒弟下山。小和尚看见牛马鸡犬，都不知道是什么。禅师便指着告诉他说：“这是牛，可以耕田。这是马，可以骑。这是鸡和狗，可以报晓，可以守门。”小和尚恭恭敬敬地听着，过了一会儿，一个年轻的姑娘走过，小和尚惊奇地问道：“此又是什么呢?”禅师为防他会动心，正经严肃地告诉他道：“这叫老虎，人如果接近她，必定会被咬死，连尸骨都不存在。”小和尚恭恭敬敬地听着。晚间回到山上，禅师问道：“你今日在山下所见到的许多东西，可有什么使你心里还在想着的呢?”小和尚回答说：“一切东西我都不想，只想那吃人的老虎，心上总觉得忘不了它。”

子不语娘娘

固安乡人刘瑞，贩鸡为生，年二十，颇有姿貌。一日，驱十余鸡往城中贩卖，将近城门，见一女子，容态绝世，呼曰：“刘郎来耶?请坐石上，与郎有言。我仙人也，与郎有缘，故坐此等君。君不须惊怕，决不害君，且有益于君。但可惜前缘止有三年耳。君此去卖鸡必遇一人全买，可以扫担而空，钱可得八千四百文。”刘唯唯前行，心终恐惧。及至城中卖鸡，果如所言，心愈惊疑，以为鬼魅，思避之。乃绕道从别路归家，则此女已坐其家中矣。笑曰：“前缘早定，岂君所能避耶？”刘不得已，竟与成亲，宛然人也。及旦，谓刘曰：“住房太小，我住不惯，须改造数间。”刘曰：“我但有鸡价八千，何能造屋？”女曰：“君不须虑及于此。我知此房地主，亦非君产，是君叔刘癞子地乎？”曰：“然。”曰：“此时癞子在赌钱场上输了二千五百文，君速往，他必向君借银，君如数与之，地可得也。”刘往赌钱处，果见乃叔，被人索赌债，捆缚树上，见刘瑞，喜不自胜，曰：“侄肯为我还赌钱，我情愿将房地立契奉赠。”刘与钱立契而归。女在其屋旁添造楼屋三间，颇为宏敞，顷刻家伙俱全，亦不知其何从来也。乡邻闻之，争来请见。刘归问女可使得否，女曰：“何妨一见，但乡邻中有王五者，素行不端，我恶其人，叫他不必来。”刘以告王，王不肯，曰：“众邻皆见，何独外我？”遂与群邻一哄而入。群邻齐作揖呼嫂问安，女答礼回问，颜甚温和。王五笑曰：“阿嫂昨宵受用否？”女骂曰：“我早知汝积恶种种，原不许汝来，还敢如此撒野？”厉声喝曰：“捆起来！”王五双手反接跪矣。又喝曰：“掌嘴！”王五自己披颊不已。于是众邻齐跪，代为讨饶。女曰：“看诸邻面上，叉他出去！”王五踉跄倒爬而出。嗣后远逃，不敢再住村中。女为刘生一子，眉目清秀，端重寡言。刘家业小康，不复贩鸡矣。一日，女忽置酒，抱其儿置刘怀中，而痛哭不已。刘惊问故，曰：“郎不记我从前三年缘满之说乎？今三年矣。天定之数，丝毫不爽，不能多也。但我去后，君不妨续娶。嘱后妻善抚我儿，须知我常常要来看儿，我能见人，人不能见我也。”刘闻之大恸。女起身径行，刘牵其衣曰：“我因卿来之后，家业小康，今卿去后，我何以为生？”女曰：“所虑甚是，我亦思量到此。”乃袖中出一木偶，长寸余，赠刘曰：“此人姓子，名不语，服事我之婢也。能知过去未来之事。君打扫一楼，供养之，诸生意事，可请教而行。”刘惊曰：“子不语得非是怪乎？”曰：“然。”刘曰：“怪可供养乎？”女曰：“我亦怪也，君何以与我为夫妻耶？君须知万类不齐，有人类而不如怪者，有怪类而贤于人者，不可执一论也。但此婢貌最丑怪，故我以‘子不语’名之，不肯与人相见，但供养楼中，听其声响可也。”刘从之，置木偶于楼中，供以香烛，呼“子不语娘娘”则应声如响，举家闻其声，不见其形也。有酒食送楼上，盘盘皆空，但闻哺啜之声。踏梯脚迹，弓鞋甚小。女临去时，犹与刘抱卧三昼夜，早起抚之，渺然不见，窗户不开，不知从何处去也。供子不语三年，有问必答，有谋必利。忽一日，此女从空而归，执刘手曰：“汝家财可有三千金乎？”曰：“有。”曰：“有则君之福量足矣。不特妾去，子不语娘娘妾亦携之而去也。”嗣后向楼呼之，无人答矣。其子名钊，入固安县学。华腾霄守备亲见之。

【译文】

固安地方的乡下人刘瑞，贩鸡为生。这时他二十岁，姿质容貌，长得相当不错。一天，他带了十多只鸡往城中去贩卖。将近城门时，看到一个女子，仪态容颜的美妙，世上罕见，她呼唤道："刘郎来呀，请坐在石上，我有话要跟你说。我是仙人呀。我与郎君有缘，所以坐在这里等你。郎君不必惊怕，我决不会害你，只会对你有好处。但可惜的是，我与你前世未了姻缘只有三年。郎君今天去卖鸡，一定会遇到一个人把你的鸡全数买去，你可以空担而归，能卖得八千四百钱。"刘瑞恭恭敬敬地答应着她，动身前去卖鸡，可是心里总觉忐忑不安。待他进城卖鸡，果然都像女子所预言的那样，因此心里愈觉得惊疑，认为遇到了鬼魅，想避开她，所以绕道从另一条道路回到家中，不料这女子已坐在家中了。女子笑着道："前缘早定，难道郎君能避开吗？"刘瑞不得已，竟和她成了亲，只觉得她与普通的人完全一样。等到次日天明，那女子对刘瑞道："这里的住房太小，我住不惯，须修建数间。"刘说："我只有卖掉鸡的八千文钱，怎么够造屋？"女子道："郎君无须顾虑到这些。我早知这房子地基的主人是谁，它也不是郎君的产业，是你叔父刘癞子的么？"刘瑞说道："是的。"女子道："此刻刘癞子在赌钱场上输了二千五百文钱。你快去，他必向你借银子。你如数给他，地就可以得到了。"刘瑞到了赌钱的地方，果然见他叔父正被人因讨赌债而捆绑在树上。他见刘瑞，喜不自胜，说道："侄儿如为我归还了赌债，我情愿将你住房的地产立了契约奉赠给你。"刘瑞在代其叔父归还赌债后立了契约向家。这女子便在刘瑞家原来住屋旁边添造了楼房三间，造得相当宽敞。顷刻之间，一应家具杂物都已配置完全，也不知她是从什么地方弄来的。乡邻们闻得这事，争着都要来看看新娘子。刘瑞得知这一情形后，回来问她是否使得？女子道："不妨一见。但是，乡邻中有个叫王五的，素来行为不端，我嫌恶这人，叫他不必来。"刘瑞把这意思告诉了王五，王五不肯，并说道："众邻都可相见，为何独我一人例外？"遂与众邻居一哄而入。众乡邻一齐作揖行礼，称呼她为嫂嫂，又向她问安。她答礼回问，和颜悦色。王五笑道："阿嫂，昨天夜间你受用了么？"女子骂道："我早已知道你积恶种种，原来就不许你来的，还敢如此撒野!”接着便厉声喝道:“把他捆起来!”王五双手似乎被反绑放在身后跪着。她又喝道:“掌嘴!”王五便自己打自己的耳光。于是众乡邻一齐跪了下来,代为讨饶。那女子道:“看在诸乡邻面上,叉他出去!”王五踉踉跄跄倒爬着出去。从此之后,便远逃他方,不敢再住到村中。这女子为刘瑞生了一个男孩,长得眉清目秀,端重少言。刘瑞的家业渐增,可称小康,不再去做贩鸡的买卖了。一天,这女子忽然准备了酒菜,把儿子抱了放到刘瑞的怀里,接着便痛哭不已。刘惊奇地问她是什么缘故,答道:“郎君难道不记得我先前有过三年缘满的话么?到今日已是三年了。天定的数限,丝毫不会差失,不能多出一天时间。待我去后,郎君不妨续娶。请嘱咐你后妻好好抚养我的儿子。你要知道,我会常常来看儿子的,我能看见别人,别人却不能见我。”刘瑞听了,伤心得哭。那女子起身就走,刘牵着她的衣裳道:“我因你来了以后,家业小康。如今你离去后,叫我怎么生活呢?”女子道:“你考虑得很对,我也曾想到过这些。”说罢,从袖中拿出一个木偶,长一寸多些,赠送给刘道:“这人姓子,名不语,是服侍我的婢女。能知过去未来。郎君打扫一个洁净的楼房,将她供养着,凡经营生意等情,可以请教着行事。”刘瑞惊异地问道:“子不语不要是个怪物么?”女子道:“是的。”刘瑞问道:“怪物可以供养吗?”女子道:“我也是怪呀,郎君怎么与我做了夫妻?郎君应当知道,世间的万物,不是相同相等的。有的虽然是人类,但却不如怪物;有的即使是怪物,德才却超过人类,不可一概而论的呀。但这个婢女相貌极为丑陋怪异,所以我称她为‘子不语’。她不肯与人相见,只要供养在楼中,听她的声音就可以了。”刘瑞依妻子所说,将木偶供在楼上。只要点上了香烛,呼唤“子不语娘娘”,那么她答应的声音也相当响亮。全家的人,只听得见她的声音,看不见她的形象。每次把酒食送到楼上,过一会,碗盘都成了空的,可是只听得有饮用的声音。她走楼梯所留下的脚印,是弓形的鞋子,尺寸很小。这女子临去时,还与刘瑞抱着睡了三日三夜,等刘瑞早晨起床时抚摸自己身旁,妻子已渺然不见,门窗户也仍然关着,不知她是从什么地方出去的。刘瑞供奉子不语三年,有问必答,凡她谋划的事必然得利。忽然有一天,妻子从空中归来,拉住刘瑞的手道:“你家财是否已有三千两银子了?”刘答道:“有的。”那女子道:“有这数目，便是郎君的福量足了。不仅我将永远离去，这位子不语娘娘，我也要带她离开这里了。”从此以后，再向楼上呼唤，就无人答应了。刘瑞的儿子名钊，后来进了固安的县学。华腾霄守备曾亲眼见过他。

枯骨自赞

苏州上方山有僧寺，扬州汪姓者寓寺中，白日闻阶下喃喃人语，召他客听之，皆有所闻。疑有鬼诉冤，纠僧众用犁锄掘之，深五尺许，得一朽棺，中藏枯骨一具，此外并无他物。乃依旧掩埋。未半刻，又闻地下人语喃喃，若声自棺中出者。众人齐倾耳焉，终不能辨其一字。群相惊疑，或曰:“西房有德音禅师，德行甚高，能通鬼语，盍请渠一听?”汪即与众人请禅师来。禅师伛偻于地，良久，谇曰:“不必睬他，此鬼前世作大官，好人奉承，死后无人奉承，故时时在棺材中自称自赞耳。”众人大笑而散。土中声亦渐渐微矣。

【译文】

苏州上方山有座僧寺，扬州有位姓汪的寓居在寺中。他大白天闻得阶下喃喃有人在说话，便请别人来听，也都听得说话声音。汪君疑心有鬼在诉冤，就邀集几名僧人，用犁锄等工具挖掘。在挖到五尺深时，掘出一个木质已朽的棺材，棺中有枯骨一具，此外并无他物，就依旧掩埋了起来。不到半刻工夫，又闻得地下有人在喃喃说话，好像声音是从棺材中出来的。众人倾耳细听，始终不能辨出一字。大家都在惊疑，有人说:“西边房内有德音禅师，他德性很高，能通鬼语，何不请他来听一听?”汪君即与众人把禅师请来。德音禅师弯腰曲背地俯近地面听着，过了好久，告诉众人道:“不必睬他。这鬼前世做大官，喜欢别人奉承。死后无人奉承，所以时时在棺材中自称自赞呢。”众人大笑而散。后来地下的声音也渐渐轻微听不见了。

藤花送终

吏部衙门有藤花一枝，系千年之物，古干如龙，一人不能合抱，叶覆三间堂寝，夏日尤凉，每与牡丹齐开。乾隆六年，冢宰甘公汝来，与果毅公纳亲选官堂上。甫唱名抽签，而甘公薨于椅上，手犹执笔未落也。纳公奏闻，上赏银一千两，命所属经纪其丧。其夕，藤花盛开，结蕊发花，大香三日，较暮春时更盛十倍，不知是何征也。

【译文】

吏部衙门的一株藤花，已有千年历史。古老的树干，如龙盘转向天，粗得一个人不能合抱。树叶覆盖着三间堂屋，夏天这里很凉快，每每与牡丹花同时开放。乾隆六年，吏部尚书甘汝来与果毅公纳亲，一起在堂上选取官员。刚喊着名字抽签，甘公便倒在椅子上死了，手里拿的笔还未落下。纳公将此事奏明皇上，皇上赏银一千两，命吏部所属的官员经办丧事。这天夜间，藤花盛开，结蕊发花的过程很快，大香三天，比暮春时节更盛十倍，不知是什么征候。

（续卷二译者　曹中孚）

续子不语卷三

犼

常州蒋明府言：佛所骑之狮象，人所知也；佛所骑之犼，人所不知。犼乃僵尸所变。有某夜行，见尸启棺而出，某知是僵尸，俟其出，取瓦石填满其棺，而已登农家楼上观之。将至四更，尸大踏步归，手若有所抱持之物。到棺前，不得入，张目怒视，其光睒睒。见楼上有人，遂来寻求，苦腿硬如枯木，不能登梯，怒而去梯。某惧，不得下，乃攀树枝，夤缘而坠。僵尸知而逐之。某窘急，幸平生善泅，心揣尸不能入水，遂渡水而立。尸果踯躅良久，作怪声哀号，三跃三跳，化作兽形而去。地下遗物，是一孩子尸，被其咀嚼，只存半体，血已全枯。或曰尸初变旱魃，再变即为犼。犼有神通，口吐烟火，能与龙斗，故佛骑以镇压之。

【译文】

常州蒋明府说：佛所骑的狮、象，人们是知道的；佛所骑的犼，人们都不知道。犼乃是僵尸所变。有个人，夜间行路，看见一具尸体掀开棺材出来。他知道这是僵尸。等僵尸出了棺材，他就偷偷地拿瓦石等物把棺材填满了，然后登上附近农家的楼观察。将近四更天的时候，僵尸大踏步归来，手中好似抱着什么东西。到了棺前，见不能进去，张着眼睛怒视，目光闪烁。僵尸见楼上有人，遂来寻求，可是苦于腿硬如枯木一般，不能登上楼梯，气怒之下，拆去了梯子。僵尸的这一招，嚇得他没了主意，不能下楼，就攀着树枝，借以坠落下来。僵尸发现后便来追逐，使他窘急不堪。幸亏他平素善于泅水，心想僵尸总不能入水，于是渡水到对岸站着。僵尸果然在原地停步好久，怪声哀叫，然后三跃三跳，变化成为一头怪兽而去。地下遗留着一物，是个孩子的尸体，被他咀嚼过，只存半个身体，血已完全枯竭。另有一种说法，尸体最初变成旱魃，再变就是叫犼。犼神通广大，口吐烟火，能与龙斗，所以佛骑着它，用这种方法镇压着它。

地仙遭劫

乾隆二十七年，杭州叶商造花园，开池得二缸，上下覆合。疑有窨，命人启之，则一道人趺坐在中，爪长丈许，绕身三匝，两目营然，似笑非笑。问系何朝之人，摇头不答。饮以茶汤，亦不能言。商故富豪，喜行善事，烝人参汤灌之，终不能言，微笑而已。商意是炼形之地仙功行未满者，将依旧为之覆藏。其奴喜儿者，想取其爪夸人以为异物，私取剪剪之，误伤其身，鲜血流出。道人两眼泪下，随即倒毙，化枯骨一堆。余按《南史》列传载有人掘地开棺，见一女子，自称“将成地仙，慎无伤我”。掘者利其金钏，断腕取之，遂血流而化枯骨。方知古今事往往相同，殆劫数也。事见《王元谟传》。

【译文】

乾隆二十七年，杭州有个叫叶商的，因建造花园，开凿池塘时挖到两只大缸，上下覆合着。猜想有窖藏，叫人把它掀开，却是一个道人盘膝坐在里面，指甲长达一丈多些，绕身体三圈，两目平视，似笑非笑。问他是哪个朝代的人，摇头不答。给他饮了些茶汤，也不能讲话。叶商原是富豪，喜行善事，就蒸人参汤喂他，结果他还是不能说话，只是微笑罢了。叶商认为这是一位在修炼地仙而功行还未完满的道人，所以想仍然把缸覆合，让他藏在里面继续修炼。有个奴仆名叫喜儿的，想取得他的指甲在他人面前夸耀这异物，悄悄地拿了剪刀把它剪了下来。不料误伤了他的身体，便鲜血流出。道人两眼双泪直淌，随即倒身死去，化为枯骨一堆。我记得《南史》列传上有一则记载，说某人掘地开棺，见一女子，自称“将成地仙，当心不要伤了我身体。”可是挖掘的人为了得到她的金钏，竟砍断她手腕后把钏取走，于是她鲜血流尽而化为枯骨。方知古今之事，往往相同，大概这也是劫数。事见《王元谟传》。

张阎王

杭州有张秀才者，素无行，武断乡里。一日，过友人家，闻某村有女巫能呼召鬼神，从者甚众。张往观之。巫正作法，观者如堵。张上前手披其颊曰：“汝妖言惑众，罪不可逭。若我作阎王，必斩汝!”观者群散去。未几，巫果病落头疽而死。人因呼之“张阎王”。又数年，张小病，见两公人素不相识，邀之同行。走至一署，殿宇辉煌，两神卷帘左右坐，中一神座前垂帘，面不可见。张问神何故见召，神云：“女巫告君，故召讯君。君定渠之罪甚当，原无冤枉。但君亦非正人，须自将生前作恶，共有多少，一一自首。”令左右授以简板，自书其上。张援笔直书，两面写完，尚觉未尽。神观之曰：“只此数案，业已足矣。君自拟应得何罪?”张思之良久，曰：

“应遭雷击。”神曰：“不足蔽辜，当击三次。”命卷起殿中帘，教张仰视，俨然己像，始悟前身即阎王，因有过恶，又轮回人世也。俄而两公人复来，送张回里。如梦初觉，汗流浃背。自是改过为善，一洗前非。忽一日，雷电交作，震死于地。既而复苏。又数月，看戏于台下，雷电又至，张知击己，叫众人急避，果震死。少顷又苏，踉跄而归。训蒙于乡。又一日，雷声殷殷绕屋不止，渠恐第三次击死，未必能活，因潜身于黑漆桌下，霹雳一声。烧毁床帐，张竟得免。心知劫数已过，仍理举子业。两年，举孝廉，会试不第，随其戚梁阶平中丞赴湖南巡抚任。路过汉阳，闻有某术士算命极灵，往访之。术士云：“君此去小有佳处，但寿命已尽，只可一年即回，不可留恋。回时仍来一晤，我有要事奉托。”张思其言，如期便回。再往访之，其人已死，留札一函，启视之，乃乞其带棕回里也。张为载棺回杭州，未一月，无病卒于家。余按《广博物志》云：雷火所及，金石俱消，惟漆器不坏。张之第三次得免，或以是耶？

【译文】

杭州有个张秀才，素来品行不端，在自己乡里很霸道。一天，他到一位朋友家去，听说某村有个女巫能呼召鬼神，追随的人很多。于是张秀才就前去观看。女巫正在作法，观看的人挤得水泄不通。张上前打她耳光，并说道：“你妖言惑众，罪不可逃。若是我做阎王，必定把你杀掉！”观看的人便成群地散去。没有多久，那女巫果然生了“落头疽”这种病而死。人们因此称张秀才为“张阎王”。又过了几年，张小病，见两个公差，原是素不相识的，邀他同行。走到一处官署，殿宇极为辉煌。殿上左右两神，座前帘子卷起，中间一神，座前垂帘，看不见面容。张问为何被召，神说道："女巫告君，故召你来此讯问。君所定女巫的罪很恰当，原来并无冤枉。但君亦非正派好人，须自己将生前所做的恶事，共有多少，一一自首明白。"传令左右两旁的小官，给他一副简板，自己写在上面。张提起笔来直书，两面都写满了，还觉得未完。神看了说道："就这几桩案子，已经足了。你自己估量吧，应得什么罪名？"张想了好久，说道："应遭雷击。"神说道："这还不足以抵你的罪辜，应雷击三次。"说罢，命旁人将帘子卷起，叫张抬头仰视。张看了神像，好像与自己的面容一样，方始领悟前身就是阎王，因有过失罪恶，又轮回到了人世。一会儿，两个公差又来，送张回家。他这时如梦初醒，汗流浃背。从此以后，便改恶从善，洗刷前非。忽然有一天，雷电交作，张被震死在地，过一会便苏醒转来。又过了几个月，在台下看戏，雷电又至，张知自己又将遭击，叫众人快快躲避，果然又被震死。稍过一会，又苏醒了过来，便踉踉跄跄回家。此后就在家乡地方，以教儿童读书为业。以一天，雷声殷殷，围绕着他的住屋不止。因担心第三次击死，未必能活，就潜身在一张黑漆桌下，霹雳一声，烧毁了床帐，张竟然未被击中。心里知道劫数已经过去，仍读书应试，以求功名。两年后他中了举人，赴京会试，未考上进士。张有个亲戚梁阶平出任湖南巡抚，张便跟随前往。路过汉阳时，他听说某占卜先生算命极灵，便去拜访。那占卜者说道："先生这次前去，略有一些好处可得。但寿命已尽，只可住一年即回，不可留恋。回来的时候请仍到这里来相会一面，我有要事奉托。"张记住这占卜先生的话，到了一年便回。再往那占卜者的地方去寻访，这时他已去世，留有书信一封。拆开来看了，乃是托他把棺材带回家乡。张便替他把棺材运回到了杭州。不满一月，张无病死在家中。我记得《广博物志》上说："雷火所触及的地方，金石都会消碎，只有漆器不坏。"张的第三次遇到雷击未死，或者是因躲在黑漆桌下的缘故吧。

梁氏新妇

杭州张孝廉来云：梁氏新妇娶未数日，忽然痴矣。口作北语，呶呶不解，细察之，乃其亡兄之口吻。其兄为姚河台之子，作广西同知，卒于任所。口称新妇为妹，云有要紧事请主人面谈。适主人有足疾，不能登楼，乃请其夫人上楼，新妇云："我来无别话，只要替造一斗姥阁，我便去了。"夫人却之云："汝要奉斗造阁，是姚家事，与梁氏无干。"乃云："我与妹皆前生是斗姥侍者也。今姚氏家贫无力，非梁氏不可。如不依我，我便同妹去复原位了。"夫人不得已许之。新妇云："非立誓赌咒，我不信也。"于是家人皆以为不可，与争辨良久。姚公子生平并非佞佛奉道者，死后忽要奉斗，殊不可解。杭州故事：新婚妇手执宝瓶，内盛五谷，入门交替。梁氏新妇执宝瓶过城门，司门者索钱吵闹，新妇大惊，遂觉恍惚。后吃符水，神魂少定，曰："我有三魂，一魂失落于城门外，一魂失落于宝瓶中，须向两处招归之。"家人如其言。新妇曰："城门外魂已归矣。宝瓶中魂为米柜所压，尚不能出，奈何？"盖杭州风俗，以新妇所执宝瓶，俱放米柜中故也。如其言，病虽差而神气依旧恍惚。

【译文】

杭州张举人来说：梁家娶了个新媳妇，过门没有几天，忽然痴呆了。嘴里操着北方口音，喋喋不休地只顾说着，却不知在讲些什么。仔细察听下来，乃是她亡兄的口气。她的兄长是姚河台的儿子，作广西同知，死在广西任所。嘴里称新娘为妹，说有要紧的事情请主人来面谈。正巧主人的脚有毛病，不能登楼，乃请自己的夫人上楼。新娘对她道："我来无别话，只要替我造一座斗姥阁，我便去了。"夫人拒绝道："你要造阁侍奉斗姥娘娘，这是姚家的事，与梁家无关。"新娘就说："我与妹妹生前都是斗姥娘娘的侍者。现姚氏因家贫无力建造，故非梁氏不可。如果不依我，我便与我妹妹去复原位了。"夫人不得已，只好答应了。新娘说："仅仅口头答应是不够的，非立誓赌咒，我是不会相信的。"于是家人都以为这样不合适，就与新娘争辩了好久。姚河台的儿子姚公子，生平并非是信佛奉道的人，死后忽然要侍奉斗姥娘娘，实在是不可理解。杭州有这样的习俗，新娘子手拿宝瓶，内盛五谷，入门交替。梁氏新娘子拿着宝瓶过城门，管门的要讨喜钱，结果吵闹起来，新娘大惊，遂觉得恍恍惚惚。后来吃了符水，神魂略觉镇定，然后道："我有三魂，一魂失落在城门外，一魂失落在宝瓶中，须向这两处招归回来。"家人按她所讲的去做了。新娘道："城门外的魂已归来；宝瓶中的魂被米柜压着，还不能出来，怎么办呢?"这是因为杭州的风俗，以新娘所拿的宝瓶，都放在米柜中的缘故。照她说的去做了，病虽痊愈了，但她的神气依旧恍恍惚惚。

小婢入穴

张又言：其尊人星子先生，督学江西。有小婢甚蠢，忽然伶俐，家人异之。一日，闭门洗浴，久而不出，呼之不应。窥之无人，撬门而入，则浴盆之水尚温也。四面窗关，纤尘不动，但地板上有小洞，仅容一鼠出入者，启板寻之，中有穴深丈许，婢卧其中，痴迷不醒。灌以姜汁，良久方苏，云："一月之前，遇一少年妇人，待之甚厚，教之甚勤。其忽变蠢为黠者，皆此妇所教也。语我云：‘我有冤要你主人申雪。’我许之而不敢上言。隔数日，妇来责我失约，我对以畏主人，故不敢。妇人云：‘你所说亦有理，我不怪你。我有绝好花园，何不同我往游？’遂拉至一处，有小小红门，狭室数间。我云：‘并无可游，我要回去。’妇人云：‘我与你且去小坐片时，养养足力。’忽闻外边喧嚷声，妇人惊避而走，方知你们来寻我。”遂拉之出穴，鬼亦杳然。婢年十六七，随即嫁人，至今安然无恙，年已五十余矣。

【译文】

杭州张举人又说：我父亲星子先生在任江西学政时，有个丫鬟原来很蠢，忽然变得聪明伶俐起来，家人觉得很诧异。一天，这丫头关了房门洗澡，好久不见出来。呼唤她，也不答应。往内窥看，里面无人。撬门进去，则浴盆中的水还未倒去。四面的窗紧关着，屋内一切如常，纤尘不动。只是看见地板上有个小洞，仅仅能容一只老鼠出入那样大。掘开地板寻找，发现有个穴，深约一丈多，那小丫鬟正睡在里面，痴迷不醒。灌了些姜汁，过了好久方才苏醒。小丫鬟说，在一个月之前遇到一个年轻的妇人，待她很好，教她许多事情。她的忽然由愚蠢而变为乖巧，都是这个妇人教的。小丫头还说：“她对我说：‘我有冤要你主人替我申雪。’我答应了，但不敢向主人讲。隔了几天，这妇人来责怪我失约。我告诉她是畏惧主人，所以不敢。那妇人说：‘你说的也有道理，我不怪你。我有一座非常好的花园，你何不同我一起前去游玩？’遂拉我到了一处地方，有个小小的红门，还有狭小的房间几间。我说：‘这里并无可游，我要回去。’妇人说：‘我与你且去小坐片刻，养养脚力。’这时忽然闻得外边喧嚷声音，那妇人惊避走了。方才知道你们来寻我。”于是家人把小丫鬟从深穴中拉了出来，鬼也杳然不知去向。小丫鬟长到十六七岁时，张家便把她嫁了出去。至今她安然无恙，已经五十多岁了。

吹铜龙送枉死魂锅上有守饭童子

慈溪袁玉梁，乩上扶出汪姓者，严州人，秀才，赴秋试，死于七里泷。飘荡无归，凭乩语人云：水死者，其初死时，辄有人收管，入一处，如今之班房，其主之者名“司官”。次日始查籍贯，遣卒解赴阎王。起行时，吹铜龙送之。铜龙以铜为之，曲其柄，如今之马上小喇叭状，声甚凄切。汪至冥府，王查其生平无大恶，释之，亦不令托生，亦无人拘管，听其飘扬，故得至此。并言鬼无乐趣，每苦寒冷，必欲就人身傍，吸其生气，始得融畅。倘吸气之时，数鬼争挤，一有不慎，逼近人体，即有焦灼之患。又怕大风，风起时必伏地不能行。因风大即带有罡气，风着鬼体，其重如山，每望见风起，色如黑漆。遇大风时，如板片一般，片片擦鬼背而过，能令鬼体消铄。又苦饥，辄入人家窃饭气为食。凡大家食指多者，其饭气浓厚，食之耐饥。贫家饭气薄，不足供饱食也。窃饭时锅上常有童子守之，童子属灶君所管，每见鬼窃饭气，必相追逐，故大家之饭亦不易得。其窃饭气必俟饭熟开锅时，有风则饭气四散，鬼以手攫之，如丝絮状，可抟而食。若无风，则饭气上达，为童子所守，不可窃也。

【译文】

慈溪人袁玉梁，在扶乩时有个姓汪的鬼降临，自称是严州人，秀才，在赴秋试途中，死于七里泷，飘荡无处可归。他在乩盘上告诉人们：溺水死的，在初死时，总是有人收管的。到了一处地方，样子就像现在的班房，那里的主管者，名叫“司官”。第二天，开始查这人的籍贯，派小鬼解赴阎王。出发时，吹着铜龙送行。铜龙是用铜制作的，弯弯曲曲的柄，就像现在的马上小喇叭形状，声音很凄切。汪秀才到了冥府，阎主查明他生平没有大恶，释放了他，既不让他托生投胎，也无人拘押管束，听任他飘荡，所以能到这里。汪秀才还说鬼无乐趣，往往最怕寒冷，必须去接近人的身体，吸其生气，方始感到身体暖和舒畅。倘在吸气的时候，几个鬼同时争抢掠夺，一不小心，太逼近了人体，就会有造成焦灼之患。又怕大风，风吹来时，必须伏在地上，不能行走。因大风中带有天上的罡气，一着鬼体，鬼就觉得沉重如山。每望见风起，惊怕得面如黑漆一般。遇大风刮来，如板片一般，片片擦鬼背而过，会使鬼体消烁。鬼又苦于饥饿，往往到别人家里去窃取饭气为食。凡大户人家人口多的，他们的饭气浓厚，吃了便耐饥。贫穷人家的饭气薄，还不够一个鬼饱餐一顿。窃取饭气时，锅上常有童子守着，童子属灶君菩萨所管，他每见鬼来窃取饭气，必来追逐，故大户人家的饭气，也不容易得到。鬼窃饭气，必然要等到饭熟开锅时。有风，则饭气四散，鬼以手攫取。饭气的形状如丝絮一般，可以捏成圆团而食。若开锅时无风，饭气上升，为童子所看守，就不能窃取。

打破鬼例

李生夜读，家临水次，闻鬼语：“明日某来渡水，此我替身也。”至次日，果有人来渡，某力阻之，其人不渡而去。夜，鬼来责之曰：“与汝何事，而使我不得替身？”李问：“汝等轮回，必须替身，何也？”鬼曰：“阴司向例如此，我亦不知其所自始。犹之人间补廪补官，必待缺出，想是一理。”李晓之曰：“汝误矣！廪有粮，官有俸，皆国家钱粮，不可虚縻，故有额限，不得不然。若人生天地间，阴阳鼓荡，自灭自生，自食其力，造化那有工夫管此闲账耶?”鬼曰：“闻转轮王实管此账。”李曰：“汝即以我此语去问转轮王，王以为必需替代，汝即来拉我作替身，以便我见转轮王，将面骂之。”鬼大喜，跳跃而去，从此竟不再来。

【译文】

李生在夜间读书，他家临近河边，听到有鬼在说话：“明天某人来渡河，这是我的替身呀。”到了第二天，果然有人来渡河，李生尽力向他劝阻，那人不渡而去。到了夜间，那鬼来责问道：“关你什么事，而使我得不到替身?”李生问道：“你们轮回投胎，必须要找到替身，这为的是什么?”鬼说道：“阴司地府中向来如此做法，我也不知它是什么时候开始的。这好比人间官场中的补廪生或补别的官职，必须等到有缺额时。想来这是同一层道理。”李生告诉他说：“你错了。廪生是发给廪粮的，做官是有俸禄的，都关系到国家的钱粮，不可有虚额和靡费，所以有限额，不得不这样做。至于人们生活在天地间，万物的生死变易，乃是自灭自生，自食其力，造化者哪有工夫去管这些闲账呀!”鬼说道：“听说转轮王实际是管这本账的。”李生道：“你就把我刚才讲的这话去问转轮王。如果转轮王以为必须要有替代，你就来拉我做替身，以便让我去见转轮王，好当面骂他一顿。”鬼大喜，跳跃而去，从此以后，竟不再来了。

道士留符

常州吴某，刑部郎中讳楫之祖，素好道。自京师归店，晤一道士，风采绝异，不带行李而宿。夜觇之，赤身而坐，气咻咻然从耳中出，蚊不敢近。旦起将行，吴询所往，曰："我云游无定处。"吴拉之南归，供奉甚敬。居数年，临死授二符曰："我受君恩未报，他日有事，可以此符镇压，所以谢君也。"已而吴某卒，其夫人大病垂危，屡见鬼魅，夜遣婢环视。有仆素健壮，好酒有胆，设席于门外，已醉睡矣。梦一老者，随一童子，持壶杯各一，谓童子曰："彼好酒，可令饮一杯。"童子将一杯置老仆脐内斟之，初觉甚热，后不能耐，乃大呼而起，咳嗽一声，口血已喷满地。从此鬼更猖獗。未几家人收拾地方，将停夫人之柩，偶在箱中翻出道士符，乃钉挂帐上。夫人久不言语，见忽咤曰："帐上悬一明镜，中有甲胄将军，持刀逐鬼，鬼尽远遁矣。"夫人从此病愈，又十余年而终。亲友中有病家借其符驱鬼，无不验者，旋竟失去。

【译文】

常州人吴某，是刑部郎中吴楫的祖父，素来信奉道教。他从京师归来，住在旅店中。遇到一个道士，风采与众不同，不带行李，也来投宿。到了夜间，吴某便去探看那道士，只见他赤身坐着，气咻咻在呼吸，但那声音却是从耳朵内传出来的，蚊子不敢近他。第二天道士起身将行，吴某问他往那里去，道士说："我是云游天下，并无一定的去处。"吴某便拉他一起南归，到家后对他的侍奉相当恭敬。道士在吴家住了几年，临死时给吴某两张道符，并说："我受了先生的恩未报，日后如果有事，可以用此符去镇压，这就作为我对你的一点谢意。"此后，吴某也去世了。他的夫人得了大病，正生命垂危之中。她因屡见鬼魅，便在夜间让婢女陪在身旁，环视四周是否有鬼出现。有个老仆素来身强力壮，且又胆大好酒，便在房门外设了酒席，饮酒守防。那老仆醉睡以后，梦见一个老人，有一童子跟随着，手里拿着酒壶和杯子。老人对童子说：“这人欢喜饮酒，可让他饮一杯。”那童子将一杯子放在老仆的脐内，然后斟下酒去。那老仆起初觉得热乎乎的，渐渐忍耐不住，于是大叫大喊坐了起来，咳嗽了一声，嘴里的血已喷了满地。从此以后，那鬼便更为猖獗。不久，家人收拾房间，因为夫人的病已无可挽救，准备让出一处地方来停柩。偶在箱中翻出了道士留下的符，便把它钉挂在帐上。夫人早已不能言语，但见了那符，忽然大叫：“帐上挂着一面明镜，镜中有位身披甲胄的将军，拿着刀在驱逐鬼，鬼都远远逃遁了。”夫人从此就痊愈了。又过了十多年才去世。后来亲友中有病家来借这符去驱鬼，没有不灵验的。但不久，这符便失去了。

夺状元须损寿

康熙癸未，江南士子赴都会试。解元某负才傲物，陵轹同辈，每曰：“今岁状元，舍我其谁?”同辈不堪其侮。既至京师，试期且近，同舍生夜梦文昌帝君升殿胪传，及唱名，则某果状元也。同舍生意窃不平。未几，有女子披发呼冤曰：“某行止有亏，不可冠多士，须另换一人。”帝君有难色，顾朱衣神问之。朱衣神曰：“万历间亦有此事，以下科状元移置上科，其人早中三年，减寿六岁。此例今可照也。”遂重唱名，状元为王式丹。旦起，某大言如常。同舍生告之以梦，某失色曰：“此冤孽难逃，匪特不思作状元，并不复应试矣。”亟束装归，半途而卒。是科状元果王式丹也，寿六十。

【译文】

康熙四十二年，江南的举人赴京师会试。解元某君，自以为有才学，轻视一切，欺蔑同时赴京的举人，常说道："今年的状元，除我之外，还有哪个?"同去的人都受不了他的这种轻慢言论。到了京城，已临近试期，住在一起的一位举人夜间梦见文昌帝君在殿上唱名公布考试结果，某君果然中了状元。这位同住一起的举人心中感到不平。不多一会，有个女子披头散发前来呼冤说："某君的举止行为有亏，不可让他名列众人之上，须另换一人。"文昌帝君面上露出为难的神色，朝着穿红衣的神问怎么办好。红衣神答道："万历年间也有这事，下科状元移到上科来，让他早中状元三年，减寿六岁。这个例子，今天可以照着行事。"于是重新唱名，状元换了王式丹。次日天明大伙儿起床，某君仍夸口如常。同住的那举人告诉他梦中所见的情形，某君大惊失色道："这是冤孽难逃，非但不想得状元，我连考试也不参加了。"急速穿好衣服回家，后来死在半途。这一科的状元果然是王式丹，他活到六十岁。

照心袍

钱唐钱荫庭云：曾从天津买舟回杭，同舟杨姓者，无锡秀才，日坐舟中，默默罕言。钱因其木讷，亦不与共谈。一日偶言因果，钱甚不信。杨因极言其有，且云："一月内有数夜往阴间公差，专司钩取人命之事。皆以一纸票注其人名，若有一命之荣，及侯王将相，必加一朱印，如人间官府牌票。其印文仿佛官印篆法，但不识其为何字。阎王讯问阳间善恶，先用一袍罩人身上，如人间一口钟之样，人着此衣，在生暧昧亏心之事，不觉自吐。阴间待人极宽，人在阳间有一恶念，若复有一善念，即将前恶念销去。司此印者，前明于忠肃公掌之，至今尚未迁去。"

【译文】

钱塘人钱荫庭说，他曾从天津雇船回杭州，同船有个姓杨的，是无锡的一名秀才，白天坐在船上，默默地很少说话。钱荫庭因他质朴而不善于言辞，也不与他交谈。一天，偶然谈起因果报应的事，钱荫庭并不相信，杨秀才则尽力主张它是有的，且说："有人一个月内有几夜往阴间去出公差，是专门去探取人命之事的。都是用一张纸传票注上这人的姓名，如果这人是朝廷命官，以及侯王将相，定在纸上加盖一方朱红之印，好比是人间官府的牌票。票上的印文仿佛官印上的篆体字，可惜不识是什么字。阎王讯问阳间善恶，先用一袍罩在人的身上，如同人间穷人穿的一口钟一样，人披了这衣，会把一生中暧昧和亏心的事，很自然地吐露出来。阴间待人极宽，人在阳间有一恶念，若是又有一善念，即会将先前的恶念抵消去。掌管这印的，是明朝的于谦，至今还在任上，并未迁官离去。"

罗刹国大荒

赵依吉临安归，遇僧，说本年二月六日，有临安二人，一姓赵，一姓李，贩猪来卖于杭州。到半路，赵猪已卖矣，欲先归。李姓者要与同归，赵不肯，李怒骂曰："汝虽行，必有恶鬼拦阻，不得到家。"某恶其言，祷于玄坛庙而行。至大桥渡，夜已二更，果见前四人蓬头恶面，七窍流血，环而围之。渠恃勇欲挥拳，一鬼以黑帕直套其头，便觉冷气攻心，口不能声，倒于地矣。群鬼以泥塞其口鼻。忽前有人持棍来，赶散四鬼，以手提赵，掷之曰："我特来救汝。我即玄坛神也。此四鬼者，因昨年罗刹国大荒，饿鬼无处觅食，故逃入中国作祟。汝所遇者，罗刹之饿鬼也。但子虽脱于祸，恐有后患，须到家后，用香十三枝，自灶前点至门外，方可脱然。”赵惊醒，不料其身已卧自家门外。乃望空拜谢，如其言，果无恙。

【译文】

赵依吉从临安归来，遇到一个和尚，那和尚说：今年二月六日，有两个临安人，一个姓赵，一个姓李，贩猪到杭州来卖。未到半路，姓赵的已将猪卖掉，想先回去。姓李的要和他同归，赵却不肯。姓李的怒骂道：“你虽先走，路上必有恶鬼拦阻，不能到家。”姓赵的厌恶这话，就去玄坛庙祈祷一番后独自上路走了。走到大桥渡地方，已是夜间二更时候，果然看见前有四人，蓬头恶面，七窍流着血，四下向他围来。那姓赵的凭自己的勇敢，想挥拳还击，一个鬼以黑色罗巾直套其头，他便觉得冷气攻心，嘴里不能讲话，倒在地上。这四鬼以泥塞他的嘴和鼻。正在这时，忽然前面有人拿着棍子过来，赶散了四鬼，用手将赵提起，然后又把他掷在地上，说道：“我特来救你，我就是玄坛神呀。这四个鬼，因去年罗刹国大荒，饿得无处寻觅食物，所以逃到中原来作祟。你所遇到的，是罗刹国的饿鬼。不过你现在虽然已经避免了一桩祸事，恐怕仍有后患，须到家后用香十三枝，自灶前点到门外，方才可以平安无事。”姓赵的刚惊醒过来，他的身体已睡在自家的门外。他便望空中拜谢，并按那玄坛神所讲的做了，后来果然无恙。

绍兴李先生

绍兴李直颖作幕山西太谷县，夜眠书斋，有老人伸靴于炕下曰：“我山阴人，亦幕客也。死不得归，奴窃银信衣服而逃，至今家中犹未能知。求君为我寄信到家。”李曰：“不必寄信，我即日要返舍，归时即送君柩归可也。”鬼大喜拜谢，且曰：“无以报恩，愿代为办案。”从此李每宵熟寝而几上之案已办定矣，一时有“神明”之称。逾年，送其柩归，其妻子泣迎于门，曰：“昨夜梦老相公灵輀还家，故在此相迎也。”

【译文】

绍兴的李直颖在山西太谷县当幕僚，夜里睡在书房中。有老人伸靴在李的炕下说道：“我是山阴人，也是这县里的幕客，死了不能回归家乡。有个奴仆偷了我的银子、书信、衣服而逃，至今家中还不知道我已去世。求先生为我寄信到家。”李答道：“不必寄信，我不久就要返回家乡。待我回乡时，将先生的灵柩一起运回便是了。”这鬼听了，大喜拜谢，并且说道：“我无以报恩，愿代为办案。”从此以后，李直颖每晚只顾悠然熟睡，而桌上的案件已有人为他办理定当了，一时有“神明”之称。过了一年，李直颖送他的灵柩回到家乡，老人的妻子哭泣迎守在门口，说道：“昨夜梦见老相公的灵车回家，所以在此相迎呀。”

怨气变蛇

亳州贡生郜某，家颇富，住城西五里，地名小镇。家多豪仆，皆倚主人之势，横行乡曲。乡民陈老有田数亩，与郜宅相近，禾稼屡被郜家骡马践伤，与之理说，反受豪奴辱骂。陈老自度势不相敌，莫敢谁何，致成膈疾，年余将死。一日唤工人至家作棺，谓工人曰：“棺后为我开一小穴。”闻者皆咤之，问其故，陈老曰：“我被郜某欺，气而死，自谅生不能报仇，欲死后变蛇以食郜之心肝，方泄我恨。”工人笑而从之。至晚，工匠归，过郜宅，咸以此事为新闻，笑语喧哗。适值郜某闲立门外，见众人狂笑，因内中有素熟识者，问之，其人即将陈老语相告。郜惊曰："我实不知！"明日清晨至陈家，云："前事皆家人放肆，故亲来请罪，望翁宥我。"陈老曰："公果不知，能将家人某某等当我面责处，我即不恨公也。"郜曰："可。"即邀陈老至家，将家人重责，又着叩头陪礼，并留之小酌。陈老大悦，即能进饮食。忽胸中作呕，吐出一物，长尺许，众视之，乃一小蛇，游于痰沫内。郜骇然曰："非我今日请罪，则翁必化蛇相报矣！"自后陈病亦愈。

【译文】

亳州有个姓郜的贡生，家中很富裕，住在城西五里，地名小镇。家中养着不少豪仆，都倚仗主人的权势，横行乡里。乡民陈老翁有田数亩，与郜家相近，田里的庄稼屡被郜家的骡马践踏受损，去和他家说理，反受他家豪奴的辱骂。陈老翁自知势不相敌，便忍气吞声，不敢前去诘问，以致郁闷而成膈病，自己觉得不过再活一二年就会死去。一天，陈老翁唤来几名木工到家中为自己预先做棺材，并对工匠说："为我在棺后开一个小洞。"木工听了都很诧异，问是什么缘故。陈老翁说道："我被郜某欺侮，我的不治之症是气出来的。自知生前不能报仇，我要死后变蛇去吃郜某的心肝，方泄我心头之恨。"工匠笑着照他的意思做了。到了晚间，工匠们回家，途经郜家时，都以这事为新闻，边笑边讲，声音嘈杂四传。正巧郜某闲立在门外，见众人狂笑，便找到其中有个素来相熟的人问其究竟，那人就将陈老翁说的话如实告诉了他。郜某惊讶道："这些事情，我实在全无所知。"第二天清晨，郜某到陈家去见陈老翁，说道："先前的事，都是我家里的人放肆，所以我亲自前来请罪，望老伯对我原谅宽恕。"陈老翁说："郜公，你如果确实不知，就请将你家人某某等当着我面对其责备处罚，我便不会恨你。"郜某道：

“可以照办。”便邀请陈老翁到他家中，将家人重责一顿，又叫这些豪仆叩头赔礼，后来还留陈老翁在他家中小酌。陈老翁大喜，便进食饮酒起来。不久，忽然胸中作呕，吐出一物，长一尺多些，众人看时，乃是一条小蛇，在痰沫内游来游去。郜某吓了一跳道：“不是我今日这样请罪，那么老翁必将变为蛇来报复了！”自此以后，陈老翁的膈病也痊愈了。

心经诛狐

钱唐秀才郑国相有妹适罗氏，于康熙甲申十月初旬夜坐，忽有风从窗隙中入，微有气息，旋见一少年满妆美女，嬉笑而至，后随一毛物，不满三尺，身披半臂。美女与妹言笑，不觉随之而行。或山林，或城市，来往轻疾，不知其魂之离体也。或僵卧三五日方苏。妖戒勿泄，泄必害其性命，故不敢语人。其家以为病疯。如此者至乙酉八月，国相远归乡试，延妹回家。中秋晚，再四诘之，始吐其实。是夜，妖即闹至五更而去。次夜复至，妹即晕绝。国相挈妹衣领，朗诵《心经》，始得释回。每日因虔祷所供大士前，愿刊施二千余部，除妖救妹。是夜妖至，举家朗诵大士宝号，饭顷始苏，云：“正在危急之际，空中现大士，呼‘孽畜何得至此！’妖应曰：‘因饥觅食耳。’大士叱之，随去。以手向妖一指，腾空而起，妖亦不见。”众觉旃檀香满室，妹得安寝。次日午后，忽又女魂附体，口作北音。国相取《周易》镇之，彼云：“‘乾元亨利贞’，我曾读过，不须取来。”口中只唤“还我胡三哥来”不绝。因一一询之，云：“我姓缪，唤缪三姑，年十六岁时，池边采荷花，见一美女，与我笑语，云是汪大姑。背后随者即胡三哥，名叫将恒，自称天下老狐第三，故称胡三哥。我被其迷，因此而亡。汪大姑得脱生去，今已四十二年。我依倚胡三哥，寻一替代。去年十月，连你妹子，寻有三人，期在一年之内，三人中必将一人收尽眼光，方可替代。今胡三哥被收，我无所归，奈何?”国相云：“汝何不归母家夫家?”云：“母家远在江西，不能去。七月间见兰盆会上丈夫抢食，想已不在人世矣。”言讫凄然。国相允以诵《心经》三百卷超度，才即合掌礼谢，云：“得此我可再生人世。你为我先诵两卷何如?”国相每诵一卷，缪即念“阿弥陀佛”一声。诵至三四卷，乃云：“不须多诵，若多则太重了，我手不能持。”并索烧酒、牛肉、银锭五百、烟筒、荷包，一一从之。起身作礼致谢而去。饭顷，妹病始苏，作呻吟声，云：“我被缪三姑藏山洞中，正在啼哭，忽见缪三姑面色微红，似有酒气。胸怀银锭，口含烟筒，手捧白纸经卷，口称‘般若波罗蜜多’而来。云：‘汝父兄念汝，领汝回去。’走得脚痛，故呻吟也。”次早，忽又作缪语云：“菩萨不忍将胡三哥杀害，不过拘系而已。今闻胡三哥要打千尺深的地洞逃出来害汝妹性命，我感你恩，故来报信。大相公可再求大士，使他不得逃出。”国相又虔祷大士前，愿再刊施《心经》千卷，共三千卷，并将此胡三哥为怪之事载于经后，普劝世人。祷毕，缪三姑云：“如此甚好。但昨日与我的银锭虚数不敷。”又云：“《心经》被人来夺，扯碎了。烟袋因狗叫心惊，失掉了。今要银锭一千，裙袄二副，仍要烟袋、荷包、烧酒、牛肉。许我《心经》可先念三十卷，须做一纸箱，开盖，对箱朗诵，自然卷数在内。”又云：“九月初一日可斋供大士，将你妹子归依菩萨，取名‘观贞’，打一银锁，将法名凿上，挂在胸前，以避凶灾，以保年寿。”于是一一备办，候暮而送。又云：“此刻大士已带了胡三哥到城隍处，你妹子亦去赴审矣。”黄昏后，妹苏，曰：“城隍庙审事回来。”备述先在庙门外，见城隍神迎接大士上殿正坐，城隍在下侧首旁坐，我跪大士侧边，胡三哥跪丹墀下。大士向城隍说了些话，城隍就问胡三曰：“孽畜何得扰害生人？”胡三答曰：“我原在新宫桥里住，因桥拆造，借居罗家空楼，此系女鬼，他来跟我觅食的。”城隍即令判官查我父母及吾兄之籍，又查罗宅之籍，查毕，叱曰：“他是生人，如何说是女鬼？”喝令掌嘴。掌毕，复抽签掷地，将胡三哥重打三十板，曰：“我处亦不究你，解往真人府去治罪。”随点役二人，备文解去。解差手执红棍，将胡三哥锁押而去。大士出庙升天，我亦出庙门，缪三姑领我回来。于是延巫祭奠缪三姑，相送而去，不复来矣。至二十六夜，其妹夜半梦前解差二人，一人手执长枪，枪上挂一毛头，带有血痕，曰：“胡三已正法矣！”妹惊醒。次夜甫就枕，即有一毛头滚地而来，将女左臂带衣痛咬一口，随即喊叫，其头不见。只见左臂衣上染有血痕。自此或昼或夜，每见毛头在脚边滚来滚去。九月初一日，依缪三姑之言，置锁凿名，斋供大士，妹见大士吩咐：“胡三已经正法，你终身勿往东南去。汝兄许缪三姑《心经》三百卷，他得此经，已成地仙矣。我之《心经》重大，汝兄须加敬奉。”大士又取香灰在女头上书符镇之而醒。于是国相同妹叩谢。但滚地之头，不时来搅。国相亦每夜梦与人殴击，不见其形，但觉有一不满三尺之黑物而已。忽悟《心经》佛力浩大，可以解冤释结，超度苦魂，又向大士前再拜，愿诵《心经》三百卷，超度胡三，以解此结。于是毛头亦不复再见。此皆国相亲历之事，向人言之。

【译文】

钱塘秀才郑国相有个妹妹嫁在罗家，她于康熙四十三年十月上旬夜间独坐在房内，忽有风从窗隙中吹来，微微觉得身旁有人的呼吸声，一会儿看见一个穿着满族衣裳的年轻美女，笑嘻嘻地走来。那美女身后跟着一个毛茸茸的东西，不满三尺，身上穿着件背心。郑妹与美女说着笑着，不知不觉跟她出去，或者山林，或者城市，来往时感到身体非常轻快，不知自己的魂灵已离开了躯体，有时会僵卧三五天方才苏醒过来。那妖告诫郑妹，不要泄露她们间的事；若是泄露出去，必将害她性命。所以她不敢对别人讲。罗家的人以为她得了疯病了。就这样，直到康熙四十四年八月，郑国相因从远处回来参加乡试，把妹妹接回家。在中秋之夜，经再四盘问，她才吐露出真情。这夜，妖狐闹到五更才去。第二夜，那妖狐又来，郑妹晕死了过去。郑国相抓住她妹妹的衣领，朗诵《心经》，其妹才得被释放回来。从此郑国相便每日在他家所供的观音大士前虔诚地祷告，表示要刊印《心经》二千多部，布施给信佛的人，借以达到除妖救妹的目的。这夜妖狐又来，全家便都朗诵观音大士的宝号，约过了一顿饭光景她才苏醒过来，并说：“我正在危急的时候，空中出现了观音大士，大士呼了一声‘孽畜何得到此’，那妖答道‘因饥饿觅食而已’。大士呵叱了它，它就离开了这里。临去时大士用手向妖一指，妖腾空而起，后来便不见了。”众人这时觉得满室散发着檀香的香气，郑妹这时也得安眠。第二天的午后，忽然有个女魂附在郑妹身上，讲的是北方口音。郑国相取了《周易》一部来震慑她，她便说：“‘乾元亨利贞’，我也曾读过，用不着拿它来吓我。”口中只是不停地喊着“还我胡三哥来”。郑国相详细问她是怎么一回事，那女魂答道：“我姓缪，名叫缪三姑，在十六岁时，往池边采荷花。遇见一个美女，与我笑着说话，自称是汪大姑。她背后跟随的，便是胡三哥。他的原名叫将恒，自称天下老狐第三，故称胡三哥。我被他迷住了，因此而死；那汪大姑便从此脱身去了，至今已四十二年。我既依归胡三哥，便要设法找个替代的。去年十月，连你妹子，共寻到了三人，原想在一年之内，至少将这三人中的任何一人的眼光收尽了，方才可以替代。现在胡三哥被收去了，我无所依归，怎么办呢？”郑国相道：“你何不回到你母亲家中去？”女魂说道：“母亲远在江西，不能去。七月间，见盂兰盆会上丈夫抢食，则我丈夫也不在人间了。”说罢，一副凄凉可怜的样子。郑国相答应以朗诵《心经》三百卷，替她超度。她合掌行礼作谢说：“得到这些，我便可以再生人世了。你现在就为我先朗诵二卷，可否答应？”郑国相每诵一卷，缪三姑就念“阿弥陀佛”一声。郑国相朗诵至三四卷，缪三姑乃说：“不须多念了，若是念得多了就重，我的手拿不动。”还要讨烧酒、牛肉、银锭五百、烟筒、荷包等物，郑国相一一都答应照给。最后起身作礼，告谢而去。约过了一顿饭的时间，郑妹才苏醒过来。她边呻吟，边说道：“我被缪三姑藏在山洞中，正在啼哭，忽见缪三姑的面色微红，似有酒气。怀中藏着银锭，嘴边衔着烟筒，手捧白纸经卷，口称‘般若波罗蜜多’而来，还说：‘你父兄想念你，领你回去。’我因走得脚痛，所以呻吟呼唤。”第二天一早，郑妹忽然又以缪三姑的声音口气对郑国相说道：“菩萨不忍心去杀胡三哥，不过把他拘押起来而已。今听说胡三哥要打千尺深的地洞逃出来害你妹妹的性命。我因感谢你的恩德，所以特来报信。大相公可再求观音大士，使他不能逃走。”于是郑国相又虔诚地在观音大士前祈祷说：“愿再刊印《心经》一千卷，连前共三千卷，并将胡三哥作怪迷人的事记在经后，布施于人，以便普劝世人。”祈祷完毕以后，缪三姑说道：“如此很好。但昨日你们所给我的银锭，内中数额不足，不够我使用。”又说：“那《心经》因有人来抢夺，不慎扯碎了，那烟袋因狗叫时心里惊慌，失落了。今再要银锭一千，裙袄二副，同时仍要烟袋、荷包、烧酒、牛肉。所答应给我的《心经》，可先念三十卷，须做一纸箱，把箱盖开着，对箱朗诵，经卷便会自然进入箱内。”又说：“九月初一日，可设斋供奉观音大士，将你妹子归依给观音菩萨，取法名‘观贞’，打一副银锁，将法名凿在上面。锁要挂在胸前，以避凶灾，以保年寿。”郑国相听了，便一一照着备办，准备到了晚间给她。缪三姑又说：“此刻观音大士已带胡三哥到了城隍神处，你妹子也将同去受审。”黄昏过后，郑妹苏醒了，她说：“我刚才从城隍庙受审回来。”接着便把这次在城隍庙的所见所闻讲述了一遍，她说：“我在庙门外，见城隍神将观音大士迎接到了正殿上坐定，城隍神自己在下边侧首坐着。我进去跪在观音大士旁边，胡三哥跪在正殿的丹墀之下。观音大士向城隍神说了些话，城隍神就问胡三哥道：‘你这孽畜，怎可扰害生人?’胡三哥答道：‘我原在新宫桥里住，因那桥要拆了重建，便借住在罗家的空楼上。这是个女鬼，她是来跟我觅食的。’城隍神就叫判官查我父母及我哥哥的簿籍册子，又查罗家的簿籍册子。查完之后，城隍神呵斥道：‘她是主人，如何说是女鬼?’喝令打他嘴巴。打过以后，又抽签掷在地上，命将胡三哥重打三十板，并说：‘我这里不来追究你，且将你解往真人府去治罪。’于是城隍神便点了二个差役，备好文书，将他解去。解差手里拿着红棍，将胡三哥锁押而去。这时观音大士出庙升天，我也出了庙门，由缪三姑领我回来。”于是郑国相便请来巫婆祭奠缪三姑，送她回去，以后缪三姑就不再前来纠缠了。到八月二十六日夜，郑国相的妹妹梦见城隍庙的两个解差，一个手拿长枪，枪上挂着一个带毛的人头，上面留着血痕，说：“胡三哥已被正法了!”郑妹这时突然惊醒了。第二天夜间，郑妹刚就枕睡去，就有一个带毛的人头从地上滚着过来，将她的左臂连衣痛咬了一口。郑妹忍痛喊叫起来，那带毛的人头忽就不知去向，只见左臂衣上血迹斑斑。自此以后，或是白天，或是黑夜，经常会看见有个带毛的人头在脚边滚来滚去。九月初一那天，郑国相依照缪三姑的话，打了一把银锁，上面凿了名字，又设斋供在观音大士面前；郑国相的妹妹听见观音大士吩咐道："胡三已经正法，你终身不要往东南去。你兄长已答应给缪三姑《心经》三百卷，她得了这《心经》，已成地仙了。我的《心经》，对你们是至关重要，你兄长须要对它好好敬奉。"观音大士又取香灰在郑妹的头上画了一道符，用来作为镇妖之用。然后，她便醒了。于是郑国相便同他妹妹一起叩谢观音大士；但那在地上滚的带毛人头，以后还不时前来搅扰。郑国相也每夜做梦，同别人打架，只是不见对方的人形，但觉有一个不满三尺的黑色动物而已。后来忽然领悟《心经》佛力浩大，可以解冤释结，超度苦魂，又向观音大士虔诚拜祝，愿意念诵《心经》三百卷，超度胡三，以解除这个冤结。后来那带毛人头就不再出现。以上都是郑国相亲身经历的事，是他向人说的。

旱魃有三种

一种似兽，一种乃僵尸所变，皆能为旱，止风雨。惟上上旱魃名"格"，为害尤甚。似人而长，头顶有一目，能吃龙，雨师皆畏之。见云起，仰首吹嘘，云即散而日愈烈。人不能制。或云天应旱，则山川之气融结而成；忽然不见，则雨。

【译文】

旱魃有三种，一种如兽，一种是僵尸所变，都能造成旱情，阻止风雨。更有最高一档的上上旱魃，名叫"格"，它造成的危害尤其严重。这种上上旱魃，形状像人而比人更高，头顶上长一只眼睛，能吃龙，连那主管下雨的天神雨师也都怕它。它看见出现了云，抬起头往云中吹气，云便散去而太阳便更加炽烈。人们是不能制服旱魃的。或者说，上天所出现的旱象，是山川之气融结而成，旱魃忽然不见，就会下雨。

鬼脚甚香能行经受胎

宁波周秀才在於潜署内作幕，久之，形状羸瘦。同事疑之，叩问，总言无他。一日，同食西瓜，客有言鬼无脚，周忽云："鬼不特有脚，且女鬼之脚甚香。"群问何所见，周颇悔失言，众再四诘之，始言于某夜月光下有所感触，对月长叹。忽见对过廊下有一妇人甚美，亦对月长叹。周初疑为署中人，坦然不惧，讯其所叹何故，遽答曰："子不知我之所叹，犹我之不知子之所叹也。"少顷，周闭门而睡，心悔月下逢此美妇人，惜未细谈。忽闻窗外小语云："君果有意，当于明夜月下再会。"至次夜，周屏僮仆，相俟月下，久不至，疑其爽约。至四更，忽见妇人踉跄而来，曰："我为君驰千里而来。"叩之故，曰："今夜往江南六合祝盟姊寿，去时有同伴数人，恐久留失约，故撇同伴独回。途间恐遇虎狼，胆怯行迟，故后期。天且渐晓，不能缱绻。如君必欲相会，可与僮仆分居，恐与阴阳有犯。"如其言。奴知主人室中有鬼，坚不肯移，周大怒，奴始从之，然每夜必窥探主人之室，妇人遂不至。久之，僮亦释然，不复来扰。忽妇人至曰："君毋畏，我系前幕友某人之妾，松江人，偶小疾，为庸医所误，遂殁。以阳寿未终，冥籍不收，可以闲游。查露水夫妻簿上，与君有缘，但注定只应交媾一百十六次，若无人知则相处可长，否则缘尽便散。"又云："君外尚有一人，亦有夙缘，应数百次，不知何日得会。自此后可为地仙，不复轮回。且我行经受胎皆与人同，奈君命中无子，我不能为君嗣续耳。”从此周形神愈惫。同人知其事，促之归，周亦以同人皆知，身不能安，遂归宁波。身渐充肥。周每与女交，用红圈印于宪书月日之下，同人数之，得一百十六圈。

【译文】

宁波的周秀才在於潜县署内做幕僚，时间长久了，身体显得羸弱消瘦。同事们产生了疑心，问他；总说没有什么。一天，与别人一起吃西瓜，有位客人说起鬼是没有脚的，周秀才忽然说道：“鬼不但有脚，而且女鬼的脚还相当香呢！”众人追问他可在什么地方见过，周很后悔自己失言。在众人再三再四盘问下，方才说了事情的经过：某天夜间，周在月光下有所感触，就对月长叹；忽见对面廊下有一妇人很美，也在对月长叹。当时猜想她是县署中的人，所以心里很坦然并不害怕。周问她为何要叹息，她随即回答道：“郎君不知妾身为何要叹息；这好比为妾身不知郎君为何要叹息一样。”过了一会儿，周闭门睡觉，心里后悔在月下逢到了这个美丽的妇女，却未来得及与她细谈。正在这时，忽然听到窗外有人小声说道：“郎君，你如真的有意，当在明天晚上月下再会。”到了第二天夜间，周将书僮仆人等打发开后，独自在月下等候。过了好久，不见她到来，疑心对方失约。等到四更时候，忽见那妇人踉踉跄跄赶来，并说道：“妾身为郎君千里奔波而来。”问她是怎么一回事，便说道：“妾于今夜曾往江南六合县去为结拜的姐姐祝寿。去的时候有同伴数人，因担心久留失约，所以撇下同伴独自回来。途中怕遇上虎狼，心里胆怯，走得慢了，所以迟至此刻才到，延误了我们相约的时间。现在天快亮了，我们已不能依依相聚。如果郎君仍想要与妾相会，你可与书僮仆役等分开居住，否则恐怕阴阳之间，有所冲犯。”周便按她所讲，让书僮仆役与自己分房居住。书僮仆役得知主人房里有鬼，坚持不搬出去住。周大怒，仆人等才不得不同主人分开居住。但他们仍不放心，每晚总要悄悄窥探主人在房中的举动，因此那妇人也不敢前来相会。时间一久，书僮等因未发现有甚异常情形，便都放心了，不再有所干扰。这时，那妇人忽然来到周的卧室，说道：“郎君不要畏惧，我原是这里一位幕友之妾，松江人。因偶然得了小病，被庸医所误致死。但我阳寿未尽，冥籍不收，可以到处闲游。查露水夫妻的簿上，与郎君有缘分，但注定只应交媾一百十六次；若是无人知晓，则可长期相处，否则缘尽便散。”又说：“妾除郎君之外，另外还有一人，也与他有夙缘，交媾应有数百次，但不知那一天能与那人相会。自此以后，妾身便可成为地仙，不再处在轮回之中。而且妾的行经受胎，都与人间的妇人相同，岂料郎君命中无子，妾不能为郎君生儿育女延续子嗣。”从此以后，周的形态神色愈见疲惫。县署中的同事知道这事后，便劝他离开这里，速回家乡。周也因署中同事都已得知此事，自知不能长此下去，于是就回到宁波。自此他的身体也就渐渐充实肥胖起来。周每与这妇人交接一次，就用红圈画一记号在历书的月日之下。同人拿来数了一数，上面正好是一百十六圈。

王　弼

王弼字良辅，秦州人。行医延安，遇巫王万里与从子尚贤卖卜龙沙，忿其语侵坐折辱之。万里恚甚，驱鬼物惧弼。弼夜坐，忽闻窗外悲啸声，启户一视之，空庭月明，无有也。翼日，昼哭于门，且称冤。弼乃祝曰：“岂予药杀尔邪？苟非，予当白尔冤。”鬼曰：“儿阅人多，唯翁可托，故来诉翁，非有他也。翁若果白儿冤，宜集十人为证佐。”弼如其言。鬼曰：“儿，周氏女也。居大同丰州之黑河。父和卿，母张氏，生时月在庚，故小字为月西。年十六，母疾，父召王万里占之，因识其人。母死百有五日，父昼卧，兄樵未还，儿偶步墙阴，万里以儿所生时日禁咒之，儿昏迷瞪视，不能语。万里负至柳林，反接于树，先剃其发，缠以采丝，次穴胸割心肝，暨眼舌耳鼻爪指之属，粉而为丸，纳诸匏中。复束纸作人形，以咒劫制使为奴，服役稍怠，举针刺之，痛不可言。昨以翁见辱，乃遣儿报翁。儿心弗忍也。翁能怜之，勿使衔冤九泉，儿誓与翁结为父子。在坐诸父，慎毋泄，泄则祸将及。”言讫，哭愈悲。弼共十人者皆洒涕，备书月西辞，联署其名，潜白于县。县审之如初，急逮万里叔侄鞫之。始犹抵拒，月西与争，反复甚苦，且请搜其行橐，遂获符章、印尺、长针、短钉诸物，万里乃引伏云：万里，庐陵人。售术至兴元，逢刘炼师，授以采生法。大概如月西言。万里弗之信，刘于囊间解五色帛，中贮发如弹丸，指曰：“此咸宁李延奴，为吾所录。尔能归钱七十五万缗，当令给侍左右。”万里欣然允诺。刘禹步焚符祝之，延奴空中言曰：“师命我何之？”刘曰：“尔当从王先生游。先生仁人也，殊无苦。”万里如约酬钱，并尽受其术。复经房州，遇邝生者，与语意合，又获耿顽童者，亦奴畜之。其归钱数如刘，戒万里终身勿近牛犬肉。近忘之，因啖牛心炙，事遂败，尚复何言！县移文丰州，追和卿为左验。和卿来，心颇疑之，杂处稠人中。弼阳问：“谁为尔父？”月西从壁隙呼曰：“黑衣而蒲冠者是也。”和卿恸，月西亦恸。恸已，历叩家事，慰劳如平生。官为具成案，上大府，将定罪而万里死于狱。初，弼诉县归，亲宾持壶觞乐之。忽闻对泣声，弼询之，鬼曰：“我耿顽童、李延奴也。月西冤已伸，翁宁不悯我二人邪?”弼难之。顽童曰：“月西与翁约为父子，吾独非翁儿女邪？何相遇厚薄之不齐也!”弼不得已，再往县，入牒，官逮顽童父德宝、延奴父福保至，其所言皆验。自是三鬼留弼家，昼相随行，夜同弼卧，虽不见形，其声琅然。弼从容问曰：“门当有神，尔曷从入?”月西曰：“无之，但见绘像悬户上耳。”曰：“吾欲爇纸钱赐尔，何如?”曰：“无所用也。”曰：“尔之精气能久存于世乎?”曰：“数至则散矣。”顽童善歌，遇弼饮，则唱汉东山调为寿。弼连以酒酹地，顽童辄醉，应对皆失伦。客戏以醯代之，顽童怒曰：“几螫吾喉吻！何物小子，恶剧至此!”哓哓然数其阴事不止，客惭而遁。月西尤号黠慧，时与弼诸子相谑，言辞多滑稽。诸子或理屈，向有声处击之，月西大笑曰：“鬼无形，兄何必然？徒见其不智也。”凡八阅月，始寂寂无闻。

【译文】

王弼，字良辅，秦州人。行医到了延安，遇见巫师王万里与他的侄儿尚贤在龙沙地方卖卜。王弼因为恨王万里说话欺人，就当众辱骂他。万里心中很愤恨，便利用妖术，驱使鬼物对王弼进行恐吓报复。王弼夜间独自坐在卧室，忽然听到窗外有人发出凄厉长啸的声音，开门一看，空庭月明，什么东西都未见到。第二天，大白天却听见门口传来哭声，说是受了冤枉。王弼觉得奇怪，就祝告道：“难道是我用药时把你误杀了的？如若不是，我当替你诉明冤情。”鬼答道：“我见到的人很多，只有您老可托，所以前来向您诉述，并非有别的企求。您老如果愿意为孩儿洗刷冤情，最好要找十个人来做旁证。”王弼按他所求，请来了十位证人。于是鬼便说道：“孩儿原是周家的儿子，住在大同丰州的黑河。父亲周和卿，母亲张氏。我降生时刻是月亮在西边的庚位上，故小名叫月西。在我十六岁时，母亲得了病，父亲便请王万里来我家中占卜，所以认识了他。当我母亲去世一百零五日这天，父亲在睡午觉，哥哥外出砍柴未回，孩儿在墙边闲步。王万里按照孩儿出生的日子和时辰，运用巫术禁咒，使我神志昏迷，两眼直视，不能说话。于是被他背在肩上，奔至柳树林中，将我反手绑在树上：先剃去头发，缠上彩丝；再剖开胸膛，挖我心肝，割我眼、舌、耳、鼻、爪指等等，把这些拿去磨成粉末，做成药丸，放在葫芦里边。又用纸扎成人的模样，念上符咒使它成为奴仆。如果这些纸人在服役时稍有一点疏忽松懈，他便举针去刺，使他痛不可言。昨天王万里因在您老面前受辱，就差遣孩儿前来作祟报复，孩儿于心不忍。您老如能可怜孩儿，不使孩儿含冤在九泉，孩儿誓与您结为父子。在座的各位父老，千万不要把这事泄漏，若是泄漏出去，灾祸便将降临。”说罢，哭得愈加悲伤。王弼和请来的十名证人，都同情得为之涕泪纵横。于是详细记录了月西所说的被害经过，联署各人的姓名，悄悄向县府作了告发。县府在审理此案时，月西的陈述与原先所说完全一致，遂急速逮捕王万里叔侄到堂鞫审。王一开始还是抵赖狡辩，拒不承认。月西反复争辩，诉述相当艰苦。后来提出搜查王的行橐物件，于是查获符童、印尺、长针、短钉等证据，王这才不得不认罪招供道：“小人王万里，庐陵人。为兜售巫术到了兴元，遇上了刘炼师。他教我一种采生之法，这法术大致像月西所说那样。万里不相信，刘便从布袋中拿出一副五色的绸来，当中藏着弹丸大小的一束头发，指着那头发道：‘这便是咸宁的李延奴，现被我摄取在此。你能拿出七十五万缗钱，就让他为你使唤。’万里高兴地答应了下来。于是刘炼师踏着禹步，焚化了符咒，口中祝告了一番，只见李延奴在空中说道：‘师父，你唤我往何处去？’刘说：‘你当跟随王先生游，先生是个仁人君子，绝不会使你受苦。’万里遵照刘炼师的条件，付了所应付的钱，并从他那里学到了种种道术。后来经过房州，遇到一位邝生，与他讲得很投机，又得了一个耿顽童，也作为奴仆将他收留下来。给邝生的钱数与给刘炼师相同。他告诫我终身不可近牛羊肉。近来因忘了这点，吃了烧烤的牛心，所以事情败露了。我现在还有什么可以说呢!”县府根据王万里的供词,移文到了丰州,将月西之父周和卿传来作为检验事情真伪的证人。和卿人虽到来,心中却颇觉怀疑,便混杂在稠人广众之间。王弼假意向月西问道:“谁是你的父亲?”月西从壁缝中呼唤道:“身穿黑衣,头戴蒲冠的就是。”和卿听了,十分悲痛,月西也伤心地痛哭起来。哭罢,月西向他父亲询问了家中情形,所说的慰劳惦记的话,如同他活着时一样。县官便为月西被杀的事,办成正式公案,呈报府署。后来王万里因此被定罪而死于狱中。起初,王弼往县府告状回来,亲朋好友拿着酒壶向他祝酒相庆,忽然听到有人在相对哭泣。王弼询问是谁,有鬼答道:“我叫耿顽童,他叫李延奴,月西的冤已伸,您老难道不怜悯我们两人吗?”王弼有些为难,耿顽童说道:“月西与您认为父子,我为什么不能成为您的儿女呢?为什么厚此薄彼,不平等对待!”王弼不得已,再往县府,递呈了诉讼。县官将顽童的父亲德宝、延奴的父亲福保,拘捕到案,审问结果,都与事实相符。自此之后,月西、顽童、延奴三鬼,便就留在王弼寓处。他们白天相随同行,夜间与王弼同睡,虽然看不见他们的形貌,但说话的声音却琅琅如在眼前。王弼从容问道:“门上有门神守护,你们怎样进来的?”月西答道:“没有门神,只是看到画像悬挂在门上罢了。”王弼又说:“我准备烧些纸钱给你们,你们觉得怎样?”鬼答道:“没有什么用处。”王弼又问:“你们的精气能久存在人世间吗?”鬼答道:“天数一到,便就散了。”顽童善于唱歌,逢到王弼饮酒,就唱汉代的东山调为他祝寿。王弼连连以酒洒在地上,顽童便就醉倒,一醉就语无伦次。有位朋友故意将醋浇在地上与他开玩笑,顽童便发怒说:“几乎刺痛了我的喉咙,哪来的小子,恶作剧到如此地步!”同时不停地揭露他的生平隐私,这位朋友只好含羞离去。月西尤其聪慧机敏,经常与王弼的一些朋友互开玩笑,言辞往往滑稽有趣。这些朋友有时理屈词穷,便向有声音的地方袭击。月西大笑道:“鬼是没有形态的,各位兄长何必这样对我,足见你们智力低下。”这三鬼在王弼处共住了八个月时间,后来才寂寂无闻了。

萧总管求焚

戚南元为归安知县，有萧总管祠，甚灵，庙壮丽特甚。一日过之，值赛会之期，聚数千人。戚告于神曰："天久不雨，若能祷神得雨则善，不尔，庙且毁，罪不赦也。"舁木偶于桥上，竟不雨，沉之水中。数日，舟行，忽木偶自水跃入舟中。侍者失色，走报曰："萧总管来，萧总管来！"戚笑曰："是总管求焚也。"命系其舟侧，顾岸傍有社祠，别遣黠隶易服入祠，戒之曰："伺水中人出，械以来。"已而果然。盖诸赛者贿没人所为也。遂焚之，而杖作伪者。

【译文】

戚南元任归安县知县时，听说县里有座萧总管祠，很灵验，祠庙的建造也相当壮丽。一天，戚南元经过这祠，正好逢到赛会的日期，那地方聚集了数千人。戚在神前祝告道："天已长久干旱无雨，若是祈祷后能降雨，那就很好；不然的话，这座祠庙将被捣毁，你的罪孽也不会饶赦。"然后让人将木制的萧总管神像抬到桥上，结果没有下雨，就把它沉在水中。几天以后，有船经过，那木制的萧总管像竟从水里跃入船上。手下的人大惊失色，赶紧禀报道："萧总管来了，萧总管来了！"戚南元笑道："这是总管在请求焚烧呀！"便下令将它系在船边。回头看到岸边有座土地庙，就又差遣聪慧的皂隶换了服饰到庙里等着，并叮咛道："等水中的人出来，立即将他绑了来见我。"后来果然有人从水中出来。原来萧总管的神像之所以能从水中跃到船上，是赛会的人买通这个会潜水人干的。于是把萧总管的神像焚化了，把作伪的人打了一顿板子。

全州兵书匣乃水怪奔云之骨

乾隆丙辰，余过广西全州，见绝壁之上有匣，似木非木，其上无盖，舟人云诸葛亮藏兵书处。甲辰，余再过全州，已将五十年矣，仰而谛视，丝毫无损，疑世上焉得有此不朽之木。后广西布政司奇公过其地，用千里镜测之，的是木匣，非石匣也。其下江流迅急，舟难久停，心中终以为疑。后阅《涌幢小品》云：嘉靖皇帝常遣南昌姜御史往取兵书，姜架云梯，募健卒缘梯而上，乃一木棺，厚尺许，黄黑色，其上有盖，启之，中有白骨，头颅大如车轮，两牙长一尺余，锋利如刀，遂取以下。御史据实奏闻，瘗其骨于山侧。是夜，姜梦一虎头人，长丈余，撞门而入，瞪目怒曰："余水神巫支祈之第三子奔云是也。能出入风云，吞啮虎豹。当禹治水时，我父子与之大战，我败伏山泽中。伯益来放火，几为所烧。我咬伤伯益之指而逃。禹王大怒，命天将庚辰用神霄剑斩我，掷尸江中。其时我父尚在，命群水怪取阴沉木为棺，葬我于此，将来劫满时，我尚想下世报仇。汝乃命某卒来剖棺戮尸耶？然汝贵人也，奉天子命而来，我不能害。彼破棺之卒，吾将取其命矣。"言毕而去。次日，卒果暴亡。余按阴沉木乃洪荒以前之木，经过劫灰者，万年不坏。以故历千百年，巍然不朽。其盖被姜御史所取，故今犹暴露也。余丙午游武夷山，见大藏山洞之虹桥板，森森架立，恨无姜御史其人者架云梯取而视之。

【译文】

乾隆元年，我经过广西的全州，看见悬崖绝壁上有口棺材，像是木制的，又好像并不是木制的。悬棺上面无盖，船工说这是诸葛亮藏兵书的地方。乾隆四十九年，我再次经过全州，距上次到全州已将近五十年了。仰面仔细察看，那棺材丝毫无损，疑心世上怎么会有这种不朽之木。广西布政司奇公路过这地方时，曾用千里镜观看，的确是木制的棺材，并非是石制的。这悬崖绝壁之下，江流迅急，船不能久停，对此心里终觉得是个疑问。后来读到了《涌幢小品》里一则记载：嘉靖皇帝曾派遣南昌姜御史前去取兵书。姜叫人架起云梯，并招募健卒沿着云梯爬了上去，发现一具木制棺材，棺木有一尺多厚，黄黑色，它上面有盖。打开棺盖，内有白骨一具，头颅大如车轮，两牙长一尺有余，锋利如刀一般，于是把这白骨取下。姜御史将此情形据实向嘉靖皇帝奏明以后，便把白骨埋在山侧。这天夜间，姜梦中看见一个虎头人，长一丈有余，撞门而入，瞪大眼睛愤怒地说道：“我乃水神巫支祈的第三子奔云，能出入于风云之间，吞噬虎豹。当大禹治水的时候，我们父子曾与他大战，我被击败，伏在山泽之中，伯益前来放火烧山，几乎被烧死。我咬伤伯益的手指而逃。禹王大怒，命天将庚辰用神霄剑斩我，尸体掷在江中。这时候我父亲还在，便令水怪们取了阴沉木做棺材，葬我在此。将来劫数满了的时候，我想来世上报仇。你竟然命某卒来剖棺戮尸！不过，你是贵人，是奉天子之命而来，我不能杀你，那个剖我棺材的士卒，我将要去拿他的性命。”讲完以后就走了。第二天，上去开棺的士卒果然暴疾身亡。我以为：阴沉木是远古洪荒以前之木，历经劫火余灰，万年不坏。因此，这棺材经过千百年，仍巍然不朽。棺盖是被姜御史命人取下来的，所以至今依旧暴露在上。我在乾隆五十一年游武夷山，见大藏山洞的虹桥板，森森地高架在崖上，只恨没有姜御史那样的人，能架云梯取来见识一番。

（续卷三译者　曹中孚）

续子不语卷四

帝流浆

方延济善乩术，其主乩者，每年必有一仙。戊子主乩者陈真人，字鬌翁，善与众谈论。一日，众人以溺鬼必带羊臊气，是何缘故，陈云："凡人魄入地沾水即臊，河中皆淤泥，本多积秽，魄渍其中，七日即作羊臊气。凡河水鬼带羊臊气者，不能祟人，必五年之后，无此气便能祸人。"又云："焚死之鬼，五体不全，必觅伴合并而后能成形。或二三人合并不等。其并法，老不并少，男不并女。"又云："凡草木成妖，必须受月华精气。但非庚申夜月华不可。因庚申夜月华，其中有帝流浆，其形如无数橄榄，万道金丝，累累贯串，垂下人间。草木受其精气，即能成妖。狐狸鬼魅食之，能显神通。以草木有性无命，流浆有性可以补命，狐狸鬼魅本自有命，故食之大有益也。"

【译文】

方延济善于扶乩，降临他乩坛的，每年必有一仙。乾隆三十三年降坛的仙人是陈真人，字鬌翁，喜欢与众人谈论。一天，众人以溺死鬼必带羊臊气，是何缘故发问，陈真人说："凡是人的魂魄落入地下，沾上了水就有臊气。河底下面是淤泥，本来积着许多污秽，魂魄散落其中，七天便发出羊臊气。凡是落水鬼带有羊臊气的，不能祟人，必须过了五年，在消除了这种气味之后，才能出来害人。”又说：“凡被烧死的鬼，因四肢头部不全，必须寻觅相同情形者，合并以后才能成形。或二三人合并都可。它的合并方法是：老不并少，男不并女。”陈真人又说：“凡是草木成妖，必须受月光的精气。但非逢到庚申这天夜间的月光不可。因庚申之夜的月光中，有帝流浆，它的形状好像是无数橄榄，有万道金丝，把它一颗颗贯串着，垂落在人间。草木受它的精气，即能成妖；狐狸鬼魅吃了它，能显神通。这是因为草木有性无命，流浆有性，可以补命；狐狸鬼魅本来都有命，所以吃了大有益处。”

讨亡术

杭州陈以逵善讨亡术，凡人死有未了之事者，其子孙欲问无由，必须以四金请陈作术。其术：择六岁以上童子一人与亡人素相识者，命其闭目趺坐，在童子背后，书符于其顶。其符内有“果斋寝炁八埃台戾”八字。其时，命家人烧甲马于门外，书毕即瞑目睡去。见当方土地背负一包裹，牵马命骑，同至冥司，寻亡过人，询悉其生平未了之事毕，即苏。其术尤盛行于杭城布政司房，司房土地相沿为汉萧何。一日，方作术时，童子忽瞪目大呼曰：“我乃汉丞相萧何，汝以逵何等人，敢以邪术驱遣我为童子背包牵马？因汝诵《太上玄经》来教我，不敢不遵，此后如敢再尔，吾将诉之上帝，即加阴诛！”陈贪利不改。一日行法，土地乃领童子经由枉死城中，见断体残肢、狰面恶鬼，提头掷骸，遍满马前，童子惊骇而寤，以后不敢再奉其法。陈不得已，复教以剑诀，命童子手中执一剑，仍诵前经，土地复领至前所，童子遵即舞剑斫杀数鬼，众鬼号呼。忽见空中金光万道，众鬼喜曰："关帝降矣！"见土地揖于帝马前，喃喃不知作何语。有顷，牵童子马至帝前，帝谕之曰："我念以逵老奴才奉太上玄宗之教，故不忍即灭其法。汝可传谕他，以后倘敢再行其术，我当即斩其首！"乃命周仓以青龙刀背击童子一下，童子大叫而醒。嗣后遂绝志不复从陈受法。陈久之益贫，无所得食，偷于他处复行其术。是年秋，梦至钱唐门外黑亭子湾，见一木榜上罗列其罪，当于九月十三日诛斩妖人陈某。醒后略不为意，稍稍白其梦于人。至期，有好事者欲验其言，往至陈家，见陈身易道服，遍体书符，口诵经咒，似有解禳之法。良久忽大叫云："被杀，被杀！"众云："汝尚能言，何以云被杀？"答云："幸我魂多，斩之不死，然亦不能久延矣！"未几病死。视其颈，皮肉虽好，而内骨已断矣。

【译文】

杭州陈以逵善于施行一种叫作讨亡术的法术，凡是有人死了以后，还有未了之事，他子孙想要问明究竟，却无法去实现，则可付四两银子，请陈作术。这种讨亡术，是选择六岁以上的男孩一人，且这个孩子要与亡人是素来相识的。先叫他闭上眼睛，盘膝坐着。陈站在背后，写符一道在孩子的头顶，符上有"果斋寝炁八埃台戾"八字，同时便命家人在门外焚化甲马神符。等到孩子头顶上的符写好，孩子即入睡。这时会有当方土地背着一个包裹，牵马过来让孩子骑着，同往阴曹地府，寻到要找寻的亡人，问明其生平未了之事后，便就回来。然后，孩子也就醒了。这种讨亡术盛行在杭州布政司房。司房土地，相传是汉朝的萧何。一天，陈以逵正带着一个孩子在施行法术，那孩子忽然瞪着眼大呼道："我乃是汉丞相萧何，你陈以逵是何等样人，竟敢用邪术来驱遣我为孩子背包牵马？因你念诵《太上玄经》来使唤我，我不敢不遵从。以后如再这样，我将向上帝禀告，把你诛灭于阴曹地府！"陈以逵贪利，不愿改弦更张。一天，又在作法，土地神领着孩子经过枉死城，见城中的冤鬼，有断体残肢，面目狰狞；有提头掷骸，形状可怖，它们遍列马前。孩子在极度惊骇之中醒来，以后就不敢再照着施行这种法术了。陈不得已，便向孩子传授剑诀，叫他手中拿着宝剑，嘴里仍念诵原先的经语。果然，土地神又领他到了枉死城，童子遵照新近所学的剑诀要领，舞剑砍杀了数鬼，众鬼号哭呼喊。正在这时，忽见空中金光万道，众鬼高兴说道："关帝降临了！"只见土地神在关帝马前作揖，喃喃地不知在说些什么。过了一会，牵了童子的马到关帝面前，关帝说道："我念陈以逵这老奴才所奉太上玄宗之教，所以不忍立即灭除他的法术。你可传谕给他，以后倘若再施行这种邪术，我当即将他的头砍下。"说罢，叫周仓以青龙偃月刀的刀背，将童子猛击一下，童子大叫惊醒。以后这童子便立志不再跟着陈以逵从事这类邪术了。陈以逵因不再卖弄法术，久后日益贫穷，以致到了断餐的地步，于是就悄悄地到别处去重操旧业。这年秋天，他梦中来到钱塘门外的黑亭子湾，看见一块木榜上罗列着自己的罪名，上有"当于九月十三日，诛斩妖人陈某"的文字。醒来以后，心里有些不以为意，慢慢地就把梦中的事告诉了别人。到了九月十三日这天，有个好事的人想去验证他的话究竟如何，便到了陈家。见陈身上已换了道服，遍体写满了符，嘴里念着经咒，似乎有消灾解禳的法术。过了好久，忽听见他大叫道："被杀！被杀！"众人对他说道："你既然还能说话，怎么说是被杀呢？"陈回答道："幸亏我的魂多，斩了仍不死；然而也不能长久拖延下去了！"不久，他便病死。看他的颈部，皮肉虽还完好，但里面的颈骨却已断了。

学竹山老祖教头钻马桶

湖广竹山县有老祖邪教，单传一人，专窃取客商财物。其教分两派，破头老祖即竹山师弟。学此法者，必遭雷击。学法者必先于老祖前发誓，情愿七世不得人身，方肯授法。避雷霆须用产妇马桶七个，于除夕日穿重孝麻衣，将三年内所搬运之银，排设于几，叩头毕，遂钻马桶数遍，所以厌天神也。有江西大贾伙计，夜失去三千金，旦视箱簏，丝毫不动，惟包银纸有虫蛀小孔而已。因记船过襄阳，有搭船老翁借居舱后，每晚辄焚一炷香，向空三揖三拜，口喃喃诵咒，听之不解，疑即竹山邪教也。识者包银用红纸，四面以五谷护之，则其法不能行。

【译文】

在湖广竹山县，有一种叫作“老祖”的邪教，此教单传一人，专门窃取客商财物。教的内部分两派，破头老祖即竹山师弟。学这种法术的人，必遭雷击。学法的人，必须先在老祖面前发誓，情愿七世得不到投胎做人的机会，方才肯教授法术。避雷霆的办法是：须用产妇马桶七个，在农历大年夜，穿上重孝麻衣，把三年内用邪术从他人银箱里“搬运”得来的银子，摆在桌上，叩头完毕后，就钻马桶数遍。这样做的目的，说是为了压天神。有位江西大商人的伙计，夜间失去三千两银子。白天检查箱子筐簏，丝毫没有动过的痕迹，只发现包银的纸张有虫蛀过的小洞。因而忆起当时船过襄阳时，有个搭船的老翁，借居在舱内。记得他每晚总要焚一炷香，对着上空三揖三拜，嘴里喃喃地在念诵咒语，也不知是什么意思。现在想来这便是竹山邪教。有见识的人，改用红纸包银，四面再用五谷护住，那么，这种邪法就不能施行了。

关帝现相

桐城姚太史孔鋠云：曾于北直某观察署请乩仙判事，

署中亲友齐集，惟观察年家子某静坐斋中不出。或邀之，曰："乩仙不过文鬼耳，我事关圣者也，法不当至乩坛。"客曰："关帝可请乎？"曰："可。并可现相。"遂告知观察。观察亲祈之，年家子愀然曰："诸公须斋戒三日，择洁净轩窗，设香供。诸君子另于别所设大缸十口，满贮清水，诸公跪缸外伺候。"年家子遍身着青衣，仰天恸哭，口谆谆若有所诉。忽见五色云中，帝君衮冕长须，手扶周将军，自天而下，临轩南向坐，谓年家子曰："汝勿急，仇将复矣。"某复叩头大哭。周将军手托帝君足飞去，只见瑞云缭绕而已。诸公为金甲光眩射，目不能开，皆隔水缸伏地。一日年家子不辞而去。闻某大僚中恶于道，皆疑之，终不知所报何仇也。

【译文】

桐城人编修姚孔鋠说，他曾在北直隶某道台的府署中请乩仙来判事，署中同事的亲友都会集在一起观看。只有一位与道台同年得官者的儿子某人，静坐在书斋中不出。有位客人进去邀他来看，他答道："乩仙，不过是个文鬼罢了。我是侍奉关圣帝君的，照规矩不去看扶乩。"客人道："关帝可以请吗？"这位同年子说："可以请，并且还能显形。"客人便去告知道台。道台一心希望他去请关帝，就亲自作了祈祷。只见那同年子神情忧伤地说道："诸公要请关帝的话，你们必须斋戒三天，选择一处窗轩洁净的厅堂，摆设好供品，点燃了清香，同时还要在外边准备大缸十只，缸内贮满清水。诸公则跪在缸边伺候。"一切照他吩咐办了之后，这位同年子一身上下穿着青衣，便仰天痛哭，嘴里念念有词，好像在诉说着什么。忽见五色云中，关圣帝君衮衣冠冕，满腮长须飘然，手扶周仓将军，从天而下，在厅堂的前沿朝南坐着，对那同年子说道："你不要着急，仇将报了。"同年子听了，再次叩头大哭。这时周将军手托关圣帝君之足，凌空飞去，只见空际瑞云缭绕。在场诸公因金甲光芒耀射，一时眼睛不能睁开，都隔着水缸伏在地上。有一天，这位同年子不辞而别，此后闻得某大官在路上突然中邪，众人都觉得惊疑，最终仍不知关帝为同年子报的是什么冤仇。

鼠作揖黄鼠狼演戏

绍兴周养仲在安徽做幕，携外甥某居县署。空室三间，向来人不敢居，周不信，打扫洁净，自居内间，点烛而卧。忽见房门自开，有一白鼠如人拱立，行数步，鞠躬一揖，至床前，又一揖，跃而登床。其旁有两黄鼠狼，拖长尾，含芦柴，演吕布耍枪戏，似皆白鼠之奴隶，求媚于鼠王者也。白鼠伏周君足下，由腹下徐徐而上，肢体如酥，颇觉乐甚。至胸前，便觉如石压身，不能动。鼠以嘴对嘴挠其沫而食之，渐褪下，仍由其足下床，向门一揖而出。周亦无恙。其甥在外，只见鼠初来时一揖而门开，出又一揖而门闭如故。韩诗云："礼鼠拱而立。"其信然欤？

【译文】

绍兴人周养仲在安徽做幕僚，带着他的外甥某住在县署之中。有空房三间，不知什么原因人们向来不敢居住。周养仲不以为意，把它打扫干净后，自己住内间，外甥住外间，点上蜡烛，上床睡觉。不多一会，忽见房门自开，有一头白鼠，像人的走路姿势一样，拱立着进来，走了几步，便鞠躬一揖。走到床前，又一揖，然后就一跃而到了床上。白鼠旁边有两只黄鼠狼，拖着长长的尾巴，嘴里衔着芦柴，在演吕布耍枪的把戏。看上去这两只黄鼠狼都是白鼠的奴隶，是在向鼠王献媚。白鼠起初伏在周养仲的脚下，接着便由腹下慢慢地爬了上来。周这时肢体如酥，觉得很舒服。待白鼠爬到胸前时，便觉有块石头压在身上，使自己不能动弹。这白鼠便嘴对嘴吸食他的口沫，然后就退去。它仍由周的腹至脚，然后下床。走到门口，又作了一揖而去。这时周养仲也安然无恙。周的外甥在外房，只见白鼠初来时一揖，门便开了；出去时又一揖，门便关闭如同原先一般。韩愈诗句说："礼鼠拱而立"，果真确实如此。

温元帅显灵

阳湖令潘本智之太翁用夫开线庄，忽失银千金。仁和令李公学礼亲为踏勘，于灰中查出六百金，李公以为诸伙计之事，欲押带赴县。太翁云："此辈皆老成力作之人，必不为此，带我家奴仆研讯可也。"众伙计云："非主人仁厚，我辈皆当受刑。虽然，我辈亦当赴元帅庙明明心。"众始到庙门，内中一人，忽闭目大叫："莫打！莫打！我说！我说！你可将瓮中四百金令汝兄手捧到庙。"诸人见此光景，同搜其家，四百金宛然在瓮，其兄遂头顶四百金送庙中。李令取其亲供，判云："此冥法也，非官法也。候其安静，带县发落。"未几其人已投水死矣。

【译文】

阳湖县县令潘本智的父亲潘用夫开着一爿线庄，忽然失窃银子千两。仁和县县令李学礼，为审理这宗窃案，亲自到现场去实地调查，在灰堆中查出银子六百两。李公以为这与该店的几名伙计有牵涉，想押他们到县衙中进行审问。潘太公道："这几位伙计都是诚实有德，平时出力很多的人，必不会做这种事情，还是将我家中的奴仆带去，向他们做些调查审讯就是了。”众伙计说道：“要不是主人仁厚，我们免不了要在县衙中受刑。即使这样，我们也应当到温元帅庙里去明明各自的心迹。”众人刚到庙门，内中有一人忽然闭起眼睛大叫：“不要打，不要打！我说，我说！你可将瓮中的四百两银子，叫你兄长亲手捧到庙中去。”众人见到这种情景，一起去搜这人的家，四百两银子果然在瓮内。这人的兄长就头顶着四百两银子送到了庙中。李县令取了他的亲口供词，判道：“这是冥司的法律，并非官府的法律。等其安静以后，带到县署去听候发落。”不多久，这人就投水自尽了。

僵尸拒贼

杭州洋市街石牌楼贩鱼人，每五鼓出艮山门贩鱼，见树林内灯光隐隐，有美女子独坐纺绩，每日如此，并无别人，疑为鬼，亦不惧。一日，有白须叟语之曰：“君慕此女，欲以为妻乎？我有法，依教则事可图。明早须持一饭团闯入彼室，诱彼开口，则以饭塞其口，负之而归，勿令见天光，便与人无异矣。”如其教，果得此女，闭楼中，伉俪甚笃。年余生子，亦能饮食。天阴则下楼执炊。积廿余年，娶媳生孙，家亦小康，开茶肆。一日，天大热，日光如火。其媳闻姑下楼，至梯无声，视之，有血水一滩，变作僵尸。其夫心知其故，亦不甚痛苦，但买棺收殓。每夜于棺中出入。常有贼，入前门，有人挡之；入后门，又有人挡之。皆僵尸为之护卫也。

【译文】

杭州洋市街石牌楼的贩鱼人，每天凌晨到艮山门外贩鱼时，总会看见树林内灯光隐隐闪烁，有个美貌女子独坐在里面纺织。每天如此，总是这个女子，别无他人。疑心这可能是鬼，但也并不惧怕。一天，有个白须老人对贩鱼人说道："你爱慕这个女子，要想做你的妻吗？我有办法，只要依我的意思去做，那么这件好事便可成功。明天凌晨，你必须拿了一个饭团，闯进她的房里，诱她开口，乘机把饭团塞在她嘴里，然后将她背回家去。只要不让她看到日光，便与人没有什么两样。"贩鱼人按照白须老人的话做了，果然得到了这个女子。他把她藏在楼上，成了夫妻，感情很好。一年以后，生了个儿子，与平常人一样，也能饮食。逢到阴天，这个女子就下楼来烧饭煮菜。经过二十多年，贩鱼人给儿子娶了媳妇，不久又有了孙子，于是又开了个茶馆，家境已属小康。一天，天大热，日光明亮如火。贩鱼人的媳妇听见她的婆婆从楼上下来，走到楼梯时突然没有声音了。过来一看，只见血水一摊，她的婆婆已变成一具僵尸。贩鱼人心知其中缘故，也不十分悲痛，就买棺材将她收殓了。这僵尸每到夜间就从棺材中出来，天亮前又进去，一天夜里，窃贼来偷东西，贼进前门，有人挡住；贼入后门，又有人挡住。原来都是这僵尸在为他家作护卫。

亡父化妖

某太守，西北人。其父已死多年，忽一日乘马而来，与生无异，曰："我已得仙，但爱汝，未能忘情，故来视汝。汝可扫一静室与我居住。"其子虽疑，然声音笑貌，举止作事，果其父也，遂事之如生。日间看书，夜中或寐或不寐，久亦饮食如常，遂相安焉。年余，西江张真人过其地，太守告之，张曰："妖也。岂有仙人复久居城市，无一毫异人者乎？能与见否？"太守告其父，父欣然曰："我正欲与天师相见。"谈吐如故。天师曰："此妖非我所知。"询之老法官，云当乘其不备勘破之。一日，其父正写字时，法官忽从背后喝之，遂惊如木鸡痴立。法官出袖中天篷尺从头量之，量一尺则短一尺，量一寸则短一寸，至足而灭，衣冠如蜕，剩胫骨一条。法官曰："此先太翁之真骨也。为狐钻穴，野狗衔出，受日月精华而成此妖，所以能言生前之事。再与女人交，得阴精，其祸更不止此。"太守欲请骨而葬之，法官不可，曰："勿贻后祸。"遂携之去。余按《太平广记》载唐时李霸死后，还家处分奴仆，俱井井有条，然独居一室，不与人见。一日其子孙逼而视之，变作青面獠牙之鬼，头大如车轮，眼光如野火。子孙大惧而散，霸从此亦遂不来矣。

【译文】

某太守，西北人。他父亲早已死去多年，忽然有一天乘马而来，看上去与生前没有两样，亡父对他说道："我已得道成仙，但因眷恋着你，未能忘却父子之情，故来看你。你可打扫一间静室给我居住。"太守虽然有些怀疑，但声音笑貌，言语举止，无疑是自己父亲，于是就像生前一样待他。老人日间看书，夜里或睡或不睡。长久下来，饮食如常，他们相安无事。过了一年多些，江西张真人经过这里，太守把这事说了出来。张真人说道："这必是妖怪。岂有仙人会重新久居在这城中而没有一毫与人不同的吗？能否让我见他一面？"太守便把张真人想见面的话告诉了他父亲，老父欣然说道："我正想与天师相见。"见面时两人谈吐如故，使张真人产生了新的疑问。他事后说："这妖的情况特殊，并非我能识别。"于是，张真人便去向老法官请教，老法官表示要乘其不备的时候去勘破它。一天，太守之父正在写字时，法官忽从背后喝了一声，惊得他如木鸡一般痴立了起来。法官拿出藏在袖中的天篷尺从头量下去，量一尺则短一尺，量一寸便短一寸。量到脚下，他的身躯顷刻消灭了，留下的衣冠如蝉蜕一般；除衣冠之外，还剩有胫骨一条。法官对太守说道："这便是令尊大人的真骨。令尊大人的墓穴，被狐狸钻了个洞。他的遗骨被野狗衔出，后因受了日月的精华，便成此妖，所以能讲生前的事。若是再与女人交媾，得了阴精，它的祸害更远不如此。"太守想把这胫骨请回去葬了，法官不答应，说道："不要造成后祸。"于是就把这胫骨带走了。按《太平广记》载，唐代的李霸死后，又重新回家，处置家务，吩咐奴仆，无不井井有条。然而他独自一人居住，不与别人相见。一天，他的子孙走近前去观看，他即变作青面獠牙的鬼，头大如车轮，眼光如野火。子孙大惊而散，李霸从此也就不回家来了。

乾麂子

乾麂子，非人也，乃僵尸类也。云南多五金矿，开矿之夫有遇土压不得出，或数十年，或百年，为土金气所养，身体不坏，虽不死，其实死矣。凡开矿人苦地下黑如长夜，多额上点一灯，穿地而入。遇乾麂子，麂子喜甚，向人说冷，求烟吃，与之烟，嘘吸立尽，长跪求人带出。挖矿者曰："我到此为金银而来，无空出之理。汝知金苗之处乎？"乾麂子导之，得矿必大获，临出则绐之曰："我先出，以篮接汝出洞。"将竹篮系绳拉乾麂子于半空，剪断其绳，乾麂子辄坠而死。有管厂人性仁慈，怜之，竟拉上乾麂子七八个，见风，衣服肌骨即化为水，其气腥臭，闻之者尽瘟死。是以此后拉乾麂子者，必断其绳，恐受其气而死，不拉则又怕其缠扰无休。又相传人多乾麂子少，众缚之使靠土壁，四面用泥封固，作土墩，其上放灯台，则不复作祟。若人少乾麂子多，则被其缠死不放矣。

【译文】

乾麂子，并非是人，而是僵尸之类的东西。云南多五金矿，开矿的工人有逢到被土压住不能出来，或数十年，或上百年，他们在地下为土金气所养，躯体不腐，看上去是不死，实际已经死了。凡是开矿的工人，苦于身居地下，黑如长夜，大多在额头上点着一灯，穿行在矿井下面。遇到乾麂子，乾麂子高兴极了，向矿工说冷，求烟吃。给了它烟，一吸便尽。为了能从地下出来，常长跪着求人将它带出去。挖矿的工人说："我到这里是为了挖掘金银，没有空手而出的道理，你可得知金苗的地方吗?"乾麂子便领着去寻，所得金银矿石，收获必大。矿工临出时，则欺骗说道："我先出，到了上面再用竹篮接你出洞。"等到将竹篮系上绳子把乾麂子拉到半空时，再剪断绳子，乾麂子便就跌死在矿下。有个管理矿藏的，生性仁慈，可怜这些乾麂子，竟拉上了七八个。但乾麂子一见到风，衣服肌骨立即化成了水，它散发的气味腥臭异常，闻到的人，尽都瘟死。从此以后，凡拉乾麂子的人，都要割断绳索，恐怕受了这种腥臭而死。不用竹篮拉他们，又怕它缠扰不休。又，相传人多而乾麂子少，众人便将他们缚住了紧靠在土壁旁，再在四周用泥封固起来，做成土墩，用来当作灯台，上面可以放灯，这样它就不能作祟了；若是人少而乾麂子多，那么就会被它们死缠不放。

石　某

下津桥石某，开米铺，家素丰。忽病，女鬼凭之作杭州声口云：石某前生与女鬼比邻，开当铺，女鬼之父作客在外，家有月台，男女彼此眷恋。一日，正在月台下私语，女鬼之叔自外来，被其撞见，男窜逸去，女被叔父羞削，惭愧自尽。男受惊而回，又闻女死，亦一病而亡。男转生石家为男，女鬼寻觅三十余年始知在苏州，是以寻觅而至。石家哀求，情愿当祖宗供奉于书房，石某果愈。未几，一女痘亡，有老妪见此女坐鬼膝上，鬼抱而嬉。石大怒，骂鬼，停其祭礼。鬼大作祟，乃复求饶而祭之如初，鬼仍平静。半年后，忽一日附石某身上云："吾从此去矣，快备酒席车船。"家人问故，曰："监生娘娘来领我投胎，在扬州张姓家，第三子是我也。"托人询之，果然。

【译文】

苏州下津桥石某，开着一爿米店，家境素来富裕。一天，石某忽然病倒，有个女鬼依附在他身上，用杭州口音说道，石某前生与女鬼是贴近的邻居，开着当铺。女鬼的父亲作客外出不在家，家里有一座月台，男女彼此暗暗相爱。一天，两人正在月台上幽会私语，女鬼的叔父自外面进来，不巧被他撞见，男的急忙逃窜，躲避起来；女的被她叔父羞辱教训了一番，竟抱愧自尽身亡。男的受惊后返回家中，又听到女的已死，也一病而亡。男的转生投胎在石家仍是个男身，女鬼找寻了三十多年，方才得知在苏州，因此寻觅来到这里。石家的人听了，向那女鬼哀求，情愿把她当作祖宗供奉在书房。这样，石某的病果然好了。没有多久，石某的一个女儿因痘症死了，有个老妈子看见此女坐在那女鬼的膝上，女鬼正抱着她在嬉耍。石某听说，顷刻大怒，骂这女鬼，并从此停止了对她的祭礼。女鬼大肆作祟，石家只好重新求饶，一切祭礼，恢复如旧，那女鬼才平静了下来。半年以后，忽然有一天这女鬼附在石某身上说："我从此去了，快准备酒席车船。"石某的家人问是什么缘故，回答说："监生娘娘来领我投胎，在扬州姓张的家里，他家的第三子是我。"石家后来托人去打听，果然与这女鬼说的相符。

物　变

每年八九月间，于阗河石子化玉，采者以脚踹之。两岸卡兵传鼓，见一人伛偻俯身，必须得玉以献，否则治罪。采尽则明年复生。天大雾，则山上石变者为山料，河中石子变者为水料。俄罗斯国有鸟来千群，一遇大雾，即伏地不动，化为灰鼠。其他沙鱼变虎，变鹿，两蚁相斗便化为蝇，虾爬虫变蜻蜓，为人所扑则怒毒而变蜈蚣。

【译文】

每年八九月间，新疆于阗河中的石子变化成玉，采摸的人用脚踹踏找寻。两岸边卡的士兵击鼓相报，见有一人弯腰曲背，俯着身体在寻觅，必须得玉去献，否则将被治罪。河里的玉采尽了，明年便会再生。如果逢到天大雾，则山上的石子变为山料，河中的石子变为水料。俄罗斯国有时会飞来上千群的鸟，这种鸟一遇到大雾，就伏地不动，变化为灰鼠。其他如沙鱼变虎，变鹿。两只蚂蚁相斗，就变化成苍蝇。虾爬虫会变成蜻蜓，如遭人扑打，怒极了会变蜈蚣。

人　变　树

外国兀鲁特及回部民从不肯自尽，云自尽者必变树，树易招斩伐，故不愿也。秦中明府蒋云骧云。

【译文】

外国兀鲁特及回族部落的民众，从来不肯自尽，说是自尽的人必然要变树，而树容易被砍伐，所以不愿意。这是秦中蒋云骧明府说的。

水精碧霞洗

漳州山上，有气冲上，即知其下有水精。滇南闻大雷，便生碧霞洗。皆因时变，并非洪荒以来已有之物。

【译文】

漳州的山上，如见到气往上冲，就可知道在这下面有水精。滇南地方听得隆隆巨雷声时，就会有碧霞洗生成。水精和碧霞洗，都是因为当时物体变化而成，并非远古洪荒时代以来就有的东西。

浮提国

浮提国人能凭虚而行，心之所到，顷刻万里。前朝江西巡按某曾渡海，见其人，相貌端丽，所到处便能学其言语，入人闺闼，门户不能禁隔，恰从无淫乱窃取之事。

【译文】

浮提国的人能凌空而行，只要心里一想到要往某个地方去，顷刻便行万里。前朝江西巡按某某，曾渡海见过这个国家的人，他们相貌端庄秀丽，所到之处能学讲当地所讲的言语。凡是进入人家的闺房寝室，门户都很随便，并不严加禁隔，却从未发生淫乱或偷窃的事。

刀疮药

甘肃田五之变，官兵殪之于石峰堡，死者甚众。诸童子割男女之阴联为一副，卖钱十二文，配刀疮药者争买之。过一宿则臭腐不可用。

【译文】

甘肃田五作乱，官兵将他们杀败在石峰堡，死的很多。许多孩童去割男女死者的生殖器，两者联为一副，可卖钱十二文，配刀疮药的争着收购。但这种东西隔夜就会发臭腐烂，不能用了。

乩仙灵蠢不同或倩人捉刀

乩仙灵蠢不同。赵云崧在京师，烦乡人王殿邦孝廉请仙。殿邦本有素所奉仙，不须画符，焚香默祝即至，下笔如飞，俱有文义。或云崧与之倡和，意中方想得某字，而乩上已书，每字皆比云崧早半刻。及云崧在滇南果毅公阿将军幕下，阿公之子丰昇赫亦能请仙。一夕邀云崧同观，而乩大动，不能成字。云崧知其非通品也，乃戏为之传递，意中想一字，依约至喉间，则乩上即书此字；意中故停不构思，则乩上不能成字矣。

【译文】

扶乩所请的仙人灵蠢不同。赵云崧在京师，烦请他的同乡王殿邦举人请仙。殿邦本有自己素来尊奉的乩仙，不须画符，只要焚香默默祝告以后即会到来。来了便下笔如飞，都有文义。有时赵云崧与乩仙唱和，赵心中刚想到某一字时，那乩上已写了出来，每个字都比云崧早半刻。后来赵云崧在滇南果毅公阿将军幕下，阿将军的儿子丰昇赫也能请仙。一天晚间，丰昇赫请仙时，邀去崧一起观看，那乩来回大动，不能显现成文字。云崧知道这乩仙并非是品级通达一流的，乃出于好玩而从中传递。他心中想到一字，大约到了喉边还未说出，则乩上就写这字；心中故意停住不构思，则乩上就显现不出字来。

拔鬼舌

蒋敬五之仆阿真，勇而好酒。常随主寓西直门，其地多鬼，人不敢居，阿真居之。夜有鬼，披发而来，某方醉不惧也。鬼伸舌丈许，以吓之，阿真起，以手执之，并拔其舌，冷软如绵，鬼大号而去。乃置舌席下，次早视之，一草绳耳。鬼从此绝。

【译文】

蒋敬五的仆人阿真，勇敢而且欢饮喜酒。曾经跟随主人寓居在西直门。这西直门地方多鬼，人们不敢居住，阿真却在那里住下。夜间有鬼披着头发走来，阿真正巧刚醉倒，他看见鬼来，并不惧怕。鬼伸出舌头，约有一丈多长，来吓唬他。阿真坐起来，以手抓住鬼的舌头，用力去拔，那舌冷软如绵。鬼大呼大叫而去。阿真把拔得的舌头放在席子底下。第二天早晨拿出来看时，原来是根草绳。鬼从此绝迹。

蒋莹溪

蒋莹溪赘于华亭王氏，内弟继勋娶于桐乡，归未数日，室中失牙箸银器数件，搜得于赠嫁之仆处，将鸣之官。是晚，仆夫妇齐缢。其夫系一僧，拐妇而来，惧发觉则罪大，故自尽也。不数日，蒋小婢无故自缢，急救乃苏。蒋至其处骂曰："汝有奸拐盗窃之罪，不当官治罪，自殒其生，亦大幸矣，何敢作祟于无辜之小婢？倘婢不活，吾将鞭汝二尸焚之！"嗣后婢安好。

【译文】

蒋莹溪入赘在华亭县王氏家中。他的内弟王继勋娶妇于桐乡县。新娘子进门没有几天，房内便失窃象牙筷和银器好多件。经搜查，发现在随新娘赠嫁过来的仆人处，正准备把这事向官府告发。不料当天晚上，这仆人夫妇双双上吊死了。原来这仆人是个和尚，拐了一个妇女做妻子，然后以仆人的身份被陪嫁过来，惧怕事情败露罪大，所以自尽身亡。没有几天，蒋莹溪的小丫鬟无缘无故地去上吊自杀。经急救，才得苏醒转来。蒋便走到尚未埋葬的那仆人尸旁，骂道："你有奸拐、盗窃之罪，不把你送到官府去治罪，自寻死路，也算是最大的幸运了；怎么敢作祟于无辜的小丫鬟？倘这丫鬟不活，我将鞭打你们这二尸，然后把它烧了！"此后小丫鬟便安好无事。

方宫詹

桐城方宫詹亨咸，前身在嘉靖时作青城山道童，见杨升庵中状元，心为一动，遂托生宜兴潘家。少年进士，通一比丘尼，半途相负，尼思慕抑郁而亡。亡何，尼转世为贵公子，潘转世为女，嫁与贵公子而早寡，守节七十余年，所以报也。三次轮回为宫詹公，生而美貌，耳有穿孔，故乳名姐哥。父拱乾为前明侍郎，名其子必取字于文头武脚，曰膏茂，曰章钺，曰亨咸，皆本此义。或戏之曰："何不取'於戏哀哉'四字为名？亦皆文头武脚也。"

【译文】

桐城方宫詹亨咸，他的前身曾是明朝嘉靖年间青城山的道童，因为看到杨升庵中状元，便动了凡心，就托生在宜兴潘家。潘公子少年中了进士，曾与一位年轻尼姑私通；但他半途负心，那尼姑朝思暮想，抑郁而亡。不久，那尼姑转世为贵公子，潘转世是个女子，嫁给了贵公子，不幸早寡，守节七十多年，这就是报应。第三次投胎为方宫詹，生来相貌很美，耳朵上穿有洞孔，所以乳名为"姐哥"。他父亲方拱乾在前明任侍郎，在为儿子们取名用字时，所考虑的原则是，必须文头武脚，所以一个叫膏茂，一个叫章钺，一个叫亨咸，都是出于这种意思。有人与他开玩笑说："何不取'於戏哀哉'四字为名，也都是文头武脚呀！"

麒麟无肠

乾隆四年，芜湖民间牛生麒麟，三日而死。剖其腹，不见肠胃，中实如蟹，人以为奇。后有人云：康熙《南巡盛典》，曾载此事。

【译文】

乾隆四年，芜湖民间的一头牛生下了麒麟，第三天麒麟便死了。剖开它的腹部，不见肠胃，肚子里塞满了像蟹一样的东西，人们觉得很奇怪。后来有人说："康熙《南巡盛典》中，曾记载这事。"

四耳猫

四川简州猫皆四耳，有从简州来者，亲为余言。

【译文】

四川简州的猫，都是四只耳朵。这是一位从简州来的人，亲口对我说的。

头形如桶

《南史》载毗骞国王头长三尺，万古不死。后阅谢济世《西域记》云：毗骞王生于汉章帝二年，本朝称董喀尔寺呼尔托托，圣祖曾遣使者至其国，见之。王头如桶，颈如鹅，俱长三尺，张目直视，语不可辨。其子孙皆生死如常，惟王不死。事载康熙《天文大成》。赵衣吉秀才云。

【译文】

《南史》中记载：毗骞国的国王，头长三尺，万古不死。后来看到谢济世的《西域记》说：毗骞王生于汉章帝二年，本朝称董喀尔寺呼尔托托，圣祖皇帝曾遣使者到他的国家，见到过他，国王头如桶，颈如鹅颈，都有三尺长，张目直视。所讲语言，无法辨听。国王的子孙都是有生有死，和平常人一样，只有他不死。事情记载在康熙《天文大成》中。这是赵衣吉秀才说的。

鸟怪

松江王掌科之姨，凌进士应兰之次女，年甫及笄，嫁于李氏。方理晨妆，有五色鸟翔于窗间，飞立于镜架之上，举爪招女，女便痴迷。口啁啾作鸟声，人不能辨。身轻如雀，梁间瓦上，上落如飞。镜架之鸟，则已去矣。家人患之，不能禳解。闻苏州穹隆山有道人，能行法，迎而求之。道人曰："此鸟怪也。我能禳治，但须白布三尺，裹鸟所立之镜，用烈火烧之，镜红而布不坏，则可治也。"如其言，布果不坏。道人口喃喃诵咒良久，曰："妖已得矣。"取瓦坛封之，加字篆其上，嘱家人曰："不可开看，速投江中。"女果如梦初醒，言语如常。问其故，全然不知。家中持瓶者揭封偷视，女瞀乱如初，手制弓鞋，皆作鸟爪之状。再请道人，道人曰："不听吾言，果生枝节。幸而夫人有福，此怪逃去不远。再如前法试之，须布烧后现出牡丹花一朵者，吾法始灵。"如其言，果布上现牡丹如画。道士再取磁瓶加封施篆，亲投江中。女病遂愈。至今生子安居，了无他恙。

【译文】

松江王掌科的姨母，就是凌应兰进士的次女。她刚满十五岁时，便嫁给李氏为妻。一天早晨，她正在梳妆，一只五色缤纷的鸟飞翔在窗间，后来飞进房来。立在镜架之上，举起脚爪向她招引。这时，她便忽然变得痴迷了，嘴里啁啾啁啾发出鸟的鸣叫声，别人不能听懂。顷刻之间，她又身轻如雀，梁间瓦上，上落如飞。再看停在镜架上的鸟时，早已不知去向。家人见她这种情景，十分担忧，却又无法祈禳消解。听说苏州穹隆山有位道人，能施行法术，就去将他请来作法。道人说："这是一种怪鸟，我能驱邪治病。只需白布三尺，裹在那鸟所站立过的镜子上面，用火去烧。如果镜子发红而布未烧坏，这病就能治愈。"家人按道人的吩咐做了，果然镜子见红而布仍安好无损。这时道人嘴里喃喃念诵咒语有好多时间，然后说道："妖怪已经捉住了。"遂把它放在瓦坛之中，封了起来，上面还写了篆字。他嘱咐家人道："不可以打开来观看，快把它投入江中。"这时，那女子果然如梦初醒，说话如常。问她是怎么一回事情，却全然不知。岂知手拿瓦坛的家人一时好奇，揭开封记，正要偷看坛中之物，这女子便又昏乱如初。她所做的女鞋形状，都与鸟爪一般。于是家人再请道人，道人说："你们不听我的吩咐，果然又生枝节。幸亏你家夫人有福，这怪逃得还不远。可再用原先的办法试它一试，这次应在烧布后现出一朵牡丹花图纹，我的法术才称灵验。"家人又按道人的吩咐做了，布上果然显现出牡丹花的图画。道人再取一只瓷瓶，把妖怪放入瓶中，仍加封写了篆字，亲自把它投入江中后，她的病也就痊愈了。这个女子如今已生了孩子，安居在家，一点也没有别的任何病痛。

刘子壮

明末湖广黄冈州张某之子，病重为鬼所迷。一鬼既集，群鬼皆至，索饭索纸钱者，纷集于门。适刘克猷先生推门而入，群鬼惊曰："状元来了！我辈且避。"一老鬼走矣，回头笑曰："没纱帽戴的状元，吾何惧哉！"病人恰愈。众人不解。后刘中本朝状元，方悟老鬼之揶揄也。

【译文】

明朝末年湖广黄冈州张某的儿子，被鬼所迷惑。病得厉害。先有一鬼已在张家，继而群鬼也都赶来，要羹饭和纸钱的，纷纷集中在门口。正巧刘克猷先生推门而入，群鬼惊呼道："状元来了，我辈且躲避在一旁。"一个老鬼一面往后退去，一面回头说道："没有纱帽戴的状元，我为何要害怕！"张某儿子的病立刻痊愈了，众人都不明究竟。后来刘克猷中了本朝的状元，本朝官已不戴纱帽，方才领悟当时老鬼是在嘲笑他。

黑　牡　丹

福建惠安县有青山大王庙，庙之阶下所种皆黑牡丹。花开时，数百朵，朵皆向大王神像而开，移动神像，花亦转面向之。

【译文】

福建惠安县有青山大王庙，庙宇阶前种的都是黑牡丹。花开的时候，数百朵牡丹，朵朵都向着青山大王的神像竞放，如果将大王像移动，花也转而面向神像。

李秀才捕亡术

闽中李秀才，老于场屋，而家甚贫。不事馆谷，惟以捕亡糊口，其效甚神。有王某被窃，来求秀才，诵咒毕，置镜水面，命王视踪迹，教以某时刻到东门外见有白须而跛者擒之，则失物必得。王意跛者不能窃物，白须则其人老矣，何能作贼，姑试之，竟如其言，人赃并获。其行窃者系一积贼，年二十余，虑捕快认识，故偷戏场优人所戴假须，充作老翁。先一日，上山遇雨，跌伤其足，故跛也。

【译文】

闽中地方有位李秀才，屡试未中，到老依旧没有取得功名，所以家境相当贫困。但他又不去教书，只是以帮人捕捉逃贼来混日子，他在这方面的效验倒也颇为神奇。有个王某被窃，来求李秀才。李念诵咒语完毕后，在水盆上面放了一个镜子，让王某察看踪迹，并叫他于某时某刻到东门外，看见有个白须且又跛足的人就将其抓住，则失物便能重新追回。王某心想，跛子没法去偷窃东西；长着白须的人必然老了，怎会做贼，便抱着试试看的心情去了。结果竟如李秀才所说的，人赃俱获。原来这个行窃的人是个惯偷，年龄二十多岁，担心被人识破，所以偷了戏场中演员戴的假须，扮作老翁；前一天，他因上山遇雨，跌伤了脚，故走路一瘸一拐，是个跛足的人。

石树榕

石树榕以太学肄业生受知于浮山孙文定公，荐授四川犍为令，署嘉定州。精于占验，一时有管公明、郭景纯之目。一日，于嘉定署中自占，卦成骇曰："予未四十，岂七十二岁方守郡耶？"后年逾四十即殁。惟此一事全不验。然嘉定改府，恰在渠七十二岁之年。

【译文】

石树榕原只是太学中学生，因得到浮山孙文定公的赏识，经其推荐，授官为四川犍为县令，代理嘉定知州。他精于占卜，每次都能应验，一时之间，竟被看作是管公明、郭景纯一类人物。一天，他在嘉定州署中为自己占卜，卦出现以后，惊骇道："我今年还不满四十，难道七十二岁才能升为知府吗？"后来他年过四十便就去世，一生中只有这事未能应验。然而嘉定改为府城，恰好在他七十二岁这一年。

禅师吞蛋

得心禅师行脚至一村乞食，村中人皆浇薄，尤多恶少年，语师曰："村中施酒肉，不施蔬笋。果然饿三日，当备斋供。"至三日，请师赴斋，依旧酒肉杂陈。盖欲师饥不择食，以取鼓掌捧腹之快。师连取鸡蛋数个吞之，说偈曰："混沌乾坤一口包，也无皮血也无毛。老僧带尔西天去，免受人间宰一刀。"众人相顾若失，遂供养村中。

【译文】

得心禅师周游各地，到了一个村中化斋乞食，这村的社会风气浮薄，行为不端的少年特别多。他们对得心禅师道："村中只施舍酒肉，不施舍蔬笋如果你能忍饿三天，我们将准备斋饭请师父受用。"到了第三天，他们请得心。禅师去赴斋，但桌上摆的，依旧酒啊，肉啊，满是荤菜。他们是想让禅师饥不择食，好借此鼓掌取笑，闹个捧腹之快。得心禅师连取几个鸡蛋吞入肚中，说了四句偈语道："混沌乾坤一口包，也无皮血也无毛。老僧带你西天去，免受人间宰一刀。"众人听了，相顾若失。于是把得心禅师留在村中，供养他斋饭。

含元殿判官

甘肃中卫令胡纪谟，直隶通州人，戊子孝廉。自言未仕时，馆于京师，忽一夜，梦仪从甚都，身跨银角花鹿，御风而行。至一处，殿宇甚敞，额曰“含元殿”。旁设公座，案上燃红烛，有泥果三盘，阶下书吏多人捧册侍立。未登座时，先至侧房，将所着衣履脱却，尽易纸者，颇觉寒入肌骨。步出即扃闭侧门，如有时门缝略开，即觉风吹衣履，有秽气冲入。所办公事，唯按簿点名而已。方点名时，或见故人将受苦楚，稍存回护之心；或见绝色女子，不无动念，即时殿上火起，身上纸衣尽焚。惊心镇定，其火自熄。但所点男女俱有黄气一团，云是道门中转劫者。一日见一童子，年七八岁。阅簿，知前身系仁和邵昌皋，亦举戊子北闱，榜发后即殁，计此童子又转轮矣。如此者数年，每夜必去，几与受戒僧相似，心甚苦之。时尚无子，幸其父为杭州龙王书吏，以乏嗣例为子求免，龙王为之申恳，得准除免此差。据在含元殿见天府所颁秘书甚多，无如梦中举笔，千钧之重，仅默记得《心经注解》一本、《元君下品戒格》一册，系杀盗淫狂四则，其律甚细，大抵与禅门戒律相仿。惜当差数年之久，而含元殿主从未得一见，不知何许人也。杭州屠涧南时在陈望之方伯署中，亲见其人，自言如此，并亲录二书，戒格一本带归。此事万近蓬言。

【译文】

甘肃中卫县令胡纪谟，是直隶通州人，乾隆三十三年中举。他自称自己未出来做官时，寓居在京师。忽然有一夜，梦中看见周围仪仗随从的人很多，自己则骑着银角花鹿，乘风而行。到了一处地方，殿宇相当宽广，上面一块匾上写着“含元殿”三字。旁边设有公座，案上燃着红烛，上面供着泥果三盘。阶下有书吏多人，手中都捧着簿册，侍立在一边。胡纪谟未登座时，先到侧房之中，将原来所穿的衣服鞋袜全都脱去，换上了一身纸衣纸鞋，顿时颇觉寒气侵入肌骨。当他跨入中堂，那侧门便就关闭。如有时门缝略开就觉得风吹衣履，随之而来的是一股秽气袭人。所办的公事，只是按簿册点名而已。刚点名的时候，或者见到旧时相识的人将受苦楚，心底里忽然会冒出要去回护他的念头；或者见到绝色的女子，有时也会因其美艳而心动。在这种时刻，殿上便会起火，身上的纸衣即被焚毁。等到自己心神镇定的时候，这火就会自行熄灭。胡纪谟按簿册点名所看到的男女，都有黄气一团，据说都是道家中的劫数转移者。一天，胡纪谟又在点名，看见一个孩童，年纪约有七八岁。看那簿册，知道他前身是仁和县的邵昌皋，也是乾隆三十三年在京师参加乡试的举子，发榜后便去世了。算来这个孩童又将轮回投胎去了。这样经过数年，胡纪谟每夜必去，几乎与受戒的僧人相似，毫无自由，心中感到苦闷。他当时还未有子，幸亏他的父亲为杭州龙王的书吏，以无子嗣为由，请求龙王免去儿子往含元殿点名的差事，龙王答应后，就出面为他申述和恳求。后来终于获准免除了这项差使。据胡纪谟称，他在含元殿看到天府所颁发的珍秘书籍很多，不料在梦中举笔，有千钧之重，没有把这些书的内容摘录下来，仅默记《心经注解》一本，《元君下品戒格》一册。《元君下品戒格》的内容，分杀、盗、淫、狂四则，它的戒律很细，大致与禅门戒律相仿。可惜虽当差有数年之久，但含元殿之主却从未得见一面，不知他是何等样人。杭州屠涧南当时在布政使陈望之的衙署之中，曾亲眼见过胡纪谟其人，是屠涧南这样说的。屠还亲自抄录《心经注解》、《元君下品戒格》二书；那《元君下品戒格》一册还带了回来。这事是万近蓬讲的。

狐狸驮旗白鹿张伞

胡又云：伊书吏皆阳世读书人，或生童，或孝廉，间有识者。至吏卒多系狐鹿之类。来迎时，仪从整肃，狐狸驮旗，白鹿张伞，有金角者、银角者，似以此分职之尊卑。后充教习，居内城，则不复至。凡男女皆不得同床睡，同床则魂归时为生人所冲，不得入城。盖城内护卫宸居，天将充满，狐鹿之属不能入。后以泄机密革任，始生子女。

【译文】

胡纪谟又说：那边的书吏都是阳间的读书人，或者是秀才，或者是举人，也有一些是认识的。至于下属那些小官小兵，多数是狐鹿之类。当时来迎接我时，仪仗随从的队伍整齐肃穆，狐狸背着旗帜，白鹿张着伞盖，有的头上长着金角，有的头上张着银角，似乎以此来区分职司的高低和尊卑。后来我任教官，住在城内，就不再来了。凡男女都不得同床睡觉，同床则魂灵归来时要被生人所冲，便不能入城。这是因为京城是皇帝居住的地方，那城是用来护卫皇帝的。城中有许多天神天将，狐鹿之类不能进城。我后来因为泄露机密被革去职务，方始能生育子女。

虎有黄光

胡又云：来受轮回者一虎，亦有黄光。生时山神土地视之，奏闻上帝，知为道中人，落劫于含元殿者。查得命终时未曾勾取生魂，遂自缢死，混入虎胎。旋奉天旨：若虎伤人，罪坐含元殿主者及判司。

【译文】

胡纪谟又说：来受轮回投胎的，还有一只虎，它也发着黄光。这虎生时，山神土地看了，便去奏闻上帝，这才得知它原来也是道家的人，是因劫数才落到含元殿的。查得这人在命终时未曾勾取生魂，遂自缢而死，混入虎胎。顷刻接到天旨：这虎投胎以后若是伤人，含元殿主持者及判官都将连坐问罪。

正色立朝四字现出腿上

吴钠孙字坚士，仁和诸生。雍正甲辰孝廉、作令紫廷先生讳邦烺之孙。馆于本城汪氏。白日假寐起，觉左腿作痒，视之现一“正”字，朱文隆起。又逾时，复现“正色立朝”四字，大如碗口，拭之不灭，端楷工整，笔法颇似虞世南《庙堂碑》，见者无不以为异，然求其故而不得也。先是一日前，吴君为移厝屋至三台山，道过张天官墓，石牌上镌“正色立朝”四字，或以为有所触犯，因复肩舆至天官墓上虔祷之。其地去于忠肃公祠不远，即祷于公祠乞籤，神示籤云：“少年发迹自豪雄，更复花枝压帽红。引得乡人齐俯首，洛阳季子一时荣。”旁有解之者曰：“此吉语，不必言。是秋，适举行己酉正科乡试，定为获隽之兆。第三句谓远近来观者皆低首谛视。第四句暗用引锥刺股事，而延陵季子之称，于姓亦有关合。”及秋试竟不第，现出四字渐渐平复，以后亦无他怪。此乾隆五十四年六月初三日事。余按《涌幢小品》载嘉靖间山东海丰县民徐二病伤寒，忽臂膊上生“王山东”三字，知州尤宝以闻，逮至京师，验明释放。

【译文】

吴钠孙，字坚士，是仁和县的一名秀才。他是雍正二年举人、官县令的紫廷先生吴邦烺的孙子。吴钠孙寓居在本城汪氏处。某日白天在床上躺了一会起来，觉得左腿发痒。一看，腿上显现出一个“正”字，朱红色的字迹，高高隆起。又过了一会，再看腿上，显现出“正色立朝”四字，大如碗口，擦拭不灭。字迹端楷工整，笔法很像虞世南的《庙堂碑》。看见的人，无不觉得奇异，但要问这究竟是什么缘故，都说不出来。原来在一天以前，吴君为了将停放其先人灵柩的厝屋迁移到三台山，曾从张天官墓前经过。这墓的石牌上镌着“正色立朝”四字。吴心想，不要有所触犯。因此重新坐轿再到张天官墓上虔诚地祈祷了一番。张天官墓离于谦的祠不远，就在于公祠里求了一签，神灵在签上显示诗一首道：“少年发迹自豪雄，更复花枝压帽红。引得乡人齐俯首，洛阳季子一时荣。”旁边有人将签上的意思解释说道：“这是吉祥的话，用不着详细说。今秋正好举行乡试，一定是考试获隽的先兆。第三句是指远近来观看的人都在低头细察。第四句暗用苏秦引锥刺股的典故；而延陵季子的称呼，与姓吴也有关合。”等到秋试发榜，吴结果名落孙山，腿上显现的字便渐渐平复消失了，以后再也没有发生任何怪异。这是乾隆五十四年六月初三那天的事。按《涌幢小品》记载，明朝嘉靖年间山东海丰县百姓徐二患伤寒病，忽然臂膊上生出“王山东”三字，当时的知州尤宝将这事奏闻朝廷，于是把徐二解往京中，验明真相后便释放了。

狗　儿

申生祥麟者，小字狗儿，居渭南。故农家子，状妍媚而性谌挚，不为父母所悦。会关中饥，将觅食他郡，以祥麟寄邻家。邻人责以治地，怠则鞭挞之，不堪，乘间乃逃入蓝田山，复越秦岭而西。昼食卉木，夜就岩穴栖其身，凡数月。时方熇暑，入山益深。一日，坐崇阜，下窥洞穴，林萝蔽之，入其中假寤。须臾，黑烟喷入，火燎毛发有声，亟穿穴出，有巨蟒如瓮，不见其首，尾捽洞外，毒雾幕之，高三丈许。祥麟惊仆地，堕土室中。醒后自视，身首黝黑如漆。就山中乞食，群呼噪指为鬼物，以刃梃殴逐之，自分必死。亡何，见灌莽中有物若栲栳状，饥甚，剖食之，浆白如乳。数日后，觉体中瘵痒，乃入溪涧浴之，忽黑皮蝉蜕，而貌转靡嫚。祥麟故习秦声，出山后，由汉中至武昌。其地有胡姐者，艺颇精，求其指示，欲藉以假食，不肯授，转喈同类揶揄之，愤而弃去。佣于金弹儿家，汉阳名倡也。祥麟事之，见其一颦一笑、一举止、一饮食、一寤寐，明姿冶态，备极诸好。居一载，喜曰："吾得之矣！"复请奏技，观者尽倾，如壮悔堂所传马伶演《鸣凤记》故事也。又数月，夜宿旅店，忽有白刃自牖飞入揕其首，亟避，出视之，即胡姐也。知招姐忌，其地不可居，即日反渭南。方祥麟始去也，年十六，又四载归，入室不知父母所在。有云见之山西者，复弃家渡河，由蒲州售技至太原访之。一日，演剧于沈竹坪观察署，傔从列侍，中有老叟，似其父，时方登场，瞥眼不觉失声。询其故，令相识认，果然。其母亦在署，闻亟趋出，抱持之，各相视，恸不能起。坐中皆泣下。观察感动，厚赠之，令与俱归。返旧居，置田五十亩于酒河川原上，将事亲以终其身焉。

【译文】

有位姓申的人，名叫祥麟，小名狗儿，住在渭南地方。他原本是农家儿子，长得容貌妍媚而生性挚着有信，却并不受到父母的宠爱。正巧遇到关中发生饥荒，父母因将往外郡去谋生，就把祥麟寄养在邻居家中。邻居家人叫他去耕地，如稍有怠惰，就鞭打。他受不住虐待，便找机会逃进蓝田山，又越过秦岭向西。他白天吃野草野果，夜间钻在岩洞中栖身，这样经过了数月。这时正当酷暑，往山中走去，越走越深。一天，坐在一座很高的山头，往下看去，见有一个洞穴，周围长满着树木藤萝。他便走进洞去睡个片刻。不多一会，黑烟突然喷进洞来，火燎烧到毛发而发出声响，于是急忙奔逃离开洞穴。只见一条巨蟒，有瓮口一般粗，它的头不知在哪里，尾巴摔在洞外，发出来的毒雾像幕一样挡在前面，有三丈多高。祥麟惊扑在地，跌落到一个土坑之中。醒后再看自己，浑身黝黑如漆。不得已，只好在山中有人居住的地方乞讨为生。人们看见这般模样，都呼喊嘲笑，当他是怪物。有的还用短刀、木棍向他砍杀殴打，把他驱赶出来。不久，他在深山灌莽丛中见有一种植物，形状如栲栳一般，因为饿极的缘故，就把它剖开来吃了，里面白色的浆液宛似乳汁。几天以后，觉得身体发痒，便跳到溪涧中去洗浴，忽然身上的黑皮像蝉脱壳似的，全都落去，容貌肌肤变得柔美无比了。祥麟从小欢喜演唱，曾学习过秦声。出山以后，由汉中到了武昌。武昌有个叫胡妲的艺人，演唱技艺非常精湛，祥麟便去向她请教，想学得技艺后，作为自己糊口的资本。不料胡妲不但不肯教他，反而与其同人一起嘲笑了一番。祥麟便愤然放弃原来打算，离开了胡妲。此后他到金弹儿家去做佣工，金是汉阳有名的演员。祥麟在金弹儿家做事，这位艺人日常的一举一动，全在他眼里。对于金弹儿的一颦一笑，甚至饮食、睡眠，明姿冶态，祥麟都刻刻留心在意。在金弹儿家住了一年，祥麟高兴地说道：“我学到本领了。”于是请求登台演出，当时观众都为之倾倒，那种盛况如侯方域所写马伶演《鸣凤记》时的情形相同。又过了几个月，祥麟夜宿在旅店，忽然有一把亮晃晃的小刀，自窗门飞进屋来急刺其头。幸亏祥麟躲避得快，才免遭暗算。出门一看，原来是胡妲。因知自己招到胡的妒忌，这地方不能继续居住，便于当天动身回家乡渭南。祥麟起先从家乡出奔时，才十六岁。过了四年回到家里，父母已不知去向。有人说在山西见到过他们。他又离家渡河，由蒲州往太原寻亲。一路上，他边演戏，边寻访。一天，他在沈竹坪道台的府署中演剧。在场的侍从行列中，有个老年人很像他父亲。这时祥麟刚登场，一见以后不觉失声痛哭。众人问明缘故后，让他们当场相认，果然父子团圆。他母亲这时也在署内，闻得消息，急忙奔出，抱住儿子，各各仔细观看，不禁悲伤痛哭得无法控制。座上的人见此情景，也都纷纷泪下。沈竹坪非常感动，便慷慨解囊，厚赠银两，请他们一起返回故乡。祥麟回到旧居。在酒河川原地方，买田五十亩，侍奉双亲，在这里终其天年。

鹏　粪

康熙壬子春，琼州近海人家忽见黑云蔽天而至，腥秽异常。有老人云：“此鹏鸟过也。虑其下粪伤人，须急避之。”一村尽逃。俄而天黑如夜，大雨盆倾。次早往视，则民间屋舍尽为鹏粪压倒，从内掘出，粪皆作鱼虾腥。遗毛一根，可覆民间十数间屋，毛孔中可骑马穿走，毛色黑如海燕状。

【译文】

康熙十一年春日，琼州近海人家忽见黑云蔽天而至，腥秽异常。有老人说：“这是鹏鸟经过，为防这些鹏鸟下粪伤人，须赶快躲避。”一村的人便按那人所说的，全都逃尽。顷刻之间，天黑如夜，大雨倾盆。第二天早晨回到村上去看时，只见民间的屋舍尽被鹏粪所压倒。从清理已倒的房屋内挖掘出来的鹏粪来看，都有一股鱼虾的腥味。所遗留的一根鹏毛，可覆盖民房十多间，毛孔很粗，可骑着马在中间穿来穿去。毛的颜色如海燕一样乌黑。

银　伥

人但知虎有伥，不知银亦有伥。朱元芳家于闽，在山峪中得窖金银归，忽闻秽臭不可禁，且人口时有瘪瘷。长老云：是流贼窖金时，常困苦一人，至求死不得，乃约之曰："为我守窖否？"其人应许，闭之窖中。凡客遇金者，祭度而后可得。朱氏如教，乃祝曰："汝为贼守久，我得此金，当超度汝。"已而秽果净，病亦已。朱氏用富。有中表周氏亦得金银归，度终不能久也，反其金窖中。汤某为作银伥诗曰："死仇为仇守，尔伥何其愚。试语穴金人，此术定何如？"

【译文】

人们只知道虎有伥，不知银子也有伥。朱元芳家住福建，在山谷间的一个窖中得到不少金银归来，忽然觉得秽臭难闻，而且家中的人时有瘪瘷等病发生。长老说："流贼在把金银挖窖暗藏时，常只唤一个人单独操作。这人困苦不堪，求死不得，于是流贼对这人说：'把这窖挖好后，你可为我守窖否？'那人答应后，便将窖禁闭，使他死在窖内。凡有人发现了这些金银，必须祭奠超度那死者以后，方可得到。"朱元芳便遵照长老所说的，祝告道："你为贼人长久守窖，我得了金银，当超度你。"不久之后，秽臭果然消除，家人的病也就痊愈了。朱氏就此很富有。有个中表亲戚周氏，也从窖中得到了不少金银而归，自知日后终究不能长久保全，又把金银放还原来的窖中。汤某为作《银伥》诗道："死仇为仇守，尔伥何其愚。试语穴金人，此术定何如?”

苍蝇替人治病

诸生俞某久病，家赤贫，不能具医药。几上有《医便》一册，以意检而服之，皆不效。有一苍蝇飞入，鸣声甚厉，止于册上。生泣而祷曰：“蝇者，应也，灵也。如其有灵，我展书帙，择方而投足焉。庶几应病且有瘳乎?”徐展十数叶，其蝇瞥然投下，乃犀角地黄汤也。如方制之，服数剂，得愈。

【译文】

秀才俞某长久生病，但家境极为贫困，无钱去求医买药。桌上有《医便》一册，想按药书内容，自找药物服用，然都不见效验。有一苍蝇飞来，鸣声很响，停在这医书之上。俞某哭泣着祈祷道：“蝇者，应验也，神灵也。如它真的灵验，我翻着书帙，蝇为我选择药方，然后就停在那药方上。也许可以找到病源而对症下药，使我得以病愈。”于是便翻那医书，翻了十多页，这蝇迅速停在一页书上。仔细看时，乃犀角地黄汤。俞某按药方熬制，服了数剂，身体便就康复了。

鼠 荐 卷

繁昌令黄公，与余同校江南甲子乡试。黄阅“赵”字号一卷，不合其意，置之落卷箱中。次日，早起看文，此卷仍在几上。初意以为本未入箱，偶忘之耳，乃仍放箱中。次早，此卷又在几上。疑家人作弊，夜张烛佯寐伺之，见三鼠钻入箱，共扛一卷放几上。黄疑此人有阴德，故朱衣遣鼠为之，遂勉强一荐而中。榜发，其人姓闵名某，来见，乃告之故，且问："君家作何善事？"曰："家贫，无善事可做，但三世不许畜猫耳。"

【译文】

繁昌县令黄公，与我一起审阅乾隆九年江南乡试的卷子。黄公阅"赵"字号的一张试卷，不合他的意思，放在落选卷的箱中。第二天早起再看试卷，昨夜放进箱去的卷子仍在桌上。起初以为这卷原未入箱，是自己偶然忘了，便仍放入箱中。次日一早，见此卷又在桌上。疑是家人作弊，把它故意从箱内取出。于是在夜间点了蜡烛，自己假装熟睡而暗中加以窥察，只见三鼠钻入箱内，一起衔了卷子放在桌上。黄公疑心这人有阴德，故上天监督贡举的朱衣人差遣这三鼠相助，就勉强荐举此人中了举人。发榜以后，得知这人姓闵，当他来见时，黄公把审阅试卷中所发生的奇事告诉了这位新举人，并且问道："你家曾做什么善事？"答道："家境贫穷，无善事可做，只是已有三代不许养猫罢了。"

石人赌钱

雷州治前立石人十二，执牙旗两旁，即今卫治是也。忽一夜，守宿军丁闻人赌博争吵声，趋而视之，乃石人也。地上遗钱数千。次早，闻于郡守，阅视库藏，锁钥如故，而所失钱如所得之数。郡守将石人分置城隍、东岳两庙，其怪遂止。

【译文】

雷州府的衙署前有石人十二尊，手执牙旗站立在两旁，这地方现为雷州卫衙署的所在地。忽然有一夜，住在里面守夜的兵士听到外面有赌博争吵声，出来一看，竟是石人在赌博，掉在地上的钱有数千。第二天一早，守夜的兵士把这事禀告了知府，知府派人查看库藏，锁钥都完好如故，所失的钱数和散落在地上的钱数相等。于是知府就把这十二尊石人分别置放在城隍和东岳两庙，那怪异现象就不再发生了。

犬逐通判

甲辰大荒，平湖尤甚。有赵通判者，下县催征，刑法严刻，邑人大恐。时乞儿甚多，忽有黑犬直立作人言，告之云："赵通判领库银三千行赈，曷往恳求?"相牵诣赵，顷刻数百人。无赖子又乘之大噪，赵惶惧，逾墙遁去。

【译文】

乾隆四十九年，遭遇大荒，平湖受灾尤其严重。有个赵通判，到平湖县去催征。他刑法严刻，县中的人大为恐慌。当时乞丐很多，忽有一头黑狗直立着讲人话，它对乞丐们道："赵通判领库银三千，来此赈济灾民，何不前去向他恳求?"众乞丐相牵去找赵通判，顷刻有数百人之多。那些穷极无赖的人，又乘机大吵大闹。赵通判见状，惶惧万分，便翻越墙头逃走。

佛奴穿母胁生

锡山尤少师时亨之子平贞，娶王氏，产一女，从左胁下出，名曰"佛奴"。慧性异常，五岁举动如成人。

至秋渐不食，形体日小。一日，母胁复开，女便跃入，母即痛死。以僧家法焚之，筑小塔于赤石岭葬焉。平贞念妻女，不两月亦死。余素闻鳍鱼率小鳍而游，倘受人惊，则仍奔入母腹中，不料人亦如之。

【译文】

锡山尤少师时亨的儿子平贞，娶妻王氏，产一女儿，是从王氏左胁下面生下来的，取名叫做“佛奴”。她聪明异常，五岁的时候，举动就与成人一样。到了这年秋天，渐渐不吃东西，形体也一天比一天小。一天，王氏的左胁重新张开，佛奴便从胁下跃入，其母立即痛死。他家按照僧人的习惯，把王氏火化后，在赤石岭建造一个小塔葬了。平贞思念妻子和女儿，不到两月也死了。我素来听说鳍鱼率领小鳍在水中游来游去，倘小鳍见人受惊，则仍奔入母腹之中，不料人也如此。

彭祖举柩

商彭祖卒于夏六月三日，其举柩日，社儿等六十人皆冻死，就葬于西山下。其六十人墓，至今犹在，号曰“社儿墩”。又墓前有薤林，春不种而生，秋不收而枯。或人妄加耕锄墓旁，则雷雨大作。

【译文】

商代的彭祖死于六月三日，是夏天。抬着灵柩出丧这天，社儿等六十人都冻死，就葬在西山脚下。这座六十人墓，至今还在，名称叫作“社儿墩”。又，这六十人墓之前有一片薤草丛，春天不种而自生，秋日不收而枯折。如有人在墓旁妄加耕锄，就会雷雨大作。

人 皮 鼓

北固山佛院有人皮鼓，盖嘉靖时汤都督名宽戮海寇王艮皮所鞔。其声比他鼓稍不扬，盖人皮视牛革理厚而坚不如故也。

【译文】

北固山佛院中有一面人皮鼓，那是明朝嘉靖时，都督汤宽杀了海寇王艮，将他的皮作为鼓面绷成的。敲击时，它的声音不如其他鼓响，这是因为，人皮的厚度与坚韧不如牛革。

指 上 栖 龙

有萃里民王兴，左手大指著红纹，形纡曲，仅寸许，可五六折，每雷雨时，辄摇动弗宁。兴憾焉，欲锉去之。一夕，梦一男子，容仪甚异，谓兴曰："余应龙也。谪降在公体，公勿祸余。后三日午候，公伸手指于窗棂外，余其逝矣。"至期，雷雨大作，兴如所言，手指裂而应龙起矣。

【译文】

有萃里平民王兴，左手大拇指显现出红纹，拇指形状纡曲，仅一寸光景，却有五六个关节可以弯曲。每逢雷雨时，拇指各节就会摇动不停。王兴心里觉得很遗憾，想把它除掉。一天夜里，梦见一个男子，容貌仪态都与常人不同。他对王兴道："我是应龙，谪降在你身体上，你不要加害于我。三天之后的午时，你把手指伸在窗棂外面，我将离去。”到了所说的日期和时辰，雷雨大作，王兴按他所说的做了，果然拇指断裂，应龙便远飞天外了。

（续卷四译者　曹中孚）

续子不语卷五

夺　舍　法

庄恰圃言：在西番途次，憩一庙侧，旁有毙马，风来，腥秽不可忍。欲行又苦足疲。正踌躇间，俄有老僧偕一少年来，亦憩息庙隅。少者谓老僧曰："徒弟速遣死马去。"老僧即垂目不语，久之死马忽动，跃然起，向下风行二里许，复倒路侧。僧乃开目，谓少者曰："已遣去矣。"此用夺舍法，然其法有夺生夺死不同。夺生者易其魂，仍载其魄；夺死者无魄可袭，夺舍后尚须修炼以养魄。今西藏红衣喇嘛悉知其术，在《楞严经》为"投灰"，外道是也。

【译文】

庄恰圃说：他在往西部边疆的途中，在一座庙边休息，庙旁有一匹死马，风吹过来时，腥秽之气使人难以忍受。他想继续赶路，又因脚力疲乏，无法行动。正在踌躇之间，突然有位老僧与一个少年走来，也休息在庙的一旁。那少年对老僧说："徒弟想让死马速速离开这里。"老僧即闭目不语，过了好久，那死马忽然在动，接着便跃然而起，朝下风方向跑了大约二里路，就倒在路边。这时老僧才睁开眼睛，对少年说："已让它离开这里了。"这用的是夺舍法。然而夺舍法有夺生、夺死的区别。夺生法是调换他的魂，仍旧带着他的魄；夺死法就无魄可以袭取，故夺舍后还须修炼以养他的魄。今西藏的红衣喇嘛都知这种法术；在《楞严经》中称为“投灰”，是异域的一种道术。

尸　奔

尸能随奔，乃阴阳之气翕合所致。盖人死阳尽绝。体属纯阴，凡生人阳气盛者，骤触之，则阴气忽开，将阳气吸住，即能随人奔走，若系缚旋转者然。此《易》所谓“阴疑于阳必战”也。故伴尸者最忌对足卧。人卧则阳气多从足心涌泉穴出，如箭之离弦，劲透无碍。若与死者对足，则生者阳气尽贯注死者足中，尸即能起立，俗呼为走尸，不知其为感阳也。惟口不能言，其能言者，为“黄小二”之类，为老魅所附。陈聂恒《边州闻见录》载，有客山行，途中闻呼其名者，不觉应之。暮投主人宿，告以故。店主曰：“客无忧，我能治之。”夜携剑伺客寝外，打三更，果闻有呼客者，声在墙外，问为谁，答曰：“我黄小二也。”启门逐之，见一物如人，奔入一冢而没。明日询其居邻，知为新死而葬者。相与报官起验，其尸斑烂五色。店主曰：“是也。然犹未成精。”与众四觅，入深山中，见遗骸一具，亦五色，生毛，曰：“此其黄小二矣。”焚之，果啾啾作声。及焚新葬之尸，了无他异。盖槁死之魂，久则成魅，特借新死之体以祸人，无所借则久而为眚；若遇雷火击散其气，又能布而为疫。此皆山川沴戾之气偶中于身后故也。

【译文】

尸体能够随人奔走，是阴阳之气协和聚合的结果。大凡人死了，阳气就完全灭绝，尸体属于纯阴。逢到生人凡阳气盛的，突然去触动它一下，则阴气忽开，将阳气吸住，这样就能随人奔走，好像有谁把它系缚住而随便旋转的一般。这是《易经》所谓“阴气凝聚到阳气上后必然交战搏斗”的道理。所以陪伴尸体的人最忌是对脚而卧。人睡下来后，阳气都从脚底心的涌泉穴中出来，如箭的离弦一样，向外劲透，全无阻碍。若是与死人对脚睡着，则活人的阳气全都贯注到死者的脚中，尸体就能起立，俗称叫它为“走尸”，这是不知道它感应了阳气的缘故。这时的尸体，只是嘴巴不能讲话；若是能够讲话的，便是“黄小二”之类，那是已被老魅附在身上的缘故。陈聂恒的《边州闻见录》记载着这样的事。有个客商在山间走路，途中听到呼唤他的名字，不觉答应了一下。晚间投宿在一家客店中，把途中有人叫他的事告诉了主人。店主说：“客商不必忧虑，我能对付它。”那店主在夜间带着剑守候在这客房外面，等到打三更的时候，果然听到有呼唤客商的，那声音在墙外。店主问：“是谁?”答道：“我黄小二呀!”店主开了门去驱赶，见是一物，形状如人，奔入一座坟墓中就不见了。第二天，那店主向邻居打听，才知这坟墓所葬的是新死的某人，便一起向官府禀报，要求挖掘验看。挖出来的尸体，五色斑斓。店主说：“是呵，这谜揭开了，然而它还未成精。”便与众乡邻再在四处寻觅，直至深入山中，终于发现遗骸一具，也是五色斑斓，生着毛，店主说：“这便是黄小二了。”将此尸骨焚烧了，果然“啾啾”地发出叫声；又去焚烧新葬那尸体时，一点也未发生怪异。这是因为尸体干枯者的魂灵，时间久了会成魅，它便借新死的尸体去祸害别人；如果它没有新的尸体可借，长久以后会产生灾害。若是遇到雷火，击散了它的秽气，又能传染病疫。这都是山川之间的沴戾之气，偶然进入身体后造成的。

骷髅三种

地中有游尸、伏尸、不化骨三种，皆无棺木外袭者。游尸乘月气应节而移无定所。伏尸则千年不朽，常伏地。不化骨乃其人生前精神贯注之处，其骨入地，虽棺朽衣烂，身躯他骨皆化为土，独此一处之骨不化，色黑如嚳玉，久得日月精气，亦能为祟。故负米者死，肩骨后朽；舆夫死，腿骨后朽，以其生前用力，为精气结聚，故入土不易朽。伏尸亦然。伏尸久则受精气为游尸，又久而为飞行夜叉。《岣嵝神书》云，老蛤能辟伏尸。

【译文】

地下有游尸、伏尸、不化骨三种，都是外面没有棺材掩蔽的。游尸乘着月气，按照节令移动而无固定去向。伏尸则千年不朽，始终伏在地下。不化骨，是这人生前精神贯注的部位。他的尸骨到了地下，虽然棺木腐朽，衣服烂尽，身躯以及别处的骨头都化成了土，唯独这一处的骨不化。它的颜色黑如嚳玉，时间长久后，得了日月的精气，也能作祟。所以凡背米的人死后，肩骨最后才朽；轿夫死后，腿骨也是最后才朽，这是因生前用力，这一有关部位为精气所结聚，故入土后不容易朽腐。伏尸也是这样，伏尸的时间久了，则因受了精气为游尸，又久了便会变作飞行夜叉。《岣嵝神书》说："老蛤能驱除伏尸。"

人气分尘

世皆积尘，人气能分尘，故目不见尘也。尘能朽物，故宫室无人住则易朽。然屋宇年久，则又积受人气，与日月风露之气交感而生影于木石中，如《含文嘉》夏鼎图所载门屋市溷，池泽器具，悉能成精，有名字可呼，百年有影，千年则积影成形。此屋日有人住，则精气不能外越，以常为纯阳之气所逼，仅伏形于内，成金水内景之象。一经封闭，数十年不得人阳气，则阴气日逼，而内之阳气悉达于外，于是有声有形而出焉，成火日外景之象。惟无质而藉气以成形，故能幻变一切。此内生之邪，非外来者之乘虚而据者也。燃火酒照之则真形立见，闻硫黄气亦退避。

【译文】

世界上到处都有积尘，人气能分尘埃，所以眼睛不能看见尘埃。尘埃能使物体腐朽，所以宫殿屋舍里面无人居住，便容易朽烂。但屋宇年数长久了，又不断接受人气，并与日月风露之气交相感应，而在木石之中生出影子，如礼纬《含文嘉》中的《夏鼎图》所载门屋市溷，池泽器具，都能成精，并有名字可呼。百年有影，历经千年就会积影成形。凡一所房子，每天有人居住，那么精气不能往外流失，便常为纯阳之气所逼，只是把人的形态摄伏在内，成为金水内影的现象。房子一经封闭，数十年得不到人气，则阴气紧逼在内，而里面的阳气全都通往外面，于是便会出现有声有形的情况，成为火日外影的现象。只是因为没有具体可见的物质，仅仅凭借无形的气体以成形，所以它能幻变一切。这是内中生成的邪，并非是外来者乘虚而占据其中的。点燃火酒照去，真形会立即显现，闻到硫磺的气味，又会退避。

鬼气摄物

赵衣吉曰：凡鬼物摄人及器具，皆用气禁，能以小容大。予少时读书西城童佛庵韩姓家，亲见其家老仆为冤鬼所缠，一夕忽失所在，而门户四隅皆扃，已死于二里外桑园中，颈有手掐痕，青色，究不知从何出户。乙酉，馆常山。见有为妖祟者，摄其人入石穴中，穴不甚大，仅容其身，穴口如盏，呼之则应，终不可出。破石取之，其人已死。又予戚唐姓家为狐祟，一日其妇觅镜不得，后取瓶插花，觉瓶倍重于昔，视之则失镜宛然在中。口小腹大，亦不知何由而入。此皆以气禁。《汉书·方技传》有禁架之术，即此法也。

【译文】

赵衣吉说：凡是鬼怪摄人或摄取器具，都用气来控制，能够以小容大。我小时读书在西城童佛庵附近的韩姓人家，亲眼看见他家一个老仆人被冤鬼所缠，一天夜间，这老仆忽然不知去向，而门户四周都关闭得很完好；但他的人却已死在二里之外的桑园中，颈部有手掐的痕迹，是青颜色的，就是不知从什么地方出那屋子的。乾隆三十年，我寓居在常山。见有人被妖孽作祟的，妖孽将这人摄入石洞之中，洞并不大，只能容纳一个人的身躯。但洞口很小，只有一只碗盏大小。外面呼唤他，他便答应；却始终不能出来。敲破洞口的石头去救时，人已死了。还有一件事：我的一位姓唐的亲戚家中，狐狸作祟。一天，他的妻子到处找镜子没有找到，后来拿出一个瓶来插花，觉得这瓶比原来的重了一倍，再往瓶中一看，那失踪了镜子却在这瓶内。这瓶口小腹大，也不知镜子是怎样进去的。这些都是用气来控制的。《汉书·方技传》载有禁架之术，便是这种法术。

山魈怕桑刀

常山璩紫庭贡士有书塾在东门外，山中时有山魈出没其间，土人习见，亦不为怪，呼为“独脚鬼”。皆反踵而行，其来必有风。云其怪最怕桑刀，以老桑削成刀，斫之即死。悬桑刀于门，亦避去。山魈爱听歌，有张某馆衢州山中，每夜山魈踯躅而来，强嬲唱曲。

【译文】

常山璩紫庭贡士有书塾在东门外，当地山中不时会有山魈出没，居民经常能够看见，也不以为怪，呼它为“独脚鬼”。山魈都是倒着脚后跟走路。当它来时，必然有风。听说山魈最怕桑刀，这种桑刀是用老桑木削磨而成，砍了立即死去。把桑刀悬挂在门上，它见了也会逃避。山魈爱听唱歌，有位姓张的寓居在衢州山中，每夜山魈踯躅而来，硬是纠缠着要他唱歌曲。

驱疟鬼咒

道书：疟鬼皆分干支值日，有名字，某日得病，查其名即可以符驱之。其不以日者，更属狂疟之鬼，尤披猖为祟，名“岳子贵”，必须用值日之鬼拘之，所谓以贼攻贼也。然持此法行之，亦间有未验者。不如《太平广记》载驱邪疟鬼咒甚验，云：“勃疟勃疟，四山之神，使我来缚。六丁使者，五道将军，收汝精气，摄汝神魂。速去速去，免逢此人。”凡人疾发时，朗诵不彻，寒热即散，汗出而愈。张雨村先生业鹾台州，亲试有验，传人无不效者。

【译文】

道书上说：疟鬼都按天干地支不同时间值日，值日的疟鬼有名字。如某日得病，只要查得这天值日者的名字，就可以用符驱逐它。那些不按时间活动的疟鬼，是属于狂疟之鬼，作祟尤其猖狂。它的名称叫“岳子贵”，必须用值日的疟鬼来捉它，这便叫作“以贼攻贼”。然而施行这种方法，有时也会毫无效验的，不如《太平广记》中所载驱除邪疟鬼的符咒灵验。《太平广记》中的符咒说：“勃疟勃疟，四山之神，使我来缚。六丁使者，五道将军，收汝精气，摄汝神魂。速去速去，免逢此人。”凡人疟疾发作时，不断朗诵，寒热即会散去，待出汗后便痊愈了。张雨村先生在台州任盐运使时，曾亲自试过，确有效验。传授给别人，也没有不奏效的。

阴　沉　木

阴沉木，湖广施南府属山中土产此物，悉掘地得之，名“阴沉木”。质香而轻，体柔腻，以指甲掐之，即有陷纹，少顷复合，如奇楠然。土人云：其木为棺，入土则日重，重则沉，葬千年后，其棺陷入地数十丈，亦坚重如铁，故宝贵之。施南买不过六七十金可得佳料一具。载至汉口，非千金不易购，以出水脚费大也。盘古以前无可考，有相传近混沌之上代，乃脱高、龙汉也。老聃生于龙汉元年。见道书。

【译文】

阴沉木，在湖广行省施南府所属的山中出产，全都要从地下挖掘取得，所以叫作“阴沉木”。它的特点是既香又轻，木质柔腻，用指甲掐去，即有陷纹，过了一会，陷纹就会复合，如奇楠木一般。当地人说：“阴沉木做棺材，入土后便一天比一天沉重。重则往下沉，埋葬千年后的棺材会陷入地下数十丈，且坚重如铁。”所以人们把阴沉木看得非常宝贵。在施南购买，不过六七十两银就可得到一具上好的材料；运到汉口的阴沉木，一千两银子也不易买到，因为运费很昂贵的缘故。盘古以前已无法考查，据道家的历法，相传近混沌的上代，是脱高、龙汉时代。老聃生于龙汉元年。这一记载，见道书。

织登科记

昔有人误入星渚，见一女织缣，缣上多古篆，不识，问之，曰：“此今年《登科记》也，以呈上帝。”夫《登科记》必织，《登科文》必铸，天上之重科目如此，《千佛名经》岂虚语哉！若杨琼芳因贡院失火得元，又何异前明焦状元故事耶？当时人语曰：“不因南院火，安得状元焦。”

【译文】

从前有人误入天河中的星洲，看见一位织女在织黄色的丝绢，绢上还有许多古篆字。他不认识这些字，便向织女请教。织女道：“这是今年的《登科记》，织了将呈报给上帝。”《登科记》必然是织成的，《登科文》必然是浇铸出来的。天上重视科目到如此程度，《千佛名经》中所讲的岂会是虚妄之语！如杨琼芳因贡院失火得了第一，又何异明朝焦竑得状元的故事呀？当时人们流传的谚语道：“不因南院火，安得状元焦。”

朱 鹿 田

朱鹿田先生官刑部郎中时，偕大学士马公赴河南查办事件。路宿公馆，卧室三间，朱与马对房而居。时七月十六日，月色皎甚，朱患热不寐。三更，忽有风来，门户自开，见白气如虹，蜿蜒进内，近朱帐，朱以拂击之，气即出。朱蹑其后，见气入马卧闼，少焉退出，有红光一道，逐气交绕，白气不胜，形亦渐微，即出门去，红光亦回，不复追逐。门户又闭，听马则鼾声如雷，似不觉者。次日，耳房报随从家丁死者二人，皆身软如绵，不知何病。

【译文】

朱鹿田先生在官居刑部郎中时，伴随大学士马公赴河南查办案件。途中住宿在一所公馆之中，内有卧室三间，朱与马两人是对房而居。这时是七月十六日，月色皎洁，朱鹿田怕热未睡。到三更时候，忽然有风吹来，门户自动开启，见白气如虹，蜿蜒进来。当它临近朱的蚊帐时，朱便举拂尘击它，这白气就从朱的房间出来。朱蹑手蹑脚紧随在后，见这白气进入马的卧室。稍过一会，白气从马的房内出来，有红光一道，将白气交绕着往外驱逐。白气不胜，形态光色也渐见淡。然后出门而去，红光也就回来，不再追逐。这时门户也都自动关闭。听那厩中的马，则鼾声如雷，似乎没有感觉到有白气与红光的较量。第二天，住在旁边房间内的人忽来禀告说，有两名随从家丁死了，他们都身软如绵，但不知死于什么病症。

飞　僵

凡僵尸久则能飞，不复藏棺中，遍身毛皆长尺余，毵毵披垂，出入有光。又久，则成飞天夜叉，非雷击不死，惟鸟枪可毙之。闽中山民每每遇此，则群呼猎者，分踞树杪击之。此物力大如熊，夜出攫人损稼。

【译文】

凡僵尸时间长久了就能飞，不再留在棺材之中。这种僵尸遍身是毛，皆有一尺多长，又细又长地披垂着，进出时会发出光来。如果时间更久，则会变成飞天夜叉，非遭雷击不会死；另外鸟枪也可将它击毙。闽中地方的山民，每每遇到这种飞天夜叉时，他们会唤来众多的猎人，分别踞守在树梢之间，用枪射击。这种怪物力大如熊，夜间出来攫人，同时损伤庄稼。

程　嘉　荫

赵衣吉曰：予幼与程嘉荫同学。嘉荫有巧思，性好道，与范羽士交，得其《奇器录》一本，能为木牛。亲见其制，外式人尽能之，惟中设机各异。其喉舌下横直木，一系舌根，一坠心，心以铅为之。木四边有孔窍，悉用絙穿贯，通于足，行则心摇。铅体重坠，则木一头下垂，少则舌本间又复下垂，则铅心又为所举而向上。如是俯仰，则足上所贯絙曳足屈伸而行。但甚缓，不能驰，加重物于背则行亦钝滞。程云：尚有九风轮，未加，内五以合五藏，外四以催四肢，则行疾如飞，数百斤皆可负。撚其舌转则铅机横搁腰上，贯绳曳起，足即曲卧。与俗传武侯木牛式及壬遁诸书、西洋木牛法皆异。亦能造寄话筒。筒间寸许有闸隔之，内有机闭气，人向筒语毕则闸之。闸有次第，若乱开则不成句矣。据程云：此法可贮百日，过百日则机微气散。惜早夭，父母以其用心过甚呕血死，故其所得诸书悉焚去，勿留以祸弟也。

【译文】

赵衣吉说：我小时候与程嘉荫是同学。嘉荫有聪明灵巧的思维，生性爱好道术，与范道士结交，得了范的一本《奇器录》，能制造木牛，我曾亲眼见他制作。木牛的外表形态，人们都能制造，只是中间所藏的机械，却各不相同。在牛的喉舌下横一直木，一边系在舌根上，一边用绳子与心相连，心用铅做成。木四边有洞孔，都用绳子贯穿，与脚连通，行路时心便摇动。铅体重坠，则喉舌之下的直木因绳子牵动而下垂，直木下垂后使舌根下垂，则铅心又因舌根的牵动而向上。这样一上一下的牵动，则脚上因有绳子相曳而屈伸行走。但所行速度很缓慢，不能奔驰。若是背上加了重物，行走就更迟钝。程嘉荫又告诉我说：还有一种九风轮，未曾装配使用，它的构造是内五外四，内五以合五脏，外四以控制四肢，启动时行疾如飞，数百斤的物品都可装运。撚动它的机簧，使安装在腰部的机械启动，使连贯四肢的绳子曳上曳下，脚便随着也弯曲伸直而产生动作。这与俗传诸葛亮制作的木牛形态，以及道家壬遁等书、西洋人的木牛法等，都不相同。他还能造寄话筒，筒的空间约一寸多些，内有闸隔开，里面有机械将气关闭，人们朝寄话筒讲话完毕后就把闸放下。这种闸有层次，分作一道一道，如果将闸乱开，那么传出来的话就不成为句了。据程嘉荫说，用这种办法寄话，可在筒内贮一百天，超过了百日，则机械中的微气散逸而失灵。可惜程嘉荫短寿早逝，父母以为他是用心过度吐血致死，所以他所得到的各种书籍全都焚毁，不将它留下来，以免其弟再受祸害。

水　虎

《尔雅》：虎有角曰虒，能行水中。而不知水中实有虎也。康熙中，朱鹿田先生曾见松江提督养一虎在池中，以铁栅围之，名曰水虎。饲以鱼虾，不食生肉。《象山志》：里民渔于海，网得一雄虎，在网中犹活，出水即死。剖之，腹中有三小虎。此盖鲨鱼感气而化也，未登陆即为网获。

【译文】

《尔雅》上说：虎有角叫作虒，能在水中行走。其实，不知水中确实有虎。康熙年间，朱鹿田先生曾见松江提督养一头虎在池中，四周以铁栅栏围着，名叫水虎。用鱼虾喂养，不吃生肉。《象山志》说：乡间有渔民在海边捕鱼，一网捕到一头雄虎，在网中时还活着，出水即死。剖开它的腹腔，发现有三头小虎。这头雄虎当是鲨鱼感气变化而成，它还未登岸就被渔人捕获。

绿郎红娘

《广语》：广州女子年及笄多有犯绿郎以死者，男子未娶多有犯红娘以死者。谚云：“女忌绿郎，男忌红娘。”红娘亦曰“过天”，绿郎亦曰“驸马”。有犯者须斋醮祷祀驱之。倘男犯绿郎，女犯红娘，其病不救，盖亦妖鬼，犹金华之猫魈。

【译文】

《广语》上说：广州地方的女子到十五岁可以许婚时，不少人有冲犯绿郎而死的；男子在他未娶时，不少人有冲犯红娘而死的。谚语说道："女忌绿郎，男忌红娘。"红娘又称为"过天"，绿郎又叫作"驸马"。逢有冲犯的，须斋醮祈祷或以祭祀的办法来驱除它。倘若男的冲犯绿郎，女的冲犯红娘，这病就不能挽救，因为这两者都是妖鬼，好比是金华的猫魈。

文人夜有光

爱堂先生言：闻有老学究夜行，忽遇其亡友。学究素正直，亦不怖畏，问："君何往？"曰："吾为冥吏，至南村有所勾摄，适同路耳。"因并行，至一破屋，鬼曰："此文士庐也，不可往。"问何以知之，曰："凡人白昼营营，性灵汩没，惟睡时一念不生，元神朗澈，胸中所读之书，字字皆吐光芒，自百窍而出。其光缥缈缤纷，烂如锦绣。学如郑、孔，文如屈、宋、班、马者，上烛霄汉，与星月争耀。次者数丈，次者数尺，以渐而差，极下者亦荧荧如一灯，照映户牖。人不能见，惟鬼神见之。此室上光芒高七八尺，以是知为文士。"学究问："我读书一生，睡中光芒当几许？"鬼嗫嚅良久，曰："昨过君塾，君方昼寝，见君胸中高头讲章一部，墨卷五六百篇，经文七八十篇，策略三四十篇，字字化为黑烟，笼罩屋上。诸生诵读之声，如在浓云密雾中。实未见光芒，不敢妄语。"学究怒叱之，鬼大笑而去。

【译文】

爱堂先生讲过这么一件事：听说有个老学究在夜间走路，忽然遇到一位已经去世的朋友。这老学究素来为人正直，一点也不畏惧，问道："你往何处去?"答道："我在阴曹地府当冥吏，现到南村去，有勾摄的差使在身，正巧与你同路。"因此就一起行走。到一破屋旁，鬼说道："这是文士住的房屋，不可进去。"问怎么知道这是文士住的，鬼答道："凡人在白天，往来奔波，性灵被埋没掉了。只有在睡时，因一念不生，身上的元神明朗清澈，胸中所读的书，字字都吐光芒，从百窍中出来。这种光芒缥缈缤纷，灿烂如锦绣。学识如郑玄、孔颖达，文章如屈原、宋玉、班固、司马迁的人，他的光芒向上，可照亮云霄和天河，与星月争相耀炫。差一点的，光芒有数丈；再差一点的，光芒为数尺，以次渐低。光芒极下的，相当于一盏荧荧小灯，照映房中的门窗罢了。这些光芒，人看不见，只有鬼能看到。这间屋上的光芒高七八尺，因此得知里面是个文士。"老学究问道："我读书一生，睡后的光芒当有怎样高?"这鬼欲言又止，好久以后说道："昨天经过你的师塾，你正在午睡，见你胸中有高头讲章一部，墨卷五六百篇，经文七八十篇，策略三四十篇，字字化成为黑烟，笼罩在屋上。学生们诵读的声音，如在浓云密雾之中。实在未见光芒，不敢胡言乱语。"老学究听了非常气愤，对这鬼怒叱了一场，那鬼便大笑而去。

狐仙正论

献县令明晟，应山人。尝欲申雪一冤狱，而虑上官不允，疑惑未决。门役有王半仙者，与一狐友，言小休咎，多有验。遣往问之，狐正色曰："明公为民父母，但当论其冤不冤，不当问其允不允。独不记制府李公之言乎?"门役返报，明为惯然，因言制府李公卫未达时，尝同一道士渡江。适有与舟子争诟者，道士太息曰："命在须臾，尚较计数文钱耶?”俄其人为帆脚所扫，堕江死。李公心异之。中流风作，舟欲覆，道士禹步诵咒，风止得济。李公再拜，谢更生。道士曰：“适堕江者，命也，吾不能救。公贵人也，遇阨得济，亦命也，吾不能不救，何谢焉?”李公又拜曰：“领师此训，吾终身安命矣!”道士曰：“是不尽然，一身之穷达，当安命，不安命则奔竞排轧，无所不至。李林甫、秦桧即不倾陷善类亦作宰相，彼自增罪案耳。至国计生民之利害，则不可言命，天地之生才，朝廷之设官，所以补救气数也。身握事权，束手而委命，天地何必生此才，朝廷何必设此官乎?晨门曰‘是知其不可而为之者’，诸葛武侯曰‘鞠躬尽瘁，死而后已’，此圣贤立命之学，公其识之。”李公谨受教，拜问姓名，道士曰：“言之恐公骇。”下舟行数十步，翳然灭迹。

【译文】

献县县令明晟，是应山人。他曾想申雪一桩冤狱，但担心上司官员不允许，疑惑未决。有位守门的差役叫王半仙的，与一狐仙为友。凡狐仙讲说善恶、吉凶，多数会有应验。明晟便唤守门的差役去问那狐仙，狐仙很正经地说道：“明公作为县令，为民父母，只应该判断这案子究竟是冤枉还是不冤枉，不应当问上司允许不允许。怎么不记得总督李卫的话呢!”守门的差役回来把狐仙的话作了禀报。明晟听了感到震惊。这狐仙所说的总督李卫的话，是指李卫还未显贵时，曾同一个道士一起渡江，正巧有人在与船工争吵相骂。道士太息说：“性命就在须臾之间，还在计较几文钱呀!”一会儿，那与船工争吵的人被帆竿所扫，跌落江中而亡。李卫对此心里感到奇异。后来船到江心，忽然发起风来，这船将要被风倾覆，那道士踏着八卦步，念着咒语，直到风停而安全抵达对岸。李卫向道士再三拜谢，感激他的救命之恩。道士说："刚才坠落江中的人，是他命中所注定，我不能去救。相公你是贵人，遇到困阨而解救，也是命中安排，我不能不救，何必要这样谢我！"李卫又拜谢道："如今领受了师父的这番教导，我觉得可以终身安命了。"道士说："其实道理也不完全如此，一生的穷困显贵，当然应该安于命运的安排，不安于命，则奔竞排轧，无所不至。唐朝的李林甫、宋朝的秦桧，即使不去倾轧陷害好人，也是做宰相；但他们却不这样做，便增加了自身的罪孽。至于涉及国计民生的重大利害之事，就不可以也说是命运安排，因为天地间之所以产生人才，朝廷之所以设置百官，是为了补救气数。如身握军国大权的人，束手而不去干一番事业，只图寄托性命，那么天地何必生下这种人才，朝廷又何必设此官职呢！晨门说'是知其不可而为之者'，诸葛亮说'鞠躬尽瘁，死而后已'，这种圣人贤人的处世立命之学，相公应当记牢它。"李公恭恭谨谨地接受了道士的教诲，拜问其姓名，道士说："我讲出来怕你惊骇。"便跳到船上，这船行驶了数十步，顷刻影迹全无。

外　国

外国三异，传闻最多。高丽有狗站，以四狗挽车。无启国人死心存，埋之地中，百年又复为人。土哈国昼长夜短，日没顷刻即出。沙弼国日入时声如雷，国中必鸣金鼓以乱之，否则小儿惊死。大耳国耳长七尺，阔四尺，人卧以一耳为褥，一耳为被。宁公台外人，至冬必蛰，如蛇虫状，不饮不食，不语不言，逢春则蠕蠕而动，饮食来往如初。又某国民百年一蛰。雷州民吃熟肉，咒之变生肉，再咒变猪羊，仍还原形，再咒之，仍为熟肉矣。其咒云："东山王母桃，西方王母桃。"只十字而已，殊不可解。大秦国去长安四万里，羊生土中，脐连于地，割之必死，须击鼓以震之，则脐绝而羊逐水草。此说见《新唐书》，近今果有谷种羊之皮，可见古人非欺我也。

【译文】

外国三异，传闻最多。高丽有狗站，用四只狗拉车。无启国的人死后，把他的心仍保存着，埋在地下，百年以后，这心又重新会成人。土哈国昼长夜短，太阳落山后顷刻又是日出。沙弼国太阳落山时，声音大如雷鸣，国中的人必须敲锣打鼓来扰乱这种声音，否则小孩子会被惊吓致死。大耳国人耳朵长七尺，阔四尺。人们睡觉时，一只耳朵当垫褥，一只耳朵当被头。宁公台外的人，到了冬天必伏藏起来，如蛇虫冬眠一样，不饮不食，不语不言。逢春以后，才蠕蠕而动，恢复饮食，往来行走如常。又，某国的人民，冬眠状的蛰伏时间长达一百年之久。雷州地方的人民吃熟肉，念了咒语会变生肉，再念咒语生肉变为猪羊，恢复了它们的原形；再念咒语，仍又变成了熟肉。他们所念的咒语“东山王母桃，西方王母桃”，只有十个字而已，实在无法解释清楚。大秦国离开长安有四万里遥远的路程，羊生在泥土中，它的脐连着土地，将脐割断了必然会死，须击鼓用声音去震动它。这样，那羊脐便会脱落，并到水草丰茂的地方寻食。这种说法见《新唐书》。新近果然有谷种羊的羊皮，可见古人说的并非是在欺骗我们。

作势渡水

张灏游真州竹林寺，寺隔小河二丈，僧驾板桥来往。张到时日暮，桥已撤矣。张奋身踏水而渡，至僧庵，但湿半鞋。僧大惊，以为仙。张笑曰：“我非仙也。少时曾有师授，法用厚砖高尺余，横排于地，铺三丈许，跃上飞走。砖不倾倒，再换薄砖试之，往来而砖不动摇，则用朽烂布绢。布绢受足不穿，再换豆腐，最后用棉纸、竹纸。能踏竹纸不破，便可踏水矣。但起步须在二十步之外，一鼓作气，即作虎势，腾空如飞，鞋头着水不过五六寸即上岸矣。若到水边才鼓气，便不能起势，然极其量亦不过二丈而止。”余按王莽用兵募能飞者，有人应召，缚鸟羽为翅，飞数十步乃坠，莽知不可用，即此类也。

【译文】

张灏游览真州竹林寺，寺与一条小河相隔有二丈阔，僧人架起一座板桥来往。张灏去游览的时候已近傍晚，桥已撤了。张奋身踏水而渡，到竹林寺时，仅鞋子湿了一半。僧人见状，大为惊异，以为他是仙人。张笑着说道：“我并非是仙人，我在少年时候就有师傅传授的轻身工夫。练这种功的方法是，用一尺多高的厚砖，横排在地上，铺成一条三丈多长的矮墙，人跳到上面去飞走。砖不翻倒，再换薄砖，照原样试练。往来飞走，砖不动摇，就把砖改成将要朽烂的布绢。布绢经受脚踏而不穿，再换豆腐；最后用绵纸、竹纸。如果踏在竹纸上，竹纸不破，便可踏水行走了。但起步须在二十步之外，一鼓作气，也就是要摆出虎势，腾空如飞疾走，鞋头着水不过五六寸即到对岸了。如果到了水边才鼓气，便不能起势；这时即使极尽其力向上，也不过走二丈光景就不能往前了。”按王莽用兵，招募能够飞的人。有个人应召，他将鸟羽做成的翅膀缚在身上，飞了数十步便坠落下来。王莽才知这种办法不能用。古人所说的飞行，就是这一类。

唐公判狱

保定制府唐公执玉尝勘一杀人案，狱具矣。一夜，秉烛独坐，忽微闻泣声，似渐近窗户，命小婢出视，嗷然而仆。公自启帘，则一鬼浴血跪阶下。厉声叱之，稽颡曰："杀我者某，县官乃误坐某，仇不雪，目不瞑也。"公曰："知之矣。"鬼乃去。翌日，自提讯，众供死者衣履与所见合，信益坚，竟如鬼言改坐某。问官申辨百端，终以为南山可移，此案不动。其幕友疑有他故，叩公，始具言始末，亦无如之何。一夕，幕友见曰："鬼从何来？"曰："自至阶下。""鬼从何去？"曰："欻然越墙去。"幕友曰："凡鬼有形而无质，去当奄然而隐，不当越墙。"因即越墙处寻视，虽甃瓦不裂，而新雨之后，数重屋上皆隐隐有泥迹，直至外垣而下。指以示公曰："此必囚贿捷盗所为也。"公沉思恍然，仍从原谳，讳其事，亦不复深求。

【译文】

驻扎保定府总督唐执玉，曾勘查一桩杀人案件，证据口供都已齐全，案子已可确认无误。一天夜间，他秉烛独坐在书斋，忽然听到有微微的哭泣声，似乎在渐渐走近窗户。他便唤小丫鬟出去看看，她才出门就怪叫一声跌倒在地。唐公亲自开窗揭起帘子，则见一鬼满身是血跪在阶下。在唐公厉声喝斥之下，那鬼叩头道："杀我的人是某某，县官却误判为某，冤仇未报，不能瞑目。"唐公说："知道了。"鬼才离去。第二天，唐公亲自提问那杀人犯及有关证人，据众人口供，死者的衣着与所见的鬼完全相合，对夜间那鬼所讲的话更坚信不疑，结果正如鬼的指控，作了改判。原来的审问官不服改判，百般进行申辩，唐公却以为南山可以搬移，这案的改判，却不能变动。当时，他的一位幕僚疑心这案子或有别的缘故，便来叩见唐公，唐公讲了事情的详细经过，但也没有什么结果。一天晚间，那幕友又来拜见唐公，问道："那天的鬼是从什么地方来的?”答道:“见他跪在阶下。”又问:“鬼从什么地方去的?”答道:“忽然翻墙而去。”幕友道:“凡鬼是有形无质,如要回去,当是奄然隐去,不应当翻越围墙。”因此便从翻墙的地方去搜寻踪迹,虽然上面砖瓦未见碎裂,但新雨下过之后,好几处的屋上都隐隐有泥迹,直至外边的短墙而下。于是便指着这些迹象,对唐公道:“这必是狱中的囚犯买通灵敏快捷的强盗所假扮。”唐公沉思以后,恍然醒悟,仍按原判定案。他把这事隐瞒了下来,再也不去深究了。

郭　六

郭六者,淮镇农家妇也,不知其夫姓氏。雍正甲辰、乙巳间,岁大饥,其夫度不得活,出而乞食于四方。濒行,对之稽颡曰:“父母皆老病,吾以累汝矣!”妇故有姿,里少年瞰其乏食,以金钱挑之,皆不应,惟以女工养翁姑。既而必不能赡,则集邻里叩首曰:“夫以父母托我,今力竭矣。不别作计,当俱死。邻里能助我则助我,不能助我则我且卖花,毋笑我。”里语以妇女倚门为卖花。邻里嗫嚅,俱散去。乃恸哭白翁姑,公然与诸荡子游。阴蓄夜合之资,又置一女子,防闲甚严,不使外人睹其面,或曰是将邀重价,亦不辨也。越三载余,其夫归,寒温甫毕,即与见翁姑曰:“父母都在,今还汝。”又引所置女见其夫曰:“我身已污,不能忍耻伴君,故为汝娶一妇,今亦付汝。”夫骇愕未答,则曰:“且为汝办餐。”已往厨下自刭矣。县令来验,目炯炯不瞑。县令判葬于祖茔,而不祔夫墓。曰:“不祔墓,宜绝于夫也。葬于祖茔，明其未绝于翁姑也。”目仍不瞑。其翁姑哀号曰：“是本贞妇，以我二人故至此也。我儿身为男子，不能养我二人而委一少妇，途人知其心矣。是谁之过而绝之邪？此我家事，官不必与闻也。”语讫而目瞑。又有孟村女者，崇祯末巨盗肆掠，见女有色，并其父母絷之。女不受污，则缚其父母加以炮烙，父母并呼号惨切，命女从贼。女请纵父母去，乃肯从。贼知其绐己，必先使受污而后释。女遂奋掷批贼颊，与父母俱死，弃尸于野。后贼与官兵格斗，马至尸前，辟易不肯前，遂陷淖就擒。此二事正相反，论者皆有贬词，以为其一失节，其一心太忍。余曰：皆是也。孔子曰：“殷有三仁焉。”郭六改行，箕子为之奴也。孟村女抗节，比干谏而死也。古人于徐孝克妻乐昌公主尚怜之，而况此二人乎？

【译文】

郭六这人，是淮镇农家的一个妇女，不知她丈夫的姓氏。雍正二年至三年间，正逢灾荒，她丈夫估计活不下去，想离家去他乡乞食谋生。将要远行时，对妻叩头嘱咐道：“如今父母都是既老且病，我走以后，使你受累了。”郭六原有相当姿色，乡里的年轻人见她贫穷少食，就用金钱去引诱她，她概不理睬，只是一心做女工针指来赡养公婆。日久之后，渐渐地已不能养活两位老人，便邀集邻里中的人，向他们叩头说道：“我丈夫外出了，他把父母托我赡养。我虽竭尽全力，但仍不能养活他们。如不想别的办法，只能一起饿死。乡邻们如能够助我，就请给我帮助；如不能助我，我只好倚门卖笑，希望不要讥笑我。”邻居们听了，窃窃私语一番后，便各自散去。当她痛哭着把自己的打算告诉了公婆之后，便公然与那些浪荡公子朝夕相处，干那倚门卖笑的勾当。此后她便暗暗把自己卖身得来的钱买了一个女子，将她养在家中，平时防备很严，不使外人与她见面。有人说："这个女子将来可以赚大钱。"郭六听了，也不去争辩。三年多时间过去了，郭六的丈夫归来，她向丈夫说了几句见面的话后，即领他去见公婆，并说："父母都在，现归还给你。"又叫那买来的女子见其丈夫，又说："我的身子已有了污点，不能忍耻再来陪伴夫君，所以为你娶了一个女子，现在也交付给你。"丈夫正在惊愕，还未回答，郭六就说："我且为你去准备吃的。"说罢，就往厨房中奔去。不多一会，她便在厨房中自缢身亡了。这事报到县衙，县官来到她家验尸。只见郭六双目炯炯，没有闭上。县官判令葬在夫家祖坟之内，但不袝在丈夫墓穴之旁。县官解释道："不袝墓，是让她与丈夫断绝；葬于祖坟，标明她与公婆的关系没有断绝。"县官说后，郭六双目仍旧不闭。这时她的公婆悲哀号哭道："我媳妇本是个贞节的女子，因为为了我们两人才这样做的。我儿身为男子，不能养活我们，而把赡养的责任委托给了一个少妇，不论是谁，都会知道她的心迹。是谁的过错而使她断绝与丈夫关系的，这难道还不明白吗？这是我们的家事，做官的不必去管这些事吧！"话刚讲完，她媳妇的双目就闭上了。又有一个住在孟村的女子，崇祯末年大盗肆意掳掠，见她长得容貌俊俏，便把她及父母一起绑了去。她不愿被污辱，而她父母被绑缚将要受炮烙的酷刑。父母经受不住，呼喊号哭，极为凄惨，叫女儿忍辱从贼。这女子提出先把父母放了，才肯顺从。盗贼知她是骗自己，就一定要先奸污她再释放她的父母。这时她便奋身上去打了贼人的耳光，结果与父母一起被杀害了，尸体被丢弃在荒野。后来这个盗贼在与官兵格斗时相遇在荒野，那马行至尸首前时，惊退不敢向前，于是陷入烂泥中而被官兵抓获。这两桩事情正好是相反，论述这两事的，对她们都有贬词，以为前者是失节，后者是太忍心。我说，她们都有道理，都是对的。孔子说："殷代有三个仁者。"郭六改行，好比是箕子去做奴隶。孟村女子的抗节，好比是比干的直谏而死。古人对于徐孝克妻、乐昌公主还要给予同情，何况对于这两人呢！

刘迂鬼

刘羽冲者，沧州人。性孤僻，好讲古制，实迂阔不可行。尝倩董天士画《秋林读书图》，纪厚斋先生题云："兀坐秋树根，块然无与伍。不知读何书，但见须眉古。只愁手所持，或是井田谱。"盖规之也。偶得古兵书，伏读经年，自谓可将十万。会有土寇，自练乡兵与之角，大败。又得古水利书，伏读经年，自谓可使千里成沃壤。绘图列说于州官，州官使试于一村，沟洫甫成，水大至，顺渠灌入，人几为鱼。由是抑郁不自得，恒独步庭阶，摇首自语曰："古人岂欺我哉！"如是日千百遍，惟此六字。不久发病死。后风清月白之夕，每见其魂在墓前松柏下，摇首独步，侧耳听之，所诵仍此六字。

【译文】

有位叫刘羽冲的，是沧州人。他性情孤僻，喜欢讲述古代的典章制度，其实他是迂阔得什么事也不会做。他曾请董天士画过一幅《秋林读书图》，纪厚斋先生在上面题了这样六句："兀坐秋树根，块然无与伍。不知读何书，但见须眉古。只愁手所持，或是《井田谱》。"这当是在规劝他的为人古板迂阔。他曾偶然得到一部古代兵书，便埋头读了一年多时间，自以为可领兵十万。正巧遇到有一批土寇作乱，他就组练了一支乡兵与土寇作战，结果大败。他又得一木古代的水利书籍，于是又埋头了一年有余，自称可使千里荒田变成肥沃的土壤，就绘了图形去向州官游说。州官让他在一个村上试验。当田间的水道刚开凿完成，大水突然到来，顺着水道灌入，村人几乎成了江中之鱼。刘羽冲因此抑郁愁闷，常独自在庭阶间来往走动，摇头晃脑地自言自语道："古人岂欺我哉！"这样每天千百遍，所说就这六个字。不久他便发病死了。后来每逢风清月白的夜晚，总会看见他的魂灵在墓前的松柏下面，摇头独步，侧耳听去，所念的仍是这六字。

痴鬼恋妻

京师有媪能视鬼，常告人云：昨于某家见一鬼，可谓痴绝，然情状可怜，亦使人心脾凄动。鬼名某，住某村，家亦小康，死时年二十七八。初死百日后，妇邀我相伴，见其恒坐院中丁香树下，或闻妇哭声，或闻儿啼声，或闻兄嫂与妇诟谇声，虽阳气逼烁不能近，然必侧耳窗外，凄惨之色可掬。后见媒妁至妇房，愕然惊起，左右顾。后闻议不成，稍有喜色。既而媒妁再至，来往兄嫂与妇处，则奔走随之，皇皇如有失。送聘之日，坐树下，目直视妇房，泪涔涔如雨。自是妇每出入，辄随其后，眷恋之意更笃。嫁前一夕，妇整束奁具，复徘徊檐外，或倚柱泣，或俯首如有思，稍闻房内嗽声，辄从隙私窥，营营彻夜。媪太息曰："痴鬼，何必如是？"若弗闻也。娶者入，秉火前行，鬼避立墙隅，仍翘首望妇。吾偕妇出，回顾见其远远随至娶者家，为门神所阻，稽颡哀乞，乃得入，则匿墙隅望妇行礼，凝立如醉状。妇入房，稍稍近窗而窥，至灭烛就寝，尚不去，为中霤神所驱，乃狼狈出。仍至妇室，妇留一儿在家，闻儿索母啼，趋出，环绕儿四周，以两手相搓，作无可奈何状。俄嫂出，挞儿一掌，更顿足拊心，遥作切齿状。媪视之不忍，乃径归。

【译文】

京城有个老年妇人能看得见鬼，曾告诉人说："以前在某家看到一鬼，可说是痴迷到了绝顶，然而情状可怜，使人见了心扉凄然感动。鬼名某，住某村，家境也算小康，死时年纪为二十七八岁。初死百日以后，死者的妻子邀我相伴。我见他常坐在院中的丁香树下，或者在听他妻子的哭声，或者在听其儿子的吵闹声，或者在听兄嫂与其妻子的辱骂责备声，虽因阳气浓重向他逼烁而不能近前，但他总是守在窗外，侧耳听着，凄惨的神色可掬。后来见媒婆到他妻子房中，竟骤然惊起，左顾右盼。后来听到媒婆议婚不成，便稍稍露出高兴神色。接着媒婆又往来于兄嫂及他妻子房中，他就跟着媒婆奔走，惶惶然好像失落什么似的。待议婚成功，男家送来聘礼这天，他坐在树下，两眼盯着妻子的房间，泪涔涔如雨直下。自从这天开始，妻子每次出入，他总跟随在后面，眷恋之意更为笃实。妻子再嫁的前一夜，在房中整理束装奁具，他又徘徊在檐外，或者倚着廊柱哭泣，或者低头若有所思。稍有听到房内咳嗽声，立刻从隙缝中偷偷窥看。整整一夜，他往来走动，焦躁不安。"这老妇人讲到这里，又说道："当时我说了一句：'痴情鬼，你何必这样？'他好像没有听见。第二天是新郎亲来迎娶。新郎来时，有灯火作前导，这鬼避立在墙边，仍仰起头看着他的妻子。我陪着新娘出门，回头见他远远地眼随到了男家。起初被门神拦住，经他叩头哀求，才进入男家之门。他躲在墙角边上看着妻子与新郎拜堂成亲，看他的样子，凝神地站着，好像醉了的一般。新娘进入洞房，他便悄悄走近窗前窥看。直至深夜，新郎新娘灭烛共度良宵时，他还不肯离去。结果被中霤神所驱赶，才狼狈出来。出了男家，仍回自己家中，走进妻子原住的房内。这时他的儿子仍留在家中，儿子因不见母亲而在啼哭，他便快速从房中出来，环绕在儿子四周，以两手相搓，显出无可奈何的情状。一会儿嫂子出来，打了他儿子一掌，他便一边顿足，一边两手拊在心头，远远地作切齿痛恨状。"老妇人最后说道："我看着心里不忍，便直接回来，再也不去看他了。”

狐仙惧内

纪仪庵有质库在西城中，一小楼为狐所据，夜恒闻其语声，然不为人害，久亦相安。一夜，楼上诟谇鞭笞声甚厉，群往听之，忽闻负痛疾呼曰：“楼下诸公皆当明理，世有妇挞夫者耶？”适中一人方为妇挞，面上爪痕犹未愈，众哄然一笑，曰：“是固有之，不足为怪。”楼上群狐亦哄然一笑，其斗遂解。闻者无不绝倒。

【译文】

纪仪庵有爿当铺开在西城中，一座小楼被狐仙占据着，夜间常听到它们的说话声，然而并不出来害人，长期相安无事。一夜，楼上传出辱骂、责备以及鞭笞声，闹得很厉害。众人就去偷听。忽然听到一狐负痛狂呼道：“楼下诸公都应当是通达明理的，世界上可曾有妻子鞭打丈夫的么？”正巧在楼下窃听的人中有一位刚被妻子鞭挞，面上的爪痕还未愈合，众人哄然一笑，说道：“这种事情从来就有，不足为怪。”楼上群狐也哄然而笑，不再打架相骂，和解了。听说这件事的人，无不笑得前俯后仰。

军校妻

纪晓岚先生在乌鲁木齐时，一日报军校王某差运伊犁军械，其妻独处，今日过午，门不启，呼之不应，当有他故。因檄迪化同知木金泰往勘。破扉而入，则男女二人共枕卧，裸体相抱，皆剖裂其腹死。男子不知何自来，亦无识者。研问邻里，茫无端绪，拟以疑狱结矣。是夕，女尸忽呻吟，守者惊视，已复生。越日能言，自供与是人幼相爱，既嫁犹私会。后随夫驻防西城，是人念之不释，复寻访而来。甫至门，即引入室，故邻里皆未觉。虑暂会终离，遂相约同死。受刃时痛极昏迷，倏如梦觉，则魂已离体，急觅是人，不知何往，惟独立沙碛中，白草黄云，四无边际。正彷徨间，为一鬼将去，至一官府，甚见诘辱，云是虽无耻，命尚未终，叱杖一百，驱之返。杖乃铁铸，不胜楚毒，复晕绝。及渐苏，则回生矣。视其股，果杖痕重叠。驻防大臣巴公曰："是已受冥罚，奸罪可勿重科矣。"先生《乌鲁木齐杂诗》有曰："鸳鸯毕竟不双飞，天上人间旧愿违。白草萧萧埋旅榇，一生肠断华山畿。"

【译文】

纪晓岚先生在乌鲁木齐时，一天，有人来报："军校王某，奉命运送军械往伊犁，他妻子独自一人居住，今日过了午刻，门还关着，喊她不应，当有别的什么缘故。"于是派迪化的同知木金泰率众前去勘查。勘查的人破门而入，见男女两人裸体相抱，死在床上，腹部都已被割裂。不知这男子来自何处，也没有人认识他。找来邻居人家一起查问，全都茫无头绪。没有办法，准备作为疑难案子，暂时把它了结。这天晚间，女尸忽然呻吟起来，守在旁边的人惊慌地看时，她已活了过来。第二天便能开口说话。据她自供，这个男子与她从小已经相爱，出嫁后还常私下幽会。后来跟随丈夫驻防边疆，这人依旧想念着她而不肯放弃，又寻访而来。刚到门前，就引他进了内室，所以邻里间都未察觉。想到暂时的相会，终究还要分离，于是相约愿一起自杀殉情。刀割时痛极昏迷，顷刻间如梦醒来，则魂灵已经离开了躯体，急着寻觅那个男子，却不知他到了何处。只觉得自己独自一人，站立在沙漠细石之间，眼见白草黄云，四周空旷，无边无际。正在徘徊之间，被一鬼带去，到了一处官府。审堂时，受到了不少盘问和羞辱，说事情虽属无耻，但寿命还未终止。叱呼处以杖刑，打了一百，才被驱赶回来，觉得痛苦难熬，这时又晕倒了。等到后来渐渐苏醒，便活了转来。验看她的腿部，果然杖痕重叠。驻防大臣巴公闻此情形，说道："这是已经受了冥罚，通奸的罪可以不再重新判处。"纪晓岚先生《乌鲁木齐杂诗》有如下四句，记述此事："鸳鸯毕竟不双飞，天上人间旧愿违，白草萧萧埋旅榇，一生肠断《华山畿》。"

飞天夜叉

先生在乌鲁木齐，把总蔡良棟言：此地初定时，尝巡暸至南山深处，日色薄暮，似见隔涧有人影，疑为盗，伏丛莽中密侦之。见一人戎装坐磐石上，数卒侍立，貌皆狰狞，其语稍远不可辨。惟见指挥一卒自石洞中呼六女子出，并姣丽白晳，所衣皆绘彩，各反缚其手，觳觫俯首跪。以次引至坐者前，褫下裳，伏地鞭之，流血号呼，凄惨声彻林谷。鞭讫径去，六女战栗跪送，望不见影，乃呜咽归洞。其地一射可及，而涧深崖陡，无路可通。乃使弓力强者攒射对崖一树，有两矢著树上，用以为识。明日迂回数十里寻至其处，则洞口尘封。秉炬而入，曲折约深四丈许，绝无行迹，不知昨所遇者何神，其所鞭者又何物。或曰此飞天夜叉化为女子者也。

【译文】

纪晓岚先生在乌鲁木齐时，把总蔡良栋曾对他说，此地当初平定时，曾巡视到南山深处，太阳将要下山的时刻，看见山涧对面似乎有个人影在晃动，怀疑是强盗伏在乱草丛中暗底里窥视自己。后来见一人身穿戎装，坐在一块磐石上面，几名小兵侍立在旁，面目都很狰狞。想听他们的话语，因距离稍远，辨别不清。只见他在指挥一个小兵，把石洞中的六个女子唤了出来。这六个女子，都长得姣丽白皙；穿的衣服，都画着五彩颜色。每个人都被反缚着手，神色恐惧地低头跪着。那小兵把这六人依次领到他的坐前，剥掉下身的衣裳，伏在地，接受鞭打。流血满地，号哭呼喊，凄惨之声响彻森林山谷。鞭打完毕后，他便径自离去。六个女子恐惧地发抖着跪送，等到望不见那人的背影，再哭着回到洞内。这地方约有射一箭的远近，但山涧很深，两边崖岸又很陡，无路可通。于是叫弓力强者把箭聚射到对岸崖间树上，结果有两枝箭射入树干，用以作为标志。第二天迂回数十里，寻到这地方，可是洞口已闭，外面满是积尘。举了火把入洞，曲曲折折，约深四丈多些，里面绝无踪迹。不知昨天所遇见的是什么神怪，他所鞭打者又是何物。有人说："这是飞天夜叉化成的女子。"

虎伥

新安程生名敦，有族人家深山中，后圃园亭颇有幽趣，生往候之，迨晚则键庄门，盖其地有虎也。一日初更时，月色微明，狂风骤作，一僮欲请钥出户，侪辈止之不可，主人亲晓谕之。僮不得已，私欲越垣而出，以高竣不得升。忽闻垣外有虎啸声，主人乃令众仆挟持此僮，颠狂撞叫，不省人事。生知有异，亲登小楼觇之，则见有一短颈人在垣外以砖击垣，每击则此僮辄叫呼欲出，不击乃定。生及主人皆知必虎伥也，乃持此僮愈力。僮叫呼良久，忽变作豖声，便溺俱下，其矢亦成猪矢矣。

园中之人大惊。至五鼓，此僮睡去。天晓时，生及主人复登楼觇，则见一虎自西边丛薄中跃去，而伥不复见矣。

【译文】

新安县秀才程敦，族中有一户人家在深山中。他家后园亭台建筑很有幽趣，程敦常去游玩。到了晚间，庄园的门都要锁上，因为深山中有虎出没。一天夜里刚起更的时候，月色微明，狂风骤然而至。有个家僮拿了钥匙要开门出去，众仆人阻止他不可外出，主人也亲自明白地向他开导解释。这个家僮不得已，想悄悄地翻越围墙而出，但因围墙高峻，无法登上。忽然听到墙外有虎啸声，主人便叫众仆人把这家僮挟持起来。但他却癫狂撞叫，不省人事。程敦见到这种情况，知道其中必有怪异，便亲自登上小楼往外探看，见有一个颈部极短的人在墙外用砖头敲击围墙。每敲击一次，那家僮就边叫边喊，强着要往外走。外面的人不敲击时，他便安定无语。程敦和主人都知道是虎伥出现了，就叫家中的仆人把他牢牢按住。家僮叫喊了好久，忽然变作猪叫声，而大便小便一起下来，顷刻人粪又变成了猪粪。园中的人大惊。到五更时候，这个家憧才昏昏睡去。天亮时，程敦与主人再登楼探看，则见一头老虎从西边乱草丛中跃去，此后伥就不再出现了。

狼　牙

凡猛兽皆以爪牙铦利，故能搏噬。而古者独称狼牙者，但以为尖利害物耳。数年前，甘泉令某一日自外返署，见快役班房系一小兽如犬，而双眼浅绿色，意其为狼，询之果然。乃牵入署。有幕客某以烟杆戳其口，小狼露腭作欲啮状，谛视之，其牙粲白，大小参差不齐，而其龈生成一片，非若人与他兽之分排编次也。因恍然悟古人以狼牙名兵器，盖取诸此。而狼之狠戾，恃有此牙，亦天之赋与独异，若人之骈胁，猿之通臂然。

【译文】

凡猛兽都是爪牙锐利，所以能捕捉和吞食别的动物。古时候为何独称“狼牙”，只是因为它特别尖利而能伤物的缘故。数年以前，甘泉县令某某，自外面回署，看见捕快的班房内系着一头小兽，它的形状如狗，双眼浅绿色，以为它是狼。问了，果然不错，于是牵到县署中养着。有位幕僚用烟杆戳狼的口，小狼露出牙腭，做出要咬人的样子。仔细看时，它的牙齿鲜明洁白，大小参差不齐，而它的牙龈却生成一片，不像人或别的兽类那样依次排列。因此恍然领悟古人以狼牙命名为兵器，就是因为这个道理。狼的性情狠戾，且又恃有这副牙齿，这也是上天赋予它的一种独特之处，如同人的肋骨是相连着的，猿的两条臂膀是相通的一样。

楼　怪

西安省城四府街有王太守宅。太守官浙中，宅久关锁，留仆守之。一日，邻人远望见其后楼悬灯数十盏，趋至询其仆，启门视之，寂然无物。又有童子数人，白日往游，至后楼，见有白须老人，凭楼窗下视。群哗之，老人忽吐舌长丈余至地，大骇而散。乾隆某年，太守缘事，此宅入官。同寅乾州高公名璨者买之。所属武功黄令景略赴省，借宿。夏月昼卧前厅，傍晚乍醒，北窗自启，有物黑面赤睛来窥，黄大呼而起，率众仆逐之，不见。高公赴省，将前在长安任卷宗箱置后楼。一日，查旧案，令厮役上楼启之，见巨蛇蟠据箱侧，大骇走白，高公亲往视之，无有矣。高因不敢居。忽一日晚间，后楼失火，官吏救之，惟后楼烬焉，院中有白骨一堆。长安令周小亭拨视之，有大牙十数，长各五寸余，别无他异。秦方伯、舒观察皆取一二枚以去。人皆云此怪已自焚死。高公擢宁武太守，始迁居之。今将此宅转鬻于前盩厔令杨翊亭，竟无他异。

【译文】

西安省城中的四府街有王太守宅。太守在浙江做官，宅第久已关锁，留给仆人看守。一天，邻居远远望见王宅后楼悬挂着数十盏灯笼，感到很奇怪，就跑去问他家仆人。哪知开门看时，静悄悄的什么也没有。又有一次，几个孩子大白天往王太守宅游玩。到了后楼，看见一位白须老人，倚着楼窗，在往下观看。孩子们吵吵嚷嚷想与他说笑。不料这老人忽然伸出了舌头，约有一丈多长，拖到地面，吓得孩子们惊慌逃散。乾隆某年，王太守因出了事，这宅便被没收变为公产。王太守的同事乾州知州高璨买下此宅。高公属下武功县令黄景略赴省城，就借宿在这里。当时是夏天，他在前厅午睡，傍晚刚刚醒来，忽见北窗自动开启，有一黑面红眼怪物在向他窥探。黄大声呼叫而起，率领众仆人追赶，却不知怪物去向。后来高璨前往省城，将以前在长安任上的卷宗箱放在后楼。一天，为了查阅旧案，叫差役上楼开箱取卷宗。差役登楼，见一条大蛇蟠踞在箱侧，不由得大惊而逃，慌忙向高公禀报。高璨亲自上楼去看时，蛇已不见。高因此不敢居住。忽然一天晚间，后楼失火，府署官吏赶来相救，火势没有蔓延，只是后楼已全部化成灰烬。清理火场，在院中发现一堆白骨。长安县令周小亭拨动白骨验看，发现有大牙十多枚，各长五寸有余；未见有别的怪异。秦布政使、舒道台各取走大牙一二枚。人们都说："这怪已经焚死。"高璨擢升宁武太守，才迁来居住。现已将这座宅第卖给了前盩厔县令杨翊亭，后来再也未发生怪异。

武进两异事

武进之北乡，土名尤村，有某姓，诞一儿，暴长，甫十一月而长三尺。每啖饭三巨碗，或饵以粉餈，能尽七枚。然不能言，尚卧筐篮，需人提抱。此乾隆五十五年事。

毗陵郡北隅有秦姓妇，忽诞一儿，状貌狞恶，头有两角，角隐隐复有两目。遍身青色，多肉块磊磊，势长数寸，纤细如灯草。啼声亦甚异。其家以为妖，埋之废圃旁，翼日人过，犹闻地下作呦呦声。此五十五年八月事。

【译文】

武进的北乡，土名叫尤村，有一户人家，生了一个儿子。这孩子日长夜大，刚满十一个月，就已有三尺高。每顿吃饭三大碗，有时给他米粉做的饼团，每顿能吃七个。但他不会说话，仍睡在摇篮里，需要别人搀着或抱着。这是乾隆五十五年的事。

常州府北隅有个姓秦的妇人，忽然生下一个儿子，长得相貌狰狞丑恶，头上有两角，角上隐隐又有两只眼睛。遍身青色，身上许多地方长着肉块。生殖器长达数寸，但却纤细如灯草。啼哭的声音也很奇怪。他家以为是妖怪，埋在荒园之旁。第二天有人经过，还能听到地下发出“呦呦”之声。这是乾隆五十五年八月的事。

有子庙讲书

西江周驾轩太史，新举孝廉，赴北闱会试。路过邹鲁间，梦人引至一处，栋宇巍峨，上书“有子庙”三字。心疑之，以为有子配享圣人久矣，此地何以另立有庙？俄而召入，上坐有古衣冠者，年五十许，发眉苍秀，揖而进之，命之旁坐，曰：“汝西江名士，可知《论语》第二章‘孝弟也者，其为仁之本欤’作何解?”周曰：“仁为五德之首，孝弟又为仁德之首。”有子曰：“非也。古字‘人’与‘仁’通，我首句‘其为人也孝弟’，末句‘孝弟也者，其为人之本欤’，其义一也。汉、宋诸儒不识‘仁’字即‘人’字，将个孝弟放在仁外，反添枝节，汝到世间，为我晓示诸生也。”周唯唯而出。是年即中进士，入词林。余案“井有仁焉”之仁，即“人”字，则此章“仁”之为“人”，当亦无疑。

【译文】

江西周驾轩编修，当年刚考中举人时，往京城参加会试。路过孔孟的故乡，梦中被人带到一处地方，只见房屋巍峨高峻，上写着“有子庙”三字。他心中产生了疑问，以为有子配享圣人的事久已成了事实，这里怎么又另立了庙宇？一会儿被召进了庙堂，上面坐的是位古代衣冠、年约五十多岁，头发眉毛苍秀的人。周揖拜而进，命他坐在一旁，然后说道：“你是江西名士，可知《论语》第二章‘孝弟也者，其为仁之本欤’，应作怎样解释?”周答道：“仁是五种德行——仁义礼智信之首，孝弟又为仁德之首。”有子说道：“不是这样解释，古字‘人’与‘仁’通，我首句是‘其为人也孝弟’，末句‘孝弟也者，其为人之本欤’，它的意义是一样的。汉朝、宋朝的一些儒家学者不识‘仁’字即‘人’字，将个孝弟放在仁外，反添了枝节。你到人世间去为我明明白白地告诉诸生。”周恭恭敬敬地退了出来。这年周驾轩就中了进士，进入翰林院。按：“井有仁焉”的“仁”，即“人”字，则这一章“仁”之为

“人”，当然也是相同无疑的了。

米元章显圣

芜湖鲍某，工画，专学米元章，竟能得其大概。且又能烘染纸作旧色，识者莫辨，南北骨董家购者甚多，因之致富。一日作画倦矣，坐而假寐。忽见一人唐巾宋服，登其庭骂曰：“我米元章也！汝学我画仅得皮毛，而欺世取财，将来千百世后，道元章之画不过如此，则我之身分姓名，俱为汝糟蹋矣！”因袖中出一石击其右肱，鲍觉酸痛，一惊而醒。从此握笔腕痛难胜；执箸、数钱，依然无恙。

【译文】

芜湖地方有个鲍某，擅长作画，专学米元章，竟然能学到他的大概。而且又能烘染纸张使它变成陈旧的颜色，那些识货的也不能辨别，不少南方北方的古董家都购买他的画，他因此发财致富。一天，他作画倦了，便坐着瞌睡起来。忽见一人戴着唐巾，穿着宋朝服饰，来到他的庭前，骂道：“我是米元章也！你学我的画，仅仅得了些皮毛，而冒充是我的作品，这样欺骗世人，获得不义之财，将来千百年以后，以为我米元章的画也不过如此，那么我的身份姓名，都被你糟蹋了！”因而从袖子当中拿出一块石子击中了他的右肱。鲍某觉得酸痛，一惊吓，便就醒了。从此以气后，他握起笔来就腕痛难熬，但很奇怪，拿筷子、数钱，依然和从前一样，没有什么不舒服。

麒麟喊冤

有邱生者，吴人也。幼习时文，屡试不售，怒曰："宋儒悮我！"乃尽烧其《讲章》、《语录》，而从事于考据之学，奉郑康成、孔颖达为圣人，而渺视程、朱。家贫，游学楚、蜀，过峨嵋山，坐古松之下，温习《仪礼注疏》。有白额虎衔之而去，行数里，乃掷于深谷中，虎竟去。邱心悔当是背宋儒之报也。方懊恼间，见谷旁有石门大开，邱走入，则殿宇巍峨，署曰"文明殿"，两旁罗列书籍百万，莫知其数。邱掀翻书目，谓必以《六经》冠首，不意翻毕竟无有也。心疑之。旁有古衣冠者倚门而立，邱揖而问曰："此处何神所居？"曰："苍圣。"邱问："苍圣始制文字，自该万卷横陈，独无古《六经》，何耶？"古衣冠者曰："向来原有此书，但名《诗》、《书》、《周易》，不名经也。自汉人多事，名曰《六经》，造作注疏，穿凿附会，致动上帝之怒，责苍圣造字生此厉阶，从此文明殿中撤去注疏，致汝掀翻不得。"邱问："注疏何以上干天怒？"曰："此事原委甚长，汝且静听我言。汝可知万国九州只有一天乎？自盘古开辟以来，三皇五帝莫不钦若昊天，天亦安享郊牛数千年矣。忽然东汉末年有五妖神，头戴冕旒，身穿龙衮，闯入天宫，各称名号。其自称'赤熛怒'者，红面蝟髯，状尤狞恶。其他兄弟四人，衣青者号'灵威仰'，衣黄者号'含枢纽'，衣白者号'白招拒'，衣黑者号

'汴光纪'。竖眉昂首，哓哓嚷嚷，竟欲篡夺上帝之位，分据为五国。上帝盘问五人得姓受命所由来，皆瞪目不能答。帝命神兵擒之，与斗未决。适苍圣朝天，奏曰：'此五神姓名皆谶纬妖言，汉人郑玄师弟所传。但召郑玄来则不斗而自伏矣。'帝无可奈何，即命九幽使者召郑玄师弟上殿，见其举止老成，饮酒三百杯不醉，遂署文明殿功曹。五妖神始帖服不动。凡郑所奏，帝亦颁行世间。久之，其教有必不能行者：天子冕旒用玉二百八十八片，天子之头几乎压死。夏祭地亓，必服大裘，天子之身几乎暍死。只许每日一食，须劝再食，天子之腹几乎饿死。《丧礼》：含殓用米二升四合，君大夫口含粱稷四升，如角柶不能启其齿，则凿尸颊一小穴而纳之，凡为子孙者心俱不忍。以讹传讹，习而不察，将及千年。一日，天帝坐紫薇宫，见云中飞下一兽来，龙鳞马鬣，喊冤奏曰：'臣麒麟也。不食生虫，不践恶草，人人称为仁兽，必待圣人出，臣才下世。不料有妄人郑某、孔某者，生造注疏，说郊天必驳麒麟之皮蒙鼓，方可奏乐。信如所言，人主郊天一回必杀一麒麟，麒麟何罪，遭此屠毒？此等议论，只好吓骗黄巾贼，见老郑便一齐下拜；使麒麟见之，必唾其面！'言未毕，又见空中云鬟霞佩，率领数妇人珊珊来者，跪奏曰：'妾姜氏，周王妃也。当时周王劝农，妾并不随行。今有妄人郑某，说天子劝农必与王后同行。妾想妇人幽闺弱质，行不逾阈，岂有披霜冒雨出来劝农之理？北魏王肃曾言其非，唐人孔颖达将王大加呵斥，党同诬妄，一至于此！'诸妇人齐奏曰：'妾南国诸侯大夫之妻也。夫君外出，妾等心忧，“亦既觏止，我心则降”，言既见而心安，此人情也。郑训“觏”为交媾之“媾”，言交精而心降。又训“五日为期，六日不詹”，云“妇人五日不御必有思男子而不得之病”。妾等皆公侯淑女，不应贪淫至此！’麒麟在旁踢足大笑。帝问何笑，麟曰：‘诸夫人但知责郑玄，不知责戴圣。圣造《礼经》，其罪更大。臣在周文王灵囿中与振振公子同游，见文王宫女原无定数，多不过二三十人，并无九嫔、二十七世妇、八十一御妻之名号，亦从不见有金环进之，银环退之之条例。文王日昃不暇，乐而不淫，那得有工夫十五夕而御百余妇哉！戴圣本系赃吏，造作宫闱经典，以媚昏主，而郑玄师弟又从而附会之，致后世隋宫每日用烟螺五石，开元宫女六万余人，皆其作俑也。且注《诗经》“昏椓靡供”，言椓是椓妇人之阴，此是《景十三王传》中之事，三代无此惨刑。’天帝闻之大悔，啃曰：‘朕用人过矣！’召苍圣谓曰：‘卿造字原有功于万世，大圣人周公、孔子皆出汝门下，不料后来俗儒流弊一至于斯，何以救之？’苍圣奏曰：‘臣兄弟三人同造字，臣所造之字都是下行，臣弟沮诵、佉卢所造之字或右行或左行。左右行者，行于东西二方，下行者行于中华。今东西方只一教，而中华之教如此纷张，惟有召西方明心见性之人，学佛未成者来，大显神通，将此辈一扫而空之。’帝曰：‘召佛是矣，何以要召学佛不成者？’苍圣曰：‘佛无夫妻父子，故名异端，恐来中国，人多不服。惟有少时借佛书参究一番，中年遁归周、孔者，墨行儒名，人才肯服。宋朝某某最佳。’麒麟在旁争之曰：‘楚固失矣，而齐亦未为得也。据汉儒“麟鼓郊天”之说，不过麒麟晦气，而天帝尚得一顿饱餐。若宋儒主持名教，训天命之谓性，云天即理也，古帝王只有祭天者，无祭理者。将来天帝血食不从此而斩断乎？不但此也，恐尖嘴雷神还要来闹。’帝曰：‘何也？’曰：‘朱注“有盛馔”二句云：“敬主人之礼，非以其馔也。”下文注“迅雷必变”云：“敬天之怒。”岂非下文暗藏不以其雷耶？从此雷公没人怕了，雷公岂肯甘心？’天帝笑曰：‘汝言亦是。但气运各有盛衰，朕亦不能做主。姑且召明心见性之人，试其伎俩何如。’俄见苍圣带领宋儒上殿，有褒衣博冠，手执太极圈者；有闭目指心，自称‘常惺惺’者；有拈花弄月，自号‘活泼泼地’者。最后四人扛一大桶上，放稻草千枝，曰：‘此稻桶也，自孔、孟亡后，无人能扛此桶。唐人韩愈妄想扛桶，被我取他《与大颠和尚》书札搜出真赃，把他所扛之桶多掀翻了。何况郑、孔，敢与我四人为难乎？’言未毕，果见赤熛怒、白招拒五妖神，爬墙穴洞，偃旗息鼓而逃。天帝大喜，即命此四人权摄文明殿功曹。此汉学所以不昌而文明殿之所以无注疏也。”邱问：“既如此，何以架上不收宋儒注疏乎？”曰：“一误岂容再误？宋儒此座亦恐终不能久。现在陆、王二姓，本朝颜习斋、李刚主、毛西河等，都与为难。”方谈论间，忽闻钟鼓声，内闻苍圣传旨云：“朕命白虎驮邱生来，原恶其自矜汉学，凌蔑百家，挟天子以令诸侯，故有投畀豺虎之意。今闻渠已悔悮，可赐山中云雾茶一杯。领其出山，俾述所闻，可以晓世。”古衣冠者引行曲涧中，邱因问曰：“据苍圣之言，汉学不可从；据麒麟之言，宋儒又不足取：然则我将安归？”神曰：“随之时义大矣哉！士君子相时而动，故曰‘顺天者昌’。即如神道设教，蒋帝既衰，关帝日兴，此眼前之明证也。当汉学盛时，晋朝王弼注《易》，骂郑康成为老奴，康成白昼现形，立索其命而去。元行冲有言：今人宁道孔圣误，讳言郑、孔非。亦怕康成作祟故也。今气运既衰，其鬼不灵，而人亦少谈孔、郑矣。当宋学盛时，元朝祭朱考亭，至于呼太祖御名‘成吉思’而祭，尊与天同。明祖登极，又聘宋金华四先生等讲学，皆考亭之小门生也。一脉相传，颁行《四书大全》通行天下，捆缚聪明才智之人，一遵其说，不读他书。杨升庵有言，虫有应声者，今之儒生，皆宋儒之应声虫也。子不作应声虫，安能拾取科名，上报君父乎？”邱曰：“然则上帝亦好时文八股耶？”古衣冠者大笑曰：“上帝非秀才，安用时文？不特帝所无时文，即嫏嬛洞、二酉山亦从无此腐烂之物。细字小板，古书亦无此恶模样。”邱曰：“然则时文科甲中何以出许多豪杰？”神曰：“士如鱼也，钓之可得，射之可得，网之亦可得。大者蛟鳌，小者鲂鲤，皆水所生，不因钓射网罟而有异焉。历代以经学取为名臣者若而人，以诗赋策论取为名臣者若而人，以时文取为名臣者若而人。豪杰之士岂为功令所束而遂淹没哉！汝试看吕蒙拔于盗贼，郭子仪起于缧绁，盗贼罪人中尚且有人，而况于时文科目耶？”邱问：“上帝何好？”曰：“好诗文。”问：“何以知之？”曰：“汝试想上帝白玉楼成，何以不召老成人马季常、井大春作记，而召一少年佻仗之李长吉耶？海上仙龛、芙蓉城主何以不召周、程、张、朱聚徒讲学者居之，而召一好酒及色之白居易、豪纵不羁之石曼卿耶？”邱恍然大悟，乃再拜曰：“如神人所言，某将弃汉学、宋学而从事于诗文，何如？”神曰：“子又误矣！人之资性，各有短长。著作之才，水也；果有本源，自成江河。考据讲学，火也；胸中无物，必附物而后有所表彰，如火之必附于薪炭也。子天性中本无所有，焉得不首鼠两端？且子既精汉学矣，试问帝王所食之米何名？”邱不能答。神曰：“康成注‘释之溲溲’云：‘舂之播之，使趋于凿。粟一石为粝，舂一斗为粺，又去八升为凿，又去九升为侍御。侍御者，王所食也。’子试想：米舂至八九次，其粝粺糠核将何所归？天故专生此一流飧糠核而饱稊稗之人，或琐屑考据，或迂阔讲学，各就所长，自成一队。常见孔圣、如来、老聃空中相遇，彼此微笑，一拱而过，绝不交言。此天地之所以为大也。”邱闻之，色若死灰，意流连不出。神曰：“子休矣！子被虎衔落山涧，袖中所带《仪礼注疏》螬食者过半矣。盍速归乎？”邱再拜出洞。至今犹存。

【译文】

有个姓邱的书生，是吴县人。幼时学习八股文，但屡次应试，都未录取，愤怒地说道：“宋代的儒人把我耽误了！”于是把《讲章》、《语录》等书统统烧掉，改而从事考据一类的学问，把郑康成、孔颖达奉为圣人，蔑视程颢、程颐、朱熹等人。邱生家境贫困，外出到楚、蜀等地游学。经过峨嵋山时，坐在一棵古松树下温习《仪礼注疏》，忽然来了一只白额虎把他衔着往山中跑去，行了数里，掷在深谷之中，虎便独自去了。邱生心想，这大概是我背弃宋儒之后的报应，心里不免有些后悔。正在懊恼间，见山谷旁的石门大开，邱便走了进去，只见殿宇巍峨高峻，上面署有“文明殿”三个大字，两旁罗列的书籍约有上百万卷，只是不知具体数目。邱生翻阅书目，以为必然是以《六经》列在最前，不料翻阅完毕，竟不见这类书籍。心中正在疑问，见旁边有位穿戴古代衣冠的天神倚门立着，他就走上前去拱手作揖，问道：“请问这个地方是什么神灵所居?”回答道：“这是仓圣。”邱生问道：“圣人仓颉，创造文字，自应该有这万卷横陈的丰富藏书，但没有古时的《六经》，不知是何原因?”穿戴古时衣冠的天神说：“原来是有这些书的，但书名是《诗》、《书》、《周易》，不叫它为‘经’的。自从汉人多事，取名《六经》，再加注疏，穿凿附会，以致激怒了上帝，责怪仓颉圣人造字，才产生这种祸端。从此文明殿中撤去了注疏一类书籍，所以你翻查不得。”邱生问道：“注疏这类书，怎么会对上干犯天怒呢?”答道：“关于这事的本末，说来很长，你且静听我详细讲来。你可知道万国九州只有一个天吗?自从盘古开天辟地以夹，三皇五帝无不钦敬它为主宰一切的昊天，天也安享着皇帝每年郊祀的祭品，已有数千年了。忽然东汉末年有五妖神出现，它们戴皇帝才可以戴的冕旒，身穿绣着龙的帝王服饰，闯入天宫，各自都取了名号，其中自称‘赤熛怒’的，脸色发红，颞间长满刺猬般的胡须，形状特别狞恶。其他兄弟四人，穿青袍的号‘灵威仰’，穿黄袍的号‘含枢纽’，穿白袍的号‘白招拒’，穿黑袍的号‘汁光纪’。这几个妖神，竖眉昂头，哓哓嚷嚷，竟然妄想篡夺上帝之位，分据成为五国。上帝盘问这五妖得姓受命的由来，都瞪着眼睛说不出话来。于是上帝命令天神天将把它们擒拿，正在交斗未获胜负的时刻，恰巧仓颉去朝见上帝，他奏道：‘这五个妖神姓名，都是谶书和讳书中的诞妄之言，是汉人郑玄师弟所传授。只要把郑玄招来，它们便不斗而伏在地上听受处分。’上帝无可奈何，立即唤九幽使者召郑玄师弟上殿。郑玄到了天庭，上帝见他举止老成，便赐酒三杯，郑饮酒后并不见醉。上帝赐了他一个官职，叫做文明殿功曹。

这五个妖神，方始帖服在旁，不敢动弹。从此，上帝对于郑玄所奏，也同时颁行在世间。长久以后，郑玄所宣扬的一套，必然是行不通的：如天子冠冕上悬挂的玉片，要二百八十八片，那么皇帝的头几乎要压得抬不起来。如夏天祭地神，必须穿上宽大的裘皮袍子，那么皇帝几乎要中暑致死。如只许每天一餐，必须有宫人劝了，方可继续进食，如果皇帝真的每天一餐，岂非将被饿死。如对《丧礼》关于大殓时口中含物的解释，说要用米二升四合，君子大夫口含高粱稷黍之类的数量是四升，在用角柶灌进去时，如牙齿无法撬开，便要在尸体的面颊部位凿一小空把它强行放入，这对于做子孙的，必然心中惧怕而又不忍去做。诸如此类，以讹传讹，习惯地往后世流传而不去考察，将近千年。一天，天帝坐在紫薇宫，看见云中飞下一头兽来，这兽身上长着龙鳞，颈上长着马鬣，喊着冤枉，启奏道：'臣是麒麟也。不吃生虫，不踏恶草，人人称我为仁兽，必须等到圣人出世，臣才离开世间。不料有妄人郑玄、孔颖达这两人，生造出所谓注疏，说帝王到郊外去祭天时，必须剥麒麟皮蒙鼓，方才可以奏乐。听信了他们所讲的话，皇帝祭天一次，必杀一头麒麟。我麒麟究竟犯了什么罪行，要遭这样的屠毒？这种议论，只好去吓骗黄巾军，所以他们看见老郑便一齐下拜；要是我麒麟见了他，一定要往他脸上吐唾沫。'麒麟的话还未说完，又见空中有位头梳环形发髻、身着虹裳霞帔的妇人，率领几位服饰华丽的女子，珊珊来到殿上，为首的妇人跪奏道：'我姜氏，是周王的妃子。当时周王下乡劝农，妾身并未随行。今有无知狂妄的郑玄，说天子劝农必须与王后同行。我想妇人原属幽闺弱质，外出不离开国都，岂有披露冒雨出来劝农之理？北魏时，王肃曾说郑玄的话是错误的；唐朝人孔颖达将王肃大加呵斥，他们党同伐异，欺骗世人，竟到了这样的地步！'另外的几位妇人也一齐奏道：'我等是南国诸侯大夫的妻子，凡遇夫君外出，我等心中总是有所担忧的。《诗·召南·草虫》有"亦既觏止，我心则降"的诗句，是说既见而心安，这是人之常情。郑玄在解释觏字时，说是交媾的媾字，说交精心才安。《诗·小雅·采绿》有"五日为期，六日不詹"的诗句，郑玄竟解释说，如果妇人五天不与男子交合，必然会因思念男子不得而生起病来。我等都是公侯淑女，哪会贪淫到这般程度！'这时麒麟在旁，一边用脚踏地，一边大笑。天帝问它为何要笑，麒麟道：‘诸位夫人只知责难郑玄，却不知去责难戴德，戴德制造所谓《礼经》，他的罪名更大。臣在周文王的灵囿中曾与振振公子同游，见当时文王的宫女原来并无固定数额，最多也不过二三十人，没有九嫔，二十七世妇、八十一御妻的名号；也从未见有什么得了金环就让她陪伴君王，得了银环让她退出的条例。周文王日理万机，太阳西沉时也无闲暇休息。他是乐而不淫，哪有工夫十五个夜晚要与一百多位嫔妃去寻欢！戴德本是汉朝的一个赃官，专事造作宫闱经典，以媚昏君，而郑玄师弟又对他追随附会，以致后世便产生如隋宫每日要用烟螺五石，唐代开元年间宫女六万余人，这都是他首先倡导的结果。戴德所注《诗经·大雅·召旻》中昏椓靡共句，说椓是毁掉妇人的阴部。这是《汉书·景十三王传》中的事，上古三代没有这种残酷的刑罚。’天帝听了，大为后悔，叹息道：‘朕用人过于宽容了。’然后召仓颉，对他说道：‘爱卿创造文字，原是有功于万世，大圣人周公、孔子都出在你的门下，不料后来俗儒胡乱解释文字，流弊竟到这种地步，怎样才能挽救呢？’仓颉奏道：‘臣兄弟三人同在造字，臣所造的字，都是往下流行的，臣弟沮诵、佉卢所造的字，或往右流行，或往左流行。左右流行的，流行在东西二方，往下流行的，流行在中华。如今东西方只有一个教派，而中华的教派却如此纷繁而各树其帜。只有召西方明心见性的人，学佛教而最终未成功的前来，让他大显神通，将此辈一扫而空，使其无立足之地。’天帝道：‘召那信奉佛教的，固然是好；为什么要召那些学佛而没有学到家的人？’仓颉奏道：‘信奉佛教，便无夫妻父子，所以被称为异端，恐怕他们来到中国，人们大多会不服。只有少年时借佛书来参考阅读，并曾作过一番研究；中年时又从佛门逃归到周公、孔子一边的，所谓墨家的人，标榜着儒家名号，人们才肯信服。关于这点，宋朝某某做得最好。’麒麟在旁争辩道：‘楚国固然是受到了损失，但齐国也没有得到什么好处。据汉儒提出皇帝到郊外祭天，须用麒麟皮包的鼓，这虽是我的晦气，但你作为天帝却至少得到了一顿饱餐。倘若让宋儒主持名声和教化，把天命解释为性，说天就是理，古代帝王只有祭天的，却没有祭理的。这样一来，将来对天帝的祭祀，难道不会从此而被斩断了吗？不但如此，恐怕尖嘴巴的雷神还要来闹呢。'“天帝问道：'那雷神来闹，又是怎么一回事?'麒麟奏道：'朱熹在注《论语·乡党》中“有盛馔必变色而作，迅雷风烈必变”二句时，曾说斋敬主人的礼，发生陈设的食品不相称；接着在解释“迅雷必变”时，说这便是敬天之怒。这样一来，岂非在下文中暗藏不是因雷鸣所致的意思么?从此雷公就没有人怕了，那雷公岂肯甘心?'天帝笑道：'你所说的也对。但气运各有盛衰，朕也不能做主。姑且宣召那些自命为“明心见性”的人来试试他们的本领怎样。'一会儿看见仓颉带领宋儒上殿，有宽衣大帽，手里拿着太极图的，有闭目指心，自称是'常惺惺'的，有拈花弄月，自称是'活泼泼地'的。最后四人扛着一个大桶，桶上放着稻草千枝，说'这是稻桶，自从孔子、孟子去世以后，无人能扛这桶。唐朝人韩愈妄想扛桶，被我从他写的《与大颠和尚书》中搜出真赃，把他所扛的桶掀翻了；何况郑玄、孔颖达，有谁敢与我们四人为难?'话还未毕，果然看到'赤熛怒'、'白招拒'等五个妖神，全都爬墙钻洞，偃旗息鼓而逃。天帝大喜，就命令这四人暂且执掌文明殿功曹的职司。这便是汉儒那一套之所以不能兴盛，而文明殿之所以没有注疏一类书籍的原因所在。”邱生问道：“既然如此，为什么书架上不收宋儒的注疏呢?”穿戴古时衣冠的天神答道：“一误之后，岂容再误。宋儒现在所取得的宝座，恐怕最终也不会长久。现在陆、王两姓，本朝颜习斋、李刚主、毛西河等，都在与他们为难。”正在谈论之间，忽然听到钟鼓之声，从里面传出仓颉圣人传旨道：“朕命令白虎去驮邱生来，原是厌恶他崇尚汉儒之学，欺凌蔑视百家，挟天子以令诸侯，所以才有投弃给豺虎之意，如今闻得他已悔悟，可赐山中云雾茶一杯。然后领他出山，以便让他讲述所见所闻，可使世人得以知晓。”穿戴古时衣冠的天神带着邱生行走在曲折的山涧之间，邱因此问道：“据仓颉圣人所说，汉儒之学不可听从；据麒麟所述，宋儒之学又不可取。那么，我将何去何从?”那天神道：“适应时代的变易而变易是一门大学问，读书人应当静观时势而动，所以说是'顺天者昌'。就以神道创设教派来看，蒋帝既已衰亡，关帝便就一天比一天兴盛，这是眼前的一个明证。当汉儒之学盛行时，晋朝王弼注《易经》，就骂郑康成为老奴。郑康成白昼显现原形，立即向其索命而去。唐朝的元行冲曾讲过：今人宁愿说孔圣人的错误，不愿说郑康成、孔颖达的不是。这实际也是怕郑康成出来作祟的缘故。这是唐代的事。如今他们的气运已衰，其鬼也不灵，而人们也很少谈到郑玄和孔颖达了。当宋代的儒学兴盛时，元朝人祭朱熹，甚至在祭奠时有直呼太祖成吉思汗的御名而与他相提并论者，这种尊重的程度，竟与天子相同。明太祖登基，又聘请了宋金华四先生等讲学，他们都是朱熹的信徒，于是一脉相传，颁行《四书大全》通行天下。这样便捆缚住聪明才智的人，全都遵循其说，不读他书。杨升庵嘲笑道：'虫有应声的，今天的儒生，都是宋儒的应声虫。'你如不作应声虫，怎能拾取科名，对上去报效君王呢?”邱生又问道：“这样说来，上帝也提倡应时之文——八股文吗?”穿戴古时衣冠的天神大笑道：“上帝并非秀才，怎么会用时文? 不但上天无时文，即使瑯嬛洞、二酉山也没有这类腐烂的东西；而且字细板小，古书也无这种恶劣的模样。”邱生又问：“然而依仗时文得了功名的人中，怎么会出许多豪杰的?”天神道：“那些读书人好比是鱼，钓之可以得，射之可以得，用网去捕时也可得。就鱼来说，大的如鲨鱼、鳌鱼，小的如鳊鱼、鲤鱼，它们都是生在水中的，绝不因捕捉方法有钓的、射的以及用网去打的而变为两样。历代以经学取为名臣的某某人，以诗赋策论取为名臣的某某人，以时文取为名臣的某某人，豪杰之士岂会被功名束缚而湮没无闻的！你可试看：吕蒙选拔于盗贼，郭子仪起于牢狱，盗贼和罪人之中尚且有人，何况从时文与科目中去选拔人才呢。”邱生问道：“上帝所爱好的是什么?”答道：“爱好诗文。”邱生问：“你是怎样知道的?”答道：“你可试想，上帝白玉楼建成时，怎么不召老成人马季常、井大春去作记，而要去召一个少年且又轻薄好谑的李长吉呢? 海上仙龛，芙蓉城主为何不邀请周敦颐、程颐、张载、朱熹这些聚徒讲学的人去居住，却召那个好酒又好色的白居易，以及豪纵不羁的石曼卿呀?”邱生恍然大悟，便再拜道：“按照神人所言，我邱某将放弃汉儒、宋儒之学，而去从事于诗文，如何?”天神道：“你又错了。人的资性，各有短长。从事创作的才，好比是水；如若确有本源的，能够自成江河。从事考据和讲学的，好比是火；胸中无物，必然附在别的事物之后有所表彰，好比火必须附在柴炭上一样。你天性之中本来一无所有，怎么不会造成迟疑两端？而且你既然已精于汉儒之学，试问帝王所食用的米叫什么名称？”邱生回答不出。天神说道：“郑康成注释‘释之溲溲’说：‘舂米是舂了又播，使它渐趋于凿。粟一石为粝，舂一斗为稗，又去掉八升为凿，又去掉九升为侍御。这侍御，是帝王所食用的。’你试想想：米舂了八九次，它所剩下来的粝、稗、糠核等，将用来做什么呢？于是上天就降生这些专用糠核充饥的穷学者，他们或从事琐屑的考据，或作迂阔讲学，各有各的长处，并且自成一队。曾见孔圣人、如来佛、老聃，他们在空中相遇，彼此微笑，互相一拱手而过，绝不交谈。这便是天地之所以广大无穷啊。”邱生听了，面色如死灰一般，但流连不愿出来。天神道：“你算了吧！你被老虎衔着跌落在山涧时，藏在袖中的《仪礼注疏》已被蛴螬吃掉一大半了。还不快快回去！”邱生再拜出了山洞。邱生这人，至今还活着。

大通和尚

吴门某进士通禅理，立志成佛。闻天台山僧名大通者，年一百二十岁矣，乃徒步访焉。两扣茅蓬，辞不见。进士跪门一日，僧召入，问：“汝来何为？”曰：“愿学佛。”曰：“君非某尚书之子欤？”曰：“然。”“今尚在乎？”曰：“在。”“有妻子乎？”曰：“有。”僧曰：“君误矣！佛性慈悲，汝父尚在，妻尚存，而忍心别父弃妻，贪图作佛，此心可以见得佛否？”进士不能答。僧又问：“成佛必须功德。汝立何功？”曰：“我遇荒年必倡捐赈粥，遇棺椁必掩埋，年年买活物放生。”僧曰：“凡有心积德以徼福者，与无德者同。犹之律上过失杀人，虽杀不抵命也。汝贪成佛而强为诸善，何功之有？汝果要学佛，当先学我，便从此刻学起。我坐则坐，我食则食，我溲溺则溲溺，我眠则眠，汝能照样行乎？”曰：“能。”僧长叹一声，便闭目坐榻上。一日不语，不饮，不食，不眠，不起溲溺。进士骨节酸楚，腹中雷鸣，溲溺俱下，而僧不知也。不得已起，跪僧前，愿且还家。僧亦不答，拱手微笑而送出焉。

【译文】

吴县某进士通达禅理，立志要修行成佛。他听说天台山有位高僧名叫大通的，已经一百二十岁了，便徒步前去寻访。到了目的地，进士两次去敲高僧所住的茅篷的门，都遭拒绝而不得相见。于是他便跪在门口，整整跪了一天。高僧见状，便把他召到里面，问道：“你来这里是为了什么？”进士道：“愿学佛。”高僧问道：“你莫非是某尚书的儿子吗？”答道：“是的。”高僧又问：“尚书至今健在否？”答道：“今健在。”高僧又问：“你有妻子否？”答道：“有的。”高僧道：“你错了！佛性慈悲，你父亲还健在，妻子也在，却忍心分别父亲，背弃妻子，贪图自己去作佛。凭这种心情，可以去见佛么？”进士不能回答。高僧又问：“成佛必须积功德，你立了些什么功德？”答道：“我遇到荒年，必率先捐钱赈粥。遇棺椁露在荒野的，必把它掩埋起来。还年年买活物去放生。”高僧道：“凡是有心积德而想借此求取福音的，与未曾积德的是相同的。这好比法律上的过失杀人，虽杀了人，不抵命的。你贪心成佛而强自去行各种善事，那有什么功德可言？你如真心要学佛，当先向我学，便从此刻开始学起。我坐，你也坐；我食，你也食；我大小便，你也大小便；我睡，你也睡。你能照样做吗？”进士道：“能照样做。”高僧长叹一声，便闭目坐在榻上。他整天不讲话，不饮水，不吃饭，不睡觉，不起来大小便。进士一天坐下来，骨节酸痛，腹中饿得像雷鸣，大便小便一齐下来。但高僧仍旧坐着，好像什么事情都不知道。进士不得已，跪在高僧面前，愿意姑且回到家去。高僧也不回答，只是拱手微笑着送他出门。

掠剩鬼

广陵法云寺僧珉楚，常与中山贾人章某亲狎。章死，楚为设斋诵经。数月，忽遇章于市，楚未食，章即延入饭店，为置胡饼。既食，楚问："君已死，那得在此？"章曰："吾以小罪未免，今配为扬州掠剩鬼。"问："何谓掠剩鬼？"曰："凡吏人贾贩利息皆有数，过常数得之即为余剩，吾得掠而有之。今人间如吾辈甚多。"因指路人曰："某某皆是。"顷之有一僧过，指曰："此僧亦是。"因召至与语良久，僧亦不见。楚与章南行，遇一妇人卖花，章曰："此妇人亦鬼，所卖花亦鬼所用之花，人间无用。"章出数钱买之，以赠楚曰："凡见此花而笑者，皆鬼也。"即辞告而去。其花红芳可爱，而甚重。楚亦昏然而归，路中人见花颇有笑者。至寺北门，自念吾与鬼同游，复持鬼花，殊觉不祥，即掷花沟中，溅水有声。既归，同院人觉其色甚异，以为中恶，竞持汤药救之。良久乃苏，具言其故。因相与复视其花，乃一死人手也。

【译文】

扬州法云寺的僧人珉楚，常与中山县的商人章某亲近相狎。章某死后，珉楚为他设斋诵经。几个月后，珉楚忽然在市集中遇到了章某。珉楚这时还未用膳，章某即邀他进了一家饭店，买胡饼招待他。珉楚吃了饼，问道："你已死了，怎么会在此地？"章某道："我因犯了小罪，不免到了阴曹地府。如今被分配当了扬州掠剩鬼。”泯楚问道：“什么叫作掠剩鬼？”章某道：“凡是当吏人的、做商贩的，赚取的利息都是有一定限数的，超过常数之后的所得，即为余剩，我便得而掠之。现今的人间，像我这样的掠剩鬼相当多。”因而指着行路的人说，某某、某某都是。过了一会儿，有个僧人经过，章指着他说：“这位僧人也是。”他便招呼僧人，与他讲了好久话，后来这僧人也不见了。珉楚与章某往南走着，遇到一个妇女在卖花，章某说道：“这个妇人也是鬼，所卖的花也是鬼所用的花，人间是没用的。”章某出数钱把花买了，并赠送给珉楚道：“凡看到这花而笑的，都是鬼。”说罢，告辞而去。这花红芳可爱，拿在手里觉得分量相当重。珉楚便昏昏然归来。路上的人，颇有见了花而笑的。回到法云寺北门，心想我与鬼同游，又拿着这鬼花，越想越觉得很不吉祥，于是就把花掷在沟中，竟听到了水花溅起的声音。到了寺院之中，同院僧人发现他脸色与别人不同，觉得他是中了邪恶，纷纷拿来汤药给他服用。珉楚好久才苏醒过来，详细讲述了事情的经过。于是几个僧人便一起去看那掷在沟中的花，却原来是一只死人的手。

（续卷五译者　曹中孚）

续子不语卷六

多　官

多官，闽莆田人。褓褓失怙，恃嫂郑氏乳之，长而美丽，兄嫂皆爱之。兄远贾外出，或经年不归，嫂常居母家，携叔去，令出就外傅。邑有叶先生授徒于家，多官往学焉。江西陈仲韶，贵公子也，年十八举于乡，兄宦闽，以丧偶故往省。路出莆田，值雨，遭多官于道，神为之夺，下舆随行。多官回顾，见其抠鲜衣，曳粉靴，走泥淖中，状若狂痴，心颇疑之。仲韶卒尾至其家，苦不得入，访于邻，始知为多官，自书塾归，乃至其嫂家也。仲韶抵兄署，与其嬖京儿谋，欲得多官。京曰："子盍以游学请诸兄？允则事济矣。"兄果喜仲，托莆令修厚贽于叶。叶馆以公子礼，不知为先达也。仲遍谒同学，多官出见，骇然良久，心知客为己来，自是绝不过从，惟扃户而读。居匝月，终无由通款。一夕，闻多官呻吟声，瞰之，病卧在床。叶偕医来诊其脉，曰："虚怯将脱，非参四两不治。"叶闻欲送之归，仲韶勃然曰："渠家贫，安能办此？即归亦死耳。"立启箧出金授医，复语叶曰："有故悉我任。"遂亲侍汤药，衣不解带者半月有余。多官旋愈，深德仲韶，于是来往颇密，然终无戏容。

仲无间可入，复谋于京儿。京曰："吾知其感公子矣，不知其爱公子否？可佯病试之。"如其言，多官来，亦如仲之侍己疾者。京儿贿医诡云："药中须人臂血，疾始可治。"命京，京佯不可，多官在旁无语，至暗中乃刺血和药以进。仲知之，大喜，以为从此可动也。适兄膺荐入都，招仲偕往。多官闻之，乃夜就仲室曰："曩者公子倾金活我，非爱我故耶？今行有日矣，义不忍负公子，请缔三日好，誓守此身以待。"即宿于仲所三日，仲乃行。叶有甥名淳者，性淫恶而颇饶膂力，涎多官美，欲与狎，不可。一日，仲韶使至，多官置来书案上，出询仲起居。淳潜入，见仲书多亲昵语，喜曰："是可劫也。"多官来，袖书示之曰："汝从陈公子，独不可从我乎？"多官初欲拒之，已而思有书在，虑不能灭其迹，复佯笑曰："若还吾书，今夕当从汝。"淳喜，还书而出。多官焚之。乃作二札，一与仲诀，一以告嫂，纳诸箧，即取所佩刀自刭。嫂闻信至，启箧得书，讼其事。淳瘐死狱中。仲韶归，见所遗书，一恸几绝，感其义，誓不再娶。一夕，梦多官来，曰："不可以我故废君祀。君娶，我将为君后。"从之，果举一子，眉目绝似多官，因名喜多。先是，京儿与谋时曰："多官洵美，但眉目间英气太重，充其量可以为忠臣烈士，虑不善终耳！"后果如其言。

【译文】

福建莆由，有个叫多官的男孩。他诞生不久，父母就去世了，只能靠嫂嫂郑氏的奶水喂养。多官渐渐长大，出落得十分俊俏，哥哥嫂嫂都非常疼爱他。因为哥哥远出经商，在外长年不归，所以嫂嫂常常住在娘家，把小叔也带过去，让他到外面跟老师读书。当地有位叶先生在家里开办了私塾，教授学生，多官就到他那里去读书。江西有位贵公子陈仲韶，十八岁就中了举人。他的哥哥在福建做官。仲韶因为妻子亡故，就到福建去探望兄长。他路过莆田时，正逢下雨，碰上了多官，为多官的美貌所倾倒，于是就下了车子，徒步跟随在多官后面。多官回头一看，见仲韶双手把华丽的衣裳提起，脚下拖着雪白的靴子，一脚高、一脚低地在泥泞中紧跟着，发狂发痴似的，心里很是疑惑。仲韶最终尾随到多官进了家门，苦于自己不能跟着进去，只好去邻家打听，才知那美少年名叫多官，从私塾读书回来，走进的是他嫂嫂的家。陈仲韶到了哥哥的官邸之后，便和自己的相好京儿商量。京儿说："你为什么不用游学的借口向哥哥提出请求呢？如果哥哥答应，事情就可以成功了。"哥哥听了仲韶的请求，果然十分高兴，还委托莆田县令准备了厚礼送给叶先生。叶先生用对公子的礼节来接待仲韶，并不知道其中的预谋。仲韶与塾中同学一一见面，轮到多官，见是仲韶，惊讶许久，心中知道他是冲着自己来的，从此之后，绝不再与仲韶有任何往来，只是闭门读书。仲韶住了一个月，始终无法和多官接触。一天晚上，仲韶听到多官在房内呻吟，偷偷一看，见多官病倒在床上。叶先生陪着医生来给多官诊脉，医生说："病人是虚怯之症，体质衰弱到了极点，没有四两人参不能治好。"叶先生听了，想把多官送回家。仲韶突然发怒，说："他家贫穷，哪里买得起这么多人参？送回家去，也是死路一条！"说着，立即开箱拿出银子交给医生，又对叶先生说："如果病情有什么变化。一切由我负责！"于是亲自服侍多官，送服汤药，半个多月里衣不解带。不久，多官恢复了健康，深深地感谢仲韶，于是二人来往密切起来，但多官一直神情庄重，毫无轻薄的举止。陈仲韶得不到与多官亲近的机会，又与京儿商量。京儿说："我知道他是感激公子的了，但不知他是不是爱公子？你可装病来试他一试。"仲韶就装起病来，多官闻知，也像仲韶照顾自己一样地照顾仲韶。京儿买通了医生，让医生假说："药里面必须掺入人臂上的血，病才能治好。"仲韶叫京儿献出手臂上的血，京儿假装不肯。多官在一旁不发一言，到无人时就刺出手臂上的血和在药里，送给仲韶服用。仲韶得知这一情形，十分高兴，认为由此可以达到目的了。这时正逢仲韶的哥哥受到推荐要往京城，哥哥招呼仲韶同行。多官听到这一消息，就在夜里赶到仲韶的房间，深情地说："以前公子出大量钱财救我性命，不就是因为爱我的缘故吗？现在您的行期已定，我不忍辜负公子的一片苦心痴情，请让我与您亲近三天，我发誓等你回来。"就在仲韶处留宿三天。以后，仲韶就离开了莆田。叶先生有个名叫淳的外甥，流氓成性：又强壮有力，他也垂涎多官的美貌，想和多官亲近，多官拒绝了他。一天，仲韶派人送信来，多官把信放在书案上，出来向送信人问仲韶的近况。淳乘机溜进房间，偷看来信，见信中多有亲昵的言语，心中暗喜道："这封信可以偷来派派用处。"等多官进房来，淳把袖子里藏的信向多官一扬，说："你跟陈公子亲近，难道就不可以同我亲近吗？"多官本来想当面拒绝他，后来想到有信在他手中，信上有许多不便公开的话，无法灭迹，便又装出笑容说："你如果把信还给我，今天晚上我就听你的。"淳听了很高兴，把信还给多官就出去了。多官把来信烧了。接着写了两封信，一封给仲韶，一封给嫂嫂，都藏在箱子里。然后，多官取出随身佩带的刀，自刎而亡。嫂嫂听说多官死讯，立即赶来，开了箱子，发现书信，得知详情，于是到官府状告淳逼死人命。淳被押在大牢，不久病死。陈仲韶回到莆田，看到多官自刎前写的信，悲痛得死去活来。因为被多官的情义所感动，仲韶立誓不再娶妻。可是，一天晚上，仲韶梦见多官对他说："不可以因为我的缘故绝了你的后代。你还是娶妻吧，我将成为你的后代。"仲韶听从劝告，娶了妻，果然生了一个儿子，面貌和多官一模一样。先前京儿为陈仲韶谋划亲近多官时，曾经对仲韶说过："多官的确十分美貌，但眉目间刚强之气太重，充其量可以成为忠臣、成为烈士，只恐怕得不到善终啊！"后来果然被京儿说中了。

祈梦二则

宜兴士人少时到于忠肃庙中祈梦，夜梦神旁皂隶来摸其臂，与之狎。士人愤怒，大叫而醒，以为忠肃不能御下，何足敬也！遍告亲友。后士人成进士，选湖广龙阳县，十余年卒于任所。

赵笠亭祈梦于坟，梦见少保凭几坐，几上燃烛二枝，上有绿字书“冠冕通南极，文章列上台”两句，以为大吉兆。后竟以疾亡。将殡，诸门弟相率临奠，设筵告祭，其筵前烛二枝，绿字所书，即此二句。

【译文】

宜兴有一位读书人，少年时到于谦庙中祈梦，当天夜里就梦见神像旁的差役来抚摸他的手臂，对他轻薄无礼。读书人十分愤怒，大叫一声，从梦中惊醒。他认为于谦不能管束部下，不值得尊敬，并把这一看法遍告亲友。后来这位读书人考中进士，被朝廷派去治理湖广龙阳县（古时也称男色为“龙阳”），在那里做了十多年的官，死在任上。

赵笠亭在于谦的坟前祈梦，夜里梦见于谦在几案边坐着，几案上点燃着两支蜡烛，蜡烛上用绿字写成的一副对联：“冠冕通南极，文章列上台。”笠亭认为是大吉大利的征兆。不料此后他竟因病死亡。将要殡殓之际，笠亭的同学们都来吊唁，设供桌祭奠，供桌上燃着两支蜡烛，蜡烛上面绿字所写的，正是那两句对联。

鬼被冲散团合最难

绍兴傅长纯，馆胡抚军宝瑔署。一日，胡出堂理事毕，来告幕中诸友云：适坐堂上，有皂役仓猝后至，甫入门，俄一鬼趋出，与皂相值，为皂冲仆。其鬼四肢悉散堕地上，耳目口鼻手足腰腹如剥开者，蠕蠕能动。久之，渐渐接续。又良久，复起而去。胡视皂役之气颇旺，鬼误值，为其气摄住，故不得退避而冲倒也。其倒时，皂竟不知，旁廊下有鬼多笑之而不前。

【译文】

绍兴有个叫傅长纯的人，在巡抚胡宝瑔府中教书。一天，胡宝瑔出堂处理好公务，回来告诉幕府中朋友们这么一件怪事：胡宝瑔正坐在堂上，有个差役急急忙忙赶来，才跨进门，冷不防有个鬼也正跑来，刚好跟差役碰上，一下子被撞倒在地。那个鬼四肢都散落在地上，耳朵、眼睛、嘴巴、鼻子、手、脚、腰部、腹部都好像被刀剖开一样，还能在地上蠕动。过了好久，那些散落剖开的鬼体各部分才慢慢连接合拢。又过了好久，那鬼才又从地上爬起跑了出去。胡宝瑔清楚地看到，那差役的阳气十分旺盛，鬼应该避开阳气旺盛的人，却不小心碰上了，被旺盛的阳气摄住，所以逃避不及而被冲倒。那鬼被冲倒的时候，差役一点也不知道，旁边廊下有许多鬼都耻笑那被冲倒的鬼，并且停步不再向前走了。

石板中怪

桐城朱书楼云：其父昔居巢县，去其家里许有山险峻，不通人迹。一日，佃户来报山上木鱼声响，从未见有僧往来，请侦视之。其父率佃户数十人披荆斩棘而上，见山顶石洞中有老僧趺坐蒲团，敲木鱼念佛。问从何来，僧不答。问需斋供否，曰：“吾辟谷多年，奚用斋为?”言毕闭目而坐。众惊异下山。朱归告其母，母曰：“是神僧也。我有蓄金五百，汝为我建佛阁于山上，供养此僧。”朱遂率众鸠工，僧忽出洞指所立处曰：“此下若见石板，慎勿轻动，动则妖出。”众不信，以为石下或有窖金，趁僧不在时共力掘起。忽黑气冲天，飞砂迷目，僧急出洞曰：“妖已遁矣！不信吾言，致为人祟，奈何?”工未完，果有方姓家奴被二女妖缠扰几死，其主仓皇来告僧求救。僧遂下山建坛，竖七星灯，咒语移时，双袖一挥，向空喝曰：“汝幽禁虽久，野性尚存，速随吾上山修炼!”是夕，方姓家遂安。嗣后有上山者，常见僧旁有二美女侍立，执卷焚香，丰姿绰约，群以为异。如是者六年。一日，僧召朱谓曰：“予号大容，曾遇异人指点出家，今道行已满，明日即当飞升。二妖已皈佛法，自往他处修真。但与方姓尚有宿愆，吾化后须供渠七日，消除此案。”及明日，僧举火自焚。于是二女复至方家，附奴身上索酒食，曰：“吾已千年未曾看戏，可为我演戏七本，我才看和尚面上，甘心饶汝。”方从之，演毕寂然，惟正厅卓上留红帖一张，大书“嫣红、环翠谢戏”六字。

【译文】

安徽桐城有个叫朱书楼的人，说了这样一件事。他的父亲从前住在巢县。离他家一里多路，有座险峻的山，长年人迹不至。一天，佃户来禀报说，听见山上有木鱼敲击的声响，又从来未见有和尚在山中往来，请求到山上察看。他的父亲就带领几十个佃户，披荆斩棘，走上山去。来到山顶，看见石洞中有位老和尚，在蒲团上打坐，敲着木鱼念佛。众人问和尚从哪里来，他不回答。问他是不是需要斋供，他回答说：“我已经多年不食五谷，还要什么斋供呢?”说完，仍然闭目而坐。众人十分惊异地下山去了。朱书楼的父亲回来禀告其母，老太太说：“这是一位神僧啊。我身边储蓄了五百金，你替我用这笔钱在山上建造佛阁，供养这位老和尚。”朱父于是带领佃户们上山，动工修建佛阁。这时，老和尚忽然走出洞来，指着他站在那儿的地面说：“从这挖下去，如果碰到石板，绝对不要轻易移动，否则就会有妖精跑出来。”果然挖到了石板。众人不相信老和尚的话，以为石板下面或许会有窖藏的金银，趁着老和尚不在施工现场，一起用力挖出了石板。不料石板刚一掀起，忽然黑气冲天，飞沙走石，迷住了众人的眼睛。老和尚闻声，急忙赶出洞来，责备众人道：“妖精已经逃出去了！你们不相信我说的话，给人世间造成祸害，有什么办法呢？”修建佛阁的工程尚未完毕，果然有姓方人家的奴仆被两个女妖精纠缠得快要死了，主人慌忙跑来向老和尚求救。老和尚于是下了山，建起一座高坛，在坛上竖起七星灯，不停地念咒，念了一个多时辰，把两袖一挥，向空中大喝一声道：“妖精！你们虽然禁闭了很久，野性还是没有尽消，还不快跟我上山去修炼！”到这天夜里，方家才安定下来，奴仆也恢复了正常。以后有人上山，常常看见老和尚身旁有两个美女侍立，手持经卷，焚香敬佛，十分美丽动人。众人都感到惊异。就这样又过了六年。一天，老和尚把朱父请来，对他说：“我的法号叫大容，曾受到异人指点，出家做了和尚。现在道行已满，明天就要升天了。两个妖精也已经皈依佛法，自己会去另一个地方修炼。但是，她们跟方家还有旧账未了，所以我坐化后还要供奉她们七天，将旧账作个了结。”到第二关，老和尚举火自焚化去。于是两个美女又到方家，附在奴仆身上向主人索要酒食，并且说：“我们已经千年未看过演戏，你可为我们演七本戏，我们才看在老和尚面上，饶恕了你。”方家一一听从她们，到七本戏上演完毕，突然寂静无声，二女也不知去向，只有正厅桌上留下红帖一张，上面写着“嫣红、环翠谢戏”六个大字。

僵尸贪财

金陵张愚谷与李某交好，同买货广东。张有事南归，李托带家信。张归后寄信李家，见有棺在堂，知李父亡矣，为设祭行礼，李家德之。其妻出见，年才二十余，貌颇妍雅，设馔款张。时天晚矣，留张宿其家。宿处与停棺之所隔一天井，至夜二鼓，月色大明，见李妻从内出，在窗缝中相窥。张愕然，以为男女嫌疑之际，不应如此，倘推门而入，当正色拒之。旋见此妇手持一炷香，向其翁灵前喃喃然若有所诉。诉毕，仍至张所住处，将腰带解下，紧缚其门上铁环，徐徐步去。张愈惊疑，不敢上床就寝。忽闻停棺之所豁然有声，则棺盖落地，坐起一人，面色深黑，两眼凹陷，中有绿睛闪闪，狞恶异常。大步走出，直奔张所，作鬼啸一声，阴风四起，门上所缚带登时寸断。张竭力拦门，力竟不敌。尸一冲而入，幸其旁有大木厨一口，张推厨挡尸，厨倒正压尸身，尸倒在厨下，而张亦昏迷不醒矣。李妻闻变，率家丁持烛奔至，将姜汤灌醒张，而告之曰："此妾翁也。素行不端，死后变作僵尸，常出为祟，性最爱财。前夜托梦于我曰：'将有寄信人张某来我家，身带二百金，我将害杀其身而取之，以一半置我棺中，以一半赐汝家用。'妾以为妖梦，不信其语。不料君果来宿于此，我故焚香祷祝，劝其勿萌恶念。怕他推门害君，故以带缚住门环，而不料鬼力如是之大也。"乃与家丁扛其尸入棺。张劝作速火化，以断其妖，曰："久有此意，以翁故，于心不忍。今不得不从俗矣。"张助以作道场之费，召名僧为超度而焚之。其家始安。

【译文】

金陵人张愚谷和李某是好朋友，二人一同到广东去采购货物。张因有事要先赶回家乡，李托张捎封家信。张愚谷回到家乡后，到李家去送信，看见李家有棺木停放在堂上，知道李某的父亲已经去世，便办了祭奠物品在灵前凭吊。为此，李家的人对他十分感激。李某的妻子出来拜谢，只见她大约二十多岁，容貌端丽，举止娴雅，她准备了酒菜款待张愚谷。饭后，天色已晚，李家挽留张愚谷住下。张愚谷住宿的房间和停放棺木的堂屋只隔一个天井。当夜二更天时，月色十分明亮，张愚谷尚未入睡，看见李妻从内房出来，走近自己的住房，从窗缝向房间里窥视。张愚谷大吃一惊，心想，深更半夜，孤男寡女，最易惹是生非，招人嫌疑，她实在不该这样。至于自己，则应当行为端庄，如果她真的推门而入，就要严肃地拒绝她。正想之间，忽见那妇人手里拿着一炷香，向她公公的灵前祈拜，口中喃喃地诉说着什么。诉说完毕，她仍然回到张的居室旁边，解下腰带，把居室门上的铁环紧紧缚住，然后慢慢地走开了。张愚谷更加惊疑，不敢上床睡觉。这时，忽然听见对面停放棺木的地方"豁"的一声巨响，只见棺盖落地，棺材里坐起一个人，满脸深黑色，两眼凹陷进去，中间有绿色眼珠闪闪发出阴森森的光，看上去十分狰狞丑恶。那棺中人大步走出，穿过天井，直奔张愚谷住的房间，发出一声凄厉的鬼叫，一时间阴风四起，门上紧缚的腰带顿时断裂散落。张愚谷拼命地抵住房门，但终于抵挡不住。那僵尸一冲而入，幸亏房内有一口大木橱，张在急忙中推起木橱阻挡僵尸，木橱向下倒，正压住尸身，僵尸就倒在木橱下面。张愚谷也因受到极度惊吓，昏迷不醒。李妻听到异常声响，连忙带了家人们点灯燃烛赶到那里，用姜汤灌醒张愚谷，告诉他说："这死者是我的公公。他平生行为不端，死后变成僵尸，常常出来祸害乡邻。他本性最为贪财，前夜托梦给我说：'最近会有个姓张的捎信人到我们家来，身边带着二百金，我要害死他，夺取他的钱财：一半放在我的棺材里，阴间受用；一半送给你们，贴补家用。'我原以为这是荒诞的梦，不相信它会应验。不料竟被他说中，您果然到来，并住在我们家里。所以我烧香祈祷，劝他不要再生害人之心。又怕他推门进来害您，所以用腰带紧紧缚住门环，却不料鬼的力气竟然这样大。”于是和家人们把尸体扛起放进棺材。张愚谷劝李妻赶快将尸火化，以杜绝妖祸。李妻说：“我早有这样的想法，只是因为他是我的公公，于心不忍。现在看来，不能不从俗了。”张愚谷赞助了做道场的费用，请来知名的和尚为死者超度，然后将尸体火化。从此之后，李家才得太平。

黄鼠狼着纸衣呼小将

李半仙奉天人，其师黄某，为吾杭方伯国公栋壬戌房师，为通州牧，过于仁慈，上司劾其纵贼殃民，发遣奉天，授徒教读。见半仙曰：“子可传道，非功名中人。”半仙叩首听命。令其拜斗四十九日，授书一卷、剑一口，遂能驱邪治病。黄公每岁至滇，来去万里甚速，限满放归，不知所终，盖有道术者。李君每岁一至京师，住国公宅，往往见其役鬼使神，颇有效验。一日，有狐仙延请赴宴，所设猪羊鸡鸭等肉，率皆淡食，不下盐酱。左右侍立捧盘馔者，皆极大黄鼠狼，人立而衣纸衣，呼为“黄小将”。惟主人则狐而人形，衣绸缎焉。李怪而问之，曰：“若辈福薄，只宜着纸衣，一着绸则病，一着缎即死。今日所以奉请者，有所求也。吾曹子孙辈每有在外间无状者，祈法师遇有此等事，以文书牒我，俾我以家法处置，幸勿伤其性命。如有文书，可焚于紫禁城转湾之城脚下，呼‘黄小将’三声，我即领受。”李唯唯而出。有患瘵病为冤缠者，半仙为禳解之，若为妖魅驱之不去，则作法斩之。用米一斗，插剑于中，焚符诵咒，剑自飞舞，斫于门柱，有怪毛绒绒然，截八寸余。

病者获安，李即辞去，从不受谢。

【译文】

李半仙是奉天人，他的老师姓黄。现任我们杭州布政使的国栋在乾隆七年参加科举考试时，黄公就是阅卷的考官。黄公先前担任通州知州时，因为待人仁慈，被上司弹劾，说他纵容盗贼奸人祸害百姓，把他削职，发配到奉天，让他教授学生读书。黄公在学生中看到李半仙，对他说："你可以传习道法，但不是能够取得功名的人。"半仙恭敬地叩首听从师命。黄公让半仙祭拜北斗星七七四十九日，然后交给他天书一卷、宝剑一口。从此，半仙就有了为人驱邪治病的本领。黄公每年都要去云南一次，从奉天到云南，来去有万里之遥，他却只要极短的时间。发配期满，黄公恢复了自由，后来再也不知他的去向，大概是得道升天了。李半仙每年都去一趟京城，就在国栋府第住宿。人们常常看见半仙役使鬼神，很有效验。一天，有一狐仙请李半仙赴宴，席上摆出的猪羊鸡鸭等肉食，不加盐也不加酱，入口都是淡味。在一旁站立、捧着食盘上菜的，都是长得极大的黄鼠狼，像人一样地站着，穿着纸做的衣服，叫到他们的时候，就称呼为"黄小将"。宴席的主人，虽然是狐，却全都是人形，穿着鲜丽的绸缎衣服。半仙感到奇怪，问主人为何如此，主人答道："这些黄鼠狼福分浅薄，只配穿纸衣。他们一穿绸衣就会生病，一穿缎服就会送命。今天我宴请您，是对您有所请求。我们家族年轻的一辈中，常有在外不守礼法、行为不轨的，请求法师您遇到这种情况，就用文书通知我，让我来用家法处置他们，希望不要伤害他们的性命。如果日后您有文书，可以在紫禁城拐弯处的城墙脚下焚烧，连呼三声'黄小将'，我就能够收到您的文书了。"半仙连声允诺，告退而出。李半仙常为人治病消灾：如果遇到有人被冤魂缠身而生疾病，就设祭解除冤魂纠缠，治好疾病；如果是妖精作怪。设祭不能驱除，就仗剑作法斩除妖精。作法时用米一斗，把宝剑插入米中，焚烧纸符，诵念咒语，宝剑就会自动从米堆中拔出，在空中飞舞，不断砍在门柱上。这时，可以看见有怪样的毛，好似蓬松的乱丝，被截成一段段，每段大约八寸多长。病人于是就痊愈了。事成之后，李半仙就马上告辞，从不收受病家的谢礼。

徐明府幕中二事

徐公名振甲，初宰句容，有仲姓戚司刑名事。句曲皆山，产雉兔獐狍之类，每岁召猎户捕取供上宪，以为土物。徐公一日召猎户于署中，试放火枪，轰然震响，仲姓失色，窜匿于隐处，屏息不动。至晚觅之不得，遣人出城追逐，直至省垣，避匿一小庵中。署中人多言仲本女狐所生故也。后徐调任清河，赴省，过余，留饮。语余曰："余幕中诸友多有外癖，家人辈有拂其宠僮之意者，幕友即欲辞去。以此小事，甚费周旋，以致此风大炽。署中诸犬效之，两雄相偶，岂非绝倒！"座中广文孙公曰："此何足异。余家牝鸭与牝鸡，每作雌雄相偶之状，更可嗤也。"

【译文】

徐振申最初步入仕途时，任句容县令，有一位姓仲的亲戚在他手下掌管刑名。句容县境内多山，野鸡、野兔、獐、狍等飞禽走兽常常在山中出没，数量很多。县里每年召集猎户围捕，献给上司，作为当地进贡的土产。一天，徐振申在官府里召集猎户，试放打猎的火枪，当试放第一枪时，轰隆一声震响，只见那位姓仲的亲戚吓得面如土色，惊慌失措地跑到隐蔽处躲藏起来，屏住呼吸，一动也不敢动。到了晚上，还没有找到姓仲的，徐振申派人出城去追赶寻找，直追到金陵城墙边，才发现躲在一座小庵中。府衙中的人都传说仲某是女狐生下的，所以一听到猎枪声，就吓得魂飞魄散，远远躲藏。后来，徐振申调任到清河县，路过金陵来拜访我，我设酒宴招待。徐对我说："我幕府中的朋友们大多有相公之癖，家中奴仆如果有不中他们宠爱的男僮心意的，朋友们就要离我而去。为这种琐碎小事，不知耗费了我多少精力，而沉溺相公癖的风气也愈演愈烈，甚至连府中的狗也群起仿效，雄狗都成双成对，卿卿我我，岂不笑死人了！"席上有位教官孙某，听了徐某的话，当即脱口而出："这有什么稀奇？我家里养的母鸭母鸡，也每每成双成对交配，好像是一雌一雄一样，不是更可笑吗？"

同服硫黄效验各别

硫黄有毒，人人所知。然服之而寿考康宁者有之，疽发于背于颈死者有之，祸福互异，由各人体气本不相同也。本朝托冢宰庸于冬至日嚼雪吞冰，不知其冷，自称阳脏故然。尹文端公隆冬不戴貂帽，戴则虽大雪中汗出如雨。宋夏英公服钟乳硫黄，偶离此二味，则手足如冰。真不可解也。杭州王画师林常服硫黄，久之毛孔中常突起小泡，青烟一道，直射而出，皆作硫黄气。据云其毒从毛孔中出便无他患。至今其人年高，卒无恙云。

【译文】

硫磺有毒，是人人都知道的，但是服用了硫磺之后，有的人增进了健康，收到延年益寿之效，有的人却因此背部、颈部患溃疡毒疮而死去。招祸得福，效验如此悬殊，这是由于各人的身体素质本来就不相同的缘故。本朝大学士托庸，在冬至那天咀嚼寒雪、吞下冰块，一点也不觉得冷，自称内脏阳气旺盛，所以能够这样。文端公尹继善在严冬季节也不戴貂皮帽，如果戴上，即使身处大雪中也会汗流如雨。宋朝夏竦服用钟乳硫磺，只要稍一疏忽，忘了服这两味药，手脚就会冷如寒冰。真是不可思议！杭州画师王林常常服用硫磺，久而久之，汗毛孔中常有小泡突起，接着有一道青烟喷射出来，每次喷射都伴着浓浓的硫磺气味。据王林说，硫磺的毒气从毛孔中排泄出来，对身体便不会产生危害了。现在王林已是高龄人，始终没有生任何疾病。

夜航船二则

杭州夜航船，夜行百里，男女杂沓，中隔以板。仁和张姓少年，素性佻佻，以风流自命。搭船将往富阳，窥板缝有少艾，向渠似笑非笑。张以为有意于己也。夜眠至三鼓，众客睡熟，隔板忽开，有人以手摸其下体。少年大喜过望，挺其阴，使摸，而急伸手摸彼，宛然女子也，遂爬身而入。彼此不通一语，极云雨之欢。鸡鸣时，少年起身将过舱，其女紧抱不放。少年以为爱己，愈益绸缪。及天渐明，照见此女，头上萧萧白发，方大惊。女曰："我街头乞丐婆也。今年六十余，无夫无子女，无亲戚，正愁无处托身，不料昨晚蒙君见爱。俗说一夜夫妻百夜恩，君今即我丈夫，情愿寄托此身，不要分文财礼。跟着相公，有粥吃粥，有饭吃饭，何如?"少年窘急，喊众人求救。众齐起欢笑，劝少年酬以十余金，老妪始放少年回舱。回看彼少艾，又复对少年大笑。

柴东升先生搭夜航船往吴兴，船中老少十五人，船小客多，不免挨挤而卧。半夜忽闻一陕西声口者大骂："小子无礼!"擒一人，痛殴之，喊叫："我今年五十八岁了，从未干这营生。今被汝乘我睡熟，将阳物插入我谷道中，我受痛惊醒。伤我父母遗体，死见不得祖宗!

诸公不信，请看我两臂上他擦上唾沫尚淋漓未干。”被殴者寂无一语。柴与诸客一齐打火起坐，为之劝解。见一少年，羞惭满面，被老翁拳伤其鼻，血流满舱。柴问：“翁何业?”曰：“我陕西同州人，训蒙为业。一生讲理学，行袁了凡功过格，从不起一点淫欲之念。如何受此孽报!”柴先生笑曰：“翁行功过格，能济人之急，亦一功也。若竟殴杀此人，则过大矣。我等押无礼人为翁叩头服罪，并各出钱二百买酒肉祀水神为翁忏悔，何如?”翁首肯之，始将少年释放。天明诸客聚笑劝饮，老翁高坐大啖，被殴者低头不饮。别有一少年笑吃吃不休，装束类戏班小旦，众方知彼所约夜间行欢者，乃此人也。

【译文】

杭州有夜间启航的客运船，一夜之间可行百里。船上男女同载，只是在男客、女客之间用一块板隔开。仁和县有个姓张的少年，一向行为轻浮不正经，却又以风流潇洒自居。一天，张搭夜航船去富阳。上船后，从隔板缝向女客一边偷看，见有一个美貌的少女，对着他似笑非笑，娇态可餐。张心神荡漾，以为那女子对自己有“意思”了。睡到三更天时，乘客们都鼾声四起，进入梦乡，张忽然发现隔板被掀开，有人伸过手来摸他的下身。张正中下怀，大喜过望，挺直阳物，任凭抚摸，一面急忙伸手去摸对方，好像是个女子，于是翻身爬到隔板另一边。彼此都一句话不说，极尽男女之乐。到鸡叫时，张起身，要回到自己舱里去，那女子仍然紧紧抱着他不放。张以为她钟情于自己，更加缠绵不舍，又躺下身来。到天色渐亮，照见了身旁的女子，张仔细一看，女子头上满是白发，才大吃一惊。那老妇说：“我是街头讨饭的乞丐，今年已经六十多岁了，没有丈夫，没有子女，也没有亲戚，正愁没有地方安身，不料昨天夜里竟承蒙您怜爱。俗话说，一夜夫妻百夜恩。您现在就是我的丈夫，我情愿从此托身于您，不要分文财礼。跟着相公您，有粥吃粥，有饭吃饭，您看怎么样？”这时张又窘又急，叫喊着向众人求救。乘客们看得明白，忍俊不禁，笑成一片。他们劝张付出了十余金赔偿费，老丐婆这才放张回到自己舱中。张回头看看那位美貌少女，只见她又对着自己大笑。

一次，柴东升先生搭乘夜航船到吴兴去。船上老老少少乘客共十五人，船小客多，睡下时难免挨挨挤挤。到半夜里，忽然听到一个操陕西口音的人破口大骂：“你这狗小子真下流！”只见他抓住一个人，挥拳狠狠地揍着，一面大声喊叫：“我今年已经五十八岁了，从来未干过这种勾当。今天你这狗才乘我熟睡，把你那鸟东西塞进我的肛门，把我痛醒了。你毁伤我父母遗留给我的身体，让我死后见不得祖宗！诸位如果不相信我说的话，请看，我两臀上被他擦的唾沫还潮湿未干呢。”被他痛揍的人，在旁边低着头一声不吭。柴东升和乘客们一起打火点灯，起身坐着，为双方劝解。只见一个少年，满脸羞容，被老翁打伤的鼻梁，血流满舱。柴问那老翁是做什么职业的，老翁答道：“我是陕西同州人，以教授儿童读书为业。一生讲性理之学，奉行袁了凡先生的功过格，每天做的事都分善恶作记录，务求扬功消过，从来不生一点淫邪之念。我怎么会受到这种作孽的报应！”柴东升笑着说：“老人家平日奉行功过格，今天能救人之急，也算是一件功劳。如果竟把这人打死了，反倒铸成大错啊。我们众人担保叫这个对您行非礼的人向您老叩头认罪，并各出二百钱买酒肉祭祀水神，叫他为此事忏悔。您看如何？”老翁点头同意，这才放了那少年。到天色大明，众人一起笑着劝酒。老翁坐在首席，只管饮酒吃肉；被揍少年在一边垂头丧气，不吃不喝。另外有一个少年在一旁不停地吃吃嬉笑，从身着的服装看像是戏班中的小旦，众人这才恍然大悟：那被揍少年，约好夜间共同行乐的，原来是这个小旦。

盛林基

乾隆四十一年，乐安县民盛林基，年三十二岁，家有一母一妹，忽一日以切菜刀断其母妹二人之头，高置几上，买香花灯烛而供奉之。其乡邻惊问何故，笑曰："送他两人到极好处去成佛。我不过尽孝道耳！"总甲报官来验，坦然出迎，口供与对乡邻之言如一。官请王命凌迟，其人含笑就死，亦无一言。据邻人云：此人平时待母颇尽孝道，与妹亦甚和睦。

【译文】

乾隆四十一年，乐安县有个百姓名叫盛林基，三十二岁，家里有母亲和一个妹妹，三人在一起过日子。一天，盛林基忽用切菜刀杀死母亲和妹妹，把二人的头割下来，高高地放在几案上，还买了香花灯烛虔诚地供奉。邻居见状，惊奇地问他为什么这样做。盛林基笑着回答说："我这是送她们两人到一个非常好的地方去成佛，也不过是尽尽孝道罢了。"地方上的总甲把这事报告了官府，官府派人来验尸身，盛林基从容地迎接来人，共口供也和对邻居说的一模一样。地方官报请皇上批准，判盛林基凌迟处死。行刑时，盛面带笑容，一句话也不说。据邻居说，盛林基平时对母亲很是孝顺，和妹妹相处也很和睦。

赵友谅宫刑一案

赵成者，陕西山阳城中人。素无赖，老而益恶，奸其子妇，妇不从，持刀相逼，妇不得已从之，而心终不愿，私与其子友谅谋迁远处以避之。其戚牛廷辉住某村，离城三十里，遂往其村，对山筑舍而居，彼此便相叫应。居月余，赵成得信追踪而往，并持食物往拜牛廷辉。牛设馔款待，乡邻毕集。席间，客严七与牛至好，问牛近况，牛告以生意不好，卖两驴得银三十两，以十金买米修屋，家中仅存二十金等语。赵成欲通其媳，厌友谅在傍，碍难下手，知邻人有孙四者，凶恶异常，且有膂力，一村人所畏也。乃往与谋杀牛廷辉，分其所剩金。孙四初不允，赵成曰："我媳妇甚美，汝能助我杀牛廷辉，嫁祸于友谅，友谅抵罪则我即以媳妇配汝。不止一人分十金也。"孙四心动，竟慨然以杀牛为己任。是夜与赵成持刀直入牛家，友谅见局势不好，逃入山洞中。孙、赵两人竟将牛氏一家夫妇子女，全行杀尽，而往报官，云是友谅所杀。县官路学宏急遣役往拿，见友谅匿山洞中，形迹可疑，遂加刑讯。友谅不忍证其父，而又受刑不起，遂痛哭诬服。然杀牛家之刀，原是孙四家物，赵家所无也。屡供藏刀之处，屡搜不得。路公以凶器未得，终非信谳，遂叠审拖延，连累席间饮酒乡邻十余人，家产为空。一日捕役方带赵成覆讯，成自喜案结矣，策蹇高歌。其媳见而骂曰："俗云虎毒不食儿，翁自己杀人，嫁祸于儿子，拖累乡邻，犹快活高唱曲耶？一人作事一人当，天地鬼神肯饶翁否？"赵成面赤口噤，捕役以其情急闻于官。官始穷问。赵成初犹不服，烧毒烟熏其鼻方输实情。按律，杀死一家五人者，亦须一家五人抵偿。按察使秦公与抚台某伤其子之孝，狱奏时为加夹片，序其情节。奉上谕：赵友谅情似可悯，然赵成凶恶已极，此等人岂可使之有后？赵成着凌迟处死，其子友谅可加宫刑，百日满后，充发黑龙江。

【译文】

赵成，是陕西山阳城里的人。他一贯强横霸道，年老之后，行为更加恶劣。他要强奸媳妇，媳妇不答应，他就拿起刀来威逼，媳妇出于无奈顺从了他，但内心始终是不情愿的。妇人暗地里和丈夫赵友谅商量，把家搬得远远的，来避开那讨厌的老头。正好有位亲戚牛廷辉住在一个离城三十里的村子里，夫妻俩就到那村里，面对着山造了房子，住了下来，与牛家互相照应。赵友谅夫妇在村里住了一个多月，赵成得到消息，跟踪前往，并带来食品去拜访牛廷辉。牛准备了酒菜招待，也请了众乡邻。席上有位客人名叫严七，与牛是极好的朋友，问起牛近来情况如何，牛告诉他生意做得不好，卖掉了两头驴子，得了三十两银子，买米修屋用去十两，家中只剩下二十两。赵成来村里是想欺侮媳妇，可恼的是儿子一直在媳妇身边，无从下手，便又萌生劫取牛家银子的念头。赵成在席上看见邻居中有个叫孙四的，面相十分凶恶，而且强壮有勇力，全村的人都怕他。赵成就找孙四策划，要杀掉牛廷辉，二人分得剩下的二十两银子。孙四起初不肯干，赵成就说："我的媳妇是个美人儿。你如果能帮助我杀掉牛廷辉，然后嫁祸到我儿子友谅身上，友谅抵罪偿命，我就做主把媳妇许配给你。这样，你得的好处就不仅仅是分得十两银子了。"孙四被赵成的话打动了色心，竟一口答应，把杀牛廷辉的事包在自己身上。当天夜里，孙四和赵成持刀直奔牛廷辉家。赵友谅发现情况不妙，急忙逃到山洞里躲避。孙、赵二人残忍无比，竟把牛廷辉一家夫妇子女全数杀死，然后去报告官府，说是赵友谅杀了牛廷辉一家。县官路学宏赶紧派遣差役前往捉拿凶犯，发现赵友谅隐藏在山洞中，形迹可疑，便抓进县衙，用刑审讯。赵友谅不忍心以证人的身份证明父亲是杀人凶手，又经受不起刑法折磨，于是一面痛哭，一面作了假供诬服。但是，杀牛家人的凶器原是孙四家的一把刀，在赵家怎么也找不到。赵友谅一次又一次供出藏刀地点，差役去了总是搜寻不出。县官路学宏认为，凶器未能查出，终究不能算确凿无疑的定案，于是又次次复审，旷日持久，连累了当时席间饮酒的邻居十多人，家产都耗尽了。一天，捕头差役正好带赵成来复对口供，赵成沾沾自喜，以为案子已经了结，便骑着匹驴子，得意忘形，高歌而来。媳妇见了，劈头大骂：

“俗语说‘虎毒不食儿’，你这个做爹的，自己杀了人，却嫁祸于自己的亲生儿子，拖累了众多乡邻，你还有脸得意扬扬地高声唱曲吗？一人做事就应一人当，难道天地鬼神肯饶了你吗?”赵成被骂得面红耳赤，张口结舌，一句话也说不出。差役立即将这一情况向官府报告。官府这才集中力量审讯赵成，穷追不舍。赵成开始还不肯认罪，后来堂上动用毒烟熏鼻孔的刑法，他抵挡不住，才供出实情。按照刑律，杀死一家五口人的，也要以凶手一家五口人抵命。按察使秦公和巡抚哀怜赵友谅的孝道，上报案件时加上了附件，陈述了友谅尽孝的情节。得到皇上批复是：“赵友谅情况似可哀怜，但赵成罪大恶极，这种人怎能再让他有后代繁衍？赵成判凌迟处死；其子赵友谅处以宫刑，满一百天后，充军发配到黑龙江。”

换尸冤雪

京师顺承门外有甲与乙口角相斗者，甲拳伤乙喉，气绝仆地。时天已晚，路上人将凶手缚置营房，以尸交两营兵看守，待明早报官。会天雨雪，一卒老病畏寒，向年壮者云：“我归家添衣服喝酒，略耽延便来。”年壮者许之。其人久而不至。年壮者亦买酒取暖，醉睡帐房。早起寻尸，尸隐不见。方惊愕间，年老者亦至，曰：“我已报司坊官，即时来验矣。”年壮者曰：“尸竟遗失，官来无可验，我二人罪大，奈何?”老卒沉思良久，曰：“我有一计。某处荒地前有人舁一棺来，似是新死之人，尸尚未坏，我与你打破其棺，扛尸来此，以冒抵之，庶可免罪。”年壮者以为然，依计而行。少顷，官来验尸，则额角上有长钉一条，流血被面。问凶手，凶手曰：“我实失手打死此人，并未加钉钉额。且此尸面貌并非我所殴之人。”官不能断。正喧嚷间，有一男子大呼而入曰：“此事与甲无干。我乃被殴仆地之人，初时气绝仆地，既而苏醒还家，实未死也。”官始将凶手放释，而查问荒地扛棺来厝之人，细加推究。钉额之尸姓刘名况，以染工为业。妻与人奸，乘刘醉，与奸夫钉杀之也。乃释甲而置奸夫于法。旁观者曰：“尸非可换之物，而两营兵奇计如此。此非营兵之愚也，乃暗中鬼神之巧也。”

【译文】

京城的顺承门外，甲乙两人因争吵而大打出手，甲一拳正中乙的喉咙，乙猛然气绝，倒在地上。当时天色已晚，过路行人将凶手扭送到一座营房，捆绑关押起来，并把乙的尸首交给两个营兵看守，准备等到明天早上报告官府。那夜正逢下雪，其中一位老兵体弱怕冷，就对壮年营兵说：“我回家去添几件衣服，喝几盅酒，稍稍耽搁一点时间便回来。”壮年营兵答应了他。不料他一去之后，久久不见回来。壮年营兵也买酒驱寒取暖，吃得醉醺醺的，在帐房里昏昏睡去。第二天早晨，壮年营兵起来，发现尸首不见了，急得四处寻找，也没找到。正在惊奇之间，老兵也回来了，说：“我已经把案情报告了司坊官，马上就要来验尸了。”壮年营兵说：“可是尸体竟然不知去向，官府来此无尸可验，我们两人的罪过就大了。这怎么办呢?”老兵沉思了很久，才说：“我有一个办法。我看见一处荒地里，前不久有人抬了一具棺木停放在那儿，好像是新死的人，尸体还未腐烂，我和你去打破棺材，把尸体扛到这里冒充一下，大概可以免去罪过。”壮年营兵觉得这主意不错，就一起依计而行。过了一会，有官员来验尸，见那尸体额角上钉进长钉一根，血流得满脸都是。讯问凶手，凶手供道：“我确实是失手打死了人，但并未用长钉钉进他的额头。而且看这尸体面貌，并不是被我打死的人。”那官员一时难以断定。正在争论吵嚷之间，一个男子大声叫喊着闯进来，对官员说：“这件事和甲无关。我就是被他殴打倒在地上的人，当初一时气绝，倒在地上，过了一会，渐渐苏醒过来，自己回家去了，其实并没有死。”那官员才将凶手松绑，转而查问荒地上停放棺材的情况，找来停放棺材的人，详细拷问，终于真相大白。那被长钉钉进额头的尸身姓刘名况，是个染衣工人。他老婆与人通奸，乘刘吃醉酒，和奸夫一起用长钉谋杀了他。官府就释放了甲而将奸夫绳之以法。旁观的人都说：“尸体不是随便可以交换的东西，两个营兵却居然想出如此荒唐的办法。这并不是因为营兵的愚蠢，而是鬼神的巧妙安排。”

凡肉身仙佛俱非真体

余每游刹院，见肉身菩萨，大概浑身用生漆灰布，叩之橐橐有声，虽腿筋盘屈，隐隐可见，而脰颈总歪。在武夷山，见草鞋仙姓程名艮，坐石洞中；在九华山，见无瑕和尚，皆两目下垂，无睛，摇其头尚动，扣其齿皆蛀朽脱落。惟广西永州无量寿佛，虽肉身而头独端正，心常疑之。后有人云：顺治间有邢秀才，读书村寺中。黄昏出门小步，闻有人哀号云：“我不愿作佛！”邢爬上树窃窥之，见众僧环向一僧，合掌作礼，祝其早生西天。旁置一铁条，长三四尺许。邢不解其故。闻郡中喧传某日活佛升天，请大众烧香礼拜，来者万余人。邢往观之，升天者即口呼不愿作佛之僧也。业已扛上香台，将焚化矣。急告官相验，则僧已死，莲花座上血涔涔滴满，谷道中有铁钉一条，直贯其顶。官拘拿恶僧讯问，云烧此僧以取香火钱财，非用铁钉则临死头歪，不能端直故也。乃尽置诸法。而一时烧香许愿者，方大悔走散。全州佛庙大门外有坟一座，相传某御史入庙礼佛，欲试是否肉身，取针刺佛之耳，鲜血流出。御史大惊，出庙颠仆而死。其家即葬之于庙门外，以示戒也。余观坟上碑，但记前朝姓名某，而并无此语。余虽不刺佛，然剥其所施衣彩十三层，叩其胸而弹之，亦自觉无礼矣。

【译文】

我常常到佛寺里游览，看见人们所说的“肉身菩萨”，大都是用生漆灰布紧裹尸身而成。用手轻轻敲击肉身菩萨，就会发出“托托”的声响，虽然可以隐约看出他腿部青筋盘屈，但头颈总歪斜着偏向一边。在武夷山，我看见号称草鞋仙的肉身菩萨，他本姓程名良，坐在石洞中；在九华山，又看到了无暇和尚的肉身：都是两眼向下垂，不见眼珠，用手轻轻一摇，头部还会晃动，敲敲塑像的牙齿，都被蛀坏腐朽脱落了。只有广西永州的无量寿佛塑像，虽然是肉身制成，头部却是端端正正，看到这一现象，我心里暗暗感到奇怪。后来听人说了下面一件事，才明白了究竟。顺治年间有位邢秀才，在一座乡村寺庙里读书。一天黄昏，出了庙门散步，忽然听到有人哭喊哀求：“我不要做佛呀！”邢秀才爬到树上偷看，见许多和尚围着一个和尚，向他合掌行礼，让他早升西天转生。邢还看见，那和尚身旁放着一根三四尺长的铁条，想不出它派什么用处。不久，郡中盛传某日庙里活佛升天，庙里主持广泛邀请人们前往烧香礼拜，到活佛升天那一日，聚集在庙里的有一万多人。邢秀才也跟进庙里观看，发现要升天的就是原先那个苦苦哀求不要做佛的和尚。邢秀才看着那和尚已被扛上香台，马上就要焚化了，急忙跑去报告官府来验察，等官差赶到，见那和尚已经死了，莲花座上满是血迹。并发现和尚肛门里插着一根长长的铁钉，直穿到头顶。官差拘捕了恶僧讯问，恶僧的供词是：焚烧那个传说升天的和尚是为了骗取香火钱财，如果不用铁钉从肛门穿到头顶，他的头就歪斜而不能端正直立。于是官府将这批恶僧尽数捉拿严惩。而被蒙蔽一时的烧香许愿的信徒，这才后悔上当受骗，一哄走散。全州的佛寺大门外有一座坟，坟主是一位御史。相传那位御史进庙拜佛，想试看一下佛像是不是肉身，就用一根针去刺佛像的耳朵，只见耳朵上流出鲜血来。御史大受惊恐，走出庙门就倒在地上死去。他的家里人就把他葬在庙门外，用来对后人起警戒作用。但是，我仔细看了坟上的碑文，只是记载了前朝人姓甚名谁，并没有上面传说的那些内容。我虽然没有想去刺佛的身体，但却剥去了佛身上涂的彩漆十三层，还敲击佛的胸部，又用手去弹，自己也感到对佛十分无礼了。

动　静　石

南雁宕有动静石二座，大如七架梁之屋，一动一静，上下相压。游者卧石上，以脚撑之，虽七八岁童子能使离开尺许，轰然有声。倘用手推，虽舆夫十余人不能动其毫末。此皆天地间物理有不可解者。

【译文】

南雁宕山上有动、静石两座，体积有七架梁的房屋那么大。这一动一静两石，一上一下，压在一起。游山的人，躺在石头上，用脚撑它，即使是七八岁的幼儿，也能把它撑得移动一尺多远，而且发出轰轰的声响。但是，如果用手去推那石头，即使是十几个身强力壮的轿夫一齐用力，也不能移动分毫。这都是天地间事物的道理无法解释的例子。

玉　女　峰

雁宕有石如女子独立，长五丈余，头有髻形。杜鹃花开红满一头，恰无一朵拂其面上者。袍色微红，裙色惨绿，若天然染就状，界画分明，衣褶之痕宛然若织。

【译文】

雁宕山上有块石头，形状如同一位独立的女子，有五丈多长。头部好像梳了个发髻。满头杜鹃花开放，一片红色，而面部恰巧一朵花也没有。袍子是微红色的，裙子是淡绿色的，好像天然染成的一般，界限分明，衣裳绉褶的痕迹清晰，恰似人工纺织而成。

庐山禹碑

庐山宗生庵旁有谷帘泉，泉有石洞，险而深。有人缒身而下，得一碑，上有禹王大篆六字，释文曰：“洪荒漾，余乃栫。”星子令丁正心在莲花池席上为余言。

【译文】

庐山宗生庵旁有个谷帘泉，泉水倾泻如挂水帘。水帘下有一个石洞，又深又险。有好奇的人用绳子缒身下到洞底，发现一块石碑，上面有夏禹王时代刻的六个大篆体的字，就是：“洪荒漾，余乃栫。”这件事是星子县县令丁正心在莲花池宴席上对我说的。

飞钟哑钟妖钟

武夷伏虎山之巅有钟系焉。相传唐时飞来，离地三十余丈，无人能击，故又号哑钟。张家口外总管庙有妖钟，三更外无故自鸣。

【译文】

武夷伏虎山的山顶上，有口钟挂在那儿。相传是唐朝时候突然飞来的，钟离地面有三十多丈高，没有人能够敲击，所以又号称哑钟。张家口外总管庙里有口妖钟，三更一过无缘无故不敲自鸣。

鼠渡江

乾隆五十年，有鼠数万，衔尾渡江，大小不一，在水飒飒有声，须臾间江面里许为其所蔽。老舵工云：“上江必有水灾。”至七月间，来安、全椒二县起蛟，田堤尽坏。

【译文】

乾隆五十年，长江边上突然出现数万只老鼠，一只跟着一只，后面的衔着前面的尾巴，游水渡江。老鼠大小不一，在水中发出“飒飒”的响声。顷刻之间，老鼠几乎遮盖了整个江面。有经验的老船工都说：“长江上游方向一定会发生水灾。”到七月间，来安、全椒二县果然发了大水，堤坝纷纷决口，农田全被水淹。

鹏过

康熙六十年，余才七岁，初上学堂。七月三日，才吃午饭，忽然天黑如夜，未数刻而天渐明，红日照耀堂中，无片云。或云此大鹏鸟飞过也。庄周所云“翼若垂天之云”竟非虚语。

【译文】

庚熙六十生时，我刚刚七岁，才进学堂读书。那年七月三日，才吃中饭，忽然天色黑暗，如同夜间。未过多久，天色渐亮，红日照耀堂中，天空中一片云彩也没有。听人说，刚才天暗时，是大鹏鸟飞过天空遮住了太阳。庄周所说的大鹏鸟“翼若垂天之云”，原来并非没有根据的空话。

石中玉碗

乾隆五十五年，荆州大水，周王山崩，有璞石随流而下。耕人以锄击之，中得玉碗，温润洁白，无雕刻而有血沁，周围六寸许，惜石破而碗已伤。群不解碗何以生石中，或曰：“此必千年前富贵人家玉碗坠入泥中，泥久气燥，变而为石，故将碗裹在石内。”

【译文】

乾隆五十五年时，荆州地区暴发洪水，周王山在洪水中崩裂，有块璞石落下水中，顺流而下，被一农夫发现。他用锄头敲碎璞石，石头里面有一只玉碗。玉碗质地温润洁白，上面没有雕刻而有血色渗透的痕迹，碗口周长六寸多，可惜敲碎璞石时，玉碗也受到了损伤。众人都想不通玉碗怎么会生在璞石里面，有人说：“这肯定是千年住前富贵人家的玉碗，掉在泥土中，久而久之，泥土由于气候干燥，变成了璞石，所以把玉碗裹在里面了。”

瓜子妖

陶方伯在江宁署中，与濮某、刘某相友善。中秋招二人饮酒，各把瓜子散步阶下，且行且谈，被风吹数子落在土中。夏间，其地忽发瓜藤，渐长渐大，俄结三瓜，其大如斗。一时贺者纷纷，以为祥瑞。三人闻之，亦自得也。未一年，陶以书案被罪，濮以瘵疾卒，刘癞疾大作，血肉溃烂而亡。

【译文】

布政使陶某在江宁任上时，和濮某、刘某交往十分投机。一年中秋节，请二人饮酒赏月，各人抓了一把瓜子在阶下散步，边走边吃边谈，手中瓜子被风吹掉几粒落在土中。第二年夏天，地里忽然长出瓜藤，并日益长大，不久结了三个瓜，有量米的斗那么大。大家都以为是吉祥之兆，贺喜的人纷至沓来。陶、濮、刘三人听了，也洋洋得意。不料，此后不到一年，陶因为书案被治罪，濮生疾病而死，刘也得了严重的癞疾，全身血肉溃烂而亡故。

琴　变

金陵吴观星工琴，常为余言："琴是先王雅乐，不过口头语耳，未之信也。年五十时，为赵都统所逼，命弹《寄生草》，旁有伶人唱淫冶小调以和之。忽然风雷一声，七弦俱断，仰视青天，并无云采。都统举家失色。从此遇公卿弹琴，必焚香净手，非古调不弹矣。"

【译文】

金陵人吴观星擅长演奏琴曲。他曾对我说："琴是先王的雅乐，当初不过看作一句口头禅罢了，内心并没有信以为真。到了五十岁时，一次，在赵都统的威逼下，用琴演奏《寄生草》，旁边的戏子伴着乐曲演唱淫亵轻薄的小调。忽然间，狂风骤起，炸雷一响，琴上的七根弦全都断裂，抬头看看天空，晴朗万里，并无一片云彩。都统全家人都吓得变了脸色。从此以后，我每次为做官的人弹琴，一定要事先烧香洗手，而且非古代的正调不弹。"

古北口城楼火箭匣

乾隆六年，嘉兴知府杨景震为卢案谪戍军台，登古北口，城楼上有一铜匣，封锁甚固。相传明代总兵戚继光所留，过客不许开看。杨抚玩良久，见匣上金镌一《震》卦，笑曰："匣上卦名《震》，与我名景震相应，我当开之。"启其盖，飞出火箭一枝，着于对面景德庙正殿柱上，登时火起，将殿宇僧房焚烧殆尽。

【译文】

乾隆六年，嘉兴知府杨景震因为卢某一案被贬职，往西北军台防戍。途中，他登上古北口，看见城楼上有一个铜匣，封锁得十分牢固。相传这个铜匣是明代总兵戚继光留下的，并规定路过关口的人不许开匣观看。杨景震拿着匣子玩赏多时，发现匣子上面用金字刻了一条《震》卦，便笑着说："匣子上的卦名叫'震'，和我的名字景震正应上了，我要开匣看看。"就打开了匣盖，突然从匣中飞出火箭一支，恰好射在对面景德庙正殿的柱子上，顿时燃烧起来，把大殿、僧房差不多全烧光了。

官受妓嗔

杨镜村作苏州太守，娼禁甚宽。某太守治苏州，笞妓甚酷。后两人俱解组矣，偶过江都，有巨公某延之饮酒。座有三妓，皆苏人也。主人戏问："苏州官长贤否？"三人但认识杨公，不认识某公，齐声对曰："杨太老爷待奴辈仁慈，并禁地方衙役光棍吓诈。此等官府，自然公侯万代。后来某大老爷拿奴辈去，非笞即桚，并教供出嫖客姓名，以便他吓诈取钱；不供便打。如此等官，世世子孙要做奴辈这行生意的。”举座大笑，某公不终席，登车而去。

【译文】

杨镜村任苏州太守时，对娼妓的管理很是宽松；而某太守治理苏州，常对娼妓施以酷刑。后来，两位太守都辞官离任。一次，两人恰巧一同路过江都，当地一位知名人士设酒宴邀请他们。宴席上有三个妓女，都是苏州人。主人开玩笑地问妓女：“你们说说看，苏州的官长是不是贤明啊?”三个妓女只认识杨镜村，不认识某太守，当时便齐声回答：“这位杨大老爷对我们十分仁慈，还禁止地方差役和泼皮光棍恐吓敲诈，这样的官府人家，自然会世世代代官运亨通。后来换了一位大老爷，常常把我们捉拿进去，不是吃鞭子，就是上夹棍，并且还逼着供出嫖客姓名，好一一对号去诈取钱财，不供便狠狠地打。这样的官老爷，将来他的子子孙孙只好干我们这一行了。”说完，宴席上爆发出一阵大笑。某太守不等酒宴完毕，就登车离开了。

京中新婚

北京婚礼与南方不同。邵又房娶妻，南方诸同年贺之，意欲闹房，拜见新人也。不料花轿一到，直进内房，新郎弯弓而出，向轿帘三发响箭，然后抱新人出轿，则乱鬓蓬松，红绸裹首。新郎以秤杆挑下红巾，不行交拜之礼，便对坐床上。伴婆二人持红毡将四面窗楞通身遮蔽，进大饺一个，剖之，中藏小饺百余，两新人饮酒啖饺毕，脱衣交颈而睡。次日鸡鸣，公公秉烛早起，礼拜天地、灶神、祖庙，过五日后，方才宴客。本日贺者，全无茶酒，饥渴而退。或嘲之曰："京里新婚大不同，轿儿抬进洞房中。硬弓对脸先三箭，大饺蒸来再一钟。秤干一挑休作揖，红毡四裹不通风。明朝天地祖宗灶，拜得腰疼是阿公。"

【译文】

北京的婚礼仪式和南方是不相同的。邵又房讨老婆的时候，南方的同学们都去祝贺他，是想闹闹新房，拜见新娘子。不料花轿一到，就直接抬进新房，新郎拉着一张弓走出来，朝着轿上的帘子连射三支响箭，然后把新娘抱出轿子。众人一看，只见新娘的头发乱蓬蓬，头上裹着红绸巾。新郎官用秤杆挑下红巾，不进行交拜之礼，二位新人就对坐在床上。随即有伴婆二人，拿着红毡把四面窗楞全都遮蔽起来，然后送上一个大饺子，剖开大饺，中间藏着百十个小饺子。二位新人饮过酒，吃完饺子，便解衣就寝。第二天鸡叫时分，公公点亮蜡烛早早起床，忙着礼拜天地、灶神、祖庙。这样过了五天，才开始宴请贺客。婚礼第一天登门祝贺的客人，一点也没有茶酒招待，只能又饥又渴地回去。有人写了一首诗嘲笑这不近人情的婚礼："京里新婚大不同，轿儿抬进新房中。硬弓对脸先三箭，大饺蒸来再一钟。秤杆一挑休作揖，红毡四裹不通风。明朝天地祖宗灶，拜得腰疼是阿公。"

张赵斗富

康熙间，河道总督赵世显与里河同知张灏斗富。张请河台饮酒，树林上张灯六千盏，高高下下，银河错落。兵役三百人，点烛剪煤，呼叫嘈杂。人以为豪。越半月，赵回席请张，加灯万盏，而点烛剪煤者不过十余人，中外肃然。人疑其必难应用。及吩咐张灯，则飒然有声，万盏齐明，并不剪煤而通宵光焰。张大惭，然不解其故。重贿其奴，方知赵用火药线穿连于烛心之首，累累然，每一线贯穿百盏，烧一线则顷刻之间百盏明矣。用轻罗为烛心，每烛半寸，暗藏极小炮竹，爆声膈膊，烛煤尽飞，不须剪也。盐商安麓村请赵饮酒，十里之外，灯彩如云。至其家，东厢西舍，珍奇古玩，罗列无算。赵顾之如无有也。直至酒酣席彻，入燕室小坐，美女二人捧双锦盒呈上，号“小顽意”。赵启之，则关东活貂鼠二尾，跃然而出，拱手向赵。赵始哑然一笑，曰：“今日费你心了。”

【译文】

康熙年间，河道总督赵世显曾经和里河同知张灏比赛阔气。一次，张请赵饮酒，树林里挂了六千盏灯，那些灯高高低低，布满树枝，看上去似乎是银河落到了地面。树林中安排了兵士差役三百人，专管点燃蜡烛、修剪烛芯，一片呼叫嘈杂声，热闹非凡。人们都认为这是够豪华气派的了。过了半个月，赵设宴回请张灏，灯的数目增加到一万盏，而点烛剪芯的只不过十几个人，里里外外一片肃静。宾客们都担心上灯以后人手不够，必然穷以应付。等到主人一声张灯令下，只听见一阵“飒飒”声响，一万盏灯齐放光明。酒宴间也并不见有人剪烛芯，而灯火通宵明亮。张灏十分惭愧，但又不知道赵是怎么安排的。后来用重金贿赂赵家的奴仆，才打听出：赵是用火药引线把烛芯头上穿连起来，一芯接着一芯，每根火药引线穿一百盏灯芯，只要点燃一根引线，顷刻之间就点着了一百盏灯；又用薄的绸缎制成烛芯，每根蜡烛里隔半寸就放上一个极小的爆竹，燃烧到一定时候爆竹“噼叭”一声，烧结的烛芯就被炸飞，不用剪了。有一次，盐商安麓村宴请赵世显，从十里之外就开始张灯结彩，如天上祥云落地。来到安府，只见东厢西舍，陈列的都是珍奇古玩，不计其数。赵世显从珍宝面前走过，像没有看见一样。直到宴饮尽兴席散之后，到休息室稍坐，两位妙龄美女捧着一对锦盒献给赵世显，一边说："主人请您笑纳这'小顽意'。"赵打开一看，原来是两只关东的活貂鼠，从盒中跳出，一起向赵作揖致意。这时，赵才笑出声来，向安麓村表示谢意："今天让你费心了。"

朱 尔 玫

康熙间，朱尔玫以邪术惑人，有神仙之号，名重京师，王公皆折节下之，惟三登熊文贞公之门，终不得见。一日，朱又往告司阍云："相公今日着何服，食何菜，坐何处地方，我一一皆知。"司阍者以其言皆中，惊白相公。公笑曰："朱某所测我者，果件件不错，可谓仙矣。第我心上有'不喜见妖人'五个字，渠竟茫然不知，可以谓之仙乎？"阍以告朱，朱惭沮而退。相传朱与张真人斗法，以所吃茶杯掷空中，若有人捧者，竟不落下。张笑而不言，朱有自矜之色，嗤张不能为此法。张曰："我非不能也，虑破君法，故不为也。"朱固请，张不得已，亦掷一杯，则张杯停于空中，而朱杯落矣。或问真人，真人曰："彼所倚者妖狐也，我所役者五雷正神也。正神腾空则妖狐逃矣。"亡何，朱遂败。

【译文】

康熙年间，有个叫朱尔玫的术士，专门用妖异的法术迷惑人，居然被称为"神仙"，一时间在京城里享有盛名。皇室成员、高官权贵都放下架子，对朱十分尊重，只有熊文贞公是个例外：朱尔玫三次登门求见，始终没有达到目的。一天，朱又来到熊府，对守门人说：“你们家相公今天穿什么衣服，吃什么酒菜，坐在什么地方，我都知道得一清二楚。”守门人见样样都给他讲中了，十分惊奇，便向熊禀告。熊听了付之一笑，说：“朱某人推测我的，果然件件不错，可以称得上仙了。但是，唯独我心上有‘不喜见妖人’五个字，他却稀里糊涂一无所知，又怎么可以称他为仙呢?”守门人把熊的这番话转告了朱，朱听了，又羞又愧，灰溜溜地走了。相传朱尔玫曾经和张真人斗法，把自己吃茶的杯子抛向空中，就好像有人用手捧着一样，停在那里，居然不会落下来。张真人看着，笑笑，一句话也不说。朱显出洋洋得意的神情，讥笑张不能和他一样作法。张见状，缓缓地说：“我并不是不能作法，只是恐怕作起法来，倒破了你的法，所以没有马上跟着做。”朱以为张是找推托的借口，就坚持要张作法。张被他逼得无法推辞，就也扔出一只茶杯到空中，只见张的杯子在上方停住不动，而朱的杯子却落在地上，摔得粉碎。有人问张真人是什么原因，张解释说：“他作法依靠的是妖狐，我却是驱使五雷正神，正神一腾空，狐妖就吓得逃走了。”没有多久，朱尔玫的妖术就败露了。

梁制府说三事

同年梁构亭制府总督直隶，自言五岁时有外祖母杨氏，无所依倚，就养女家，得奇疾卧床，能将缎被寸寸裂之，亦不知其指力之勇从何来也。一日，召梁太夫人曰：“外孙二官，以后切不许其立床边，他浑身是火，近之将人炙痛。现在我跟前某姑某舅，人虽物故，而于我有情，时来与我谈笑，一见二官到，无不爬墙升屋而逃者，使我心大不安。”梁太夫人即手麾公出。公不敢再入，时于窗缝中窥探，杨已知觉，蹙额曰：“二官这小儿又来作闹了！速赶他去。”如其言，杨始安寝。亡何，杨病重，气绝矣。良久复苏，张目谓梁太夫人曰：“我魂灵要出去，汝家灶神、门神一齐拦住大门，说我不是梁氏之人，不许我出去，奈何？”梁太夫人曰：“当速请高僧来诵经，为母亲忏悔求请，何如？”杨曰：“不如仍教二官来，向二神一说，神必首肯也。”太夫人即率公往门、灶前代为通说，顷刻间杨瞑目逝矣。

公宰良乡时，病疟甚剧。夜梦本邑城隍请见，谓公曰：“我亦从前此地县官也。上帝以我居官清正，命我作城隍神。大人所患之症，即我从前所患之症也，后服某药而愈。今以方授公。”口说某药几味，长揖而去。明日服其方，果两剂而愈。查良乡邑志，果有其人。

又宰香河时，有老翁率其女来喊冤，女颇有姿，问何冤，曰：“女为城隍神所据，每夜神以车来迎，便痴迷不醒。必到次日辰刻，才放女归。女已定婚某家，致某家不敢来娶，故求公救。”公曰：“我能治民，不能治神也。”翁曰：“我女说公来城隍庙行香，渠看见城隍神必先出迎；公拜神，神避位答礼。其敬公如是。公肯一言，或神肯听亦未可知。”公窃喜自负，即作文书交翁焚而投之。次日，翁果同女来谢，云：“昨晚神竟不来迎女矣。”

【译文】

我的同科进士梁构亭任直隶总督时，曾和我说起下面的一件事。他乳名二官，五岁的时候，外祖母杨氏生活无依无靠，只好住到女儿家里，由女婿供养。杨氏来后，得了一种奇怪的病，卧床不起，却能把缎被撕成一片一片，也不知道她的手指从哪儿来这么大的力气。一天，杨氏把女儿梁氏叫到床前，说："二官这孩子，以后绝不要让他站在我的床边。他浑身是火，靠近了烤得人身上发痛。现在在我跟前有姑姑、舅舅，虽然都是已死的人，对我却有感情，时常来陪伴，和我谈笑。他们一见二官来到，吓得马上爬墙上屋地逃走了。这使我心里很不安。"梁氏立即挥手把构亭赶出去。构亭不敢再进外祖母的房间，却不时从窗缝里偷看，杨氏早已发觉，皱着眉头说："二官这小东西又来捣蛋了，快赶他走！"把构亭赶得远远的，杨氏才安安稳稳睡觉。不多几天，杨氏病危，气绝过去。过了好长时间，又苏醒过来，睁开眼睛对梁氏说："我的魂灵要出去，可是你家的灶神、门神一起把守大门，挡着不让我出去。说我不是梁家的人。怎么办呢？"梁氏说："我马上请高僧来念经，为母亲忏悔请求，你看好不好？"杨氏说："不如还是叫二官来，对二位神灵说说，神灵一定会同意放我的魂灵。"梁氏就带着构亭到门前、灶前代为说情，顷刻之间，杨氏双眼合上，安详去世。

梁构亭任良乡县令时，生了很严重的疟疾，夜里梦见本县的城隍求见，对构亭说："我从前也是本地的县令，上帝因为我生前做官清廉刚正，任命我为城隍神。您现在患的疾病，就是我从前所患的疾病。从前我服了一种方药，病就好了，现在我把药方告诉您。"就说出了几味药，然后作别而去。第二天，照梦中的药方抓药服下，服了两剂之后，病果然痊愈。梁构亭查了良乡的方志，上面果然记载着梦中会见的那个人。

梁构亭任香河县令时，有位老人带着女儿来喊冤，那女子长得很有姿色。梁问他们诉什么冤，回答说："女儿被城隍神迷住了。每天夜里，城隍神都派了车子来接她，以后她就昏迷不醒，一定要到第二天早上辰时，神才把她放回来。女儿已经许配给了人家，发生这样的情况，男家就不敢来迎娶了，所以，恳求大老爷救救女儿。"梁构亭说："我只能治理阳世的老百姓，没法治理神灵。"老人说："我女儿说，您老到城隍庙进香，她看见城隍神总是预先出庙迎接；您拜神时，神总是正面避开，而且恭敬地还礼。神是如此地尊敬您，您只要肯为我们说一句话，或许神会听从，也未可知。"梁心内暗喜，洋洋自得，立即写了一封给城隍的信，交给老人，让他在庙前焚烧。第二天，果然老人带着女儿来拜谢，说："昨天夜里，城隍神居然不来烦扰女儿了。”

官运二则

华雍作淮宁令，有钦差某从广东来，即日将过其境。华遣长随张荣备办公馆。张故干仆，料理齐全，约费百金，而钦差又奉旨往他处审案，遂不果来。张荣正在徬徨间，适逢江西巡抚阿公思哈拿问进京，路当过此，张荣乃代主人具手本向前迎接，告禀公馆已备。阿公大惊，以为素未谋面，又非属员，何以有此礼文。既而进公馆，则挂彩张灯，牲牢夫役，无不齐全。喜出意外，乃召张荣而谕之曰："我系被罪之人，一路人情冷落，虽我所提拔属吏，待我如冰，何以尔主如此隆情古道耶？汝主手本，我理应璧还，今一番感激之心，诚恐忘记汝主姓名，权将手本留下，以便为日后图报之地。"谕毕，亲自作书与华令，称谢再三，方上马去。张荣归，以情节告知主人。主人责以多事。旁有幕友笑曰："此奴办差费重，不如此出脱，叫他从何开消耶？"主人笑而颔之。未二年，阿公起用山西巡抚。华四参限满，送部引见，奉旨发往山西。初次到辕禀谒，阿公如得至宝，遣家人致意司、道曰："请大老爷缓见，我主恩人到矣！"即开中门，亲迎至堂下，呼老贤弟，握手入内，罗列酒肴，待如上客。华长跪辞谢，惧不敢当，阿公曰："有恩不报，我是何等人耶？今日我尽我心，明日汝行汝礼。"尽欢痛饮，送上轿而别。司、道闻之，莫不刮目。未半年，题升通判。

又半年，题升同知。再升至南安府知府。阿公调任河南，华亦乞养，满载而归。赏张荣二千金，张亦小康。

傅四爷，吏部司官中之能员也。果毅公讷亲掌吏部时，凡众司官说堂有不能了之事，唤傅来，数言而决，讷甚重之。故事，保举郎中一正一副，有户部郎中缺出，讷公正荐之，引见于光明殿。傅乍入殿门即跪，上觉其骇，用副荐者。逾年，吏部郎中缺出，讷公又正荐之，傅入殿门又即跪，上不悦，谓讷公曰："如此等昏人，如何保举?"讷奏："傅某办事甚好，是以屡荐之，不料其不习朝仪，当是福薄。"上意亦解。未几，又有保举引见之事，将入朝，讷公训之曰："汝两次失仪，今次千万留神，勿再蹈前辙，致伤我脸。"傅唯唯。及至引见时，各官背履历毕，并无此人。讷亦不解其故。直至退朝，到午门外，见傅面目青肿，踉跄涕泣而来。讷问故，曰："司官两次入殿门，见一红袍大人，长丈余，将我拦住，我不得不跪。今番第三次矣。我紧记公爷吩咐之言，以为我再见红袍之人，我当直冲而进，不受其拦。不料其人又在殿上拦，我往前一冲，他手披我颊，提而掷之，遂跌在殿外台坡之下，致伤面目，不能瞻仰天颜。不知前生是何冤孽，自知福薄，求公爷以后亦不必再保举我了。"讷无可奈何。诸司官闻之，咸为骇异，遣人扶至车上，送归其家。随即病发，四日而亡。

【译文】

华雍任淮宁县令时，有某钦差从广东来，不多天就要从淮宁县过境。华雍不敢怠慢，赶紧派仆人张荣安排公馆，操办接待事宜。张荣做事一向干练，富有经验，把接待工作准备得周密完善，大约花费了百金。不料钦差大人半途中又接到圣旨到另外一处审理案件，结果没到淮宁县来。张荣眼看空忙一阵，正不知如何是好，恰巧江西巡抚阿思哈被拿问去京城，行途也要过淮宁县境，张荣就代华雍送上名帖前去迎接，禀告公馆已经准备好了。阿思哈大为惊异，心想自己和华雍从来没有接触，华又不是自己的下属，怎么会有这样隆重的接待呢？进了公馆之后，只见到处张灯结彩，祭祀用的牲畜，前前后后的使唤仆人，全部安排到位。阿思哈喜出望外，就招来张荣，告诉他说："我现在是戴罪之人，一路上人情冷落，就连以前由我提拔的下属官吏，也对待我态度十分冷淡，为什么你的主人如此同情我，对我盛情招待呢？你主人的名帖，按理我应归还，但今天怀着满腔感激之情，生怕日后忘记你主人的姓名，所以暂且把名帖留下，以便作为将来报恩的根据。"说完，亲自写了封信给华雍，再三道谢，才上马告辞。张荣回到县衙，把上述情况向主人做了汇报。华雍听了，责备他多事找事。旁边有个幕僚笑着劝解道："这个仆人办的差事用费太大了，不如此出脱，叫他从哪里去开销办好的物品呢？"华雍也笑了，同意了幕僚的解释。未过两年，阿思哈被朝廷起用为山西巡抚。华雍在淮宁任期已满，到吏部述职后，被分配到山西重新任职。华雍刚到山西，去行馆拜见巡抚大人。阿思哈听到华雍前来，如获至宝，一面派家人向当地司、道官员分别打招呼说："请大老爷暂时推迟来行馆会见，因为我家主人的大恩人到了！"一面立即大开中门，亲自到堂下迎接，口中连称"老贤弟"，握着手一同走进堂内。席上摆满美酒佳肴，完全像是招待贵宾。华雍惶恐得跪下辞谢，表示万万不敢当。阿思哈说："如果有恩不报的话，我将是怎么样的人呢？今天我尽我的报恩之心，明天你行你的参见之礼。"于是二人尽情畅叙，开怀痛饮。席散后，阿思哈送华雍上轿而别。司、道官员听说这一情况，都对华雍刮目相看。不到半年，华雍升任通判，过半年，升任同知；不久又升任南安府知府。后来，阿思哈调到河南任职，华雍也打报告申请辞官退休。华雍做官时积聚了许多财物，满载而归；他赏给张荣二千金，张也过上了小康日子。

傅四爷是吏部司官中很能干的一位。果毅公讷亲掌管吏部的时候，凡是司官们说堂上有无法解决的事，就叫傅四爷出来，只用几句话，问题就迎刃而解了。为此，讷公对傅十分器重。按照惯例，保举郎中时，可以推荐一位正选、一位副选。一次，户部郎中积务中有缺额，讷亲把傅四爷作为正选推荐，引他上光明殿见皇上。傅四爷刚一进殿门，就赶紧下跪，皇上觉得他呆头呆脑，结果挑中了副选。过了一年，吏部郎中职位又出现空额，讷公再次把傅排作正选推荐，傅进殿门还是立即跪下，皇上很不高兴，对访公说："这样昏聩的人，怎么能够保举呢？"讷公奏道："傅某办事很得力，所以我一再推荐他，不料他不熟悉朝廷礼仪，该是他福分太薄吧。"皇上见奏，也就消了气。不久，又碰上保举引见的机会，将要入朝的时候，讷公把傅四爷找去教导一番："你两次上殿都违反礼仪，这一次千万要留神，不要再像以前一样，使我脸上无光。"傅连连应声表示遵命。等到引见时，各位官员都一一报完履历，发现其中却没有傅某这个人，讷公也不明白其中的原因。直到退朝，走到午门外，才看见傅某鼻青脸肿，踉踉跄跄哭着跑过来。讷公问他怎么回事，回答说："我以前两次进入殿门，都看见一位穿红袍的大人，身长一丈有余，将我拦住，我不得不跪下。这一次是第三次了。我牢牢记着大人您吩咐我的话，认为我如果再遇见穿红袍的人，就应当直冲进去，不会受到他的阻拦。哪里料到那人又在殿上拦阻，我往前一冲，他就伸手一阵耳光，一把将我提起，远远地朝外一扔，我就摔倒在殿外台阶下面，以致脸面伤成这样，不能再参见皇上了。不知道我前生造下什么冤孽，反正已自知福分浅薄，只求大人从今以后不必费心再保举我了。"讷公只能无可奈何。各位司官听了，都感到又惊又奇。于是派人把傅扶上车，送回家里。傅随即发病，过了四天就病故了。

钱县丞

睢宁县丞钱某，权知县事。其地向例，有路毙者，相验时地主出钱八千送官，便可结案。一日，某村来报有投河死者，吏以前例告钱。钱往验尸，无伤，命即掩埋。回公馆后，吏送进地主常例钱八千，钱将受矣，见钱用红绳穿系，色甚鲜华，不解其故，以问吏。吏曰："地主家贫，无力出此，不得已将一女卖与村邻为妾，得价二十四千。因系喜钱，故用红绳耳。"钱思此钱系逼迫而来，不忍滥受，即召村人诘之，具以实告。乃并召其买妾者，晓之曰："我得人钱而逼之卖女，不仁也。汝乘其急而买其女，不义也。我决不受此钱，汝速退归此女。"其人唯唯。因问卖女者曰："余钱尚存否？"曰："都作衙门胥役使用矣。"钱命胥役追缴，则已彼此饮博，将钱分散。钱慨然顾买女者曰："吾偿尔钱。"即命给发原数，令村人领女归家。此案遂结。无何，钱患背疽，昏迷于床。梦青衣人召至一处，殿宇巍峨，上坐王者谓钱曰："汝大数已尽，幸有一善事足以抵偿，汝知之乎？"钱茫然不解。王者命判官查簿与观，则所载某年保全卖女一事也。判官奏曰："此事功德甚大，例得延寿一纪，官至五品。"王首肯之，遂令青衣人送其还魂。疽遂霍然。钱自此一心行善，凡赈饥埋棺等事，悉捐资为之。官果洊擢同知，而一纪之期已满，背疽又发，家人将理后事而意尚迟疑，且慰钱曰："公前有一善，寿尚可延；年来善行甚多，安知冥中不再为益算乎？"钱笑曰："不然。昔之善无所为而为之也，故阴间重我；今之善有所为而为之也，恐阴间未必重我。此番数尽，断不能逃，或者有心为善终与有心为恶者不同，或者他生其有报乎?”不数日，疽溃而卒。

【译文】

钱某是唯宁县县丞，代理知县。按睢宁地方的惯例，有路上死亡的人，验尸时死尸所在土地的主人只要拿出八千文钱交给官府，就可以结案不予追究了。一天，某村来报告发现一个投河自杀的人，差役把当地处理这类案件的惯例告诉了钱县丞。钱前往验尸，尸身并无伤痕，明显系自杀身亡，就命令立即掩埋。回公馆后，差役送来土地主人按惯例交来的八千钱。钱县丞正打算收下，突然发现穿钱用的红线，色泽极为鲜艳，不明白是何道理，便询问差役。差役回答说：“那土地的主人家境贫穷，出不起这笔钱，逼于无奈，把自己的一个女儿卖给村邻做妾，卖价二十四千。因为是喜钱，所以用新鲜红线穿起来。”钱县丞想，这笔钱是逼着百姓交来的，不忍心随意收取，就找那个村里的人来讯问，村民都说了实情。钱县丞于是招来买妾的人，开导他说：“我得到人家的钱却逼得人家卖了女儿，是不仁；你趁人家之急而买人家的女儿，是不义。我决不收这笔钱，你也赶快把那女子退还她家。”买妾的人连声答应。钱县丞又问卖女儿的人：“剩下的钱还在吗?”回答说：“都给衙门差役作上下打点用完了。”钱县丞命令差役们把收得的钱退出来，可是这些钱已被他们饮酒赌博，无法收齐了。钱县丞激动地对买妾的人说：“我来赔偿你买妾用去的钱。”就照二十四千的数退还买妾者，叫卖女者领着女儿回家。这个案子就此了结。没有多久，钱县丞背上生疽疮，在床上昏迷过去，梦见一个青衣人召他走到一个地方，是高大庄严的宫殿，上面坐着一位威严的大王。只听那大王对钱说：“你本来寿数已尽，幸好有一件善事可以抵偿。你知道这件善事吗?”钱感到迷惑不解。大王令判官查出一本簿子给钱看，原来记着的就是那次保全村民女儿的事。判官奏道：“这件事功德很大，按例可以延长寿命一纪（十二年），官爵升到五品。”大王表示同意所奏，就派青衣人送县丞还魂返归阳世。不久，疽疮很快就好了。从此以后，钱县丞一心行善，凡是赈济饥民，收尸埋葬等善事，都捐款尽力去做。他的官职果然升到同知。这时一纪的延寿期限已满，背上又发疽疮，病情十分严重。家里的人将要料理后事，又心存迟疑，对钱安慰说：“您以前做了一件善事，尚且可以延寿，近年来做了许多善事，难道阴间不再给你延寿吗?”钱笑了一笑，说：“你们说得不对。以前的一件善事是我无心而做成的，所以阴间看重我；最近的善事都是有心去做的，恐怕阴间未必再重视了。这一次我气数已尽，绝对逃脱不了，如果有心为善与有心为恶终究有所不同的话，或许在来生有所报应吧?”未过几天，钱疽疮溃烂而死。

（续卷六译者　李祚唐）

续子不语卷七

乩　仙

乾隆丙午春，樵川杨荷锄与金陵徐沧浔扶乩，有女仙降坛，诗曰："'何处重寻旧翠钿，涛声如梦恨如烟。泉台一去千余载，只抵相思半日眠。'妾，王氏小筠也。恰遇有缘人，欲与之语，诸君勿惧。"坛中友人孟姓见辞涉艳丽，恐致邪祟，欲烧退符。乩遂书曰："既已招之使来，岂能挥之即去耶？昔者妾美姿容，君饶才韵，相遇大堤之下，同游细柳之阴。鸳侣方成，鸾俦遽拆。珠沉玉陨，蕙折兰摧。君屡托迹于人间，妾尚滞魂于水府。今者方倩涛神侍从，偶为符使招携。隔世逢鱼水之交，不昧素心一点；对面有河山之阻，谁知红泪千行？恨显晦之攸殊，幸精诚之易合。窗明风露冷，将于斗转参横后寻君；帏静雨云来，其于梦美魂酣时觅我。不呼名氏，恐疑畏之顿生；惟续情缘，讵祟殃之敢作！"是夜，沧浔果梦有女子手持团扇，艳丽非常，相与绸缪，极云雨之欢。次夕复至，流连达旦。越日，又降乩诗云："赤甲峰头雨似尘，天风吹送步虚人。请君试采梅花嗅，老却琼香树树春。"又诗云："露里夭桃风外柳，昨宵几执纤纤手。千秋无尽是相思，缘卿又到君知否？"末书"珍重"

而去。嗣后，总未入梦，亦不降乩矣。

【译文】

乾隆五十一年春关，樵川杨荷锄与金陵徐沧浔扶乩请神，有位女仙降临神坛，在沙盘上写诗一首："何处重寻旧翠钿，涛声如梦恨如烟。泉台一去千余载，只抵相思半日眠！"接着写："我姓王，名小筠，恰巧遇见了有缘分的人，请诸位不要害怕。"同去的一位姓孟的朋友见词语艳丽轻浮，恐怕招致鬼怪邪气，想要烧退神符纸。只见扶乩的沙盘上写道："既然你已请得神降临，又岂能挥之即去呢？记得在前世，我生得十分美貌，你则是才华横溢，我们在大堤下约会，一同在柳树荫下漫步倾诉衷情。正要成就婚姻，却遭无情棒打，一对鸳鸯两下分离。恰如珠玉被损坏埋没，香草遭蹂躏铲除。此后，你一次又一次地投胎转生人间，我的魂灵却还滞留在水府。今天才有机会请河神侍从陪伴，靠着神符召唤前来。阴阳隔世却逢着鱼水之交，我的一点诚心尚未泯灭；面面相对却遭到河山之阻，泪流千行有谁知晓？所恨是阴间阳世的截然不同，所幸是精诚信念才易于会合。窗灯明亮，风寒露冷，我将在斗横星移夜深时去找你；帏幕静挂，雨至云来，你要在梦境美妙、魂魄酣畅时来找我。不叫姓名，是恐怕你突然产生疑惑惊惧；我只是为了续前世的情缘，哪会有兴妖作怪害你的道理？"这天夜里，徐沧浔果然梦见有一个手持团扇的女子，十分美丽，与他情意缠绵，欢快无比。第二天夜里，女子又来，又相亲相爱到天明。过了一天，神坛沙盘里又降下乩诗："赤甲峰头雨似尘，天风吹送步虚人。请君试采梅花嗅，老却琼香树树春。"又有一首诗写道："露里夭桃风外柳，昨宵几执纤纤手。千秋无尽是相思，缘卿又到君知否？"最后写着"珍重"二字，神就离去了。从此以后，那女子就再也没有入梦，去扶乩也不降神灵了。

勒 勒

淄川高念东侍郎玄孙明经某，自言其少时，合卺后得头眩疾，辄仆地不知人事。数日后，耳边渐作声，如曰“勒勒”，又数日复见形，依稀若尺许小儿。自是日羸瘦，不能起床。家人以为妖，延术士遣之不效，乃密于床头藏剑。病痞时，每见小儿由榻前疾趋木几下即灭，遂以铜盘盛水置几下。一日午寝方觉，见童子至，以剑挥之。剨然堕水中。家人于铜盘内得一木偶小儿，穿红衣，颈缠红丝，两手拽之，作自勒状。乃毁之，妖遂绝。后相传里中某匠即于是日死。盖明经入赘时，其岳家修葺房宇，匠有求而不遂，故为是压魅术，术破，故匠即死。然自是明经病骨支离，不能胜步履。明经家故有园亭，一日值月上，扶小仆至亭。至即命仆归内室取茶具。邻旧有女，笄而美，明经故识之，至是女伺仆去，即登墙而望，手持茗碗，冉冉自墙而下，至亭内，置茶几上，谓明经曰：“知君渴，愿以奉君。”明经疑其怪，且旧病未复，力促之去。女曰：“君领此，妾当去耳。”少顷，闻小仆来，女忽不见。回视几上碗茶，惟一桑叶贮一撮土而已。嗣后，每逢帘波昼静，清夜月明，女辄至，谈论间颇有慧心。明经自以新病初起，刻自把持，女亦不甚干以亵狎。其容姿意态，长短肥瘦，一日间可以随心变易，故明经始虽疑之，久亦乐得以为谈友，不复问其所自来也。女往来形迹人不能见，惟至时觉举座冷气逼人。明经一日梦与夫人为欢，醒觉乃即女，明经知为其术所幻，然欲强留之，女遽揽衣下床，大笑而去。摄其衣，如纸，瑟瑟有声。后明经得导引之法，女遂绝迹。

【译文】

山东淄川有位贡生高某，是高念东侍郎的玄孙。高某曾对人说起早年的事。高某成亲那年，刚吃完交杯酒，突然得了头晕症，立即倒地不省人事。几天后，耳边渐渐听见一种声音，好像有人在说“勒勒”。又过几天，眼前出现人形，隐隐约约似乎是个一尺多长的小孩。从此一天天消瘦下去，卧床不起，家里人认为是中了妖邪，请了术士来驱逐妖魔，没有见效，于是在床头藏起一把宝剑。高某病中昏睡稍醒时，常常看那小孩从床前很快跑过，到茶几下就消失了踪影，于是就拿一个铜盘装满水，放在茶几下面。一天，高某午睡刚刚醒来，见那小孩又跑过，抽出宝剑来一挥，只听“豁”的一声，见那小孩落入水中。家里的人在铜盘中找到一个刻成小孩形状的木偶，身穿红衣服，颈子上缠着红丝线，两只手扯着红线，作出自己勒自己的样子。于是烧掉了那个木偶，妖异情况也就不再出现。后来，听说邻居中某工匠就在烧掉木偶的同一天死去。原来高某作为招女婿将住进女家，女家修整装饰房屋，那个工匠对主人提出要求而遭拒绝，怀恨在心，所以对主人的女婿新郎官高某暗地施了“压魅术”，想害死高以泄其愤。妖术一破，施妖术的工匠就死了。虽然破了妖术，但是高某病体十分衰弱，连路都走不动。家中原有个花园，园中有亭子，一天月亮出来时，高某由小僮扶着来到凉亭，他让小僮回内室取茶具。隔壁邻居有个女儿，刚成年，十分美丽，和高某自小相识。这时她趁着仆人离去，高某独自一人，就登上墙头相望，手里端着茶碗，慢慢地从墙上下来，走到亭子里，把碗放在茶几上，对高说：“我知道您口渴，特地给您送茶来。”高某觉得蹊跷，而且自己病体尚未恢复，就急催她快点离开。那女子说：“你喝了茶，我自会离开。”一会儿，听到小僮来了，女子忽然不见。回头看看茶几，茶碗没有了，只有一片桑叶，上面有一撮土而已。以后，每逢帘帷摇曳，白昼宁静，或夜空晴朗，月明星稀，女子就来和高某相会，谈话间可以感觉出女子思维灵巧而敏捷。高某自知病体刚有起色，努力控制自己，女子也不怎么有越轨举动。女子的容貌姿态，长短肥瘦，一天之内可以随心所欲地变化，高某开始虽然起了疑心，久而久之，因习惯于与她谈论为乐，便不去问她是从哪里降临的。女子往来的形迹旁人不能看见，她到来时只觉得周围一股冷气逼人。高某一天梦见与妻子缠绵，醒来发现就是那女子，知道是她的法术变幻，但想留住她，她却马上整衣下床，大笑着离开了。触摸到她的衣服，觉得像纸制的，而且发出瑟瑟的声音。后来，高某练就了导引之术，女子就再也没有出现过。

雷击两妇活一儿

安东县村中一妇产子，唤稳婆接生，留宿一夜而去。其夫某自外归，抱子甚喜，欲祀神偿愿。忽探摸其枕，惊曰："我暗藏银四锭在内，无一人知道，如何失去?"妻怪而问之。因谓："昨夜收生婆睡此枕，可疑也。"某即往问索银，许以一半为谢，一半偿还作酬神之用。稳婆勃然大怒，且骂且咒曰："我为汝家接生，乃冤我为贼！是儿必死！若盗汝银，天雷打死！"骂之不已。某反疑其妇有别情，亦不敢索银。三朝，复请稳婆洗儿。是日，稳婆不到，令其女来。至夜，儿果暴死。夫妇相泣，盛以木匣，埋之空地。佥曰："稳婆之说验矣!"时忽雷电大作，远近闻一霹雳奇响，合村有硫黄气。咸踪迹之，见空地跪两妇人，俱雷火烧焦，各捧银二锭在手，而所埋之儿已出地呱呱啼矣。乡邻奔告埋儿之家来认，见儿腹脐露出针头一指，随拔针出血，儿仍无恙。雷击毙者，一系偷银之稳婆，一系稳婆之女，洗儿时暗以针刺儿脐心致死，欲实其咒诅之言也。见者咸为悚惧。乾隆五十七年六月间事。

【译文】

安东县一个村庄里，有个妇女分娩，请接生婆来接生，产下一子。接生婆留下住了一夜，第二天离去。妇人的丈夫从外面回家，抱着儿子，十分高兴，想去祭祀神灵还愿感谢。他伸手去摸枕头，大吃一惊，说："我在枕头里藏了四锭银子，并没有人知道，怎么会不见了呢?"妻子也觉得奇怪，想了一想，说："昨天晚上接生婆睡的就是这个枕头，这是很可怀疑的。"丈夫就赶到接生婆家里去讨银子，答应一半送给接生婆表示感谢，请接生婆还给他另一半去做敬神还愿的费用。哪知接生婆听了，勃然大怒，一边谩骂，一边赌咒地说："我替你家接生，你却冤枉我，说我是贼！你的儿子一定不得好死！我如果偷了你的银子，就遭天雷打死！"一直骂个不停。丈夫见到这种情况；反而怀疑起自己老婆可能有问题，也不敢再向接生婆讨银子了。过了三天，又请接生婆为婴儿洗澡。那天，接生婆不到，派了她的女儿来。洗澡之后，到夜里，那婴儿突然死去。夫妻俩一面哭着，一面用木匣装儿子的尸体，把他埋在一块空地上。人们都传说："接生婆的话应验了！"这时，忽然雷电大作，远近都可听到一声极响的炸雷，全村都弥漫着硫磺的气味。人们都去寻找炸雷落在哪里，只见空地上跪着两个妇人，全身都被雷火烧焦，手中还各捧两锭银子。与此同时，原来埋下的小儿已经钻出地面，呱呱地发出哭声了。乡邻们连忙奔去告诉那夫妻俩来认，见小儿腹部肚脐上露出一指长的针头，把针拔出，流了一点血，小儿却平安无事。天雷烧死的两个妇人，一个是偷银的接生婆，一个是接生婆的女儿，她给小儿洗澡时用针刺进肚脐，害死了小儿，是想证明接生婆诅咒得对。看到这副景象，人们都感到震惊。这是乾隆五十七年六月间的事。

火神打跧

吴旸字南谷，毗陵之马迹山人也。微时馆于某宅，其家方构新居，匠人以盆贮木屑藏火为炊。一日夜半，南谷闻屋角有声，起视之，见一赤面人向火而吹。南谷叱之，其人打跧对曰："某祝融氏所使，今日此屋当焚。"南谷曰："我在此，乌乎可？"其人唯唯而退。数日后，南谷将解馆，戒主人以致警焉。是日，南谷归而屋竟焚。南谷后登万历丁未进士，仕至方伯。

【译文】

常州的马迹山地方，有个人叫吴旸，字南谷。吴旸未发迹时，曾经在某户人家教书。那家正在造新的住宅，工匠们用盆贮藏木屑作为火种以便烧饭。一天半夜里，吴旸睡在床上听到房屋角落有声响，起来察看，只见一个赤红面孔的人对着贮火种的盆猛吹。吴旸大声斥责那赤面大汉，大汉躬身回答说："我是火神派来的，今天这房屋应遭火灾。"吴旸说："我住在这里，怎么可以发生火灾呢？"那大汉连声称"是"，走开了。几天以后，吴旸要离开那里，就把遇见赤面大汉的事告诉了主人，提醒注意火警。当天，吴旸回家去，那家的房子就被火烧毁了。吴旸后来在万历丁未年中进士，步入仕途后一直升到布政使。

杀一姑而四人偿命

建平令周君有族侄，自言兄弟二人，娶妻，各有一子，父母殁后，遗一弱妹，不能抚爱，两妇尤虐待之。

妹已字某广文子，贫不能娶，乃赘焉。两妇恒相语曰："一姑已累人，今又多一食指，奈何？终当以计遣之耳。"会兄弟读书城外僧舍，妹婿亦往省其亲。两妇俱托辞归宁，而尽扃其薪米食物以行。次日，姑入厨，无以为炊，忍饿两日，赧无可告，转辗不得已，遂自经焉。两妇乃归召其夫，讳曰病死，草草殡殓。寄书其夫家，携柩去。心喜以为脱然矣。然而室中常闻鬼啾啾哭声，数月而长妇母子骤病俱死。未几，次妇母子亦病，怖甚，嘱夫环守之。夜二鼓，忽阴风袭人，门帘豁然启，见一卒赤发蓝面，齿长数寸，手执钢叉，直入床前，攫其子去。急追逐之，见其子犹赤体展动，而忽不见矣。还视榻上，则子已绝而妇犹呻吟也。黎明，妇亦殁。某目击其妻子之死而大悔恨，每告人以示戒焉。夫杀一姑而四人偿之，甚矣，阴谋致死之罪至大也！

【译文】

周某是建平县周县令的族侄，他述说了下面一件事。周某兄弟二人娶妻后，各生了一个儿子。后来，父母亡故，留下一个小妹妹，兄弟两房都不喜欢她，两个嫂嫂对她虐待得更厉害。妹妹已经许配给一位教书先生的儿子，因为他家境贫寒，无力迎娶，只好做倒插门的招女婿。两个嫂嫂常常暗中商量："养活一个小姑子已经够受了，现在又多了一个吃白食的，怎么办？总归要设法把他们赶出家门才好。"一天，正巧周氏兄弟二人在城外佛寺里读书，妹夫也回家去探望双亲，这时两个嫂嫂就都借口回娘家，把家中的柴米食物全锁藏好，把小姑子一个人丢在家里。第二天，小姑子下厨房去，没有任何东西可以生火做饭，忍饥挨饿过了两天，实在没有脸面向邻居诉说，左思右想，束手无策，于是绝望，自杀身亡。两个嫂嫂听到小姑已死，就回家并叫回自己的丈夫，谎称小姑得病而死，草草地把尸体装入薄棺，又捎了封信给小姑的夫家，叫他们把棺材抬回去。二妇人心里暗暗欢喜，以为这一下累赘彻底解脱了。不料，从此以后，室内常常听到“啾啾”的鬼哭声。过了几个月，大嫂和她的儿子突然发病，一起死亡。又没过多久，二嫂母子也得了病。二嫂害怕极了，叫丈夫守在床边，寸步不离。到夜里二更天时，忽然一阵阴风刮来，寒气逼人，门帘一下子被掀开，只见一个鬼卒，赤色头发，靛蓝面孔，牙齿有好几寸长，手执钢叉，直奔到床前，把她的儿子抓走了。丈夫急忙去追赶，看见儿子赤裸的身体还在动弹，一会儿又不见了。回到床前一看，儿子已经气绝身亡，妇人还在呻吟不止。到天亮时，妇人也死了。周某亲眼看见自己的老婆、儿子痛苦地死去，为没有能善待妹妹而后悔莫及，因此常常讲述此事，以引起人们的警戒。杀一小姑而要四人来偿命，惩罚似乎有些过分，应知道，阴谋害死人命是罪大恶极的。

误杀金童

阿云岩相公奉使武林，暇日欲绘一小像。鄞令钱君邀暨阳缪炳泰偕谒，为公写真甚肖。公喜，以属钱君补图。钱君以公常谈佛法，乃绘公著红袈裟趺坐一山洞。公见之大喜曰：“此吾前生矣！”钱问故，公曰：“曩吾督师滇中，适额驸色布腾珠尔布纳病剧，绝而复苏，趣左右邀我至榻前曰：‘顷至一山，长松插天，苍翠四匝。中有石洞，列古罗汉数尊，旁设蒲团，虚其坐。一罗汉指示曰：“此阿某旧居也。以误杀一金童，谪人间，能立心不妄杀，有以全活人，乃可复位。其传语焉。”因揭蒲团相视，则赫然一童子骸也。公其善自爱。’额驸言讫而逝。今子所图，适合前兆，岂非天哉？”是图公携归京邸，名公巨卿题咏殆遍，而缪生由此以传神名日下。

【译文】

本朝大学士阿云岩奉皇命南下杭州，有一天得空闲，想请人为自己画一幅小像。鄞县的钱县令邀请暨阳人缪炳泰一同前往，为他画了一幅肖像，栩栩如生，十分逼真。阿相公非常高兴，吩咐钱县令将他的肖像补画成全身像。钱县令知道阿相公平日常常谈论佛法，就补成了一幅他身穿红色袈裟在山洞里打坐的图画。阿相公看了，更加高兴，指着图说："这就是我的前生啊！"钱问是怎么回事，阿相公说："从前我在滇中带兵作战，正逢上额验色布腾珠尔布纳病得很沉重，昏死过去，又苏醒过来，急忙叫侍卫把我请到病床前，对我说：'刚才昏睡中，梦见到了一座山里，那里长着高入云霄的松树，周围一片苍翠。山中有一个石洞，一排坐着几个罗汉，旁边有一个蒲团，却空着没人坐。一个罗汉指着空位子说，这就是阿某以前的位子，因为他失手杀死了一位金童，所以被贬谪到凡世，如果能坚持不妄杀生灵，并全力救人性命，就可以恢复原位。你把我的话传达给他。于是掀开蒲团给我看，赫然入目的果真是一具儿童的尸骨。希望您要好自为之。'额附说完，就瞑目而逝。现在你为我画的图形，正好与额驸所说的相符，难道不是天意吗？"这张图被阿相公带回京城府中，达官贵人和风流名士几乎都为这张图题过诗。当然，缪炳泰也以绘画人物能够传神而闻名京城。

钱尚书

毗陵钱梅谷先生名春，明崇祯间官南京户部尚书。幼患痘，危甚，濒死矣。其父启新先生以独子钟爱，抱诸怀，不忍弃。方绕阶行。忽闻空中大声叱曰："谁错行钱尚书痘者？可笞二十，速另降好痘！"遂闻屋瓦有声，如撒豆然。视怀中，则已苏矣。成童后，常卧楼上。夏月，偶他宿，有佣私就其榻卧，恍惚闻叱咤声曰："可恶，可恶！若何等人，而敢卧此榻！”觉摇摇不安，急起视，则床已置屋角暗处，非复卧所。嗣后，佣见梅谷先生甚畏，辄长跪白事云。

【译文】

常州人钱春，号梅谷，明代崇祯年间任南京的户部尚书。他小时候，患了天花，病情严重，奄奄一息，眼看就要没气了。他父亲钱一本因为钱春是独养儿子，十分钟爱，还是抱在怀里不忍抛弃。正在抱着病孩绕台阶走来走去时，忽然听见空中有人大声斥责：“是哪个出差错，把天花降在钱尚书身上？可将他重打二十大板，另外快点降好药治愈他。”接着就听见屋顶上一片声响，好像撒下豆子一般。钱一本看着怀中钱春，已经苏醒过来了。钱春长成少年以后，常常一人睡在楼上。一年夏天，钱春恰巧到别处睡觉，有个佣人私自到钱春床上去睡，睡下之后，迷迷糊糊好像听到责骂声：“实在可恶！你是什么东西，竟敢睡在这张床上！”那佣人就觉得床不停地摇动，急忙起来一看，床已经移到室内角落暗处，不是原来放置的地方了。从此以后，佣人见到钱春十分畏惧，总是恭敬地下跪着说话。

梦　墨

武进钱文敏公，戊午应顺天试。场前，梦至正阳门外，见一人貌岸然，支布帐而陈墨若干于其下。先有一髯买墨，公亦就买。售墨者熟视公，予墨两丸，继予髯一丸，遂醒。后谒座主孙文定公，俨然售墨者。次一同年来谒，则髯至焉，是为无锡李君时乘。盖墨两丸者，两榜；李以一榜终于东平州牧。

【译文】

文敏公钱维城是武进县人，乾隆三年他参加顺天府乡试，考试前，他在睡梦中觉得自己走到正阳门外，见有一个面貌端庄严肃的人，支着一座帐篷，下面陈列着一些墨锭。前面有一个长长胡须的人去买墨，钱亦跟着上去买。卖墨的人仔细看了看钱维城，给了两锭墨；接着又给了长长胡须的一锭。这时钱就醒了。后来，钱维城去拜见主考官孙嘉淦，发现孙的面貌和梦中卖墨人一模一样。接着有一位同场考生也来拜访，发现就是梦中长长胡须的人，他叫李时乘，无锡人。原来两锭墨表示中两榜（乡试、会试）。梦中李得墨一锭，只中一榜，官也只做到东平知州为止。

钱状元小名

乙丑会试后，都门有某梦阅天榜，见四十一名独泥金书“集贵”二字，上插一小黄伞罩之。醒时，但记其“集”姓，而忘其名，意必满洲籍，其人当有异也。及榜发，则四十一名乃钱文敏，旋授殿撰。某以为疑。一日，于会宴所谈及之，适汤太史大绅在座，笑曰：“钱殿元小名集贵，又何疑乎？”众乃恍然。

【译文】

乾隆十年会试以后，京城里有个人梦见已经张了天榜，榜上第四十一名是特地用泥金写的“集贵”两个字，上面还插一把小黄伞遮着。梦醒之后，他只记得榜上第四十一名姓“集”，名却忘记了，以为一定是满族人，而且肯定有奇异情况。等到会试正式发榜，第四十一名却是钱维城，而且旋即被点授为状元。那个梦见天榜的人疑惑不解。一天，他在聚会宴饮时谈起这件事，正好编修汤大绅在座，听了这话，汤笑着说：“钱状元小名是‘集贵’，又有什么值得怀疑呢？”众人才恍然大悟。

归宁女遇怪

陕西清涧县某村有妇归宁，其父送女还。中途，历山径，风骤起，女衣裤尽失，裸而立。父无奈，脱衣裹之，掖以行。昏暮抵婿家，婿怪问之，翁告以故。婿咤且怒曰："是何邪魅！翌日当持枪击之耳。"各就寝。黎明，女惊呼，婿忽无头矣。其家乃讼之官。县令戴君提鞫，疑女之有所私而杀其夫也，刑之，坚不承。翁匍匐哭诉其事，令遂躬率丁役，命导至女失衣所。遍加搜觅，见山侧有一穴甚深，令募能下探者犒钱若干。一健卒应募，乃束炬入，行数十武，忽有天光，见一僧貌狞恶，瞑目卧土榻。卒惧而返，白诸令。令更遣壮役数人持贯索器械随之入，则僧已醒，众向前遽缚之，拥而出见令。再三研诘，不答，批其颊亦无一言。无如之何，乃加练数围，督众役押解入城，将禁之狱。行里许，忽狂飚大发，众皆目眯，少顷而僧及解役数人俱杳然矣。遂寝其事。戴君名树屏，荆溪人也。其幕中戚友归述其异如此。

【译文】

陕西清涧县某村有个妇女回娘家住了一阵，父亲送她回婆家去。半途中，走过一条山路，忽然刮起一阵狂风，女子全身的衣服都不见了，使她一丝不挂地站在那儿。父亲没有办法，只好脱下自己的外衣把女儿裹起来，挟着她赶路，直到黄昏才到女婿家。女婿见状，非常奇怪，就问岳父，岳父告诉了路上的经过。女婿怒骂着说："是什么邪恶鬼怪！明天我要拿着猎枪杀了它！"当夜各自安歇。天亮时，忽然听见女子惊呼，原来她丈夫的头已不知去向。家里的人便到官府去告状，戴县令升堂审讯，怀疑女子有外遇而谋杀丈夫，就对女子用刑，但女子坚决不承认。女子的父亲爬着上前哭诉事情的经过，县令就亲自率领兵士差役，叫女子父亲领路去女子被风刮去衣服的地方，把那儿四周搜了个遍，发现山侧有一个很深的洞穴。县令传出话，谁下洞去就赏一笔钱。一个健壮的兵士应声而出，举着火把进洞。他向前走了几十步，忽然觉有天光，只见一个面目狰狞凶恶的和尚，在土坑上躺着。那兵士害怕，退出洞去，向县令报告。县令又派了几名身强力壮的差役，带着绳索器械，跟着那兵士再进洞去。见那和尚已醒了，众人就上前急忙将他五花大绑起来，押出来见县令。县令再三讯问，和尚只是不开口，狠抽他耳光，也打不出一个字来。看看无法审问，就又加了绳索在和尚身上绑了几道，率领众差役押解回城，要把和尚关在监牢里。众人走了一里多路，忽然狂风大作，大家眼睛都被灰沙迷住。待会儿风停，睁开眼睛，那和尚同几个押解的差役都不见踪影了。这个案件也就不了了之。戴县令名叫树屏，是荆溪人。上面这件怪事是他幕中亲友回乡时讲述的。

龙 诛 龙

乾隆辛亥八月，镇海招宝山之侧白昼天忽晦冥，有两龙互擒一龙，捽诸海滨，大可数十围，如人世所画龙状，但角颇短而须甚长。始堕地，犹蠕蠕微动，旋毙矣，腥闻里许。乡人竞分取之。其一脊骨正可作臼，有得其颔者市之，获钱二十缗。

【译文】

乾隆五十六年八月，浙江镇海县招宝山一带，大白昼天骤然天昏地暗，只见天空中有两条龙擒一条龙，把它揪到海边扔下。那龙身体周长有数十围，形状和世上所画的相似，只是龙角很短而龙须很长。刚刚落在地上时，那龙还能够微微蠕动，不久就死去了，身上发出的腥味一里以外就能闻到。当地人争先恐后地去分割龙的身体。龙的一块脊骨正好可以当舂粮米的臼；有个人割得了龙的下巴去卖，得了二十缗钱。

桑 蚕

宜兴东仓桥离城数里，有某村妇子患痘，医者下方，须用桑蚕。夫佣于外，其姑命妇觅桑虫。妇至野寻求，见老桑一株，有蚕蠕蠕甚大，喜而捉之。行数武，忽失蚕，妇告其姑，姑曰："此活蚕，非有翼能飞，堕亦只在草间耳。盍往觅之？"妇仍诣其地搜寻，林隙有一洞，方谛视间，忽巨蛇昂首出，俨然人头，有一臂，怒目睒睒，指妇作人语曰："汝再扰我，即当啖汝。"妇惊仆。其姑讶妇久不返，往视之，见其卧地吐沫，面无人色，扶归渐苏，乃述所见如是。儿竟殇，妇亦旋患痫。不知何怪也。此乾隆壬子五月间事。

【译文】

距宜兴城几里路的东仓桥，有个农妇的儿子生了天花，医生来诊治，开了张药方，其中有一味药叫做桑蚕。当时农妇的丈夫在外地做佣工，婆婆就叫农妇去寻找桑蚕。农妇到野外四处寻找，发现了一株老桑树，上面有一只蚕在蠕动，蚕体很长大，就高兴地捉了起来。但她只走出几步远，蚕就不见了，再也寻找不到。农妇回去告诉婆婆，婆婆说："这只活蚕，又没有翅膀能够飞走，落下来也只会藏在草里，为什么不回到那里仔细找一找呢？"于是农妇回到原地搜寻，发现树枝杈间有一个洞。正当她聚精会神观察那洞时，忽然一条大蛇昂着头从洞里窜出，那蛇头宛似人头，还有一只手臂。只见那蛇双眼闪光怒视，手指着农妇，发出人的声音："你再来惊动烦扰我，我就把你吃掉!"农妇吓得倒在地上，昏死过去。婆婆奇怪媳妇为什么久久不回，便去看望，发现她倒在地上，口吐白沫，面无人色。婆婆把她扶回家中。她渐渐苏醒过来，讲述了在树林里看到的奇怪事情。后来，小孩终于夭折，农妇也得了痴呆症。至今仍不知树洞里是什么妖怪。这是乾隆五十七年五月间发生的事。

韩　　六

山阴库书冯心法，辛亥冬，其母病，冯夜归张灯，见韩圣华来，竟忘其死，与言生平如故。韩曰："兄家有差使事，值我票已判行，三日可发，我当为兄经理停妥。"冯库书舞弄多事，畏告发，与之议贿，许以钱六千，韩许诺谢去。冯方怪韩之既死，谓母病必危，又疑许贿六千庶可救。及三日，韩至，竟入内而冯母死。岂冥使亦如人间狱讼，不论输赢，总需使费耶？抑衙门人生不顾其亲好者，为鬼亦无异耶？

【译文】

有个叫冯心法的人，在山阴县任库书。辛亥年冬天，冯的母亲生病，冯晚上回来点灯，见以前的朋友韩圣华来到，一时忘记韩已死亡，和他叙谈起来，居然和以往一样融洽投机。韩说："老兄家里有差我做的事。正好上司已为我备好经办文书，三天内就可发下，我会替老兄把事情办得妥帖的。"冯库书平时喜欢舞文弄法，这时听韩一说，怕他告发，就主动向他表示愿意出钱贿赂，许下六千的数目。韩同意了，道谢告别而去。冯心法正奇怪韩已经死去，认为韩来，母亲病情必然转危，又想自己答应送上六千钱行贿，或许可以救母亲一命。到了第三天，韩又到冯家，径直走进屋内，而冯的母亲就在这天病逝。难道冥间的差使也像人间官司诉讼一样，不论是输是赢，总是要花上下打点的费用吗？或者是衙门里的人，生前不顾及他们的亲朋好友，死后成鬼也和阳世没有两样吗？

魍　魉

山阴高进士之父某翁，未遇时，以佣为生。暮归，值长鬼立路侧，倚人屋，腰靠檐上。翁立俟之，鬼手捧一孩子而祝之曰："我欲食尔，尔宜为九品官，有田三千亩，屋九椽，男子二人，我即欲食汝，心不忍食。"遂置之瓦上，回身欲走，则见翁。翁被酒，且立久，绝无恐，心计渠尚不食小康孩子，我苟不至饿死，渠岂能食我，我何畏渠？乃谓之曰："吾闻神之长者为魍魉，能富贵人，我将乞汝致富。"鬼拂袖令翁去。翁固求，鬼探袖得绳，缚竹杆一枝若秤物具，翁再索锤，则鬼拂衣竟去。翁归告妇，取梯抱儿下。翌日，里许有冯村人姓冯者失其子，遍觅不得。高翁出儿，而告以鬼语。冯父乃拜翁，呼为外父。后冯果为山西巡检，田庐如魍魉言。高亦自此致富，子发科甲矣。

【译文】

山阴县高进士的父亲高某，没有发迹的时候，靠给人帮佣为生。一天黄昏回家，见到一个长长的鬼站在路旁，斜靠着一家的房屋，腰正好靠在屋檐边上。高某站在一旁等着，看那鬼到底干什么。只见那鬼手捧着一个婴儿，对婴儿说："我想吃掉你，但是你命中注定官至九品，有三千亩良田，九间房屋，得两个儿子。我就是想要吃掉你，也实在不忍心。”说完，把婴儿放在屋顶瓦上，转身想要走开，正好看见了高某。高带着酒意，又站在一旁看了好久，不仅没有丝毫恐惧，而且心里还在盘算：这鬼连小孩子都不忍心吃掉，我如果命中不注定饿死，他怎么能吃掉我？我为什么要怕他呢？就大声对鬼说：“我听说，身体长大的神名叫魍魉，能使人富贵，您大概就是吧。我今天请求您让我发财。”鬼拂袖叫高某走开，但高某还是留在原地坚持请求。鬼没有办法，只好从袖子里掏出绳子，缚了一根竹竿，做成像一杆秤一样的东西交给高某。高某还想再要一个秤砣，鬼却不理会，把袖子一挥，顿时消失。高某回家把这件事告诉妻子，拿了梯子把鬼放在屋顶的小孩抱下来。第二天，里把路外冯村一个姓冯的人丢了儿子，四处寻找不着。高某抱出那小孩，并把听到的鬼话告诉小孩父亲。小孩的父亲对高某倒地拜谢，并称呼他为外父（岳父）。后来，那姓冯的小孩果然官至山西巡检，田地房屋的数量也正符合魍魉所说。高某也从此渐渐富裕，儿子考中了进士。

獭　异

山阴施汉一秀才曰：越水乡多獭怪，其小者止泼水侮人，驱之即匿；其老者能惑人如魅。余家旧有獭怪，逢科甲富人，必相狎逼，百年内凡三见矣。不可逐亦不为祸。余丁亥归里，夜就寝，有声如撒螺壳者，大小千万声，散置几榻间，烛之无有。疑北牖失扃，故扃之，怪亦渐安。又二十年丙午，余苫块之际，方侧卧，若有物压胸间，小掌抚我头顶甚勤，而其身甚滑，耳边啧啧作亵语。梦见一粉面娘子，年可二十四五，紫缎衫，玄缎半臂，深蓝色裙，就我要抱，却之则从背后抱我，口向两耳聒聒不休。予梦中谓之曰："世间乃果有淫妪，我二十年前尚不可干，今日能动我乎？"惊而醒，觉耳边啧啧声，头上抚摩状犹未绝也。旋从枕上逸去，轻小若猫。翌日，又至，则觉有物在右股上，梦见昨女子衣服如故而立处稍远，隔栏杆相招。予窃念昨身近尚不乱，今隔栏杆乃肯动心耶？遂醒。则物从股上跳去，怪亦遂绝。丁未冬初，狭猱湖口夜宿陈氏新楼，濒湖，甫息烛则物跃上床，予知其非鬼非偷儿也，若喧叫徒惊邻里，适为人笑，计所以逐之。记得杭大宗先生《秽迹金刚咒》事，试诵之，物辄伏不动。五更跳下床，有声，遂去。晓起见伏处衣褶卷起如截。予因作客，不宜告主人。越月，又过此宿，解衣始记前事，欲避无及。拥衾作久倦合眼，则物已在床里矣。持《金刚咒》稍缓则辄动欲上，俟诵弛渐逼近胸膛，出声尖细如鼠叫。旋作人语曰："若佩正一真人符吾不惧，但公口一动吾则甚畏耳。"五更，从脚后绕出。是夜诵咒百余遍。明日，家人怪吾夜作呓语久。自此陈氏亦无他异。今年二月初二日，乡塾师沈昭远来说獭祟，衣上遗毛可数，向予告急，欲辞馆去。劝之诵《秽迹咒》，又猝不能成诵。但偶忆《本草》有"熊食盐而死，獭饮酒而毙"之语，旧闻丁未进士徐景芳尝用以除馆中獭妖，令沈姑试之。是晚，置双鲫樽酒于案上，二更獭至，沈已迷不能声，但见獭超案饮酒，樽欹就案舐遗酒有声，食鱼亦尽。既跳下欲登沈床，则前足甫起而后足不随，堕地者三，盖獭醉矣。逃去，今遂绝。然则记览不嫌其杂，亦能救人，獭之饮酒，水居人宜知之；而熊之喜盐，又山居人所不可不知也。

【译文】

山阴县秀才施汉一讲述了有关水獭的怪异事。越地水乡有不少水獭怪异事。小的獭怪，仅能泼水戏弄人而已，一赶它，就藏起来不见了，老的獭怪，却能像鬼魅一样地迷惑人。我家里旧时有獭怪，每遇到做官的人、富贵子弟，必定幻化迷惑以求亲近戏弄，一百年内已经发生过三次这样的事了。这种怪，赶不走，但也不会造成祸害。我在乾隆三十二年回到家乡，晚上睡觉时，听到一阵像撒下螺丝壳的响声，或轻或重，敲击在茶几、床铺等家具上，千声万声。但是一点起灯照看，却又一无所见。怀疑是北窗没有关紧，就关紧了它，那怪异的声响也就消失了。过了二十年，到乾隆五十一年，正值我服丧期间，刚刚侧身躺下，就觉得好像有一个东西压在胸口，还不时用小手掌抚摸我的头。那东西身上滑溜溜的，不断在我耳边说些挑逗的下流话。这夜，我梦见一个面孔白净的女子，约二十四五的年纪，穿着紫缎衫，黑缎短袖外衣，深蓝色的裙子，挨身靠近我，要我抱她。我推开她，她就从背后抱我，口对着我耳朵喋喋不休地说话。我虽在梦中，仍然正色对她说："世上如果真的有淫荡妇人，二十年前她也对我奈何不得，现在我老了，她还能勾引得了我吗？"后来惊醒，觉得耳边有"啧啧"声，头上被抚摸的感觉也还没有消失。不久，那怪就从枕头上逃走，体小身轻，和猫差不多。第二天，那怪又来了，只觉得有东西在右边大腿上。入梦后，见昨晚那女子仍穿着同样的衣服，只是站得离我较远，隔着栏杆要我过去。我暗想：昨天她贴近我身旁，我都没有被她迷惑，今天她隔着栏杆，难道我会给她挑逗得动心吗？于是醒了过来，那东西从大腿上跳开了，怪异之事也就消失。乾隆五十二年初冬的一天，我经过狭猺湖口，夜里在陈家新楼房里投宿。那楼房紧靠湖边。我刚吹熄蜡烛，就有一个东西跳到床上来。我知道，这东西既不是鬼魅，也不是小偷，如果大肆叫嚷，惊动主人和邻居，赶来搜查却一无所获，只能给人留下笑柄。因此，我就集中精力苦想驱逐怪物的办法。我想起了杭世骏先生《秽迹金刚咒》的事，就试着诵念那咒语，床上那东西果然伏着一动也不动了。到五更天，那东西跳下床，发出一阵声响，跑开了。早晨我起床时，看见那东西伏着的地方衣服皱折处卷起，像刀裁一样的整齐。因为我是作客，不便把这事告诉主人。过了一个月，又经过这里借宿，脱衣上床才想起上次的怪事，想躲避也来不及了。开始裹着衣服不睡下，时间久了，疲倦得合上眼，那怪物已在床里了。我念诵《金刚咒》稍微缓慢，那怪就移动着要爬到我身上来，等到诵念咒语的声音暂停时，它就渐渐逼进胸膛，而且发出又尖又细如老鼠一样的叫声。不久，又发出人声对我说："你佩戴太乙真人的符我并不怕，但是你一开口念经我就很害怕。"到五更天，怪物从我脚后绕着出去。那天夜里我念了一百多遍咒语。第二天，主人家的仆人奇怪我一整夜说梦话。从此以后，陈家也没有发生其他怪异的事情。今年二月初二这天，乡里私塾的一位老师沈昭远跑来告诉我碰上獭怪的事，他的衣服上还留有一根根獭毛。沈向我告急，说要辞去教书的职务离开这儿。我劝他诵念"秽迹金刚咒"，他一时又背不出。我突然想起《本草》上有"熊食盐而死，獭饮酒而毙"的话，以前听说丁未年进士徐景芳曾用酒除去馆中獭妖，就叫沈去试一试。当天晚上，沈昭远把两条鲫鱼、一樽酒放在几案上。到二更天，獭怪来了，沈已经被迷住发不出声音。只见獭怪跳上几案饮酒，还把酒樽倾斜去舔剩下的一点酒，发出很响的声音，两条鲫鱼也被吃个干净。吃饱喝足之后，獭怪跳下几案，想跳上床，前足刚举起，后足已经跟不上了，先后坠落地上三次，大概獭怪的确是吃醉了。獭怪只好逃走，此后，塾中再也没有出现。由此可见，看书时应该不怕杂，因为有些记载能够救人。獭饮酒而毙的特点，临水而居的人应当知道；熊食盐而死的特点，住在山里的人是不能不了解的。

柏香簪不宜入殓

会稽乡人陈生，娶郡金氏女，伉俪甚笃。金死，陈设像祝奠，朝夕相对，如其生时。既而金之妹二姑亦病死，将殓忽苏，家人喜甚，乃其声则金氏大姑也。曰：“我被勾神误摄入冥，既讯明，释魂欲返，则殓时用柏香簪，魂不能再入。今妹命尽，故我求冥司借躯以还魂。我将归陈家。”人大异之。金指点其生时所存箱箧衣物，一一不爽，且述其与陈生床第燕私密语，真陈妇也。金之兄自远归，女与言昔日过其家时，留饭肴酒杯盘，及其兄市羊肉船上腥秽逼人事，皆曩昔其兄亲历，不丝毫异。无如其妹已许某姓郎矣。宗族疑妹或托鬼语以饰暧昧，不遽归陈。陈生亦谓姊魂妹魂，不忍迎归。某郎家又必欲娶，父母遂送女往。下车即大言曰：“我金氏大姑，非二姑也。我归陈家，不归汝家。汝家必留我，将致大不祥，其无悔！”是夕，其翁姑扃女与某郎同房，三日而某郎无病猝死。陈益不敢迎女，遂为某郎家守节。凡乡里吉凶事，必先知之，言若巫者，乡人异之。或曰：此妖凭焉，非真大姑魂。陈生不迎，非无见也。

【译文】

陈生，是会稽乡下人，娶当地金家的女儿为妻，夫妇感情极为融洽。金氏不幸病死，陈生挂了一幅金氏肖像祭奠。他从早到晚对着那肖像，像对着生前的金氏一样。不久，金氏的妹妹金二姑也病死，将要入殓时，忽然复苏，家里人十分高兴。但听二姑说话，却是姐姐大姑的声音。她说：“昔日我被勾魂的神错拿到阴间，经查明实情，要放我的魂魄还阳，但入殓时用柏香簪，魂魄不能再返回原来身体了。现在妹妹寿数已尽，所以我求阴间官府让我借尸还魂。我将要回陈家去。”人们都觉得非常奇怪。金二姑一一数说指点姐姐生前留下的箱笼衣物，没有丝毫遗漏和错误，并且能讲出和陈生床头枕边的悄悄话，看起来真是陈生的老婆。金的哥哥从远方回来，二姑和他说起姐姐生前到他家时，招待什么酒饭，用的什么杯盘，连哥哥买了羊肉，弄得船上腥秽气味逼人的事，都是那时哥哥亲身经历的事，没有丝毫差异。但不巧妹妹已许配给另一家男青年了。家族中怀疑妹妹可能是借鬼的话来掩饰和陈生的暧昧关系，不肯把她马上送到陈生家里。陈生也认为姐姐的魂、妹妹的魄，混在一起，多有不便，不忍心接她回去。那定亲的人家又一定要娶金二姑，父母就把金二姑送过门去。一下车，金二姑就大声说："我是金家的大姑娘，不是二姑。我应回陈家，不应进你们家。你们家一定要留下我，将会大大的不吉利。你们不要后悔啊！"当天夜里，她的公婆把她和新郎锁在新房内，三天以后，新郎无病暴死。陈生更加不敢接她回去，她就为新郎家守节住下。凡当地有吉凶的事，她必定预先知道，预报像巫神一样灵验。乡邻们感到十分惊奇。有人说，这就是妖魅的证据，并不是金大姑的真魂。陈生不把她接回去，并不是没有识见的行为。

猎户说虎

传闻虎伤人，则伥鬼为尸脱衣与虎食。又云虎能禹步，令尸自起脱衣。此皆不然也。盖人不见虎，故为此推测之词。有郑猎户云：虎擒人衔其头颈，人痛极，手足自撑拽，势皆向下，衣裤自褪下。人无事而讲礼貌，则岸然巍然也，及至窘急无诉，便自抖擻卑缩，衣带自宽矣。郑少年时尝与同伴值两虎，其一虎衔同伴去，其一虎郑枪中之，未毙而逸。郑惧其复来，乃先上高树，避而望之。见虎所衔同伴，先下鞋，又下袜。迤逦而裤下矣。明日招伴寻之，则衣履一一在途，其尸隔五里余，剩其左臂，验有旧伤，果其伴也。腹脏亦未吃尽。又二三里，则所枪伤虎僵伏而毙矣。

传闻虎咬人，初旬在头，中旬在肩背，下旬在腰腿。此大不然。郑所见皆肩项也。虎作威向前，自上掷下而咬之，非肩项不可挈其躯，无上下异也。即虎食所先，虽不可见，其所残剩者，偶余手足，亦无上下旬分手足之异。

虎大者力千斤，小者亦二三百斤。又加以爪牙腾跃，人力断断不能胜。所恃者，人之巧可以制虎之贪痴耳。虎气旺，中枪多不立毙。郑尝入深山，径转处有虎如大牛，蹲路侧。郑急甚，不及用枪，乃大声喝之，姑慑以气势。虎果跃去。郑度其必来，无村落可避，乃先视其所去处寻坡下伏。虎果跃至，中郑枪，又跃去。郑度再至则虎必难御，急上高树避之。俄顷虎至，觅郑不得。郑窘甚，足偶失，触枝动。虎仰视见郑，跃起扑郑，格巨枝而坠者再，树震撼叶叶有声。虎疮甚不能再跃，乃啮道旁石块尽碎，衔石而毙。

伥必附物而行，或猫、兔、鸡、鸭、蛙、雉，皆能作汪汪声。先虎二三里，视机伏处，引而避之，虎辄随伥声转移。制之之法，闻伥即用钉钉树上，随所值之第一株，然后击伥所附物，则物毙而伥亦声绝矣。或曰钉金也，树木也，魂属木，魄属金，取以魄就魂之义。魄恶好杀，伥魄也，禳之以就魂则惊，魄有依，不为虎役矣。

伥声惨而长，无转音，但夜深人静，亦有能作人语。郑尝与同伴往猎，舟泊溪下。一夕闻岸上敲门声，久而门内人应之欲起，其妇力阻曰："夜深宜避，勿往启户。”敲者益急，其妇卧问曰：“客何来?”曰：“间壁。”“客为谁?”则又曰：“间壁。”夫妇遂不起，教以明日来。敲仍急，郑异之，从篷隙视，见有物如数石谷囊者塞其门，从斜月光中审辨之，则虎也。以头撞其门，所应两字则伥也。郑潜曳醒其同舟而告之，皆恐，匿船板下。郑乃以枪自后打之，虎惊痛，咬破其门，坏屋檐而去。翌日视之，门下所跪点头处成两洼迹。行二里余，溪水中得死虎，重六百斤。或曰：虎负伤落水不能起也。或曰：虎中枪热甚，故就取凉，伤发而毙也。

虎食兔，入口即没。虎食鸡与鸠、雉，则入口上下腭一再合，即仰喷剩羽，如散花雨，周圜丈余。雉五色文散飞，最可观。

传说虎欺人畏，故不伤醉人，不食孩童，非也。醉人必醉甚，行路欹斜不定，虎始不食，盖扑之不准也。至于孩童，则橱里有邻儿，兄弟夜出门就厕，其兄年十三四，蹲厕上，其弟九岁，立檐下，见有若松毛一团者掷而前，弟畏缩就其兄旁曰：“是何物耶?”兄曰：“松团耳。”虎前弃其弟而攫其兄去。明日迹血寻之，衣履处处散遗，拔起小松根数十株。盖其兄忍痛手迹也。至血痕阔处而止，盖已食尽，而草上血亦经吮过矣。

虎饥亦食蔬菜。橱里有女子与其嫂在楼煨芋食，弃芋皮窗外。姑偶凭窗见虎吮芋皮尽，则仰以俟。嫂惧，多煨芋以皮给之，恐其跃上也。姑欲闭窗，则伸手出怕虎起攫手，坐待则眼见嫂芋将不继。乃试以全芋投之，虎一吞而尽。姑曰：“吾得之矣。若不畏热，可图也。”

乃烧铁锤透红，以芋皮裹之，芋皮著热铁即粘，试投之，则虎仰头视既久，见掷物接而吞之。吞后，则跃去。后二日，里得毙虎，爪自裂其胸见骨。

传闻虎不再交，亦非也。虎独处，其有两者，必牝牡也。其有三四五者，必虎母子也。子大则牝牡母子皆斗而仍独处矣。大概月大晕夜，虎乃交，在半夜后，来日必起大风。郑少时尝闻两虎互鸣，不知何故。一夕宿岭上寺楼，闻两虎鸣甚远，声闻林外。窥之，则月蒙蒙晕矣，有物一堆，上白下黑，如土阜摇动，久之，其下者猛吼震谷，盖其窍初合，牡者痛而惊跃也。晨起，则两虎在土阜上互跳，交扑，久之始散。是日，寺僧不敢启门。逾月，早起见隔岭此白黑二虎抱跃而起，既落地，则两释矣。其明年，则有四小虎同行。或曰：虎交，一跃则得一子，四子皆一交所得。

郑晚年当七十后，必持一雨伞行，杆铁自卫。常曰：“吾遇虎一则俟其扑而左右避，以杆抵其腰，能令不再起扑。吾遇虎二三则张伞而旋转之，能使虎疑，不敢扑吾。”又数年，郑往邻村看社戏，肩伞归。中途昏暮，虎突起道左，郑避扑不及，坠崖下。急坐起，张伞伺虎。不料虎亦坠下，压郑身上，伞旋转如轮，虎蹲郑腰腿间，凝视伞转，郑急取所佩铁刀，以右手斫其尾闾，左手拔其阴。虎方疑伞，又惊触其阴，跃起，力猛，断其阴寸余。郑据地，手不释伞。幸邻人看戏者群过，呼扶以归，而郑力竭矣。越二日死。

【译文】

人们传说老虎伤人之后，伥鬼就把尸身上的衣服脱下，让老虎吃掉尸体。又传说老虎能围绕尸体作法，让尸体直立自己脱下衣服。这些传闻都不正确。大约因为人们不常见到老虎，所以说出这些想当然推测的话。有位姓郑的猎户告诉我说，老虎抓人的时候，先口衔人的头颅，这时人被咬得极其疼痛，脚尽力蹬，手用力乱撕乱扯，用力方向都向下，衣裤自然而然就褪下了。平时从从容容，人们都讲究礼貌，注意仪表，昂首挺胸，衣冠楚楚。碰上窘急的生死关头，便惊惶失措，颤抖畏缩，衣带自然松弛了。郑猎户年轻时曾和一同伴外出，碰上两只老虎。一只虎把同伴衔走，另一只虎被郑开枪击中，当时没有倒毙，逃走了。郑恐怕老虎返回，就先爬上一棵高树，躲起来观看。只见老虎衔着同伴，先落下鞋，又落下袜子，衔着走了一程，裤子也掉下来了。第二天，郑约了几个猎人一起去寻找，同伴的衣服鞋袜一件件都掉在路上，尸首都在五里之外，只剩下一条左臂较完整，上面有旧的伤疤，证明就是那位同伴。腹部内脏也还未被老虎吃完。又向前走了二三里路，只见昨天被枪击中的那只虎僵伏在地上，已经死去了。

传说老虎咬人，初旬咬在头部，中旬咬在肩膀、背部，下旬咬在腰部、腿部。这又大错特错。郑猎户看见老虎所伤的人，被咬的部位都是肩膀和后颈。老虎发威时，猛向前冲，从上向下扑，张开大口咬人，不咬肩膀、后颈不能把整个人的身体提起来，所以没有什么三旬之间分别咬上下部位的不同。就是老虎最先吃人的什么部位，虽然无法看见，但可以看见老虎吃剩下的躯体，偶尔可知是手或脚，也没有上下旬分手足的不同。

老虎大的有千斤之力，小的也有二三百斤的力气。又加上尖利的爪牙，腾跳的冲撞，人单靠气力是不能取胜的。可以依靠的是，人的机智灵巧来制伏击败老虎的贪婪和愚蠢。老虎身躯庞大，精力旺盛，被枪击中，大多不会马上倒毙。郑猎户一次曾经进入深山，在道路转弯处有一只身体像大牛一样的老虎，蹲在路边。紧急之中，来不及装火药开枪，郑就大喝一声，猛然间用气势镇住老虎。老虎果然吃惊跳开逃走，郑估计它必然会回来，附近又无村庄可以躲避，就看看老虎逃走的方向，找一个山坡处伏下身来。老虎果然跳着回来，被郑击中一枪，又跳着逃开。郑估计老虎再回来就难以抵挡了，急忙爬上一棵大树躲避。不久，老虎又回来，一时找不到郑。郑望着老虎，一紧张，脚碰得树枝摇动作响。被老虎循声抬头，发现了郑，于是发疯似地跳起向上猛扑，一次次撞到大的树干，又落到地面，整个大树被震动，片片树叶都发出响声。老虎受伤过重再也跳不动了，就把道旁的石块衔起咬得粉碎，最后口中衔着碎石死去。

伥鬼一定依附着物体才能行动。它依附在猫、兔、鸡、鸭、青蛙、野鸡身上，都能发生“汪汪”的叫声。伥鬼总是比老虎先行二三里路，找机会伏地藏身，一面发出声响，老虎就跟随伥鬼的声响转移。制伏伥鬼的方法是：听到伥鬼声就用钉子钉在遇到的第一棵树上，然后打击伥鬼附身的小动物，小动物被击毙，伥鬼也就发不出声响了。有人说，钉子是金，树是木，而魂属木，魄属金，钉子钉树就是取的用魄靠近魂的意思。魄性恶好杀生，伥鬼就是魄，驱逐它让它靠近魂，魄有所依靠，就不为老虎干坏事了。

伥鬼的叫声既凄厉又拖得很长，一般没有转换的声音，但在夜深人静时，伥鬼也发出人的话语。郑猎户曾经和同伴去打猎，驾船在一条溪流停泊。一天晚上，听见岸上有敲门的声音，敲了很久，门里的人答应一声，准备起来开门，他的妻子竭力劝阻说：“深更半夜，应该防备不测，千万不要开门。”但是敲门的声音越来越急，那女人睡在床上问道：“客人您是从哪儿来的?”门外回答说：“隔壁。”女人问：“您是哪位?”门外又回答说：“隔壁。”夫妇二人听门外说不清楚，就不起床，叫敲门者明天再来。门外仍然很急地敲着。郑感到奇怪，从船篷缝隙中看去，见有一个东西，像装几石米的布袋塞在门口，借着斜射的月光仔细一看，原来是一只老虎。那老虎不断用头撞门，回答的“隔壁”两个字音则是伥鬼所发出的。郑暗中摇醒同伴，告诉他们岸上的情况，同伴们都很害怕，爬到船板下面躲藏起来。郑就举枪从背后对老虎开了一枪，虎被击中，又惊又痛，发狂似地咬破了门，撞坏了屋檐，始终未能冲进屋内，只得走开。第二天到屋前一看，门下老虎跪下撞头的地方已经形成了两个洼坑。走到二里路外，见那只老虎死在溪水中，有六百多斤重。有人说，老虎负伤后，落到水里再也无力爬上岸来。也有人说，虎挨了枪击，全身发热，所以浸到溪水中求得凉快，因伤势严重而死去。

老虎吃兔子，一进口就吞下肚去。老虎吃鸠鸟、野鸡，进口之后上下颚开合一两次，就仰起头喷出剩下的羽毛，如同散落下一阵花雨，铺满周围丈余地面。野鸡的毛五颜六色，喷起来最是好看。

听说老虎善于抓住人们的恐惧心理发动攻击，所以它不伤害吃醉酒的人，也不吃儿童，其实不对。醉汉一定要醉得十分厉害，走起路来东倒西歪，没有定向，虎才不去吃他，因为发动攻击时无法准确地扑倒醉汉。至于说到儿童，可以举一个实例。樗里乡邻一家的孩子，夜里兄弟俩出门上厕所，哥哥约十三四岁，蹲在厕上。弟弟九岁，立在屋檐下，看见有一团松毛似的东西像被扔到跟前来。弟弟害怕，靠到哥哥身旁，声音颤抖地问："这是什么东西啊?"哥哥回答说："不过是松团罢了。"老虎扑上前来，放过了弟弟，抓住哥哥带走了。第二天沿着血迹去寻找，小孩身上的衣服到处散落，拔起的小松树有好几十根，大约是那孩子忍痛抓着松树想不让老虎带走。到了有一大摊血迹的地方，就再也发现不了什么。大概小孩身体已被吃完，草上的血迹也被老虎舔个干净。

老虎饿极了，也会吃蔬菜。樗里有个女子和嫂嫂在楼上烘山芋，一边烘一边吃，随手就把山芋皮抛向窗外。女子偶然靠窗向外一望，见一只老虎吃光了抛出的山芋皮，仰着头在那儿等待再抛。嫂嫂见状，害怕起来，就多烘些山芋剥下皮抛给老虎，恐怕老虎等不及山芋皮跳上楼来伤人。女子想要关窗，却怕手伸出去被老虎抓去，就坐着不动。眼看着嫂嫂把山芋差不多烘完了，她试着把一个完整的山芋抛给老虎，老虎一口就吞下去了。她便对嫂嫂说："我有办法了。老虎不怕烫，我们就可以算计制服它。"于是找来一个铁锤，放在火里烧得通红，然后用山芋皮裹起来，山芋皮碰着热的铁马上牢牢粘住。她们试着把山芋皮裹着的铁锤扔出窗外，那时老虎已在外面等了很长时间，一见有东西抛出，就马上接住一口吞下肚去。吞进以后，就狂跳着离开了。过了两天，当地发现一只死老虎，那虎死前自己用爪子把胸口的皮肉都抓破，肋骨也裸露出来了。

传说老虎不进行第二次交尾，也是不正确的。老虎一般是单独居住的，如果一洞内有两只老虎，必然是一雌一雄。如果有三只乃至四五只，必然是老虎母子住在一起。小虎长大了，群居的雌雄虎、母子虎间就会互相争斗，结果仍然各各分居独处。大概在月亮有大晕圈的夜晚，老虎就进行交尾，时间是在夜半以后，第二天必然刮大风。郑猎户年轻时曾听到两只老虎叫声相互应答，不明白什么原因。一天夜里住在山上庙中楼房里，听到两只老虎在远处叫着，那叫声向树林外扩散。向外一看，只见月形模糊，四周一道晕圈，朦胧的月光下有一堆东西，上白下黑，像小土堆一样缓缓摇动，过了许久，只见下面那只虎大吼一声，山谷都震动了，大概是两虎刚刚交合，雌虎感到剧痛而惊恐得跃起。早晨起床后，郑看见两只老虎在土山上跳来跳去，互相扑打戏弄，过了很久才分散跑开。这一天，庙里的和尚连门都不敢开。过了一个月，郑早起，看见对面岭上一白一黑两只老虎抱着向上跳，一落到地面，就两下分开了。第二年，有四只小老虎和黑白两虎一起活动。有人说，老虎交尾，跳一下就可生下一只小虎崽，那四只小虎都是一次交尾后生下的。

郑猎户七十岁以后，外出一定带着一把雨伞，并带铁棒自卫。他常常说："如果我遇上一只虎，就等它扑过来时左闪右避，用铁棒抵住虎腰，就能叫它不能再跳起来扑我。如果我同时遇上两三只虎，就撑开雨伞，用力旋转，便能叫虎产生疑惑，不敢来扑我。"又过了几年，郑猎户到邻村去看社戏，散场后扛着一把伞回象。走到半路，天色渐渐昏暗，一只老虎突然从路旁窜出猛扑过来，他来不及躲避，被撞倒落在山崖下，急忙坐起身来，把伞张开，准备抵御老虎。不料虎也落下山崖，正好压在郑的身上，郑手中的伞如车轮一般旋转，老虎蹲在郑的腰腿之间，两眼直勾勾地盯着转动的伞，这时郑趁机取出身佩的铁刀，用右手斩断虎尾，用左手拔虎的阴茎。虎正被伞转得晕头转向之际，阴茎被抓又一惊，突然跳起，因用力过猛，阴茎断掉一寸多长。这时郑坐在地上，手里的伞仍转个不停。幸亏看戏的邻人结伴而过，郑呼叫他们把自己扶了回去。经过这一场恶斗，郑猎户用尽了全身的力气，过了两天，就去世了。

鬼请上任

侍御沈立人，名孙涟，京邸卧病十余日，谓所亲曰："有朱衣人从空下中庭，谓直隶保定城隍神缺，当命予摄。予以老父在南，妻子无托，孑然单身，客死可悯，乞朱衣人善为我辞，而另选焉。朱衣人去而复来，云谓'尔父以庶民受侍从封诰，已荣甚，有弟在，不至失养，子已游庠，复何虑？苟召人而皆辞，将无可召之人矣'。朱衣人语如此，予殆不望生，若为我治后事。"所亲多劝慰，谓是病谵语耳，然沈自是不复作声，药饮皆屏。凡三日，更定后，车夫宿门下，闻叩门声甚喧，问之，则曰："请老爷上任。"车夫嫌其错打门也，令别寻门户去。叩门者云："的是汝家。"车夫云："我家老爷是京官，十年不出城，现在卧病，那得上任？"叩门者曰："非外官也。吾曹是直隶省城隍衙役，明日新官上任，长接在此。你家无人管事，并不打点一些行装犒赏，所以告与汝知。"车夫大恐，缩颈被底，睡不成梦。四更后，但闻沈从内呼从而出，肩舆扛梢触门有声，謦欬宛沈也。声渐远，始闻侍沈疾者哭声。明日，车夫以告沈所亲，始知前日语非谵。

【译文】

侍御沈孙涟，字立人，在京城官邸里生病，卧床十几天后，对身边的人说："我看见一个穿红衣的人从空中降落到庭院里，告诉我直隶保定城隍的职位空缺，要我去担任这个职务。我以老父远在南方，妻子儿女无所依托，自己又孤身在外，客死异乡太可怜等理由，恳请红衣人发善心替我辞去这个职位，另选一人任职。红衣人听后离开了一会，又回来说：'你父亲以平民的身份受侍从封诰，已经够荣耀了。你有弟弟，父亲不致失去奉养。你的儿子已在读书准备科考，你还有什么担心的呢？如果召谁任职谁就推辞不去，就要没有可召的人选了。'红衣人的话已说到这种地步，我就不抱痊愈的希望，你们为我办后事吧。"身旁的人都劝慰他，以为不过是病中说的胡话罢了。但是，沈从此不说一句话，医药饮食一概不进。过了三天，夜深人静后，府上的车夫睡在门下，忽然听到敲门的喧嚣声，一问，门外回答说是请老爷上任。车夫责怪他们敲错了门，叫他们到别处去寻找。敲门的人说："的确是你们这家。"车夫说："我家老爷是京城的官，已经十年不出城，现在卧病在床，哪里能够上任？"敲门人说："不是叫他放到外地做官。我们是直隶省城隍府的衙门差役，明天新官要上任，所以我们久等在这里迎接。你们家无人管事，不打点行装，也不准备犒赏物品，所以只好告诉你了。"车夫听了，十分害怕，把头缩进被窝，全身紧裹，一夜没有睡着。四更天后，只听见沈侍御从内室走出，差役前呼后拥，轿子的扛棒碰到门上发出响声，说话的声音口气完全像沈侍御。一会，声响渐渐远去，这时从沈病榻边传出了人们的哭泣声。第二天，车夫把昨夜的事告诉沈身边的人，才知道前几天沈说的并不是病中胡话。

通　幽　法

南塘通判顾梅坡说：张天师有通幽法，有不白事能遣阳魂至夜台，召鬼问话，鬼如何语即借人口出之，其人不自知也。必愚笨人方可使。梅坡曾亲见五十六代天师时，有法官某，失所司俸银五十两，求之不得，愧恨自缢死。既死，所失银仍不可得。主人乃用通幽法，令水夫某立门槛上，喷水贴符百余纸，几满身矣。眼耳皆贴符，惟不贴顶与口。水夫初犹身动，继则不动如铸。少顷出声，则抵冥府门，见某法官肩梁带绳，在冥府门外立候发落。见水夫至，则曰："汝归告天师，银则所私娈童某置地板下。"天师遣人揭看，果锱铢不失。因问："尔肩何梁？"则云："缢死鬼皆负梁连绳不能脱，甚苦其重。惟阳间为之作法事方能脱，否则不脱，不能另投生也。望天师慈悲，为作法事。"天师许之。忽传冥王谕天师府法官知道，尔等屡以细事动扰幽明，来使责二十板，后当戒绝。否则且获重谴。水夫方僵立，忽作屈身状，呼二十满而起，仍僵立。冥语皆水夫口述，天师如问供状，水夫随问随答。问毕，水夫忽云："本府门神不令入。"则作法者忘焚饬门神一符也。既醒，水夫觉足力乏甚，问冥事，殊瞢瞢，但觉去时贴符渐多，则身上束缚渐紧为窘，两胁逼甚，觉魂从头顶迸出，痛不可当。其归也，仍从顶上入，满身舒快，如释重负，如倦极之得眠也。醒后，臀有杖痕，色青，久始褪。自此法官不敢轻用通幽法。

【译文】

南塘通判顾梅坡说，张天师有通幽法。如果有不清楚的事，他能令人魂游坟墓，召鬼问话，鬼的答话就借人的口中说出，那人自己却不知道。但是，这必须要选愚笨的人通幽法才能有效。顾梅坡曾亲眼见过五十六代天师掌教时，有一位法官，遗失了他所掌管的俸银五十两，怎么也找不到，又愧又恨上吊死了。死后，失去的俸银自然找不到。主人就采用通幽法，叫一个挑水佣人站在门槛上，向他身上喷水，贴上百余张符纸，把全身几乎贴满了，只是不贴头顶和嘴巴。那佣人开始身体还在动，接着就像铁铸一般，一动不动了。过一会，佣人开始发话，说是到了阴府门口，看见那死去的法官掮着屋梁、套着绳索，站在阴府门外等候发落。看见佣人来到，就说："你回去告诉天师，银子是我宠爱的娈童偷去藏在地板下面的。"天师派人揭开地板一看，果然是五十两银子，一点也不少。就问那吊死的法官："你扛的是什么屋梁?"回答说："吊死鬼都是要扛着上吊的屋梁、带着绳索而不能解脱，很重很苦。只有阳间为他做法事，才能解脱，如果不脱去的话，就不能另外投生转世。请天师发慈悲，为我作法事。"天师答应了他。忽然传来阎王对天师府法官发出旨谕，说你们屡次因为琐碎事情烦扰阴间，着打来阴府的使者二十大板，以后当不可再行这样的烦扰，否则将受更重的惩罚。挑水佣人本来是僵身直立的，这时忽然弯曲身体，口中从一数满二十才直起腰，仍然和以前一样僵立。阴府的传话都是佣人口述，天师如同讯问，佣人随问随答。问完，佣人突然说："本府的门神不许我进来。"原来是作法者忘记烧掉送给门神的一张符。挑水夫醒来之后，感到双脚一点气力也没有，问他阴府的事，他懵懵懂懂，只记得刚去阴间时身上的符越贴越多，束缚也越来越紧，两胁间束得最厉害，又觉魂从头顶进出，疼得难以忍受。魂归来时，也是从头顶上进去，一进去就全身轻松舒适，如释重负，像疲倦到极点后睡上一个好觉一样。醒来后，佣人屁股上有受杖的伤痕，青色，过了很长时间才消失。从此以后，天师府法官不敢轻易用通幽法了。

喜　婆

越郡城有惰民巷者，居方里，男为乐户，女为喜婆。民间婚嫁则其男歌唱，其妇扶侍新娘梳妆拜谒，立侍房闼如婢，新娘就寝始出，谓之喜婆。能迎合人，男女各遂其欢心。服役民家有常主，如田之有佃，得自相顶替，卖买皆有契券。事婚嫁祭祀外，常时则以说媒、售衣锦为业。有某公子者，少年，好狭斜游。一日，其素所昵喜婆来告："某日郎可至我家，当治具相待。"公子如期往，则曰："请俟之，尚有佳境。"公子未解也，谓是狎语耳。少顷，有舆女客至门，入见之，则少艳也。衣饰整丽，年二十三四。喜婆旁通言语，坐定进茶具。喜婆出，反扃户去。公子喻意，乃近少艳，不峻拒也。欢毕问姓与住处，皆不答。求再约，则曰："视缘尽未耳。"启帏出则喜婆已启扃入矣。为整妆，拥之登舆去。公子固问喜婆以少艳姓氏，则亦坚不泄也。后一年，公子观水嬉，则画船中其人在焉。珠翠满头，婢媪侍侧，喻意以目。无何，舷摩桨击，一见而散，不可复识矣。

【译文】

越郡城中有一条惰民巷，占地一里见方。那儿的住户，大都男的做乐工，女的做喜婆。民间有婚嫁喜事，做乐工的男子就吹打歌唱，他老婆就服侍新娘梳妆打扮，扶持新娘拜见公婆，站着侍候在新房里，像婢女一样，待新娘就寝时方才出去。这种妇女，就叫喜婆。她们能迎合人，无论男主顾、女主顾，都能让你称心如意。她们为百姓家服务，有经常的主顾，像种田有佃户一样，可以相互顶替，买卖都有契约。除了为婚嫁祭祀服务，平时还为人说媒或销售衣服。有一位公子，正值青春年华，性轻浮，好玩乐。一天，他平日熟悉的一个喜婆来告诉他："某日您请到我家来，我会备好酒菜招待。"公子按时去了，喜婆见面就说："请稍微等候，还有更美妙的。"公子未能理解，以为是说俏皮话。过了一会，有车送女客人来到，进来一见，是个年轻美貌的女子，衣服整齐华丽，年约二十三四岁。喜婆在一旁为二人牵线让他们谈起话来，待他们坐定，又送上茶来。于是喜婆们走了出去，反锁了门离开了。公子明白喜婆的意思，就亲近年轻女子，她也不很拒绝。交欢之后，公子问女子姓名住所，她都不说。公子请求再度约会，女子说："那要看缘分尽了没有。"女子拉开帘子出来，喜婆也已经开门进来了。喜婆为女子整妆，让她女仆簇拥下登车离去。公子又向喜婆追问女子姓名，喜婆也坚决不说。过了一年，公子观看水上游戏，看见画船上有位女子，就是那天在喜婆家遇见的。只见她珠翠满头，婢女仆妇周围侍立，也朝公子这里看，以目传情。没有多久，两船交错而过，公子和女子打一个照面就分开了，后来再也没见过她。

獭　淫

獭性淫，吴越小家女人多于水中洗亵衣，獭食之久，能为异迷人。雌者多就异类交，为异则迷惑男子，亦不遽至魅死。其雄者闻少妇亵衣气辄缠绕不去，虽众逐击之至死，势不痿。辛亥十一月，蔡村人娶妇，客散，婢仆各就寝。郎醉先睡，新娘闭户解带，则有物绕两足间，作鼻嗅口涎状。新娘骇怪，性颇慧，不作声，密启户告其姑，知是獭怪。新娘归房，则獭在门跪俟。随新娘绕足如故。移时，翁姑结健者十余人，各持一烛一梃，入房即扃门守定，见獭共击。獭上床则上击，落地则下击，走几案则聚击，屋无完器，而獭已聚梃毙于地矣。毛黑如鉴，身长一尺五寸，势长七寸，与人无异，而肉稜甚大。剥其皮售值足偿所毁器物。其肉腥，不可食。或曰：獭肝髓入医经，其势异若此，可为房中药，惜医经不载，而村人皆不之知也。

【译文】

水獭的本性是淫荡的。吴越地方小户人家的妇女大都在河水中洗涤不洁的内衣，獭吃这种河水日子长了，就会用怪异手段迷惑人。雌獭大多寻找不同类的动物交合，如果掌握了怪异手段，就用以迷惑男人，但被迷的男人也不至于突然中邪死去。雄獭一闻到少妇不洁衣物的气味，就百般纠缠不肯离开，即使众人合力将它击毙，它的阳具仍然挺直而不痿缩。乾隆五十六年十一月，蔡村有一家娶媳妇，宾客都散了，奴婢仆人们也各自安歇。这时，新郎因吃醉酒先睡下，新娘关上门，开始脱衣服，发现有一个东西在她两足之间缠绕，并用鼻子嗅闻，口流涎水。新娘又惊又怕，但她生性聪明机巧，便不作一声，暗中开门出去告诉婆婆，二人推测是獭怪。新娘仍回新房，只见獭跪着等候在门边，又跟着新娘像以前那样缠绕她的双足。过了一会，公公婆婆带了十几个壮汉，各人手中拿着一支蜡烛，一根木棒，进新房后就把门关紧并派人把守，其余人找着獭怪，一起猛击，它逃到床上就在床上打，落到地下就在地下打，逃到家具上就一起朝家具上打，打得新房里没有一件完好的东西，獭怪也就被木棒击毙了。只见它皮毛油黑光亮像镜子一样照出物形，身长一尺五寸，阳具长七寸，与人的没有什么不同，而肉稜很大。把獭怪的皮剥掉卖了，所得的钱足以抵偿损坏的器物。獭的肉十分腥气，不能吃。有人说：獭的肝髓已经写入医经，獭的阳具如此奇异，可以做房中药，可惜医书没有记载，村里人也都不知道它的功效。

虎困藤斗

樗里王姓童子，携藤斗籴米。时暮雨，过溪边木桥，童子即以斗加头上，手扶木栏过桥。有虎在桥下伺，前咬童子头，得其斗而去。童子仆地，谓是人所推跌，捽其斗而去也。明日，山中人见虎狂走遍山，则虎衔藤斗不可脱也。虎口合则藤斗随合，虎口张则藤斗随张，斗塞满口，藤性韧，丝丝嵌入虎牙缝中。虎性躁，不可耐，走三日而伏毙于山中。头犹仰，张其口，犹含藤斗也。

【译文】

樗里地方有个姓王的孩子，带着一个藤斗去买米。当时天已黄昏，又下起雨，正走到溪边一座木桥，小孩就把藤斗顶在头上，用手扶着栏杆过桥。这时，有只老虎在桥下等候猎物，见有人来，猛窜上去咬头部，咬住了藤斗狂奔而去。小孩被撞倒在地上，以为是有人推倒了自己，抢了藤斗跑了。第二天，山里的人看见一只老虎在各处狂奔不止，原来是那只老虎口衔藤斗无法摆脱：虎口合，藤斗也随着合；虎口开，藤斗也随着开；藤斗塞满了虎口，藤质地坚韧，一丝一丝都嵌入老虎的牙缝中。老虎生性暴躁，不能忍耐这种折磨，一连狂奔三天，精力用尽，倒毙在山里。那虎头还仰着，张着大口，口中还是含着藤斗。

甘公入梦

甘冢宰汝来，余己未座师也。其孙立功，某科翰林，典试湖北，卒于贡院。后其季父广作汉兴道，监试秋闱。夜卧床上，梦立功搴帷入，惊曰：“二叔在此耶？”道台亦惊醒。问之旁人，方知所居之处即当日主考停棺之所也。

【译文】

冢宰甘汝来，是我乾隆四年参加考试的主考官。他的孙子甘立功，是某科的翰林，曾主持湖北的乡试，在贡院里去世。后来，立功的叔父甘广出任汉兴的道台，在乡试时监考。一天夜里，甘广睡在床上，梦见甘立功掀开帐子进来，惊叫道：“二叔，您怎么在这里呀?”甘广惊醒了，找来贡院的差役一问，才知道自己住的地方，就是那时甘立功灵柩停放的地方。

（续卷七译者　李祚唐）

续子不语卷八

尸　　变

鄞县汤阿达在京，其兄来而不礼。或问之故，曰：廿年前，曾与兄守一邻女之尸。兄下楼取茶，阿达慕尸之美，有邪心，看之良久，尸忽立起，绕案逐之。阿达至门想走而门已外扣，盖其兄上楼时见尸相逐，故畏之而扣门也。阿达跳窗走，尸不能跳。阿达晕死瓦上，尸亦僵立不动。次早，家人上楼视之，尸犹僵立，乃取米筛降尸而殓之。隔三日，阿达从市归，白日见此女，詈其不良。阿达入城，再入京，至今不敢归。

【译文】

鄞县有个叫汤阿达的人，居住在京城。一次，哥哥来看他，他却不尽兄弟之礼招待。有人问其中的缘故，阿达回答说，二十年前，他曾和哥哥一起在夜里为邻家看守女尸。哥哥下楼去倒茶，阿达一人看着女尸，羡慕她的美貌，起了邪心。这样看了很久，女尸忽然站起，绕着案桌追逐阿达。阿达逃到门口，想出门，门却已被从外面扣上了。这大概是哥哥上楼时看见女尸追逐阿达，怕出门来殃及自己而扣上的。阿达只好跳窗逃走，幸好女尸不能跳窗。阿达晕倒在屋瓦上，女尸也在窗口僵立不动。第二天早上，邻家的人上楼见女尸仍然僵立，就用米筛来放下尸体，装进棺材。过了三天，阿达从街市上回来，大白天又遇见那死去的女子，指着他骂不正经。阿达就搬到县城居住，后来又迁到京城，直到现在也不敢回乡。

鬼买行头

杭州线店施三聘死后无子，妻以其家资转嫁某。三聘到冥府告状，冥王不准。施商之判官、书役，云："妇人转嫁不取夫财，则我辈无可办也。你妻取财而嫁，则你有钱与我辈，我辈拏你妻来，虽老爷得知，亦无大罪。但你须携银子来买阴司行头，才好去吓后夫，并可以取汝妻之魂。"施如其言，渡江到本家借取冥资四百作使用。后夫家闻炮竹放则鬼叫，见溺死者，缢死者，皆行头所为。闹十月以后，有新死木匠鬼来，胥役云："此人力能取汝妻之魂。"匠果斫其床，截其足，妻果叫三日而卒。后夫取用之资，医药、棺椁、祈祷之费，适如其带来之数。

【译文】

杭州有个开线店的施三聘，死后无子，妻子带着施的遗产改嫁给某人。施三聘到阴间官府去告他妻子的状，阎王不准。施就找判官、书记员商议，他们说："寡妇如果不带原夫的遗产改嫁，我们是无法办她的罪的。你的妻子是带了你的遗产改嫁，你如果有钱给我们，我们把你的妻子抓来，即使阎王老爷知道了，我们也算不上犯什么大罪。但是你必须带银子来买阴司的行头，才能去吓唬后夫，并可以取你妻子的魂灵。"施照他们说的去做，渡江到本家借取阴间的钱四百打点使用。这样一来，后夫家里听到爆竹声就同时听到鬼叫，又看见淹死鬼、吊死鬼，都是施买了阴间行头做出的。

闹了十个月以后，有个新死的木匠成鬼来到阴间，吏役说："这个人有能力取你妻的魂灵。"那木匠鬼果然砍掉施妻的床，又砍断了她的脚，施妻呻吟呼叫三天，死去了。计算一下，后夫娶施妻用的钱，加上为施妻治病、办棺木及祈祷的费用，正好相当于她带来前夫遗产的数目。

韩六三事后又缀一事

钱铺叶姓，十九岁，病廿余日，忽起跪数日，自言曰："我山阴活无常韩六也，今为冥役。生前与汝叔好，汝寿未尽，以幼时背后骂小寡母受冥谴，然尚可挽回，须尔叔一行。可俟我本官后日外出拜客时，至岳庙前东首第一位判神前焚镪虔叩，当为尔嘱托内幕挽回。但入庙不可声张何事，只多焚楮锭可也。"翌日，韩复至曰："尔叔可集客作保状，立时焚之，我当赍去，为尔关说。尔叔明日午时来，毋俟我主归焉。"至期，叶叔往庙拜祷，韩已先至家通信，令叶起跪，曰："状已入，大费周章，内幕已批定矣，但需费八百。尔叔自有知验，试问：'麻雀何自来乎？'"叶叔归，果云拜时有雀拂帽过，甚奇。叶病遂愈。

清凉桥卖炙糕妈妈之子某，为县役。庚戌夏，携所服青衣归。有同役徐失其青衣，见某问其衣是否，某忿其诬己窃也，骂之。翌日，同其母所谓炙糕妈妈者诣府城隍庙置香炉而诅之，且骂神不灵。时有他役叶、李、孙三人，见而劝止之，事已寝矣。九月间，有同役程姓者死。辛亥年正月十四夕，某看灯归，忽仆。及晓，面青，云：“被冥官掌责。”历述被逮至冥时，冥王判断程姓为窃衣，已夺箅，今补枷矣。徐某偶一问及，原无罪。叶、李、孙三人以非己事肯踊跃争先，排难解纷，戒人勿渎神明，各增口福三年。某以微嫌亵渎神祇，既掌责，仍发阳官责四十板。又云皆是韩六与他料理释回。及开篆后，某果以公事，官责如数。叶老矣，李、孙中年人，今皆无恙。

戴七亦山阴役，好嫖赌，辄月余不归。其妻某氏托其邻王三寄口信，云要钱米度日。王三寻见戴七狭邪，则戏云：“尔在此贪花，尔妇有信，尔无钱寄归，尔妇亦要养汉矣。”戴七信以为真，曰：“伊妇人，乃与王三作此言，伊必有故。”是夜二更归，急叩门，妇披衣起开门，怒其久出，故作色不语而入室卧。戴以为有所私在室也，提灯遍烛之不得，坐而疑之。适有吴某者，亦同役，过其巷，偶磕烟灰于其壁者三声，其夫方疑，谓是必有所约而至也，开门逐之。吴怪之，急走，戴逐里余，及吴，各相视而散。戴归，谓妇与吴私，殴之，妇方妊月余，毙。是年冬，王三病死。辛亥正月初旬，吴晚饭罢，口噤，遂绝音。昏睡去。诘朝起，则曰：“我当往谢韩六，我当往告戴七。”盖噤时见两冥差，其一为韩六也。摄至冥司，见主者暖帽如显官服，谳王某以口舌戏嘲，酿人命，寿既尽，当杖四十，枷三年，另案再结。吴以非法饮食之灰，不应夜深磕人门壁；戴既开门出，尤不应急走；戴既逐里余相见，亦当说明其故以释疑。吴当夺箅半纪，掌责百二十。戴游荡不归，以疑杀妻，当得绝嗣穷饿。检冥籍，戴已有子七岁，命五鬼摄取其魂。且云："韩六读谳词与伊听，需费八百，乃诣韩家焚楮谢。"戴闻之骇，挈子叩祷于神，第三日，子无病猝死。吴面上掌痕四阅月而青褪。

【译文】

钱铺里有个姓叶的，十九岁年纪，生病二十多天后，忽然自言自语地说："我是山阴的活无常韩六，现在是阴司的差役。我生前和你叔叔交情很好，你寿数并未完结。因为你幼时背后骂小寡母受到阴间惩罚，但还可以挽回，只是要你叔叔走一趟。可叫你叔叔等候我的上司后天外出会见宾客时，到岳庙前东头第一位判神面前焚烧纸钱并虔诚叩头，我会为你嘱托阴司里的官员为你求情挽回。但进庙后不能讲为了什么事，只要多烧些纸锭就行了。"第二天，韩又来说："你叔叔可约几位朋友签名写保状，立即焚烧，我会送去，为你通关节陈述。你叔叔明天午时就可来，不必等到我的上司回去的时候。"到指定日期，叶的叔叔去庙里拜祷，韩已经先到家里通信息，叫叶起床跪下，对叶说："状纸已送上去了，费了许多周折，阴司官府已经批定了，但还要八百钱费用。你的叔叔自会有所感觉，你可问他：'麻雀从哪里来的呀?'"叶的叔叔回家，果然说拜神像时有麻雀飞来，拂着帽子而过，觉得十分奇怪。叶的病也就好了。

在清凉桥卖烘糕老婆婆的儿子，在县里当差役。乾隆五十五年的夏天，他带着平时穿的青衣回家。有个姓徐的和他一起当差，丢掉了青衣，见他带着青衣，徐问他是不是拿了自己的衣服。他认为徐是诬蔑自己盗窃，就痛骂了徐一顿。第二天，他就和母亲去城隍庙摆上香炉，诅咒姓徐的，并骂神不灵验。这时，正好被另外三名差役叶、李、孙三人看见，便上前劝阻，一场风波便平息了。九月间，有个姓程的同衙差役生病而死。乾隆五十六年正月十四日晚上，他看灯回来，忽然倒在地上，到早晨起来，脸上青肿，自己说是被阴司言员处以打耳光的刑罚。他又一一讲述被逮到阴间，阎王判断程是偷衣服的，已经剥夺了寿命，现在又上了枷锁。徐失去衣服，偶然问问，本来就没有罪。叶、李、孙三人对与己无关的事，能够主动地排解纠纷，劝人不要亵渎神明，各人增加口福三年。卖烘糕婆婆的儿子，因为小小的不愉快而亵渎神明，已经在阴间受了打耳光的处罚，还要让阳世的官责打他四十大板。他又说一切都是通过韩六料理，安排他再返阳世的。到他回官府服役后，果然因公事被罚责四十大板。现在叶已经老了，李、孙还在中年，身体都很健康。

戴七也是山阴县的差役，平时好嫖赌，常常一个多月不回家。一次，妻子托邻居王三给戴七捎去口信，说家中等钱开销，等米下锅。王三找到了戴七，见他正与女人鬼混，就开玩笑地说："你在这里嫖女人，现在你老婆捎信说，你再没钱带回家，她也要偷养汉子了。"戴七信以为真，愤愤地说："她是个妇道人家，居然有脸对王三说这种话，其中必有缘故。"当天夜里二更天时突然回家，急急地敲门，妻子披着衣服起来开门，恨他久出不归，故意作出脸色，一句话也不说，进房睡觉去了。戴七以为妻子有外遇在房里，提着灯到处搜寻，没有找到，坐下来还是疑神疑鬼。正巧有个姓吴的人，也是县里差役，走过戴家这条巷子，随手在墙上磕了三下烟灰，声音在夜间听来十分清晰。戴七正在怀疑，以为是妻子与姘夫约定的暗号，现在姘夫来了，就开门追上去。吴猛然间吃了一惊，急忙逃走，戴七追了一里多路，追上了吴，两人面对面看了一会，各自走开了。戴七回家，以为妻子一定是和吴某私通，就狠狠地打她。妻子正值怀孕一个多月，被戴一打，就死去了。当年冬天，王三突然得病死去。乾隆五十六年正月上旬，吴吃好晚饭，突然喉咙哑了，说不出话，倒在床上昏睡过去。第二天早上起来，口里说着："我要去感谢韩六，我要去告发戴七。"原来吴喉咙哑了的时候看见阴间两个差役，其中一个就是韩六。吴被带到阴司，只见堂上坐着的官员，身穿地位显赫的官服，审判王三因开玩笑戏弄别人，以致造成伤害人命的案件。王三寿数已尽，应该杖打四十，带枷三生，再另案处理。吴某吸烟，不该夜深时在人家墙上磕碰；戴既已开门出来，吴尤其不应该急忙逃走；戴追了一里多路，二人见面，吴也应该说明情况以消除戴的疑心。吴应减少寿命六年，责打一百二十记耳光。戴在外轻浮放荡，久不回家，因疑心杀死妻子，应断绝后代并终生受穷挨饿。判官查阳间的簿册，戴有个儿子已经七岁了，就派了五个鬼去勾取戴子的魂，并且说："韩六读判词给你们听，需费用八百钱，你们要到韩家去焚烧纸锭表示感谢。"戴七听到上述情况，十分害怕，带着儿子到神像前叩头祈祷，却无济于事，第三天，戴子无病暴死。吴脸上吃耳光的青肿痕迹过了四个月才退去。

鬼买缺

山阴户书徐某病，见其故兄来曰："吾已为尔买缺于冥府矣。死可仍为冥判书吏，无苦也。"既而有县役已死祝姓者亦来，谓之曰："尔可不死，但以重资付我，我能为尔弥缝。"某许之。既去，其兄复来，谓之曰："曩祝姓盖欲谋买尔缺耳，且赚尔钱。尔寿数有定，求不死无益，徒白弃此缺耳。"徐某曰："吾已许祝姓矣，奈何?"其兄曰："冥司事如人间，此缺尚隔年月，此时不过预定期约耳。祝姓尚可回覆，未晚也。"徐曰："然则何处觅祝而覆之?"其兄曰："余能往。"翌日则其兄与祝同来，聚而议之。祝果为买缺谋也。与徐之兄争先。复有故鬼某某者同至，为之平其争议，令五年后此缺出让徐某先补，候徐某五年吏满，再令祝预补。祝允诺。既而祝又来曰："吾不及待也，当改图他缺去。"徐某病亦渐瘳。此乾隆辛亥年事。今徐某无恙。此事山阴书吏皆能言之，甚确实也。

【译文】

山阴县的户口书记官徐某生病，恍惚中看见死去的哥哥来对他说：“我已替你在阴司买了一个官府的空缺，你死后在阴司还是当你的书记官，没有什么可苦恼的。”不久，又有一个已死的本县差役祝某也跑来对他说：“你可以不死，但要给我一大笔钱，我可以在阴司替你打通关节。”徐某答应了。祝某刚走，徐某的哥哥又来了，对他说：“刚才祝某不过是想图谋你的空缺并赚你的钱罢了。你寿命年限有定数，求不死是无益的，不过是白白地丢掉这个官缺罢了。”徐某说：“我已经答应姓祝的了，怎么办呢？”哥哥说：“阴间的事也像人间一样，这个空缺还有一段时间才能得到，现在不过是预约登记而已。姓祝的那里还可以回断他，时间是来得及的。”徐某说：“但是到哪儿去找到姓祝的回断他呢？”哥哥说：“我能够去。”第二天徐的哥哥和祝某一同前来，大家一起来讨论买空缺这件事，祝某果然是为买缺而设此计的。祝某和徐的哥哥争谁先谁后，又有一个早先的鬼来到，为他们调解，平息争议，提出五年后这个空缺让徐某先补，等徐某五年任满，再让祝某顶补。祝同意了。不久，祝又回来说：“我等不及了，我要另外设法去搞别的空缺。”此后，徐某的病也渐渐好了。这是乾隆五十六年间的事。现在徐某仍然健康无病。这件事山阴县的书记官吏都能讲述得清清楚楚，应是确有其事的。

温将军

俗祀温将军，道家谓之“天蓬神”，释流谓之“药叉神”，威灵颇验。丙戌秋初，山阴安昌里娄象甫由山西巡检假归，偶出访友，与途遇，立语。忽见其故兄敬甫至，拉与路隅，密嘱曰：“我家修宗祠事发矣！卖地者之祖先鬼有周姓者，甚强。初控土地、城隍各神，我已为诉雪矣。今温将军奉上帝命往乍浦办海劫一案，亲来海上，周叩马投词，将军已准，遣副使神至宗祠会同城隍、土地神勘地讯供。修祠本我兄弟董事，徙墓事则尔实掌之，尔当与质讯。尔可速归沐浴更衣，择一室卧听传问，嘱家人无哗，尤戒哭声。哭则魂散不可复归也。此事尔毋恐，谅城隍、土地亦当调护，必不肯翻案也。我为尔冥助，可多焚冥镪及抄周姓卖地契焚之。”象甫在路隅切切私语，并无人与对，其友怪之。象甫语毕，径归，沐浴更衣，入书室扃卧。其家人从窗外聚俟，静以听之。更余，作声，皆质供语也。且促家人多办茶具献客，至百余盏，尚嫌不足。五更客去。象甫晨自启扃出，说所讯事，则买地建祠时，曾迁棺十余具。象甫给资与佣，而佣忽略遗周姓祖一骨，既迁后始视地得骨，惧主人责，潜弃骨于河。周因冥控不休，且招诸迁椁鬼同诣温神控告。神命城隍查骨下落，则在水中宛然也。神谓周子孙受钱，愿卖地迁棺，娄复给有工钱，以建宗祠，且有簿券，原无罪过。周裔寥落，其子孙卖祖墓，原本不合，但已贫穷，毋容再议。王佣受值而移骨，潜掷水中，咎实难逭。伊禄已尽，付厉部摄之。周哭而去。周本同邑人，生前有军功，娄不肯言其名。是年，乍浦潮灾，漂溺数千人。温将军之奉使，其言验矣。娄朴厚人，今年八十有三矣，尚健行不携杖。

【译文】

民间通常祭祀的温将军，道教信奉者称为“天篷神”，佛教信奉者称为“药叉神”，这神的威力神灵常常得到验证。乾隆三十一年初秋的一天，山阴县安昌里有个叫娄象甫的人，从山西巡检任上请假回乡，一次出门拜访朋友，恰在半路上遇见，就站着讲话。娄忽然看见已死去的哥哥娄敬甫来到，把他拉到路边，悄悄告诉他说：“我家修宗祠的事情败露了。卖地给我们的姓周的人家，他的祖先中有个鬼十分厉害，他先在土地、城隍各神面前告状，我已经辩白清楚了。现在在温将军奉上帝之命去乍浦办海劫的案子，亲自来到海边，周拦路马前递上状子，温将军已经接受，并派遣副使神到达我们宗祠，会同城隍、土地神一同勘察宗祠所用土地进行审讯。修宗祠本来是我们兄弟二人负责办理的，迁走买来土地上的坟墓是你具体负责的，你应该当面对质。现在你快点回家洗澡，换上洁净衣服，选择一个房间躲下听候传问，并嘱咐家里的人不要喧哗，尤其注意绝不能哭出声来。一有哭声，你的魂被惊散，就不能回到身体上来了。这件事，你母亲很害怕，但估计城隍、土地自会调解维护，一定不会推翻已经定的案。我在阴司为你助阵，你可多焚纸钱，并抄下周家卖地的契约一份同时焚烧。”娄象甫站在路旁长时间地自言自语，却不见有人和他说话，朋友感到十分奇怪。象甫说完了话，就直接回家，洗澡换衣，进入书房，关起门躺下睡觉。家里的人聚在窗外等候，静静地听着。一更天以后，室内开始发出声音，都是堂上审讯问答的话。象甫还催促家里人多准备茶具招待客人，备到百余副，还嫌不够。到五更天，客人们才散去。娄象甫早晨自己开门出来，说昨晚审讯的事，是买地修建宗祠时，曾迁走棺木十多具，象甫预先将迁葬费用交给经办迁葬的佣工，佣工迁葬时疏忽，漏下了姓周的一位祖先的遗骨，到迁葬结束，佣工才发现漏迁的遗骨，怕主人责罚，就偷偷把遗骨扔进河里。因此，周就在阴间不停地诉讼，而且找来已迁葬的各个鬼一同到温将军处告状。温将军命令城隍调查周姓遗骨下落，结果发现还是在水中放着。温将军判词说，周的子孙得了钱，愿意卖地迁葬，娄又给迁葬工钱，以便来建造宗祠，这些都有簿券记载，原本都没有罪过。周家的后裔家道中落，子孙卖祖坟，本是不合情理，但已贫穷，不要再加责罚了。姓王的佣工得了钱负责迁葬，却将遗骨偷偷扔在水里，罪责实在难以宽恕，他的寿数已尽，让厉部的鬼去摄取他的魂灵。判完之后，周大哭离去。周本是同乡人，生前立下军功，娄不肯说出他的姓名。当年，乍浦发潮水，淹死数千人，温将军奉命办海劫的话应验了。娄象甫忠厚朴实，今年八十三岁了，还能不用拐杖轻快步行。

鬼请吃烟

谈竹苍名震，德清人。乾隆乙巳夏，寓苏觅馆，偶染伤寒，发热数日，甚形委顿。昏瞀中，梦有青衣人手持一卷至前曰："唤汝去。"谈曰："何人唤我？"曰："阎王唤汝。"谈闻言心悸，不肯同往。青衣人遂将手卷打开，中系黑纸白字，如今之法帖状。谈不觉随行，至一处，见有官坐案上，旁立书吏一人，似论公事，互相争执者。谈至案前，吏曰："汝是谈师爷么？"曰："然。"曰："所言者即系汝事。"谈心惧，回身走避。复至一处，见一月洞门，远望门内，有堂屋甚轩敞，排列几案十余张，俱有冠带人上坐，若会审案件者。中坐一官，金面，形状可怕。谈不敢进，青衣人从背后推之，已至案前。金面官问曰："有严姓在我衙门告尔。"谈曰："告我何事？"曰："告尔奸夫淫妇。"谈曰："并无此事。"金面官即令鬼卒将犯证带来。遂有囚车十余辆推至阶下，先唤男犯一名，见谈曰："不是此人。"后有女犯遥认曰："人虽不是，面貌倒有些像。"金面官又问谈曰："汝认得仓米巷佛婆么？"谈曰："并不认识。"金面官即令青衣人送回阳世。车中女犯尚招手谓谈曰："何不到我处吃茶去？"谈不应而出。至途中，青衣人于袜桶中取出烟管一根，长仅五寸，请谈吃烟。谈心知是鬼，不肯取吃。梦醒后，汗透重衾，其疾遂愈。

【译文】

德清县人谈竹苍，名震。乾隆五十年夏天，谈住在苏州，想谋一份教书的差使，不巧染上伤寒病，连续发了几天高烧，一下子消瘦衰弱得不成样子。昏沉之中，梦见有个青衣人拿着一个手卷到跟前来说："叫你去!"谈问："哪个叫我去?"回答说："阎王叫你去!"谈一听，心里害怕，不肯跟青衣人走。青衣人就把手卷打开，上面是黑纸白字，像如今书法字帖的样子。谈不知不觉间跟着青衣人走，到了一个地方，只见一位官员坐在案前，旁边站着一个书吏，似乎在议论公事，双方互相争执不下。谈被带到案前，书吏问道："你是谈师爷吗?"谈说："是的。"书吏告诉他说："我们谈论的就是你的事。"谈心中害怕，转身逃避。又到了一处，见有一个月洞形的门，远远地朝门里看，里面的房屋很是高大宽敞，堂上排列着十多张几案，边上都有穿官服的人坐着，好像参加会审案件的人。中间坐着一位官员，金色面孔，形状极为可怕。谈看着不敢进去，青衣人从背后推着，把他推到了案前。金面官员对谈说："有个姓严的到我衙门中来告你。"谈问道："告我什么事呢?"官员说："告你奸夫淫妇之罪。"谈回答说："我并没有干这种事。"金面官员就叫鬼卒把罪犯证人带上堂来。于是有十几辆囚车推到台阶下面。先叫男犯人一名来辨认，男犯人看了看说，说："不是这个人。"后来有个女犯人远远地辨认说："人虽然不是，面貌倒有些像。"金面官又问谈道："你认得仓米巷的佛婆吗?"谈回答说："并不认识。"金面官员就命令青衣人送谈回阳世。这时，前面车中说话的女犯人还招手对谈说："为什么不到我那儿吃杯茶呢?"谈不理会她，跟着青衣人走出来。到了半路上，青衣人从袜筒中拿出烟管一根，只有五寸长，请谈吃烟。谈竹苍晓得青衣人是鬼，不肯拿过来吃。梦醒后，全身出大汗，湿透了几层被褥，伤寒病也就好了。

李生遇狐

歙有李生圣修，美丰仪。十四岁读书二十里外岩镇别院。一夜漏二下，生睡觉，忽睹丽人坐榻上，相视嫣然，年可十五六。生心动，手挑之，亦不拒，遂就燕好。每宵飘然自至。常教生作诗填词，并为改削。间与论时文，则愀然不乐，云："此事无关学问。且君科名无分，何必耐此辛苦？"由是两相酬唱，颇不岑寂。数年迄无知者。会有杨生者，生中表戚也，亦就院中下帷，与生斋仅隔一壁。常怪生既昏即闭户。一夜月下，杨生潜于壁隙窥之，见生方拥丽者坐。急敲扉入，遍烛寂然，问之始讳。次夜，复窥如前状，并闻笑语之声，心知为狐，遂奔告生父，促生返，而狐随至其家。他人莫睹，惟生见之，举家虑为生害。一日，生嫂诣生室，大言责曰："妖狐岂无羞耻，强欲夺人婿？况吾家小叔幼已订婚某室，他日入门，谁为嫡庶？"是夜，狐泣谓生曰："嫂氏见责，其言甚正，不容不去，今永别矣！"生为泣下，留之不可，两相唏吁于枕畔。闻鸡唱，遂下榻而没。李生工词律，善拳棒，皆狐所教也。闻狐所赠诗词极清丽，惜传者未记。此新安洪介亭所说，李亦自言不讳。

【译文】

歙县有位读书人名叫李圣修，风度翩翩，是个美男子。十四岁时，李在二十里外岩镇的别院读书。一天夜里，过了两个更次，李想上床睡觉，忽然看见一个美女坐在床上，看着他嫣然一笑。那女子大约有十五六岁光景。李看着那美人儿动了心，就拉着她的手挑逗她，那女子也不拒绝，二人就成就了好事。此后，每到夜里，那女子就会飘然而至。她常教李圣修作诗填词，并替他修改删削。李有时和她谈八股文，女子就显出不高兴的脸色，说："这种文章和学问无关，而且你在科举功名上是没有缘分的，何必吃这样的辛苦呢?"从此二人互相唱和，一点也不感到寂寞。这样过了几年，没有任何人知道。正巧有位姓杨的读书人，是李的中表亲戚，也住在院中就读，和李的书房只隔一堵墙。杨常奇怪李一到黄昏就把门关上。一天夜里，杨借着月光从墙缝里偷看，只见李正扶着一个美人儿坐在一起，他就急忙跑过去敲门，进去却不见那女子，在房间里持烛照遍了，什么也没发现。问李，李始终隐瞒不说。第二天夜里，杨又看到了同样情状，并听到说笑的声音，心里知道是狐狸精。杨就把这事告诉了李的父亲，父亲催促李圣修搬回家中。可是那狐精也跟着李圣修回家，别人都看不见，只有圣修看得见她。全家都担心狐精会害了圣修。一天，圣修的嫂嫂来到他的房间，大声地责骂道："你这个妖狐难道毫无廉耻之心，想强夺人家的丈夫吗?何况我家小叔子从小已经跟人家订婚了，将来娶亲入门，谁是正妻，谁是小妾呢?"当天夜里，狐精哭着对李圣修说："嫂嫂责备我，她说话很在理，我不能不离开这里，今天就此和你永别了!"李圣修也为此流泪，想留住她，她不答应。这一夜，两人在枕上不断叹息。听到鸡叫，女子就下床不见了。李圣修精通词律，善使拳棒，都是狐精教给他的。听说狐精赠给李圣修的诗词极为清新流丽，可惜传说此事的人未能记录下来。这事是新安洪介亭所说的，李圣修自己也承认而毫不隐瞒。

仙童行雨

粤东亢旱，制军孙公祷雨无验。时值按临潮郡，途次见民众千余聚集前山坡上，遣人询之，云："看仙童。”先是，潮之村民孙姓，子年十二，与村中群竖牧犊嬉于山坡。一儿戏以拳击孙氏子，方击去，忽孙子两脚已离地数尺。又一儿以石击之，愈击愈高，皆不能著体。于是群儿奔说，哄动乡邻，十数里外者，俱来哗睹。其父母泣涕仰唤，童但俯笑不言。制军闻是异，与司、道群官徒步往观。仰视一童子，背挂青笠，牛鞭插于腰际，立空中。制军方以天旱为忧，便祝曰：“尔果仙乎？能三日致雨，以救禾稼，当祠祀尔。”童笑而颔之。顷之，浮云一朵，迷失莫睹。制军亦登舆行，俄大雨滂沱，数日内粤境叠报得雨，遍满沟泽。制军于是命塑其像，遣画师赴其家，使忆而图之。童父母盖愚农也，苦难形容其状，虽易屡幅，莫似。方无计间，忽童自空而下，笑曰：“特来为绘吾面目。”遂图而成之。父母将挽留之，倏失所在。遂塑其像于五羊城内三元宫，题曰“羽仙孙真人”，香火甚盛。此乾隆五十二年五月事。歙邑洪介亭游粤东，亲见迎孙童子像，因询其颠末。恐有缺疑，他日当谒补山相公证之。

【译文】

广东发生大旱，总督孙公拜神求雨，没有效验。当时正逢他巡察潮州，途中看见民众一千多人聚集在前面山坡上，就派人上前询问，得到的回答是：“看仙童。”先前，潮郡有个姓孙的村民，儿子十二岁，和村中一群放牛娃在山坡上玩耍。有个小孩开玩笑地挥拳朝小孙打去，拳刚打出，只见他双脚已离地好几尺。又有一个小孩扔石子砸他，越扔他升得越高，石子始终碰不着他的身体。于是小孩们奔到村里四处传说，引起乡邻轰动，十几里以外都纷纷赶来争看。小孩的父母哭着朝天上叫唤他下来，他只是俯身笑笑而不说话。总督听到这件异事，便和司、道官员步行前往观看。抬头向上，看见一个儿童，背上挂着青色斗笠，放牛鞭子插在腰间，全身站在空中。总督正为天旱发愁，便对他拜祝说："你真的是神仙吗？如果能够在三天之内招来雨水，拯救庄稼，我为你建立祠堂祭祀你。"儿童笑着点点头。一会儿，飘过来一片浮云，立在空中的儿童突然不知去向。总督也登车启程。不久，下了滂沱大雨，几天之内，广东境内纷纷传来报告，都说得了大雨，沟渠河泽水都满了。总督于是命塑小孩的像，派了画师到孙家，叫小孩父母回忆他的形貌好画出像来。哪知小孩父母是无文化的农民，无法用言语形容小孩的形状，画师虽然画了一遍又一遍，还是不能和真人相像。正在无计可施，忽见小孩从空中降下，笑着说："特地来让你们替我画像。"于是画师就照着画成了。父母想挽留他，他却突然消失了。总督就派人在广州城里三元宫塑成小孩的像，题名为"羽仙孙真人"，宫中香火十分旺盛。这是乾隆五十二年五月的事。歙县洪介亭游览粤东，亲眼看见迎立孙童子像，所以询问事情的来龙去脉。只恐还有缺疑，我想以后去拜访总督孙补山相公时再一一核实。

金能退鬼

乾隆己酉年，常熟县为敬公。民人某于二更时还家，忽见穿红裤黑靴者，持火把当街立，自腰以上不见。某避入亲戚家中，物即追之而至，因取铜盆击之，化而为五。大恐，闭门入。后汛兵巡船，于船上见所坐人皆衣红裤黑靴，知其为妖也，击之以枪，每人皆化为五。少顷，河中尽然矣。晚间突入民家，满城不安。敬公差人请顾公讳德懋者来，叩其所以。顾曰："试以鼓击之。"怪愈甚。及命以锣击之，怪遂退。因曰："此阴兵象也。兵以鼓进，以金退。"传合县击锣三日始安。

【译文】

乾隆五十四年，常熟县的县令是潘亮渊。有个老百姓一天夜里二更时回家，忽然看见一个穿红裤黑靴的人，手持火把当街心站着，自腰以上的身体都看不见。他躲进亲戚家中，那人跟踪追上来。他就拿起铜盆敲响，那人竟化为五个人。他大为恐慌，关门躲进去。后来水兵巡查船只，见船里坐着的都穿红裤黑靴，知道是妖怪，就用枪射击，每个人都一化为五，过一会，河中什么也没有了。晚间妖物会突然进入百姓家里，闹得满城不安。潘亮渊派人请顾德懋来，问他该怎么办。顾说："试着击鼓看看。"但妖怪闹得更凶了。又命令敲锣，妖怪就退甚了。顾德懋说："这是阴司的兵象。军队击鼓为进，鸣锣而退。"传令全县敲锣三天，就太平安定了。

秀结宜男

杭州富家子金挺之，美少年也。慕某女不得，因有妖冒作此女来魅。夜必搂抱甚紧，金即下泄如注，几成瘵疾。避之他舍，妖至，觅之不得，即在空楼上束棕荐为人，瓦钵作头，插山花，披红锦衣，以恐其家人。并时作喃喃絮语声。一日，携一斗大馒头来，上写"秀结宜男"四字，书法秀媚。其家延顾安伯、万近蓬往视之。万云："此蛇妖也。修炼千余年，我已受菩萨戒，不忍杀，但可驱之去。"顾乃为画先天八卦图镇贴，万但书"楞严咒心"四字治之。妖始泣语小婢云："我本扬州人，为访妹而来。因鼓楼被毁，妹不可见。偶见金郎貌美，钟情于此。今蒙见逐，自限期去。但从此见金郎不得，求郎所悦之歌童为我唱《阳关》一曲足矣。"其家至期果以鼓吹清歌送之，乃以线绣瓶袋一枚，白镪六钱，赏歌童而去。此壬子二月间事也。

【译文】

杭州富家子金挺之，是一位美少年。他爱慕一位女子，未能如愿。于是就有妖精变形冒充那女子来迷惑他。每天晚上，妖精都来紧紧地抱住他，使他遗精十分严重，几乎要形成痼疾。金挺之转移到别的房间躲避，妖精来了，找不到金，就在空楼上用棕叶扎成人形，用瓦钵做成头，插上山间的野花，披上红锦衣，来恐吓金家的人，并时时发出喃喃的絮语声。一天，妖精带了一个斗大的馒头来，上面写着“秀结宜男”四个字，字体娟秀。金家请了顾安伯、万近蓬来看。万说：“这是蛇妖作怪。它修炼了一千多年，我已受菩萨的告诫，不忍杀它，但可以把它赶走。”顾就画了先天八卦图镇妖，万只写“楞严咒心”四字来治妖。妖精这才哭着对一个小婢女说：“我本是扬州人，是为找妹妹到杭州来的。因为鼓楼被毁，妹妹找不到。偶然间看到金郎貌美，我一见钟情。现在被你们驱逐，我自然要按限期离开。只是从此见不到金郎了，我只要求金郎喜欢的歌童为我唱一曲《阳关》，就满足了。”金家到了指定蛇妖离开的那天，果然用音乐歌唱为它送行。蛇妖听了歌曲，把一个线绣的瓶袋和六钱银子赏给歌童，就离去了。这是乾隆五十七年二月间发生的事。

黑眚畏盐

丁宪荣，诸城人。言其地有殷家村，在城外，多古圹。旧传圹中有怪物，形如人而无质，仅黑气一团，高可丈许，每夜出昼隐。其出也，遇人于途，隔一矢地辄作啸声如霹雳，令人心震胆落。惟见者闻，他则罔觉也。啸毕，以黑气障人，至腥秽，触鼻晕绝。里人相戒，视为畏途，昏暮无行者。有盐贩某，市盐他所，贪饮，醉中忘戒，误蹑其地。时月上已二鼓，前怪忽突出，遮道大啸。某以木挑格之，若无所损，骇极不知为计，急取盐撒之，物渐逡巡退缩入地，因举箩中盐悉倾其处而去。晓往踪迹，见所弃盐堆积地上，皆作红色，腥秽难闻，旁有血点狼籍。此后怪遂绝。

【译文】

丁宪荣是山东诸城人，他说诸城外有个殷家村，附近多古代的坟墓。旧时传说墓地中有怪物，形状如人但没有骨骼肉体，只是黑气一团，约有一丈多高，通常是夜间出来，白天隐蔽不见。它出来的时候，在路上遇到人，间隔一箭之地，就发生像炸雷一样的呼啸声，叫人心震胆落。不过，只有看到怪物的人才听见啸声，其他人听不见。怪物呼啸之后，就用黑气把人笼罩住。那黑气腥臭无比，人一闻到，便晕死过去。乡里人都相互提醒，把那看作是极可怕的一条路，一到黄昏就没有敢从那儿通过的。有一个贩盐的人，到别处去卖盐，因为饮酒贪杯，酒醉中糊里糊涂，忘记了别人的提醒，以致误经那条路。当时月亮当空，已过二更，前面说过的那个怪物忽然奔出，拦住去路大声呼啸。盐贩急忙用木扁担挑打怪物，却丝毫损伤它不得。盐贩害怕到了极点，不知如何对付，情急之中，抓了一把盐对怪物撒去，不料那怪物就此徘徊不前，接着向后退缩，钻到地里去了。盐贩见状，把箩中所有的盐全部倾倒在怪物钻地之处，就离开了。早晨回到那里找寻妖怪的踪迹，只见昨夜倾倒的盐堆积在地上，都变成了红色，腥臭难闻，旁边到处都是血点。此后，怪物就消失了。

僵尸挟人枣核可治

尤明府佩莲未达时，曾客河南。言其地棺多野厝，常有僵尸挟人之患。土人有法治，亦不之异。凡有被尸挟者，把握至紧，虽两手断裂，爪甲入人肤，终不可脱，用枣核七个钉入尸脊背穴上，手随松出。屡试辄效。如新死尸奔，名曰“走影”，乃感阳气触动而然。人有被挟，亦可以此法治之。

【译文】

尤佩莲知县未入仕途时曾客居在河南，他说起那里棺材大多停放在田野上，因此常常发生僵尸挟持人的事。当地人有办法解治，也不为这种事担忧。凡是有人被僵尸挟持的，那僵尸抓人紧到极点，即使尸体两手断裂，指甲却掐进人的皮肤，始终无法挣脱，这时，只要用七枚枣核钉人僵尸脊背穴道上，它的手就松开了。屡次使用此法，都十分灵验。如果新死的尸体狂奔，名叫“走影”，那是受到阳气触动所致。人有被新尸挟持的，也可用钉枣核的办法解治。

量童子

《褚氏遗书》：男子二八精通，能近女，八八六十四而精衰。然近日禀气厚薄不同，有十三四娶妻生子者，似又难拘于定数也。俗有量童子法，能知其近女与否。法用粗线一根，自其项围颈一匝，记其长短，以线双折从其鼻准横量至耳，长过耳者，便能人道，否则犹童子，不能近女也。

【译文】

《褚氏遗书》上说，男子十六岁而精通，就能够接触女子了；六十四岁而精衰。但是现在因为各人先天气质厚薄不同，有十三四岁的男孩娶妻生子的，似乎又难以确定年龄的界限。民间有一种量童子的办法，能测定童子是否可以和女子接触。这种办法是，用粗线一根，在颈部绕上一圈，记下线的长度，再将那样长度的线对折，从鼻梁中央横着量到耳朵。如果线长过耳朵，就说明此人已发育成熟，有能力与女子交合，否则就还是童子，不能和女子交合。

灵　符

万近蓬言："闻胡中丞宝瑔病剧时，忽语家人曰：'明日慎闭吾户，勿唤勿入也。'如其教，明日日将暮亦不唤启钥。夫人疑之，自往，从穴隙窥，见房内列二桌，南北相向。南向桌上有一人，头大如十石瓮，金目巨口，灼灼翕动。北向桌上中丞坐与相对，桌上列纸笔，方握管似与问答欲作书状。第见口动，亦不闻声。遂大惊，排闼入，中丞掷笔而起曰：'汝败吾事矣！不然可得尚延岁月。然此亦天数也。速备我身后事，三日内当死。'已而果然，究不知此大头属何神怪。"时张六乾在座，乃曰："此名灵符，文昌宫宿也。凡有文名才德者，喜往依护。昔朱紫阳注《四书》，每见之而文思日进。后能招之来，麾之去，遇疑义辄与剖晰。中丞盖欲召之来以祈禄命，不意为妇女所败。"予因询其出何书，云："朱子集《中序》上载其事。"因记之，暇日尚当检集以究其端末也。

【译文】

万近篷说："听说胡宝瑔巡抚病重时，忽然对家里人说：'明天把我的房门小心锁好，我不叫你们，你们不要进来。’家里人听从他的吩咐。到了第二天傍晚，胡宝瑔还未叫人开门，夫人觉得奇怪，自己走到门前，从小洞中朝房里偷看，只见房里南北相对摆着两张桌子，南面桌前坐着一个人，头有十石瓮那么大，金色的眼睛，巨大的嘴，眼睛闪闪发光，嘴巴轻微张合。北面桌前是胡宝瑔，桌上摆着纸笔，胡正握着笔与神问答，并做出要书写的样子。二人口虽动着，却听不见声音，夫人见状大吃一惊，推开门冲进去。胡宝瑔一见，把笔朝桌上一扔，站起身来说：‘你坏了我的事了！不然我还可以延长寿命。但这也是天数。快点给我准备后事，我三天之内就要死了。’后来果然如胡所说。不知这大头到底属于哪一种神怪。”当时张六乾在座，他解释说：“这大头神名叫灵符，是文昌宫的星宿。凡是有文章名声、德才兼备的人，他都高兴地前往保护。从前朱熹注《四书》，常常见到他，文思也一天天长进。以后就可以随时召之即来，挥之即去。遇到疑难，朱熹就招他来一起分析研究。胡宝瑔大概是召来大头神，向他请求延长寿命，不料却被妇女败坏了事情。”我问他这事出自哪一本书，张回答说：“朱子集《中序》上记载着这件事。”于是就把这些记下来，待空闲时当查阅朱子文集以弄清其来龙去脉。

吞 舟 鱼

凡出海客，辄市字纸灰包载以往。云洋中多怪风，及一切水怪，或吞舟鱼，投灰即去。有鹾贾业海运，载盐满舟而往。一日忽遇吞舟大鱼，吸浪而来。舟中无字灰，即以盐包投之，吞吸数十而去。后数日闻有大鱼死滩上，腹中残包犹未化，始知食盐而毙也。

【译文】

凡是出海的客人，就要买了字纸灰包带在身边上船。他们说，海洋中多怪风，还有许多水怪，能吞下船的大鱼，碰上了，只要投下灰包，就离去消失了。有个盐商经营海运，载着满船的盐在海上行驶。一天，忽见吞舟大鱼冲开巨浪而来。当时船上没有纸灰，情急之中，就把盐包投下海去。大鱼吞食了几十包投下了的盐，才离开了。过后几天听说有大鱼在海滩上死去，鱼腹中的盐包还采完全消化，才知道那鱼是吃了太多的盐而死的。

鸡毛烟死蛇

李金什言：鸡毛烧烟，一切毒蛇闻其气即死。凡蛟蜃属皆然，无能免者。究不知相制之性何自而然。或曰：此易知耳。凡蛟蜃与蛇类皆属阴，鸡本南方积阳之象，性属火，为至阳，故至阴之类触至阳之气，无不立毙。此正《阴符经》注所谓“小大之制，在气不在形”耳。

【译文】

李金什说，用鸡毛烧出烟来，一切毒蛇闻到这种烟气，马上就会死亡。凡是蛟蜃之类的动物也是这样，没有能够幸免的。可是不知这种相克制的功用到底是从哪里来的。有人说，这是很容易理解的。凡是蛟蜃与蛇类动物都属阴性，鸡原本是南方积阳之象，性属火，为极强的阳性，所以极强的阴性动物碰上它，没有不立刻死亡的。这正是《阴符经》注里所说的“小大之制，在气不在形”的道理。

蛇　箝

浙江衢州常山县有名山石硿山，山麓有寺曰石硿寺。山下溪水汇注，民田皆枕山开陌。土中产一物，如松毬，如荔支，大亦相等，外皮亦如松皮色，击碎，内如沥青状，入火烧之，化气而走。彼处土人名曰“蛇箝”。询其义，曰：“此蛇入蛰时所含土，启蛰后吐弃于地，故名。”按此乃铅汞之苗所结，故见火则飞，非蛇所衔之土，土人盖不知耳。

【译文】

浙江衢州常山县，有座山名叫石硿山。山脚下有座寺庙，叫石硿寺。山下的溪水汇聚成河，民田都是依着山势开出的梯田。土地中出产一种东西，又像松球，又似荔枝，大小也差不多，表皮也像松皮一样的颜色，把它敲破，里面是像沥青一样的流质，放到火里去烧，就化成烟气消失了。当地人把这种东西称作“蛇箝”，问他们为什么这么称呼，当地人说：“这是蛇冬眠时嘴里含的土，到春天结束冬眠状态，蛇就把它吐在地上，所以这样称呼它。”按，这本是铅汞的矿苗结成，所以见火就化烟飞去，并不是蛇所衔的土，当地人大概是不知其中的道理吧。

番僧化鹤

宫中丞为滇藩时，西藏有僧二人来滇。一老者望之可八九十许，云已三百余岁。一差少，望之可五六十许，云已历百二十岁。宫馆之省城隍庙旁舍东廊中，不饮不食。人与之食亦食，啖可兼人。朔望，宫必招僧入署，设馔与食，僧辄倾诸肴并一器内，和饭手抟而食，尽一二斛。归，终不饮食，月惟两餐而已。暇辄市民间小铁器物，转售觅利，得钱必买砖积廊下。人怪而问之，亦不对。一日，少者他出，老僧忽以砖周叠门户，扃固其室。俄有火自内发，人争往扑救，不得入，烟焰蔽空，有白鹤一只，破烟而出。熄后，捡其遗蜕，瘗于塔院。少者迄不归，更不知何往。

【译文】

宫巡抚镇云南时，西藏有两个僧人来到云南。其中一个年老的看上去大约八九十岁，自称已经三百多岁；一个年纪稍轻，看上去大约五六十岁，自称已经一百二十岁。宫巡抚招待他们住在省城隍庙旁边房子靠东的廊屋中，二人不吃也不喝。有人请他们吃东西，他们也不客气，而且一个人有两个人的食量。每逢初一、十五，宫巡抚一定把二僧招到官衙，设宴招待，那两个僧人就把各种菜肴倒在一个容器里，用手和成饭团吃下，一顿要吃一二斛米。回到住处，二人就不吃不喝，一个月只吃两顿而已。空闲时二僧就买进民间各种小的铁器制品，转手出卖赚钱，赚了钱，必定买回砖头堆在廊下。人们感到奇怪，问他们，他们也不回答。一天，年岁小些的僧人外出，老僧人忽然用砖头叠起，遮住门窗，把房间紧闭起来。一会儿，有火从室内燃起，人们争先恐后前往扑救，都不能冲进屋里，这时火焰烟雾冲天，只见有一只白鹤从烟雾中冲出飞去。火熄后，收集起老僧的遗骨，葬在塔院里。那年纪较小的，至今未回来，也不知他到哪里去了。

谢珍格物

谢珍字紫玮，武进人，游幕来杭。性倜傥，好客有奇才。平居颇精艺事，穷格致之学。一日，尝语人曰："古人制物精意，虽日用小物，亦有至理寓焉。如箕帚，除秽之器，人多忽视，不知箕插彩花于角，可降紫姑；帚扫鸡雏之背，即成反毛；疫疾焚粪箕，烟能却鬼；冬瓜见苕帚风，则易烂。此皆有感应类从之理。”予因指其座右取火刀石器曰：“此亦有理乎？”曰：“金石之属，皆感土火之气凝结，本属同类，赋质并刚。铁击石则出火以应之，施其所畏也。故火刀忌拨火，拨火则击石勿利。火石如出火少，则纳水中，一二日出之，则取火必多。其故何也？盖金为水母，拨火则枯，性枯则质钝。火石之火，分周四体，外剥既甚，则火藏石心，不易透出，用水激之，中藏之火尽出于外，故击则多火。”试之良然。

【译文】

谢珍字紫玮，是武进县人，到杭州来担任幕僚。他性格爽朗洒脱，爱好交结朋友，又具有杰出的才能。素来精通各种技艺，格物的学问尤其登峰造极。有一天曾对人说：“古人制造物品，都有精心的构思设计，即使是细小的日常用品，也有深刻的道理包含在里面。譬如说畚箕扫帚吧，是扫除垃圾脏物的用器。人们大多小看它们，不知在畚箕角上插花，可以使紫姑神降临；用畚箕扫小鸡的背，鸡就长成反毛，生病时焚烧畚箕，冒出的烟能赶走鬼魅；冬瓜碰上笤帚风，就容易腐烂。这些现象，其中都含有感应类从的道理。”我听了，就随手指着他座位旁火刀火石问：“这两样东西之间也有道理吗？”他回答说：“金石之类的东西，都是感应土火之气凝洁而成的，本来属于同类，先天的质地都属阳刚。铁敲击石头，石头就发出火来对付，是施放铁害怕的东西。所以火刀最忌讳拨火，拨了火敲击火石没什么效用了。火石如果出火少，就把它放在水中，浸一两天后取出，用火刀敲击起来，出火一定很旺。这是什么原因呢？因为金是水的本源，拨火就受损减弱，本性受损减弱，质地也就变钝了。火石的火，分布在体内各处，敲击多了，外面的火施放太多，体内剩余的火就收缩藏在中心部位，不容易透出。用水来激发，深藏石中心的火就分布到石头外部来，所以用火刀敲击发火就旺了。”照他的话去做，果然是这样。

烟　龙

张宁人言：其邻老善食烟，手一竹管，长五尺许，已三十余年矣。忽有道者过门，顾张所持烟管，曰："君此物得人精气久，已成烟龙，疗怯者有效。他日有索者，勿轻与。"一日，果有典商来，云其子患怯症，知君有旧竹烟管，乞市以疗。乃以七十千价截半尺许去。其子服之，瘵虫尽化紫水而下。他日又遇前道者于门，出残管示之。曰："龙已伤尾，尚可活，须再食十年，乃可作还丹药也。"求其法，但笑不言，径去。其竹管至今犹存。张曾见之，果光泽，须发毕照，夜悬壁间，一切毒虫皆不敢近。

【译文】

张宁人说，他隔壁的一位老人喜欢吸烟，手持一根竹管，有五尺多长，已经用了三十多年了。忽然有一位道士从门前走过，看见老人手持的烟管，对他说："你这件东西得人精气很长时间了，已经成为烟龙，用它治疗虚症有特效。日后有来向你讨取的，不要轻易给他。"一天，果然有一个典当商来，说他儿子得了痨虚病，得知您有长年使用的竹烟管，恳求能卖给他用以治病。典当商出价七十千钱，老人就让他截取半尺左右。商人的儿子服下之后，体内病虫都化成紫水排泄出来。过了些时候，老人又在门口遇到那个道士，拿出截短的烟管给他看。道士说："烟龙已经伤了尾巴，还可以救活，但必须再用这烟管吸烟十年，才能重新作丹药治病。"老人求问具体办法，道士笑笑不答，扬长而去。那根竹烟管至今还在，张宁人曾亲眼见过，果然是光泽无比，头发、胡须都能清晰地映出，夜里挂在墙上，一切毒虫都不敢靠近。

形交气交

诸城刘上舍怡轩言："凡鸟外八窍，内亦少大肠，止有小肠，共粪溺于后。九窍者大小肠皆全，故兽亦分前后阴出入也。"赵衣吉曰："鸟之肠一，何以知其为小肠而非大肠也？"曰："凡人大肠通于后，结于肛。前阴为小肠之头，以通溺。兽亦然。独鸟以小肠在后，观鹅鸭相交，前阴突出于后，非小肠何也。大凡鸟之扁嘴者，以形交，有阴物相媾；尖嘴者，均以气交，无形器也。"此言可补《禽经》所未备。

【译文】

诸城的太学生刘怡轩说："凡是鸟类，外体有八个孔穴，体内也没有大肠，只有小肠，所以大便、小便都从体后同一个孔穴中排泄。外体有九个孔穴的就大、小肠都齐全，如兽类就是大小便分别从两个孔穴排出的。"赵衣吉就问："鸟的肠子是一根到底的，你怎么知道那是小肠而不是大肠呢？"刘怡轩回答说："凡是人的大肠都通到背后，在肛门处结束。前阴部是小肠的顶端，用来通小便的。兽类也是这样。唯独鸟类的小肠通到背后，试看鹅鸭雌雄相交，前阴突出在后面，不是小肠又是什么呢？凡是扁嘴的鸟，都是以形体相交，有阴物相互接合；尖嘴的鸟，都是以气相交，不用形体器官。"这一段话可以补充《禽经》说得不完备的地方。

蜜虎

蜜虎蜂类，形如蚕蛾，首有斑点，鼻上有二短须，口有黑丝如铁线，常卷缩，或云此鼻也。入花丛采花，辄伸黑丝入蕊心钩取，犹象之用鼻然。蜂采花用足，蜜虎用鼻，又各不同。诸城王氏仆名王三，曾治庄田数十年，云此虫山东最多，大为农患，土人呼为“古路哥子”。身有五彩，具细绒如蚕蛾，尾如鹅尾铺张，雄者身狭小，可入药，雌者肥壮，不入药。秋间腹中有子，散子生虫。有数种。其子产于豆荚上，则为豆虫，如青蝬状，若相扑叠，则体上细毛尽落，以油盐葱椒炒食之，味胜蚕蛹。其食蜂也，入其窠内用鼻丝刺蜂，蜂中丝毒辄毙，然后徐啖之。盖蜂针在尾，此则在首。在尾者属阴，在首者属阳。以阳制阴，蜂故不能敌也。

【译文】

蜜虎属于蜂类，形状像蚕蛾，头上有斑点，鼻上有两根短须，嘴上有铁丝一样黑丝，时常卷缩起来，有人说这就是蜜虎的鼻子。蜜虎飞进花丛采蜜，就伸长黑丝插入花蕊心中钩取，如同象用鼻子取东西一样。蜜蜂采花用足，蜜虎采花用鼻，方法各不相同。诸城王家有一个仆人叫王三的，曾管理庄田几十年，他说蜜虎这种虫山东最多，对农业的危害极大，当地人称它为“古路哥子”。这种虫身上五彩斑斓，有像蚕蛾一样的细绒毛，尾部像鹅尾一样铺张开来。雄虫身体狭小，可做药用；雌虫身体肥壮，不能做药。秋天虫腹中形成卵，卵排出体外就变成虫。蜜虎有好几种，在豆荚七产卵的，就叫豆虫，形状像青蝬，如果把豆虫捉住放在一起，它身上的细毛就都落光了。用油盐葱椒炒了做菜，味道胜过蚕师，蜜虎捕食蜜蜂，是进入蜂巢里用鼻丝剑蜜蜂，蜜蜂中了鼻丝放出的毒立即死去，然后蜜虎慢慢地把它吃掉。大约是蜜蜂的针在尾部，蜜虎的刺在头部。在尾部属阴性，在首部属阳性。蜜虎是用阳性克制阴性，所以蜜蜂不能抵挡。

滇南灵草

胡吏目什自滇归，言其地多产灵草。近日有一种草名安驼驼，四方购者如云，能炼铜为银，又可治病。彼处夷妇善为媚药，以悦男，其药成必试验乃用。试法以二巨石各置房东西两头，相隔寻丈，以药涂之，至夜则自能相合。其药亦以各草合成。然则遐荒僻壤所产，《本草》所不载者何限，又不仅鸡血藤胶为近日所珍也。

【译文】

吏目胡什从云南到内地来，说云南出产多种灵草。近日有一种名叫安驼驼的草，各地的人都赶到云南去购买，说是能把铜炼成银，又能治病。那里的吐蕃妇女擅长制造媚药，用来讨好男人。药制成后一定要经过试验才能使用。试验的方法是：把两块大石头分别放在房间的东西两头，相距八尺至一丈，把药涂在石头上，到夜里两块石就能相合。这种媚药也是用当地的各种草制成。这样说来，边远荒僻地区出产的入药植物，《本草》没有收进去的不知有多少，又不仅仅是鸡血藤胶最近才被认为是珍品啊。

羊乳鹿

临安山中产鹿，清明前后生子。其子必俟天雨方能走，若无雨，终不能行也。土人觅得归家，以羊乳之，长大便随羊行走，野性稍驯，可为园林点缀，名羊乳鹿。

【译文】

临安山中产鹿，母鹿在清明前后生小鹿。小鹿出生后必须等到天下雨才能行走。如果一直不下雨，小鹿就一直不能行走。当地人找到不会行走的小鹿，抱回家里，让母羊给它喂奶，小鹿长大后就跟着羊群一起走，野性也渐渐消失，可以放养在园林中供人观赏，人们称它“羊乳鹿”。

多角兽

僧志定居天目，言其山深处长亘一二十里，榛莽森列，无道路。产沙木，可为枋。豪猪多构巢树隙，为木工所患。忽一年绝迹，不知所往。山民喜，乃大纵斧斤。有匠某入一荒谷，见一物为藤罥死树上。视之，状如牛而形大逾倍，遍体皆短角，长二三寸，灰黑色，如羊角，数以千计。顶上一角，红如血，长二三尺。盖巨藤多蔓大木，此兽偶从崖上误跃而入，角为藤缠，四足架空，且藤性柔韧，无所施力，卒致饿死。始知豪猪悉为所啖。究不知此兽何名。

【译文】

志定和尚住在天目山，说天目山深处绵延一二十里，杂树野草密密层层，无路可通。山里产一种沙木，可以做大桩的材料。豪猪大多在沙木间做窝，成为伐木工人的妨害。有一年，豪猪忽然绝迹了，不知它们迁向何方。山里老百姓十分高兴，便放心大肆砍伐木材。有个伐木工匠进入一个荒山谷，看见有个动物被野藤缠死挂在树上，走近一看，它形状像牛，体格却比牛大出一倍，全身都长着二三寸长的短角，是灰黑色的，像羊角一样，全身的角数目上千。头顶上的一只角，颜色血红，有二三尺长。大概是粗而长的藤勾沿着大树生长，这只野兽从上崖上不小心跳进树林，身上的角被藤缠绕，四脚架空，而且藤柔软坚韧，野兽要摆脱却施不出力气，最后活活饿死。这时才知道豪猪都被这只野兽吃掉了。但是人们始终不知道这种野兽的名称。

江中黄袱

张寿庄言：有客行长江，一日忽见江面浮一物似黄布衣袱状，随波游泳。猝不能细辨，呼舟子视之。内有舵工大惊失色，曰："此物出必有覆舟之患，奈何?"急将船上篷桅悉去，惟剩船底，令客安座以待。措置甫毕，果陡然风发，出入危涛中，卒幸无恙。他舟有未备者，俱遭覆溺。询其故，盖其父昔亦见此遭难，故知之。然莫知其为何物也。忆贾文琮老于贾舶，曾言江行有大风必先有风旗出水面，或即此欤?

【译文】

张寿庄说，有个客人乘船在长江里航行，一天，忽然看见江面上漂浮着一件东西，形状好像黄布包袱，随着波浪在江面移动。张急切之间不能仔细分辨，就叫船夫来看。船工中有个人大惊失色，说："这个东西出现，一定会有翻船的危险，怎么办呢?"急忙放下桅杆，折去船篷，只剩下船底，叫客人们坐稳了以备应变。刚刚安排停当，果然突起狂风，船在惊涛骇浪中上下颠簸，时隐时现，最后幸好平安无事。其他未经特别防备的船只，都翻沉了。张问那个船夫是什么缘故，原来他父亲以前曾遇见这样的灾难，所以知道它的危险。但是，他也不知那漂浮的到底是什么。回想起贾文琮对行船经商很有经验，他曾对我说过，在江上航行如有大风，必定有风旗先在水面出现，或许风旗就是这个漂浮的东西吧？

水　乩

和州含山有程姓者，幼失明，路遇异人，授以占乩法，为人决事多奇中。其法迥与他异。用水一盂，虚书符诀于上，置案间，有顷，则水面泛起泡沫，结而成字。字已，更泛他字。有未识者，复泛如前。如此数十次，或成诗歌，或隐语对答，无不浃人隐微。

【译文】

和州含山有个姓程的，自幼双目失明。一次在路上碰到一位异人，教授给他占乩之法。从此，程占乩为人判断事情都出奇地精确。程的占乩法和别人的完全不同，是用一盂水，在水面上写下符诀。把水盂放在案上，过一会，水面上就泛起泡沫，结成一个个字，一个字完整地显现出来，泛出的泡沫又结成另一个字。如有认不清的，水面上就再重复结成一次。这样经过几十次水面结字，连成诗歌或者对答的隐语，没有不说中求乩人心中的隐私秘密的。

九　尾　蛇

茅八者，少曾贩纸入江西。其地深山多纸厂，厂中人日将落即键户，戒勿他出，曰：“山中多异物，不特虎狼也。”一夕，月皎甚，茅不能寐，思一启户玩月。瑟缩再四，自恃武勇尚可任，乃启关而出。行不数十武，忽见群猴数十，奔泣而来，尽择一大树而上。茅亦上他树远窥，旋见一蛇从林际出，身如拱柱，两目灼灼，体甲皆如鱼鳞而硬，腰以下生九尾，相曳而行，有声如铁甲然。至树下，乃倒植其尾，旋转作舞状，每尾端有小窍，窍中出涎如弹，射树上猴。有中者，辄叫号堕地，腹裂而死。乃徐啖三猴，曳尾而去。茅惧归，自是昏夜不敢出。

【译文】

有个叫茅八的人，年轻时曾到江西贩纸。江西地方的深山里有许多造纸厂，厂里的人在太阳快落山时就关上门，并告诫茅八不要外出，对他说："山里有许多怪异的东西，不仅仅是一般的虎狼。"一天晚上，月光十分明亮，茅八睡不着，打算开开门出去赏月，想起厂里人告诫的话，一次又一次走到门边又害怕而退缩回来，但最终还是自以为强壮有武艺可以应付意外，就开门走了出去。走了不过数十步，忽然看见一大群猴子约有几十只，哭泣着奔过来，全都爬上了一棵大树。茅八也爬上另一棵大树朝远处探看。不久，就看见一条蛇从树林边上出来，蛇身粗得像巨大的柱子，两眼炯炯发光，身上有着像鱼鳞一样的硬甲，腰部以下长着九条尾巴，拖着尾巴前进，发出铁甲敲击一样的响声。蛇游到大树下面，就倒竖起尾巴，那尾巴顶端有小孔，从孔里喷出涎液像子弹一样，朝树上的猴子射去。被击中的猴子，都哀号着坠落到地下，一个个腹部开裂而死。那蛇慢慢地吃掉三只猴子，就拖着尾巴游走了。茅八心惊胆战地回到屋内，从此夜里再也不敢外出了。

蝎虎遗精

蝎虎即守宫。刘怡轩云：其遗精至毒，人误食之，不得见水，倘有水一滴在体，不拘何处，即能销化人骨肉成水。曾有江南民人有二儿自塾归，其母以干冬菜蒸肉脯食之。时正暑，儿食后洗浴，久之不出，怪而视之，则盆中惟有血水，骨肉皆销，众尽骇不知何故。乃检所存积干菜坛，内有大蝎虎二，相交于上，其精溢菜中，始知误取以食儿。其毒至此。然考《遵生书》云：夏月冷茶过夜者不可食。守宫性淫，见水必交，恐遗精其上。古人亦未尝言其能化人筋骨。

【译文】

蝎虎这种虫就是守宫。刘怡轩说，它遗出的精液极毒，人如果不小心吃了，绝不能碰上水，哪怕一滴水碰到身体，不管在什么部位，都会把人的骨肉销化成水。曾经有个江南的百姓，两个儿子在私塾读书，放学回家，母亲给他们吃干冬菜蒸干肉。当是正是大热天，儿子吃饭后洗澡，在浴室里久久不出来。家里人感到奇怪，进去一看，浴盆里只有血水，儿子身上的骨肉都销化不见了。家里人都又惊又怕，不知什么缘故。母亲想起儿子吃了干菜，就翻开干菜坛子检查，只见里面有两只大蝎虎，在干菜上交尾，精液就流入干菜里，这才明白是错把混有蝎虎精液的干菜给儿子吃了。蝎虎精液竟毒到这种地步！但是，查阅《遵生书》上说，夏天过夜的冷茶不能再喝，因为守宫本性淫荡，见水必然交尾，恐怕会遗精在冷茶里。可见，古人也未曾说过蝎虎精液能够化人的筋骨。

皖城雷异

乾隆五十六年八月初一日午刻，有黑云自东南蔽江来，去地不数丈。少顷，雷电大作，风雨随至。自午至戌末，霹雳数十震，房屋动摇。电光一闪，窗纸飒然有声。是时人人自危，莫测其变。次早始知雷击者凡十数处。抚军署前左首旗竿劈去其半，碎裂处爪痕如梳，约深三四分许。火药局前池中击死大蛇一条，约丈许。其余墙垣倒塌，栋折榱崩者甚夥。渔翁游姓者，前数日梦有乞藏其家者，翁辞以隘无所容，早起即见有物如猕猴状，爪绿色，约长二尺许，踞屋脊上，时移其前后屋瓦，余无他异。是日雷作，邻人见电光如金绳数十条盘游姓屋上，屋旁空地老柳一株，中空如竹，雷揭其皮殆尽，树身迸裂如横置地上捶碎者，然其中黑煤累累，又如火焚。想其物被击时逃匿柳中，雷因击柳取去，然究不知何怪也。后数日，有自黄溢来者，云是日雷声甚小，有自桐城来者，问之弗知也。黄溢距皖三十里，桐城百里，不同如是。

【译文】

乾隆五十六年八月初一日中午时分，有黑云从东南方向遮蔽江面而来，高度离地面不过几丈。一会儿，又是响雷，又是闪电，接着就是大风大雨。从中午到夜晚，炸雷打了几十次，房屋都震得摇晃起来。电光一闪，窗纸就发出“飒飒”的响声。当时人人都觉得自己处于极端危险之中，不知道将发生什么事。第二天早上，人们才知道被雷击中的地方有好几十处。抚军官署前左方的旗杆被削去半截，碎裂的部位有着像梳齿一样的爪痕，深度大约三四分。火药局前水池中被雷打死一条大蛇，有一丈多长。其余墙壁倒塌、梁柱折断的情况也很多。有个姓游的渔翁，几天前梦见有人恳求允许在他家藏身，游因为家里房屋狭小，谢绝了。早上起来，就看见有像猕猴样的动物，长着绿色的爪子，身长约二尺多，睡在他家屋脊上，并不时移动屋上前后的瓦片，别的也没什么异常情况。那天炸雷响起之后，邻居看见闪电的光像几十条金色绳索盘绕在游家屋顶上面。游家屋旁空地上有一株老柳树，树心是空的，像竹子一样，雷把树皮击得几乎全剥光了，树身迸裂，像被横放在地面上捶碎似的，但中间有一块块煤炭样的东西堆积着，又像是被火烧成的。料想游家房屋上那个怪物被雷击时，就逃到柳树心中躲藏，雷跟踪击中柳树，把怪物捉拿去了。但是不知道那究竟是什么怪物。此后过了几天，有来自黄溢的人，说当地那天雷声很小；有来自桐城的人，问起他们打雷的事，他们一点也不知道。黄溢距离皖城三十里，与桐城相距一百里，情况竟是如此不大相同。

（续卷八译者　李祚唐）

续子不语卷九

天后绣女

清河县有汪姓、刘姓、阎姓三女，性俱明慧，貌亦清丽相似。汪适王氏；刘适阎氏，即阎女兄，皆业儒；阎适王家营某氏，家颇饶。乾隆五十一年，阎女病甚，谓其夫曰："我与同县汪女及嫂氏皆河口天后宫绣女，因事谪降，今期满当还，彼二人亦将同往矣。"其夫访诸两家，汪与刘果亦病笃。未几，阎死，汪亦死。阎母闻其女死而媳又垂毙，惧甚，急诣天后前泣祷曰："妾女已死，仅一媳，倘死，妾何以生？祈稍留以终妾身。"既而刘病果瘥。年余，刘忽有身，将产，夜梦天后曰："因汝姑老，暂留尘世，岂容生子耶?"以手扪之。早起，腹平如常人。先是，刘女自童时及适阎后，每月必有一二日键户，终夜不容一人见。有窃听者，如数人言笑，达旦乃已。家人固诘之，终不言。至是始知。今尚存。代州冯松涛寄居清河，目睹之事。

【译文】

清河县有姓汪、姓刘、姓阎的三位女子，生性都聪明，容貌也都秀丽。汪女嫁给王家；刘女嫁给阎家，丈夫就是阎女的哥哥。

王、阎两家都是读书人。阎女嫁给王家营的某家，夫家很富有。乾隆五十一年，阎女病情严重，对她的丈夫说："我和同县的汪女和嫂嫂都是河口天后宫绣女，因犯了过错贬谪投生人间，现在贬谪期限已满，她们二人也将和我一同返回了。"她丈夫走访了王、阎两家，汪女、刘女果然也病得很厉害。不多久，阎女死去，汪女也死去。阎母听说女儿死在夫家，媳妇又奄奄一息，十分害怕，急忙跑到天后神像前哭泣着祷告说："我女儿已经死了，只留下一个媳妇，如果也死掉，我依赖什么人生活呢？祈求天后让媳妇在人世多留几年，为我送终吧。"不久，刘女的病果然好了。过了一年多，刘女忽然有了身孕，临产前，夜里梦见天后对她说："因为你婆婆年老，所以让你暂时留在人世照料，难道还能容许你生儿子吗？"说着就用手抚摸刘女。第二天早上，刘女起床后，她的腹部已经像正常人一样平坦。先前，刘女从儿童时到嫁给阎家后，每个月必定有一两天紧关门户，整夜不许任何人见她。有人在她门外偷听，里面好像有几个人在谈笑，到早晨才会停止。家里人一再追问她，她始终不说。直到阎女病中对丈夫说明，家里才知道其中原因。刘女至今还健在。代州冯松涛客居在清河，这是他亲眼所见的事。

桃源女神

桃源县郑氏女，生而端整，寡言笑。年及笄，一日，谓其母曰："儿将某日死，死当为某村神，其地当庙祀我。"母以为颠，弗信。及期微疾，数日而卒。卒时端坐，颜貌如生。室中闻异香，云旗风马之状，家人咸隐约见之。后数日，某村男女同日梦女告曰："吾当血食于此，为尔等福。"居民以为神异，醵金塑像，号曰娘娘庙，颇著灵异。乾隆三十四年事也。女旧有婢李氏，最亲昵。女为神后，每月必数召婢去，肩舆至庙，昏睡终日，醒而归。倘神欲留，强归，肩舆十人不能举。李氏嫁后，仍赴召如常。至五十一年冬，李氏谓夫曰：“娘娘命我腊月某日去，去不复归矣。”夫素不信神，诺之而已。至日，李沐浴焚香，使人召其夫一诀。夫故不归，李恚曰：“误吾时刻矣！改次年正月某日。”夫归，闻不死，以为妄。至次年某日，李又召其夫作别，夫怒曰：“又作狡狯矣！”竟归，视其死否。及归，李言笑如常，嘱家事数语，凭几瞑目而逝。

【译文】

桃源县郑家的女儿，生得清秀端庄，平时极少言笑。到了十五岁时，有一天，她突然对母亲说：“我将在某日死去。死后，我会成为某村之神，那里会建造庙宇祭祀我。”母亲以为她说胡话，根本不相信。到了所说的日期，她生了轻微的病，但不几天就病死了。死时，她端端正正地坐着，容貌就像活着时一样。室内可以闻到奇异的香气，又出现云旗风马的形象，家里人都能隐约地看到。几天以后，某村的男男女女同一天夜里梦见郑女告诉他们：“我当在你们这里享受血食，这是你们的福分。”村民们认为这是神异之事，就凑钱为郑女塑像，建庙供奉，称为“娘娘庙”。村民到庙中祈祷，很是灵验。这是乾隆三十四年的事。郑女原有个婢女李氏，和郑女最为亲近。郑女成神以后，每个月一定要召李去好几次，去的时候乘轿到庙里，然后整天昏睡，醒后就乘轿回家。如果神想留她，她强要回去，那轿子就重得连十个人也抬不动。李氏出嫁以后，仍像以前受神的召唤去庙里。到乾隆五十一年冬天，李氏对丈夫说：“娘娘命令我腊月某日到她身边去，这一去就不能回家来了。”丈夫一向不信神，只是口头上应付知道而已。到了那一天，李氏沐浴焚香，派人叫丈夫来诀别。丈夫有意拖延不回来，李氏生气地说：“这下误了我的时辰了！改到明年正月某日吧。”丈夫回来，见李氏未死，以为她是瞎说。到了第二年正月某日，李氏又叫丈夫来诀别，丈夫发脾气说："又来耍花招了！"就赶回来，看李氏到底死不死。到丈夫归来，李氏和平常一样地谈笑，对家中的事嘱托了几句，靠着几案，闭上眼就去世了。

安庆府学狐

乾隆五十六年，秋祭前数日，涤濯笾豆，预备祭品，陈列明伦堂，夜使人看守。有副斋舆夫田姓者，素勇健，独任其事。是夜微月，田卧至三更，觉来闻有人偶语，开目视之，见二人历阶上，将至卧榻。田跃起大呼，二人径前与斗，田奋力擒一人掷阶下，大嗥化狐而去。其一复斗，田又擒掷，亦化狐去。田以为不复至，因就寝。未熟，忽闻人声甚众且至矣。急起，见一叟，须眉尽白，伛偻行，率少年十余人，喝令击田。田怒，奋拳击众，众应手倒，无能抗者。叟怒曰："如此可恶！"因腾跃，以首触田左胁，如中巨石，痛不可忍，仆地不能起。叟喝众："急曳至堂后左侧柴房去！"田念此去必无生理，见堂右有大钟悬架上，因众扶掖，出不意，疾走架下，以一肘挽架，一手拒敌。叟怒甚，以手持田肘力曳之，田惧，两手固挽，叟力猛，连架曳行数尺，钟声铿然。叟栗而止，令众狐就击之，自顶及踵无完肤，呕血数升。将曙，乃去，田亦仆不省矣。天明，执事者入，见之大骇，以汤灌之，良久乃苏，具道始末，乃知为狐祟。次夜，集众十余人守之。众不敢卧，坐至四更，无所见。众亦倦甚，甫就寝，闻众驰骤声，张目仰视，闻老人曰：

“其人在否?”众排头按验曰:“无。”老人曰:“幸漏网矣,去,去!”遂寂然。田卧病月余,寻愈,愈后欲挟刃宿堂上复仇,其妻力阻之,乃止。

【译文】

乾隆三十六年秋祭的前几天,安庆府学里洗涤祭祀的用器,预备供奉的祭品,一一陈列在明伦堂里,夜里要派人看守。有个姓田的副斋轿夫,身体强健而有勇力,总是由他单独看守陈列祭器祭品的明伦堂。那天夜里,只有朦胧的月色,田睡到三更天,醒过来,听见有对话的声音,睁开眼一看,只见两个人沿台阶走上来,已经快到他睡觉的床前。田猛地从床上跃起,大喝一声,那两人一起上前和田搏斗,田奋力抓住一人扔到台阶下面,只见那人长嗥一声,变成狐狸逃跑了。另一个又来与田搏斗,又被田抓住扔到台阶下面,也变成狐狸逃去。田认为狐狸不会再来了,就继续睡觉。不料还未睡熟,忽然又听见说话声,而且听上去人更多,已经到跟前了。田急忙起身,只见一个老头,白胡须、白眉毛,躬着腰走路,带领着十几个小伙子。老头大声命令小伙子们一起攻击姓田的。田大怒,挥拳就打,那十几个人都被打倒,没有一个能抵挡得了。老头发怒说:“居然这样可恶!”说着就跳起来,猛然用头撞田的左胁,田顿时像被大石头击中一样,疼病难忍,倒在地上爬不起来。老头大声命令众人:“快把他拖到堂后左侧的柴房里去!”田心中暗想,这一去肯定活不成了。这时忽见堂右边有大钟悬在架上,田便趁着众人只顾搀扶着他,便冷不防快步跑到钟架下面,用一手挽着架子,一手抵抗众人。那老头大怒,用手抓住田的肘部使劲拉扯,田十分害怕,用两手拼命挽住钟架。哪知老头用力过猛,把田连人带架子拖着移动了好几尺远,大钟不停摇晃,发出很响的声音。那老头听到钟声,一阵颤栗,停止了拉扯,吩咐众人上去围打田,将他打得从头到脚体无完肤,吐血好几升。天快亮时,老头和众人才离去,田也倒地昏迷不醒。天亮后,负责祭祀的官员进来,见状大吃一惊,忙叫人给他灌了汤药,过了好一阵子,田才苏醒过来,把夜里见闻说了一遍,众人才知是狐狸作祟。第二天夜里,集中了十几个人看守明伦堂。大家都不敢睡下，一直坐到四更天，没有看到什么异常。大家倦极了，刚躺下睡觉，就听到许多人奔跑的声音，睁开眼向上看，只听见老头的声音在问：“那个人在不在?”那些领头的就逐一验看，回答说：“不在。”老人就说：“让他侥幸漏网了。我们走吧。”周围也就静寂无声了。田卧床病了一个多月，总算很快痊愈了。病好后，田想带着刀睡在明伦堂里等候狐狸来，好报仇雪恨，由于妻子拼命阻止，他才罢休。

湖南贡院鬼

乾隆丙午科，湖南秋闱，理州吏目冯名廷奉差委巡场。第三场，十四日夜，冯与同寅李某同坐至公堂，李方隐几卧，是夜月色微明，冯见阶下有物，长二丈余，腰腹如囷，通体皆毛，两目闪烁如炬，自西文场出，缓步入东文场。冯素有胆，不惧。初见时，低声呼李，李觉，仰视大惊，伏案。物去然后起，同入卧处，命仆从同卧一室。冯以李胆怯，既卧，故以手扣壁击床，恐吓之以为戏。正喧笑时，忽有大声呼啸，良久乃已。众皆股栗，以被蒙首。少顷，闻人声轰然，冯与李皆披衣起，监临、监试两主考皆起，使人察问，内外远近无不闻者，咸大诧异。是时头场荐卷已中定十七八，两主考覆加校阅，黜落七卷，后竟无他异。岂因此七人不当中而致怪异如此欤?

【译文】

乾隆五十一年乡试，湖南省考场由理州吏目冯名廷奉命巡场。考到第三场，十四日夜间，冯和他的同僚李某一起在公堂上，李正伏在几上睡觉。这一夜月色微明，冯看见台阶下面有个东西，两丈多长，腰腹像粮囤，全身长毛，两只眼睛闪闪发光像火炬。那东西从西文场出来，慢慢地走进东文场。冯平时胆子大，并不害怕。刚看见那东西时，低声叫李某，李某醒来，抬头一看，大为惊恐，又伏在几案上，不敢再看。冯、李等那东西离开后，才起身一同进入卧房，叫仆人也和他们睡在同一间房里。冯因为李胆子小，睡下之后，故意用手敲墙壁和床，吓唬他来开玩笑。正在喧哗嬉笑时，忽然听到有巨大的呼啸声，过了很久才消失。众人都吓得发抖，用被子把头紧紧地裹起来。过了一会，听到许多人行动说话的声音，冯和李都披着衣服起来，监临、监试的两位主考官也都起来了，派人一一查问。报告说，远近内外没有不听到那大声呼啸的，大家都感到十分诧异。当时头场荐卷已有十分之七八确定录取了，后来两位主考又再加校阅，抽掉七张先前打算录取的卷子。此后就再也没有怪异情况发生。难道是因为这七个人不应当录取而招致如此怪异事情出现的吗？

雷异二则

滁州某村有黄氏妪，独坐室中，午后风雨暴至，忽霹雳一声，左壁下诸器物皆移置室中，离壁四五尺，壁上白泥厚不过三分，亦离壁四五尺，植立如堵，丝毫不损。妪惊仆，良久乃苏。不知所击何物，其家亦无他异。

代州旅店中有二客同居，一日早起，大风微雨，一客在土炕上以大瓦盆覆坐之，一客坐门限上对语。坐限上者忽仰见屋梁上有火光二寸，如小蛇跳跃，急呼炕上者视之。其人未及答，忽霹雳一声，屋顶揭去一片。众奔入视，地下一人僵卧，一人在炕上坚坐不动，就视之，已死。顶上一孔如豆，初疑雷击，仰视屋瓦外飞，不似自上而下者。移尸视之，见所坐盆底亦有孔如豆，揭盆视之，炕上亦然，竟从地下起，穿炕盆，洞腹贯顶，破屋而去。地下者以汤灌苏，得不死。

【译文】

滁州某村有个老太黄氏，独自坐在房间里。午后大风大雨突然来到，一阵响雷，左边墙壁下的各种器物都移动到房间中央，离开墙壁有四五尺远，墙壁上粉刷的白泥不过三分厚，也离开墙壁四五尺远，像又一堵墙那样立着，丝毫没有破损。老太惊吓得倒地昏迷，很久才苏醒过来。不知道雷要打击的是什么东西，她家中除此之外也没有别的异常。代州旅店中，有两个客人同住一个房间。一天早上起来，外面刮着大风，下着小雨。一个客人在土炕上，把大瓦盆覆过来坐了上去。另一客人坐在门槛上，两人谈着话。坐在门槛上的客人忽然间抬头看见屋梁上有一道两寸长的火光，像条小蛇似地跳跃，急忙叫炕上的客人看。炕七的还未来得及回答，忽然一声响雷，屋顶被掀去一片。众人奔到这间客房一看，只见地上一个人僵卧；另一个人在炕下直挺挺地坐着，一动也不动，走近一看，已经死了。再仔细察看，死者头顶上有个黄豆般的小孔。开始还以为这是雷打的，后来抬头看见屋瓦朝外飞，不像从上而下的雷击。抬过尸体，看见他所坐的盆底也有黄豆般的孔，揭开盆一看，炕上也有同样的孔，原来竟是从地下起来，穿过炕和盆，再穿过他的腹部、头顶，然后冲破屋顶飞向天空。地下僵卧的那个人，用姜汤灌醒后，得以不死。

人变鱼

从子致华作淮南分司，解四川兵饷过夔州城。道上人男女喧哗，举国若狂。问之，曰：“某村妇徐氏，与其夫同床眠，甚相爱也。早起则妇面目发肤如故也，而下半身已变作鱼形矣。乳以下鳞甲腥滑。口尚能言，貌亦平整，惟涕泣哀号云：‘我睡时无他痛楚，只觉下体作痒，搔之渐渐起稜，以为将生疥癣耳。不料五更后，两脚合并，不能伸缩，摩之已作鱼尾矣。今将奈何？’夫妻相抱大哭。”致华遣家人视之，果有其事，因官程紧迫，不能逗留，不知报官后将放诸江乎，抑养之家乎？不及问矣。

【译文】

我的侄子致华任淮南分司，押解四川兵饷经过夔州城。一路上，只见男男女女，吵吵嚷嚷，全都陷于狂热之中。问他们发生了什么事，回答说：“某村妇女徐氏，和她丈夫同床而眠，相亲相爱。早上起来，却发现徐氏容貌、头发，皮肤和往常一样，下半身已变成鱼的形状了。乳房以下长满鳞甲，又腥又滑。她口还能说话，相貌也还平整，只是流着眼泪悲叫着说：‘我睡下时并没有别的痛苦，只觉得下身发痒，用手去抓，渐渐起稜，还以为不过是要生疥疮罢了。不料五更以后，两脚竟合并在一起，不能弯曲伸缩，摸一摸，已经变成鱼尾了。现在怎么办呢？’于是夫妻二人相抱大哭。”致华派了家人去看，果然有这样的事，因公务行程紧迫，不能在夔州停留，不知道这事上报官府以后，是把那妇人放到江里去呢，还是养在家中呢？已经来不及问清了。

韩昌黎称老相公

韩文公为贡院土地。庚子岁，有嘉兴秀才陈效曾者，先试前数日入庙，庙祝令拜，生曰：“昌黎者何拜之为？学不足师，文不足师。”祝强之，大诟而出。试毕，归家而死。殓数日矣，其妻惧，与小姑合被而寝。夜半，小姑登厕，忽见兄排户搴嫂帷帐而入，嫂奔出。姑大呼，家人凑集，而嫂之声音状貌俨然兄矣。大声曰："我效曾也。身何在?"家人曰："殓矣。"狂奔至棺所，扣棺而哭曰："我得罪老相公，相公之门人家仆，锁我厅事，俟老相公科场事毕当放我。昨老相公放榜出，责我二十板，我得归，何殓我之速也!"又大哭。家人曰："老相公何人也?"曰："土地。""土地何人也?"曰："韩昌黎。"客曰："昌黎，伯也，依今时称谓，当曰'伯爷'。依家人称之，当曰'老爷'。乃冥中仅称老相公。"

【译文】

唐代韩愈死后成为贡院的土地神。乾隆四十五年，嘉兴有个叫陈效曾的秀才在考试前几天到了庙里，庙祝叫他拜韩愈像。陈说："韩昌黎有什么好拜的?他的学识不值得学习，文章也不值得学习。"庙祝坚持要他拜，他却大骂着出庙去了。考试完毕，陈效曾回到家里就死去了。尸体已经入棺几天了，他的妻子害怕，和小姑子合被睡在一起。半夜里，小姑子上厕所，忽然看见哥哥掀开嫂嫂的帐子走进去，接着嫂嫂急奔出来。小姑子大声惊叫，家里的人都聚集到这间房里来，奇怪的是，嫂嫂的声音容貌竟然变得像哥哥了。只听她大声说："我是效曾啊，我的身体在哪里?"家里人说："已经入殓了。"她狂奔到停棺的地方，一面敲着棺材，一面哭着说："我得罪了老相公，老相公的守门人和家仆把我锁在厅里，要等到老相公考场公事完毕之后再放我。昨天老相公放了科举中试的榜，责打我二十大板，我才能够回来。你们为什么这么快就将我入殓呢?"家里人问道："老相公是什么人了"回答说："是土地。"问："土地是什么人?"答："韩昌黎。"有位宾客说："昌黎，封伯爵，依照现今的叫法，应该称'伯爷'。按照家里人的叫法，应称'老爷'。至于老相公，应该是阴间的称呼。"

急淫自缢（删）

照 海 镜

宜兴西北乡新芳桥邸，农耕地得一物，圆如罗盘，二尺余团围，外圈绀色，似玉非玉，中镶白色石一块，透底空明，似晶非晶，突立若盖。卖于镇东药店，得价八百文。塘栖客某过之，赠以十千，至崇明卖之，得银一千七百两。海贾曰："此照海镜也。海水沉黑，照之可见怪鱼及一切礁石，百里外可豫避也。"

【译文】

宜兴西北乡新芳桥下，农夫耕地时挖出一件东西，圆圆的像罗盘，周长有二尺多，外圈是天青色，似玉非玉；中间镶着一块白色石头，通体透明可以看到底，似水晶又不是水晶，突出像个盖子。农夫把它卖给镇东头的药店，得了八百文钱。塘栖有个客人经过新芳桥，用十千钱的价格从药店里买得，到崇明转手倒卖，得到白银一千七百两。海上的商人说："这是照海镜。海水深深的，看上去黑糊糊一片，用它照着，可以看清各种奇怪鱼类和一切礁石，百里以外就可以预先躲避了。"

谷 佛

湖州沈书记号讷庵，有谷佛一尊，弆以玻璃之椟。椟长半寸，椟下有座，高二分许，中藏大谷一颗，长一分有半。谷有芒，亦长分许。谷旁有窍，晴明于赤日之中闭一目觇之，其窍渐大如门，觑之久，由门见堂，由堂见殿，现三宝如来像。像高数丈，缨络庄严，见胸前卍字纹盈尺。旁立文殊、普贤二像。若闻人语，眼少瞬，欻忽不见，仍大谷一颗而已。据沈云："此物传留湖州某尚书家，系明时利西公从西洋墨瓦腊泥迦州带来者，遂入中国。彼国秋熟时，此谷生田亩中，千里赤荒。"门人王昙亲见此谷，不知今归何处。

【译文】

湖州沈书记号讷庵，有一尊谷佛，用一个玻璃盒子收藏着。盒子有半寸长，下面有二分多高的盒座。盒中藏着一颗大谷粒，长一分半。谷粒上有芒，芒的长度也有一分多。谷旁有个小孔，晴朗天，把谷粒拿到阳光下，闭上一只眼仔细朝那小孔里看，小孔渐渐变大，大到如一扇门。看久了，从门里可以看见堂，再由堂可看见殿，殿里现出三宝如来像。像有好几丈高，满身珠王，形象庄严，还可看见佛像胸前尺余见方的卍字形纹。旁边分立文殊、普贤两座佛像。若有人说话出声，眼睛一眨，一切景象就都不见了，仍然是一颗大谷粒而已。据沈解释说："这件东西传留湖州某尚书家里，是明朝时候利西公从西洋墨瓦腊泥迦州带来的，于是传进了中国。他们国内秋收时，这种谷粒如果生长在田地里，千里之内农田将颗粒无收。"我的学生王昙曾亲眼看到这颗谷粒，现在不知传到谁的手里了。

丹徒异狱

丹徒县宰张名振纲者，驺呼出门，忽一物从空而下，落轿檐上。轿方迎风而趋，物忽堕入衣衩中，弼弼而跳，惊视之，乃男子阴也。仅长二寸许。亟出轿，命驺从捉之，跳不已。观者如堵。于是携归贮库，遍访此案不可得。越一月，西门担水王大娘者报某家妇姑杀人，遂拘之亟讯，盖妇、姑二人先通一陕客某，后又通一陈姓者，因彼此通奸，后夫斫杀陕客而支解埋之，使其尸不辨男女，故割下其阴，仓皇未收，投之楼窗之外，不料落在本县官轿中。告知知府，同寅无不大笑者。照谋人律，姑、妇、奸夫三人一齐抵命。

【译文】

丹徒县县令张振纲，由随从开道出门，忽见一个东西从空中掉下，落在轿檐上。轿子正在顺风急走，那东西忽然又落到衣衩中，还在勃勃跳动。县令感到惊奇，一看，原来是男子阴茎，只有二寸多长。他急忙走出轿外，命令随从捉住了它，竟还在跳个不停。一时观看的人围得水泄不通，于是把这东西带回到府库收藏，并到处查访此案，结果毫无线索。过了一个月，西门挑水的王大娘来报案，控告某家妇人和小姑子杀人。于是县令派入捕来她们，立即审讯。原来是妇、姑二人先和一个陕西客人私通，后来又和一个姓陈的私通。因为和两个男人通奸，后面那个姓陈的吃醋杀掉陕西客人，肢解了尸体埋到地里。为了使人辨不清尸体是男是女，所以割下了阴茎，仓促慌忙之间来不及收拾，随手扔到楼窗外面，不料却落入本县县令的轿子里。县令把案情上报知府，知府的同僚们无不大笑。依照谋害人命的法律条文，小姑、妇人、奸夫三人一齐偿命，判处死刑。

鬼怕讨债

常州一贫汉死，其房卖入富姓，鬼作祟，富者锁之，几十年矣。后富者亦穷，大屋卖去，挪居之。忽贫鬼大闹，索镪讨祭，一家小大尽病。时方冬尽，房主负逋最多，债客登堂，日夜号骂，妖魅忽绝，病者尽起。至来岁，债务稍清，将帐目焚化，鬼又白日大诟曰："我去年见讨债甚多，疑是我生前旧欠，故而避之。今阅所烧帐目皆尔家积负，不干吾事，吾何避为?"于是抛砖掷火，恶声日甚，而房主亦徙去不复住。

【译文】

常州有一个贫穷的汉子死了，他的房子卖给一个富有人家，鬼魂便来作祟，买主无奈，只得把房子锁起来，一锁就是几十年。后来，富有人家也贫穷了，就把现在住的大房子卖掉，搬到锁着的空房里。忽然，那个贫穷的鬼在屋里大闹，索要纸钱，讨祭品，一家大小都病倒了。冬天刚刚过去，房主债务严重，讨债的人挤满堂上，日夜叫骂，屋里的鬼怪忽然消失，一家大小也都痊愈了。到第二年，债务渐渐还清，将债券用火烧掉，穷鬼又在大白天叫骂道："去年看见登门讨债的人很多，怀疑是我生前拖欠的旧债，所以避开。现在看到烧的都是你们家多年积下的欠债，不关我的事，我还躲避干啥?"于是抛砖掷火，恶骂的声音一天比一天厉害。这样，房主只好搬走，再也不住进去了。

兰渚山北来大仙

会稽兰渚山有兰亭道院焉。其院为北来大仙所居，北来大仙者，狐神也。初，会稽陈贾，少年时客楚，丧资本，贫窭不能自给，且病，居废寺中。一夜，有女郎至，容貌都丽，衣服照耀，皆明珠缀成者。贾惊起，女脱臂上钏赠之曰："知郎乏，故来相饷也。"遂去。明日又至，如是数月，枕席谐畅，情好日笃。贾乃以金钏稍赎资斧，理其旧业，而女郎亦购新居，料其家事，且日致金银珠宝之物，不下巨万。居数年，贾家信忽至，贾欲骄其乡里，又疑女郎为魅。一日，伺女郎不在家，贾忽呼数百夫及僮仆等，担装鱼贯而去。女归，见一室罄空，追贾至江口，贾已歌呼振帆。女临流号恸不得渡。贾于是归为富人。越十载，女郎至，呼贾曰："吾狐神也。积千年阴德，名在仙籍，今汝负心，已诉天帝，命江神授吾文檄到此，汝宜死矣。"于是飞刀掷火，家不安枕，百计禳之无效也。一日，女空中叹曰："吾因往日情重，至于此极。使汝死，恐天下有情人贻笑吾辈。汝家倘能大修醮禳，择名山安我神灵，我仇且释矣。"时兰渚山道士某，道法素高，为设醮四十九日。道士谓女曰："何不向我兰渚山住?"女曰："甚好。但吾须住五百年才去。"由是遂绝。今道院为罗氏业，罗氏为之塑像甚丽，而女亦岁时夜出，与世人谈论云。

【译文】

会稽兰渚山有座兰亭道院。道院被北来大仙住着。当初，会稽姓陈的一位商人，年轻时在楚地客居行商，赔光了所有的资本，贫困得不能养活自己，又生了病，只好住在荒废的寺庙里。一天夜里，来了一个年轻的女子，容貌美丽，举止优雅，穿着色彩明艳的衣服，都是明珠缀连而成的。陈一见，吃惊得爬起来。女子从手臂上脱下金钏送给他说："知道你手头拮据，所以来资助你。"说完就离开了。第二天又来，这样一连几个月，二人枕席之间十分欢畅，感情也日益深厚。陈就用金钏赎回一些资产，重新做起生意，女子也购置了新居，料理他家里的事务，而且每天送来金银珠宝等财物，数目成千上万。就这样住了几年。一天，陈忽然接到一封家信。他想带着财富回到家乡夸耀，又怀疑女子是鬼魅。一天，他趁女子不在家，叫了几百个佣夫、奴仆，收拾财物，打成包裹，一大队人挑着离去。女子回来，见室内财物搬迁一空，出门追赶，在江口追上了陈，陈已经唱起歌扬帆启程，女子面对河水嚎啕大哭，无法渡过。陈于是回到家乡成为巨富。过了十年，女子来到他家，对陈说："我是狐神，积了千年阴德，名字已登在仙籍。你对我干出负心事，我已上告天帝，天帝命令江神授给我文檄，到此地步，你应当死了。"于是，她掷出飞刀火把，扰得全家不能安定。陈千方百计请方士作法驱邪，也毫无效果。一天，只听见女子在空中叹息说："我因从前对你一往情深，所以对你负心恨到极点。但是，使你因此而死，又恐天下有情人笑话我们。你家如果能虔诚地祭祀消灾，选择名山安置我的神灵，我对你的仇恨就一笔勾销。"当时兰渚有位道士，道法向来很高超，为女子设醮祭七七四十九天。道士对女子说："为什么不到我的兰渚山来住呢?"女子说："很好。但我一住下，就要五百年后才离开。"从此陈家的怪异惊扰就消失了。现在道院成了罗家的产业，罗家为女子塑的像十分华丽，那女子也时常在夜里出来，并和人们一起谈论。

吃肾囊中举

杭州士人于文肃祠祈梦，甫睡，一厉鬼舆一肾囊至，大如瓮，曰："欲中举当食此，否则不中。"士子惧，勉食之。初啖味甚甘，如榉子，片时将厚皮四面食尽，独肾丸二枚，齿决不可下。鬼曰："弃之，汝已中矣。"士子喜。然自此下场屡斥，至乾隆癸卯榜发，士子中魁，始恍然解悟。盖浙中呼肾为"卵"，鬼者，癸也；卵去核，卯字也。

【译文】

杭州的一位读书人到于谦祠去祈求梦中指示科举前途。当天夜里他刚睡下，只见一个厉鬼拿着一个阴囊，有瓮那么大，来到跟前对他说："想要中举，就要吃下这个东西，否则就别想考中了。"读书人很害怕，勉强去吃。刚吃时味道很甜，像榉树的子。不一会儿就把四面的厚皮吃光了，只剩下睾丸两枚，牙齿咬得断缺了，吃不下去。厉鬼说："丢掉它吧，你已经考中了。"读书人听了十分高兴。但是，从此参加考试，一次又一次落榜，直到乾隆癸卯年，他才考中了。这时，他方才恍然大悟，原来浙中称阴囊为"卵"，鬼者，就是癸；卵去核，就成了卯字。

杨老爷召稳婆收生

嘉兴乡镇间祠杨老爷神，多灵验。稳婆阿凤者，以收生致富，远近生育之家，必延之至，始无难产。忽雪夜有人叩门，问何来，曰："冷水湾杨府生公子，主人命来，宜急就船。"凤袭裘同仆下船，果至冷水湾，第宅严丽。进门，主人临轩而立，见凤来喜甚，命仆导入后堂，则产母方卧床而呼，众媪婢执烛而立，皆惨然曰："吾夫人产四日矣。"凤诊视之，盖肠盘于胎，急不得下也，以法救之，胎应手而出。报主人，主人赠金元宝二锭，凤纳之，曰："后三朝吾当来。"时天大雪，而房中热气甚逼。凤解衣从事，及出门就船，始记有外衣未著。归家天已明，视元宝则金纸叠成，而皮衣已送至家矣。由是乡人为老爷作三朝，行围盘钗果之礼，迎各庙诸神来贺。

【译文】

嘉兴乡镇间建祠堂供奉杨老爷神，十分灵验。有个收生老娘名叫阿凤，因为帮产妇接生而富裕起来，远远近近的人家凡有生育的事，一定要请她去，才会不发生难产。一个下雪的夜晚，阿凤忽然听见有人敲门，问是从哪里来的，回答说："冷水湾杨府将降生公子，主人命令我来请你，你快点跟我上船吧。"阿凤就穿上皮裘跟着那仆人上了船，果然航行到冷水湾，只见杨府建筑得庄严富丽。进了大门，主人正在堂前靠窗站着，看见阿凤进来，十分高兴，立即命令仆人领进内室。阿凤一看，产妇正躺在床上大声呼叫，仆妇婢女们手持蜡烛站在床前，都很伤心地说："我们夫人生产已经四天了。"阿凤为产妇诊视，原来是肠子把胎儿缠绕住了，急切之下产不出胎儿。阿凤采取措施急救，胎儿很顺利地产了下来。婢女飞快地报告主人，主人赠送给阿凤金元宝二锭，阿凤收下了，对主人说："三天以后我还要来查看一次。"先前天下大雪，产房里热气逼人，阿凤脱下外衣为孕妇接生的，到出门上船，才记起有外衣留在产房未穿上。回家天已大亮，一看元宝却原来是金纸叠成，而皮裘已经被送到家里了。因为这件事，乡里人为杨老爷作三朝，对他行围盘钗果之礼，迎接各个庙里的神来道贺。

溺壶失节

西人张某作如皋令，幕友王贡南，杭州人。一日，同舟出门，贡南夜间借用其溺壶。张大怒曰："我西人俗例，以溺壶当妻妾。此口含何物，而可许他人乱用耶？先生无礼极矣！"即命役取杖责溺壶三十板，投之水中，而掷贡南行李于岸上，扬帆而去。

【译文】

西边人张某任如皋县县令，幕中有一位杭州人王贡南。一天，二人同船出行，夜里王贡南向张某借用溺壶。张某一听大怒，说："我们西边人的习俗，是把溺壶当作妻妾。壶口含着的是什么物件，可以允许别人乱用吗？先生实在是无礼到极点了！"说完，立即命令差役取来刑杖，责打溺壶三十板，把它投入水中；又把贡南的行李扔到岸上，开船扬帆而去。

三虎索命

元抚军展成生二女，皆有国色，一嫁李敏达公之第四子星曜观察，一嫁厉少司寇之子守谦太史。乾隆壬子春，余与太史相遇虎丘，偶谈往事，曰："异哉，吾妻之死也。结褵之后，琴瑟甚调，将及三年，忽一日，闺中置酒向余作诀别状，曰：'我前生猎户也。曾杀三虎，虎魂不散，要来索命。今我怀孕矣，明年分娩之期，正值寅年，寅年属虎，我其不免乎？'问何以知之，曰：'昨夜梦中，有神人金甲而虎冠者告我也。因所杀三虎中有二虎俱曾伤人，故上帝不准报仇；其一虎未曾伤人，故准其索命。'言毕涕泣不止。逾年，果以产难亡。"

【译文】

抚军元展成生了两个女儿，都有倾城倾国之色。一个嫁给李敏达公的第四个儿子——任道台的李星曜，一个嫁给厉少司寇之子——太史厉守谦。乾隆五十七年春天，我在虎丘遇见厉守谦，一起谈及往事，厉说："我的妻子死得真奇怪啊。成婚之后，夫妻感情十分融洽，过了将近三年，有一天，她忽然在闺房摆下酒菜，似乎是要和我作永诀的样子。她对我说：'我的前生是个猎户，曾经杀过三头老虎。老虎的魂不散，要向我索命。现在我怀孕了，明年分娩的时候，正好逢上寅年。寅年属虎，恐怕我逃不过了。'我问她怎么会知道的，她说：‘昨天夜里睡梦之中，有个身穿金甲、头戴虎冠的神人来告诉我这件事。因所杀三头虎之中有两头曾伤害过人，所以上帝不准它们报仇；其中一头不曾伤人，所以准许它向我索命。’说完，泪流不止。过了一年，妻子果然因难产而死亡。”

梁相国解梦

梁文定公病笃，梦至一处，宫殿巍峨，坐客皆非所认识者。公谈久，忽想吃烟，苦无火。或指一殿曰：“此中有火。”中坐神人招梁曰：“且缓吃烟，我有一对君对之。”书“三代之英汝继泰”七字。梁惊而醒。召诸门生来视病，为解之，俱不能解。良久，曰：“我不起矣。三者，三中堂宝也。英者，英中堂廉也。泰者，伍中堂弥泰也。三人官与我同，而俱死矣。我其继之乎？速办后事可也。”越三日而薨。

【译文】

梁文定公病情沉重时，梦中来到一个地方，宫殿巍峨雄壮，座中的人都是不认识的。文定公谈话时间长了，忽然想吃烟，苦于没有火种。座中有人指着一处殿堂说：“那里有火。”中间坐着的神把梁叫过去，对他说：“你暂且不忙去吃烟，我有一副对联你先给我对上。”就写下“三代之英汝继泰”七个字。这时，梁一惊而醒。召学生们来看病情，一个个为梁解梦，都不能解出所以然。过了好长一段时间，梁沉重地说：“我的病治不好了。三，指三中堂宝；英，指英中堂廉；泰，指伍中堂弥泰。三人的官职和我相同，都已死去。我大概是要跟着他们走了。快点为我办后事吧。”过了三天，梁果然病逝。

斋猴

天目山多猴，要往斋猴者，先往韦陀庙烧香，陈祝某日来山斋猴，寺僧为挂牌晓示。临期，主人买馒头一千，铺在庙外地下。清晨，群猴毕集，有一极老者，白髯尺许飘飘，伛偻而至，旁有二猴，亦白须老者，扶持而来，群猴跪迎，老者南面就地坐，群猴拱手亦坐，寂然严肃，不敢哗。二侍者捧馒头献老猴，老者食，然后群猴共食。食毕，向主人叉手拜谢而去。梁履素孝廉亲见其事。余欲往施斋，而以路险草深，不果往。

【译文】

天目山中猴子很多，要到山中供给猴子斋食的，必须先去韦陀庙烧香，向神祷告说明某日来山中斋猴，庙里的和尚就为斋主挂出牌子对外布告。到了那一天，斋主买一千个馒头铺在庙外的地面上。清晨，猴群全部集中。其中有一个极老的猴子，嘴上飘着一尺多长的白胡须，躬腰往庙而行，身边有个猴子，也是白胡须的老猴，扶着它走过来。这时，全体猴子一起跪下迎接。老猴面向南就地坐下，群猴向它行拱手礼后也坐下。全场寂静严肃，没有一个猴子敢吵闹发声。两个侍者捧着馒头献给老猴，老猴吃了以后，群猴才一起吃。吃完馒头，猴子向斋主叉手拜谢离去。举人梁履素亲眼看见过这样的场面。我也想到天目山去施斋，但因为道路艰险，草木深茂，未能成行。

狗熊写字

乾隆辛巳，虎丘有乞者养一狗熊，大如川马，箭毛森立，能作字吟诗，而不能言。往观者一钱许一看，以素纸求书，则大书唐诗一首，酬以一百钱。一日，乞丐外出，狗熊独居，人又往，一与纸求写。熊写云："我长沙乡训蒙人，姓金名汝利。少时被此丐与其伙伴捉我去，先以哑药灌我，遂不能言。先畜一狗熊在家，将我剥衣捆住，浑身用针刺之，热血淋漓，趁血热时即杀狗熊，剥其皮包在我身上。人血狗血，交粘生牢，永不脱落。用铁链锁我以骗人，今赚钱几数万贯矣。"书毕，指其口，泪下如雨。众人大骇，将丐者擒送有司，照采生折割律，立杖杀之。押解狗熊至长沙，交付本家。余按己未年京师某官奸仆妇，被妇咬去舌尖，蒙古医来，命杀狗取舌，带热血镶上，戒百日不出门，后引见奏对如初。元某将军入阵，受刀箭伤无算，血涌气绝，太医某命杀马，剖其腹，抱将军卧马腹中，而令数十人摇动之，如食顷，将军浴血而立。皆一理也。

【译文】

乾隆二十六年，虎丘有个乞丐豢养了一头大狗熊，身体大小像川马，身上的毛像箭一样直而密。这狗熊会写字作诗，但不会说话。前往参观的，一文钱允许看一次。拿白纸去请狗熊写字，它就用大字写唐诗一首，索酬金一百钱。一天，乞丐外出，狗熊独自在那儿，人们又去观看，其中一人给它纸要它写字。狗熊写道："我是长沙乡间教孩童读书的私塾先生，年轻时被这个乞丐和他的同伙捉去，先用哑药灌我，于是我再不能说话。他们先养一个狗熊在家，把我衣服剥掉，捆起来，浑身用针来刺，刺得鲜血淋漓，趁身上流血还热的时候把狗熊杀死，剥下狗熊皮包在我身上。人血和熊血粘在一起，牢牢结住，永远也不能脱落了。以后就用铁链锁着我来骗人，至今已赚钱数万贯了。”写完，指着自己的嘴巴，泪如雨下。众人大吃一惊，急忙把乞丐捉拿解送官府。官府照采生折割的法律条文，立即用杖刑将乞丐打死。然后把“狗熊”护送到长沙，交还给他的本家。我说：己未年，京城里某个官员强奸仆妇，被仆妇咬去舌尖。蒙古医生来诊治，叫人杀狗取舌，带热血镶人舌上，告诫他一百天不要出门。后来，那官员上殿奏事应对，与以往完全一样。元朝某将军杀入敌阵，浑身都是刀箭创伤，血流如注，已经气绝。一位太医命令杀马，将马腹剖开，抱起将军让他睡在马腹中，再叫数十个人摇动。过了一顿饭的工夫，将军满身是血地站起来了。这些同上面的人造狗熊都是一样道理。

雷　屑

吴人蔡鸣西与徐佩玉，中表也。二人之弟，自楚同舟载苎麻归。乾隆戊寅九月十三日，夜泊九江，雷雨大作。蔡怯懦，蒙被卧，有铜饭器支炉上，震摇欲坠。徐起移置，见电光直下，森逼双眸，大雷一声，船柁拔去，水溢入，舟人齐起，牵挽就岸。昏黑中互搬什物。天渐明，见徐顶心插一木，长约三四寸，围寸余，群相惊问徐，徐不自知，毫无痛痒，宛若生成，恰累坠不可一刻耐。邻舟有人善符咒，曰：“此雷屑也。无罪而误触者，予能拔之。”徐甚喜，蔡虑或妄，鸣诸县尹。尹至江干，审视其人书符于徐顶，口诵喃喃，举手一拔，木随手起，复以小黄纸书符贴创处。木入于顶者寸余，尖锐如锥。或云能辟邪魅，尹以为当存案，遂携去。明日，顶上纸自落，宛好如初。奇情奇事，奇技奇人，何所不有。

【译文】

吴地人蔡鸣西和徐佩玉是中表亲戚。他俩的弟弟，从楚地和他们同船装载苎麻回乡。乾隆二十三年九月十三日夜里，在九江停泊。忽然，雷雨交加。蔡胆小，蒙上被子躺下。舱中炉子上支着铜饭器，随着船的颠簸剧烈摇晃，就要倒下来了。徐起身把饭器从炉上取下摆稳，恰巧闪电一亮，直射下来，刺逼双眼。接着一声巨雷炸响，船舵被拔去，水涌入船内。船上人都起来，牵拉着船靠在岸边，在昏暗中大家搬运什物。天渐渐亮起来，人们看见徐头顶正中插着一根木头，约三四寸长，周围一寸多，大家都吃惊地问徐是怎么回事，徐自己却一点也不知道，毫无痛痒，如同天然生成的一样，又好像顶在头上随时会倒下。邻船上有个人善于符咒，说："这是雷屑。无罪而不小心触犯的人，我能给他拔掉。"徐听了很高兴，蔡却害怕邻船人是瞎说，就报告了县尹。县尹来到江边，仔细地看着那个人把符咒写在徐的头顶上，口中喃喃诵念咒语，然后举手一拔，木头就随手出来了；又用小黄纸写上符语贴在创处。看那拔出的木头，刺入头顶有一寸多，而且像锥子一样尖锐。有人说这木头能够避邪魅，县尹认为应当存在案例里，就带回县衙。第二天，徐头顶上的黄纸符自行落下，创口完好如初。奇情奇事，奇技奇人，哪一样没有呢？

牛 濮 水

临武县水多激险，东南三十里地名牛头濮，因山象形而名也。产鱼繁，水势奔骤，难施罟网，率用白鸽粪投水，则鱼皆僵浮水面。或驾小舟，或裸下体，沿流检之。一夕，两人赴饮归，缘岸行，见水面浮巨鱼。一人喜谓同行曰："曷稍待，吾携此鱼来。"遂脱衣入水，久之，人与鱼皆无声。讶其溺矣，急寻村中素善泅之张某，丐其入水相觅，约以若干金为酬。张许诺，索酒饮，立尽数斗，醉若不支，踏小船至浮鱼处，翻波而下，越数武，或起或没，如是数次，奋跃升岸。云："见一匹夫坐沙中，见人至辄移去。快取酒饮，我当再往，携与俱来。"又尽数斗，复入水，少顷波涌，见张擒一人发，踏波登岸，掷于地，以掌批之，曰："你累我往返数次，费如许力，实可恨，打得该否？"旁观力劝始解。视其人已死，即昨日求鱼者。酬以所约金。张笑曰："我两番痛饮，肠味已充，倘挟是术以骗人金，又何异迷人之水鬼？"即摇头举手而去。张殆奇杰之士而隐于水者乎？吴门顾君朗村是日过其地，亲见之。并云："土人称其下有龙宫，向一幼童误坠水，至一官署，门坐二人对弈，状怪似虾蟹，见童讶之，询其故，送出水。幼童今现存，年甫三十余，尝向人谈此异。"

【译文】

临武县的河道多激流险滩，东南面三十里的地方名叫牛头濮，因山形好像牛头而得名。那里盛产鱼类，水势奔腾湍急，难以用网罟捕鱼。渔民都是把白鸽粪投到水里，鱼就僵死漂浮到水面上来了。渔民们有的驾着小船，有的裸露着下体，顺着水流捡起漂浮的鱼。一天夜里，有两人吃酒归来，沿着河岸走，看见水面漂浮着一条大鱼。一人高兴地对同伴说："为什么不稍微停一下，让我把这条鱼捞上来。"就脱下衣服，跳到水里去捞鱼。下水很久，人和鱼都无声息。同伴怕他溺水，急忙找到村中善于泅水的张某，请张到水里去寻找溺水者，许给他酬谢银两若干。张某答应了，要来白酒喝，一下子喝完好几斗，醉得好像已经支撑不住了，然后踏上小船到漂浮大鱼的地方，跳进水里，游过几步远，一会沉下水底，一会浮出水面，这样经过好几次，奋身跃上岸来，对众人说：“我看见一个家伙坐在沙中，见人来就移身逃去。快取酒来给我喝，我要再下水去，把那家伙带上来。”又喝了几斗酒，再次跳入水中。一会儿，波浪翻滚，只见张抓住一个人的头发，踏着波浪登上岸来。张把那人抛在地上，用手掌打他，一边说：“你累我往返几次，费了这么多力气，实在可恨，该不该打?”旁观的人尽力劝阻，张才消除怒气。仔细一看，那人已经死了，就是昨天下水捞鱼的。同伴要付给张讲好的酬金，张笑着说：“我两次痛快地喝酒，肚肠中味道已充满了，如果仗着水性来骗人金钱，和迷人的水鬼又有什么区别呢?”就摇摇头，手一挥，走开了。张某大概是奇异豪杰之士而隐姓埋名在水边的吧，吴门的顾朗村当天经过那里，亲眼见到过他，并且说：“当地人说他们那儿下面有龙宫，以前有一个幼童不小心坠入水中，到了一个官署，门口坐着两个人下棋，体形怪异，好似虾蟹。他们看见幼童，很觉奇怪，问明原因，送幼童出水上岸。那个幼童现在还活着，年纪才三十出头，曾向人们说过这件奇异的事。”

阴阳山

川东新宁县之南乡，地名火石岭，有唐姓者，茹素诵佛经。年五十余，忽无病卒。越四日，胸仍温，家人不忍遽殓。渐复苏，进以汤粥，遂更生。语家人曰：“我前日偶出门外，见一道人，布袍跣足，呼与同行，觉此身不能自主。行数里，闻水声奔腾，须臾至一河，宽广莫测，巨桥凌空。桥上人见道人笑呼曰：‘通灵来矣。’问何地，答曰：‘黄河。’又数里，高山峻起，问何山，答曰：‘阴阳山。’匍匐而升，危崖盘驳，惊奇怪异，气色昏黯，中间一径，仅容人行，两旁皆荆棘。见多人往来丛脞中，如觅路状，皮肤皆为棘刺所伤，流血号泣。予惧而询之，道人曰：‘人居心坦白，公正无私者，则见此大道可行；巧诈欺伪者，则自投荆棘，徒受折磨，生平不由正道之故耳。’山既尽，天日清朗，城郭在望。道人曰：‘此太平城，行人杂沓，皆候发落者。’忽见一隶卒执牌来，呼曰：‘且带三十六人去。’道人亟招予入城。城中衙署甚多，皆寂然。顷至一署，额曰‘业镜司’，拉予由东角门进，立大堂檐下。见右厢椅上坐一人，补服顶帽，前立一女子，年可十七八，拽之泣冤，睨视其人，即同乡吴县尹也。询之，道人曰：‘吴作令时，有陈氏女，夫亡守志，父欲改嫁，女不允。后讼于吴，吴见皆美少年，意其必合，判归之，女竟自缢死。今亦来候发放者。’少间，闻呵殿声，一人升堂高坐，方巾大服，类道教装，两房吏役祗候，威仪甚肃。潜问何官，曰：‘此冥府总政也。’道人叩见，互相问答，莫辨所云。既而带余跪谒，座上官曰：‘汝在世曾诵经否？’应曰：‘曾诵。’又曰：‘汝诵何经？’应曰：‘诵《金刚经》。’曰：‘汝自是好人，但“挲摩诃”如何念成“沙摩诃”？因错了一字，罚去一岁。今叫汝来，快改过，还汝十年阳寿。去罢！’遂叩头起立。适前女子见，叩见所诉，果如道人语。座上官曰：‘汝该是这样死。’从案上掷下一物，如方斗，曰：‘汝自看来。’女遂默然。又曰：‘汝矢志守贞，今奉岳主之命，燕地投胎，皇庄受禄。去罢！’旋退堂，而云板鼍鼓，宛若阳官仪注。回视右厢，则吴亦不见矣。出平阳，见有三十六人蹲踞相向，一隶至来，持巨扇煽之，火焰腾起，高数丈。须臾，火息，三十六人仍在。隶又于怀出一珠，大如卵，置地上，复以扇煽之，狂风骤起，而三十六人不知所往。惊问道人，曰：‘冥府不比阳世刑法，只此阴阳火劁除恶类，继以罡风扬其渣滓。落于山则为虫介，入于水则为鱼虾。行善之人别有善路去也。’仍由前径而还。遇舅氏某，负猪皮在背，泣曰：‘吾不幸死于利川，今且变猪矣。’及家中门，道人竟去。今乃醒，不自知为已死也。”遣家人往候吴，果患病危笃，两手厥逆者数日，今得霍然矣。询以女子事，则果宰蓝田时之案也。未几，其舅氏之子来，云渠父果于某日卒于利川县。事在乾隆二十二年四月间。唐姓今尚存，言之如绘。吴乃康熙庚子孝廉，仕于秦，世居新宁县后乡，予曾至其家，子名霦，邑庠生，能诗文，精岐黄，亦曾备言其事。

【译文】

在川东新宁县的南乡火石岭，有个姓唐的人，平日一直吃素斋，念诵佛经。活到五十多岁，忽然无病而终。过了四天，他的胸口还是温热的，家里的人不忍心马上就把他装进棺材，而他竟也渐渐地苏醒过来。家里人用汤粥喂他，于是他又活了过来。他对家里人说：我前天偶然走出门外，看见一个道人，穿着布袍，赤着双脚，叫我和他一起走，我就觉得身体不由自主地跟着他。走了几里路，听见奔腾的水流声，不久便到了一条河边。河面宽广，望不到边，有一座大桥高高地架在河上。桥上的人看见道人，笑着招呼说：“通灵来了。”我问这是什么地方，回答说：“是黄河。”又向前走几里路，只见高高的山岭耸立，我问是什么山，回答说："是阴阳山。"猫着腰向山上爬，陡直的高崖密密层层，形状奇特怪异，山中气色昏暗，一条小路，只能容一人通过，路两旁都是荆棘。我看见许多人在草木丛中来来往往，好像找寻道路的样子。他们身上的皮肤都被棘刺戳伤，鲜血直流，大声哭号。我感到恐惧，就问是怎么回事。道人说："为人居心坦白、公正无私的，就能看得出这条大道可以通行；为人巧诈欺伪的，就会自己走进荆棘丛中，白白遭受苦难折磨而找不到道路，这是因为他们生平不走正道的缘故。"山过去之后，阳光明媚，天色晴朗，一座城市就在眼前。道人说："这是太平城，来往的人众多纷杂，都是等候发落的。"这时，忽然看见一个隶卒拿着一个牌子出来，大声叫道："且带三十六个人去。"道人急忙叫我进城。城里的衙门官署很多，都冷清无人。不久走到一座官署，匾额上写着"业镜司"。道人拉着我从东边的小门进去。我站在大堂檐下，看见右厢房椅子上坐着一个人，身穿官服，头戴顶帽，他前面有个十七八岁的女子，拉着他哭诉冤屈。仔细一看那人，原来是同乡的吴县令。我问这是什么原因，道人说："吴任县令时，有个女子陈氏，丈夫死了，守节在家，父亲想要她改嫁，女子不肯。后来告到吴县令那里，吴见双方都年轻貌美，料想二人相配一定融洽，就判女子改嫁那个男子。女子不从，竟然上吊身亡，现在也是来听候发落的。"一会儿，一个人升堂高坐，身着方巾大服，像是道教的装束，两边站立着胥吏差役，显得十分威严。我悄悄地问那是什么官员，道人回答说："这是阴司的总政。"道人上去叩见，二人的问答言谈，都听不出说的什么。接着带我上去跪下拜见。座位上的官问道："汝在人世间诵念佛经吗？"我回答说："念过。"又问："你念的什么经？"回答说："念《金刚经》。"那官员说："你本来是个好人，但为什么把挲摩诃念成沙摩诃呢？因为你念错一个字，罚去你一年寿命。现在叫你到这里来，是让你快点改正，还你十年阳寿。回去罢！"于是我叩头起身。正好前面那个女子上来叩见诉冤，所诉的事果然如道人所说。座上官员说："汝本该是这样死法。"说着从案上扔下一件东西，形状像个方斗，说："你自己看看。"女子就一声不响了。官员又说："你立志保守贞节，现在奉岳主之命，要你去燕地投胎，在皇庄受禄。下去罢！"

随即退堂，敲击云板鼍鼓，仪式和人间相同。回头看看右厢房，吴县令已经不见了。出了平阳，只见三十六个人面对面蹲在地上，一个隶卒走过来，手拿一把大扇一扇，就腾起几丈高的火焰。过一会，大火熄灭，三十六个人还在那儿。隶卒又从怀中取出一个珠子，像鸡蛋那么大，把它放在地上，再用大扇子一扇，顿时狂风骤起，三十六个人就不知到哪儿去了。我吃惊地问那道人，回答说："阴司为刑法和人间不同，只用这种阴阳火剿灭恶类，接着再用罡风扬尽他们的渣滓。渣滓落在山地就成为虫介，落入水中就成为鱼虾。行善的人另有善路安排。"我依旧随道士沿着来时的路返回，途中遇到一个舅舅，背上背着猪皮，哭着对我说："我不幸死在利川县，现在要变成猪了。"到了家里的中门，道人竟自离去了。现在我醒过来，并不知道自己曾经死去。唐立即派家人前去看望吴县令，果然有好几天病情危急，两手僵直不能动弹，现在已经好了。问吴县令女子的事，果然是他任蓝田县令时的案子。没有多久，唐的外甥来了，说他的父亲在某天死在利川县。这件事发生在乾隆二十二年四月间。姓唐的现在还活着，说起这件事来绘声绘色。吴是康熙庚子年的孝廉，在秦地做官，世代居住在新宁县后乡，我曾到过吴家。吴的儿子名霖，是县学的学生，擅长诗文，精通医术，他也曾给我详细地讲过这件事。

亡夫领妇到阴间见太公太婆

毗陵庄生家千早殁，遗妇陆氏，于乾隆壬子，卧病经夏。至七月六日，忽梦亡夫挈至一门，厅事颇如旧家。登堂见舅姑咸在，各各悲喜。俄而屏后有髯翁夫妇扶杖出，家千曰："此太公太婆也。汝未及见，今宜祗谒。"氏如礼拜见。髯翁曰："孙妇初见，我当有以款之。"其子以空乏对，翁乃探囊出白金付左右。须臾，肴馔罗列。方围坐共食，翁指盘中肉丸谓家千曰："此味何不携去啖孙妇?”家千遽愀然目视其祖，若以为不可者。翁遂不言。食竟，氏前请曰：“既到此，须一见阎王否?”翁曰：“汝并无罪过，无庸去见。”因指旁向者谓氏曰：“明日戌时当遣肩舆来迓汝耳。”乃欻然醒，述所见髯翁夫妇，果其生前状貌，口吻宛然。至奔走使令之人，皆其家已故仆妇，一一不爽也。氏言梦中所遇，一家骨肉团聚甚乐。次日七夕，果见梦中二仆舁舆来迎，如期而逝。髯翁者名椿，字书年，曾为射洪令，一生爽直。家千父字实君，亦诚愿人也。

【译文】

毗陵的儒生庄家千年轻时就死去，留下妻子陆氏。乾隆五十七年，陆氏生了整整一个夏天的病，到七月六日，忽然梦见已故的丈夫把她带到一家门前，房屋厅堂好像和旧时住宅相似。上堂之后，看到公公、婆婆都在，见面之后，悲喜交集，不久屏风后面走出一位拄拐杖长胡须的老翁和一位老太太。家千对陆氏说：“这就是太公太婆，你没有来得及见到，现在应当拜见。”陆氏按照晚辈的礼节拜见了。长胡须老翁说：“和孙媳妇初次见面，我应当好好招待她。”他儿子说家里没有钱，老翁就从袋中掏出银子给家中仆人。不一会，各样菜肴就摆好了。一家人正围坐一起吃饭，老翁指着盘子里的肉丸对家千说：“这个菜为什么不给你妻子吃?”家千立即露出不高兴的神色，望着祖父，好像表示不可以给她吃的样子。老翁就不再说了。吃完饭后，陆氏上前请示说：“既然已经来到这个地方，是不是要见一见阎王呢?”老翁说：“你并没有罪过，用不着去见。”于是指着旁边的人对陆氏说：“明天当会派轿子来迎接你。”接着忽然醒来，对人们讲述老翁夫妇的容貌、说话口吻，果然和生前一模一样。甚至一旁奔走使令的人，也都是家中已故的仆妇，一个个对得上号。陆氏谈到梦中情景，一家亲人团聚很是欢乐。第二天是七夕，果然看见梦中两个仆人抬着轿子来迎接，正好在老翁所说的时期病逝。那长胡须老翁名椿，字书年，曾经做过射洪县令，一生爽朗正直。家千的父亲字实君，也是忠厚诚实的人。

（续卷九译者　李祚唐）

续子不语卷十

淫谄二罪冥责甚轻

老仆朱明死一日而复苏，告人曰：我被阴间唤去，为前生替人作债负中证，两造互讦，必须我到，才得明白。我见阎罗王之后，据实剖陈，其案遂定，放我还阳。我出殿门，见柱上有对一联云："是是非非地，明明白白天。"我叹赏之，以为不愧神明口气。正徘徊间，见有一群托生之鬼从堂上下来，大半多不相识，只有一女子、一老叟，皆我邻也。女有淫行，叟谄富家，以为此二人者，必坠阿鼻地狱矣。及判官走过，手持托生簿，因而问之。判官曰："某妇甚孝，故托生山西贵人家为公子。叟甚慈，故托生山东为富家女。"朱大不服，曰："我素知某妇不端，某叟没品，俱得托生好处，然则阎罗衙门，何得为是是非非、明明白白乎?"判官叹曰："此乃所以谓之是是非非、明明白白也。何也?男女帷薄不修，都是昏夜间不明不白之事，故阳间律文载捉奸必捉双，又曰非亲属不得擅捉，正恐黯昧之地，容易诬陷人故也。阎罗王乃尊严正直之神，岂肯伏人床下而窥察人之阴私乎?况古来周公制礼以后，才有妇人从一而终之说。试问未有周公以前，黄、农、虞、夏一千余年，史册中妇人失节者为谁耶？至于贫贱之人，谋生不得，或奔走权门，或趋跄富室，被人耻笑，亦是不得已之事。所谓‘顺天者昌’，有何罪过，而不许其托生善地哉？况古人如陈太丘吊张让而解党祸，康海见刘瑾以救李崆峒，贬其身而行其仁，功德尤大。上帝录之入菩萨一门，且有善报矣。至于因淫而酿成人命，因谄而陷害平人，是则罪之大者，阴间悬一照恶镜，孽障分明，不待冤家告发也。”朱闻之，大悟而醒。云：判官亦其族叔，名启宏，作黄冈州吏目，生前以端谨闻。

【译文】

老仆人朱明，昏死一天后苏醒过来。他告诉别人说，自己被阴间传唤了去，是因前生替人做借债的证人，借贷双方互相争执，必须要他到场，才能说个明白。朱见到阎王之后，据实陈述分析，于是了结了那个案件，就放朱返回阳世。朱走出殿门，看见柱子上有一副对联写着：“是是非非地，明明白白天。”朱赞赏不已，认为的确不愧为神明的口气。正在徘徊之间，看见有一群托生的鬼从堂上走下来，大半都不认识，只有一个女子、一个老头，是朱的邻居。女子有淫荡行为，老头谄媚富人，朱以为这两个人，必定要坠入阿鼻地狱了。等到判官走过来，手里拿着托生簿，朱就上前问他。判官说：“这个妇人很孝顺，所以托生到山西贵人家做公子。老头子对下辈很慈爱，所以托生到山东做富人家的女儿。”朱很不服气，说：“我一向知道那女人行为不端，老头没有人品，却都能够托生到好的地方，这样看来，阎罗衙门怎么算得上‘是是非非地、明明白白天’呢？”判官叹了口气说：“这就是所以要称它为‘是是非非，明明白白’啊。为什么呢？男女之间关系暧昧，都是黑夜里不明不白的勾当，所以阳世间的法律条文上载着捉奸必须捉双，又说不是亲属不能擅自捉奸，正是唯恐昏暗暧昧的地方，容易诬陷好人。阎罗王乃是尊严正直之神，怎么肯扒在人家床下偷偷察看人家的隐私呢？况且古代周公创制周礼以后，才有妇人从一而终的说法。试问，周公尚未出世之前，黄帝、神农、虞、夏几朝一千多年，史册中妇人失节的是谁呢？至于贫穷低贱的人，无法谋生，有的巴结有权势的贵官，有的讨好有钱财的富人，被人耻笑，也是不得已的事。这就是平常所说的‘顺天者昌’，有什么罪过而不准许他们托生到善地去呢？况且古人中像陈太丘吊唁张让而解脱了党祸、康海会见刘瑾来拯救李崆峒，都是降低自己的身份而做出仁义之举，功德尤其显著，上帝把他们记录在菩萨一门里，将会得到善报。至于因为淫荡而造成伤害人命，因谄媚而陷害善良之人，这可是明显的罪恶，阴间悬挂了一面照恶镜，一照罪恶就原形毕露，不必要等待冤家的告发。”朱听了判官的一席话，才恍然大悟，也就从梦中醒来。朱说，判官也就是他的族叔，名启宏，曾任黄冈州吏目，生前以端正严谨而闻名。

人寿有定阴间不能增减

六合程某，平素不信鬼神之事。年六十余，患病不起，不纳谷者四十余日。忽一日谓其妻曰：“我病不起矣。但两孙婚有日期，我不能一见孙妇，人必笑我没福。盍作速料理，以慰我心。”其妻子如其言，引两新妇到床前拜见。程喜动颜色，曰：“吾明日可以去矣。可于次晨即扶我起，便穿入殓之衣。”家人以蟒服进，命斥去之，曰：“我并未作官而著此服，必为群鬼所笑。仍衣常服可也。”服毕，良久曰：“有二人在外相待，可烧纸钱具酒肴待之。”妻问何人，曰：“俞龙、江辛二人者，已死之人，曾舍身为城隍役卒者也。”言毕，沉沉睡去者将一日，忽醒曰：“扶我起，将殓衣暂脱。城隍夫人生日，宾客来往甚忙，无暇点名，故俞、江二人仍放我回来，后日方去，听候发落。”依旧吃梨汁清茶者又二日。睡醒，命取衣穿，曰：“我此番真去，不复归矣。但家中子女多向城隍烧香借寿与我，或愿减五年，或愿减十年，虽是他们孝心，恰都可笑。人之年寿，各有定数，不比他物可以通挪。但有一件奇事，我望见城隍有素不认识之妇人替我涕泣讨情，放我还阳，城隍摇头不允。我大起疑心，盘问二皂隶，此是何家妇女，曰：‘唐李氏也。君不记三十六年前之事乎？李氏嫁唐某而夫亡，此妇事堂上姑送其终，又替其夫承继一子。事毕，再拜灵前，自缢而死。君重其节，托人教唐氏小叔递呈请旌，一切费用，俱是君包揽而去。何竟不记耶？’”程闻之恍然如昨日事，且知城隍摇头者，亦因人寿有定，非城隍所能减增也。言毕又吃梨汁数杯而逝。程君之子号石泉，亲为余言。

【译文】

六合县有个姓程的，一向不相信鬼神之事。活到六十多岁，生了重病，卧床不起，四十多天粒米未进。忽然有一天对妻子说：“我的病不会好了。但两个孙子的婚期已定，我如果不能见上孙媳妇一面，别人一定会笑话我没有福分。为什么不提前从速办理，来宽慰我心呢？”妻子照他的话做，把两个新娘领到病床前来拜见。程脸上显出十分喜悦的神色，说：“明天我可以去了。你们可以在明天早晨就扶我起来，穿上入殓的衣服。”家里人送上蟒服，程马上叫拿回去，说：“我并没有做官却穿上这种衣服，必定会被群鬼耻笑。还是穿日常的衣服就可以了。”穿好衣服之后，很久才说：“有两个人在外面等待，可烧些纸钱备上酒菜招待他们。”妻子问是什么人，他回答说：“是俞龙、江辛两个已死的人，他们曾经舍身担任城隍的役卒。”说完，昏昏沉沉地睡了将近一天，忽然醒过来说："把我扶起来，暂且脱去入殓的衣服。现在是城隍夫人的生日，宾客来来往往，十分忙碌，没有空点名，所以俞、江二人仍放我回来，后天才能去那儿听候发落。"程还像平常一样吃梨汁清茶。又过了两天，睡中醒来，命取出殓衣穿上，说："这次是真去，不再回来了。但是家中子女都向城隍烧香要借寿给我，有的愿减五年，有的愿减十年，虽是他们的孝心，却都是可笑的举动。人的年寿，各有各的定数，不像其他东西，可以借来挪用。只是有一件奇事，我看见城隍跟前有个素不相识的妇人哭泣着为我说情，要城隍放我还阳，城隍摇头不允许。我大为怀疑，就问二位皂隶这是哪一家的妇女，皂隶说：'这是唐李氏。你不记得三十六年前的事了吗？李氏嫁给唐某，唐某不久死去。这个妇人侍奉家中婆婆直到送终，又替丈夫过继了一个儿子。家事都办好之后，到亡夫灵前一拜再拜，就上吊而死。你很敬重她的节气，托人教唐氏的小叔子向官府递送请求旌表的申请，一切费用都是你包揽下来的。为什么居然记不起来了呢？'我听了，恍惚之中好像是昨天发生的事，而且知道城隍之所以摇头，也是因为人的寿命有定数，不是城隍所能任意增减的。"他说完，又吃了几杯梨汁，就逝世了。程的儿子号石泉，亲口对我说了这件事。

关帝血食秀才代享

某生员请仙，一日关帝临坛，某以《春秋》一段问之，乩上批答明晰无误。批讫，遂去。某归家后，心切疑之，云："关帝忠贯日月，位至极尊，如何以一纸之符，即能立刻请到？"心甚不服，欲拟表文一道，焚于上天控告。正作表文间，忽闻扣门声，某启户视之，而不见一人。某愈怒，提笔又做，忽案头有人云："相公缓笔。"某问："尔系何人？"答云："我即临坛之人，实系唐朝秀士，因被乱军所杀，魂魄落在庙中殿下，朝夕打扫殿宇。圣帝怜我勤苦，命我享受庙中血食。并非关帝也。”某大笑，即欲焚表。案头人又云：“缓焚。”某又问何故，答云：“若焚表文，仍是控告。我总求相公将表文放入水中，磨灭字迹，方于我无碍。”某又问：“关帝到底有临坛时否？”答云：“关帝只有一尊，凡天下各庙中血食，皆系我等享受。惟天子致祭，方始临坛。”某问：“何以知之？”答云：“曾有修炼数千年之狐狸，闻天子致祭，一月前斋戒沐浴，遂往窥伺。七日前见周将军临坛打扫坛舍，红光满室，妖魔尽被烧死。故知天子致祭之期，关帝方临坛云。”

【译文】

有个秀才扶乩请仙。一天，关帝降临乩坛，秀才用《春秋》上的一段话发问，乩上批答明白清晰，没有讹误。批答完毕，仙人就离去了。秀才回家以后，心里非常怀疑，暗想：“关帝的忠心可贯日月，地位极其崇高，怎么小小一张符纸，立刻就能把他请到呢？”心里很不相信，就想草拟一道表文，焚烧了向上天控告。他正要写表文时，忽然听到敲门声，开门一看，却又不见一人。他更发怒，提起笔又继续写，忽然桌旁有人说：“相公请停下慢写。”秀才问：“你是什么人？”回答说：“我就是降临乩坛的人，其实是唐朝的秀才，因被乱军所杀，魂魄落在关帝庙大殿下，就被派早晚打扫殿宇，关帝哀怜我勤苦，就命我享受庙中的供品，我并不是关帝。”秀才听了大笑。就要焚烧表文。桌旁的人又说：“请暂时不要焚烧。”秀才又问为什么，回答说：“若焚烧表文，你仍然是向天帝控告。我恳求您还是把表文放进水里，等浸泡得字迹磨灭，方才对我没有妨碍。”秀才又问；“关帝到底有没有亲自降临乩坛的时候？”回答说：“关帝只有一位尊身，而凡是天下的关帝庙中都供有血食，却都是如同我这样的角色享受。只有在天子祭祀的时候，关帝才亲自降临祭坛。”秀才问道：“怎么能够知道是这样的呢？”回答说：

“曾经有一头修炼了几千年的狐狸。听说天子要祭祀关帝，一个月前就斋戒沐浴，动身赶到祭祀地点偷看。在神降祭坛的七天以前，狐狸就看见周将军亲自降临打扫祭坛庙舍，当时红光满室，周围一切妖魔都被烧死。因此知道天子祭祀的时候，关帝才亲自降临祭坛。”

恶人转世为鳖

扬州胡姓，有子颇慧，年将二十。将娶之前数月，忽得颠疾，饮食眠动不时，若明若昧，自言自笑。一日，在床上坐，语其父母曰：“儿于昨夜奉岳神命署本县城隍事，本县旧有积案十件未结，命儿公正办理。儿恐错误，需请幕友，细思惟有受业某师，素称理学可信，可速备礼请之。”时某师已故多年矣。少顷，忽起立云：“师至，师至。”喃喃刺刺不休。家人旁听，竟是两人问答，声音笑态，毕肖平日。云十案中有七案仍从前议，其余三案，一当斫头，一当剁手，一当充军。其时，因医言其病须滋阴，买一鳖于灶下，引其首而斩之，鳖头落地，怒目狰狞可骇。相隔卧房甚远，其子忽于床上大喝曰：“这恶人，应当斩罪，还有甚么不服？斫去还敢怒目视我耶？”家人祈祷城隍庙未回，其子又于床上云：“太爷何故烧香于判官面前？他如何当得起太爷一拜？”十案俱有姓名，细访之，皆系已死境内积恶昭昭在人耳目者。

【译文】

有个姓胡的扬州人，他有个儿子很聪明，年龄将近二十。儿子在快要娶妻前的几个月，忽然得了疯病，饮食睡眠都乱了时辰，人有时清醒，有的糊涂，经常自己说话嬉笑。有一天，他坐在床上，对父母说："儿子昨天奉岳神的命令，担任本县城隍之职。本县旧年积有十件案子未能了结，命令我秉公办理。我恐怕任职时会有失误，需要请个幕友协助。仔细考虑之后，觉得只有教我读书的一位老师，向来因理学功底扎实可以信赖，你们快点备办礼物去请他。"其实，当时那位老师已去世多年。过了一会，他忽然站起身来说："老师来了，老师来了。"喃喃自语，说个不停。但家里的人在一旁听来，却是两个人的问答。他的声音、笑的姿态，和平常一模一样。只听他说十个案子中有七个案子仍维持原判，其余三个案件，一个应判斩首，一个应判剁手，一个应判充军。那时，因为医生说他的病必须滋阴，就买了一个鳖，在灶下把鳖头引出来斩掉。鳖头落在地上，还怒睁眼睛，显得狰狞可怕。灶头相隔卧房很远，胡的儿子忽然在床上大声喝道："你这恶人，罪当斩首，还有什么不服？砍了头还敢怒睁双眼看着我吗！"家里人到城隍庙祈祷还没有回来，他又在床上说："太爷为什么在判官面前烧香？他怎么受得起太爷一拜？"十个案件都有主犯姓名，经过仔细访查，那些犯人都是扬州境内死去的人，生前作恶多端，人人皆知。

奸夫死后报仇

仪征县役何二曾与一妇奸好，其妇有旧好胡四，往来多年，妇利其财，后渐穷窘，妇渐疏之。何复凌之，遂至郁抑而死。妇夫亦死，妇遂归何，竟为夫妇。数年，颇有积蓄。何原有妻已故，曾生一子，忽得狂病，持刀弄斧，见此妇来即欲手刃，云："我乃胡四，你家用我数千金，财尽心离，更从何姓，如此快活，我死不甘，已诉于神，准我报仇。"医治不效，延僧请道，修斋祈祷，一无灵效。如此数月，其子骨瘦如柴。忽一日，叫戏演唱，又忽跨驿馆中马，狂奔街市。又忽将家中物件打碎，将银钱搜寻出散与他人，云：“神许我将你家财荡散，再讨你儿子的命。”云云。至今其子现存，而家资已空。

【译文】

仪征县里有个差役何二，曾和一个妇人通奸姘居。那个妇人原有个旧相好叫胡四，二人往来许多年。妇人原是贪图胡四的钱财，后来胡四渐渐穷困潦倒，妇人就和他渐渐疏远，加上何二仗势多次凌辱他，胡四就闷闷不乐而死。那妇人待丈夫也死后，就嫁给了何二，竟然成了夫妻。几年后，家中很有些钱财积蓄。何二原来的妻子已经亡故，留下一个儿子忽然生了狂病，常常抓起刀斧乱舞，看见妇人来就想杀了她。口中说着：“我是胡四，你家用了我几千两钱子，钱被你用完，你也就变了心，又姘上这姓何的，过得这样快活。我死不甘心，已在神灵那里告状，神灵批准我向你报仇。”他的狂病虽经医生治疗，毫不见效。又请了和尚、道士，修斋祈祷，也一点没有灵验。这样过了几个月，他变得骨瘦如柴。有一天，他忽然叫来戏班唱戏，又忽然骑上驿馆里的马，在街市上狂奔。又忽然把家中的器物打得稀烂，把家中的银钱搜寻出来，到外面分给别人。他说：“神答应我把你的家财荡尽，再讨你儿子的命。”直到现在，何二的儿子还活着，但何二的家产已一无所剩了。

董刺史雪冤

董公溶任海宁州时，下乡踏勘，有旋风迎舆来。左避左随，右避右随。公异之，祝曰：“若有奇冤，可在舆前三旋而退，吾当命役从汝指引。”祝毕，果如公谕，遂令干役随风查察。至僻壤处，入墓而殁。稔知为某解元女公子墓，禀覆。公立为传讯。据称其女是暴病夭殇者，公不之信，即欲起墓检验。某乃索公无故开棺笔据，方许启墓，公不得已与之。及启验，果属病亡。公颇自悔，亦惟候告听参而已。乘舆返，行未数武，旋风复来，公益惊，停舆细思，忆及墓内搁棺石板下当有故。复回至墓，揭石验之，又得一棺，开检，亦一女尸，而貌如生，倾国姿也，遍体鳞伤。讯系解元威逼强奸不从，受伤身死。公遂按律详革科断，昭雪其冤而旌表之。

【译文】

董溶在海宁州任上时，一次下乡实地勘察，突然刮起一阵旋风，迎着轿子而来。轿子避向左边，风旋到左边；轿子避到右边，风也旋到右边：始终不得摆脱。董溶觉得十分奇怪，对风祝告说："如果是有奇冤，可在轿子前面旋三转，然后退去。我会命令差役仆从跟着你走。"祝告完毕，旋风果然像董所说的那样，三旋而退。董溶于是命令手下跟着风向查寻察看。一直跟到偏僻的地方，旋风刮进坟墓里就消失了。手下人确知那是某解元女儿的墓，就据实察告董溶。董立刻传讯某解元，供说他女儿是得了暴病夭折的。董不相信，想立即发掘坟墓验证。那解元就要董溶写一张无故开棺的亲笔字据，方才同意发掘坟墓。董溶别无选择，只好写给了他。等到开棺检验之后，果然是属于生病死亡。董溶非常后悔写了字据，此时已无可奈何，只有等着解元告发，听候上级处理。不料，乘着轿子回衙时，走不了几步，旋风又刮过来，董溶更为吃惊，停下轿子仔细思考，回想起墓内搁棺材的一块石板下面可能有问题。董又命手下回到坟墓前，揭开石板检查，只见又有一个棺材，里面也是一具女尸，面貌还像活人一样，绝色美丽，却是遍体鳞伤。董就捉拿解元审讯。原来那女子是面对解元威逼强奸，力拒不从，被殴伤致死。董溶于是按照法律条文量刑判决，为那女子昭雪，并旌表她的贞节。

刘老虎

刘名捷，江右人，绰号老虎，强而有力，为一乡之无赖。夜，饮醉归来，途间觉酒上涌，扪壁以行，遇门便入，认为己家，足力惫软，倒地而卧。五更尽，始醒，闻人问曰："某人何在？"答曰："在某洞。"又问："此番是谁？"答曰："某某。"共若干名，刘之姓名在内。自想不知所犯何案，系何衙门拘讯，因仰目视，天亦渐明，细认乃知在土地庙中，遍寻杳无人迹，大为奇异。因思某洞离此不远，无妨一往侦察，遂飞步至其洞，果有大汉鼾睡正熟。自思大汉雄健，未可软说，乃拔佩刀，抓起大汉，将刀置其喉间。大汉惊问何作，刘曰："汝是歹人，尚问我耶？"大汉曰："我是过路客，何以指为歹人？"刘曰："既是过客，缘何不投歇店，行踪诡异。若不实言，吾先杀汝！"大汉急曰："我实奉官差拘犯人。"索票观之，第一人即刘也。问犯何事，要其救释，大汉曰："是大数注定，上帝所命，岂予敢徇纵耶？"刘曰："如是，杀汝亦死，释汝亦死，均之死也，不如与汝同死。"复欲刺之。大汉摇手止之曰："救汝。汝可自行咬破手指，血染吾票上，更易姓名，远徙他乡，或可稍缓数年也。"刘如其言。见大汉出洞门，就地一滚，化为老虎，咆哮入山去。刘踉跄归，到家，天亦大明。遂改姓名，移居外府，从此改悔，不作无赖。习理生业，娶妻生子，寿至七旬。因亲友家拜斗，为病人作干保，刘思拜斗大事，岂可填写假名，缘将前事告之，填写真名而归。出大门，甫数武，被虎衔去。

【译文】

刘捷是江西人，绰号叫“老虎”。强悍有力，是一乡中最出名的无赖。一天夜里，他吃醉了酒回来，走到半路觉得酒往上涌，站立不稳。只能扶着墙壁一步步走，遇到一扇门开着，以为是自己的家，便走进去，两脚发软，一下子就倒在地上睡去。一觉睡到五更过后，刘才醒来，只听有人问道：“某人在哪里？”回答说：“在某个洞。”又听见问：“这一次是谁？”回答说：“是某某。”这样报出了若干姓名，刘的姓名也在其中。刘捷自思不知犯了什么罪，是哪个衙门来拘捕审讯，于是抬头仰视。当时天已渐亮，仔细一看才知自己是在土地庙里。在庙里四处搜寻，一个人影也没有。感到十分奇怪。于是想到某洞离开这里不远，不妨前去察看一番，就飞跑到那个洞里，果然有个大汉正在呼呼大睡。刘暗想这大汉魁梧健壮，向他求情来软的是不行的，就拔出佩刀，一把抓起大汉，用刀架在他的脖子上。大汉吃惊地问为什么要这样，刘说：“你是算计别人的坏蛋，还要问我吗？”大汉说：“我是过路的客人，为什么硬要说我是坏蛋呢？”刘说：“你既然是过路的客人，为什么不投旅店住宿，却这样隐藏行踪？如果不讲实话，我先一刀宰了你！”大汉急忙叫道：“我其实是受官府差遣来拘捕犯人的。”刘把拘票拿来一看，第一个就是自己的名字，就问那大汉自己犯了什么罪，并要他设法营救开脱。那大汉说：“这是天数注定，上帝所命令的，我怎么敢徇私放掉你呢？”刘就咬牙切齿地说：“这样看来，我杀掉你也是一死，放掉你也是一死，反正都是死，不如跟你死在一块吧。”说着就要动刀。那大汉急忙摇手制止，对刘说：“我救你，你可把自己的手指咬破，用血染在我的拘票上，然后改换姓名，远走他乡，也许可以多活几年。”刘照他的话做了。只见那大汉走出洞门，在地上一滚，变成一只老虎，咆哮着奔进深山。刘捷踉踉跄跄地跑回家，天也大亮了。刘捷改掉了姓名，迁移到外地去住，并从此改邪归正，不再干无赖之事。他学习经营谋生，娶了老婆，生了孩子，活到了七十岁。因为亲友家要举行礼拜北斗星的仪式，为病人祈求上天保佑，刘出席时，心想拜斗是庄重的大事，怎么可以填写假名字，就把以前发生的事告诉了亲友，填写了真姓名就告辞回家，走出大门没几步远，就被老虎衔去了。

屈丐者

苏州枫桥镇，乃客商粮艘聚集处，村尽头有古庙，为屈丐者所居。两足不仁，朝出暮归，不离枫桥左右。一日晨起，见厕傍有遗囊，拾而阅之，中藏白金数百。因思是过客所遗，吾薄命人安能享此，且不知其作何勾当，一旦失之，有关性命，亦不可知。乃复归庙坐待。午间，果有人飞步而来，顿足捶胸，状甚惶急。因问之曰："君得无失物者乎？"客曰："然。汝拾耶？"屈曰："有之。但须陈说不谬，方可还君。"客大喜，为述若干封，若干数，是何银色，是何包裹，果相符合，屈乃携出付之。客见原银大喜，愿分半相赠。屈笑曰："君痴耶？予不拜君全惠，而乃贪其半乎？且君损半，又不能了大事。请即速去，勿误我乞！"客不得已，检拾锭与之而别。丐至街口，忽见一垂髫女，貌绝美，依父而哭，观者如堵。因问于众，或告曰："是曹氏索债者，将欲夺此女为偿，故悲耳。"问欠几何，众曰："十金。"屈闻怒曰："盘剥私债，凶恶如此。设欠官项，又将如何？且十金亦小事，何为富不仁，竟至于此！"讵知债主在旁，闻言而怒，指屈问曰："似汝填沟壑者，亦来说仁义耶？既出大言，可能为彼偿否？"屈慨然即将前客所赠，为之代偿，取归某之欠约而散。曹之本意，原在女，不在金，恨屈破其奸谋，乃贿捕役指屈为贼，锁屈送官。吴县陈公深疑其冤，遗金客闻之立即奔县，代为昭雪。陈公闻之，喜曰："此义丐也。"照反坐例，重惩捕役，并传枫桥各米行至，谕曰："所有日收米样，俱著赏给屈丐，免其朝夕沿门求乞之苦。"且为披红，令肩舆送归。于是此丐享日收石米之利，遂渐延求名医。遇道者与干荷瓣、茅、术各药，煎洗不数日，足病竟愈，与常人等。不十年间，便居然置大屋，娶妻室，作富翁矣。

【译文】

苏州的枫桥镇，是客商粮船聚集的地方。村庄尽头有座古庙，里面住着一个姓屈的乞丐。那乞丐双脚痿痹，行走不便，每天早出晚归，活动范围总是不离枫桥左右。一天早晨起来时，乞丐发现厕所旁边有人丢失的一个布袋，拾起来一看，里面藏着几百两银子。于是他想，这是过路客人丢失的，我是个薄命的人，哪里能享受这一大笔财富，况且不知道失主是干什么的，一旦他因为失去这银子，而危及性命，也未可知。乞丐于是又回到庙里坐着等待失主。到了中午时分，果然有人飞奔而来，急得直跺脚，狠狠捶打自己的胸部，看样子是着急得很。乞丐就问他道："你是不是丢了什么东西？"那人说："是呀。你拾到了吗？"乞丐说："有这回事。但是你一定要说得不错，才能还给你。"那人喜出望外，立刻说出银子有若干封，总数若干，什么样的成色，什么样的包裹，果然一一符合，乞丐就拿出布袋交给那人，那人见了丢失的银子，十分高兴，提出要分出一半相赠作为酬劳，乞丐却笑着说："你不是有些痴吗？我不收起你全部的银钱，难道会贪图其中的一半吗？况且你如果少了一半银钱，又不能办成大事。请你快离开吧，不要耽误我的乞讨！"那人没有办法，便拿出拾锭银子给乞丐，告别而去。乞丐走到街口，忽然看见一个幼年女子，容貌绝色美丽，依傍着父亲啼哭，许多人围着观看。乞丐就问围观的众人，有人告诉说："是曹家来讨债的人，想把这女子夺走抵偿债款，所以哭得悲惨啊。"问欠多少钱，众人说："十两银子。"乞丐听了大怒，愤愤地说："高利盘剥放债，凶恶到这种地步。如果欠了官家的赋税，那又要怎样呢？况且十两银子也只是个小数目，为什么为几个臭钱就残忍到这步田地！"不料债主就在旁边，听乞丐说这番话，大为恼火，指着他骂道："像你这样快要饿死抛在荒郊野外的贱胚，也有资格来谈论仁义呢？既然口说大话，你能为他们还债吗？"乞丐马上把过路客人给他的银子拿出来，为那父女还了债，取回了欠债的契约，众人一齐走散。姓曹的本意是要抢夺那个女子，并不在乎银子，这下十分痛恨乞丐破了他的奸计，就去贿赂衙门捕快差役把乞丐当作窃贼，锁起来送到官府。吴县县令陈公很怀疑乞丐是受了冤枉。正好丢失银子的客人听到了这个消息，立刻奔赴县衙。代为申诉昭雪。陈公听了，高兴地说："这是个有节义的乞丐啊！"当下依照诬告反坐的条例，重惩捕快差役，并传令枫桥各米行的老板来县衙，宣布说："你们行里每天收的米样，都要赏给这位有节义的乞丐，以免他早晚沿街乞讨的痛苦。"还给乞丐披上彩红，派轿子送他回去。从此，乞丐每天享有一石米的收入。有了余钱，渐渐也请名医治病。恰巧遇到一位道士，给了他干荷瓣、茅、术等各种药，煎水洗脚，不过几天，足病就痊愈了，行走和普通人一样。不上十年，居然还购置了大住宅，娶了妻子，成了富翁。

僵　尸

绍兴有徐姓者，新典巨宅，书屋三间，台榭俱备，为馆师章生设帐所。章夜读，至二更后，忽闻东房启窗之声，疑为暴客，即于窗隙窥之。见一少妇玩月，登假山，攀树杪，逾邻垣去。疑是私奔行径，遂辍书息烛而寐。鸡鸣未曙，闻树头簌簌有声，似是赴阳台归来者。

凌晨，书童送汤沐至，问之曰："东房为何人住？通内室耶？"童曰："不通。乃前业主封锁之闲房耳。"章闻大疑，因往观之，则门封锁，窗闭如故。窥之，内有灵柩停焉。至夜，留心观察，又复如是。章因秉烛启窗入观，则棺盖斜起，中空无所有矣。章生乃将棺盖代为扶起，取《易经》拆开密铺棺上，然后归，登楼俟之。及五更时，见女从窗入，睹《易经》而却步，绕棺一周，旁惶四顾。举头见章，知其所为，拜而哀求。章生笑而不许。鬼曰："若汝不下楼，吾即上矣。"章仍不听。鬼物乃变作青面獠牙状，腾踔直上，章遂眩而坠楼，不省人事。迨书童送茶汤至斋，遍寻章生不得，乃与主人登楼观之，见楼下东房内似有人在，启关视之，则章生与女尸并卧地上。抚之，章体犹温，因共抬出，灌救半晌始苏。述其所见，具呈于官，为之查唤尸亲领埋。而尸亲已全家远出，因房无人看守，故为出典，至徐已三易其主矣。亦由僵尸为祟故耳。于是焚其棺，邻家子患鬼病者，从此绝迹矣。

【译文】

绍兴有个姓徐的人，新典下了一所大的住宅，书屋有三间，楼台水榭都齐备，作为家中的塾师章生教书的地方。有天，章生夜里读书，到二更天以后，忽然听到东面房间里有开窗的声音，怀疑是盗贼，就从窗缝里偷看。只见一个年轻女子在赏月，登上假山，攀上树梢，跨过邻居的墙头去了，因此又疑心是私奔行径。于是他合上书卷，吹灭蜡烛睡下了。到鸡叫天还未大亮时，听见树上有簌簌的响声，似乎是幽会回来的年轻女子。清晨，书僮送来洗漱用的热水，章生问道："东面的房间是什么人住的？和内室相通吗？"书僮回答说："不通。东房是以前宅子主人锁着的空房罢了。"章生听了大起疑心，就走过去看，见房门紧锁，窗像以往一样地关着。他向房里偷偷一看，只见停着一具棺材。到了夜里，他又留心观察，情况又和昨晚一样。章生于是手持蜡烛开窗进东房一看，只见棺材盖斜着掀开了，里面已经空无所有。章生就把棺盖代为扶起，拿了一本《易经》拆开密密地铺在棺材上，然后回到自己房里，登楼等待那女子回来。到五更时，见女子从窗子进去，看见《易经》就朝后退，绕着棺材走了一圈，不知所措地四面张望。抬头看见章生，知道是他放的《易经》，就向章下拜哀求，章生面带笑容却不答应。女鬼说："如果你不下楼来，我就要上楼来了。"章仍然不听她。女鬼就变化成青面獠牙的凶恶形状，腾跃着直冲上来。章生被吓得眩晕跌下楼去，摔得不省人事。等到书僮送茶水进书斋，到处寻找不到章生，就和主人一起登上楼察看，见楼下东房内似乎有人，开了锁进去一看，原来是章生和女子尸体都躺在地上。摸摸章生，身体还有些温热，于是二人一同把他抬出，用汤水灌救，过了好一阵，他才苏醒过来。章生讲述了他的夜晚所见，并详细呈报官府，请官府查明尸体的亲属好领尸体埋葬。但尸亲已全家远出，因为无人看守房屋，所以典当出去，到徐家已经是第三家典当主顾了，以往易主的原因，也是由于僵尸作祟。于是焚烧了东房里的棺木，而邻居家患鬼病的儿子，从此也就痊愈了。

申氏自桚

张某为其子娶申氏女。成婚岁余，伉俪甚笃。一日，女痴迷不语，两手直垂下，忽举手合掌，八指交叉，作桚状，痛苦异常，呼号欲绝。自不能开，左右代劈之，不能动。即使有力者共劈之，亦莫能动分毫。亟询其故，女则云："有一妇人在我身后，使我至此。"言未毕，更大呼，两颊尽赤，似受批挞者。女不敢言，言则被桚更苦，惟呻吟而已。越时自开，八指皮肉红肿，又半时，亦平复，女言动如常，惟不肯明言其故。自是日必一二次，或三四次，其苦不可言。医药符箓，皆不能治，至今犹然，不解其故。或云其女生性乖僻，在母家时，家本富饶，女每餐以水牌点写肴馔而食，稍不适口，即詈骂，并器皿碎之。婢女进茶，若指擎杯口，即碎其杯而重笞其婢，以为手不洁不可近茶也。其所著里衣，若一经浣濯，即不再服。或云今之受桚，是暴殄之报。其信然欤？

【译文】

一个姓张的人为儿子娶了申家的女儿。小夫妻结婚已一年多，感情很融洽。一天，申氏忽然癫狂迷乱，两手伸直垂下，一会又举手合掌，八指交叉，像上了桚指刑罚的样子，痛苦异常，大声号叫好像要死去一样。她自己不能把手指分开，旁边的人替她扳手指，不能松动。即使强壮有力的人一起用力来扳，也不能松动分毫。急忙问她什么原因，她回答说："有一个妇人在我身后，使我弄成这样。"还未说完，更大声呼叫，两颊都红了，好像是被打了耳光。她不敢再说话，一说话就被夹得更厉害，只有呻吟而已。过了一个时辰，手指自然松开，只见八个手指皮肉红肿。又过了半个时辰，恢复正常。申氏女的言语行动也和往常一样，只是不肯说明其中的缘故。从这一天起，每天必然有一两次，或三四次，其痛苦不可言状。医生用药，方士符箓，都不能治好，直到现在还是这样，不知是什么道理。有人说，这个女子生性怪僻，在娘家时，因为家里本来富裕，她每顿饭都用木牌写菜单点菜，叫厨下照办，稍微不合口味，就破口大骂，连食器都摔得稀烂。婢女送茶，如果手指碰到杯口，她就摔碎茶杯并重重鞭打婢女，认为婢女手不干净不能靠近茶水。她穿的内衣，如果一经洗涤，就不再穿了。有人说现在受桚刑，是往日糟蹋天地物产的报应。这到底确实不确实呢？

雁宕仙女

六合戴某有子十八岁，貌清秀，闭户读书，忽然不见。其家各处寻觅不得。一日，忽从园中香橼树上飞腾而下，曰："我某夕月下闲步园中，见一美女从空飞来，挟我上升。道我凡人也，如何上天？女微笑，采香橼叶一片，令我踏上，当即腾空而起。到一高山，顶上有石门数十间，门内有亭台花草，无所不备。我问此是何处，曰：'温州雁宕山也。天台小山，尚有刘、阮之事，况我雁宕又高天台一千余丈，而可无佳话流传人间乎？'与我遂成伉俪。诸石门中俱有仙娥来往，老少不一。所说言语，都是玄经秘旨，不能记忆。但觉服食起居，鲜华可爱，我乐而忘返。忽昨日谓我曰：'郎父亲明日八十生辰矣，不但郎宜归祝，即妾亦宜同去也。'又取香橼叶一片，令我踏上，遂复乘云而起，又到家园。"其家人邻佑闻此信来观者如麻。忽闻异香扑鼻，空中闻箫鼓声，果有一绝色女子，珠冠玉佩，在云中作叩首状。每一跪起，则霞光四闪，百鸟皆鸣。家人正思攀留，而清风一起，其女与其子已冉冉携手而又去矣。其父思子，涕泣不止。或曰："此怪知礼，俟翁九十岁时，定与令郎再至也。"

【译文】

六合县戴家有个十八岁的儿子，生得眉清目秀，整天闭门读书，却忽然失踪了。家里的人到处寻找，都没找到。一天，他突然从花园的香橼树上飞身跳下，对家里的人说："某天夜里月光之下，我在园中散步，看见一个美女从空中飞来，要我一齐升上天空去。我说我是凡人，怎么能上天呢？女子微微一笑，采来一片香橼叶，叫我踏在上面，立即就腾空而起。飞到一座高山，山顶上有几十间石门，每间门内都有亭子、楼台、花草、树木，一应家居用具，没有什么不齐备的。我问这是什么地方，她回答说：'这是温州雁宕山。天台那样的小山，尚且有刘晨、阮肇遇到仙女的美谈，何况我们雁宕山比天台山高出一千多丈，哪能没有佳话在人间流传呢里'于是她就和我结成夫妻。各间石门中都有仙娥来来往往，有年老的，也有年轻的。她们所说的话语，都是玄奥的经典、精深的意旨，我不能记忆。只觉得衣服、饮食、起居，都鲜明华丽可爱，我因此快乐得忘记回家了。昨天，她忽然对我说：'郎君的父亲明天是八十岁生日，不但郎君你要回去祝寿，妾身我也应一同前往。她又拿出一片香橼叶，叫我踏在上面，于是又腾云升空，飞回家园。"邻居们听到这个消息，来观看的人挤得密密匝匝。忽然闻见一股异香扑鼻，空中响起箫鼓乐声，果然看见一个绝色美貌的女子，满身珠光宝气，在云中做出叩头的姿势。每一次跪下起立，都伴随着霞光万道，百鸟齐鸣。家里的人正想留下儿子，却见清风一阵，那女子和戴的儿子在云中手挽着手慢慢远去，消失在天空云雾之中。戴某思念儿子，泪流不止。有人劝他说："这个精怪还是懂礼节的，等到您老九十大寿时，她一定会和令郎一起再回家来的。"

生魂入胎孕妇方产

金山县有老农某，月朔，梦一青衣人，似公差，赍牒来，语之曰："子本月十七数尽应死，因一生勤慎无大过，死后即托生某家为子。亦小康，寿考无虑也。我故先来告知，便早处分家事，届期我来同子往投胎可也。"其人醒，偏告家人，悉以家事付儿子。不数日，处置毕，拭巾待期而已。至十二日夜，忽又梦见前青衣来促之行，农以未及期为辞。曰："我固知之，第彼妇于初十晚偶失足致仆，损动胎气，不能待至十七，即于是夕坐蓐。儿已产，须生魂入窍，乃能饮食。今已三日，君若不行，彼不能生矣。"晨寤，述其事于家人，复安枕而殁。

【译文】

金山县有个老农，某月初一梦见一个穿青衣的人，像是公差，带了一份公文来，告诉他说："你到这个月十七日寿数已尽，应该死去。因你一生勤劳谨慎没有大过错，死后立即投胎到某家为子，将来生活也可保小康，长寿是不必担心的。我特地前来通知，以便你早点交代家中后事，到那个日子我会来陪同你去投胎。"老农醒来，把梦境告诉了家里所有的人，把家里的事全部托付给儿子。没过几天，就一切交代停当，把家里打扫干净，只等那个日子到来。到十二日夜里，老农忽然又梦见初一那个青衣人来催他去投胎。老农以日期未到为理由，推辞不去。青衣人解释说："我当然知道日期还未到，只是那个产妇初十晚上不小心失足摔了一跤，伤了胎气，不能等到十七日，当天夜里就临产，现在婴儿已生下，必须有生魂进入他的身体，才能饮食。到今天已经三天了，你如果不去的话，婴儿就不能活了。"早晨醒来，老农对家里人讲述了梦中情景，又安然睡下，就病逝了。

女化男

乾隆四十六年，长沙西城之长安坊，地名青石井，有把总安姓者，一女五岁，与张守备家为养媳。其姑遇之严，少有忤，辄鞭箠交下，不胜其苦。十三岁，逃归父家。张向安索女，安以女未及笄，不愿鬻养姑家，且留家，俟有吉期，备礼遣嫁。张无奈，听之。及女年十七，婿亦长大，张择期以告，安亦备奁具拟嫁女。女知期近而畏姑严，终夜哭泣，向天叩祷，求速死，不愿出阁。母见女如此，颇怜之，曰："汝徒哭泣求死无益，若吁天能变得男身，便可免嫁。"是夕，女梦一老人手持三丸如弹大，二红一白，纳其口而去。比寤后，觉小腹极热，喉痛异常。不一炊顷，阳出于户，竟成伟男。项下结喉突起。惊疑以告，母验之不谬。安夫妇无子，只此女，一旦成男，喜甚，往告张。以事属怪诞，疑安捏饰赖婚，控于县。时邑令山西党公兆熊，拘女到案，验之，貌犹是女而阴头鲜红，确系男子，势难行嫁，命安将奁资贴张，为代聘一女以予其子。当堂令安女放脚剃发，脱珥著靴，改男装而出。

【译文】

乾隆四十六年，长安西城的长安坊，有个地方叫青石井，那里有个姓安的把总，一个女儿五岁，许给张守备家当童养媳。婆婆对她特别严格，稍微有些不如意，就狠狠鞭打，她痛苦得难以忍受。挨到十三岁，逃回父亲家里。张家向安家讨还童养媳，安以女儿未成年为理由，不愿把她送给婆家养育，而要暂时留在家中，等到成婚之日，配好陪嫁的礼品再嫁过去。张家无可奈何，只好答应。到女子长到十七岁，张家儿子也长大了。张家选定了日子通知安家，安家也准备好陪嫁打算送女儿过门。女子知道嫁期一天天临近，却又害怕婆婆的严厉，整夜地哭泣，向上天叩头祷告，只求早死，不愿出嫁。母亲看见女儿这般模样，很是心疼，就劝告她："你一味哭泣求死是没有用的，如果能够呼求老天能把你变成男儿，就可以免得嫁过去了。"当天夜里，女子梦见一位老人手持三粒如铅弹大的丸药，两粒是红的，一粒是白的，把它们塞进她口里就离去了。

及至醒后，女子觉得小腹极热，喉咙十分疼痛。不过一顿饭工夫，下身长出阳物，女子竟然变成了强壮男子。她颈部的喉结也突了出来。女子又惊又疑，告诉了母亲，母亲一查验，确实如此。安氏夫妻没有儿子，只有这个女儿，一旦变成男子，夫妻十分高兴，跑去告诉张家。因为事情奇怪荒诞，张家以为安家捏造故事来赖婚，就到县衙去控告。当时县令是山西人党兆熊，即令带女子到县衙，进行查验，只见她容貌仍像女子，阴头却是鲜红，确实是男子，势必难以出嫁，就判安家把陪嫁的钱贴给张家，让张家另聘一女子成婚。党兆熊当堂命令安女放开裹脚，剃好头发，脱下首饰，穿上靴子，改换男装走出县衙。

人化鼠行窃

观察王某，以领饷到长沙。邑令陈公，为设备公馆，将饷置卧室内。一夕甫就枕，气逆不能寐，展侧至三更，忽梁上仰尘中有物作啮木声甚厉，悬帐觇之，见顶板洞裂大如碗，一物自上堕地，视之，鼠也。长二尺许，人立而行。王骇甚，遍索床枕间，思得一物击之，仓卒不可得，枕畔有印匣，举以掷之。匣破，印出，击鼠，鼠倒地皮脱，乃一裸人。王大惊喊，吏役皆至，已而邑令陈某亦来，视之，乃其素识乡绅某也。家颇饶于资，不知何以为此。讯之，瑟缩莫能对。王即坐公馆将动刑，其人自言幼本贫窭，难以自存，将往沉于河，遇一人询其故，劝弗死，曰："我令汝饶衣食。"引至家，出一囊，令我以手入探之，则皆束皮成卷，叠叠重列。因随手取一皮以出，即鼠皮也。其人教以符咒，顶皮步罡，向北斗叩首，诵咒二十四下，向地一滚，身即成鼠。复付以小囊佩身畔，窃资纳于中，囊不大，亦不满重也。到家诵咒，皮即解脱，复为人形。历供其积年所窃，不下数十余万。王因问："汝今日破败前，曾否败露？"曰："此术至神，不得破败。曾记十年前，我见一木牌上客，颇多资，思往窃之，化鼠而往。缘木牌上，突出一猫啮我项，我急持法解皮，欲脱身逃，而砉然有声，猫皮脱，亦人也。遂被执，究所授受，其人与我同师，其术更精，要化某物，随心所变，不必藉皮以成。因念同学，释我归，戒勿再为此。已改辙三年矣。缘生有五子，二子已历仕版，一子拔贡，尚有二子，思各捐一知县与之。敛家中银不足额，探知公饷甚多，故欲窃半以足数。不意遭印而败。"王因取皮复命持咒试之，则皮与人两不相合。乃以其人付县复讯，定谳始去。

【译文】

有个姓王的道台，为领取饷银来到长沙。长沙县陈县令为王准备了公馆，把饷银放在卧室里。一天夜里，王刚刚躺下，感到气急不能入睡，在床上翻来覆去，直到三更天。忽然屋梁上天花板里有个东西发出很可怕的啃木头声音，王掀起帐子一看，只见顶板已裂开一个碗大的洞。一个东面掉到地上，仔细一看，原来是只老鼠，有二尺多长，像人一样地站立行走。王很害怕，在枕边到处摸索，想找到一样东西打击老鼠，急切之间找不到合适的东西，只摸到枕边的印匣，就随手举起印匣用力砸去。匣子破了，印从匣中飞出，击中老鼠，老鼠倒在地上，鼠皮脱下，原来是一个裸体的人。王大吃一惊，高声呼喊。胥吏差役都来了，不一会陈县令也赶到。对那裸体人一看，原来是平时熟识的某一位乡绅，他家里很富有，不知为什么要干这偷窃的勾当。抓起来审讯，那乡绅全身颤抖，回答不出。王道台就在公馆里设公堂，准备动用刑具。那乡绅才开口招供。乡绅说幼年时本来十分贫困，养不活自己，想要投河自尽，正巧碰上一个人，问清要投河的原因，就劝他不要自尽，对他说："我可以让你丰衣足食。"把他领到自己家里，拿出一个布袋，叫他伸手去掏。袋里都是一卷卷皮革，重重叠叠地塞着。他就随手取出一张，是老鼠皮。那人把符咒教会他，让他头顶鼠皮，踏着与天上星象相应的步子，朝着北斗星叩头，诵念二十四下咒语，向地上一滚，身体就变成老鼠。那人又给他一只小袋子挂在身边，偷窃来的钱财就放在袋里，那袋子不大，不会装满，也不会变重。到家里诵念咒语，鼠皮就解脱下来，身体恢复为人形。他一一供出历年来偷窃的钱财，总数不下几十万。王于是问道："在你今天失败以前，是否曾经败露过?"他回答说："这种法术极其灵验，不会破败。曾记得十年前，我见一个木牌上的客人，钱财很多，想去偷窃，就变成老鼠前往。沿着木牌爬上去，突然跳出一只猫咬我的头颈，我急忙念咒脱下鼠皮，欲脱身逃走，却不料'托'的一声，那猫皮脱落下来，也是一个人。于是我被捉住。问那人从哪儿学得这种法术，才知道他和我是同一位师父传授的。但他的法术更精湛，要变什么东西，可以随心所欲，不必靠什么皮来完成。因为念及我是同学，他放我回来，并告诫我不要再干这种事。我已洗手不干三年了。因为我养了五个儿子，其中两个已经做官，一个已经成为拔贡，可以参加会考，还有两个，想为他们一人捐一个知县。算算家中银子不够，探知您所管的饷银很多，所以想偷出一半来凑足捐官所需的数目，不料遭到官印的打击而败露。"王观察拿起老鼠皮再叫他念咒试试，皮和人却合不上去了。王就将他交付县衙复审，定案判决以后才押着饷银离去。

唱 歌 犬

长沙市中有二人牵一犬，较常犬稍大，前两足趾，较犬趾爪长，后足如熊，有尾而小，耳鼻皆如人，绝不类犬，而遍体则犬毛也。能作人言，唱各种小曲，无不按节。观者如堵，争施钱以求一曲，喧闻四野。县令荆公途遇之，命役引归，托以太夫人欲观，将厚赠之。至则先令犬入内衙，讯之，顾犬曰："汝人乎，犬乎?"对曰："我亦不自知为人也犬也。"曰："若何与偕?"对曰："我亦不自知也。"因诘以二人平素所习业，曰："我日则牵出就市，晚归即纳于桶，莫审其所为。一日，因雨未出，彼饲我于船上，得出桶，见二人启箱，箱中有木人数十，眼目手足悉能自动，其船板下卧一老人于内，生死与否，我亦不知。"荆公拘二人鞫之，初不承认，旋命烧铁针刺入鬼哭穴，极刑讯之，始言："此犬乃用三岁孩子做成，先用药烂其身上皮使尽脱，次用狗毛烧灰和药敷之，内服以药，使疮平复，则体生犬毛而尾出，俨然犬也。此法十不得一活，若成一犬，便可获利终身。不知杀小儿无限，乃成此犬。"问木人何用，曰："拐得儿令自择木人，得跛者、瞎者、断肢者，悉如状以为之，令作丐求钱，以肥其橐。"即率役籍其船，于船下得老人皮，自背裂开，中实以草。问何用，曰："此九十以外老人皮也，最不易得。若得而干之，为屑和药弹人身，其人魂即来供役。觅数十年，近甫得之。又以皮湿，未能作屑，乃即败露。此天也，天也！只求速死。"荆公乃曳于市，暴其罪而榜死之。犬亦饿毙。

【译文】

长沙街市中有两个人牵着一条狗，那狗比平常的狗稍微大些，前腿的足趾爪也比平常的狗长，后腿有些像熊，有短小的尾巴，耳朵鼻子都像人，绝不像狗，全身却长着狗毛。它能说人的话，唱各种小曲，并且没有不合乎节拍的。观看的人围得密密层层，争着给钱叫那狗唱上一曲，喧闹声传遍四方。县令荆公在路上遇到耍狗表演，就命令差役把两人一犬带回府，说是县令的母亲要观看，并要给很优厚的赏钱。到了门口，先把狗领进内衙讯问。县令看着狗说："你是人呢，还是狗呢?"狗回答说："我自己也不知道是人还是狗。"问："你为什么和他们两人在一起呢?"回答说："我自己也不知道。"县令就问那两个人平时干些什么，狗回答说："白天我被牵出到街市上去，晚上牵回来就装进桶里，不清楚他们干些什么。有一天，因为下雨，没有出去，他们在船上给我喂食，我能够从桶里出来，看见二人打开一个箱子，箱子里有好几十个木头人，眼睛、手和脚都能活动，船板下面躺着一个老人，是死是活，我也不知道。"荆公拘提那两个人来审讯。他们开始不肯承认，荆公立即命令烧红铁针，刺入他们的鬼哭穴，用严厉的刑罚审讯，二人才招供："这条狗是用三岁的小孩做成的。先用药烂他身上的皮肤，使皮肤全部脱落，再用狗毛烧成的灰和上药敷在他身上，并用内服药使伤口平复，他全身就长出狗毛和尾巴，就真像一条狗了。用这个方法做人狗，十次难得有一次成活。但是如果做成一只人狗，就可以获利终身。我们不知杀了多少小孩，才做成这样一只狗。"荆公问他们木人有什么用处。招供说："我们拐来小孩后，就叫他们各选择一个木人，有瘸腿、瞎眼、断肢的。照木人的样子把小孩弄成同样残缺，让他们当乞丐讨钱，来充实我们的钱袋。"荆公立刻率领差役查抄他们的船，在船下发现老人的皮，是从背上割开剥下的，里面塞满了草。问这有什么用处，二人说："这是九十岁以上老人的皮，最不容易得到。如果得到并弄干燥，研成粉屑和上药，弹到人的身上，那人的魂就会来供我们驱使。我们找寻了几十年，最近刚刚得到。又因为皮太湿，未能做成粉屑，于是就败露了。这是天意，天意啊！现在只求快点处死我们。"荆公就把他们押解到闹市，公布了他们的罪状，用鞭刑处死。那只"狗"后来也因饥饿而死亡。

韩铁棍

韩舍龙者，山西汾阳人，贫无居处，在邑中破寺栖止，佣工为生，勇健多力。一日，归见寺门外卧一道者，询知以病不能去，乃供养之，无德色。如是三月余，道者病愈，谓韩曰："感子厚义，无以报，今行矣，平生蓄有一物，食之力逾贲、育，兼可致富，以赠子，七十二年后终当归我。第子富后，慎勿纳粟得官，徒耗寿算。"言已，口中吐一羊出，小如拳，置掌视之，乃粉所为，纳韩口中。方欲吞啮，羊从喉中直趋而下。道者以掌向韩脑后一拍，韩即晕仆于地。比醒，道者已不知所在。试举耰锄之属，悉轻如草。次日，乃往见主人，愿居其家为长作。俾买铁另铸作器为锄地，其所耕十倍于人，日食米必三斗，他物称是。主以其勤而力，甚爱之。一日，令载煤五千斤自他所归，车历土坂，将下，骡蹶车倾，韩在后手挽之，徐徐而下，面色不动。主知其事异之，诧其神勇，命随标行押布至都中。途值盗，保标客二人与斗，俱为伤死，韩手无械，拔道旁枣树扫之，盗尽靡溃，皆获焉。主自后即令押标贩布，许分其余息，不令佣作。韩乃铸精铁为棍，长丈有二，重八百斤。其用棍无法，亦无授受，惟恃勇力横击，无能御者。江湖皆呼为"韩铁棍"，盗贼莫敢犯其锋。其棍载在车后，非八人莫能举，而韩以只手取之，轻如草然。一日至京师，方投寓，忽有人来访，自通姓名曰山东白二。韩素不相识，讶其突如，询来意，曰：“我闻君善用铁棍，曷以见示?”韩指车后，令客自取之。客以只手轻取而下，谓韩曰：“君用此棍不知伤几许人，我仰其面，君试击我，能伤我，则君果为神勇。”韩不可，曰：“我与君无仇，何故以兵相戏?既与吾角力，不若我屈一指，君能伸之，我即当敛迹归田，不敢驰驱道路矣。”乃环其食指，白以手钩韩指，韩俟其指入，乘势提而掷之地。白起曰：“我山东剧盗也，一生无敌，今竟让子。”嗣后韩行山东北直一路，如在家中。往来如是二十年，韩分息亦厚，乃辞主人，不复作标客。主人犹载其棍行者二十余年。韩归里，置田产，生有二子，课农为业。年逾七十，自在场上看麦，忽有一山羊自场出，众咸以为晋地所产皆胡羊，此不知所从来，争逐之。羊入一枯井中，众欲入，韩争先跳下，见羊在井底，以手举之，向上一掷，不觉身随羊上。众在井外，见有白气一缕，自井飞出，羊入云中，韩坐地上，气力兼无，共舁之出，寻亦无恙，然自是手无捉鸡之力矣。始悟道士还羊之说。神力已去，又活二十余年，至九十寿终。所用棍犹在韩庄，至今六十余年，无有能举之者。

【译文】

韩舍龙是山西汾阳人，贫困得没有可以居住的地方，只好在县城的破庙里栖身。他以帮人打短工为生，身体健壮，勇猛有力。一天打工回来，看见庙门外躺着一个道士，上前一问，知道那道士因病不能行动，就把道士留在庙里，每天供给饮食并照料生活。道士并没有流露感激的神色。这样过了三个多月，道士的病全好了，就对韩说："我感谢你的深情厚意，没有什么可以用来报答。现在我要走了，平生蓄藏了一样东西，吃下去后，力量增强到可以超过古代的勇士孟贲和夏育，并且可以致富。我把它送给你，七十二年后最终还是要归还我。只是你生活富足以后，千万不要去做捐资纳粟以换取官职的事，那只会折你自己的阳寿。"说完，从口中吐出一个小羊，像拳头大小，放在掌心一看，是面粉做的。道士把小羊放进韩的嘴里，他刚想吞咬，小羊已经从喉咙直滑下肚去。道士用手掌在韩脑后一拍，韩就昏倒在地上。等到韩醒过来，道士已不知去向。他试着举起锄耰等农具，都轻得像稻草一般。第二天，韩去见打短工家的主人，表示愿意住在那儿当长工，叫主人买铁另外为他特制大型农具。耕作起来，他一人要顶十个人，一天要吃三斗米，其他饮食也要相应比例消耗。主人因为他勤劳有力，很喜欢他。一天，主人叫赶车拖五千斤煤从另一个地方回来，车子爬上山坡，将下坡时，骡子失蹄，车也倾斜将要倒下。韩在车后用手挽车，慢慢地走上坡来，连面色都没有丝毫改变。主人知道这件事后，感到惊奇，叹服他的神勇，就派他跟随标行押送布匹到京城去。走到半路，遇上了强盗，两个保镖和强盗搏斗，都受伤死去。韩手无寸铁，拔出路边的一棵枣树横扫过去，强盗纷纷倒下，全被捉拿。主人从此以后就让他押标贩卖布匹，准许他在利润中分成，不让他再下田干活了。韩就用精铁铸成一根铁棍，有一丈二尺长，八百斤重。他使起棍来，没有固定章法，也没有师父传授，只是凭着勇力乱打，没有人能够抵挡他。江湖上都称呼他为"韩铁棍"，盗贼们没有敢惹他的。韩的铁棍总是装在车后，没有八个人不能把它举起来，而韩却仅用一只手就能取出，轻得像稻草一样。一天，韩到了京城，正要投宿，忽然有人来拜访，自报姓名是山东白二。韩从来不认识白，为白的突然来到而惊讶，就问他来意。白说："我听说你善于使用铁棍，为什么不让我看看？"韩指了指车后，叫客人自己去拿。客人用一只手就轻轻取下，对韩说："你用这根铁棍不知伤了多少人，我抬头仰面，你试着用铁棍打我，如果能打伤我，那你就真的是神勇了。"韩不同意，说："我和你无冤无仇，为什么要用兵器来伤人打赌呢？你既然要和我比气力，不如我屈一根指头，你能把它扳开，我就保证隐去踪迹，回到乡间，再不敢在路上奔驰招摇了。”就环起食指。白用手钩韩的指头，韩等到白指头伸进，乘势提起，把白扔倒在地上。白爬起来，满面羞愧地说：“我本是山东的大盗，一生未逢敌手，今天让你占先了。”以后韩经过山东北直一路，像在家中一样安全无事。在押标途中来来往往，这样过了二十年，韩分到的利润已很可观，就辞别主人，不再当标客。主人还是用车载着韩的铁棍送货，共有二十多年。韩回到家乡，购置了田产，生了两个儿子，务农为业。年过七十，一天自己在场上看麦，忽然有一只山羊从场上奔出，众人都以为晋地出产的都是胡羊，这只羊不知是从哪里来的，就争先恐后地追赶。羊被追赶，拼命奔逃，不小心掉到一口枯井里，众人想进去捉，被韩抢先跳下，见羊在井底，用手举起羊，向上一扔，不知不觉身体也随着羊上升。众人在井外，看见一缕白气从井中飞出，羊上升到云里，韩坐在地上，气力全无，众人一起抬他起来，过后也没有什么病痛，但从此就手无缚鸡之力了。韩这才理解道士所说还羊的意思。韩的神力已经消失，又活了二十多年，到九十岁寿终。他所用的铁棍还在韩庄，到现在已有六十多年，始终没有人能举起它来。

认鬼作妹

浙藩司更夫陈某，喜饮，而胆最豪。一夕，巡伺垣墙外，时三鼓，月甚明，见一妇人年十八九，容貌颇丽。陈念官衙禁地，必无私约者，心知非人，姑戏之，乃往握其腕曰：“子夜行得无觅佳耦乎？我为若婿，何如？”妇曰：“我非人，乃缢鬼也。”变其貌，甚狞恶。陈曰：“我闻鬼皆能改貌，卿即陋劣，我不嫌也。”鬼无奈，乃曰：“子姑舍我，有钱十五千与子，何如？”陈问：“钱从何得？”鬼曰：“荐桥某钱庄有女，我明日往祟之，子须认我作妹，我教若与子钱十五千，其病即愈。但子得钱后，我在此勾当一二事，自后毋得再阻我。”陈诺之，鬼乃去。明日午后，果有人来访陈，且曰：“汝妹为鬼太不良，昨日主人女出看戏，归为其所祟，百计求解，云必欲寻其兄来乃去。故招子往。”陈乃同往，入门，鬼即在内曰：“吾兄至矣！”大恸趋出。陈亦佯泣，相抱而恸。已而鬼曰：“吾兄贫，无以为生，汝家富，须予吾兄钱十五千作生计，我当去矣。”店主人不得已，如数予之，女疾果愈。陈得钱归，不三日，闻司廨中果有妇人缢死者。盖鬼求代，恐陈阻之，故行贿耳。

【译文】

浙江布政使司的更夫陈某，嗜好饮酒，而胆量最大。一天晚上，他在垣墙外面巡逻。当时正是三更，月光很明亮，只见一个年约十八九岁的女子，容貌十分美丽。陈心想官衙禁地，肯定不会有私约幽会的，知道她不是人，姑且戏弄她一下，就上前握住她的手腕说：“你深夜出来，是不是要找个好对象呢？我做你的丈夫，怎么样？”妇人说：“我不是人，是个吊死鬼。”说着改变了面貌，显得十分狰狞可怕。陈说：“我听说凡是鬼都有改变面貌的能耐，你即使变得再难看，我也不嫌弃。”那鬼无可奈何，就哀求说：“你放了我吧，我给你十五千钱，怎么样？”陈问她：“钱从哪里来呢？”鬼说：“荐桥某钱庄有个女儿，我明天去在她身上作祟，你要认我为妹妹，我对他们说如给你十五千钱，女儿的病立即就好。但是你得了钱以后，我在这儿要干一两件事，你不能再干涉我。”陈答应了，鬼就离去了。第二天午后，果然有人来找陈，并对他说：“你妹做了鬼也太没有善心了，昨天我家主人的女儿出去看戏，回来就被她作祟祸害了，千方百计寻求解脱，她说必须要找到你，她才会放手离开。所以我来请你到主人家去。”陈就和那人一同前往，一进了门，鬼就在里面说：“我哥哥到了。”十分悲伤地奔出来，陈也装作哭泣，两人抱头大哭。过了一会，鬼对主人说：“我哥哥十分贫困，生活没有保障。你家很富有，必须给我哥哥十五千钱保障他的生活，我就会离开这里了。”店主人没有办法，只好如数付出，女儿的病果然就好了。陈得了这笔钱回到府衙，不过三天，听说官宅里果然有女子上吊死了。原来是鬼找人做替身，恐怕陈阻止她，所以向陈行贿。

蟒过岭

湖广武冈州，有水路可达。有赴武冈任者，挈眷由水路行，一路皆滩河，两山壁立，茂树密箐，惟日午见日而已。一日，舟行，闻上流滩畔有人敲锣鸣众，询之，曰：“今日蟒过岭，须停舟，不得行，行则有失。”问何以知之，曰：“我处烧山，向例有定期，蟒知之，先期半月相率自南而北，俟北路烧山则又自北而南。时正十月，盖南路定期在初冬，北路定期在初春故也。其来日，早必有大风以阻行舟，便其横溪而渡。今早风大作，故知之。”问在何处，曰：“相离里许，可望而见。”俄顷风愈大，见两山树梢枝叶皆垂，露一蛇首，大如十石瓮，徐徐自山下剪溪过。其头入北山，尾犹在南山未尽，约计两山隔溪河三五百丈，如是者一食顷始尽。一蟒过尽，又一蟒来，长皆仿佛，以次相接而行，其体亦递小，一昼夜乃尽。土人云：“此黑蟒，性皆纯良，从不伤人。”

【译文】

湖广的武冈州，有水路可以抵达。有一个要去武冈上任的人，带着家眷由水路航行，一路上都是滩河，两岸的山像墙壁一样直立，山上全是茂密的树林和竹林，只有中午才能见到一线日光。一天，船正在航行，听到上流河滩边有人向航船上的人敲锣示警，问他，回答说："今天蟒蛇要过山岭，水上船只可停泊，不能航行，航行就会发生事故。"问他凭什么知道蟒蛇要过山岭，回答说："我们此地烧山，向来照例有规定的时间，蟒蛇知道这个时间，提前半个月相互结伴从南面迁到北面，等到北面烧山就又从北面迁到南面。蟒过岭正在十月，是因为南面烧山定期在初冬、北面烧山定期在初春的缘故。蟒蛇来的那天，早上必定有大风阻止航船，以便它们能横渡溪流。今天早上狂风大作，所以知道蟒蛇要过岭了。"问他们蟒在什么地方过溪，回答说："离这里一里多路，可以看得见。"一会儿风更大了，只见两岸山上树梢和枝叶都下垂，露出一个蛇头，有十石米瓮那么大，从山上下来斜穿溪面而过，它的头已进北山，尾巴还在南山没有完全游出，估计两山隔着溪河有三百丈之远，大约一顿饭工夫才游过一条蟒。一蟒过完，又一条蟒游来，长度都差不多。一条条依次相接而行，一天一夜才过完。当地人说："这些都是黑蟒，性格都温驯和善，从来不伤人。"

食猴怪物名石掬

湖南至道州路有一山，高数百丈，千峰环列，中有濂溪讲堂。山中最多猴，常出扰人。山脚居民数十家，皆漆户也。山产漆树，红芽初茁，如香椿，食者多死，官为立石以禁。沿漆林而入，周遭五六里，隔一涧，过涧即入山径，樵路穿云，高可插天。吾乡爱堂居士往游，远望崖侧，有似枯松，其毛遍覆数里，蠕蠕然。近视之，皆猴也。屏息而过，已历其上，俯视众猴，约有六七万，老少雌雄环集，呦呦皆有哭声，亦莫测何故。有顷，忽见二猴自上崖来，向众猴摇手，似禁其勿泣者。已而悉起，有扶老者，有携雏者，皆缘崖左而上，至经香台畔，俯伏屏息，高下几无隙地。旋有大风簌簌动林木，台后出一兽，绝似猴而小，高可尺许。众猴见之，皆俯伏。此兽跃上濂溪讲座，踞膝而坐，推其身，忽伸长丈许。众在下仰望，不见其顶。久之，见一猴来跪其座旁，自以双手向脑后剥去其皮，若供其食啖者。爱堂尚欲再觇其异，不料仆人遽怒起，燃大爆竹震之，响一发，众猴咸惊坠山下，死者不可胜计。其兽闻声一跃，直穿屋顶而出，不知所在。按《异物志》，石掬如猴而食猴。或即此欤？

【译文】

湖南长沙到道州路上有一座山，高数百丈，千百座山峰环绕排列，山中有濂溪讲堂。这山里猴子最多，常常出来对人骚扰。山脚下有居民几十户，都是采油漆的。山上出产漆树，树上刚刚长出红芽时，形状很像香椿，人们误食了它，大多会中毒而死。官府为此立了石碑，禁止人们采食。沿着漆树林进山，树林周围有五六里，前面隔着一道山涧，过涧就进入山路，那砍柴的路在去中穿过，高高地好像插上天空。我的同乡爱堂居士到山里去游览，远望山崖边上，好像长满枯松，似针毛覆盖有好几里长，又像蛇一样蜿蜒蠕动。走近一看，都是猴子。屏住呼吸，小心走过，已经爬到猴群上方，向下俯视那些猴子，大约有六七万之多，老的，小的，雌的，雄的，都呦呦地发出哭声，也不知是为什么。过了一会，忽然看见有两只猴子自山崖上跑来，向群猴摇手，好像是叫它们不要哭泣。接着众猴全都起来，有扶着老猴的，有搀着幼猴的，一齐沿着山崖左边向上，到了经香台旁边，伏在地上，一声不响，上上下下都被猴子占满，几乎没有一点空地。接着就有一阵大风刮过，吹得树木簌簌响动。台后出来一只野兽，形状极像猴子而身体略小，高约一尺多。众猴看见那兽，又都伏在地上。那兽跳上濂溪讲堂上的座位，盘腿坐下，推推身子，忽然伸长了一丈多。众猴在下仰望，看不见它的头顶。过了很久，看见一只猴子走上去跪在它的座位旁边，自己用双手向脑后剥去头皮，像供给那兽吃的样子。爱堂还想再看那奇异情景，不料仆人见了陡然发怒，点起大爆竹，响声一出，震天动地，众猴都被惊吓得哭下山崖，死者不计其数。那兽听到响声，腾身一跃，直穿屋顶飞出，转眼之间不知去向。按《异物志》上说，石掬像猴子却吃猴子，或许就是这种野兽吧。

铁牛法

湖南邑囚论死，秋决后例多暴尸三日，然后埋。入夜，尸常不见。官吏异之，踊缉四出，初以为其亲属私窃以葬，讯之不承。有武生某，以事赴县，行至一村镇，牵马饮于溪桥之下。水中映有人影，俯窥之，则桥洞内水干，有一人闭目趺坐于中。蹑而就之，见其襟褶间皆血污狼藉，问为谁，不答。因急趋出，适镇中有驻防汛弁，告之守备殷某。殷先入桥下，其人见殷相近，即飞左足将殷踢仆地。后入者至，救殷起，觅其人已不见。互相嗟讶而返。是夕雷雨击死一人于桥柱侧，众往视，正昨日桥下人也。或云：此学铁牛法者，可以代形，而终获天谴。

【译文】

湖南省判死刑的囚犯，在秋后处决的，按例都在行刑后暴尸三日，然后再埋掉。到了夜里，犯人的尸首常常遗失不见。官吏感到奇怪，到处寻找搜查，开始以为犯人亲属暗地偷走尸首埋葬了，招来讯问，他们都不承认。有一个武生，因为有事到县城去。他走到一个村镇，牵着马到溪桥下饮水，看见水中有倒映的人影，低头观察，桥洞里水干的地方，有个人在那儿盘坐。他放轻脚步走过去，只见那人衣服上都沾满血污，问是谁，那人不回答。他急忙跑出来，正巧遇上镇里驻扎防汛的军队，他就报告了带队的殷守备。殷自己先走到桥下，那人见殷走近，飞起左脚把殷踢倒在地，后面跟着兵士赶快把殷救起。再寻找那个人，已经不见踪影。众人感到惊讶，叹息着返回。当天夜里雷雨大作，雷电在桥柱旁击死一人，众人去看，正是昨天在桥下发现的人。有人说，这囚犯是学铁牛法的人，铁牛法可以代替受刑的身体而使囚犯自己逃脱。他虽然在刑场上逃脱了，他最终还是受到上天的惩罚。

妖术二则

江阴有士人学法于茅山，有术能致妇人。用乌龟壳一个，书符于上，夜拥之而卧，少顷即见一舆舁一少妇至。或平昔有属意者，皆可召来。其妇不言，与交媾，无异生人，天将明乃去。其去时，必反系其裙以出，未知何故。据言此乃所召之生魂也。

娄县有道士，善致天女。有求其术者，必令其人备衣裙钗钏之属，须极华丽珍贵，乃可为天女服饰。言著天宫衣不能履凡世故也。其来必在初更，须先扫净室，屏绝人迹，道人入，书符步咒，则天女始至，色果殊丽，异香袭体。人与交合，与世人无异，亦不言笑。天未明，道士来，又屏人书符，送天女去，则衣饰皆带去，无一遗存。与天女交者皆无后祸，故其术颇为豪富家所重，即耗其资，亦不惜也。后乃知其常通妓女为之。道士素颀而长，将女裸缚于怀，以袍袭之，昏黑人莫能辨。屏人而出诸怀，服其衣饰，伪为天女给客。将晓仍束而去，以此分肥其衣饰。盖死后，其徒言于人云。

【译文】

江阴有个读书人在茅山学习法术，学会了一种能够招引妇女的法术。方法是用一个乌龟壳，在上面写下符咒，夜里抱着乌龟壳睡下，不一会，就看见轿子抬着一个妇女来到。平时看得中的妇女，他都可以用这个方法招来。招来后，妇女并不说话，和他交欢，跟活人没有什么两样。天快亮的时候，她就离开了。妇女离开时，必定要把裙子反系着出门，不知是什么缘故。据说，用这法术招来的是活人灵魂。

娄县有个道士，善于招来天上仙女。如果有人请他施行法术，他一定要求那人准备女子的服装首饰，而且必须是极其华丽贵重的，才可以被仙女穿戴。他说之所以要准备这些，是因为仙女穿着天宫里的衣服不能下到俗世人间。仙女来的时间必定是在初更，迎仙女的人家要预先打扫一间干净的房间，不让任何人进入。道士进来后，书写符箓，踏着罡步念咒，天上仙女才到来，果然姿色十分美丽，满身飘荡扑鼻的异香。凡人和她交合，和世上女人一般无异。她始终不说话，也没有笑容。天未亮时，道士又来，又把室内除仙女以外的人都请出去，书写符箓，念动咒语，送天上仙女回去，身上的衣服首饰也一齐随身带走，一件也不留下。和天上仙女交合过的人都没有灾祸病患，所以道士的法术极受富贵人家欢迎，即使耗费大量钱财，也在所不惜。后来才知道天上仙女是用普通妓女装扮而成的。那道士身体长大，把裸身妓女绑在怀里，用宽大的道袍遮住，夜间光线昏暗，人们难以看清。打扫干净的房间里屏去人迹，妓女从道士怀里出来，穿戴好预先准备的服装、首饰，伪装成天上仙女欺骗客人。天快拂晓时，妓女仍然绑在道士怀里离开。道士和妓女出去后，就分掉穿在妓女身上的衣服和首饰。这些情况，大约是道士死后，他的徒弟对别人说的。

种　　蟹

盛京将军某，驻扎关东地方，向无鳖蟹，惟将军署颇饶此物。有异之者，请于将军。将军笑曰："此非土产，乃予以人力种之。法用赤苋捣烂，以生鳖连甲剁细碎，和青泥包裹为丸，置日中晒干，投活水溪畔，七日后俟出小鳖，取置池塘中养之。螃蟹亦如此做法。"按此法，《养鱼经》中载之，而不言能种螃蟹。据将军言，则凡介属皆可以此法种之，则是赤苋固蛤介中之返魂丹也。

【译文】

盛京有一位将军，带兵驻扎在关东一带。那里一向没有鳖和蟹，只有他的府署里鳖和蟹很多。有人感到奇怪，请问将军是怎么回事。将军笑着回答说："这不是天然土产，而是我用人力种得的。方法是将赤苋捣烂，把活鳖用刀连着甲壳剁得细碎，再和上青泥做成一个个球丸，放在太阳下晒干，然后投放在活水溪流旁，等七天以后生出小鳖，取出放到池塘里去养。螃蟹的做法也是这样。"按：《养鱼经》中载有类似方法，但是没有说能种螃蟹。据将军说，凡是介壳类动物都可以用这种方法养殖，那么赤苋本来就是介壳动物的还魂丹了。

扯鸡嗉救溺死人法

凡人落水淹毙一日内者，尚可活。《洗冤录》载有骑牛法最妙，而不知更有扯鸡嗉法，入水三日者亦可活。

扬州各帮作排手黄一谦，沛县人，只身带货，无不获利，积至百余，悉以周济贫乏。康熙五十九年六月，在北通州坝上落水，已三日，捞起，有长眉白髯老翁云："用笔管套鸡嗉，先破一孔，插入肛门，扯出鸡嗉吹之。"吹至三人，心口微动，老人曰："活矣。"众趋视，忽失老人所在。又换人吹，果叹气而苏。

【译文】

凡是掉到水里淹死而没有超过一天的人，还可以救活。《洗冤录》中载有的骑牛法最为巧妙，却不知还有扯鸡嗉这种方法，在水中淹死三天的也能救活。与扬州各帮打交道的黄一谦，是沛县人。他独自带着货物，没有一次不获利的，积到一百多两银子，全都用来救济贫穷的人。康熙五十九年六月，他不小心在北通州坝上失足落水，第三天才打捞上来。有个长眉毛白胡须老翁说："用笔管套上鸡嗉，先破开一个小孔，把它插入肛门，然后扯出鸡嗉，用力吹气，就能救活。"人们就照这个办法去做，第三个人吹气时，黄的心口已微微起伏，老翁说："已经活过来了。"众人上前观看，这时老翁忽然不知去向。又换上第四个人接着吹气，黄一谦果然叹了一口气苏醒过来。

鸟兽不可与同群

荆州寺僧某，颇精禅诵。一日有猎徒获一虎子，归途憩寺门。僧劝勿杀，众即以虎舍寺中。僧给以饮食，颇驯服。随僧起居，每课诵虎亦从众后作顶礼状。课毕乃退。日渐长大，客至方丈，虎伏座下。初甚骇怖，继察其状无恶意，亦不甚畏，狎玩之，虎亦不怒。一日有客访僧，入方丈，与僧以足蹴虎令去，曰："毋惊我佳客。"虎作欠伸状，瞪目而视，良久始出。已而又来伏脚下，气粗而有喘声。客愈恐，僧以手批虎，又瞪目视，良久，一若有所思状。僧以足踹之，乃去。俄而又进，作怒容，直前一口衔僧头而去。僧犹坐而不仆。寺中人见虎口有血，奔出山门，乃共逐之，入深山去，卒不可获。

【译文】

荆州寺里有个和尚，精通佛典，善于诵经。一天，有个猎人捕获一只幼虎，回来的路上在寺门口休息。和尚劝猎户不要杀死幼虎，众人就把幼虎养在寺中。和尚供给幼虎饮食，它显得很驯服，跟着和尚一同生活。每当和尚诵经时，幼虎也跟着众人做出顶礼膜拜的样子，诵念完毕它也退下。幼虎一天天长大，如果有客人来到方丈，虎就伏在座位底下。客人起初很害怕，后来看它的样子并无恶意，也就不怕了。就是戏弄它，它也不发怒。一天，又有客人来拜访和尚，进入方丈之后，和尚用脚踢虎，叫它出去，说："不要惊吓我的贵客。"虎做出伸懒腰的样子，两眼瞪着，过了很久才走出去。不一会，虎又回来伏在客人脚下，呼吸出粗气并带有喘气声。客人更加害怕，和尚用手打虎，虎又瞪眼看着。这样过了很久，看上去它好像在考虑着什么问题。和尚又用脚蹬它，这才出去。不一会虎又进来，显出发怒的样子，直上前去，一口咬掉和尚的头，衔在口中而去。和尚已无头，还坐在那儿不倒下。寺中人见虎口里有血，飞快奔出山门，就一起追赶它。那虎奔到深山里，从此再也不能捕获。

拘　蛇

江阴章燕桥言有南客馆京师，自言能拘蛇。主人欲观其法，不可，强之至再，始允焉。先命竹工削竹签百枝，长三尺许，锯其两端如箭锥。至期，约主人及外客以麻绳束竹签，捆载而行，同赴西山石佛庙中。踞石台上，步罡书符，口喃喃作词。俄顷，微风起，草中索索作声，蛇果大至。先小后大，盘旋回绕，有若锦者，有若花者，诸色俱备。众咸诧所未见。最后有一蛇至，不甚大，遍体光黝如漆，昂其首向前视客。客色遽变，怃然曰："殆矣！"急书符退之，众蛇皆散，独黝黑者不去，吻舌张口，似有怒态。客披发跣足，持咒，啮舌血噀之，黑蛇始去。顾众曰："君等可归矣。此蛇来与吾较法，我不可去，去则贻祸主人。"乃命众人用绳束其身，捆于石佛背上，以所携竹签置手旁，促众人去。次日客归，众询所以，云：是夜风雨大作，其蛇乘空而来，张口吸气，似欲相吞。客望其气来，乃以竹签一枝投之，签为气摄入其腹中。如是数十次，气亦渐衰，签亦将尽。俄闻庙门外有崩撼之声，蛇毙于地，风雨亦息。

【译文】

江阴人章燕桥说，有个南方的客人住在京城，自称能够捕蛇。主人想看他用什么方法捕蛇，他不答应。主人再三坚持，他才答应了。他先叫竹工削一百枝竹签，三尺多长，把每根竹签的两端锯成锐利的箭锥形。到捕蛇那天，他约好主人和其他来客，用麻绳束好竹签，捆在车上带着，一同到西山石佛庙里。登上石台，走着罡步，写好符咒，口中喃喃地念着。一会儿，微风吹起，草地上发出"索索"的响声，蛇果然成群结队地游过来了。先来小蛇，后面跟着大蛇，盘旋着的，环绕着的，有的像织锦，有的像花卉，形形色色的蛇都有。众人都惊叹从未见过这种情形。最后有一条蛇游到，并不很大，全身像漆一样又黑又亮，高昂起头盯着客人。客人脸上顿时变色，茫然自失地说："危险了！"急忙书写符咒要叫蛇退去，蛇群都退去了，只有那条后来的漆黑的蛇不走，吐出长舌，张开血口，显出发怒的样子。客人披散头发，赤着双脚，手持符咒，咬破舌尖含血喷去，黑蛇方才退去。客人回顾众人说："你们可以回去了。这条蛇要来跟我斗法，我不能逃走，逃走就要给主人留下祸害。"就叫众人用绳子把他全身缠绕束缚起来，再把他绑在石佛的背上，把带来的竹签放在他的手边，然后他催促众人回去。第二天，客人回来了。众人问他结果如何，他说：当天夜里风雨大作，那黑蛇腾空而来，张开嘴吸气，好像要把他吞下去。客人感到蛇在吸气，就用一枝竹签投掷过去，竹签就随着气流被蛇吸进腹中。这样一吸一投，往返几十次，蛇气渐渐衰竭，竹签也快要投完了。不一会，只听见庙门外发出山崩地裂一样的巨响，蛇摔在地上死去，风雨也停息了。

金香一枝

富民某闻某寺有老僧，德行颇高，延请至家，供奉一室中，朝夕顶礼。即香柱香炉之内，无不以金为之。一日，僧于静室中入定，忽见彩云飘渺，异香满室，有二仙女将一莲花座来，曰："我奉西方佛祖之命来迎。"僧自顾功行颇浅，惧不敢往。仙女催促再三，且曰："若不去，我无以复命。"僧乃取瓶中香桂一枝与之，始冉冉而去。明日，主人家产一驴，堕地而死。奴仆辈剖食之，肠中有金香一枝，惊白主人。僧不知也，即主人亦不知金香桂为供奉和尚之物。后偶于参礼和尚时，主人谈及此事，和尚大惊失色，始以向夕莲花相迎之事告主人。亟看瓶中，已少一枝香桂矣。盖无功食禄，天意所忌，故使变驴以报也。

【译文】

有个富裕百姓，听说某座庙里有位老和尚德行很高，就把老和尚请到家中，供奉在静室中，早晚对老和尚顶礼膜拜，就是插在香炉里面的香，也都全用金子做成。一天，老和尚在静室中入定，忽然看见室内彩云飘渺，同时异香扑鼻，有二位仙女搬了一个莲花座来，说："我们奉了西方佛祖之命来迎接您。"和尚自以为功德道行很浅，恐惧不敢前往。仙女几次三番催促，并且说："您如果不去，我们无法向佛祖复命。"和尚无可奈何，就从瓶中取出一枝香桂交给她们，二位仙女才慢慢升空而去。第二天，主人家里产了一头小驴，落地就死了。奴仆们把小驴子剖开做菜，发现肠子里有金香一枝，吃惊地报告主人。和尚不知道这情形，连主人也不知道这金香桂就是供奉和尚的物品。后来在礼拜和尚时，主人偶然谈起这件事，和尚大惊失色，才把那天夜里仙女莲花座迎接自己的事告诉主人。急忙朝瓶里一看，已经少了一枝香桂。大概是因为无功而受禄，被天意所忌恨，所以让它变成驴来以示警告。

小僮遇女鬼

镇江梅甫族弟家，雇小童孔姓者，伴其子岸夫宿书楼上。乙巳冬月望日三更后，遣其楼下取物，迟至一更不来，即偕其家西席王松坪先生下楼往看，遍寻不见，于是急呼众家人寻觅。寻至第三进小室内，见其伏卧桌下，头嵌于椅脚内，家人拖出，人事不省。以姜汤灌醒，问其原委，云："我下楼梯至中间，见一奶奶将我搀至堂前。我欲叫人，他将手卡我颈项，我即不能言语。此后如何关门，如何来此，我总不知。"于是令其安睡。次日，亦无他恙。越至次年五月望前，渠卧书楼下厢屋内。时约二更许，月明如昼，忽然大叫，岸夫急起往观，奴云："去冬搀我的女人又来了，我骇怕，将帐门扪紧，他与我扯夺不开而去。我即叫人，他又转来，我不敢叫，他又去了，我遂大叫。他见人来，遂不见了。"问此女人模样，云身穿蓝衣，面甚标致，其白如雪。家中恐其复又生事，遂将小童遣去。此后，安然无见闻矣。岸夫侄亲为余言。

【译文】

镇江人梅甫同族弟弟的家里，雇了一个姓孔的小孩，陪伴他的儿子岸夫睡在书楼上面。乾隆五十年十一月十五日三更天后，岸夫叫孔到楼下去拿一样东西，过了一更的时间还不见回来。岸夫就同家里请来的老师王松坪先生一起下楼去看，到处都找不到孔，于是急忙叫来仆人们四下寻找。找到第三进一间小房里，看见孔伏卧在桌子底下，头嵌在椅子腿里。仆人把孔拖出来，他已经不省人事，众人忙用姜汤把他灌醒，问他为什么会这样。他回答说："我走下楼梯，走到当中一间，看见一个少奶奶，她把我搀到堂前。我想叫人来救，她用手卡住我的脖子，我就发不出声音了。这以后怎么关门，怎么来到这里，我都不知道。"于是叫他安心睡觉。第二天，他也没有别的不舒适。到了第二年五月十四日，孔睡在书楼下面的厢房里。大约二更多天，月光明亮，照耀如同白昼，他忽然大声呼叫。岸夫急忙起身前往察看，孔说："去年冬天搀我的那个女人又来了，我十分害怕，把帐门扪得紧紧的，她和我扯夺，未能扯开而离去了，我就叫人，她又走回来；我不敢叫，她又走开了。于是我大声呼叫，她见有人来，就不见了。"问他那女人什么模样，他说她身穿蓝色衣服，面孔很标致，皮肤雪白。家中恐怕因为又生出事来，就把孔解雇送走了。从此以后，家中就太太平平，没有什么异样了。这是岸夫的侄子亲口对我说的。

怀庆水灾投匾水息

余同年沈永之为怀庆府太守，天久雨，黄河水发，直灌城中。公与属员百姓等，俱登城外高阜看水。水高数丈，竟不能归，饿三日矣，除祷天之外，一筹莫展。忽见一黄衣者带笠乘舟而来，问曰："汝等欲使水退，须当问我。"公即问之，曰："可取怀庆府大堂之匾投水中，水即退。"问其姓，答曰："我姓黄。"言毕遂去。水随其舟，渐渐流下。高阜离署数十余里，公之父母俱在署内，无人能往。正彷徨间，有家人陈姓者曰："小人能识水性，愿往。"公欣然遣之。令其人头顶葫芦，放书其中，泅水到署，见二老，登楼哭泣，得其信大喜，即取匾投水，登时水遂退。访之里人云：某处有黄将军庙。想怀庆一府应遭此劫，投其匾于水，算已应此劫故也。公即往拈香，瞻其像，果符所见云。

【译文】

我的同榜进士沈永之，任怀庆府太守。逢老天久雨不停，黄河发大水，直灌进怀庆城里。沈和下属官员、城中百姓，都登上城外一个较高的土山上观察洪水。只见周围洪水不断上涨，高有数丈，沈和众人被围在土山上不能回去，已经挨饿三天了，除了对天祷告之外，毫无办法。正在焦急之时，忽然看见一个身穿黄衣的人，头戴斗笠，乘着一叶小舟来到土山前，对众人说道："你们要想叫洪水退去，应当问我怎么办。"沈马上恭敬地请问他，他说："你可以取下怀庆府大堂上的匾投进洪水里，洪水就会退去了。"问他姓什么，回答说："我姓黄。"说完驾舟离去。洪水随着他的小舟，渐渐流下。土山距离怀庆府署有好几十里，沈的父母都在府署里，一时间无人能到那里去。正在犹豫时，有个姓陈的家人说："小人识水性，愿意游回府署。"沈很高兴地派他前往，叫他头上顶着一个葫芦，把信放在葫芦里。陈泅水到达府署，看见二位老人在楼上哭泣，得到儿子的信十分高兴，立即取下堂上的匾投入水中，顿时洪水退去。沈后来询问当地百姓，他们说某处有座黄将军庙。想来怀庆府应当遭此洪水之劫，把怀庆府署大堂上的匾投进洪水，算是已经应了这次劫难了。沈立即前往黄将军庙亲自撮香焚烧，瞻仰了黄将军的像，果然和水上驾舟的人一般模样。

三王神请医治臂

归安有名医汤姓，字劳光，门外挂一匾，云"凡求医者，非先送十金不治"。一日，闻外有锣声，出视，见一大沙飞船泊其门外，顷有一人登岸，从者手捧一大元宝。自言王姓，家住菱山下，左臂有伤，特来求治。医即与膏药帖之，拱手而去。医送登舟，照旧筛锣开船。旗上书"三王府"三字，须臾不见。医归家，见桌上元宝乃纸元宝也。大惊曰："此乃东菱山之神。"明日即著冠袍往拜，见神左臂上膏药犹在，旁有一死蝎存焉。

【译文】

归安有位姓汤的名医，字劳光。他家门外挂着一块匾，上面写着，"凡是来求医的，不先送十两银子，不医治。"一天，听到外面有敲锣声，医生出门观看，只见一艘大游船停泊在门外。不一会，有个人登上岸来，随从的人手里捧着一个大元宝。那人自称姓王，家住在菱山下，左臂受了伤，特地来请求名医治疗。医生立即给他用膏药贴敷，他拱一拱手就道别而去。医生送他上船，依旧是敲响锣开船。船旗上写着“三王府”三个大字，一会儿船就看不见了。医生回到家中，只见桌上的元宝原来是纸元宝，不由得大吃一惊，说：“这是东菱山的山神啊！”第二天，医生就穿戴整齐赶到东菱山去拜神，看见神像左臂上膏药还贴着，旁边有一个死蝎子在那儿。

（续卷十译者　李祚唐）

中国古代名著全本译注丛书

周易译注
尚书译注
诗经译注
周礼译注
仪礼译注
礼记译注
大戴礼记译注
左传译注
春秋公羊传译注
春秋穀梁传译注
论语译注
孟子译注
孝经译注
尔雅译注
考工记译注

国语译注
战国策译注
三国志译注
贞观政要译注
吕氏春秋译注
商君书译注
晏子春秋译注

孔子家语译注
荀子译注
中说译注
老子译注
庄子译注
列子译注
孙子译注
鬼谷子译注
六韬·三略译注
管子译注
韩非子译注
墨子译注
尸子译注
淮南子译注
近思录译注
传习录译注
齐民要术译注
金匮要略译注
食疗本草译注
救荒本草译注
饮膳正要译注
洗冤集录译注
周髀算经译注
九章算术译注
茶经译注（外三种）修订本
酒经译注
天工开物译注
人物志译注

颜氏家训译注
梦溪笔谈译注
世说新语译注
山海经译注
穆天子传译注·燕丹子译注
搜神记全译

楚辞译注
六朝文絜译注
玉台新咏译注
唐贤三昧集译注
唐诗三百首译注
花间集译注
绝妙好词译注

宋词三百首译注
古文观止译注
文心雕龙译注
文赋诗品译注
人间词话译注
唐宋传奇集全译
聊斋志异全译
子不语全译
闲情偶寄译注
阅微草堂笔记全译
陶庵梦忆译注
西湖梦寻译注
浮生六记译注
历代名画记译注